图书在版编目（CIP）数据

大戏坊 / 关中牛著. -- 西安：太白文艺出版社，2022.9（2023.9重印）

ISBN 978-7-5513-2126-6

Ⅰ.①大… Ⅱ.①关… Ⅲ.①长篇小说—中国—当代 Ⅳ.①I247.5

中国版本图书馆CIP数据核字(2022)第093546号

大戏坊
DA XIFANG

作　　者	关中牛
责任编辑	赵甲思
封面设计	郑江迪
版式设计	建明文化
出版发行	太白文艺出版社
经　　销	新华书店
印　　刷	西安市建明工贸有限责任公司
开　　本	787mm×1092mm　1/16
字　　数	390千字
印　　张	26.25
版　　次	2022年9月第1版
印　　次	2023年9月第2次印刷
书　　号	ISBN 978-7-5513-2126-6
定　　价	78.00元

版权所有　翻印必究

如有印装质量问题，可寄出版社印制部调换

联系电话：029-81206800

出版社地址：西安市曲江新区登高路1388号（邮编：710061）

营销中心电话：029-87277748　029-87217872

1

魏家祠堂门下有户人家给儿子娶亲飨客，戏巷的老少爷们儿尽数凑在喜棚下随份子。有个贪吃鬼多喝了几盅，敞着大襟在酒桌上喋喋不休地说起了村头的一块石头。

这是一块青石断碑，寻常撂在东村土壕里供杵胡基①的人做垫模石使唤。天暖地醒的日子，趁着滩底活路松泛一些的那点农闲，一些家户小修小盖垒山墙需要雇人杵胡基，这块石头才会被想起来。有时候，西村的人不吝他们那身蛮劲儿，也会撬上车拉去借用几天，事后都会自觉归还原处。久了，这物件便成了东西两村合用的东西，多年来亦无归属争执。

酒桌上提说这个话题的闲汉，正想请人杵点胡基，要不也不会在多人之地提说这块毫不起眼的东西。他这一开腔，可能多少冲淡了酒桌上的兴致，有人揶揄道，不就是块破石头嘛，唠叨了大半天倒有啥新鲜说头哩。这厮一看终于有人接自己的话茬儿，便接着他那无味的话题又大发感慨地说：埋在村庄地底下的事儿，说穿了也就是我们眼下经历着的事儿，只是年代老了，人名变了，时日不同而已。遥想当年，有人花恁大气力把这阿物儿②运回村来，谁知道派过啥用场呢，眼下却被撂成个无主的东西丢在土壕里任人践踏，真个是——物是人非事事休，欲语泪先流……

这个当口，邻桌有个二愣子听着这话很不顺耳，面红耳赤地凑过来不无反驳地质问，谁个敢说这石头是无主的东西？真是低个儿踮脚看大

---

① 胡基：垒墙的土坯，用模具装湿土夯筑而成。此夯筑法汉时自西域引进，故名。
② 阿物儿：方言，无用的物件。

戏——跟着大个儿在那儿胡咧咧。溥天之下，除过头顶上这颗日头委实烫得世人不好往自个儿家里揣，即便是路上随便拢起的一坨稀牛屎，你小子敢说它是有主还是无主？说着，他随即大言不惭地宣称，不要远问，就目下这些吃酒的魏氏长门户下，站出来狗大个人来都是它的主子！

为了证实其言辞可信，他喝了一盅酒又把脑袋伸过来不无补充地说，这块石头原本是一块整端的大石碑子，以前就竖在魏氏祠堂的老照壁前，当时碑下还垫了个大石鳖。有一年，压在河岸底下的地牛①哞哞叫了大半晌，吼得整个村子都跟着地动山摇起来，把石碑晃倒在地摔成了两半截子，这块正是其上半截儿。如若不信，你们可以问问四先生。驮碑的老鳖在原地趴了好多年头了，直到宣统爷退位那年的腊月间，村上修整涝池时才被移走安在迎水坡做了观澜龙。

话头儿就这么撂下了，事情并没完结。

留马村原本就不大，隔着官道又分了东西两个小村。西村人口少，姓杂，事儿稠。东村人多势众，挨门排户尽是魏家祠堂的门亲。按理说，一个爷婆轴子②下上香的本家叔侄之间，寻常巷院中那些家长里短的事儿应当比西村那边要少些，其实不然。这些抬头不见低头见的本家弟兄，端着碗坐在各自门旮儿相互夹菜的那份热络，却会瞬间为一句不顺心的话语变得脸红脖子粗起来。即使说者并无特指的意味，听者却绝对会上心地去诘问一番。既然有人信誓旦旦地出面认领村院中一块多年无主的破石头，肯定就会有人接应几句。

果然，没过半天工夫，巷院中就有些闲言碎语传出来了。

傍晚，半巷人聚集在井坊排队绞水的当口，二门户下有个惹事鬼咧着嘴巴挑头说，每年大年初一，魏家祠堂挂起来的那一幅幅灰不溜秋的爷婆轴子，谁又分得清上边那些嘴噘脸吊的老先人哪个是哪个呢？既然长门的人举着头炷香排在前面替大伙儿把头都磕齐了，还要一村老少跟在他们后边撅着尻子一拨儿起来又一拨儿下去地凑够那些繁缛的三拜六叩闹啥哩！更别说，有一年腊月三十晚上，几个粗心的家伙黑灯瞎火认错了轴子，

---

① 地牛：据民间传说，大地伏在一头硕大无朋的牛背上，它每每不堪重负便会引发地震。
② 爷婆轴子：供奉在祠堂的祖宗画像。平时卷起存放，春节时悬挂供祭祀。

将二门的轴子端端地挂在了正殿,长门那些老祖宗贴着侧墙挂了一天两晚上,不也一样安安静静领受过一回委屈嘛。一块破石头,咋就有人能提起这个生分的话茬儿来?长门咋啦?谁要是有本事,这阵就让祠堂那几卷布片子上的爷婆出声说几句鬼话,给留世的子孙们分个亲疏远近出来,这倒也是件乐事哩。

这号难听话一经出口,二门户下一些生怕事情还不够热闹的人,更是跟着添油加醋地帮腔。大概意思是说,走遍落雁滩的大小村头,家家老坟无非也就那么几个熟脸鬼倒换着在地底下睡大觉哩。人这辈子,被阎王爷支派着在世上走这一遭儿,今辈儿不幸摊上做了一世孙子,下辈子保不齐就该轮着来世上当回爷呢!

于是,这块三伏天在太阳底下晒得发烫、三九天又被寒风吹得结满霜花的破石头,身份似乎一下子跟着金贵起来。第二天,村人经过东村土壕那块地方时都会有意无意地多看一眼。结果,那块石头却突然地遁了一般,没了踪影。

原来,在去年秋里,这块石头不知谁家正用着,突然电闪雷鸣,一场不期而遇的大暴雨下了大半晌,村后干梁梁上都起了大水。翻着泥汤子的洪流顺着老坡流进了土壕,将那块碑石连同几摞子新杵的胡基稀里哗啦冲到了坑底,事后亦无人问津。到了开春地醒的这几天,才有人惦记起了这块惹出一世界闲话的破石头。一伙人掘地三尺地折腾了人半天,终于在老地方找到了这块宝贝疙瘩。

几个壮汉脱了褂子肩抬杠撬,好不容易将此物拽上坑沿儿。趁着喘息擦汗的那点小工夫,有人随口嘟囔说,老辈人那阵子也真闲得蛋疼,哪来那么多闲情逸致请石匠把这些歪七扭八的字錾在石头上,真不知这些蚂蚁爬过般的豆腐账上都记了些啥名堂。

这句原本无味的话语,却钻进了旁边一个小伙子耳朵眼里。他不言不语地站了起来,先拍了拍屁股上的土,慢吞吞地走过去蹲下身子,噗的一声往石头的光面上吐了点口水,伸出食指仔细地搓弄了一番,接着,嘴里开始念念有词地诵读:

　　□□大唐贞观二年兰秋上查人口，佘留马村魏氏宗亲，门下男女计二百一十有□。旱既□甚，二麦莫安；野无□草，室如悬磬；民皆饥色，路多饿殍。舍儿女犹弃敝屣，关亲友如防寇盗；俄即人犬相食，卖妻鬻子，逃甘陇无数。□□□月，全村男丁仅剩一十六口耳……

　　小伙子一双眼睛跳过那些因铲土被铁锨角剐破的残字，念到此处后，刚才已经擦过汗的脊背上立时有股冷汗像蚰蜒一般顺着尻渠儿直往下唻溜。一干似在听天书的人，也都面面相觑不置可否。

　　有人这才忆起村上老辈人曾留下的一句话说，落雁滩他们这户魏姓人家，并不似那些自称从山西老槐树下搬来的周边村人。遥想当年，宛王留善马，贰师将军围攻宛城，取善马而归，随身带来一魏姓马户在此安家筑村，那正是魏姓一脉的老先人。既然这块石头上记载的是祖上的功德，还是趁着这个热乎劲儿闹清楚为好。于是，有个年长些的提醒说，这块断碑的另外半块，确实是整修祠堂时垫在台阶口做了跌水。几个人一听，这也不费啥事儿，赶忙抄起各自手里的铁锨赶往祠堂，准备撬出另半块石头先看个究竟。

　　一干人小心翼翼地来到祠堂大门前，开始七手八脚地刨挖台阶下的砖石，将另外半块字面朝下的青石翻转过来。于是，小伙子对照着土壕里被遗弃的断碑残字，把大概意思又给大家讲说了一遍。

　　原来，这块嘉靖年间关中大地震后魏家祠堂捐资竖立在村头照壁前的纪事碑上的文字，记载的是比修建眼前这座祠堂还要久远的一个村庄的逸事。那些拗口的文字，如果换成时下他们能听懂的官话，应当是这么说的：

　　大唐贞观二年（628），落雁滩春旱秋涝，两料未收。灾情持续到第二年夏秋，坡上的麦子依然没有一穗收成。滩底一望无际的高粱刚刚长得能遮住牛背，上游又发来一场罕见的大水，眼睁睁看着一滩即将长成的庄稼硬生生泡进了黄汤。立秋，赶了一场小雨，坡上撒的荞麦原本长势挺好，却开了一地花花没结一粒粮食。直到第三个年头的夏至，天年依然如故。冬春大旱，夏秋涨河，坡上和滩底都没收下一点指望。

没指望的日子，人们就得趔摸着找点指望。在一个仲夏的午夜，明月如洗，屋舍内暑热难当。留马村魏家户下有叔侄三人像往常那样，蹲在打麦场边没安枷子的碌碡①上纳凉。面对无米下锅的光景，各自不免唉声叹气了一番。此时，不知哪个闲汉提议说，既然天年这样不济，扎簸箕、编席子之类的营生本村人又没人家那手艺，一个个只会有事无事站在坡头扯着嗓子吼叫着唱秧歌，不如闹个社戏小班出远门给有钱人家唱个曲儿挣点吃喝，或许这倒是个讨活命的法儿。

这个馊主意一经有人促哄②，戏巷那些逢年过节喜爱社火的人家居然一呼百应，成立了个小戏班。两把胡琴一面锣，四片被单挡台子，拿起家伙铿铿锵锵地先在自个儿村道演练起来，俟时，再出村扎台子给人亮活儿。起初他们还只能赶些靠山靠沟的小庙会去露脸，结果，这号不用出多大力气就能哄饱肚子的营生，不但糊了他们的一张嘴，随身的褡裢里多多少少还都能给家中老小揣点吃食回来。此后，村上这个"耒耝班"在周边居然渐渐有了点小名望。这群庄稼戏子一看这号事还真能当成生意来做，胆子亦渐渐肥了起来，居然一气儿把戏唱进了长安城。

落雁滩这片孽障地界，距灯红酒绿的长安城并不遥远。听那些时常赶着骡子驮炭去龙王庙赶集的驮子客说，从乳罗山到龙首原金碧辉煌的大明宫，不知用脚一步一步丈量了多少辈人了，其路程绝对超不过滩里人一季里扶着犁拐子跟着牛屁股在自家地头来回走过的那点路。

据他们说，长安城满街都晃荡着一些不用作务庄稼的王侯将相，还有那些肩膀头子上搭着褡裢子走街串巷卖宝石的龟兹人，想来摆个地摊儿唱唱戏，总会有人驻足围着看看热闹，随手丢几个小钱来关照此类小生意。于是，过了收种的时令，这些庄稼戏子安顿好地里的活路，便结伙进城唱戏去了。

那年那月，皇宫里恰巧住着一位杨姓娘娘。据说这女子长得那真是桃红菊白丰腴美艳，很受皇上宠爱。那阵正是酷暑季节，娘娘那小嘴里日日

---

① 碌碡：打场或碾轧地面的石磙子。
② 促哄：鼓动，呼应。

嚼着岭南王快马传递来的荔枝果消暑，犹时时觉得口淡得要命，整天寻思着玩点啥花样才好打发眼前无趣的日子。一天午后，她起床后还在梳妆打扮，刚刚伸了伸懒腰，半个小哈欠还没打上来的当口，宫墙外边不迟不早传来一阵仙乐。

娘娘竖起耳朵细听，那音乐虽不似阳春白雪一般细腻，却也"清音入杳冥"般高亢。此刻，这位入宫前家住东府华阴的大美人在心里思摸了半天，这才隐隐忆起自己小时候跟着奶奶去北塬走亲戚，倒是时常听当地几个老婆婆围着炕头唱过此类被叫作"花花"的野调调。不过，这些故土村头的老腔老调此刻咋会在皇宫的墙外出现呢？娘娘坐在那儿闭着眼睛打着小盹儿，那声乐却嘤嘤呜呜不绝于耳。最终，硬是闹得娘娘割舍不下，便命宫人满大街去寻找，看看这声响究竟打何处而来。不一阵子，那些公差终于将一干木偶艺人领进了大殿。

娘娘一看这群老家来的老邻居那一身行头，先自个儿乐了好一阵子。心想，这几个老鳖孙也太会玩闹了。五根丝线提溜个傀儡子，有颦有笑，用两只糙手拨弄得来来去去，活像一群小人儿那样行走自如。且不说，从其主人那一张张大嘴里吼唱出来的老腔令她倍感亲切，就是那些土得掉渣儿的乡野唱词，抄遍全城酒肆墙壁上的名人诗句，也难以与之媲美呢。于是乎，此日之后，娘娘便把这玩意儿爱得要死要活。在不短的日子里，这干"老娘家人"待在宫里常住不走，一群土包子亦俨然成了皇亲国戚一般，把进皇宫权且当成了串自家老亲戚的街门。

又说，此地坊间有句糟践村上那些软蛋男人的俚语，说得那真是相当的露骨："男人怕婆娘，盖房倒山墙。"这句话大意是说，如果谁家炕头坐着个整天能不够的黄脸婆，家里必定会时不时出些诡异的事儿。譬如，无缘无故死个下蛋母鸡，正打搅团破锅底却不迟不早地开始漏水，或者买了个猪娃刚扯开条子长膘了偏偏掉到了吃水的井里淹死了，等等，倒不一定都是打墙倒架、翻板、掉杵子那一宗事儿。

要说的是，当朝坐江山的玄宗老儿，正是这号怕婆娘怕得要死的没出息货色。据说，侍奉在他身边不离左右的这位杨贵妃，在过小日子的庄户人看来，这号女人那长相委实不敢恭维。且不说她那一张面盆儿般阔大的脸盘，长得肿鼻子肿眼，一身膘起身走路都不住地乱颤——谁家要是真的娶了这么个费食的主儿，下地摘豆角那还不得让人抬着嘛。然而，这么个稀罕物，却被皇上爱得要死要活。更不敢让人知道的是，这位肥硕美人原本是他家的二儿媳妇，不知咋个被这老爬灰倒腾到手的，还被册封成了集万千宠爱于一身的当朝贵妃。此等老牛碰着嫩苜蓿的得手事儿，后来被一位白姓诗人写成一曲《长恨歌》曾在长安城广为流传。那一咏三叹的名句，说的正是这个男人后院里的龌龊事儿。

且说，老皇上一看娘娘很是喜欢自家老丈人家门前这号乡野小调，便命人抬了龙床、蒙了丝绸床单，本人也放下政务，语笑喧阗地领着文武百官跟着这班庄稼戏子在朝殿里不分昼夜地习练起来。

这头儿戏倒是给皇上一家老少唱撒脱了，可是，这号毕竟上不得大台面的小玩闹，却受到那些吃喝玩乐都很讲究的唐城大公的诸多讥笑。因了洽川偶子从搭台到开唱，只需几片土布被单便可将就，于是被那些城里人戏谑地称为"被单戏"。然而，这些庄稼戏子却自此进了朝廷的乐籍，被正式归于"线户"人家。细究起来，此前还真没有"戏"这一说，就是皇宫大内唱的也还都是"曲儿"。此后，长安城开始有了"戏子"和"戏坊"。

遥想当年，七八个糙爷们儿提溜着几挂涂抹着黑红脸儿的线猴子站在皇家御苑石肪桥上，拿捏着嗓门唱上一折前三皇后五帝的那些陈芝麻烂谷子，马上就有龟兹歌女端着银盘传送来上赏的那些叫不上名头的好吃食。头一拨儿还没享受停当，后一拨儿又跟着端将上来，实在吃得肚子饱胀，他们便背过主家眼目，将那些精美的吃食顺手倒进了各自肩头的褡裢子里。戏唱罢了，一个个趾高气扬地走出宫门，满心喜悦地蹲在长安城那石砌的地面上，扎着堆儿平分到手的十来个精美的宫廷制钱，满足地掂上几掂装回衣袖，回头再去广运潭码头观看一番西域来的花花驴驹子驮着山羊钻圈圈的稀罕……啧啧，祖宗当年闹出的这些风光，从心底生发出的那点做人的自豪，即使现在的子孙回想起来，依然觉得靠唱戏混嘴的这个倒灶行当，其间还真有几分令人相当快意的骄傲在不时地使他们血脉偾张呢。

如此说来，他们操持这个营生还真是有些年头了。

2

眼下，留马村这个耒耜班依然还在。

坐板鼓怀的几个大唱家，是清一色的戏巷魏家门亲。只要有人出村应事，搭戏的二道提手和打锣镲的帮腔徒儿只需临时纠集几个就行了。一个全乎班子捎带驮箱的驴，多也不过八九口。当地人形容夯土墙需要的扎实班底，常会说到一句"七紧八慢九消停"的俚语，其实，这句行话最早应来自这些线户人家。

话又说回来，这些吃人舍饭的戏子家，虽然走的是两头不见天的夜路，挣的是插科打诨的小钱，活得却比一般农户还要滋润。然而，这个行道在当地却很不受人待见。不说别的，一个男人入了这个行道，几乎跟做贼爬墙一样被人轻看。生前不得进宗祠祭祖，死后也不能在祖坟安葬。在崇尚诗书传家的落雁滩，多数庄户人根本不屑于跟这些线户家联姻走亲。有道是，"龟兹戏子，滚一床被子"，其隐匿的诡秘指向自不待言。

可是，此地人爱看戏这个生活习惯，还真有点邪性。他们虽鄙视戏子这个行道，却时常搭伙在乡场上自娱自乐。几乎村村都有锣鼓家伙，只是他们不屑于以此为业罢了。戏和戏子，前者是爷，后者是鳖孙。

细说起来，当地人操持的这门艺术，跟需要真人出场的秦腔大戏还是有很大区别的。他们把人间发生的那些羞于说出口的憋屈事儿，完全交给偶子去做，一直在努力地想和"戏子"这俩字撇清那点干系。再则，这个祖传小戏既无正统的师承，更没有森严的门槛，一干唱家都是爷爷孙孙几辈混搭的祠堂门下。一般是老者登台献艺，兼顾言传身教，儿孙们耳濡目染，技艺日臻精进，久而久之，渐渐成为这个行道里的硬手。就其唱腔来讲，当地人称之为老腔，也有的直接叫线腔。因了这些庄稼戏子大多不识祖传的那些"一尺工尺，六五一尺"的老谱，只知道扯着喉咙挣命地跟着师傅吼，久而久之便免不了吼得有点走样，最终形成了诸多唱派。按照当地戏迷们的粗略划分，县域内三沟六塬的唱法大致为"南花柳、北将家、沟东沟西狗咬架"这三大类别，落雁滩一带传唱下来的是"将家戏"里的"冤仇调"。

有道是，一方土地一方人，勾栏瓦舍音不同。单就这个冤仇调细分还有"沙罐罐""满口腔""挣破脬"。其中吼声沙哑、满口吞声、听起来令人觉得格外费力者，往往备受当地戏迷青睐，被好这一口儿的拥趸亲切地呼为"吼家儿"。如是说，在洽川的沟沟峁峁，一个出生于戏子家的爷们儿，若果天生有一副叫驴般豪迈的好嗓子，便是上苍对其格外垂爱的恩赐，亦可看作此人一出世便身负着某种皇天眷命呢。

话又说回来，虽然操持五声八音这个行道，跟那些打着莲花落挨门乞讨的叫花子几乎无异，这些人倒是毫不在意这份寒碜，人乐而自乐，捎带着吃遍了山陕两省数百里路上的麦面蒸馍。也许是因了这些人打小便熟读戏词，虽一个个目不识丁，相互间的来言去语，却比那些纯粹作务庄稼的左邻右舍多了点文质彬彬的意味。用戏迷们的话说，从东留马村头随便牵一头驮箱的毛驴出来，从其粗大的喉咙眼里陡然洒出去的那阵阵昂哧昂哧声，仔细品咂一番，绝对带几分古曲的韵味。

很显然，此类戏谑大多出自那些狂热的拥趸之口。乍一听，虽稍嫌不恭，实则了无恶意，甚或还带有一丝嫉妒的爱。在关中道，提说起那些乱弹桄桄①以及秧歌小戏之类的说唱样式，真可谓多如牛毛，东西两路，各有千秋，号称"九腔十八调"。若遇开年庙会、祭祖祈雨、房屋奠基、老人过寿、牛下牛犊、雨水适时，他们认为可以撂开嗓门唱一唱的时候，就得丢下手里的活路，请一台戏在打麦场上拉开架势大肆热闹一番，此地人称此活动为"社火"。因此，闹得当地这些小戏班一年四季都不缺被人请吃的饭席。

此类小戏在当地之所以备受青睐，主要得益于戏班子人手少，省馍馍；主家好招呼，很省事。让主家既应了请戏的鸿名，台子又可以搭得十分简陋。一般是木杠支撑，布幔相围；足下铺板，两侧过场；四人伴奏，三人操偶；往来其间，莫不应节。坐板鼓怀的师傅敲打着在侧台吼，提线

---

① 乱弹桄桄：乱弹，民间戏曲的别称；桄桄，打击乐器，又名梆子。

的头号把式自幔后提溜出一群傀儡子抖。几根线绳，十八般武艺真精到，耍的那都是大武行——提拨勾挑扭抢闪摇；两厢文武官，六十四处征尘堪歌咏，掐着喉咙眼子——嬉笑怒骂唾嗔哭号。

真个是，三阵板鼓新朝兴，一通京锣报驾崩；须臾弄罢寂无事，还似人生一梦中。如此纷繁的世事更替，令人感慨的光阴荏苒，全赖几只面无表情的线猴子在手里没头没脸翻来覆去地恣意折腾。于是乎，这些用滩底百年不朽的柳树根雕就的玩意儿，一旦穿着锦绣衣衫被提溜起来，似乎都沾着些许仙气儿。

至于这个线猴戏究竟有着怎样的确切来由，古往今来，当地一些落魄文人曾撰写过不少文章，为之打了几百年的嘴皮官司，倒是有过不少说法，却最终莫衷一是。

一曰，上界金阙并紫府，琪花瑶草暨琼葩；黄河之水天上来，广寒仙乐落农家。大意是说，这戏是嫦娥后院土墙上的尿盆被风吹落地面造成的巨响。认可此说的，在当地民间还真大有人在。当然，这戏究竟是不是天上传来的并不重要，让他们在劳动之余最终获得了这种宣泄情绪的方式，才是最重要的。

祖祖辈辈生活在黄河滩的这些看似粗蛮的乡野村夫，虽说斗大的字识不了一筐，却也明白一条天下大理。他们手里这些画着各色脸谱的线偶子，演绎的其实也正是过去或眼前这个纷繁的大世事。那些个住在皇宫的太监、猴在衙门里判案的白脸县官、游手好闲于市的牲口经纪、蹲在皇城根给人算命的瞎眼老汉……统统是要张口吃饭的，而赋税徭役，却每样儿都摊到庄稼人头上。官府年年催，他们年年缴，这些终年背着太阳转滩的庄户孙，看着家里时深时浅的粮囤和手上时干时稀的大老碗，心头不免时时涌起一股子很不舒服的感觉。然而，他们无一丝功名在身，亦没有三亲六戚在朝，断然不能赴京上访，更不可丢下一地庄稼隐居山林。只好捞起墙上挂的线猴娃娃，姑且饶下不下雨的苍天老贼，在鼓铙丝竹声中瞬间到达他们从来都不曾去做过客的九天瑶池逍遥一番，再犒劳一下干瘪的肚皮，安稳地睡上一觉，苦中找乐，何乐不为？有道是，苦心中，常得悦心之趣。人生五味，酸甜苦辣咸，唯有这个"甜"还得自个儿趸摸着仔细品咂才是。

又有一说，当年汉王北征匈奴，被困平城，冒顿妻阏氏主攻正面，情势甚为危急。围城内的代国王子乃是当今河东运城人氏，此公看过洽川的线偶戏，又谙熟番邦宫闱之情，遂向陈平献计说，在下深知匈奴冒顿之妻阏氏英勇善战而又善妒，每恐有美女夺其宠。洽川傀儡楚楚动人，栩栩如生，莫若使工匠大而为之，装扮美女，仍以线系之，借夜月舞于城楼，令其望之，必可解围。陈平听从其计策，果然大获成功。这便是民间所传"洽川木偶退番兵"的故事。这个传说，竟与《乐府杂录·傀儡子》里的记载相吻合。

不过，这些古往今来的传说，亦非妄语笞听。这个遗落在穷乡僻壤的小玩闹经久不衰，也算是留在这片土地上的一个大稀罕。大河两岸，山陕两省，方圆数百里，从古走到今，不但提线班社多如牛毛，还派生有举着偶子演的杖头子和照着布影唱的驴皮影。然无论杖头子还是驴皮影，都不及洽川提线木偶的人脉广大。其偶人造型，自是独此一家，相貌打扮几与隋唐雕塑艺术一脉相承。偶头雕饰，代有世家；粉饰化装，尤为讲究。特别是那些旦角娃，其颧骨圆润，下颌丰腴，眉毛修长，弯如新月；杏眼含情，挑角似芒；鼻若悬胆，鼻准丰隆；口似樱桃，唇漫笑影；面若桃花，秀媚动人。任尔是木脑壳，还是谦谦柳下惠，面对此等远古飘来的美人，若不觉得眼前这个世界每瓣落花皆有真意，亦会感叹过往光阴虽若东去逝水，却也绝非无情。

噫嘻，人生一世，草木一秋。一个个虽难有百年的阳寿，却都有着千年不死的打算。背着身上这副臭皮囊上世来做一回男人，先得为一家老小忙活着弄些糊嘴的三顿吃喝。大白天人前的那点道貌岸然倒好应付，夜里炕头上滋生的那些不可示人的事儿毕竟也令他们无法割舍。于是，经年累月，从这些庄稼戏子嘴里唱出来的也尽是这些琐碎；翻来覆去，告诫世人的亦不外乎此类道理。曰：

奸贼害忠良得势乱江山，
相公招姑娘开场先落难。

> 喜盈盈得官赏银做驸马,
> 悲戚戚阎罗门前尻朝天。

这些戏里戏外的故事,虽然陈旧而无趣,要让他们抄着家伙唱将起来,却也相当令人振奋。这都源于这片旱涝不均的黄土地赋予了他们昂扬的活人气概。

眼前这一望无际的黄河滩,人烟稀少,地阔村渺,一去二百里,望滩跑死马。人们忙着手里的活路,如遇上点水火事情需要隔垄给邻村捎个话过去,便得先找一处高土坎站上去,再铆足劲儿在那儿吆喝老半天。久而久之,闹得这一方人说起话来一般都比周边的人声高。于是,由这片地面上派生出的这个线腔,恰恰以吼闻名。随着一声声脆生生的板鼓点子滚得地动山摇,两把葫芦琴揉出那股如鲠在喉般的呜呜咽咽;那些满头泛着青筋疙瘩的唱家,或嘴角唾沫飞溅狂喷如雨,或目眦欲裂气冲斗牛;一副副恼怒愤懑的神情,活像谁掰了他们手里的馍馍一般凶狠。如是说,没有饱咥一老碗面外加笸篮大个硬面锅盔的饭量,一般人还真干不了他们这号要命的活计。

君不见,无论春夏秋冬,只要走近黄土塬畔的某一个村头,便听得见两根枣木桄桄擂得如雷贯耳,一群疯癫糙汉吼得如鬼哭狼嚎。苍茫大地之上,飞天妙舞,大音延绵。行脚大小塬畔,蓦然遇见个低头汉子牵着头吊腰驴,且不问其肚腹是否饥渴,一路匆忙去忙啥营生,褡裢里装没装锅盔,驮子上带没带茶水,他一路嘴里必定都在可着嗓子吼:

> 一路行来汗如梭,
> 开言唤声小阎罗。
> 都说地狱十八层,
> 敢问哪层戏文多?
> 万般尘事爷不美,
> 一心单爱线猴乐。
> 奈何桥头去赶场,

摄魂台前照唱嗑!

随着下坡过河、翻沟越岭,其腔调在急促的喘气声中,或陡然细腻柔软缠绵悱恻,或兀自愤懑压抑苍凉悲壮;时而雍容典雅热烈浓艳,动辄斯文淡远蕴藉轻俏,洒下一路痛撕人心的大美。

年复一年,他们的戏一直就这么唱着;日复一日,丢下一河滩的巷院故事。

3

这一年正月间,河上的凌汛刚开,落雁滩居然在雷声隆隆中铺了一地罕见的红雪。滩底河槽里的绽冰,一夜间又冻实了;塬头上醒苗的麦苗,在春寒料峭中瞬时又蔫了。刚刚换下厚棉袄准备插犁的庄户们,只好又缩在家里打理起了歇晌时才干的小活路。过了惊蛰,吝啬的老天依然没施舍几个好日头。游荡在滩底的黄毛风,趁着夜色刚刚遮盖住塬头的那点余晖,便昏天黑地在树梢上呜呜吼叫起来,家家场里的麦秸垛子,齐齐被揭了顶儿。

留马村是塬头村子,夜风吹起来那更是大得蝎虎。约莫三更时分,戏巷西头老照壁上砖雕的鸱吻被吹倒了,哐啷一声顺着瓦沟滚落在地。四邻八舍都被深夜巷头那边传出的这一声异响惊醒了,齐齐地竖起耳朵静静地聆听着,各家槽头的驮驴此刻也昂昂地一齐叫起了槽。

躺在炕头迷糊了三天两夜的罗锅老汉,被巷头刚才那一阵动静惊醒后,睡梦里陡然坐直了身子,眨巴了半天眼睛,依然不知道自己究竟身在何处。

院子里一切又复于平静,只有风还在屋檐下低低地吼。

大约过了半个时辰,老戏骨终于慢慢地明白过来。等他看清灯台上那如豆一般的一苗亮光,不免有点不解,敢情自己一路打打杀杀,满身征尘地走了三天三夜麦城,这阵子居然还躺在自家炕头上。

听着身旁老伴儿睡梦中发出的均匀的呼吸声,他终于明白自己还活

着。黑暗中,老爷子顾自叹了一口长气,也算是叫了声板儿:"呔,起身呀嘛不?哎,慢慢儿走哎……"

接着,便扯着嗓子开唱:

哗啦啦打罢了头通鼓,
关二爷提刀跨雕鞍。
哗啦啦打罢了二通鼓,
人又精神马又欢。
哗啦啦打罢了三通鼓,
蔡阳的人头落在马前。
一来是老人命该丧,
二来兄弟得团圆。
贤弟休回长安转,
就在这沙陀落得个清闲。

一折子唱毕,老汉躺在炕头身体纹丝未动,魂儿却慢悠悠地出了屋门,做往常每日清晨他要做的事情——拴狗、放鸡,再开大门,接着摸黑去了马坊院牵驴鞴好。他顾自忙活着手里熟悉的活计,嘴里却再不唱戏。

炕头那盏长明灯终于熬干了捻子,灯苗忽闪了几下,噗的一声熄了。门外,似有一阵一阵的鼓乐声不时地传来。

几天来在炕头陪着不离左右的老伴儿,听见老头子似乎已经清醒了,便咕咕哝哝地问了一句:"死鬼,你听着没有,深更半夜的门外咋有人唱戏呢?"

炕头上并没人搭腔。

过了片刻,老太太似又听见炕下有人窸窸窣窣地走动,屋子里传来一阵阵杂七杂八磕磕碰碰的乱响。俄而,自己掌管钥匙的立柜门吱扭被人打开了。老太太不禁浑身一激灵,疑是家里钻了绺贼,马上醒了瞌睡,对着炕下不放心地追问:"娃他大,黑麻咕咚你又在柜子里翻啥呢?寿衣就在上边包袱里裹着哩,你挑东拣西的这回是真走呀?"

她这头儿话落点了老大一阵工夫，仍不见有人应声。老太太顾自又开始了往日那些翻来覆去的安顿，絮絮叨叨地说："墓窑里住着凉呢，早就给你多备了些铺盖，你还不放心咋的？我的神呀，这面老炕一辈子我给你烧得都是这么热和，你这老东西这回可咋丢心得下呢……"

老婆子顾自数叨了一阵子，小心地摸着火镰撇火吹绒，好不容易点亮了渗了点油底子的灯捻子。就着碗大的一团灯光，她分明看见老头子并没下炕，依然枕着那块油汪汪的楠木枕头展绷绷地在炕头躺着哩。

此刻，她便有点不放心自己的眼睛了，顺手推了一把那堆厚被盖，再次举着灯碗细看了看。老汉两眼微睁，依然没搭理她。门外，吹吹打打的鼓乐似乎已经远了，院子里的风也停了，屋子里静谧得只有她自己的声息。

老太太凑过去摸了摸老汉冰冷的鼻头，嘴里只轻轻地叹息了一声。她知道，就在这么一屁时辰里，老头子业已撇下她这老伴儿去了那个世界。她不慌不忙地穿衣起身，从柜子里翻出早已收拾好的两方苫脸布比着颜色，就着那豆大的灯光挑出那方蓝色的给老汉遮了脸。看看窗外天色尚早，便没有惊动儿女，自己又和衣躺下，叹息了一声，也随老汉的魂儿走了。

村院中出了抬埋大事，一下子老了两个人，男人们都放下手头的活路，各家各户那些女人也都不约而同地来到主家院子。大清早，巷道里马上变得忙碌起来。

这时候，巷东头一个叫"小媒旦"的年轻媳妇系着围裙风风火火地走过来，神情诧异地告诉邻里说，昨晚她梦见天刚麻麻亮那阵，她起得老早去场里揽秸秆给猪热食，看见七叔骑着家里那头麻脸灰骟驴晃荡着出了巷。俩人擦身而过的那一瞬间，她倒是还没忘记放下柴笼问候一声，老汉却一反往日不轻易给人回应的习惯，吆喝着让牲口停下来，笑眯眯地冲她点了点头，居然开口告诉她说，他和老婆子要进城赶会去。可是，驴背上却只骑着他一个人。接着，只听得老汉嘚儿的一声吆喝，便催着驴朝坡头走了。

主家院子门前围了一圈事里人，根本没把一个女人梦里的事儿当真。

谁都知道却都没说出口,罗锅老汉是个半路哑巴,寻常根本听不见,后半辈子几乎和左邻右舍没说过几句囫囵话。小媒旦叙说的老汉和她打招呼的情节本身就不合理,何况,她居然还说,等她再回头看时,老爷子那佝偻了半辈子的腰身,居然端坐在驴背上直溜溜的没打一丁点弯儿,这岂不是更荒唐?

那阵子人正忙,要出门报丧的得牵驴出村,搭盖奠棚的急着出东家进西家捐木椽,个个手里都有事情要做,这事儿一阵子过后也就再无人去理会。

却说,到了晌午饭时,跑事的人这头儿刚吃过一碗热乎乎的麦子泡,请来的杀猪匠在巷头刚刚支起汤锅,一干官家仪仗打着七棒锣浩浩荡荡进了村。

村庄族老赶忙放下手头的事情,招呼族下齐齐跪在村口迎接。原来,洽川县新任县令不知咋个知道的消息,即时派人给村上这个刚刚咽气的老罗锅送匾来了。

一个推着独轮车卖甑糕的穷庄户死在自家炕头,居然惊动了县大衙,这事儿说起来真是有点儿匪夷所思。

事情原来是这样的:洽川县这位新科状元刚到此地上任一月有余,依照惯例,少不得要登高望远视察一回城池,微服私访体察一番民情。有一日,他站到乳罗塔上举目望去,看到县治内颇有名望的城隍庙上殿历经风雨已多处坍塌,庙院廊房亦荒草萋萋破败不堪,心里便多了个事情。应付罢四镇八乡的那些迎来送往,他要做的第一件事便是召集各镇大户筹集银两,开始修整城隍庙。

这天,正是大殿坐佛开光的日子。一大清早,工匠们焚香沐手过后,便开始给城隍爷的泥胎脸上贴金。谁知道,这帮运城来的能工巧匠忙活了半天,却连一绺金箔也贴不到城隍爷那张黑脸上去。

为此县令也犯了愁。到了晚上这位县令梦到庙前扑嗒扑嗒走来一个骑驴老者。只见老汉下驴后似在有意和工匠搭讪,又像自言自语地在那儿咕哝着说:"牛不饮水强摁头,勉为其难白费工。老城隍原来只是个吃百家饭的叫花子,行走江湖虽也声名显赫,亦不过是替周村百姓具写过几份纸状、打赢过几宗官司，这才被天庭造册收留，做了洽川城隍。尔等凡夫俗子若果知道老汉一生不曾沾手金银，就不会这么费力地硬给他脸上贴金。唉，你们这委实是在羞辱他老人家呢！"

几个山西客正在为手里的活路着急，一看身边这个老汉居然在一旁尽说些无趣的话，便没好气地撑了他一句说："老人家，没事拿块炭到黄河边洗洗去！照你说，这金箔贴在你这张驴脸上倒挺合适是不？"

只见老汉一声不吭，径直走上神龛往那儿一坐，对着神龛下面面相觑的众生冷冷地回了一句："人徒有七尺之形，不如驴长有一尺之面。你们瞧好了，洽川县三沟六塬大致的几处地界，在老汉我这张脸上哪处可都不会少的哟！你们还愣着看啥呢，烦劳各位就着我这张老脸再试试你们的手艺如何……"

工匠们还在诧异，只见一道红光在庙后骤然闪过，老者立时化作一尊威风凛凛的泥胎城隍。那头驮着老汉过来的老骟驴，随之变成了一尊威武的庙堂石狮……

那阵子，正是县大衙接案办公的早堂时间。听人飞报东城门一大早居然出了此等奇异之事，县令立马放下手头公案急忙乘轿出衙。到了现场，几个工匠早已吓得浑身颤抖脸色乌青。县太爷二话不说，对着庙堂上那尊仪容威严的城隍爷低头便拜。

谁又能知道，县令对着城隍塑像双手作罢揖、上过香，继要俯身磕头的那一刻，忽听耳边似有人言："你来了吗？"

这位知书达理的从六品典仪，当年改派同州府州同，继而降任洽川知县，连他自己都不知道这是得罪了哪路神灵。刚才耳边这四个字，不迟不早偏偏在这个时候响起，这难道是座上城隍爷的刻意提醒吗？他不禁浑身一激灵，依然有条不紊地叩拜。他当然明白，自己这个统管此地的当朝状元，虽然职衔大小和这个县城隍爷平起平坐，但毕竟神明可畏，他勉强让自己那颗扑腾的心镇静下来。

城隍本是当地冥界的县令，每每有人来到此处地界当官吃粮，怎么说也算得上个天摇地动的事儿。地面之上的那些绅五绅六，这位县太爷都一一拜见过了；城隍爷开口说的这句话，或是冥界那边给自己这个阳间县

令打招呼呢。

虽说是个梦，县太爷却非常重视。眼下，他觉得先闹清梦里这位新城隍的凡间名讳才是正事，于是命县丞即刻派人打探县治内养有麻脸灰骟驴的一切人家。

谁知道，县令这头儿话语一出，当场就有几个修庙还愿的村壮具名禀报说，眼前坐于神龛的这位骑驴来的老汉，据实是城南十三里一个叫留马村的人。老者年轻时是个戏子，老后改了行，时常佝偻着腰身推着独轮车在戏台下卖甑糕。别看老汉是个哑巴，从来不吆喝生意，一场戏下来那锅甑糕也就卖完了。就是把这个人烧成一把灰，十里八乡的人也都认得。

县令也不再仔细盘问，当场伏案写了四个大字曰"为善必昌"。当即命人制成匾，支派庙前那班准备祭庙的龟兹人吹吹打打一路送到了留马村。

这头儿，官家仪仗已经到了村头，村里人以为老汉女儿把抬埋日子闹错了，还整出这么大的气派送了个大匾来。等明白送门户的居然是当朝县太爷后，几大祠堂赶紧取钱打赏轿夫，准备酒饭待客。

可是，村里那些凡夫俗子哪肯相信这些鬼话。他们也不说接下的那大匾往哪儿悬挂，都关心起老汉那头驴来。一伙人将信将疑地去了魏家马坊院，但见麻石板箍的驴槽里，一节干草头儿都没有，槽边铜环上，倒是留下一截扯断的驴笼头……

村上出了人仙，老汉的葬礼当然要按照相应品级的官仪办。自打大明先皇赐封府州县城隍爷从属阳间官阶享受香火以来，这个规矩已经施行几百年了。于是乎，择下葬吉日，知县亲自主持祭奠，当众下发告帖曰：

煌煌世象，风恬日清，巍巍山峦，小溪淙淙。
芸芸众生，孰不爱生，爱生至极，当会爱宗。
一介俗子，贫贱优伶，觉悟得道，现世关公。
匡扶正义，鞭挞邪祟，抚慰民心，教化世风。
天降大任，九五至尊，焉知蝼蚁，亦可托生。
初平牧羊，葛洪飘零，八仙过海，终成神灵。

在当地戏班里，提溜关二爷偶头的师傅历来都是高人一等的。

罗锅老汉年轻时不但提溜过关二爷，临死仍不忘让活着的乡邻能日日乐而忘忧，义无反顾地拿出一辈子的积蓄，为祠堂置办了一副全挂戏箱。一个男人，生为人杰，死亦鬼雄，被天庭追封为冥界县令看来也是理所当然。于是乎，罗锅这辈子做过的大小事情，亦被那些书记官整理成册，上报县大衙被记载在了县志上。老汉那并不辉煌的一生，更是被四邻八村演绎得神乎其神。

事情已经被官府闹到了这个地步，留马村依然有人不肯买这个账。用他们的话说，罗锅老汉一辈子并没做过几件像模像样的人事。活了一世人受的那些苦累，也都是为了给自个儿家门挣那点光鲜使然。走遍落雁滩，哪个庄户人不是起早贪黑为儿女做了一辈子的苦虫儿？至于老罗锅留下的这副戏箱，那也是有言在先——家门户下若果无人爱好此物，才可由祠堂派人继承掌管。

说到唱戏，罗锅年轻时倒是唱过几天戏。他那两嗓子不说在人才济济的东府无有一丝名望，就是搁在小小的落雁滩也根本算不上个好唱家。再说，提溜过关二爷的人多了去了，他才摆过几天坐箱喝茶的排场？若此类人都可做城隍，洽川县岂不成了城隍县？何况，这厮那年上台操偶子踩翻了架板摔断了腰，从此再也没有登台唱过戏，只能勉强算半个唱家。后来，躺在炕头不意又烧坏了耳朵瓢子，下炕后不但鲜见开口说话，更不曾开口唱过一句戏文。

不过，这类对神明大不敬的话语说道的人多了，坊间即时就有了新的回应。

各村那些爱管闲事的老秀才如是说，大凡一些天生的造势人物，老天爷那副天眼一直看得一清二楚。为了苍生社稷的安稳，总会让一些命硬的人物早早失去常人的一些活命本领。吃着五谷，一个人的浮生际遇，并不单是那些虚妄的荣华富贵和功名利禄；前世今生的一切遭遇，都隐示着这个世界不可说破的某种天意。遥想当年，老罗锅守着祖上三十亩薄地，在距村六里半路的镇点上盘下一间瓦房兼营饭食铺子。早上供应甑糕，中午油泼扯面，夜里推着一辆独轮车赶撑戏场，一个麻钱一个铜板地积攒的那

点家财，不修不盖却专意请来洽川最有名望的制偶师傅，坐在他家那并不宽敞的上房里整整雕刻了一个冬天。直到拴好最后一个偶头，老汉这才安然合眼驾鹤西去。试想，老汉这些到手的银子，本该给儿孙留着置地盖房才是正经去路，他咋就舍得全部花在这些偶子上？即使他想为自己身后买点名望，何不去修桥补路，却专意给村里置办了一副全挂的线偶戏箱呢？

在这个世界上，说不明道不白的事儿太多了。试想，那一挂挂线猴子，何尝不是咱们这些窝在村巷里的张王李赵呢？人在尘世上走这一遭，打从娘胎里出来头上就有三根系命的绳哪。一根系着官老爷的帽翅子，一根挂在阎王家的屋梁上，还有一根拴着太清殿的石础子……

一个穷戏子，临死给村庄留下一群线猴娃娃，每日间摆弄着黑红脸儿给咱们叙说天上人间的酸甜苦辣，它们，又何尝不是一尊尊替庄户人说话的小菩萨呢？

4

老戏骨死后做了城隍爷没半年光景，时月一夜间换成了民国。太阳依然从河东岸出来，绕一圈儿在西滩那边杨树林子里钻了地。戴胜鸟儿叫了，坡上的麦子便黄了；长脖子雁排着队朝南飞，滩底的高粱穗子就该割头了。戏巷的魏家子孙们，忙完地里的庄稼，依然得唱他们的戏。

眼下，东留马掌管戏箱的箱主，理所当然是老罗锅的嫡系长孙魏仁湘。提说起这个中年男人，任你咋绕都绕不过戏班时常送主家的一出叫《瓜女婿》的小捎戏。在戏里头，扮演那个瓜女婿的偶子，更有一个不为外人所知的说道。

在东府一带，无论是驴皮剪的灯影子，还是举着偶头表演的杖头子，出台人物几近大戏，唯有线偶戏这个行当，却多了一个担当"说者"的偶人。在出台的戏文里，这个人物可以是个偷挖邻居蔓菁的懒汉、横行街巷里弄的泼皮、漂泊潦倒的穷书生、不谙世事的瓜女婿、捣蛋逃学的小童生、稀里糊涂的糙子官，以及送信的报子、啬皮鬼老汉、怕婆娘的受气包、被人糟践的可怜虫儿……总之，生旦净末丑，这个角儿都能掺和。说到这一点,可能是因了线偶戏台子太小,一些本戏的过场、情节无法展示,这个偶子便会被即时提溜出来,一个"人"站在那儿无所不知地说道半天。于是乎,这个讨人喜爱的偶子便有了专享的名号。线户家亲切地称其为"来报子",戏迷们叫他"癞包子"或"癞疱子",指的正是这个小丑角儿。

每每开大戏之前,锣鼓家伙铿铿锵锵打过,需要招徕观众静场入戏时,这个头上翘着根小辫的活宝便蹦蹦跳跳地被人提溜出来。一出台口,那副模样丑得简直令人捧腹——塌塌鼻子白眼窝,樱桃小口奔耳朵,倭瓜脑袋朝天辫儿,额颅上还粘着只福蜘蛾儿。

板鼓点子一起,这厮端着个大脑袋站在那儿便摇摇晃晃地说:

老,老,老,
老少爷们儿仔细听,
小的名叫四先生,
只因貌样长得嫽,
得了个诨名——
葫芦瓢!

戏这就算正式开了。

在这一出捎戏里,来报子摇身一变就成了一个叫"四先生"的男人。这个备受糟践的主角,在东留马确有其人,他正是老城隍的嫡亲孙子魏仁湘。这些小戏那些插科打诨的戏词,也都出自此公的如椽之笔。

按说,老罗锅的日子在东留马并不算寒酸,到了儿子魏存贤这辈儿还曾发过迹。再说,这个独苗孙子仁湘少小念了一肚子书,每日里不但得侍弄地里的庄稼,空闲时还得换上那件大衫子做做村学的教书先生。这样的人厢①,似乎并不该被拉扯到唱戏这个行道里来。可是,线户家搭班子出门应事,全赖魏家这副宝贝戏箱。加之,这个读书人似乎也毫不在意唱戏

---

① 人厢:人尖子。

会低贱了自己那身份，不但自甘与这些庄户戏子为伍，且敬业乐群，不亦乐乎。

话还得说回来，在落雁滩这片地界，一个男人识字与否并不要紧，肚子里却都得装一本做人的无字书，行事做人都得循规蹈矩。在这件大事上，这个不言不喘的魏仁湘却毫不输阵。此人十三岁娶亲，十五岁当爹，三十二岁又做姥爷，真可谓晾干的马粪沤黄杏，赶的那可尽是些早行市。至于他本人这个古怪的诨名，还得提说一下村里这座庙。

戏里有座四圣庙，留马村也有一座四圣庙，这一切亦并非巧合。

遥想当年，这个魏仁湘穿着小马褂坐在村头这座四圣庙里陪着那些泥胎娘娘读过六年"人之初"，当年秋季便一举考上了洽川县新成立的第一高级小学。年关放了寒假回村来，这厮不拾牛粪不打柴，居然不知天高地厚地在自家院子里摆了张长条桌子，挥着一杆大毛笔给左邻右舍写起春联来。

又说，邻村桃李营有一前清老贡生，此人好像一辈子都在考试，当爷爷那年虽连中二元，然而终未赴京参加殿试。这个住在村庄里四体不勤五谷不分的穷酸文人，却有一个嗜好——偏爱吟唱和收集楹联。每年正月间，老秀才要做的事儿，便是骑着驴四村里欣赏家家门上张贴的新春对子。这年的大年初二，他骑着家里那头瘦驴游荡到了东留马，看到家家门上张贴的对联大多出自一个稚嫩新手，便大大地吃了一惊。转完几道巷，当他知道这些新对联都是由一个稚子所编所写时，老秀才站在那儿捻着下巴上的一绺山羊胡子，嘴里只讷讷地吐了四个字——"八斗之才"！

自此，小小年纪的魏仁湘头上这个"四字先生"的绰号便不胫而走。过了不短的时日，可能此绰号庄户人喊起来过于拗口，于是这个"四字先生"的名号便慢慢被简化成了"四先生"。全村老少，无论当面还是背地里，有直接称呼其"四先生"的，也有加了辈分喊成了"四爷""四伯""四哥"的，总之，跟他在祠堂的排行一点关系都没有。

谁知道，这个四先生也真是块读书的料。他背着馍馍布袋，只在洽川县念了一年高小，便被恩师举荐提前参加了中考，居然被考官看中，跳级插班去了东府唯一的高等学府洽川中学。第一学期代表洽川县参加省考，便得了个十三县第一。为此村庄大事，东留马曾唱戏三天，闹得像祠堂出了新科状元一般。

这一年，四先生十三岁还不到。他家老子魏存贤为家门中出了此等鲤鱼跳龙门的大喜事烧躁得几天几夜都没睡踏实。一天早上，这个庄户人咬咬牙从麦瓮底下拉出个钱罐子，装了一褡裢铜板，吆了匹驮骡出了落雁滩。不日，便给儿子定了亲，是朝邑民卫军司令王国麟年满十六岁的大姑娘。当年秋收刚过，魏家祠堂就大张旗鼓地把新人迎娶回了落雁滩。

在当地，给十三岁儿子占媳妇的人家委实不少，娶进门的却不多。要摆这样的阔绰，即便是那些大户人家事先也还得掂算掂算。不但要请高人看看祖坟穴口，测测房脊方位，必要时还得请道士来把祖坟院基修治一番。上溯八代，魏家不但无一人因读书入朝做官，更没人应考武举在马上挣得功名，说来说去还就数老罗锅的甑糕在四乡有点名望，死后还稀里糊涂地被封了洽川城隍。到了儿子魏存贤手上，一个吆马车的脚户，居然敢于摆这样的阔绰，村上族老免不了就多了些话说，不外乎一些床帏关怀，其间还穿插了些许喻世理念。不无规劝地说，这么大点儿子娃腰眼还软着哩，娶个十六七的大姑娘搁在炕头，每天夜里小夫妻免不了要闹出几番动静。一头刚刚能够着槽帮的牛犊子，还没嚼几口硬茬草料长圆出力的胚脐，且不说见习搭套拽耧子那些轻省活路，脖根上一下驾受这么个重轭头，难免不会乱了套路，闹出些扭腰折胯的笑话。

《瓜女婿》这折戏，恰好也是这么唱的。姑且可以说，东留马这个四先生的戏剧人生也是这么发端的。

戏里说，某大户给儿子娶媳妇的先天夜里，家里按照坊间规矩专意为儿子邀来一朋儿[1]暖房[2]。迎亲当晚，家里人倒是还没忘了备办几桌带着馍馍饭菜的端整酒席，喊来左邻右舍几个娶了媳妇的客人大吃二喝了一阵。一来是为了应宾朋满座这个礼数；再则，请来的这些小伙儿还得给主家耍一阵媳妇闹闹房。结果，新郎官年纪太小不谙世事，任几个毛小子百般挑逗耍弄，最终也没能让一对新人闹出那些个"摸虼蚤""掏鹌鹑""倒卷

---

[1] 一朋儿：发小。
[2] 暖房：民间习俗，大婚前一夜需让一群童男住在新房。

珠帘"之类的端整名头。真是皇上不急活活急死一群小太监。一伙毛头小子，一看遇到这号不开窍的石芯子货色，最终只能草草了事，就这么晾下一对新人大眼瞪着小眼，家里大人为闹出此等尴尬不免又一次急迫起来。

此地娶媳妇闹房这事儿，看起来是一群年轻人之间的恣意耍闹，在坊间却很是有些讲究。按照老套说法，这一天家门鼓乐喧天香烟袅袅，必会惊动地面上的各路神灵，亦会招来鬼魅趁机作祟。为驱逐邪灵阴气，只有请一群阳气十足的年轻小伙儿暖房到午夜方能逢凶化吉。坊间俚语"人不闹鬼闹"，大约讲的就是这个道理。

一般说来，遇上这号村院喜事，三朋四友都会主动来支应这个事情。若果真无人促哄，这户人家的名声在村院里一般都不咋好。为顾及这个脸面，家里人赶着紧儿又安顿了几个叔伯弟兄吃了一桌子干果碟子，几乎是哀求着让几个猴羔子趴在新房的窗棂下，就是做样子也得为儿子听会儿房去。

却说，几个满脸沾着主家点心渣儿的唔儿鬼①，虽一个个摩拳擦掌在那儿做出准备熬夜的样子，可心里都十分清楚，接下来大约还是无戏可看。绝如他们熟知的戏上经常唱的这号主幼臣重的朝事一般，面对一个狗屁不懂的小皇上，有奏本的勾着个脑袋在那儿唱一阵前三皇后五帝的陈芝麻烂谷子，文武百官袖着手站在那儿趁机打会儿小瞌睡，只等白脸太监落板时喊一声退朝，那些"王朝马汉"才会少气无力地跟着附和一阵，一切也就随之偃旗息鼓了。

果不其然，一伙唔儿鬼冻猴猴②地猫在台阶上等了好长一段时间，小房里边压根没见有一丝动静。这头儿一个个正要起身拍屁股走人，此刻屋内却传来一点动静。

只听得似乎是新媳妇在炕头开腔说了一句："先生，小奴家听着窗下这阵人马三起，咱还是吹灯睡觉吧……"

再听，里面又鸦雀无声了。

外边的毛头小子一看，苦苦等了大半宿还算有所收获，立马群情激

---

① 唔儿鬼：原指戏上那些没戏词的兵丁衙役，土语中为对孩童的爱称。
② 冻猴猴：形容天气很冷。

昂，一个个不禁心头窃喜。没准儿四先生这个小骞坏这阵被新媳妇伺候得熨帖，里边马上就要开大戏了呢。于是，窗台下的乌合之众大大咧咧地相互招呼了一番说要走了，脚下却没一个挪窝，又一齐静心屏气地俯下了身子。

不过，接下来发生的一切并不像他们所预期的那样。

从门缝里边不时传出的那些小声响来判断，新郎官那阵子可能遇到点小麻烦。估摸是一时解不开新衣服上的布纽子，还固执地不肯让新娘子帮忙。最终，被新媳妇逼得紧了，他嘴里好像还咕咕哝哝了好一阵。未几，也不知为了什么，新郎官居然在新房内哽哽咽咽地哭将起来了。

大喜的日子，前来捧场的亲戚邻里都想讨个吉利，不意却讨了这么个霉头。于是，几个人也不说咋个给主家交差，准备就这么偷偷散伙了事。谁知道，没等窗台下的人起身开溜，只听得新郎官居然隔着窗户朝外喊将起来。其大意是让窗台下的一个伙伴这就替他传个话去，让他婆给他把被子在脚边暖好，他一会儿还照样过去睡觉！这头儿话音未落，只听啪的一声，活像木板落在皮肉上的清脆响声便从新房的窗户传了出来。

原来，屋内的新炕上，小媳妇刚打开箱子，取出老娘陪箱来的糖果，取了一方白绸在红毡上铺了，羞答答地示意夫婿在炕头坐定后，自己一件件卸了头上的珠玉簪钗，窸窸窣窣地解开大裳，准备演习天下夫妻的第一宗举案齐眉的事情——分吃糖果。可是，等新娘子摆好果碟羞答答地抬头向这边一看，心里不免暗叫了一声苦。只见窝在炕头的小女婿那副窘态，活脱脱的是一个做错了事准备挨打的窝囊鬼，眼皮抬也不抬，似背书的学童在打瞌睡，挂在小脸上的两股清鼻涕正顺着鼻子窟窿随着呼吸有进有出。

当然，出嫁的女子离开娘怀一般都会领受一回老娘的新婚面命。亦不外乎女婿年少，小房内免不了闹出点小闪失，能担待的地方还得多担待之类的碎话。完了，更少不了交代一些诸如碰见不谙世事的生瓜蛋子鲁莽从事如何相机化解的法儿。说白了，事到临头，三句大好话怎么也抵不过一马棒管用。该出手时就出手，这只是意料之外的那个万一。毕竟，像这号刚满十三岁的女婿娃，咋说也还端不起大男人那个英武架势。

婚房内，新娘子就着两盏大红灯笼，一看小女婿那副瓜眉失眼的样子还算老实，原本提心吊胆的那点忐忑，一下子便消失了。然而，等这厢抬起头来，向夫婿投去一缕试探的娇嗔，心头却不免一惊。不知为了何事，自己新嫁的这个不成材的瓜女婿，此刻却哭丧着一张小脸，活像谁欠了他一笔账似的给自己摆出一副臭样子。

小媳妇毕竟年长女婿娃三岁，已粗懂些事理，便放下了千金身段准备哄着女婿宽衣睡觉，一切熬过今夜再说。谁能知道，待媳妇这头儿拉开一床团花大被子，低眉下眼地对他说了句"我吹灯呀"的应接话后，却不知冲撞了这厮头上的哪根筋，居然招惹得他趴在墙那边呜呜地哭起来。

却说，新郎官平白无故这么一哭，新娘子立时方寸大乱，一时不知咋样收拾才好。谁料想，这厮在那儿呜呜地小哭了一阵，一看这招并不似往日自己这头儿一发声便有亲婆来哄，今日家里用花轿给自己接来的这个花大姐脸上的那副神色，居然还多有不屑，这厮便气急败坏地在那厢撒起泼来。

一看洞房花烛之时闹出这号让人挂不住颜面的事情，新娘子一时也顾不了那么多俗套，情急之下顺手抄起箱盖撑板，在小夫君屁股上狠狠地拍了一下。嘴里少不得还带了点吓唬说："咦，咦，你这是给谁搁事①呢？再哭一声我听听！"一看对方还算被镇住了，她依然不无威胁地加了一句："哭嘛，咋不哭了？哼，再哭，小心本姐姐今黑打肿你娃儿的臭屁股！去，自己脱鞋洗脚上炕！"

且说，看着身板比自己高出一头的新娘子并没有放下手里撑板的意思，一双鲜藕般粗壮的胳膊依然气冲冲地插在腰间，身子离他很近，这厮不免就有点心怯。看那厢杏眼圆睁的样子，自己如若再有些许造次，人家定当不饶。这小子再傻，还看得出眼前这茬口②跟往日与小伙伴间的交往有所不同，虽然很委屈，却也乖乖收起那副不可一世的少爷派头，灰溜溜地止了哭声下炕自己洗脚。当夜无事。

接下来的几天，这小子进了自家小房倒是比此前长了不少眼色，然而

---

① 搁事：嫁祸，亦有耍赖的意思。
② 茬口：方言，事情发展的紧要关头，亦有景况的意味。

对炕头上那些夫妻大礼依然一窍不通。于是乎，惹得家婆勃然大怒并多次过问，且安顿从娘家回来的孙媳妇当夜不要任其另拉被盖打脚头睡觉，吹灯过后尽管往一个被窝里扯，看这个不省事的东西还能无动于衷？如若还没起色，那就撕下脸面，手把手地给他当面指教一番。自己一手抱大的孙孙，她当然知道这厮那点小脾性。对一些不熟悉的好东西，起初都会摆出一副不上心的鬼样子。若是让其知道了那东西好吃好玩，绝对就会像老狗惦记臭茅厕一样，一天不走三遭心里都痒痒。

刚过门的孙媳虽被家婆指教得满脸绯红，却不得不羞羞答答地点头答应。事后，谁也不知孙媳当夜照样儿做了没有。

村上这么多年终于出了这么个大人厢，好赖也是个可供说道的事儿。然而，有关这个男人的故事，却大多连着东留马的一切是是非非。

5

去年秋里雨多，甜寡妇家后院的土墙被白露前的那场连续四十多天的淫雨淋塌了，一冬一春就那么敞着。在伏天的太阳下，一溜儿枣刺篱笆上歪歪扭扭地攀上来一根根喇叭花稚嫩的蔓子，几个不起眼的小骨朵已经招摇地在梢头摇曳。虽勉强算是个遮挡，却挡不住路人的目光。村上游荡的闲汉和狗，经过那个能望见寡妇家后院动静的豁口，都会伸长脖子向里边张望一阵，希冀透过那棵桑树看到一些值得关注的稀罕。

这天晌午，从那垛塌墙里边终于传来寡妇母狼般的咒骂声："蔓货，你碎尿下来不？不下来？好，看我不拿根晾衣杆子戳你小子的臭屁眼！浑蛋，得是躲在树上偷看老娘上厕所哩？你个遭天杀的一满不学好，咋不回家看你婆的去……"

趁着寡妇在那儿一边咒骂一边手忙脚乱地起身提裙的那个间隙，桑树上一个人影扯着树枝荡过豁口，撒手后轻盈落地，很快顺着墙外的踅巷窜了。桑枝左摇右摆了一阵子，抖落了一地饱熟的桑葚，几颗不偏不倚地落在了寡妇那浆洗得平展展的白丝布衫上，立时溅出几点胭脂般鲜艳的紫红。这下好了，一直找不到机会发泄肚里那点苦闷的小寡妇，活像为了显

摆她家街门并不像别人想象得那么冷清似的,在前院里跳着脚直骂得口干舌燥嗓子冒烟仍不解气,接着又出了大门站在巷道里骂了好一阵子。

伏天正午静谧的村院,立时被这股刻薄尖酸的声浪鼓噪得热闹非凡。各家各户正在锅台上忙活的女人们,也不说灶膛里还有旺火,锅里下了面条,一甩手全出了门,凑在一起看起了身边这号不用掏钱的热闹。

不一阵子,蔓货的奶奶老媒旦便拄着拐棍出门来了。

甜寡妇根本没有想到,自家这一番叫骂却招来了村上这个谁都惹不起的坐地炮,便知趣地歇了口,扭头闪进了自家街门。倒不是甜寡妇胆小怕事,委实是堙巷这个老太太不好惹。

说到东留马这个被人喊作"老媒旦"的老女人,那还真不是平处卧的主儿。左邻右舍间寻常的家长里短只要牵扯到这个女人,她断然不会吃一丁点亏。论起吵嘴骂街这档子活路,此人跺着一双大脚站在巷道上,嘴里辣子一行、茄子一行,绝对骂不出一句重样话来。寻常人就是有理也得让她三分。

按说,一个女人活到孙子娶媳妇的这把年纪,无论年轻时如何招摇,到了这阵也该有所收敛。眼见已是要上祠堂轴子的人了,不说给膝下儿孙积点口德,自己身后抬埋那阵,总还得打搅这些左邻右舍出手帮衬。可这个提着偶子唱了大半辈子线戏的老女人,到了眼下六十大几这个岁数,活像依然不服气自己这把年纪似的。

据说,老太太年轻那阵长得倒是挺中看的。当年,缺爹少娘的"六六娃"这个年轻小伙儿虽然家道贫寒,却占了独门独院这点好处,加上小伙子已经是能挣钱养家的戏把式,定亲时在落雁滩十三村同庚的二十一个女娃中,一眼就相中了这个俊媳妇。就是到了眼下,老太太那副脸蛋虽然变得像过了冬的紫皮洋芋——不该皱的地方皱了,本应圆的地方瘪了,却仍依稀留着当年的风韵。

当然,一个老女人脸上仅剩的这点光鲜,亦无须再去夸口了。至少可以肯定地说,老太太到了这个岁数,唱起戏来嗓音却依旧糯润,隔着布幔子一开腔,台下听到的活脱脱还似十八岁的小娇娥呢。

何况,这个女人还是东留马第一个出村唱戏挣钱养家的女人。

老太太四十岁那年腊月，埋了自家炕头的病老汉，孤儿寡母的小家日子，一下子紧巴得无法过活。她遂带领儿子媳妇赶着家里那头驮戏箱的老骟驴，试着出村给人应了几回事。不但没出一丝破绽，居然还捞了点名望。接着，那年秋天一家人搭班子去陇东赶完了秋季庙会，折回来又去了山西那边。一路从豫东走回陕西，整整唱到了小年。母子二人居然一下子擖红了场子，声名因之远播三省。每逢四邻八村大点的庙会请戏，那些黑脸汉子蹲在戏台下端一碗挖了猪油辣子的荞麦煎面①，听一折老媒旦那行腔婉转的《双凤簪》，心头得到的那份满足，便成了他们最大的享受。

又说，这个老太太不仅会唱戏，还有个给人说媒跑腿的嗜好。方圆几个村庄里，多年来她亲自撮合成过好几宗亲事，还算是个有些名望的媒妁。

在外人看来，媒妁这个行当的饭食挺可口，却不晓得主家央媒酒席上的那双乌木筷子并不是一般人能拿得动的。操持这类合八字的缜密事情，村庄上那些能把碌碡说上天的能猴猴男人，事前事后依然需要有几个敲边鼓的前后帮衬，何况一个妇人，单枪匹马就敢给人揽这号事。因了这点名望，老太太在村庄周遭便赢得了"老媒旦"这个相当善意又不乏贬损、亦带戏谑的鸿名。

这阵子，甜寡妇在村道里也叫骂累了，老太太拄着拐棍即时走出家门，那些在各家门前偷看热闹的婆娘女子少不了起身招呼，老太太也频频颔首应接。

只见老媒旦不紧不慢地拐进了戏巷，熟门熟路地来到了甜寡妇门前，也不叩门便迈进了院子。轻盈地提裙上台阶，未揭主家厢房那绣花带穗儿的夹板门帘，便紧着给主家招呼着："甜娃妈哟，狗把做饭屋门板拱开了，小心案上的馍馍……"

说罢这句关照，却没见主家搭腔。她站在台阶上嘴里还不住地嘟囔："唉，养这些偷嘴的尽糟害人哩，怕不是四先生家的狗？"

墙根下有一条大黑狗，并不在意一个老太太的呵斥，依然舔着猪食槽

---

① 煎面：渭北农家食品，用杂粮面糊摊在鏊子上烙熟，切了下锅的面食。

子里的剩食。于是，她口吻更加凶狠地敲着拐棍对站在墙根下的狗数叨："大黑，还不跑咋哩？得是等我老婆子拿棍子打你两下哩，嗯——？贼眼瞪得跟铃铛一样，咋，把自家当主人哩？快滚！"

此刻，厢房里的甜寡妇早已听到院子里的人声。虽说她对这位老邻居每日间的随意造访并不需要热情，今日却不能不硬着头皮装出一副很意外的样子出门招呼。

但见，甜寡妇看似无事一般扭捏着身子揭开厦房门帘，探出半个杨柳身子算是打了个招呼，嘴里装作毫不在意地接腔说："不咋，大黑不是那偷嘴的牲畜。他张干大昨日送过来让白天帮着看看院子，我又不好推却人家的一番好意。婶儿，你咋这阵有空串门子哩？快进屋坐到炕上，你的腿怕凉呢。"

老太太看到主家已经出来迎接，算是有了面子。抬脚便进了寡妇烧灶炕的厢房，伸手在炕头做样儿摸了摸，只在炕棱上倚了半边屁股坐了。

老媒旦一坐下，便气定神闲地满屋子扫视了一番，这才眯着一双眼睛打量起主家那张粉团脸儿，瞅着瞅着却陡然发出几声窃笑，直到把对方闹得不好意思起来。

这位甜寡妇从小在娘家随舅舅学吊线唱社火，从小丫头唱成了大姑娘，后来又成了魏家门里的小媳妇。却说，这女子戏唱得那是真好，命却不好，这一切，都怨她尽唱些苦戏。一折《云头送子》让她唱得那真是一板哽咽、三眼婉转，场上场下，无一不为之垂泪。终了，她把杜丽娘唱得上天成了仙，倒把她自己唱成了个小寡妇。

虽说一个妇道人家过了花骨朵一般的二八年华，迈过二十五六岁这个坎儿，就不算年轻。不过，眼前这女子天生一副俊俏的模样，倒还受得住岁月的折腾。不说是明眸皓齿、桃羞杏让，却也明艳动人、如花似玉。再配上那赢人的好身段，身上该凹的地方凹得恰到好处；该凸的地方又凸得不至于让人为之担心。一些天生尤物的必要物件，在这个女子身上或多或少还都找得着。

且说，老太太笑得甜寡妇两腮泛红，她却在那儿打问说："哎，那会子你站在巷道拍着尻蛋子一跳三尺在嗷谁呢？得是有个瞎物爬墙头看你家后院的西湖景哩？"

甜寡妇抿着小嘴并不作答，只是讪讪一笑。

老媒旦撇了撇嘴，装作十分不相信的样子说道："秋凤唔个没成色的，刚还说我家蔓货趴在后院偷看了他花婶的好景致。噫，我就不信我家孙子恁不省事。家里年头刚给他娶了新媳妇，整日间就知道黏在小房和媳妇唖嘴儿，雷公都喊不应。这大天白日的，咋还有爬墙看女人光尻子的那点兴致？"

甜寡妇一听老太太并不相信自家孙子真的做出了翻墙爬树偷看女人的恶行，便口吻认真地告诉她说："我看得清清楚楚，就是你家蔓货……"

老媒旦似乎并不相信甜寡妇会扯这号谎，却不以自家孙孙那点顽劣为耻，反而责怪甜寡妇说："你也真是，蔓货娃都十六七岁的男人了，哪会做出这等没脸的事情？话又说回来，就算我家孙子是个赖皮，你这当婶儿的就没过错吗？院墙倒了一冬一春，你咋不找人早点扶起来？得是怕路人来来去去看不见你那屁股？再说了，面对下辈的不恭和荒唐，当上辈的该遮盖你也得遮盖一点才是。你看看你刚才叫骂的那些难听话，只怕人不知道还是咋的？哦，那阵子那啥，你提裙子了没？"

甜寡妇一听这番奚落，原本想一句话顶过去。可这老妖婆又提起自己刚才闹出的尴尬，却让她脸上立马泛起两片红晕。只见她不在意地回了句话说："不晓得。唉，这段日子心里甚是憋闷，总想找人撒气。我也知道，蔓货娃只是偷树上的桑葚吃，倒也不是专意为害。也怪我这几天肚子不好，水火太紧……"

见自己这话换来老太太一脸得了便宜又卖乖的鄙夷，她叹了一口气，故意打岔说："婶儿，你说，女人家生世咋就这么难哪！"

老媒旦却毫不顾忌对方的感受，翻眼看着墙壁掉了的那块泥皮，撇着嘴轻省地回了她一句说："有啥难的？"

看样子她这阵子还真是有些闲空。即便是没空，两个女人坐在一起，那也得有一番或长或短的唠嗑。

只见老媒旦慢悠悠地拄起拐棍，一抬脚整个屁股坐上炕这才不紧不慢地开口说："唉，嫁汉嫁汉，如同耍钱。押宝输了，换张桌子抹花花不也

能捞回一点老本吗？人这一辈子，总不能寻一棵歪脖树去上吊，喊。"

甜寡妇接过对方的话茬儿，也不再提说后院走光之事，而是拉扯起娘家兄弟想给这边帮衬却脱不开身的难处和背不出地的秸秆，幽幽地向老媒旦告开了艰难："麦前那几天，后响连着下了几场大雨，闹得人手忙脚乱，沟沿豁那二亩麦子眼看着黄了，只好先剪了穗儿撂着；这头儿刚锄完埝上的黑豆，晌午得空才割倒那些麦秆背回来。唉，再不拾掇，遭一场淫雨又是一撂的下场，真是难死人了，哪还顾得上请人修墙这些事儿……"

老媒旦却轻省地回了她一句："要我说，你这是自作自受。"

甜寡妇微微一怔，她真的不知道，从老太太这张老嘴里咋突然蹦出这么不中听的话。不过，她还是按捺着性子，并没有发作。

老媒旦一看对方还算识相，便接着自己的话茬儿不无开导地说："好我的瓜娃呢，一辈子的光景，别以为只是眼前这三天两后响的难。太阳落下了，月亮出来了；收了麦子，又种谷子。人只要活着，就有收种不完的庄稼，往后的日子还长着呢。"

说着，老太太居然和面前这个小寡妇敞开了心扉，接连叹气说："唉，你六六伯不在的那年，我刚四十岁。你今年才多大点？女人哪，逢上如狼似虎的年纪，不说别的，炕头上一夜夜没个挖抓……唉，守寡的苦滋味儿，常人谁倒领受过嘛！白日间看见公鸡断母鸡、夜里听到郎猫在墙头嚎窝打架，这一双腿的大骨头就痒痒得活像虫虫蚀哩。唉，这号愁苦又咋个给世人学说去？好我的神神哩，谁受过这号难过谁知道。娃娃小那阵，还有事干哩。一眨眼都长大了，日子就这么过了大半辈子。眼下，蔓货也娶媳妇了。哎哟，一个女人的好时月咋就这么短哟！"

说到这里，老太太自怜自哀地叹了一口气，见甜寡妇无意接腔，便故作亲热地说："慧儿呀，女人家过了三十五六岁，就是霜打的荞麦花，鼓再大的心劲儿也结不出一粒籽实了。你就是把花鸭子捯饬成大白鹅，还不是一副扁嘴子嘛。俗话说，树挪死人挪活。女人嘛，嫁汉嫁汉，穿衣吃饭，再进一家门，添个一儿半女好赖也是个归宿，往前挪一步才是正道。你看，甜娃眼见都满五岁了。再大点，就算还有人看得上你这不见老的长相，进门去却领着这么大个拖油瓶，哪一家敢收留这号养不熟的白眼狼哪?"

甜寡妇一脸惆怅,无奈地回了一句说:"好我的婶儿哩,谁说不是哩。前天,娘家老子还捎话来,说朝邑那边给家里提说了一户人家,日子还说得过去,一院庄基盖造得像个砖瓮瓮,还有一顷半沙壤地哩。我爹已经给这边祠堂捎过话了……"

老媒旦一听,自己一直在心里盘算的事情居然半道出了这么个岔子,她假装不动声色,口气却显然有点紧张地支应了一句:"这是好事嘛,你咋不答应哩?"

只见甜寡妇轻轻叹了口气,满脸苦愁地道出其中原委:"听说那男的……年龄不小了,我只怕有啥闪失,派亲戚去打听了一番,一时也没找出啥弹嫌①。唉,有心答应哩,就是一直丢不下甜娃他爹这个门户。"

老媒旦一听这话,诧异地扬起了两道眉毛,抬头看了眼屋顶的席棚,鼓着干瘪的嘴巴吞咽了一口唾沫,决意从侧面细细打问甜寡妇的那点底细,她说:"有啥丢不下的哩?得是你在村子里给自家端详好了下家,暗地里已有了小相好?你今日给婶儿说实话,真的有往前挪一步的那个心思了吗?"

甜寡妇的小脸腾的一下红了,用发颤的声音回答说:"你看你说的都是啥话嘛,我这模样哪能有啥相好的呢。唉,一枝残花败柳,也不敢想世上那些花花绿绿的事儿了。说到村里的戏班,倒是有点让人割舍不下呢……"

老媒旦一听对方话头入港,取出大烟锅,这头儿刚装好烟叶子,甜寡妇就把火镰递了过来。老太太点着了火绒,凑在烟锅上吸旺了,这才开了口:"想吃甜香瓜,就有个白兔娃。只要你娃儿有这个心思,婶儿这里就有个好人家。"

甜寡妇以为老媒旦说的又是一句闲话,便没认真搭话。

老媒旦却趁机前倾着身子,摆出一副煞有介事的样子,不无启发地说:"这事儿要是成了呢,你夹着个包袱挪个屁股,两家只合个锅灶;进

---

① 弹嫌:挑剔,嫌弃。

门后四季庄稼也不用你问长问短，日后里里外外好赖有人替你操心。这人就在咱东留马，你看如何？"

甜寡妇蛾眉轻抬，颤声问道："你说的是谁？"

老媒旦嘴角一撇，笑嘻嘻地说："我儿子！"

甜寡妇立时不吭气了，半天才扑哧一声笑了，这才回她话说："九成哥？他年岁……嗯，大了我太多。蔓货年前家里才给娶了媳妇，我身边还有甜娃，这号事真的能成，家里少不得再添一儿半女，到那时侄子倒比叔叔大……"

老媒旦一听对方这话有门儿，在炕墙上磕了磕烟锅，挪着屁股往前靠了靠，摆出一副推心置腹的样子说："一个寡妇嫁人，哪像你这么挑拣哟！我家九成才三十六过点，这就大了哇？我咋听说，你对上槐院仁湘倒是有些心思，咋说他也比我家九成大三岁呢。他哥儿俩的年纪，可是瞒不过我哩。"

甜寡妇心头一震，反问道："你……你咋知道这没影儿的事儿？谁一天到晚嚼这号舌根，人家四哥那可是……好人哟……"

老媒旦却毫不理会甜寡妇对自己的洗刷，依然满盘子满碗地给人家端了出来说："对着哩，他家高门大户倒是不假，守着近百亩坡地，滩里还有两三百亩抢田①，加上马坊院的酱菜园子，日子倒是个好日子。可你想过没有，他家那明媒正娶的大婆子还在那儿占着炕头，你能闹过她？婶儿倒是想知道，你是等他休了前房娶你，还是盼人家这就收你做个偏房？"

一看面前的甜寡妇被她劈头盖脸说得不再搭腔，便语重心长地说道："瓜女子，和尚头上的虱子众人的眼，太阳出来了，自个儿的巴掌一满遮不住。人生得意须尽欢，何苦老来哭皇天？在落雁滩，我家儿子在戏行大小也是个人厢吧？到时候，小夫妻出门唱戏珠联璧合，虽说挣不来金山银山，顿顿总少不了麦面馍馍。人嘛，活着养活了这辈子，死了管他金镶玉裹还是一领芦席。再说，耒耜班要是少了我儿这个坐板鼓怀的，你看谁还支撑得了？"

---

① 抢田：滩地，抢季节下种，收获没保障。

甜寡妇一时不好不应她的问话,淡淡地附和说:"这倒也是……九成哥就有这号本事哩。苍天生人有高低,本事才是自己的。"

老媒旦一听这句话还算顺意,恶狠狠地补了一句:"离了我家九成这个大把式,他娃儿屎巴牛儿栽立孤桩①——给谁彰显他那黑尻子去呢!"

一看甜寡妇被自己那话戗得低下了头,她轻轻地叹了一口气,并不嫌寒碜地给面前的甜寡妇说起了自家院里的那点苦光景。

她说:"唉,好娃哩,这几年婶儿那日子也是有点不顺畅。先是蔓货那病秧子娘,拖累着我家九成挣不来两个就得预备着出去三个。真是把银圆兑成了麻钱去花,一个个全送到了药铺子,闹得眼下日子一日紧似一日。接着,喂了两年的老母猪,眼见下了一窝猪娃刚刚开始稀罕人了,却端端地掉进了红苕窖摔坏了腰,剥皮煮肉倒是让四邻八舍打了牙祭,家里一疙瘩钱就这么白撂了。年上,全家人累死累活给蔓货把媳妇娶进家门,又把驮骡倒换成了瘸腿驴……唉,你六六伯在世那阵就没给家里留下老底子,日子遇上点小不顺,简直就是扯着烂被子捂火盆——四岸子都漏风哩。"

说到这里,只见她眉毛一挑,似乎并不服输地接着又说:"不过呢,婶儿活了这大半辈子只信服一句老话——只有没志气的人户,没有不睁眼的天爷。眼下日子都成这个样子了,再瞎还能瞎到哪儿去?告诉你也无妨,我老婆子鼓着这股老犟劲儿,还打算再给家里盘几亩地呢。到时家口大了,伸出胳膊都得端碗。要是日后能遇几个好年成,积攒几石麦子,我家也得置办一副新戏箱。有自家的全乎班子,就得配副好箱去挣钱。话说到这里,箱主那也不是皇上给谁家钦赐下的,许别人有,我家就不该有?"

接着,她咬着牙关恶狠狠地补了一句说:"魏家祠堂过年时挂出来的那些爷婆轴子,那一副副吊死鬼脸,还不是东坟地里那几个死鬼在那儿轮换?财东那也不是谁家就该占着当几辈子的!呸!你说呢?"

甜寡妇似在倾听,当听到老媒旦提说到"财东"俩字时,心里咯噔一

---

① 栽立孤桩:方言,身体倒立的样子,拿大顶。

下,接着,一串清泪便流下来了。半天,才呜呜咽咽地说了一句:"那啥婶儿,咱别说人家了。心慧娃……这一辈儿没活好哇……"话音未落,便恸哭起来。

老太太一看自己的造访勾起了主家的伤心事儿,便摆出劝说的架势,随口宽心地说:"哭啥哩,别叫眼雨把心淹了。不管咋着,鼓把心劲儿咱也得往下活人哩。"

她看到了说正事的好茬口,也不顾及一个寡妇的脸面,一五一十地将村上四先生家那婆娘魏王氏曾托她这个媒婆中间撺掇,准备将眼前这个甜寡妇收为偏房的事儿说了,临了还不无开导地对她说:"慧儿,想来你也知道世上的这些事情。给人做小这也是世上行下的规矩,女人家,谁能逃脱老天爷给的这条苦虫命哪!"

甜寡妇并不作答,老媒旦试探着追问了一句:"你真的要走这条路哇?"

甜寡妇抿着嘴半天没开腔,思忖了一阵,最后点了点头。

老媒旦立即有点不屑地说:"慧儿,婶儿活了这大半辈子,不说吃的盐比你娃儿吃的饭多,世上这号事情也经见过一些。你遇到的这些,都是瞌睡碰见枕头的大好事,可你得听婶儿把丑话说到当面。唉,万事没着落,女儿家宁可卖身娼寮①,千万莫要思摸着去走给人做小房这条蹩脚的路哟……"

看着甜寡妇并不反感她的言语,老媒旦这才拉开架势,不无鄙夷地提说起了有关四先生炕头那婆娘的一些不为外人所知的根底。

只见她把身子往前倾了倾,做出十分亲密的样子,一脸神秘地说道:"婶儿告诉你个坊间实情,你也莫要在人堆里乱说……"

一看甜寡妇撩起衣襟擦了擦眼睛,摆出一副洗耳恭听的样子,她才开口道:"四先生那婆娘年轻时,肤色粉白,腰细髋大,招了大半辈子人眼。嗯,这号女人,咋说也算是个能捞娃娃的好胚子。可这妇人私处有一粒胭脂小痣……这个,常人肯定不知根底。实不相瞒,这委实是个'七星

---

① 娼寮:妓院。

女'的痣相。你就说吧，这女子嫁进东留马二十六年，左一个丫头片子，右一个丫头片子，哪一个不是我老婆子亲手接下草的？眼下，几个大的出阁了，炕头还养着四个黄毛丫头。那要是有一日送子娘娘不慎打个盹儿，让这个女人腰干之前再生个儿子出来，到时，就算你跟四先生能生一儿半女，一辈子却都别想翻过人家长房娘家人的手！"

看到甜寡妇被她最后这句话惊得杏眼圆睁，老媒旦冷冷地加了一句："四先生那个老丈人你知道是谁吗？那可是朝邑民团的大团总王老虎哟！老汉一辈子砍下的人头，比你娃儿在西瓜地里数过的西瓜都多哩。"

甜寡妇轻轻地吐了一口气，轻嗑皓齿回了对方一句："我一个小女子跟他无冤无仇，又咋个招惹他了？"

一看甜寡妇对她这番说教并不领情，似乎也没把嫁人这件事和她提说的那个手提关山刀的民团团总去联系，她赶忙自打圆场地附和道："对对对，咱不提人家朝邑老汉的事儿了……"

然而，这阵子她绝对不会放过这个说话的好茬口，只好沉住气，在一个女人面前揭开了四先生的那点老底："咱就说吧，仁湘那号吊腰子货，浓眉大眼，肩阔腰细，做起炕头上的事儿肯定也谙活。你六六爷年轻那阵子，那真是要多英武有多英武，站在打麦场上不用动手，用嘴巴叼着就能将百二十斤的麦子口袋甩到自家肩膀头子上！嘻嘻，夜里上了炕头，那劲头真好比偷吃狗碰见馍馍。天擦黑刚钻进被筒就要了我头回；半夜起夜，少不得还做二回；听到了鸡叫唤，他还兴致不减……唉，不说这些往事也罢。恁行的一个人，一辈子也只留下九成这棵独苗。你说说，你这一过去，万一碰上个布袋年①，一时半刻给人家生不出个儿子，到时罪过还不是你一个人揽啊？"

看着甜寡妇呆坐在那儿发癔症般不再言语，她只好摊开老底子告诉这个年轻女子说："慧儿呀，戏词里都写着'天阶夜色凉如水，卧看牵牛织女星'。别看那些嫔妃娘娘一个个出门脚不沾地，头戴镶金嵌银的凤冠，身着刺绣绫罗绸缎，过的却是整夜守着青灯苦等的煎熬日子，这跟眼下咱

---

① 布袋年：民间说法，正月腊月"两头打春闰八月"，借指不吉利的年份。

们这号守活寡又有啥两样呢？你总不会去眼热那炕头大小盼不来个男人、一夜一夜拿着扇子追打扑灯蟮蟮①的无聊日月吧？"

心慧总算被对方这句揭老底的话语说得轻轻点了点头，却没搭腔。

老媒旦一看初战告捷，便一锤定音般说道："若果跟了我家九成，有我这老娘做主，那总是要风风光光地明媒正娶。你只要进了门，婶儿就交出这大柜钥匙，唱戏挣来的大小铜板一满归你支派。你说说，一个寡妇家，哪有这号瞌睡碰见枕头的好归宿？娃呀，花无百日红，人无千日好，你自个儿掂量掂量呗。"

甜寡妇被老媒旦这一番入情入理的话说得不由得心动，慢慢抬起头，扑闪着一双大眼睛，依然等着对方的下文。

老媒旦知道，此刻已无须多言。她故意卖了个关子，推说锅底下还填着一截硬柴，这阵恐怕烧煳了一锅苞谷糁子。说罢，依然端起进门来时的那一副架势，一步三摇地出了房门。

两人来到当院，看见主家那只公鸡领着几只红脸母鸡悠闲地寻食，老太太依然没有忘记提醒女主人，那只大芦花正在呱蛋呢，该关就关到窝里，莫把蛋遗到旁人家之类的送情话。一言罢了，便出门而去。

依照女人家串门的规矩，甜寡妇少不了倚着门招呼声一路走好送个客套。一直没发作的大黑，此刻却冲着老太太的背影汪了一声。

6

这天黄昏，一个骑着匹鸡屎花骡子的人熟门熟路地进了西村，不经打问便找到了陈仓满家。东西两村房檐搭着院墙，公鸡隔道追来撵去地帮忙给两村的母鸡踩蛋，谁家有点事儿大伙儿也都知晓。客人这头儿一进村，已经有人认出了那匹骡子，来人肯定是朝邑那边的刘欣耕。

陈仓满在留马村算是个闲人，前年才在镇上捞了个保队附的差事。早先，这个人却是在道上吃"铁杆庄稼"的刀客。年轻那阵因牵扯了一条人

---

① 扑灯蟮蟮：小蛾子。

命案，坐过洽川县的大号子。不过，因做人行事仗义，此人在周边倒是一直有着不错的人缘。

这个时常和陈仓满打搅儿①的刘欣耕，也并不像个庄户人，看起来长得白白净净斯斯文文，功夫却相当老到。据说，他百步外用枪打灭过三炷香。这个人眼下在朝邑滩王老虎的麾下做二掌柜，人称"刘管家"，时常和西村这个陈仓满来往。大伙儿私底下都知道，这俩人之间做的大都是坐牢砍头的买卖。

陈家院子在西村村头。滩底夜里狼虫多，天色这阵还没完全黑下来，陈家大门已经咣当一声上了闩。

此刻，客人酒足饭饱，正躺在主家那张大木榻上侧着身子过烟瘾。

看到客人从随身褡裢里摸出自带的上等烟土，仔细地拨开几层精心缠裹的油纸，在灯上烧红了签子，熟练地挑起芝麻大小的一点烟膏，装进烟枪加热，然后对着烟枪饱吸了一口，憋着气慢悠悠地靠在那儿两眼不睁地品味，主家即时送上一碗热乎乎的泾阳茯砖茶。客人接了茶水也不说话，顺嘴啜了一口，这才大汗淋漓地吐出那口残烟，放了一个响屁，慢慢地直起身子。主家看客人似有话说，赶紧倾着身子迎了过来。

这个刘管家就这点癖好，大凡出门做客，不明来历的烟膏，他一口都不会动。自己随身带的秘制膏子，也不会主动请朋友品尝。只见他收拾好那只相当精致的白铜烟盒装进口袋，这才露出一副十分惬意的样子，准备和主家说事儿。

客人进门那阵，陈仓满特意喊来住在本村的小妻妹帮着伺候茶饭。喝过三杯，客人依然不说正事。他赶紧递了个眼色，小妻妹道了个万福款款退了出去。

刘管家趁着那股子烟劲儿，目光迷离地看着主家小妻妹腰肢摇曳地走出了房门，这才慢吞吞地吐明了来意："我这次过来，还真不是闲散心的。老大那边有点事儿，专意派我过来亲自托付一下……"

陈仓满怔了一下，紧着吹灭了手里的煤油纸，放下水烟袋，堆出一脸

---
① 打搅儿：一起合作，兼关系要好。

的谦恭紧着问道："三哥有话尽管讲，别说是大哥托付的事情，就是你老兄放个屁出来，那我也得拿纸包着！"

客人当然知道，守着落雁滩这片地界的这个陈仓满虽然说话油腔滑调，做事还是靠得住的。见主家摆出一副诚恳的样子在那儿听着，他才神秘地开口说："嗯，老大弄事儿不到七分火候也不会轻易惊动道上的弟兄。"

陈仓满一听对方的话意，以为又碰见地面上需要他剁人手脚的事儿，很不以为然地说："一点破事儿，还需要三哥亲自跑一趟？传个话过来，老弟也会办得干干净净。你尽管说，谁又吃过界惹得老大不高兴了？"

客人含笑不答，慢慢地接过水烟袋，在灯上点了取火纸，点着烟熟练地用嘴巴嘬了，从鼻孔里冒出两股烟。接着，噗一声吹走烟屎，慢悠悠地说："你小子孤陋寡闻，窝在这片烂塬头只知道贩牛倒骡子，这件事你真不知道还是假装不知道？"

陈仓满一听，老三说的好像还不是往日那些替人消灾的事儿，忙追问了一句："南岸子出啥大事了？"

刘管家也不卖关子，笑吟吟地告诉他实底说："能出啥大事嘛，大哥升官啦。前天，老爷子被胡长官召回西京当面任命，当夜就回到了朝邑滩。他现在已经是个名正言顺的国军少将团长了，咱们呢，也该换上军装领几天官饷啦！"

陈仓满眉头一蹙，着急地问："老大又吃错啥药啦？好马不吃回头草，他咋又想着回头？"

刘管家轻轻地嗯了一声，见主家那张臭嘴终于停下来，这才拉开架势说："前一阵子，杨主席这个贼大胆儿闹了那个兵谏，逮着老蒋做了几天人质，南京那边简直乱了套，差点儿派飞机炸了西京城呢。谁知道，苏联出面派共产党从中调停，一场天大的事情就这么偃旗息鼓了。目下呢，延安那边也痛痛快快地改编成了八路军，他们业已派员在'泾三高'一线公开招兵买马。你说说，这回咱们弟兄是不是有出头之日了？"

陈仓满长长地出了一口气，讷讷地说："这世道真他妈变了哇。蒋冯阎三个大老板打得血里捞人，这阵又和共产党握手言和。不过呢，老蒋咋就能忍下这口窝囊气哩？"

只见刘管家脸色立即冷峻起来，不无教训地对这个乡巴佬说："日本人都打到门上了，他哪还敢闹他那个'攘外必先安内'？张学良丢了东北，韩复榘失了山东，河东也被占领了，半壁江山都闹丢了哪！"

陈仓满看客人停住嘴巴不再往下说，便小心翼翼地问他道："老大这回做那个国军少将团长，到底是个啥打算？"

刘管家慢慢站起身来，背着双手走了一圈，很是悲愤地对着门外的天空吟道："山河破碎风飘絮，身世浮沉雨打萍。"

只见他转过身来，紧紧盯着陈仓满，推心置腹地说道："兄弟，你我虽是平民百姓，可在这个时候，也得有点男人的血性。老大说了，蒋先生既有这个气量，共产党也不计前嫌，咱们总不能窝在落雁滩过咱们的清闲日子。八路军这面旗子一举起来，泾阳街头一天就集结了三万学生兵。老大也心热了，连夜联络了专吃'山庄稼'的弟兄，约定他们从北边偷偷地溜，咱们就从潼关大摇大摆地走！"

陈仓满一听，不无担忧地问了他一句："老大这回咋又跟日本人杠上了？"

刘管家一甩袖子打断了他的话，不无指教地说："国共两党虽有仇怨，说破天那也是一个锅里搅勺把的弟兄。日本人是什么东西，一群烧杀抢掠觊觎我大好河山的倭寇！这次过河去，咱们少说也得凑个万儿八千人马。眼下，老大手下就这点人，守着三河口这片地界闹点养家糊口的银子倒还凑合，整编成正规军去上阵打仗，要考虑的事儿那就多喽。不说眼下咱们手头没一门大炮，人手也委实少了点。"

说到这里，刘管家又说了一句："你小子不读书不看报，整天就知道守着你这一亩三分地，哪知道世事的险恶哟！老大已经把话说了，在家门口横算啥大本事，有种就和这些日本人会会，他倒是想看看这些鬼子兵是不是都长着三头六臂！"

陈仓满不解地看了看刘管家，说道："我咋就不看报纸啦？日本人那些膏药飞机，隔些日子就会往下扔那玩意儿，不少人捡回来卷纸烟哩。咱好赖也还读过几天私塾，那上边不是说，日本人就是咸阳王车村徐福带

过去的那一干童男童女嘛,他们这是寻根问祖来了,这点破事儿我咋能不知道!"

刘管家白了他一眼,冷笑道:"你也信这些屁话?别听他们整天外甥舅舅地套近乎。我问你,你见过到舅舅门前寻衅闹事的外甥吗?"

陈仓满讪讪地说:"倒也是啊。你说这群白眼狼几辈子活不见人、死不见尸,咋这阵才惦记起他家祖爷爷坟头上没人培土了?"

刘管家不屑地回了他一句:"你倒懂个茄子!这是日本人的宣传伎俩,知道不?不这么忽悠,老百姓谁信呢?日本人哪有心思跟你'共存共荣'?端的是要中国亡国灭种哇!再说,他们就算是咱们失散的后代,目下可是揹着快枪一路杀人放火过来的呢。你以为,他们过河来是给你家牌位上香来的?"

陈仓满低下头想了想说:"你不说我也估摸到了,洽川这边壮丁行市开年也涨了哇。为买个丁给政府充数,掏钱的倒是多着哩,应事的却没几个。"说完这些,他才不解地打问了一句:"老大那意思,他也要过来拉杆子?"

刘管家抿着嘴冷笑了一声说:"拉杆子?找来那些满头高粱花子的庄稼汉子,让他们揹着锄头上阵和那些扛着快枪的鬼子兵去血拼,那不是白白送死吗?"

陈仓满更加不解地问:"那老大的意思是?"

只见刘管家一转脸,直直地盯着他看了半天,一字一句地告诉他说:"你天不明就去一趟壶梯山,跑跑黄大牙这条路。给这老小子带个口信,劝他带着人下山入伙!"

陈仓满马上倒吸了一口凉气,窝在椅子上思索了一阵子,闷闷不乐地推辞说:"好我的亲爷呀,老大前年冬天抢了人家三十多驮子盐,去年又派人偷偷凿穿了昌盛号停在码头的粮食船,两家结下了梁子,这阵又让老弟去当说客,这不是明摆着掂着驴尿敬神去①,让我白伤这张老脸嘛!"

刘管家一听这厮随嘴就吐出了这句俏皮话,低低地笑了笑,十分有把

---

① 掂着驴尿敬神去:脏话,指用肮脏的供品去敬神,不合时宜。

握地安顿他说:"怎么说你小子只配窝在这儿做个小保队附呢,黄大牙是啥人物?这小子在黄浦江扑腾了那么些年,吃的盐比你这辈子吃过的米都多。孰重孰轻,他比谁都清楚。你过去只需告诉姓黄的,老大这个陕西抗日民卫军第三团还有个团附的位置,一直给他这个老弟留着呢!"

看到陈仓满一脸的不解,刘管家慢条斯理地给他解释说:"你想啊,姓黄的钻在山沟这么多年是咋熬过来的?何况,他手下那些五王八侯哪个手头没欠着几条人命。人嘛,遇上眼下这乱世,何不趁机出山为政府出把力,顺便也能将功折罪。不说日后封妻荫子那些远话,起码再也不用提着脑袋钻山沟了吧?说实在的,对于这老小子来说,弃暗投明真不啻一条阳关大道呢。要知道,姓黄的手下少说也有五百人,壶梯山一线各路绺子①也有二三百众。只要这个山耗子肯出山,一呼啦就是近千号人马。这事儿成了,老大还不给你我记一大功?等将来把这些鬼子赶回日本,老大也在官场混出点名堂了,你我还做这号见不得光的买卖干啥?到时也安安稳稳置几垧好地,过几天吃香喝辣的省心光景嘛。"

听到这里,陈仓满才会意地笑了,不无得意地说:"这些北山狼个个不惧生死,使枪都有百步穿杨的功夫。真的能招到老大门下,上了火线绝对不输阵。好嘛,老大毕竟是老大呀,这招儿实在是高!"

刘管家一看大事已妥,拿起水烟袋在那儿斯文地捏了些主家那价钱不菲的水烟丝,十分内行地嗅了嗅,填了锅子吧嗒吧嗒地抽了一阵。这头儿一放下水烟袋,似有苦衷地和他商量说:"嘻,别看老大官场得意,心里却还有个搁不下的事情呢。关起门来,咱们弟兄唠唠也无妨。其实,这事儿落到你老弟手里也不是个事儿……"

客人突然神色不悦地提说起这个话头,还真让陈仓满这个主家傻眼了。他怔怔地望着刘管家,不明白从对方那张嘴里咋又蹦出这样的话来。

只见这个刘管家慢悠悠地喝了口茶水,顺势盘起腿往榻上坐了,看样子是准备拉起架势和主家海谝呢。

他慢悠悠地对陈仓满说:"咱家老大这人呀,在西京那些年并不是混

① 绺子:土语,暗指土匪。

不出个名堂。说白了,咱们这干弟兄都有一个臭毛病——死犟。老大带兵守华亭那些年,西边那些马家军时常过界抢购粮草,他护路倒是挺卖力,加上有杨司令在那儿罩着,一个小连长不几年就升成了大团长。如果不出意外,当个旅长师长那也是水到渠成的事儿。谁知道,打南边来了些共产党,老蒋下令让胡儿子①打,打就打呗,打好打赖谁知道呢。老大那阵子也不知哪根神经搭错了线,硬是扛着一枪不发,倒是和协防西北军的那些宁夏来的马家军骑兵旅狠狠打了一气!马家军不来借路还好说,这一借他居然派兵断了马家军的辎重队。这事儿闹得南京那边搁不住了,非要查办他个'资匪通共'。你说说,那得是多大的罪名?胡长官气得暴跳如雷,杨司令那头儿也不好周旋,只好打发他卷铺盖回老家了事。"

陈仓满根本不清楚,老大当年在西北军中和宁夏人闹出的那些事儿,很不以为然地说:"你倒是知道个啥嘛。我倒是听人说过,那阵子老大为个小女人在华亭那边闹出过人命,杨司令在他名字下都画了红叉,不过最后倒是没掉脑袋。他半夜弄断了手上的铁镣子,一根筷子连杀三人,穿着号衣大大咧咧地走出了监狱……"

刘管家一听这厮又在那儿胡说八道,不屑地说:"是啊,倒是有这么个事情,却不是你说的那样。说起老大这档子事,我比你更清楚吧?他逃狱那次,并不是背了人命,纯粹是杨司令设计让人放了老大一马!"

一看陈仓满不再插嘴,刘管家才慢悠悠地接着话头说道:"老大这个人,嗯,用你们陕西人的话来说,人倒是个嫽人,就是一辈子管不住自己下半身。在华亭那阵,他背着老家这边确实置办过一房外妾。可是你小子只知其一,不知其二。我当时在他手下当参谋,当然比你更清楚这件事的枝枝蔓蔓。他背着祠堂偷娶的那个小女子,根本不是烟花柳巷的风尘女子,而是华亭街上有头脸人家的三丫头哇!有一天,老大骑着马从街上路过,偏偏遇见人家姐妹俩打着小洋伞逛会,他立时就被那小女子的身段迷住了,当晚便央人去提亲。谁知道,人家那个三丫头当时已经许配了人家。后来,老大硬是让詹县长出面托媒将这女子娶到手,先安置在一家客

---

① 胡儿子:当地老百姓对当时西北行政最高长官胡宗南的戏称。

栈，俩人倒是有过几天恩爱日子。可是，这女子依然暗暗地和原来那未婚夫有瓜葛。一次趁着队伍外出，俩人偷偷在羊肉馆子见了回面，这小女子居然把老大的一件貂皮坎肩送给了她那个小相好……"

听人说道这些男女偷情的事儿，陈仓满还真是有点百听不厌的兴致，忙打岔问了一句："看把他能的，难怪听人说，老大后来把那野小子给剁了！"

刘管家笑了笑，摆了摆手示意说："按老大那脾性，剁他小子十个八个也是屁大个事儿。不过，老大好赖也是知书达理的人。这事儿细说起来，那也是咱有错在先嘛。再说了，人家不就是会个面，充其量再哭啼一番？不过，这件事却闹得满城风雨。话又说回来，咱家老大何许人也，他那阵也想给自己个台阶下不是？当天夜里，他安排人在大庙后边挖了个大坑，把这对小年轻结结实实绑了让他们跪在坑边。等了一个时辰，直到把两个小东西吓得两腿发软，他才慢悠悠地走到坑边盘问：'你们两个小混账，居然敢在老虎头上挠虮子。今天，我王国麟倒是有心成全你们这对野鸳鸯，你们看着，眼前这个坑只能埋你们其中的一个。谁生谁死，你们自个儿掂量。我倒要看看，这世间的男女到底有没有戏上唱的那些生死真情。你们哪个想好了，就自个儿跳下去，免得老子动手坏了我一世名望！'"

听到这儿，陈仓满哧哧地笑了。

刘管家却继续说道："谁知道，那小伙子看起来是个蔫不唧的主儿，大难临头倒也有点儿子娃的血性。老大这头儿话音一落，这厮对着那小女子冷静地留了一句话说：'春香，文都先走一步也罢。明年清明，别忘了到这棵枯柏下给哥烧几张纸钱！'说完这话，小伙子闭着眼睛纵身一跳，立时跌得满嘴是泥。这个时候，那小女子一看心上人生死关头还真讲点义气，杀猪一般哭叫个没完，突然叫了一声'文都哥，要死要活我跟你一搭儿里去'，这小女子居然颠着一双小脚也跟着跳了下去……"

看陈仓满听得两眼发直，刘管家才卖了个关子说："老大是啥人，我还是清楚的。只见他掏出枪对着土坑啪啪地开了两枪，仰天大笑，这才扬长而去……"

陈仓满倒吸一口气，慢悠悠地说："真他妈有这号戏上才唱的事儿？"

刘管家看陈仓满一脸错愕，笑呵呵地说："哪能呢，老大这也是放个响儿冲冲晦气，那两个并没有被活埋。后响那阵他就安顿过了，只想看看这厮是不是真的爱这个女人，总算让人家娃有个托付嘛。他这头儿扭身走了，我便派人把两个人拖出土坑给松了绑。你不知道当时那个惨哟，那女子的小绸裤当时都尿得湿漉漉的了……"

陈仓满骨碌着眼珠还想问这件事的根底，刘管家接着说："老大这个人哪，横起来，就是那副六亲不认的样儿；好起来呢，又有点好得没边。当天夜里，他安顿我让两人对着大庙的菩萨拜了天地，临走还送给两人一包银圆，只给小伙子撂下一句话：天南海北，任你行走；遇到难处，只需提说'王国麟'这三个字就行了。就这样，把这俩小年轻给放了！"

听到这里，陈仓满长长地舒了一口气，拿起水烟袋吸了一阵又递给了刘管家。刘管家接过来却没搭嘴，轻叹了一声说："唉，老大窝在花园口那个憋气地方，自打嫂夫人去年死后，炕头也没个人照应。前一段，我倒是给他打听了个人家。谁知道，一提到那女子，老大便说他十多年前就见过，看样子心里挺满意。谁料中间却有点小波折……"

陈仓满一听，大约估摸出了是咋回事，很不以为然地说："啥波折？不就是老大那把年纪嘛，喊，女人嫁谁不是个嫁？还他妈讲究啥大几小几的，抬进家门摁倒在炕头，只要把生瓜给破了，爬起来还不一样上锅台做饭？这都不是事儿。这号事办起来，最怕遇见个爱钱不要脸的老丈人。只要舍得银子，没有踢不倒的门槛。火到猪头烂嘛，你多跑几次不就结啦！"

刘管家却摇了摇头给他交底说："还不是老大那把年纪的事儿。这事儿我也是后来才知道，老大当年和那女子的老子在河上跑船时拜过把子。虽说两人几十年不走动，可毕竟弟兄相称过。眼下，当哥的要娶兄弟的小女儿，闹得我这个媒人在中间都不好再开这个口了。昨天出门，老大无意中又念叨起这事儿。我一路都在想，男人嘛，一辈子不就是希望炕头能有个人惦记冷热嘛。罢罢罢，我涎着这张脸再给老大把这事儿提说一下，成不成那是另一回事。你可能还不知道，这女子现在就住在你们留马村……"

陈仓满一听这话，抬头看了他一眼，掰着指头在那儿掐算了一阵，咕哝了一句："老大那眼睛多毒哪，能入他法眼的一定得是个大户家的女子；要么，就是人长得出众。会是谁呢，莫不是东村那个甜寡妇？"

刘管家一听陈仓满又在那儿胡咧咧，撇了撇嘴说："啥田寡妇嘛，女人娘家姓周，嫁在你们东村魏家门下，男人死了多年啦，据说身边还有个五六岁的小儿子。这么重要的事情，我咋能把人家的姓给闹错嘛。"

陈仓满嘴里嗯嗯了一阵，十分肯定地告诉他说："没错，绝对就是这个让十里八村的老少光棍儿时常惦记的小娘们儿！"

这回轮到刘管家惊愕了，他很是奇怪地问了一句："我咋记得，你们留马村从来都没一户田姓人家嘛。"

陈仓满直戳戳地回了他一句说："啥田不田的，戏子家的臭规矩多得很呢，本村人都搞不清他们那些名号，你个外路人倒能知道个锤子嘛！你说的这个女人娘家绝对姓周，在朝邑道上那两年，我和她家老子也打过几天搅儿。若果真是这样，这事儿倒不难办。不过，我倒是听人说，村上那个四先生已经托媒在先，准备给自家娶一房姜呢。前几天，还有一家人也让我在中间撮合，想给自家儿子半路续个弦。真他妈活见鬼，一个寡妇居然还这么抢手！"

刘管家一看他口气那么肯定，便不再关心寡妇姓啥的事情。顾自抽起了手里的水烟。

陈仓满坐在那儿一边想一边不住地点头。看他那难怅的样子，似乎此事还真有点难办。最终，他才说："伙计，算了，我看这事儿不提说也罢。凭着老大那日子，托人再说个黄花闺女都不是个难事，老大腰包里也不是掏不出那点银子。"

刘管家一听，陈仓满半天却说出这句丧气话来，不紧不慢地打问道："不会吧？她家老子当着我的面指天发誓说，这女子确实还没应过门户，照你这么一说，一下子还多出了两个对手？"

陈仓满只好哭丧着脸说："好我的三哥呢，这事儿要是真的提说起来，麻烦还在后头呢。四先生这个人，你知道他的官名叫个啥？"

刘管家一脸茫然地摇了摇头。

陈仓满极力往前抻着脖子怪笑了一声，眨巴着眼睛一字一句地告诉他说："咱家老大在东留马有个大女婿，这个，你总该知道吧？"

刘管家立时瞪大了眼睛，一下子就明白了这里边的道道，诧异地问："就是那个'一口香'酱菜园子的大掌柜？"说到这儿，他依然有点不死心地对陈仓满说："怎么？老大这个乘龙快婿在你们村还有这么个古怪绰号？"

陈仓满却没回答对方的话，诡秘地盯着刘管家只是个笑。

刘管家在那儿想了想，倒是给自己打着圆场说："其实这也没啥，一家有女百家求嘛。既然这边还没有央媒，人家亲老子也没松那口，这事儿我看还有门儿。嗯，这事儿要是办，那咱们得捷足先登！"

陈仓满依然把头摇得像个拨浪鼓，摆出一副不可通融的架势说："好我的三哥呢，在落雁滩，我陈仓满不说有多大的名望，十里八村也还都知道咱是王老虎的人嘛。你说，咱咋能给人闹这号尿事儿去呢！这事儿先不说大小，就咱俩刚才说的这一河滩话要是有一个字传出去，翁婿俩争占一个小寡妇，将来老大那脸面可往哪儿搁？话又说回来，咱俩撅着屁股跑这号路为啥来着？实想着给老大办好事呢，临了是不是拿着粪铲给老大脸上抹狗屎呢？你听我说，不说这个寡妇了，咱再四处踅摸踅摸。三条腿的蛤蟆不好找，两条腿的女人多的是嘛。你我何必非得去现这个眼，最后再落个人鬼不是？"

刘管家抠着嘴角，不紧不慢地对他解释道："你说的这些话也没错，可反过来你想过没有，老大马上就要带着队伍上前线了，这一去谁知道是死是活哪。人哪，有个家，出门心里至少会鼓着回来的那股子犟劲儿。再说，老大一辈子不就好这一口吗？他丢心不下的东西，咱们就得变着法满足他嘛。你我做兄弟的这辈子，还能给老大报个啥恩德？在这号事上，你小子咋这么迷糊！"

听到这儿，陈仓满赶忙回话说："嗯，你小子这话听起来也对着呢，让我想想。啧啧，老大这不是才捎话说要给公子办事儿吗？儿媳这头儿还没进门，老公公倒先抢着拜花堂，这都是些啥事儿嘛！"

刘管家却不紧不慢地给陈仓满递话说:"公子的事儿,那当然是该办的家门大事。老大的事儿嘛,出门前那也得紧着办。老大那年纪,续弦又无须大操大办,趁着给儿子办事儿,夜里请几个知己吃桌酒席也就是个仪式了。你以为还得扶着老大骑马坐轿转几圈呀?"

陈仓满当然也不是平处卧的主儿。一看老大已经盯上了自己村里的这个甜寡妇,这阵子也不再顾忌其他,很是诡秘地给对方递了一句话说:"既然你把话说到这个份儿上了,不好办也得这么办呗。嗯,公子不是定了初八的日子嘛,事不宜迟,我看是这……到时候,不如把东留马这个末耙班也请过去热闹热闹。"

刘管家一听对方兀自丢过来这句八竿子打不着的话,很是不解地问:"这么远的路,请上你们这些线猴子去给老大应那么大的事?亏你小子想得出来!我已经派人去西京请了易俗社,到时大唱三天,刘毓中、刘箴俗、刘迪民都会来捧这个场呢。你小子呀,老大的名号眼下不说在西京,起码在东府是响当当的,你以为他还是以前那个东躲西藏的王老虎哇?"

陈仓满翻着一对死鱼眼直勾勾地看着刘管家,等对方停了嘴,他才冷冷地反问了一句:"你也太小瞧老弟了,闹这号日鬼倒棒槌的事儿,你倒懂个辣子!易俗社的大戏,有坤角儿出厢①吗?"

听到对方嘴里吐出"坤角"两个字,刘管家一下子如梦方醒,暗暗地叫了一声好,俩人这才会意地笑了。

这时候,只见刘管家脸色一变,从怀里取出一个蜡封的红竹信筒,交给陈仓满后郑重说道:"这是老大的亲笔信,明天一大早务必送到铁炉镇东街那间裁缝铺子。告诉瘸子,有急事可直接面见老大……"

陈仓满起身收了信筒,取下侧墙上挂的羊皮褡裢,仔细地把信筒放好后又系了系口袋绳子,似乎还不放心,又披了披,转过身对刘管家说:"知道了,鸡叫头遍我这头儿起身,绝对误不了事儿。你就在家里好好儿睡个安稳觉,等我回来咱们兄弟多喝几盅!"

说完,陈仓满似要起身去安顿住处,刘管家却问了他一句:"不知大

---

① 出厢:出台展示才艺。

女婿家马坊院那个张拯恩这几天在不?"

陈仓满大张着嘴巴满脸狐疑地看着刘管家,摆出一副很吃惊的样子愣在那儿了。刘管家摆了摆手制止道:"老大的有些事儿你我都不知底细哩,咱们只管跑跑路,不该知道的也不用多问。你这就去给他传个话:'三妗子坐月子了,舅舅家来人啦。'办完这件事,我还得连夜赶回去,六里堤那边一大摊子事儿还等着我这个大执事呢……"

7

老媒旦原本答应给人跑腿说媒,暗地里却准备将人家攀扯好的女人给自家儿子续弦。经办这件事的出格套路引发了一河滩人的闲言碎语。左邻右舍投过来的那怪异眼神,让村上这两个大男人——一个是四先生魏仁湘,一个是狼咬儿魏九成——的大脸面立时就挂不住了。

天刚擦黑,魏家大院门上的铁环被人在外边拍得山响。卧在院子石榴树下的大黑,此时却没出一点声响。魏仁湘心里明白,门外站的肯定是熟人。他披了衣服起身推开厢房的门,慢慢摸索着走下台阶,也不说给狗拴上链子,顾自点着窗台上的马灯,趿拉着一双鞋不紧不慢地去开门,心里却估摸着,莫不是住在马坊院的张干大这几天感冒了,老汉回这边拿药锅来着?等他走过去,透过门缝看了看,门外站的竟是九成。

他这头儿打开门闩,没等一句礼让的客套话出口,只听对方咚的一声将个东西重重地放在了门墩上,隔着门槛冷冷地丢过来一句话:"前天应事借的家伙,我专意给你送过来了,免得用时找不着。放在我那儿也怪碍事的……你收着,我这就走了。"

说罢,对方居然头也不回地走了,瘦削的身影很快消失在漆黑的巷道里了。

魏仁湘根本没料到狼咬儿会在这个时候来敲门,更没想到会是这么个事儿。半天他才朝着咬儿消失的背影大声招呼道:"咬儿,你这是急啥哩,进屋坐坐嘛!"

黑暗的巷道里咬儿似乎停下了脚步,可他并不领情地丢过来一句更戗人的话："我这个穷干娃，哪配得上跟你这高门大户的人称兄道弟嘛，日后你就叫我魏九成好了，再别显得那么亲热！"

眼见咬儿气哼哼地扬长而去，魏仁湘放低了马灯，看到门墩上放的是自家那面老板鼓。

这阵子，魏王氏刚刚打发三丫头去闺房写字，又安顿好两个缠人的小丫头，此时正哄着老幺睡，蓦然听见门外有些人声。细听是多日不见面的咬儿和当家的在门道里说话。听人走了，她端了纱灯，提着茶壶进了书房。掀起帘子，却见当家的一个人黑着脸对着青灯发呆。

她马上就明白是怎么回事了，便款款放下茶壶，若无其事地替丈夫收拾着零乱的书桌。

遥想当年，这位黄河滩顶尖的美人初嫁到东留马时，丈夫还是个学生。眼下，当年的少夫人已经被时月催成了半老徐娘，那个少不更事的四先生也到了不惑之年。前年三月当她把第七个姑娘给魏家生在炕头，立时觉得身心俱疲，人也一下子见老了许多。小女儿满百日后，饿得哇哇大哭，家里只得给娃请了奶妈。眼见小丫头已经牙牙学语，自己那月事却迟迟未来，她不由得感到紧迫起来。魏家三代单传，到了仁湘手上眼见就要断根了。在顶门立户这件大事上，这个女人便多了个心思，已经暗地里给丈夫张罗娶妾继嗣的大事了。

在东留马魏姓祠堂门下，四先生是长门嫡传。像他这把年纪的村庄男人，一个个的孙子都满地跑了。这件事祠堂已经有人不止一次给他说过话了。

当然，魏王氏也思量过了，夫家门里要得子嗣，自己这个独苗丈夫就得续娶。不过她也想到，仁湘眼下这个年纪纳妾，门当户对那一层暂无须考虑。因为有头脸的人家，多不会让女儿给人做小。若娶一个小家碧玉，凭着魏家那老家底粜出三四十石麦子倒也不是个事情，不过，娶一个黄花闺女进门，自家这个腿细如麻秆的丈夫能吃得消吗？她思来想去，最后终于打定主意。只有选一个通晓男女之事，且生育年头相对较长的年轻寡妇进门来，才是这件事最完满的结局。本着这个原则，几个村子打听下来，她只相中了一个女人，此人正是本村的甜寡妇周心慧。

为了圆说此事，她在炕头还真没少费唾沫，硬是说动了丈夫。过罢大

年,她从侧面了解了女方的态度,这才请了干妈老媒旦从中作伐,想在秋后就让这女子过门,和自己一同照料这边的日子。

谁知道,这个为老不尊的老媒旦却从中插了一杠子,还真让这个遇事不慌的魏王氏有点始料未及。刚才狼咬儿敲门那阵子,她倒是有点意外。最后两人不欢而散,她当然知道对方揣着啥样的心思。听丈夫进了书房便没了动静,她这才端着纱灯进了门。

见男人坐在榻前看书,她也没多言语,只轻轻吹熄了手上的纱灯,拿起灯签拨了拨书桌上的灯捻,慢慢地在木榻边倚了。看着书桌上丈夫刚刚在一张六尺生宣上写的四个大字——"冰炭在怀",她依然没有吭声。

魏王氏深夜进书房的反常行为,仁湘并不感到意外。几天来,传进这个院子的风言风语,自家女人肯定也听到不少。

他移了移屁股下的圈椅,端起茶喝了一口,慢悠悠地对女人说:"唉,你还没睡?那就坐坐。"

看女人在条榻上坐了,并没有说话的意思,他只好接着自己的话说:"我估摸你也听见了,咬儿刚才来了。将心比心,他肯定为这个事儿心里结了疙瘩。咬儿人家那是续娶,咱这是闹啥哩?我已经想过了,眼下已经是开明社会,好在咱们膝下还养了七个如花似玉的女儿。到时不妨给下边小的招一门养老女婿,魏家也不至于在我手上绝户嘛,你看这事儿叫咱闹的……"

看男人说完这话便低头不语,魏王氏这才款款地开言道:"这真是你的心里话吗?不孝有三,无后为大。一个男人在世上走这一遭,挣那些家财和功名,还不是为了能有个后人?再说,三个大点的姑娘已经出阁,几个小的还在念书,一个个让你这当爹的娇惯得如脱了笼子的鸟儿。你觉得将来她们四个,哪个能由着父母之命,包办她们的终身大事?"

魏王氏说到这里,见丈夫并没插言,才又语气郑重地对他说道:"家中大小事情我历来都依着你,这也是我自己的命。续娶这件事,心慧那头儿如果有变故,咱们也不能一条道走到黑。不妨四下里打听打听,走了一个穿绿的,保不齐就能来一个穿红的!"

仁湘一听屋里人这口气,立即瞪大了眼睛。魏王氏却将自己两天来在心里反复掂量过的想法对男人和盘托出:"据我揣测,心慧只是一时碍于干妈那张脸面,倒还不一定会嫁给九成这个粗笨男人。即便她被老太太说动了心思,也没什么,咱这头儿也不会一条道儿走到黑。你都这个年纪了,娶来妾小,难保开怀就能给门里添个男丁。我想,这件事或许可以另辟蹊径……"

听到这里,仁湘轻轻嗯了一声,不无威严地说:"弟纳亲嫂,自古有之;兄续弟妹,十里八村都没听过。这话要是传出去,那是要被人戳脊梁骨的。我也不知当时咋昏了头,应允你去托人说事儿。"

女人并不急躁地前倾了一下腰身,依然认真地接着他的话茬儿说:"光宗和你已是出了五服的弟兄,你咋又重提这个旧话呢?要我说,弟纳兄嫂也不见得就是世间的善行,兄娶弟妹咋就一概说成大逆不道?不过甜娃总归是魏家门里的嫡系,你看可不可以让这孩子一嗣二门?往前走一步是一步,人情世理也都顺畅一些,到时再请人慢慢合计两家的事情,你看如何?"

仁湘那浓浓的眉毛轻轻抖了一下。女人口中吐出的这个锦囊妙计,还真是让他心头一动。他嘴上没吭声,算是默认了女人的说法。

魏王氏当然知道自家炕头男人的脾性,一看他并不说话,便接着说:"你想想吧,心慧将来不管改嫁谁家,操心的肯定还是甜娃这个宝贝儿子。你在族内公开提说兼祧①这个事情,无论祠堂还是左邻右舍,都会将其看作一宗正大光明的事儿。心慧那头儿亦会感激不尽。最近你就给祠堂把这事儿往明里说,让甜娃时常两边吃住,也省却了你平时的那份挂牵。"

听到这里,仁湘的愁眉立时舒展了些。可是,心头突然又想起另一件事,他那眼皮立时又耷拉下来,坐在那儿连叹了几声,安顿道:"这事儿倒也不急,容我再斟酌一下。兼祧这是祠堂门里的大事,到时少不得请人从中说话,里里外外都得缜密,一点都马虎不得哩。"

一看男人这就算是答应了,她便不再说话。

仁湘喝了一口水,继续说道:"不管事情往哪一步走,咱们总得出

---

① 兼祧:宗法制度下一个男子兼做两房或两家的继承人。

一笔现钱。我倒是想了,你看能不能把挨着咬儿的那七亩地先找个下家卖了……"

魏王氏一听当家的动了卖地的心思,很是吃惊地问:"为啥要卖那地?"

四先生平日在人前的来言去语根本不会磕巴,这时却有点支吾地对她说出了自己的那点想法:"你看,不管是续娶,还是继嗣,心慧娘家爸那个人你能不知道?好端端的日子,让他折腾得大年三十让人抬走了院门,这事儿提说起来,老汉肯定得拿撮①咱们一把。再说,心慧日后进了门,光宗那十多亩地还得有人招呼。守着这么多坡地,凭着我和张干大哪忙得过来?"

魏王氏一听是这么个原委,不无规劝地说:"依我看,把枣红马让人牵走。不行,再卖头牛。爷爷在世那阵子一亩半亩地盘,到了咱大手里又一块半块地连,置这些家底容易吗?到你手上却要划拉一片拿去卖,到时让祠堂门下的人咋看你这个大人厢?魏家几代人的门楣总还要顾及吧?你咋不说把马坊院的酱菜园子也一下踢踏了,省得你劳心!"

仁湘笑了笑,很不以为然地打断她说:"一匹老马能卖几个钱?再说,要这么多地干啥?你也看到了,官府正靠着南岭修大炮楼,一路从乳罗山都修到了旬邑那边。你以为,政府花这么大气力是修戏台观西湖景呢?"

一看女人并没有再插话,他慢悠悠地说:"眼下这个联合政府,还都是一人一把号,各吹各的调哩。阎老西在山西搞他的'六政三事',延安那边搞'苏维埃自治',我已听那些道上的脚户说,边区那边的减租减息运动,让一些大户都不愿要地了。你想吧,万一这帮人闹腾到咱们这儿来,家里囤这么多烂碱滩,到时送人恐怕都没人要哩。"

魏王氏知道自家男人说话从不撂白,当然也没有心思去关心那些传说中的人何日能到留马村来分魏家的土地。她更不会相信一步远近的乡里乡亲,到时候谁会那么不讲道理地掮着把耧子到他们家的地里去收种。

---

① 拿撮:拿捏,刁难。

看到男人铁心要卖地，她还是小心地劝他说："县里的铺子多少还有些进项，要是手头紧，我柜底还有从娘家带来的一点陪箱。原想出阁时给几个小的添箱。眼下家里急用，算是我先借给你的印子钱，日后你再还给我，这总行了吧？要不，我再去娘家开个口。槽上的骡马，牵走了可以再拴；祖宗置下的地，卖出去你还能从人家手里赎回来？你不怕世人骂你败家子，我还怕这辈子在东留马落个不贤的坏名望呢。"

听到这里，仁湘苦笑了一声，无奈地反问道："你看看，真是妇人之见。女婿娶小房去丈人家借钱，你让我这张脸日后咋面见岳父大人呢？依我说，这事儿就先放一放。馍馍不吃在笼里搁着，这号事情委实是急迫不得。"

此前，家中的大小事情，仁湘都会和屋里人商量。卖地这个事情，在村庄上确实不是个小事儿。当然，连他自己也还不会相信，某一天那些人会翻过北山一路打到洽川县来。这个顺水推舟的安排，他却有着自己不可告人的目的。

男人心头搁的事情，女人一辈子都看不明白。他下意识地朝窗外院子里那棵石榴树望了望，又很快若无其事地收回了飘忽的目光。这几天，他已经不止一次地梦见这棵石榴树了……也暗暗下定决心，准备把那银子挖出来。

想到这里，他又叹了一口气，郑重地和内当家商量说："真的要让心慧进门，家里一下子又多了门需要照应的亲戚。她娘家那个捉襟见肘的日子，肯定少不得要一份大聘，不动地咋行？我一直没和你商量，干妈年前曾托人在我面前提说过，想和咱家调换连畔的那七亩地……"

魏王氏年前已从男人嘴里知道了这件事，当时只当是笑话做了耳旁风。听丈夫又一次提说这个话题，她只冷冷地笑了一声，不无鄙夷地说："她家只有四亩多点，想换邻居的七亩，这老太太也真敢算计。再说庙后头那处远地，平展倒是挺平展，亩数也还比咱们的硬些，只是离村二里多路，真的换过来，收庄稼运粪土到时还不是白白多了些忙乱？"

仁湘苦笑了一声，装作无心地对她说："当时我为啥没放那个话嘛，也是这么想的。前几天，干妈又差人侧面打问这事儿。既然老太太心头惦

记,咱们坡上也不缺那三亩五亩,不如给她放句话,不说换了,干脆一个字——卖。都是一村两院的邻居,谁种不是种嘛。再说,靠这些坡地种庄稼,落雁滩哪家大户靠这个发过家?过几天,我倒想让中间人把话给了,也得让人家着手备办。这号掏银子的事情,我看咬儿那软蛋也做不了主,还得请人和老太太那头儿说话。"

听了男人这句话,魏王氏心里立即就有了新的疑问。她小心地打问道:"说咱家地多,又能多到哪儿去呢?这两年就那点收成,这捐那捐,要不是干大在马坊院照看着渍酱菜还能倒腾点现钱,咱们这么大的家业都是苦苦支撑,紧用点钱尚且动起了卖地的心思,老太太那日子,她能一下子掏出置七亩地的银子吗?"

仁湘冷冷地苦笑了一声,丢给女人一句不着调的大话:"哼哼,盘算吃天的蛤蟆,人家肯定就有那么大的嘴哩。干妈这个人你能不知道?驴粪蛋子里有颗大麦粒她都能拣出来填到碾眼①里去磨面,既然老人家有这么个想法,想必就能拿得出那一裹兜银圆。村里人都说,干大和咬儿兄弟几十年应事攒下的麻钱,全被老太太兑成银圆放在她家红苕窖里等着置地呢。"

听到这里,魏王氏虽一千个不相信,可在办事很有主见的自家男人面前,她又不好再插嘴。

仁湘顾自倒了一杯刚到火候的酽茶,吹去浮沫顺嘴喝了一口,脸上居然有了种如释重负的轻省。

这时候他才想到,西村陈仓满给耒耜班应了朝邑滩一户人家三天戏的事儿。他这头儿正准备组班,咬儿刚才一进门就给他摔板鼓,看来对方也早早知道了。好好儿的一门弟兄,为个女人闹起了别扭,他心里这阵子还真不是个滋味儿。

看到女人还没有走的意思,他随口安顿道:"你闲了收拾收拾东西,天气好的话,你和小的提前几天过去替老爷子打理一下门户。唉,要不是遇上这兵荒马乱的年月,老太太没出三年,家门那是不能挂红的。我也清

---

① 碾眼:石磨上漏粮食的眼。

楚，老爷子这也是没办法的办法。政府这回任命他当这个陕西抗日民卫军团长，你以为是老蒋开恩大赦呢？唉，不说这些了，一切看老人家的造化吧。帖子都送来了，王家也就这么个小内弟了，我这个大姐夫的门户那还得像个样儿呢。"

魏王氏却有点不放心地问他："陈仓满请你们去唱戏的那户人家，我听说也是在六里堤？难道同一天村里有两家要娶媳妇？你这一去，倒是去给老丈人行门户①哩，还是唱戏哩？"

他却不上心地笑了笑，慢悠悠地说："这有啥？家家看的都是一本老皇历，好日子又不是专给咱家留的。这样也好嘛，走亲戚看热闹，去丈人家门前唱戏讨口，恐怕也只有我魏仁湘给碰巧遇上了。"

8

闲话不长腿，传得倒比兔子快。村里那些风言浪语，很快就传到甜寡妇的耳朵里了。前天后响，老媒旦在涝池洗衣服时故意当着那么多婆娘女子放出口风，且煞有介事地似在着手为儿子铺排续娶的事情。听她那有鼻子有眼的话，东西两村的人都觉得好像她家儿子那事儿已经说定了。

听到这些闲言碎语，甜寡妇在心里只是一笑。事情闹成眼前这样，虽无法堵住众人的嘴巴，她本人却并没有把此事当真。或许有人相信老媒旦那张巧八哥嘴真的能把花公鸡劝说得跳窝去孵蛋，只有她这个当事者知道老底儿。不过，她却不能不去想，这些没根底的话万一传到上槐院，岂不是会让四先生产生猜忌？遇上这号自己不能亲自上门打听的事儿，她表面上虽不动声色，心里却说不出有几股味儿在翻腾。

细说起来，甜寡妇虽说年纪不算大，在魏家祠堂的辈分却不小，几乎有大半得称她"花婶"了，不多的同龄孙辈，还有喊她"花婆"的，至于上辈人，当面大都招呼其"光宗家的"。随着儿子的出生，这才多出"甜娃妈"这一亲昵称呼，并在同辈妇人间悉数通用。后来，她家男人下河

---

① 行门户：方言，走亲戚随礼。

捞煤不慎淹死在河汊，她成了一个地地道道的寡妇。因了人年轻貌美嗓音甜，周边村庄那些戏迷私下里都称其"甜寡妇"。

尘世上的一些事情，恰恰会挤着堆儿去应验一些个没根由的古老说法。这个苦命女子，脸盘和身段长得那还不是一般地赢人。圆蛋蛋脸，杏核核眼，手脚麻利，且能识文断字。说到娘家那边的日子，家底还算殷实。不说家财万贯，却也有房有地有枣林，家当都全乎。她记事的时候，家里还请着一个常年住家的私塾先生。那时候，她年纪尚小，非要跟在几个哥哥的屁股后边一起念书识字。娘老子觉得让女娃识几个字也不是个坏事，就让她背着书包正式去念了几天书。先生顺着她的小名，给起了周心慧这个官名。谁又能知道，没过几年光景，偌大的家业就被她那抽大烟的父亲抽光卖净，落得个家徒四壁。

说到罂粟这个孽障作物，落雁滩不独那些地多的富户大面积种过，只有丁点地亩活命的穷汉家，也一样种植。从败花后长出烟葫芦，到雇人用竹刀切口凝脂，再到加了白灰水熬制成生膏，制大烟的工艺并不复杂。加上落雁滩气候温润，一亩罂粟胜过五亩庄稼的干净收成，这个原本不起眼的东西，居然成了当地特产。家家大柜里有了这东西压底，少不得就有人试着抽。这玩意儿虽不能抵饥寒，却能止痢生津，有点小痛痒，老庄户都用这东西自个儿治。时间久了，不少人沾染上了烟瘾，一旦成瘾，很难戒除。在大水漫滩颗粒无收的日子，大门小户，吸食这玩意儿闹得倾家荡产的真不在少数。

每每夏至过后，滩底那一片片庄稼地，全都开满了红白相间的大炮花，远远望去煞是好看。这个时候，政府也会派一些人出来拔烟安秋。但这种奶奶打孙子的样子活儿，大多只有雷声不落雨点。地亩大的送点银子，小门小户的管顿酒饭，只要能把这些人打发出村就算完事。如果遇上晚霜缺苗，要不了半年，陕甘宁青几个省区的大烟价钱就会飙升。一旦遇上罂粟歉收，往年大户家窖子里藏的烟土就会派上用场。几乎不费吹灰之力，便可从外地驮子客手里换来几倍于其正常价格的银圆。丁捐分派下来，官府表面只收粮食，暗地里全倒腾成了市价十分坚挺的烟土。

心慧那时刚过十六岁，家里为了早早得到那份三十石麦子的彩礼，竟然被因为抽大烟闹得无处挖抓的老爹早早许配了人家，给他自己换了救命的烟泡儿。好在这女子打小学过几天刀马旦，唱功还不赖。嫁到东留马后，夫家只是个小门小户，也没有那么多讲究，她便跟着村上的班子一起出门唱戏，还真是补贴了不少家用。

一个妇人，未嫁从父，既嫁从夫，夫死从子，子殇归祠堂处置。其原有的尊贵身价，因丈夫故去，憨子年幼，门里门外无力打理，时时处处都得拉扯亲族帮衬，转眼间便堕入鸡嫌狗不睬的境地。在落雁滩这块广种薄收的孽障地方，一个寡妇不但得做好抓养娃娃照看门户的分内事，还得招呼雇工打点田间场上的收种碾打。为了避嫌，一些原本要好的邻里也渐渐疏远了。不过，村上有个男人一直都对她明里出手、暗里帮衬，里里外外照顾有加。

此人并不是一般闲汉，正是四先生魏仁湘。说起来，两家人之间的这份亲近，跟另外一个女子还有着一丝关联。

东留马上了点年纪的人都知道，村上这个四先生在洽川中学读书那阵，家里已经给他定了亲，这厮却偷偷在学校谈了一场恋爱，私下里爱上了一位县长的千金"周学姐"。这件出格的事儿，当时闹得方圆百里几乎无人不晓。人只知道四先生那小相好也是朝邑那边大户人家的洋学生，却不知道那女子正是这个周心慧未出三服的大堂姐。这件事已经过去二十多个年头，眼下村上的晚辈压根都不知晓，在四圣庙教会他们诵读"人之初"的这位四先生，年轻时还有过这么一段浪漫恋情。

心慧嫁到东留马，第一个认识的也正是这位大堂姐上中学时的同窗四先生。这位半日不苟言笑，四季不离一袭长衫的教书匠，同时还是一位相当热心的线戏行家。那年，在西京城做了省府职员的周学姐在堂妹的喜日来东留马做客，曾在人前面后仔仔细细打量过这个管事的大执事。后来，也曾不止一次地给心慧叙说过她这位初恋情人的倜傥当年。因此事引发的那份好奇，心慧那阵子也就格外注意婆家门前的这位四先生。

后来她才知道，这个魏仁湘念书那阵子不独学业出众，人样也齐整，棋琴书画，样样精通。如果不出那个因谈情说爱气死老爹的意外，这个庄稼后生的人生肯定得改写。其仕途通达之远景和今日蛰伏山野的处境，绝

对不可同日而语。一场不大不小的非常变故，让一位曾经激扬文字的有识青年，圪蹴①在黄河岸边一户农家的屋檐下看守着滩里的四季庄稼，乖乖做了半辈子教书匠。

心慧嫁过来不久，四先生也很快知道了这位叔伯弟媳和自己当年同窗的亲族瓜葛。再后来，心慧因丈夫遇难新寡，作为族长的他倒有些于心不安。寻常在这个弟媳面前，他倒是一直恪守着有事说事、无事免言的禁忌。特别是周学姐数次捎书让他关照可怜的堂妹，他虽不好明着出手帮衬，却也安顿张干大时常帮这边耕种碾打。自打光宗死后，张干大隔天便给戏巷这边送一担新绞的井水。数年如一日，从未间断过。

在心慧为亡夫守满三年，娘家父母给这边祠堂传话商议女儿再嫁的事情时，四先生不但痛快地放出话来，还多次央人给心慧介绍门户。当时，他第一个想到了九成，也从侧面试探过她的口气。谁知道，心慧听到这话，对改嫁之事一概回绝。四先生只怕是自己的身份让族下这个寡妇一时不好意思，又指派自家女人多次上门劝说，言明不嫁九成也行，即便嫁出村，祠堂依然会派人替她打理这边的庄稼，儿子十六岁后回门立户那些事情也不用她操心。然而，心慧只回了他一句话："我死也不会离开东留马！"

女人家心细，魏王氏隐约觉察出这个小女人似乎和自家男人有着斩不断理还乱的情感纠缠。那阵子，她已经在盘算家门继嗣的事情，便请老媒旦从中说合这事儿。令人没有想到的是媒人半道变卦，闹得原本顺理成章的事情也一下子没了头绪。

其实，周心慧心里这阵比谁都急。

这天，咬儿在集上逮了头猪娃，放在猪笼里挑着，一步三摇地进了门。看他那不理不睬的样子，似乎根本没在乎左邻右舍这几天都在传说的那些闲言碎语。这头儿进了家门，这厮放出猪笼里的小猪娃，便挑了个竹笼准备出门给猪扯几把草去。临出门时，他倒还记得顶闩上大门。

正午那阵子，滩底那些洼洼里的水晒热了。他家年前才娶进门的儿媳

---

① 圪蹴：蹲的姿势。

妇端着衣盆出门去涮洗，一时忘了公公给家里添的这个小八戒，只将院门像往常那样虚掩着，小家伙拱开门扇便窜了出去。猪这牲口看似憨傻，其实比小猫小狗都有灵性。这头儿一出门，便循着气息撒着欢儿朝村外的来路颠了。

咬儿那阵子刚去地头扯了几把红薯蔓，慢悠悠地转回家来正准备给猪娃剁食吃。他这头儿坐在凳子上刚刚拿起菜刀，蓦然觉得院子里刚才那吱哇乱叫的声响似乎归于平静，便四处找了找。可是，寻遍家中的旮旯拐角，也没见着个影子。于是，他便慌里慌张地准备出门四下里去寻找。

却说，咬儿刚要抬脚出门，却和帮儿媳抬衣服的甜寡妇碰了个正着。

村庄上的爷们儿，寻常都不会和左邻右舍的屋里人去搭话。特别是在辈分小的婆娘女子面前，那更得端着点长者的架势。咬儿这头儿一转身给两人让开门道刚想侧身出门，却被心慧横着身子拦住了去路。

只见这女子给蔓货家媳妇使了个眼色，放下手里的东西站在门道。

榆钱儿当然听说了公公和寡妇间的事情，一看两人间那股尴尬劲儿，一抿嘴就准备端起洗物去晾晒。

咬儿看似粗笨，心眼倒挺细。看见儿媳要端那盆湿重的洗物，鼻子里淡淡地嗯了一声，便走过去把洗物端到了墙根晾衣绳下，反身走了过来。

这阵，门道里的甜寡妇并没走。看她那样子，今天踏进这个院子，正是想和这个搅屎棍说道几句。只见她站在门槛下，看着咬儿在不远处也站住了脚，这才开口问他："九成哥，你着急忙慌地出门闹啥去哩？"

平时，狼咬儿并不似四先生那么面冷，时常和面前这个平辈弟媳搭班子出门唱戏，偶尔也会闹些小耍笑。不过，自打娘老子说穿两人之间这件没影儿的事情，这几天他走在巷道每每遇到这个女人，便比寻常多了点小不自在。

甜寡妇在那厢开口问话了，他又不好不搭腔，只好搪塞说："刚捉的小猪娃跑了，我还得赶着紧儿撵去哩，这畜生肯定循着来路跑远了……"

眼前的甜寡妇却像没听见似的，依然站在那儿不肯让道。咬儿也没有执意要走，她这才很是生气地丢给对方一句："跑叫它跑去，跑一个烂猪娃就把你的日子弄穷了？"

咬儿站在那儿走也不好不走也不好，随嘴回了她一句："你家是财东嘛，谁能跟你比嘛……"

心慧一看对方还是给了她点面子，这才口气和缓地开口问道："我咋听人说，你准备拆戏班子哩？"

咬儿一听这个话题，便没好气地说："你看看，我哪有恁大的能耐。不就是搭班子唱个破戏嘛，离了我这根红萝卜人家还不开大席咧？把个破板鼓给人家送回去，倒惹出这么个话说！"

甜寡妇却把小嘴一撇，很不以为然地驳了他一句："风不摆，树不摇。这号话你没说，那我咋知道的？"

一个大男人被问得无话可说，他便大咧咧地点了点头，算是承认有这回事，却毫不在意地说："嗯，你既然把话赶到这茬儿了，那我也说句揭底子的话。这回，我还真不想再跟这些人搭伙出门讨这口下眼食了。人爱有钱的，狗咬穿烂的，日子过得不如人，还整天跟着人家穷唱啥呢……"

只听甜寡妇轻轻地哼了一声，立马就当面数叨起他来："亏你还是个大男人，就恁点肚量？我今日只想告诉你，婶儿提说的那件事跟旁人没一丝关系。女人嫁汉，也得自己情愿，不是猫猫狗狗由着别人去支派！"

咬儿的脸一下红到了脖根，却没接她的话茬儿。

甜寡妇看了看咬儿，不无心酸地对他说："九成哥，心慧这一辈儿年轻时没活好，你总不会巴望妹子下半辈子也活不好吧？进了东留马，光宗病恹恹的，最后还落了个无常……我们孤儿寡母这几年怎么过来的，你应当比别人清楚。唉，婶儿有那心思，这也不是啥丢脸的事情。你这个当哥的也从来没下眼看过我这个苦命人，心慧心里真的很感激呢。眼下，为了我这个苦命寡妇，闹得东留马两个男人今世不相往来，你让妹子日后还咋在众人面前活人？"

榆钱儿一看两个大人站在门道说话遮不住人眼，晾完衣服走过来轻声招呼说："花婶，你到屋里坐会儿。水洼里凉，我给你泼点红糖茶……"

甜寡妇站在那儿对着榆钱儿只哎哎地应承着，脚下却没有挪步的意思。一看两人依然杠在那儿，儿媳妇只怕外人面前伤了公公的脸面，便进了自家小房。

咬儿抬头看了看天，狠狠地出了一口气。他也不看对方，漠然地对着支撑着门棚的土墙说："我知道，这不关你的事儿。不过，我倒是听说，你娘家还给你说了个人……哦，或者，我都不该问你这些话……"

甜寡妇一听他问起了这类话，倒是想听听眼前这个男人从哪儿打听来的这些消息，装作很不在意地回答道："上次回娘家，我娘说过这事儿。谁知道那人大几小几的，我周心慧后半辈子再也不愿意走那布袋里买猫的路了。不知底细的人家，我这头儿一概不允，就是爹娘老子也拿我没办法！"

咬儿一听，心慧可能对这事儿还一点都不知道，便遮遮掩掩地说："要是别人，我也不说啥。可我听人说，那户人家跟仁湘好像还扯着点亲戚哩……"

甜寡妇一听这话，倒是很吃惊地问了一句："你听哪个嚼舌头的瞎说来着？"

咬儿说出口的这件事，他也只是听人说，心里还真没个底儿。一看对方那副着急的样子，他只好绕了个弯子岔着说："不管有没有这事儿，我也只是问问，你也用不着在那儿着急嘛。不过，你记住，东留马离了谁，天都不会塌下来。线猴子有人唱，耒耜班也不会散。不看旁人的眉高眼低，我魏九成一样在村上活人哩。离开戏班，前边是沟是崖，总是自己挑拣的。再说，事情原本就不是你说的这么简单。唉，马善被人骑，人善被人欺，老鳖恼了也咬人哩。你回吧，我这儿还忙着呢！"说完，他侧过身子走过去，头也不回地出了门。

甜寡妇在村上戏班里也算是个角儿，平时根本没有人在她面前这么粗声大气地说过话。不过，刚才听咬儿那话里似乎还有话，实想闹个明白。眼见咬儿出了门，她这才大声问道："你要干啥？我还有话问你哪！"

咬儿只倔倔地回了她一句："咱两人不连胳膊不扯腿，倒是有啥好说的……"

一看眼前这个倔汉子居然让她没挂住脸面，甜寡妇一时也顾不上以往的矜持，冲着他的背影大声嚷起来："魏九成，你娃儿拆耒耜班这是造大

孽！别忘了，魏仁湘怎么说也还是你的恩兄哩，你这样对待救命恩人的亲孙子，老天爷饶不了你这个白眼狼……"

听到一个女人嘴里说出这些狠话，咬儿一下子怔在那儿了。

9

周遭村庄那些戏迷大都知晓，东留马这些线户家，每个人除祠堂起的那个上族谱用的官名之外，大都还有个登不得大雅之堂的诨名。依照庄户人的臆想，这些奇怪的名字，大约是戏行中艺人的艺名。其实，这些听起来乌七八糟的绰号，一个个背后都有着令人唏嘘的故事。

山陕两路的戏迷只要提起洽川线偶这个行当，都会想到"六六娃"这个线把式的名号。老汉已经去世多年，此人正是魏九成的亲爹魏能儿。

宣统皇帝还在位的那些年，兵荒马乱中，留马村头每天都经过那些穿着各色军装的队伍。后来，皇帝逊位了，村头经过的又换成了络绎不绝的讨饭人流。财东家有时都揭不开锅，戏巷这些戏子家的日子就更不用说了。

住在村头的魏能儿，当时还没有出世。他家那破院子里，只住着他爹那个四村有名的穷光棍儿"半扇门"。他家那日子，真是穷得有了名望。祖上只留给这厮几亩坡地，一条老光棍儿守着一间半茅草搭的土房过活，自个儿还吸着大烟，当时，别说娶亲了，一天三顿饭都吃不到嘴里。尽管他唱得一口好戏，可落雁滩那阵正闹年馑，不说周村没人请戏班，就是在街头拉着胡琴摆地摊儿，一天也挣不来几文铜钱。那年月，一个糠饼子就是一条人命哇。"半扇门"五十七岁那年，村头来了个人贩子，当时手头还剩了个卖不脱手的疯女人。祠堂里有人出面，觉得价钱还算合适，就撺掇着把人留下了，算是给这厮成了个小家。那女人黄皮寡瘦的一直不见坐胎，直到老汉六十六岁时，疯女人才给他生了个宝贝儿子。魏能儿"六六娃"这个小名，正是因了父亲六十六岁得子这么个稀罕事儿被村里人叫起来的。

却说，这个魏能儿比他爹还命苦，三岁上老子就过世了。天生智障的母亲因无人照应日子，只好领着刚会走路的儿子四处讨饭。那年年关，落雁滩下了一场三尺厚的大雪，把村巷院门都掩住了。母子俩不能出门要饭，看着儿子饿得扯起炕头的破棉絮往嘴里塞，这个疯女人竟然犯了病，大年初一早上跳了村头的老井。苦命的小能儿，就这样成了孤儿。祠堂门下开始还有人出头，让大伙儿凑了粮食托付一家人看管了他几年，可不满十岁他又被那家人赶出了门。就这样，一个小孩子吃着百家饭，鹑衣百结，早出晚归，以乞讨为生，看遍了人间白眼，吃尽了世上苦头。后来，祠堂门下出了个绅士，在湖广那边做官，有一年回家省亲，看到门下这孩子的处境，便召集族老捐出十亩坡地交给祠堂，做了魏能儿的供养地亩。从此，他进学堂识字、掂耩子耩地，直到跟村人学戏、娶妻生子，都是祠堂用这些地供养的。村上的老人，除了几个照管过他的门下老太太寻常称呼他"能儿"，其他人都直呼他的绰号"六六娃"。

　　说到唱戏，六六娃这厮唱得比他家老子都好。到了娶亲的年纪，因了小伙儿长得眉清目秀，唱戏挣的米面又能省着吃，倒是没费多大的劲儿便在十九岁那年娶来一房人样齐整的媳妇。不过，媳妇进了门，这家门庭子嗣依然不旺。小两口年轻时一气儿生过九个儿女，却只养活了魏九成这一个宝贝儿子。这个活下来的小九成，在祠堂门下还有个官名，不过大家都不常叫。

　　却说，这个捣蛋鬼比仁湘小不了几岁，上学的时候不爱念书，三岁时，坐在驴背上的筐子里跟爹娘出门混饭，那么小居然偷学了不少戏文。一天夜里，这厮趴在炕头上跟着娘老子摇纺车的节奏，小声哼唱了几句《金琬钗》。娘老子听儿子唱得不错，特意停住手里的纺车，有板有眼地教了他几句。第二天，这厮便在自家院子里扯着嗓子有模有样地唱了一阵。当娘的透过窗户看了，那一招一式居然像模像样。恰好六六娃那阵进了门，把这一切也都看在了眼里。恰逢一个雨天，当家老子关紧院门，专意教了儿子一折整端的戏文，结果这小子过目成诵的本领让老两口大喜过望。接下来，夫妻俩朝督暮责，这厮很快便学会了第一本戏。

　　在唱戏这个行道，刚学戏的小童生根本不可能被安排跟班出厢。即便是四清六活的聪慧者，不跟着老手熬个十年八年，也掌握不了那些"说

唱念打提勾闪摇"的硬功夫。一个小戏徒儿，从坐在后台凳子上打着拍子偷师默唱开始，直到上帐后帮着整偶子，进而提旗兵站台角，那也是一步一步得到师傅首肯的。即使十多岁开始出厢，一般也只被安排在白天吃饭时，那阵戏台下人少，让这些小家伙唱点捎戏，招徕台下一群不懂戏文的娃娃看看热闹。趁着大人喝茶打盹的那点工夫，一来让他们给主家凑了时间，二来也顺带练了站在台上出声的胆子。

小九成八岁首次出厢，虽两只手提不动一挂偶子，却跟娘老子搭档唱起了全本的《大西厢》。这厮扮演的是戏里的崔莺莺，那戏份并不比红娘的戏轻。不到一年工夫，这小屁孩儿不但在周村时常露脸，还跟着爹娘远走山陕甘三省，在圈内很快就有了"小绣楼"这个艺名，并且已经和大人一样搭班子出门分馍馍面了。

然而，天有不测风云，人有旦夕祸福。就在这小子九岁那年的冬天，却差点儿命丧狼口。

那个年头刚兴新学，落雁滩周围几个村子的财东为子弟念书方便，在东留马村头四圣庙里设了一所学校。没戏可唱的日子，六六娃安顿儿子跟着小伙伴们顺便蹭了几天冬学。

一个冬天的早晨，太阳已经老高了，小九成才慢吞吞地钻出被窝，看到晒到炕头的太阳，知道这个时辰去学堂肯定已经迟到了。小孩子家遇到这号事，虽然害怕进学堂被老师打手板子，但更不愿让大人护送惹小伙伴耻笑，于是硬着嘴对大人说，他敢自个儿去学校。

小家伙闷闷不乐地被大人轰出家门，一路上只想着见到先生怎么去圆谎，不意从井坊后跑出一匹银背苍狼。

见一条眼生的"大狗"在井坊墙边夹着条长尾巴踅摸，小家伙心里虽然咯噔了一下，却也没当回事。等到走近了，才发现面前这条"大狗"一双黄蜡蜡的眼睛正凶狠地盯着他。这厮根本不知道正在觊觎自己的是一匹恶狼，居然拿出啃得正香的糜子馍馍掰了一小块准备逗着"大狗"玩耍一阵，等学生放早学后再跟着一块儿回家了事。

然而，就在这小子伸出手的那一刹那，面前的"大狗"却朝他扑了过来……

话说，村上有个推着独轮车卖甑糕的老汉，此人正是四先生的亲爷魏罗锅。那时，魏家在老汉手里还是个小日子。别说没有滩下坡上这么多的地，就连马坊院那一溜儿如搂钱耙子般的酱菜缸也没有。每日清早，老汉都得推着独轮车来回走十多里路，沿着官道去周边几个村子卖一锅热甑糕，回程时还得捡拾两笼驴粪疙瘩壮地。一般是天不明就动身，太阳冒花花时进村，几十年老汉都恪守着这个时辰。

这天清晨，老罗锅刚把两笼驴粪放到自家地头，推着独轮车正要进城门，却远远看见一条狗从巷道窜出来，端端地冲着他的车子跑来，口里似乎还叼着什么。老汉虽耳聋背驼，眼神儿却还不错。等他走近一看，原来是一匹恶狼，口里叼的分明是一个手脚还在动弹的孩子！

老罗锅当即惊得毛发竖立、脸色铁青，那佝偻了大半辈子的腰，陡然间竟直溜了许多。他也不怕摔坏了他那口值钱的大铁锅，一把撂下手里的独轮车把，顺手抄起车上的拾粪铲，一个虎跳便站在了城门洞中间，端端地拦住了恶狼的去路。

狼口夺食并不是一件容易的事情。见挡道的是个五短身材的罗锅老汉，狼并不在意，依然眼露凶光冲他直扑过来。老汉假意贴墙回避，两眼却看得真切，待恶狼接近他的一刹那，只见他用尽全身气力一铲下去，只听当的一声，铲头正中恶狼的天灵盖。既而哐啷啷又是一串声响，老汉手里的粪铲齐茬断了把儿，铲头一下飞出去老远……

那狼根本没料到对手会使出这一阴招，天灵盖上狠狠地吃了一铲。一松口的当儿，嘴里叼的孩子掉落在地。罗锅眼疾手快，一步抢上前去，抱起孩子紧贴着墙根儿，主动给狼让出了道儿。

这匹恶狼并不甘心口中食物被半路抢夺，虽脑袋上挨了重重的一击，依旧龇着利齿咆哮了一声，冲抱着孩子的罗锅老汉直取面门而来。

罗锅虽身材矮小，双手却端得动一锅热甑糕。每日里推着个独轮车，在泥泞官道上来回走十多里路，大半辈子练的正是耍蛮力的功夫。见恶狼反扑过来，他并不慌乱，左手把腋下的孩子抱得更紧了，右手紧握着手里的铲把儿，就在恶狼扑向他胸前的那点工夫，他看准了，对着那双冒着黄光的狼眼狠狠地戳去。

狼虽感到对手这次出招更狠，却已无法回身，只能以死相搏。趁着跳起来的那股冲劲儿，一口咬住铲把儿顺势将老汉扑倒在地。这时候，罗锅夹在腋下的孩子又一次掉在地上。

恶狼扑食，下口极准。只一下罗锅手里的铲把儿就被迎面扑来的狼咔嚓一声咬成了两截。但见扑空的恶狼一个跟头站起来，很快放弃了和罗锅打斗，张开血盆大口又一次对准了孩子。

村庄上的人都知道，狼这畜生叼到活物，一般都是待到四周无人时才会放下换口。这第二口下去，孩子绝对就没命了。庄户人狼口夺娃，惯常都是一路吆喝，使狼惊慌失措疲于奔命，根本没机会换口，这才能保全孩子的一条性命。

在这千钧一发之际，被扑倒在地的老罗锅见狼放弃了和自己纠缠，张着血盆大口对准了地上的孩子，他腾地从地上爬起来，又一次站直了身子，跳上前去刚要动手，这才发现手中的铲把儿已经只剩下不到一尺长。

情急之下，老汉也顾不上多想，猛扑上前。没等狼明白过来，只听他从胸腔挤出一声怒吼，使出浑身蛮力揪住狼尾巴，呼地撂过头顶，昏天黑地将抓到手的东西抡起来……

北山下来的大山狼，少说也有五六十斤，在罗锅这个大力士手里却被抡得如同布偶。他当时也不知咋处置这个到手的东西，只能一股劲儿地抡着。也不知抡了多少圈儿，虽两臂慢慢有些酸痛，却丝毫不敢懈怠。

对手开始并不知道发生了什么，直到被抡在空中四肢不能着地，便再也按捺不住腹内惶恐，进而屁门漏气稀粪乱喷。一股从未领略过的刺鼻气味，直恶心得老汉不得不考虑舍弃手中的东西。老汉发力紧抡了几圈儿，陡然大吼一声，迅速将手中的狼丢了出去。

只见狼在空中像一只布袋直扑城墙老砖而去，砰的一声撞墙，又砰的一声落地。等它挣扎着想翻身站起时，前腿显然被刚才这顿狠摔闹折了骨头，只见它趔趄着站定身子，已没了刚才的锐气。

此刻，罗锅迅速抱起地上的孩子，冲着恶狼又是一声怪号。

恶狼见对手愈斗愈勇，再这样纠缠下去，似乎也讨不到便宜，便放弃了孩子，夹起尾巴一溜烟朝着村北深沟一瘸一拐地跑了。

老汉这才有工夫低头细细地看了看，发现自己怀里抱着的正是趄巷的娃娃小九成。孩子脖子上被咬的伤口，此刻正汩汩淌着血。他也顾不上被摔坏的铁锅，赶忙抱着孩子跑进巷内喊人……

救命之恩，如同再造。这件事过后，老汉累得吐了几天血沫子，躺在炕头接受了小九成的三拜六叩，膝下便多了这个跟嫡生一样亲的小孙子。出过这场大力，老罗锅累伤了身子骨儿，那年冬天，老汉再也没力气推着他那吱扭乱响的独轮车去转村卖甑糕了。他在炕头躺了四十多天，便优哉游哉地做他的洽川城隍去了。

又说，村上这个小九成是个独子。他之前的八个哥姐都未成人，爹娘就守着这棵独苗儿。阴阳先生在这厮还未出生时就断言，这孩子生下来必定命硬，要养大就得认门干亲。家里按照村庄上给娃娃认干亲的那些习俗，在孩子出生的第二天清早东方刚泛起鱼肚色那阵，他家老子便抱着儿子在村西十字路口转悠着等待撞见的第一个行人。

说来也巧，老罗锅的儿子揉眼鬼魏存贤，那天早早从城里回来给家里送面，这头儿刚要吱车进村，便和抱着儿子的六六娃撞上了。六六娃一言不发走上前便跪倒在地，替儿子拜了这个干老子。所以说，罗锅老汉此前跟着儿子已经捡了个干爷当着，这一次他又从狼口里救了干孙子的小命，两家人一下子成了亲上加亲的双挂亲。因了这一层，老汉的讣告上，工工整整地写着两个嫡亲孙子的姓名。魏九成这个螟蛉义孙和老汉的嫡孙魏仁湘跪在二排左首，在老汉轿前顶了黄房子①，祭奠过后还特意上了三炷香。

又说，小九成那次遭遇狼咬之后，喉结被狼牙扎穿的伤口久治不愈，整整三年后才慢慢落痂。因受到过度惊吓，还落下个打雷惊厥的病症。再加上大半个脸面因被狼咬过，留下一大块猩红的疤癞，那副模样别说去学校读书了，就是寻常与人交往也渐渐有些自卑。于是，这个小家伙便辍学在家，开始学着干起了放牛拾粪的活路。

由于孩子被伤的不独是半边脸面，喉结的伤情尤重。那道伤口长好

---

① 黄房子：出殡帽饰。关中旧俗，出殡时嫡孙要戴"黄房子"。

后，不但说话少气无力，声调也变得奶声奶气，以至长成大小伙子后，居然成了一个十足的娘娘腔。即使那样，他也一直没放弃学戏。后来，他家娘老子便让儿子专攻旦角，他那嗓音甚或比一般妇人还软糯。戏迷们这才发现，他们心目中的这个"小绣楼"的声腔，虽说渐渐少了幼时的天真烂漫，却多了股子闺妇般的幽怨悲苦。渐渐成年后，这个大小伙子尽管说话有点女声女气，骨子里却透着男人的阳刚之气，且多少还夹杂着些许苍凉。唱出口的戏文，因之便有了独特的韵味，一般扮旦角的男人还都模仿不了。戏迷们也渐渐不再像原来那样称他"小绣楼"，而是更为亲切地唤他"狼咬儿"。

后来的日子，老媒旦专意指教，这个狼咬儿也很有长进，十六岁便成为河西线偶行道的一个名角儿。母子俩可谓珠联璧合。在隔河的山陕两省喜好线偶的村镇，母子俩合唱的《观花》，一直是主家每次必点的叫好折戏。

不过，随着小伙子一天天长大，提亲这个事儿就摆在了面前。他破相后留下的那副面相委实有碍观瞻，由之让许多养女人家望而却步。直到那年母子去河对岸的万荣铺给一家大户应事，戏台下有一个来娘家巷院看戏的小童养媳，被小伙儿那哀怨的嗓音所打动，便十分好奇地到后台偷偷瞭了一番。从背影上看，见小伙儿身板直溜、手脚麻利，便心生爱恋，居然不嫌弃那张破相的脸，便舍下还在尿床的小夫婿，随着戏班私奔到了留马村。

说起来，老媒旦这个女人一辈子工于算计。明知人家女娃在河东有家有舍，她居然不问祠堂不动亲戚，牵着女娃的手踩过厨房四角，就算是拜过天地，当夜便将这女子私下收作了自家儿媳。不但省了问亲的那几十石麦子的聘礼，且免去了探望时节的亲戚走动，算是连定带娶，一次完事。直到孙子小蔓货出世，她抱着怀里胖墩墩的小哪吒，这才想到可怜的小孙孙没有外爷外婆疼爱，似乎也不是个圆满的事情。她便沽酒蒸包子，安排小两口抱着孩子涎着脸面去河东正式拜见了一回老丈人。

一晃多年过去，这个山西女子跟着咬儿无怨无悔地度过十六年时光，一口气为老媒旦生下一男两女三个孙孙。眼见着给儿子蔓货定了门亲，这小日子渐渐红火起来。不料这妇人去摘核桃踩断了树枝，掉下深沟摔折了腰。卧床两年，开方子抓药，钱花得家徒四壁却撒手人寰。

一个正值盛年的男人，年纪轻轻便遭此家破人亡的际遇，狼咬儿一下子没了以往过日子的那股子犟劲儿。要不是老娘帮忙打点着缺盐少醋的紧巴日子，咬着牙在年前给孙子把媳妇娶进门，凭着他这个一家之主几乎尘事不染的德行，儿子蔓货都得跟着他这个老子打光棍儿。寻常这厮除跟着戏班偶尔出村混口酒饭，长年累月都窝在炕头捏着酒葫芦酣睡不醒。三年光景里，这个男人从来没有主动扛着锄头进过自家地头儿。

直到收麦前那段时间，老娘暗中打听到甜寡妇守家三年已有改嫁之意，魏王氏那头儿有将她收作偏房的想法，便极力在中间撺掇，想趁机将这个模样俊俏的小寡妇娶到自家为儿子再撑起个家。咬儿一听，老娘依然如此上心自己这个不争气的儿子的终身大事，寻常那身懒病似得了灵丹妙药，一骨碌从炕头爬起来。几天来，不但开始下地干活了，还时常早起去拾粪。临了甜寡妇却回话过来，说她不想这么急促地改嫁，这件事就这么缓了下来。

咬儿这头儿满腔热情，却遭遇了一瓢凉水。他把这一切看作是四先生仗着财大气粗从中作梗，于是便做出怒退板鼓、拆散班社的过激行为。甜寡妇找上门来的那顿喝骂，终于骂醒了狼咬儿，让他不得不理智地面对村院里的一些闲话。

10

四先生应下朝邑这个请戏的门户，几天来自己心里一直不踏实。听替他应下事情的陈仓满那口气，主家那边好像也是个吃"铁杆庄稼"的刀客。当时，这个说话从来不加斟酌的货，居然坏坏地笑着告诉他，主家请戏是因为要领着一干子弟兵过河打日本人去，趁着这次出门，让道上各路兄弟凑点盘费。唱好了，说不定还能领点额外的赏钱。

按照规矩，一般门户请戏，不外乎红白两件大事。村社祠堂的庙会请戏，那也有专门的老本。线户家应啥门户唱啥戏，来不得半点马虎。一个

稍有点名望的戏班,至少要能做到主家点啥唱啥。耒耜班的几个老把式,寻常唱的老本也不少,归结起来不外乎:

《谪仙楼》佳人遇难终有报,
《忠孝贤》才子得官谢皇天;
《金琬钗》美女怀春思崔护,
《罗汉衫》王爷杀人夺状元;
《庆顶珠》《乐毅伐齐》齐国乱,
《昊天塔》《燕青卖线》《五灵庵》;
《风筝误》《战盘河》胭脂来判,
《鸳鸯楼》《百宝箱》有根《双凤簪》;
《囊哉》娃金屋藏娇《白玉楼》,
赵匡胤《走棋》输掉老《华山》;
《打焦赞》刘秀《庙遇》忠良魂,
十八年《王宝钏》《寒窑》守寡纺棉线;
来报子饥馑难挨《偷蔓菁》,
《二秃子尿床》冲倒金銮殿!

这次朝邑那边请的是壮行戏,这号场合还真让四先生不好选本。那些豪壮的武戏看似热闹,戏份里不免掺杂些阵前死伤的情景,到时惹得主家不高兴倒是小事,坏了戏班子的名声才是大事。好在陈仓满这个糊涂蛋隔天替主家垫付定金时才给了个囫囵话,说主家一次请了三台小戏,同开一本《金琬钗》。

一听主家点了这出戏,四先生又头疼起来。懂戏的人都知晓,《金琬钗》是一出纯粹的旦工戏。要的不独是线工,更重要的是唱功要得手。耒耜班多年来撂红周边的正是老媒旦母子的这出戏。没有这俩人上台,其他人不说唱得好赖,根本就端不起娘儿俩那个架势。

咬儿那天夜里的举动真让四先生有点始料不及,接着就接了这号急迫事情,他只好让张干大骑着马星夜去西县请同行救急。可是,邻近的三家班社当天手头儿也都应了事，回话说整班拉人肯定不行。最后，三家都答应给这边匀个角儿过来救急。

这也难怪。虽说十里不同俗，在婚丧嫁娶这些大事上，各村的阴阳先生看的却是同一本皇历。往往东家看好的日子，西家同一天也得过事。于是，一些有点声望的戏班，同一天被多家求上门的事时常发生。

东府这些小戏班都没有固定的班主，请戏的主家找上门来第一个应承事情的人，便是这次组班的班主。这个人就得按主家点的戏安排人手，组织车马。不过，一个班主无论这天应过几家门户，另一家不知底细的事主如果求上门来，他也不能借故推辞，这是戏行的老规矩。人手紧了，跑路去请别的班社来救急，也绝不能让主家黑天黑地地去瞎忙活。当然，同行之间，如若遇到这号难处，亦不论亲疏都得昼夜兼程赶来救急。那些临时纠集起来的远路班底，往往还都是些老艺门，不但唱戏十分卖力，而且还无人讲价。

耒耜班出门应事，一向都是全班出动，更何况这次发帖的又是邻县的大户人家，事关戏班的声望，既然应了事情，当然不能给人家敷衍了事。四先生心里的那份急迫，真如火烧眉毛一般。

魏王氏一看自家男人两天来那狼狈样子，眼见就要闹出给人下软蛋的事情，她亲自找到心慧门上如此这般说了半天，才有了甜寡妇上门和咬儿论理的事情。

说到这一点，老媒旦虽是女流之辈，却也是行道上守规矩的老艺门。她当然知道"戏比天大"这个老理，不但十分爽快地把事情答应下来，还一口说定要带着儿孙和孙媳妇一起去。不过，她还是给四先生捎了一句不软不硬的话过来："辣子一行，茄子一行，哪怕下了戏台打捶闹仗，也不能把戏耽搁了……"

接到这话，四先生终于放下心来，这两天腾出手脚赶着紧儿张罗出远门的事儿。

戏班带着村上这些女眷出门给人应事，主家大都在方圆十里八里远的地方，这次要走三四十里，一路携着几个小脚女人，至少也得套两辆车。再说，往南走的这条官路，近年已变得很不太平。年前，寺前镇就出

过一件可怕的事情，而且这事儿越传越邪乎，闹得那阵婆娘女子都不敢出门了。

听人说，两宜那边一个村子有个后生，那天护送着新媳妇回娘家，路途中女人下驴要去路边背洼土坎下净手。小伙子不好跟随，站在路边等了好一阵，却不见媳妇上坎。他倒也没想那么多，牵着驴喊了几声却没人回应。小伙子十分诧异，便准备去看个究竟。他这头儿刚走了几步，只见一个身高六尺的"女鬼"披头散发晃晃悠悠地顺着土坎向他走来，小伙子手里牵的驴吓得一尥蹶子跑了，他本人也惊得昏了过去……后来，县上倒是没几日就破了案。原来，那女子早已和娘家门前的小相好串通一气，准备一起远走他乡。趁着这次回娘家，他们雇了刀客一路暗中盯梢，在这女子走下土坎后，刀客便迅速为她换了件长孝衫，还在脸上抹了鸡血……

不过，大天白日搭班子出行，应当能确保万无一失。再则，心慧娘家就在朝邑当地。他们应事去的六里堤，还有四先生那个声名在外的老丈人。即便路途真有点小意外，大小官道的各路绺子，哪个不买王老虎的大面子？

一大早他们就出了村，车马劳顿地走了大半天才按时赶到戏场，可是，他们却被眼前的阵势惊呆了。

朝邑滩虽比落雁滩富庶，这样的阵势也实属罕见。一个门户过事，卖饭的摊子一溜儿摆了七八十家。方圆几十里来看戏的戏迷搭着席棚牛车，后半晌就已经把村子堵得水泄不通。

四先生来时虽然领着戏班，但他的主要任务还是给明天大婚的内弟搭礼，正经事是行门户来的。一看丈人家门前那阵势，他把事情给狼咬儿安顿了一下，就钻进轿车换了出门做客时才穿的大衫子，喊人从车上卸下食摞抬了，挤过人群进了丈人家的街门。

却说，狼咬儿母子一行在村头等了大半天，主家却没人出来接应。好一阵子，一个管事人才大汗淋漓地找到村头。见了面，主家也少了寻常那些客套，只简单地安顿说，让他们先进村，看见哪个席棚空了桌子，只管占住先用酒饭。主家近日设的是开口席，根本没那么多人出面招呼各路客人。要是不愿意坐席，在街上的饭摊子上想吃啥蹭一顿两顿也行。只需跟摊主说你们是戏班的人，事后自然有人跟他们结账。最后，这位管事人才交代晚上的事，说太阳落山后听见三通铳子响就得立马开戏，哪家迟慢惹恼了本村人被砸了场子，主家一概不认。交代完这些事情，他又急匆匆地忙活其他事情去了。

到了这个时辰，狼咬儿才闹清楚，原来这个六里堤今天只有一家人过事。请戏的这家人正是四先生那个泰山大人王老虎！

知道了事情的底细，他心里立时就对四先生有些小不舒服。即便是给别人应事，自己这个厚脸皮尚且能跟着来混顿吃喝；明明是自家亲戚，这个四先生事前还捏得这么严实，真是人心隔肚皮呀！人家心里肯定早没把他这个兄弟当自己人看了。带人进了村，他一边快快不乐地在那儿安顿搭台喝水的事情，一边在心里暗骂了一阵四先生，捎带着又咒起六里堤这个财大气粗的王老虎来。

朝邑这处地界，扼守东府，水旱两路交通便利，靠着六里堤这个铁码头，两三百年前就形成了繁华的集市。这个绰号叫"王老虎"的王国麟，在当地素无官品，名声却很大。相邻几个县的老百姓都知道，此人曾带着本家几个弟兄在西北军里吃了多年"铁杆庄稼"，老来却在老家花园乡这个依沟傍河的铁码头做了多年自封的民团团总。码头上车户船户的大小事情，以及方圆百里的一切官司，都得看这个老刀客的眼色行事。遇上儿子娶亲这号事，当然少不了要大肆操办，摆一摆威风。

据围在戏场看搭台的那些闲人议论说，此前三天三夜，王家已请了西京城的一个大戏班红火了一阵。接着，才请了眉县知名的杖头子和当地的华州老腔皮影，准备再唱三天对台戏让村人过过戏瘾。他家那个刘管家却趁机给主家出主意说，洽川东留马的线戏近年闹得山陕有名，不如请来一同赴会，让这些庄稼戏子同开一本《金琬钗》，让远近的客人们看看，在东府这个地面上，究竟是眉户委婉，还是碗碗腔撩拨，抑或洽川线戏更赢人。是骡子是马，一起拉出来遛遛便见分晓。

不过，明眼人都看得出来，这种同时聘请三家戏班来应景的做派，完全是为了看一场梨园门派间相互拆台的大热闹。这些闲话钻到狼咬儿的耳朵眼里，他立马感到今夜肯定是一场苦战。

当地人寻常吃中午饭的时候，四先生派人给礼房上完礼单，进主房向岳父问罢大安后也不寒暄，马上抽身出门来招呼戏班这边的事情。等他挤过满巷道的人找到自己人搭台子的地方时，咬儿他们早已卸了车，各自正忙着搬箱。他就近找了一家马坊，安顿卸套的牲口吃了草料，又紧着过来忙活这边的事情。

主家门下来的那几个管事人，还都懂点线戏搭台的套路，早已让人准备了一摞大铺板和杠子、绳索。咬儿轻车熟路，一阵工夫便领着他们把台子搭好了。四先生过来后，招呼几个人就近坐在吃食摊子上填了一阵肚子。他特意安顿他们都不要走远，眼见就要日落西山，听见三声铳子响过，就得按时按点给主家开戏。

这个时候，四先生才抽空看了看三家戏台子的坐向。

从地形上看来，这处搭戏台的打麦场，正北边不远处正是丰图义仓。西边一片空地安排给了眉县的杖头子班，耒耜班被安排在东边。南边正对大仓门的位置，当地皮影班已经搭好了台子。

天色尚早，主家已经安顿人给皮影班那边送了茶，还特意让人加了大灯碗。招呼戏场的那几个本村人都挤在那边台前捧场。眉县的杖头班和耒耜班台前的人则稀稀拉拉，连个照应茶水的都没有。

老媒旦躺在后台有阴凉的条椅上闭目养神，孙媳妇榆钱儿守在跟前给她揉着腿脚。狼咬儿和甜寡妇并不多话，一直在整理偶子。偶子入箱时男女角儿都是分放好的，开戏前得按照主家点的戏本，一个个出箱重新佩挂。

四先生找了个凳子，还没落座，甜寡妇就靠过来快言快语地问了他一句："四哥，你在家咋不给人说清呢？谁还没有个三亲六戚，不就是给自家亲戚应个事嘛，你是怕没钱分我们都不来是不？"

四先生依然是往日那副不紧不慢的样子，含含糊糊地回过来一句说："陈仓满这人……嗐！也不知是他当时没说清，还是我没听清。不说也罢，先把戏唱了，这事儿回去再说……"

一听四先生在那儿装出一副不知底细的样子，躺在条椅上的老媒旦眼睛连睁也没睁一下就接过了话茬儿，很是不屑地数叨起来："仁湘，你虽没吃过我这个干妈的奶，你那二妹子却是我奶大的干女儿吧？你这个干儿，打小就一眨眼一个鬼点子。不就是唱个戏嘛，就算我们母子间有啥解不开的疙瘩，也不至于让你这个大人厢这么下眼看我这个老婆子吧？你不说清楚这里边的张道李胡子，我看今黑这戏就唱不好！"

任何行当都有家法，线户的家法也不小。看起来都是应事分钱的左邻右舍，却不独是一口井里打水吃这点亲近。在戏巷，不但有上下辈的尊卑，还有着行当里的身价排位。

老媒旦那头儿一开腔，四先生就不得不抬起屁股欠了欠身子，恭恭敬敬地回老太太的话说："妈，您老先别动气。我也知道，您平日也没说过仁湘一句重话。今日这事儿谁都觉得蹊跷，我现在还不知底细呢，让我咋给您回这个话？您想想嘛，就算是我不走心没听清楚，陈仓满能不知道我是王家的老女婿？老丈人门前的事情，这人为啥偏偏给我这个女婿还留了这一手？"

老媒旦一听，她这个干儿说的似乎都是实情，却依然不依不饶地撑了他一句说："你看你多英武嘛，老丈人给儿子娶媳妇，女婿娃亲自领着一台子戏上门来。你这回算是务人务大发了，耒秬班日后还得再给你添场小捎戏扬扬名哩！"

说完这番不无戏谑的话，老媒旦自个儿先在那儿笑了一阵。

甜寡妇一看四先生涨红了脸不再回嘴，故意问他说："四哥，陈仓满真的没给你把事儿说清楚？"

四先生却不高兴地丢给她一句："唉，说破天去，咱不就是个戏子嘛，谁还惦记着给你留这张脸面？今辈务着这个鸡嫌狗不待见的行当，就得忍着受人这口闲气呢。今黑的戏不但要唱好，还要唱扎实！"说到这儿，他才拿出班主的架势郑重地安顿说："妈，您替我顶一阵子，一会儿开戏，我再过来招呼，戏上不能出一点乱子……"

说完，他这头儿起身就要去忙活门户那边的事情，狼咬儿却不阴不阳地跟屁股丢给他一句说："都闹成这个样子了，谁还来戏台下抢箱不成？"

狼咬儿这话也不是太难听，大伙儿却都笑了。梨园行道里，被人半

路抢箱是一件很荣耀的事儿。在七八月份举办庙会的日子里，抬神主的两个村子有一个请不来戏，半道上就会将对方请来的戏班强掳进村。这号事情，往往会在周边传为美谈。眼前这境况，谁都听得出来，咬儿这话显然是在故意贬损揽事的这个大人厢呢。

四先生一看，该安顿的都安顿好了，刚要抬屁股走人，一听咬儿丢过来这么一句大风凉话，闷幽幽地撑了他一句说："你还别说，耒耜班在咱们弟兄手里，还真没撑过被人半道抢箱这么大的脸面呢！"说完，气哼哼地走了。

天色渐渐暗了，四先生也不再顾及岳父那张老脸面，早早蹲在耒耜班的后台督场来了。

随着三声铳子炮响过，三家班子顿时鼓乐齐动，同时给主家开唱《金琬钗》。

谁也没有料到，当地皮影班台前看戏的戏迷，全是专意请来的龟兹乐人。这头儿炮声刚响，皮影班台下的那些乐人便和着台上的鼓乐大吹大擂起来。

眉县来的杖头班一看这阵势也急眼了，干脆将偶子举下台子。霎时，台下喝彩声此起彼伏，戏迷们立时将戏台围得密不透风。而耒耜班，台下原本不多的那几个人，这阵也掉转屁股踮着脚争看皮影班闹出的大热闹去了。

一时半刻，开初的那股嘈杂劲儿过了，各家班子才咬开了戏。

狼咬儿提着莺莺这头儿一开腔，还算拽过来一些人。接着，甜寡妇一声叫板甩出口，观众发觉洽川耒耜班唱旦的居然还都有些真材实料，便一哄挤了过来。

耒耜班台前立时人头攒动，闹得对方台下那些举着长竹竿维持秩序的小伙子都发起了愣。也就这小会儿工夫，一些戏混混趁机搅开场子，原本坐在前排的几位体面人家的女眷，被人掐得吱哇乱叫，一个小媳妇还被挤上桌子，一只绣鞋居然被人趁乱摸走了……

正在那边陪王团总看戏的刘管家，急忙喊来几个小伙子，让一干人死死守住耒耜班这边的后台。四先生根本没想到在朝邑这片地界，居然有这么多的戏迷捧场，开始担心台下涌动的人群会挤塌戏台。刘管家亲自安排人盯守后台的举动，他也暗暗地看在了眼里。

这个时候，有个戴毡帽的中年男子，随着拥挤的人群慢慢挤到了耒耜班侧台这边。只见他用手压低了帽檐，从帽子里取出个东西攥在手里，扬手抓住了圪蹴在台口的四先生的一只手。就在两人四目相对之时，他迅速将一个字条塞到了四先生的手心。

壮汉的举动四先生早已看在眼里。来人给他手里塞罢东西一声不吭转身就走却让他很是吃惊。他装作催台移到后台，就着布幔缝儿透过来的灯光，慢慢打开手里那叠得整整齐齐的字条，下眼这么一打量，一股不易被人察觉的冷汗，立时湿透了他的脊梁。

原来，那字条上端端地写着一句寻常人根本看不懂的"言子"——"子时劳户降善兮"！

他攥着手心里的字条，半天没缓过神儿来。三家正热火朝天地唱对台，这会不会是对方班社因无法招架，故意派人来放的烟幕？这个小杂念，也只是他脑子里突然蹦出来的，仔细想了想，又觉得这样的可能微乎其微。虽说梨园行道多有龌龊，却绝少遇到同行之间相互拆台的事情。容不得他在那儿多想，此事不管是真是假，赶紧带人离开才是上策。

只见他走到刚刚提起偶子的甜寡妇身边耳语了几句，接着从挂在帐钩上的裙裤里取出一大叠票子，走到老媒旦身边把钱往她怀里塞了，交代了一声"言子报丧"，让她照看着千万不要停戏。心慧一看四哥那脸色，也不再问到底出了啥事儿，目瞪口呆地接过四先生递过来的长衫和礼帽，手忙脚乱地穿戴起来……

四先生毕竟是出过远门的老班主。他不声不响地一把揭起后台地上的一块木板，自己先下去看了看周围的动静，这才向甜寡妇摆了摆手，示意她赶紧下来。甜寡妇也不说话，慢慢探下两条腿，四先生赶紧接住了她。

心慧紧跟着他，两个人摸到了后台那处供台上人小解的地方，他先用棍子推了挡狗的木板，自己慢慢地爬了出去。起身后四顾无人，便小心翼翼地回过身招呼捂着鼻子的甜寡妇钻出洞口，两个人一溜烟儿离开了戏场。

借着巷道里小饭摊儿的灯光,四先生很快找到寄放车马的那家马坊,蹑手蹑脚地牵出自家的枣红马,趁着村巷吃喝摊子还在招揽生意的那股乱劲儿,两个人还算顺利地出了村。

一出村,他将心慧一把扶上鞍子,自己也翻身上了马,两个人骑着一匹马很快离开了这个是非之地。

11

四先生收到的那张字条,只有懂"言子"的老乐户才能看明白。落雁滩走江湖的职业,因在主家门前说事儿多有不便,他们之间通常会用言子会话。各个行道都有自己行道的言子,这种语言寻常只限于口头交流,很少被写在纸上传递。

譬如说,"炉丹"这个词泛指妇人,不同年龄段的女子还都有不同的称谓。未出嫁的姑娘称"节烈子"、漂亮的年轻媳妇是"善兮"、丑陋点的女子叫"乌兮"等,不一而足。

四先生接到的字条,上面明明白白写着"子时劳户降善兮"七个大字,里边却藏着一个令人毛骨悚然的信息。"子时"根本不用解释,"劳户"有"主家"或"大执事"的通意,"善兮"专指漂亮的年轻媳妇。还有这个"降"字,则是一个描述男女床笫之欢时才用得着的字眼。字条的意思是说,深更半夜这家事主要和一个漂亮女子做男女洞房之事。这个女子会是谁呢?

三家戏班只有耒耜班带着女眷。看到字条上写得这么明白,四先生立即想到,肯定是道上朋友事先知道了这事儿,才用这种方式给同行打声招呼。如果出事,必是耒耜班这个惹眼的甜寡妇。

从接到字条到出村,直到寻着了大路,四先生一点都没耽搁,两个人一味紧着逃命,累得马不住地打着响鼻。不觉已跑出十多里地,他确信身后没有人马追赶,这才安下心来。

俩人骑着马一阵子疾跑,牲口已经冒出热汗。他只怕累坏了牲口,便跳下马来,拽着马缰绳跟着牲口小跑了一阵。不知不觉,少说又走出十多里地。坐在马背上的甜寡妇,看四哥已经累得气喘吁吁,便喊叫着要他把牲口停下来。

四先生以为女人家不好明说要下马方便的那些话,便赶紧勒住马嚼子停下了脚步。他伸手将她扶下马,故意往前走了几步,停在那儿等着。只见甜寡妇在原地活动了一会儿腿脚,并没有去处理那些水火事儿的举动。等她慢吞吞地赶上来后却不再上马,只说她想坐下来休息一下。

四先生这阵心里虽少了刚才出村时的那些紧张,却又开始担心起牲口来。骡马不走夜路,这点常识他这个老庄户还是懂的。黑天黑地的荒郊野外,莫说路旁兀自蹿出一只野兔子,就是风吹树叶闹出丁点声响,骡马这牲口也会陡然受惊。脚户因天冷将缰绳扎在袖子上赶夜路,被受惊的骡马拖死的事儿并不鲜见。他一看她真的停在那儿不走了,不得不小声催促说:"咱们还是赶路吧。夜里牲口趁槽①,勒都勒不住。再说在这些生地方停下来也不好。来,还是让我扶你上马……"

甜寡妇却执拗地坚持要自己走一阵子。一个男人家也不好再劝说,便轻轻地拍了拍牲口的前胛,老马得到主人的安抚,亦不再紧张地打响鼻。牲口有灵性,知道后边还有主人,脚下也自主慢了下来。两个人一前一后,就这么走了一段路。前边是一条黑黢黢的胡同,女人家毕竟胆子小,她不由自主地靠到了他身边。

牲口走夜路腿脚比白天要快得多,走了一小阵,心慧已经明显有点赶不上趟儿了。她干脆一把拉住四先生的衣角依偎了过来,故意搭话给自己壮胆子,声音发颤地小声问了他一句:"四哥,刚才那字条上写的啥?"

四先生一路勒着疾走的牲口,无意回答她的问话,嘴里只胡乱搪塞了一句"没事",便趁机勒住牲口督促她说:"好了,女人家黑地里一瘸一拐的咋走嘛。你快点过来,我这就扶你上去。前边才是寺前镇,距离露水井还有一阵子路要走哩……"

这个小女人寻常倒是有心和村上这个大人厮拉几句家常,碍于人多嘴杂一直开不了那口。月朗星稀的荒郊野外,倒是少了世人的眼目。

---

① 趁槽:家养牲口惦记槽头的草料。

她执拗地不肯上马,四先生只好勒住牲口站住了脚,她故意赌气问道:"老媒旦亲口跟我说,你托她问咱俩那件事……你为啥绷着脸一直不给个回话?"

月色下,两人谁也看不见谁的脸色。四先生听到她陡然问起两人间的那件事,只觉脸皮一热,很不自然地回话说:"你别听两个女人在那儿胡咧咧。现在是民国了,不是前清,政府哪允许娶小呢……"

心慧却不依不饶地问:"民国咋了,政府不是主张婚姻自主吗?女人嫁人的事情,自己说了算。不准娶二房,那县长咋有三房姨太太?"

一听心慧说出这样的话来,四先生很不好意思地替自己圆说道:"四哥一个穷书生,哪能跟人家县长比这个阔绰呢。再说,按咱们村上的辈分,你还是弟媳……嗐,不说这个了,咱们赶路要紧。几时把你送回村,才算是躲过了眼前这一劫哪。"

心慧装作不再执拗,看似顺从地站定了身子,就在四先生扶她上马的当口,这女子趁机出溜下来,一头扎进四先生那散发着酱菜香味的怀抱里,一双肥藕般的胳膊紧紧搂住了对方的脖项,颤抖着找到那张心仪已久的布满胡茬儿的嘴吮吸在了一起,再也不愿意松手。

…………

却说,留在戏场的老媒旦母子根本不知道发生了啥事儿。四先生这头儿把戏给母子俩一撂,老媒旦心里虽不乐意,却也不得不满口答应下来。这是戏班的规矩,在事里,班主嘴里的安顿就是圣旨,这个时候谁也不能反驳。

正在后台闭着眼睛抽烟的狼咬儿,一听出事了,二话没说站起来赶紧顶了心慧的角儿。蔓货原本正提着旗兵打着盹儿站台角,一个激灵也醒了。一看换戏了,这厮手脚利索地把手里的偶子挂了,坐近板鼓开口就唱。一家三口卖力地周旋,台下的戏迷根本没听出台上那阵子闹出的忙乱。

《金琬钗》是咬儿的拿手活路,不需要配角儿,他一个人也能顶全本。何况,儿子蔓货平日里虽擅唱生角,拿捏着唱几句莺莺戏,行内人一般也都找不出毛病。老媒旦这阵被台下的叫好声闹得戏瘾大发,遇上打情骂俏的场景那更是声情并茂。直到锣响戏终，末稇班的台前依然人头攒动，戏迷们还在不断地叫好。

开始卸台了，一些戏迷依然没走，伸长脖子在那儿傻乎乎地看着，希冀一睹洽川戏班这些"甜寡妇"的真模样。

俗话说得好，唱戏的是疯子，看戏的是傻子。落下那一片土布搭就的帷帐，刚才他们还在为之哭笑的千古奇冤和洞房花烛也随之灰飞烟灭了。戏散了，他们依然要去面对夜里暖不热的冷炕和鸡叫就得早起的苦累光景。

不过，一个庄稼戏子的那些苦累和屈辱，比起台下这些看戏人更有一层酸楚不便言说。

当地人爱看戏，家门却不纳戏子。平日里即便是过路的乞丐，完全可以在村里借住几日，且受到村人的照顾。然而，对于艺人，即便是哪个家门专意请来的，唱完戏都得星夜赶脚回去。如果路途过于遥远，这些人就只好在村里的破庙里安身。热天的蛇蚤还好对付，寒冬腊月，他们就只能去主家的打麦场抱一捆麦秸，铺在人家门道或破庙的佛堂里，四五个人抱着一床破被盖互相取暖……

这次出门，因路途太远且带了女眷，事前四先生已经考虑到了男女住宿不便，专门套了一辆木轮大车拉箱坐人，另外还套了一辆供女眷乘坐的轻便轿车。他半道牵走了辕马，回程只好让扯梢①的大青骡子驾辕对付。

咬儿并不知道主家留人的事儿，更不知晓四先生火急火燎地拉着甜寡妇中途退场究竟是啥缘由。曲终人散，还不见两人回来，他只好安排瘫瘫娃赶车，两个腿脚不灵便年龄又大点的挤在戏箱车上勉强对付，其他身强力壮的一律打紧裹腿一路跟着步行。前车上少了甜寡妇，老媒旦一个人倒落了个宽敞。

眼见已是三更天，月色照得大路如同白昼。一行人走出六里堤，拉车的牲口顺着来时的熟路，无须吆喝，一路蹄下生风，一袋烟工夫不到便走出了五六里。离开了主家街门，一群庄稼戏子恣意地议论着白天的饭食和

---

① 扯梢：旧时拉大车需要两头以上的牲口，此指套在前边的牲口。

晚上打擂闹出的热闹。

谁也没想到，就在这时，路旁枣林里突然跳出五六个手执兵刃的蒙面人挡住了他们的去路。为首的一个壮汉大喝了一声："停车！"

正在赶路的一行人，突然遇上一群断路的强人，哪敢怠慢，赶紧勒住了牲口。

只见那壮汉走到车前扯下自己脸上的黑布，还算客气地拱手道："有劳诸位留步，在下多有叨扰。兄弟收了主家的银子，奉命接一个叫周心慧的女子回府上说话。还望各位行点方便，别为此伤了和气！"

狼咬儿一听来人这话，才恍然大悟，四先生那阵子带着心慧慌忙离场，难道是因为他早就知道了路上的这场大劫？

事情虽有些急迫，咬儿却十分镇定地回对方话说："各位客人多有怠慢，你们要的这个人，这会儿真的没在车上。戏正热闹的那阵子，她娘家老爷子病紧，被家里来的人接到你们这边一个叫醒醐的村子去了。"

来人怪笑一声，毫不客气地说："看来，你们是敬酒不吃吃罚酒哇！弟兄们，把轿车里的女子请出来带走！"接着，亮出了袖子里的流星锤，不无威胁地喝道："你们哪个敢动，小心肩膀头子上吃饭的家伙搬家！"

戏班里都是些出门人，个个都会点拳脚。几个年轻点的一看来人也不多，已经偷偷抽出车上搭台用的帷杆，很快站成一排护住车子。只要咬儿一声招呼，一场恶战是少不了的。

面前几个断路的壮汉一看这拨儿戏子抄起了家伙，齐刷刷地亮出了鬼头大刀，将刀尖指了过来。

一看对方是刀客，咬儿镇定地摆了摆手，挡住了自己人。

三四个黑衣人一步抢到轿车前，一把撩起门帘，七手八脚地从里面拉人。摸来摸去，确信轿车里只有一个女人，几个人不容分说，把里边的人拉出来飞快给脑袋上罩了个麻袋，三两下扶上另一个壮汉的肩膀……

坐在轿车上的老媒旦，毕竟是上了年纪的老太太。唱完戏，主家安顿他们吃夜宵的那阵子，她都没动筷子，坐在凳子上陪着大家打了一会儿小盹。儿子这头儿套好车扶她上去，车子还没出村她就已经稀里糊涂地打起了小鼾。

轿车外的那阵骚动，她以为是走夜路碰见了狼虫过道，依然迷迷糊糊地睡着。接着，车外的人声越来越大，她才彻底被惊醒了。可是，还没闹清车外出了啥事儿，就有人揭开轿帘一把将她拖出车，飞快地捆着跑了。

遇到这个突如其来的变故，狼咬儿一下子愣在那儿了。

老娘这么大岁数，居然当着他这个儿子的面被强人掳走了，他一时还真觉得有点莫名其妙。眼见那拨儿人不一阵子就离开了大路，抄庄稼地里的小路走了，他推断这些人可能就住在附近村庄。

好在出事的这个地方距离主家的村子只有几里路远，一行人只好折回去向主家求救。

老媒旦被扛在肩膀上，一路上几个人轮换着好一阵飞跑，等她被人放下地卸下头上的麻袋，还半天喘不匀自己那口气。待有人将她扶到一把椅子上，她这才试着睁开双眼，却又被一盏白晃晃的汽灯照得睁不开。半天，她才隐约看清楚自己坐在一间摆设讲究的客房里，一张八仙桌上居然摆着几碟子精致的酒菜。

等她那双昏花老眼适应了，才将房子里的摆设仔细看了一遍，明白眼前并不似龙潭虎穴，好像是一个有钱人家的大客房。她心里还在琢磨，财东吃酒怎么门口还站着两个穿军装的勤务兵？接着她心里马上明白过来，以前常听男人说劫道的那号事情，这回竟然让她这个老婆子遇上了。

老媒旦当然不是一般的村庄女人，大半辈子经见过的事情也不少。她想，凭着自己这把年纪，对方也不会把她咋样。想到这里，她不管三七二十一，抄起面前的一盏盖碗茶对着门口那两个大兵扔了过去，那张不饶人的嘴也随之叫骂起来：

"大天白日的世事，你抓我一个老婆子这是要咋？得是你爹炕头上没挖抓，把我拉来给你当妈呀？"

两个小兵根本没料到一个老太太居然有这么大的脾气，只顾躲避那只凌空飞过来的茶碗，只听啪的一声，那只碗不偏不倚端端地打在了刚刚进门的刘管家身上，对方那件相当考究的阴丹士林大衫，立即就被浇湿了一大片。

忙了一天的刘管家根本没想到，自己手下请来的客人会对他来这么一

手,这头儿刚要拱手打招呼,却被飞过来的茶碗打了个正着,同时也打断了他嘴里的那些客套。

他当然知道自己要见的是啥人,并不计较地满脸堆起了笑容,仔细地朝桌子那边这么一望,却分明看到一个横眉立眼的老太太双手叉腰坐在那儿。

这等景象让他立即倒吸了一口凉气。我的个神呀,自己手下这群冒日三①,黑灯瞎火的咋抬来这么个满脸褶子的老女人哪!

一看眼前这场面,他马上就想到这帮饭桶八成是抬错人了。眼前,怎样笼络住这个老女人,别让这个母老虎平地撒泼已经成了他手头最紧迫的事情了。

王府这位刘管家,当然也不是混饭吃的人物,马上换了严厉的口气训斥面前两个呆若木鸡的士兵说:"咋能这么对待老班主呢?嗯?还不赶紧换杯热茶来!"

在两个士兵莫名其妙地找壶倒水的当口,刘管家马上十分谦恭地对坐在那儿冷着一张脸的老媒旦拱手道:"惭愧,惭愧,老班主能应邀光临,真是荣幸之至!鄙人刘欣耕,这里代王团长问您老人家安……"

老媒旦一看眼前这个刘管家有点面熟,她一眨眼工夫就想起来了,白天进村那阵子,正是这个面皮白净的男人接的车。她心里马上放松了一半,开始盘算着怎样对付眼前这帮瞎眼狗。看着屋里披红挂彩的摆设,如果自己的推断没错的话,自己这阵子落座的地方,正是今天过事的那个王老虎家的客房。

刘管家那话还算热情,老媒旦却趁着心头那股子邪气没处撒,依然不高兴地回了对方一句:"放你娘的臭狗屁!你这也叫请人哩?几个蛮蛮拦腰抱住我一个老婆子,好像几辈子没见过女人,一路趁着老娘不得动弹,几双狗爪子上下捏揣,把老身的肉都给捏肿了,一只绣鞋也拽遗了,你看这事儿咋收场?"

刘管家听到她这些话并无一丝恼怒,连忙满脸堆着笑容安顿身边那个

---

① 冒日三:指行为莽撞的人。

小个子说："去，喊她们给老人家把该换的衣裳端几件过来。"说完，一撩袍裾在桌子对面坐下来。

不一会儿，从厢房那边台阶上款款地走进来两个端着托盘的中年妇人，进了房门慢慢地走到老媒旦身边，将两只考究的老漆托盘轻轻地放在了她面前。一只托盘里放的是一套刺绣大裳，另一只托盘里却整整齐齐地摆放着一双精致的红花绣鞋。两个女子放下盘子，站在一旁再不言语，很得体地静候客人吩咐。

老媒旦也不吭声，取了漆盘里的那双绣鞋，自己弯下腰穿了，双脚在地上跺了几跺，也不说大小合不合适，脸上立即露出往常那副拣了便宜的得意。再看那件大裳，少说也值十两银子。她也顾不上天热自个儿已是满头大汗，一把扯开款款地裹在了自己身上。

她这头儿缓缓地坐了，才对着面前这位刘管家开口问道："你赶紧说话，这到底是咋回事啊？半夜三更都不方便，说完还得把我原款送回去哩。告诉你，我儿子那可是个生生货，知道你们这样对待他娘老子，待会儿领着那一帮会武把子的戏子家打进门来，我倒是想看看你们长了几颗脑袋！"

刘管家当然不愿把这个烫手的山芋留下，站在那儿正思忖着怎样将这个老女人送出大门。他脑子飞快地转了一阵，突然想到，王团长曾私下交代，说这回拉队伍去河东打日本，为了不让弟兄们一去就想家，最好给队伍上配个随军戏班。

只见刘管家眉毛一挑，立刻笑吟吟地对老媒旦开口道："老班主有所不知，刚才你们走的时候，鄙人偏偏忘了一件事。王团长军务在身，今日家客太多，特意安顿鄙人给您老交办个重要的事情，晚辈特意指派一群小的半夜追赶了一程，您看这事儿让他们给闹的……还请您老海涵！"

老媒旦哪会给主家这个面子，没好气地撑了刘管家一句："说得倒是轻巧，你们这是请人说事儿呢，还是给王老虎抢亲哩？什么事说来我听听看！"

刘管家赶紧回话说："是这么个事儿，咱家队伍不是过两天就要开赴河东打鬼子去嘛，有个事儿得麻烦您老人家开口说话，于是就想请您到府

上一叙。"

主家这番话说得还算坦荡，老媒旦一听，心里不免一阵嘀咕，你家队伍要上前线，跟我一个老婆子商量啥？她端起桌子另一头放着的茶盏喝了一口，奇怪地问道："你们当兵吃粮，操的是杀人放火的营生；我们出门唱戏，挣的是飨神祭庙的斋饭。原本就不是一个行道，你请我一个老婆子要商量啥？"

刘管家一看，眼前这个伶牙俐齿的老太太还真得认真对付，便耐着性子给她解释说："老班主真会说笑话。鄙人领的这帮弟兄，哪个不是咱东府子弟？咋能是杀人放火的人嘛！事情是这样的，日本人这不是都要过河了嘛，咱们总不能眼睁睁等着他们过来糟害这边的老百姓吧？我们眼下已经是正规的国军了。王团长想和您商谈商谈，征召你们戏班几个能人，跟着队伍一同上前线打鬼子去！"

老媒旦这回总算听明白了，她也顾不上再提说自己被颠疼的老腰，立即把脑袋摇得像个拨浪鼓，几乎没等对方把话说完便说："哟，世上哪有这号事哩？前线那枪子儿可是擦着头皮乱飞，你让我们咋跟你们这些兵爷去唱戏？再说了，你们那是扛枪打仗呢还是赶集看戏呢？'洽川偶人退番兵'的古经，那是啥时候的事儿了，难道还让我们在阵前提着几个线猴子替你们唬那伙日本人不成？"

刘管家虽然被逗笑了，却还是十分耐心地回她的话说："哪能呢！人嘛，吃饱了肚子，总得有个事儿打发那点闲工夫吧？行军打仗，也有宿营扎寨生火做饭的时候嘛。到时候，你们也就是趁着队伍闲下来，给自家门前的子弟兵唱唱家乡戏，让他们散散心就够了。再说，河东那个阎老西的晋绥军，也都是山西当地人，唱的还都是咱们洽川这边的线腔戏。到时，两家联手打鬼子，搞个联欢会啥的，还能互相鼓舞士气。等将来打跑了这些日本鬼子，你们这个耒耟班，岂不是也成了大功臣嘛！"

听到这里，老媒旦又有点不大明白了，嘴里嘟囔道："啥功臣哟，杨家一门忠烈，最后在皇上跟前落了个啥下场？你先甭说这些不值钱的虚妄功名，阎老西这老东西惹下的麻烦，让他自家兜着好了。这老不省事的，今日跟这个打得不可开交，明日又跟那个打得头破血流，惹得日本人找到自家门上来算账,还想让旁人给他去垫背,他倒想得美!再说了,日本人在河对岸折腾,关我们这些平头百姓个屁事呢。"

刘管家一听,看来有些事儿和这个老太太一时也说不出个子丑寅卯,还算客气地告诉她说:"好我的老班主呢,眼下已经是国共联合政府了,这个阎大长官现在也是国军的大战区司令,河东河西已经是一家人了。再说,日本鬼子在热河那边都折腾好些年了,咋可能是阎长官惹下的麻烦嘛。按您老人家说的也行,您想想嘛,山西那边的土地都长些啥庄稼?不就是糜子、莜麦、山药蛋嘛。那玩意儿做出来的饭食,有咱们这边的麦面馍馍臊子面好吃吗?那伙东洋鬼子跟咱们只隔着这么一条河,拿着望远镜往咱们这边看看,还能摸不清咱们关中道这边一天三顿家家吃捞面的底细?您不去打他们,那要是这伙鬼子兵有一天过河来抢收咱们地里的麦子,您说到时可咋办?"

老媒旦听了对方这番话,依然不为所动,很不以为然地告诉他说:"打日本人咋了?就算不是这个阎老西惹出的事情,咋说也成不了我们百姓的事情。有皇上那阵子,天下都是朝廷的;眼下呢,江山还不是老蒋一家的?不说远话,前年那场大旱,老百姓饿得剥光了树皮,也没见老蒋打开官仓放过一碗舍饭。打河南那边逃荒来的讨吃人群,死在落雁滩的何止是一家两家。村上人出手抬埋时,有的人连张席子都没有裹……唉,既然老蒋把百姓的人命不当人命,百姓也没道理跟他去送命,你说是不是这个理儿?说到底,任谁当皇上,庄稼户还不是一样支脚差、缴皇粮?再说,就算那帮鬼子真的急了眼过河来抢麦子,还有你们这些大户支应着哩,穷汉家谁在大仓存那么多余粮等着他们来抢?你说说,让我一个老太太怕他个啥嘛。话又说回来了,你们这个王老虎,仗着自己领着这几个拳头兵去上阵,还能打过人家拿刀拿枪的日本人?"

刘管家一听眼前这个老太太一点家国观念都没有,只好公事公办地对她解释说:"老班主有所不知,老蒋已经在江西那边发话了:地无分南北,年无分老幼,无论何人,皆有守土抗战之责任,皆应抱定牺牲一切之决心。我家王团长本人,以前在五十三师那可是堂堂的上校团长呢。眼下国共合作,他老人家又被国民政府委任为少将团长,辖下的陕西抗日民

卫军第三团也成了正儿八经的国军了。前几天,西北行辕一次下拨给我们四千杆崭新的'汉阳造',鄙人也成了堂堂的国军团附,咋能像您说的是一群乌合之众呢?"

眼前这个刘管家转眼间又成了国军里边的"刘团附",老媒旦依然不屑一顾地反问道:"当兵的靠领饷吃粮,让我们这些穷戏子放下一地庄稼跟着你们去卖命,你家老爷能给啥样好处?"

刘团附一听事情有转机,便认真地对眼前这个村庄老太太解释道:"东府这边,已经给出丁的家户按人头发放了十三石麦子。如果你们这个末耙班能随军前往,丰图义仓一样有你们每人十三石麦子的犒劳。上了前线,戏班的人跟国军将士一样,每月政府都用现大洋发饷。怎么样?时间不早了,我只能把话说到此。这样吧,您回去再和你们那个四先生商量商量。我刘某人一言九鼎,先拉麦子后走人,这样您老人家总该放心了吧?"

一听有十三石麦子的好处,老媒旦不由得心头一动。一千多斤黄澄澄的麦子,在落雁滩各村最好的年成里,那也是十亩地除去籽种的净落。一些坡地少的小门小户,一季还没这么多麦子入仓呢。然而,这些麦子毕竟不是白拿的。让村上那些养家糊口的男人捎着枪杆子上前线去卖命,官府就是给他们送一座青砖碧瓦的庄院,炕头上再搭个能养儿子的白胖媳妇,恐怕也无人动心。不过,队伍上的人居然这么看重他们的戏班子,倒是让老太太心里感到美滋滋的。

刘团附这头儿还在和客人说着话,从门里进来一个军官模样的小伙子附在他身旁耳语了一通。待对方双手贴着腿根站定了,刘团附才显得不耐烦地大声安顿道:"让他们进来,今日登门的都是客嘛,哪有让客人站在巷道等人的道理?快请快请!马上上热菜,让他们陪着老班主一起用饭,见识一下我们队伍上的茶饭也好嘛!"

老媒旦终于放下心来,她那儿子这阵肯定找上门来了。

12

  第二天一大早，就有人给魏家祠堂送信来了。昨天后晌，日本人的飞机飞过河来，对着国军集合在城外的骡马炮队撂了几颗炸弹。有一颗端端地撂在了团部驻扎的城隍庙大院。只听得轰隆一声巨响，城隍庙大殿半边山墙被炸倒了，庙前那棵老桧树也被削去大半边。

  供在大殿里边的城隍爷，虽不是魏家祠堂那个魏罗锅的真身塑像，却是当时的朝廷命官挂匾的魏罗锅的城隍化身。每年城隍庙会，东留马魏家祠堂都会上头炷香，村上的耒耝班也会被安顿在庙内搭台子以示亲近。清明节那天，魏家祠堂还被恩准迎城隍回祖祠接受子孙跪拜。

  四先生听到城隍爷的庙堂被小鬼子的飞机毁坏了，城隍爷的塑像半遮着席子被撂在荒郊野外，一时无人照管。他没顾上补觉，便火急火燎地带着一干人进城，直忙活到天黑才把城隍爷的塑像迎回了魏家祠堂。放了一挂鞭炮上了几炷香，算是暂时有了安顿。

  他这头儿刚刚和几个人坐在书房，老媒旦就进门来了，给他捎来刘团附的一封亲笔信。他展开看了信上的文字，一下子就傻眼了。

  原来，老岳丈的这个管家以不容置辩的口吻告知，让他这个民间艺人在河西当地招募几个线户艺人，到时候跟朝邑那边的皮影艺人一起成立个"抗敌剧社"，随军去河东"建功立业"。好端端地摊上这么个不能推托的事情，还真让这个教书先生有点犯难。

  不说别的，让这些平时只会提着线偶子唱些打打杀杀戏文的庄稼戏子去卜老婆娃娃上前线，毕竟不是寻常那些让他们打地铺睡庙堂受点苦累的事儿。再说，即便是落雁滩遇上歉收，毕竟还没把人饿到数着黑豆粒儿下饭的那个地步，锅里碗里的饭食不说好赖，还都能数着日子往前走。让这些过年响炮仗都捂着耳朵跑的庄户人跟着队伍去上前线，哪个又愿意提着自个儿的脑袋去挣那十三石麦子呢？

  整整一夜，他都没睡好。吃早饭那阵，陈仓满这个平时很少到东留马串门的大忙人，叼着杆湘竹白铜烟袋进了四先生的家门。这头儿屁股刚落座，三句话没说完就扯到了村上出丁的这个话题上。四先生马上想到，

这个望天能分辨出鹞子公母的大能人,肯定已经知道事情的实底。果然,这厮坐在那儿对他说了大半天抗战救国的大道理,虽没扯破皮儿明说,临走,也还是说了一大串不痛不痒的废话。

看来,让戏巷这些线户出丁这件事,已经不单是他这个老女婿给岳丈帮忙的小事儿。在东西两村,从姓陈的嘴里说出的话多少都有点公事公办的意思。自己要是一口拒绝,且不说老爷子的脸面挂不住,一场官司不出三天就会找上门来。逃避战时兵役,收监坐牢倒不可怕,只怕不等自己从牢里出来,祖祖辈辈置下的这份家业,就得一起交给官府,身后撂下的罪孽还不一定能了结。

他坐在书房反复看了那封信,这才一声不吭地进了马坊院。平时,遇到一些一时不好决断的事情,他都会去和家里的这个张干大商量。

说起魏家马坊院这个张拯恩,村上的老老少少都知道。这个被四先生和狼咬儿见面都要叫一声"干大"的老汉,原本不是落雁滩当地人。年轻的时候,这个人跟着揉眼鬼魏存贤在县城铺子里赶了多年马车,东家和伙计之间有着很深的交情。后来,魏家折了城里的生意,只留下一间店面交给伙计看管,这个人又跟着东家回村替少东家招呼起了地里的庄稼,一直借住在魏家马坊院里。

从相貌上看,这个人少说也五十出头了。平时,村上的同龄人多尊称其为"张相",晚辈却跟着四先生和咬儿喊顺了口,见面都尊称他一声"张干大"。以至到了眼下,这个很拗口的称呼成了老汉的绰号。奇怪的是,这个张干大看似一个寻常做农活的大老粗,却委实不是一般人物。不说别的,他居然懂些堪舆之术,在周边点穴看阴阳很有些名望。村上儿女嫁娶、抬埋老人、盖房奠基、挪院子盘灶、写帖扶乩,一般少不了请这个人去帮忙。

听上年纪的人讲,此人祖上好像是河南卢氏。同治年间陕甘暴乱,接着三省遭遇了场大年馑。作为八百里秦川"白菜心"的东府十多县人口,在天灾人祸中几乎死伤殆尽。那真是放眼赤地千里,近观万户萧疏。官府为确保西部安稳,动迁山东、河南、安徽以及陕南一带人口给关中"填人",其父便挑着一副铁匠担子带着全家跟移民来到临潼县打铁谋生。先在铁炉镇一带转村打铁，后来在镇上盘了间铺子，一家人才算慢慢安定下来。

那个时候，这个张拯恩吃着陕西的小麦面已经出脱得膀大腰圆，时常帮着老子在铺子里抡大锤。后来，家里给他娶了一房当地媳妇，一家老小总算有了个家。可这厮心气忒高，打心眼里不愿一辈子跟着老子学打铁，便私下托人在洽川县衙谋了个小差。一来二去，便和在城里做生意的魏存贤成了熟人。没过多长时日，他干脆辞了公干，在魏家商号赶着马车专门跑西京城那边皮匠们奇缺的芒硝生意。有时，也倒手棉布和菜油。当地人都知道魏家油坊那一缸缸黄澄澄的沙苑牌菜油，实则是卖相很不好的花生油和棉籽油勾兑出来的。凭此买卖，赚足了北塬那边人的大铜板。

有一年秋天，关中道上不知从哪儿冒出一股相当好事的人。先在那些靠山靠沟的"三不管"村镇秘密联络了一些人参加他们的"十八娃"组织，不自量力地要撵走皇上，"恢复中华"。这帮人闹着闹着就有点出格，居然聚集在落雁滩公开举事，拿着枪炮同官府明目张胆地干起来。远在百里外的铁炉镇一带，见有人扯旗造反，一呼啦也跟着闹腾起来。

在巡抚府鼻子底下闹出这样无法无天的事儿，驻扎在西京城的官军立刻出兵弹压，一路自西拔兵东剿，驻守潼关的官军趁势向西弹压。那些暴民终于抵不住腹背受敌，一哄钻山跑到洛南去了。接下来的几个月，官府开始挨门挨户搜查乱党，只要逮住那些闹事的人，不问东西就地正法。肩膀上捎着鬼头刀的民团，整天在各个村镇游荡，一时闹得八百里秦川阴云密布，一片血腥。

这个时候，有人向官府告发说，张记铁匠铺曾为闹事的暴民打制过十多把矛杆子，这个来路不明的铁匠铺肯定是个匪窝子。那阵子，各级官府都是军爷当政，只要牵扯上这号"十恶不赦"的罪状，连问都不问一声就人头落地了。一个外地铁匠居然掺和乱党，临潼知县不问东西，指派了几个乡间混混趁着暗夜撬开张记铁匠铺的门板，把老汉活活戳死在了自家炕头……

张拯恩在洽川县衙当过几天差，身边多少还认识几个朋友。可遇上这类反朝廷的事情，却没人敢出来圆场。他那阵子别说回家去收殓老爹了，

自个儿能不能逃脱已经是件急迫事情。好在魏存贤走通了道上的各路气眼,连夜让这个张拯恩揣着几个银圆钻进了北山。

后来到了民国,这些反朝廷的案子又都成了革命党人讴歌的事儿,这个张拯恩却没能跟着那些人去做官,依旧住在北山根当脚夫过日子。有一年秋天,魏存贤这个财东老爷被梁山下来的一拨儿粮子①深夜进村绑了票。祠堂为此交了三百银圆,山上还是不放人。这事儿一下子惊动了洽川县城,一些名流四处奔走,想尽办法营救,最终依然无果。然而,就在魏家祠堂上下为此忧心忡忡的一天夜里,魏存贤却在这个张拯恩的陪伴下,骑着一头毛驴回到了东留马,驮筐里还放着一个两岁多的男娃娃。

据魏存贤事后给祠堂解释说,绑票的那个粮子头目见山下如数送来银圆,当天就把他放了。派人给他的眼睛上蒙了块黑布,押着他在一片河槽里走了一段路,这才解了黑布塞给他两块苞谷面锅盔让他自寻山路回去。他稀里糊涂上了一道岭,又下了一道梁,在谷底三转两转便迷失了方向。眼见天已经擦黑,他却一直没找着出山的路。当时,他心急如焚,脚下慌乱,不慎在山道上摔了一跤,伤了膝盖,只好就近找了一个落脚处笼了一堆火,坐在路边盘算着夜里怎么消受那个罪。就在这时,突然远远地看见一个赶驴的脚户向他走来。等那个人走到眼前,他这头儿刚想问路,没想到这个牵驴的汉子竟是从洽川逃难出去的张拯恩。危难关头,兄弟相见,分外欣喜。他扯着驴尾巴跟着张拯恩去了一个叫上马滩的地方,窝在一眼石窑里休息了十多天。直到山路上的雪消了,才出了山。

他说,自己走南闯北大半辈子,这还是第一次吃住在深山老林,亲身体味了一番做山客的苦。眼见自己这个兄弟孤身一人,身边还带着个娃娃窝在山旮旯里苦熬,他就动了点心思。落雁滩这边虽说不是一马平川,但起码比深山老林出行方便。只要天上落点雨星子,就有吃不完的苞谷面锅盔,怎么说也比苦守在穷山野坳赶着驴驮子给人赶脚的日子要好得多。经不住他多次撺掇,张拯恩最后同意回落雁滩给少东家照看庄稼。

对于魏存贤这个漏洞百出的说法,村人多有质疑。大伙儿都觉得这个

---

① 粮子:旧时指当兵吃粮的人,有时也暗指土匪。

"张干大"根本不是寻常人儿,却也没把这个背案出走、又一次回到东留马的男人当外路人。在后来的日子里,这个人赶着魏家那辆胶皮大车,走州过县,歇脚住店,很少在村里待着。过了几年,这个人在路上收留了个从商南过来讨吃的女人,两个人凑合着算是又成了个家。这个女人看着年纪轻轻,却也多年没能生养。两个人守着个瘫瘫儿子就这么过活着。

四先生那阵还小,因了上辈人的交往,寻常见了这个比自己大九岁的老伙计,桌上桌下还少不了叫一声"干大"。此后,四先生还在四圣庙教娃娃念书,魏家大院这边大到上缴粮草、小到柴米油盐,由这个张拯恩一概包揽。这个人确实是个盘算的老手,看到落雁滩秋天里满地的苤蓝和荆芥都被潼关那边的人收去做了酱菜,他便鼓动东家从澄城县尧头拉来成百口大海子①,在马坊院盖起一溜儿酱坊腌制起了酱菜。不几年工夫,魏家"一口香"酱菜在东府就有了一席之地。接着,东留马一些人家也都学会了这门手艺,让潼关那边的老酱户们失去了不少生意。到魏存贤去世时,"一口香"酱菜这个招牌在西京城已经有了很好的口碑。

却说,四先生忧心忡忡地揣了那封信,这头儿一脚刚迈进马坊院,便和推着土车出圈的张干大撞了个满怀。看见少东家心事重重的样子,他便放下手里的推车,接过那封信看了看,闷着头半天没吭声。

这个男人有这副好德行,寻常只闷头干活,人前从不吭声。即便是在四先生这个少东家面前,也从不多言。事情不到紧要处,这个人绝对不会轻易张开他那张活像压着块石板的大嘴。

看着四先生在石桌边坐了,他随之也坐了。轻轻放下手里的信,只讷讷地递过来半句话:"国难当头哇……"

四先生当然清楚自家马坊院这个男人的那点底细。张干大这话一出口,他就觉得无须开口再往下说了。这时候,干娘端来了水罐,他赶紧站起身接了,先给老汉续了水,自己这才端了杯子。看到老爷子不再吭气,四先生顾自在那儿不咸不淡地说了一句:"唉,三十年老了一个王宝钏哇。真想不到,我魏仁湘今年都快四十了……"

---

① 大海子:盛水的大瓷瓮。

张干大脸上总算有了点笑意，不无调侃地问了干儿一句："杨六郎三破天门，身边还有焦赞孟良呼威哩。你一个书生，带着戏班子跟着队伍去上阵，肯定是个棘手事儿。再说，村里一下子要出去八九个劳力，有这么多人吗？"

四先生也不搭腔，张干大慢悠悠地接着说："老媒旦这人我知道，她是绝对不会让她那宝贝孙子去的。再说，咬儿的那张脸已破了相，人家队伍上也不一定验得上。还有，囊哉娃腿脚不好，上车下车都要人照应，到了前线咋行军？我看，既然揽下人家这事儿，按照队伍上给的那些粮食，你去郭家坡打问打问。那些村子比咱还穷苦些，一下子能领这么多粮食养家糊口，比寻常那些卖壮丁的营生划算得多呢。再说，朝邑那边这回是先装粮后走人，找几个能顶住台口的人也不是个难事儿。"

一听老爷子把话说到这个份上了，四先生闷声闷气地问了一句："您的意思是，得应承人家这事儿？"

张干大叹了口气说："你尽说些废话。这号事，是你一个庄户家说躲就能躲得了的？"

四先生苦笑了一声说："我也是这么想的。让留马村一下子出这么多男人去支差，我这心里也不落忍。自己揽下的活儿，也只能这样了。只是，家里扔下这一摊子，您可得多费点心呢。"

张干大却口气有点漠然地问："《陈平保国》被你们唱得那么热闹，毕竟是戏上的事儿。这回，你真的要去？"

四先生默默不语，看着石桌上一只走投无路的蚂蚁，顺手捡了根草棍儿挑起它，看着蚂蚁上下走了一阵，这才将草棍儿放在地上，回老爷子的话说："那您说，让谁来领这个头？一个小村子，一下子要出去这么些人……唉，我那老岳丈可能都没想到，他这个遇事爱凑热闹的做派，这回真的连累到他这个老女婿了！"

张干大磕了磕烟袋，岔着他的话随嘴搭讪说："是啊，领着一拨儿戏子上阵，队伍上也不怕麻烦。话又说回来，真的上前线去，想来也不要你们掮枪蹲战壕，或许过上俩仨月就会打发你们回来。我倒是想问问你，前晚你才说跟人换地的事儿，咋一转脸又想卖，一提说起来还这么心焦？"

四先生闷闷不乐地回答说:"有人惦记,那就卖呗。老太太有那个心劲儿,就让她去种。"

张干大却低低地问了一句:"她家有那么多银子吗?你就是愿意把地白送人,那也得遮住世人的眼睛呢,你也真是个大人厢啊。"

他嘴里吐出"人厢"这两个字时,四先生正在那儿发愣,听到干大似乎喊了一声他的谱名,突然像从梦中惊醒似的,他很快抬起头来,不解地看着老汉。

张干大依然慢悠悠地说:"做人就应当像你家老子那样,敢作敢当,像条汉子。我也不晓得你这后人心里是咋盘算的,这样做就对了。"

接着,张干大并不掩饰地对眼前这位他看着长大的少东家语重心长地说:"西院石榴树下那个罐子,十多年前你就动过一回土了。前天夜里,你又动了……这件事,你家老子在世那阵给我交代过还不止一次哩。他这个人啊,自己惹下的事儿怕身后被儿子埋怨,临了,还是我给他出了这么个馊主意。这院子里的事儿你既然都一清二楚了,我也就不用再遮掩。你也是当外爷的人了,世上的事儿,自个儿应当能拎清了……"

四先生一下子低下头,不再开口说话。

藏在他心头的这个天大的家族秘密,被住在自家马坊院的这个局外人一语点破,他这个为人子的大男人立时感到天旋地转,眼前似有数不清的萤火虫在飘舞。

二十多年前父亲临终前的一幕,又一次浮现在他眼前。

…………

那是个麦子快搭镰的五月天,魏存贤三天三夜水米未进。眼见只剩一丝游气了,却鼓着最后的心劲儿把儿子喊到榻前,摆手让亲戚族人退出厅房。

伴着一盏忽明忽暗的麻油灯,老汉咳嗽了一阵子,示意儿子走近点,他似有话要给儿子交代。

四先生当时已经成人,却依然不知道生老病死这号事情会发生在他们家。老子的病一日日加重,他满以为过几天会好。当父亲让他留下来时,他还是寻常那副满不在乎的样子。

听到门外没了脚步声,父亲挣扎着抓住儿子的手,有气无力地留着话:"……我挺不住了,万一走了,往后,你小子得学着照看好一大家人的日子。家中有大事,到马坊院找你干大,他是我这辈子信得过的人。在村上,事事都得让着咬儿,要把他当成你的亲兄弟对待。你们今世不许起仇冤,下辈子也不能翻脸。遇上年馑,你得替我帮衬跫巷那边,千万不能饿死魏家门里的子孙后人。我以前没让你学戏,以后也不要开口唱这个戏了。你爷年轻时爱唱戏,在架板上摔坏了腰;我接着唱了一辈子,心里的那苦愁无处给人说。到了你手上,咱们也是有点头脸的家门了。你给我记住,魏家子孙后代,都不要再在人前唱戏了,东留马这户魏姓人家,已经不需要再去给人低三下四地唱戏了……"

魏仁湘听了父亲这番语无伦次的话,懵懂地点过头。老汉这才吃力地指了指窗外,嘴里不住地念叨着"石榴树"三个字,接着,猛烈地咳了一阵。待缓过神儿来后,才反复嘱咐儿子,日后家院修盖动土,一定要避过外姓旁人,再移动照壁前那棵石榴树。

直到父亲过世三年后的一个夜晚,少夫人魏王氏那阵生了四丫头去娘家小住,已经开始理事的四先生关起自家大门,在石榴树下小心地探挖,终于在一块大方砖下掏出一个用黄蜡封口的粗瓷大罐。当他打开大罐蜡封,里边居然满当当地装着一摞摞绿森森的银圆。

面对一大罐子码得整整齐齐的银圆,他几乎傻眼了,六神无主地看着那些银圆,却无意中瞅见覆盖在银圆上的那张折叠着的牛皮纸上似乎写有两行字。他小心翼翼地打开,不看不打紧,一看到上边熟悉的字迹竟惊出一头冷汗。那工整的魏碑楷书,让他立马想到了住在马坊院的张干大。

做儿子的当然清楚,自家老子是个大字不识的老庄户。马坊院里这个大他九岁的干大虽也念书不多,却在衙门里打理过几天文书。小时候,他在家里临帖,多次用错笔锋,还是这个干大手把手给他矫正的呢。

那字条上明明白白写着:

仁湘九成,二子均分;拯恩终老,马坊出殡。

一个二十多岁的男人，对眼前这个世界上的事儿，多少已经有了自己的见地。他看着那些毒虫一般噬心的文字，双手发抖，一下子被眼前这个莫名其妙的世界惊呆了。当他看到自己和咬儿被自家老子并称"二子"时，思绪立时如同掉入懵懂的噩梦之中。

再看牛皮纸上那清清楚楚的字迹，依然没有一丁点令人生疑的破绽。

他一个人呆呆地坐在那儿，漫无边际地胡思乱想了一阵子，无论如何也不能为面前的这一切找一个合理的解释。他想，这个张拯恩替魏家照顾庄稼多年，老子要儿子把旁院送给他做居舍并为他送终，这完全能让村院里的人理解。令人不解的是，他老人家为啥要给妹妹的奶妈所生的儿子留出魏家一半的家财？难道就因为爷爷曾救过咬儿的命、两家最终结了干亲？如果是这样，自家老子真的像街坊邻里传说的那样仗义疏财？抑或这个和自己一同长大的狼咬儿，不独是爷爷救过命的干孙子，竟也是这座深宅大院里的骨血？

这个已为人父的大男人，真的不敢再往下想。自己的生身父亲，一个正派的财东老爷，为啥能和自己兄弟的媳妇萌生私情，居然还生出个儿子来？而且这么丢人的家门隐私，他老人家怎么还告诉了借住在家的外姓长工？他仔细回想着这两个疼他爱他的男人，他们之间究竟有着怎样的生死交情呢？

他甚至想到了八八叔抱着咬儿在巷院玩的那份溢于言表的挚爱之情，任他怎么去想，这件事都不可能发生。如果真是那样，自家老子在世时完全可以将这些银子私下里送给对方，为啥要用这种方式让自己的亲生儿子替他背负这么沉重的心债？

趁着夜深人静，他将那字条仔细地念过几遍，果断地将其揉成一团，放到嘴里嚼了几嚼，狠狠地咽下了肚子。

…………

四先生沉浸在往事中，呆坐在那儿半天都没敢抬头看张干大那双眼睛。

张干大磕了磕烟袋，慢慢地站起身来。为了打破尴尬，他脱下身上披着的夹袄往石桌上一摆，推起土车忙活起了手头的活路。

　　四先生抬起头,怔怔地望着马坊院这边的青砖墙,心底立时涌出一股不可名状的无奈。看起来,魏家门里这个不可告人的秘密,二十年来,却一直没能瞒过马坊院的这个局外人哪。

　　他起身后拍了拍屁股上的草屑,正要移步的当口,张干大却停下手里的铁锨,不无叮嘱地丢过一句话来:"继嗣的事儿,我的意思,你得往后挪挪。还有,家里添丁进口这么大的事儿也得缓一缓。馍馍不吃在笼里搁着,是你的人终归跑不到别家炕头。人嘛,都给自个儿把路留宽点为好……"

13

　　老媒旦和四先生调换连畔地的事情,说合人是从西村请来的陈仓满。为了让这个能猴猴尽心跑腿,老媒旦割羊肉、剁臊子、蒸包子、打鸡蛋,烧酒少说也打了三四瓯子了。可是,不知是酒肉没把这厮的嘴巴焖软,还是这个贪心鬼为了多吃几回这样的好酒饭故意拖延,事情就这么不管不问地被撂了两个多月。

　　这几天,村上戏班子要挑人上前线,闹得全村上下人心惶惶。谁也没想到,四先生临出门却做了这么一件不可思议的事。

　　中午在哭泉镇集上,陈仓满碰见了狼咬儿,突然提起了两家换地的这件事。他让咬儿回家给他娘老子捎个话,说四先生那头儿已经松了口。不过,人家这回给的话不是换地了,似乎有想卖的那个意思。

　　说完这些话,陈仓满这个大滑头反复安顿咬儿说,移畔子划界这号事情,毕竟不是母猪换羊羔那类小事儿,为了敬事起见,让老太太私下先见见魏家马坊院那个张干大。据他所知,这个人能拿主家一大半的事儿哩。一步远近的左邻右舍,动地这号缜密的大事,两家拿事人和说合人最好私底下三头对面把一些细节先说到,到时再请人作保画押不迟。免得搭起了架势,半道上又出点小分歧,闹得保人也不好开口说那些二茬话。

　　咬儿和老娘前一阵倒是关着门在家里商量过这件事。那阵四先生那头儿还没放话,老太太也是剃头挑子一头热。对于换地这件事,咬儿一直也不怎么上心。没成想半道上人家一下子又改成卖地了。一路上,他在心里不住地嘀咕。

咬儿家的坡地倒是不多，滩底下却租种了将近四十亩的漫沙地。虽说滩底那点地十年九不收，毕竟要人年年侍弄。再说，七亩地款按照目下的价码，至少也得出二三十块银圆。自己那点家底他当然清楚，别说一下子拿不出这么多现钱，就是几家亲戚砸锅卖铁也凑不下这些钱。看来，这些财东家真得罪不得呢。这根本就不是在说事儿，压根就是在奚落人呢。

不过，一路上咬儿也想过了，靠着土里刨食，眼下都要饿死人了，一亩庄稼缴过丁捐根本没啥利。小门小户不管咋折腾都是个穷光景，眼下这年头咋个把日子往前掀才是大事，置不置地委实不是啥要紧事情。不过，他回来还是把陈仓满在街上给他说的那番话轻描淡写地给老娘学说了一遍。

老太太听了那话，当时怔了一下，却顺嘴跟儿子商量说，买就买过来，有来年的庄稼，不怕这日子翻不了身。

咬儿冷冷地给老娘丢了一句撂挑子的话，不无揶揄地说："置地肯定是好事，但一下子从口袋掏出这么多钱，我就是涎着脸也借不来一块关金券①，要不要买你看着办呗。"

老媒旦却好像没把儿子的话听进耳朵，嘴角露出一丝不易察觉的笑，转身忙她的事情去了，后响就去马坊院给张干大把话说定了。只隔了一夜，两家人便在陈仓满家厅房请人写字画押，老媒旦当下将一摞子银圆推了过去，这件事居然三槌两梆子办妥了。

却说，老媒旦一把掏出二十八块银圆，从村上财东家地边一刀割下近七亩地的事情，半天不到就传遍了东西两村。一个大半辈子靠出门唱戏养娃娃的老寡妇，此举令村上那些黑脸男人不禁面面相觑起来。谁都知道，仁湘那片地靠地畔还有一溜儿结着枣的枣树哩。一向在人前哭穷的老媒旦，居然能不声不响从老柜里拿出这么多白花花的银圆，真是红萝卜丝里调辣子——吃出没看出哪！

到了后响，老媒旦在集上割了一吊子猪肉，顺便打回一坛糜子酒，喊来几个邻居帮忙张罗着拉风箱做菜，准备当晚摆桌答谢保人的酒席。

---

① 关金券：国民政府发行的纸币的一种，后贬值。

　　谁也没想到，狼咬儿这厮不知为何，中午拉着脸和老娘拌了几句嘴，饭也不吃，拿着把绳下沟砍柴去了。更没料到，这厮趁着傍晚家里人多忙乱，放下柴捆，拿着一把牛皮绳在村外瞎转悠了一阵，把自己吊在自家坟头的那棵柿子树上了。

　　村上一个捡柴的老头儿路过，看见柿子树上好像吊了个人，赶紧跑上前去几斧子砍断枝杈先把人救了下来。好在咬儿那牛皮绳粗硬，在脖子上勒得并不紧实，要是换了软和的细麻绳，这小子早就没命了。

　　一看躺在地上的人脸色尚好，老汉叉开双腿骑在这人的肚皮上折腾着让人先缓气，等咬儿终于喘匀了那口气，老汉才丢下柴捆一路跑进巷院喊人帮忙，一干人七手八脚将这个没出息的货色架回了家。

　　老媒旦那阵刚好不在家，她招呼了几个人替她张罗晚上的饭食，自己则腾出空特意去上槐院请了张干大。蔓货牵着驴去西村用醋给驴换麸子去了，家里只剩几个帮忙做饭的邻居。看见几个壮汉架着灰头土脸的狼咬儿趔趄着进了门，都以为他打柴不小心掉到沟里了。

　　老媒旦从上槐院折回来，一路唱着进了门，还不知道自家院子里出了啥事儿。

　　满院子的左邻右舍都不说话，咬儿时常住的那间屋子似乎有人进出，老太太更觉蹊跷。她紧着扑到儿子屋里看了，这才发现儿子直挺挺地躺在炕头。

　　听那些人七嘴八舌地说儿子并没有下沟砍柴，居然将自己吊在了老陵的柿树上要去寻死。好在救得及时，人并无大碍。听罢这一番言语，老太太禁不住两腿发软，一屁股坐在了地上，立时没了气息。

　　几个女人赶紧前去掐人中揉胸脯，待人缓过那口气将她扶起来，老太太那两条腿还是不听使唤，由人搀着半天竟没迈出门槛。

　　当着儿子的面老太太倒没说啥，被人扶着出了房门坐在台阶上，她这才拍打着大腿回肠九转地哭唱起来：

天杀的忤逆种不怕天谴，因何故给老身动此难堪？
花银子这本是你情我愿，置田土难道是为造坟园？

你媳妇害了病将家戳散，没钱花卖骡子为的哪般？
蔓货娃娶亲时前后打点，哪一分不是我备办整端？
常疑心我老婆暗藏私款，你奴才咋不来自己经管？
这银两你老子在世发愿，不买地谁敢动这笔盘缠？
曾不记老东西病卧榻前，临入土还安顿住上薄棺？
遭年馑真真地把人饿惨，没有地从何谈门楣体面？
要续娶还得分事急事缓，总不能和媒人去拜花毡？
今趁着好邻里话说当面，不想活去寻死何忍何安？
你要死也不必这么难堪，何不去碰棉被死个干散？
没见过牛犄母如此大胆，气得我老婆子号哭皇天！

老媒旦一把鼻涕一把泪地哭诉，闹得一院邻里总算听明白了母子间吵闹的真实缘由。原来，这一切并不尽是甜寡妇那事儿闹得咬儿很没有颜面惹出的事端，居然还有因买地母子间不和的原因哩。

不过话又说回来，老娘动银子买地委实是个正事，做儿子的就算有一百个理由也不该为此和老娘闹到这个地步。庄稼户续弦成家虽说也是个大事，但也需要把日子先过到人前头。

这时候，一个时常和老媒旦搭班子唱戏的年轻媳妇秋凤走了过来，一看老太太嘴里已哭得快没词儿了，这才招呼着人动手将她扶到房里陪着安歇。一群婆娘女子，少不得围着说了些"哪个牛犊不犄母""家家莫挂无事牌"的宽心话，多少算是个安慰。

谁知道，在炕上挺了一阵的狼咬儿听见老娘在众人面前把自己唱得没一点人样，愈想愈气，突然起身趔趔着往门外扑去，看那样子又要去干傻事。

院子里站着看热闹的几个男人，赶紧将这个混账东西摁倒在地，谁也不敢松手。这厮却拳打脚踢，越发失控，闹得一群人无计可施。

正在这个时候，村上那个很少串门的张干大却叼着烟袋进了院门。院子里的人一看，都长长地出了一口气，随之也松开了寻死觅活的狼咬儿。

只见张干大像平时那样阴沉着脸，抬脚将烟袋在鞋底上重重地一磕，

慢吞吞地坐在台阶上,对着一脸土灰的干儿子狠狠地问了一句:"这是闹啥哩?你妈三番五次叫我来吃酒,原来是让我上你家看西湖景哩!"

咬儿一看干大进了门,嘴里啥话也没说,哇的一声先哭了个不歇气。这厮寻常在村里天不怕地不怕,却最怯这个黑脸张干大。

东留马的人都知道,这爷俩间的生死情分还真不是一般的人情世故。张拯恩虽是住在村里的外地人,做人却在村里赢得了很好的声誉。当年,这个人在浊浪滔天的黄河里救过这个干儿子一命呢。

站在留马村外的崖头上,透过野榆干枯的枝枝丫丫,就能瞭见远处的黄河安静地流淌着。

靠着村庄的河岸这边,分布着一马平川的沙壤好地,却不知何故,从地下冒出很多大大小小的潢泉。一年四季,终日莫名其妙地冒着滚烫的水,俨然地府有群鬼造饭,很是令当地人心怀忐忑。

同是河心那片沙壤地,上游芙蓉万顷,碧绿成景,阡陌交通,关雎和鸣。可是,到了落雁滩,每遇洪水季节,水流中的泥沙便慢慢积淀成洲,露出水面。然而人们只能隔岸看着,却无法上去耕种。那沙洲看似干涸,实则暗流涌动,且今日在东,明日西移,昼伏夜出,诡秘莫测。

令人惊异的是,洪水过后,有时还会漂来一些不明来路的大小煤块散落在沙洲上,招引得那些求财心切的人不惧生死地冒险上滩捞煤。捞着捞着,会从他们脚下地心深处陡然传出如老牛般"哞儿——"的一声长嚎,原本成片的沙洲瞬时分崩离析。这个时候,捞煤人的脚下,水愈来愈大,双脚却被河泥紧紧吸住动弹不得,虽拼命挣扎,却愈陷愈深,端的是呼天天不应、喊地地不灵。不但无以自救,更不用说出手救人,只能眼睁睁看着河水慢慢没过一个个人的脖颈……

有一年夏末,河里发了三场大水,远远望去,那片被漫灌过的沙地上裸露出不少大煤块。没等水完全退去,村上的一些贼大胆儿便动了心。狼咬儿跟着一帮人最先上了滩,不一阵子,他们就运回来不少牛头大小的煤块。开始还在岸边看热闹的人,一看有人把煤闹上了岸,也不管河水说涨就涨的危险,扑通扑通争相跳下去向沙滩游去。谁知道,大拨儿人刚爬到河心沙地上,上游下大雨引发的一场罕见的大水此刻已经无声无息地下来了。裹挟着泥沙的浪头一拨儿接一拨儿打来，正专心在泥浆里捞煤的十多个精壮小伙儿却浑然不晓。眨眼间，他们脚下的沙洲就变成了一片汪洋……

借住在魏家马坊院的张拯恩，那阵子正好赶着马车从城里铺子上回村给牲口铡草。听见满村的妇人敲着铜盆在巷道里大声哭号，急忙跑出自家院子一打听，这才知道十几名村壮被困在了河里。他马上仍下正在卸牲口的大车，顺手抄起了一根顶门杠挑起井坊那盘百来斤重的井绳，一路叫喊着向河滩跑去。

河水那会儿还不是很大，张拯恩抱着那根杠子扯了井绳扑通一下跳进河里，奋力游向河心，终于把井绳牵上了滩头。一群等待救援的人赶紧扶起游过来的张拯恩让他喘了口气，然后七手八脚地砸杠子拴绳索，再催年纪小点的一个一个扯着绳索向岸边游去。

张拯恩那时正值盛年，水性也好。他让咬儿陪自己先留下，两个人使劲儿压着拴绳索的木杠让大伙儿先过。一直等到沙洲上的人全部下了水，打头的几个人已上了岸，两个人才放下绳索，搀扶着一起下了水。

然而，就在这个时候，上游更大的一拨儿浪头铺天盖地打来。几个浪头翻卷过去，搜在他们身后的杠子居然被拔了起来，随之从浪头上滚下来，重重地砸到了水里的咬儿。紧急关头，张干大一边拉起有气无力的咬儿，又一把抓起被人浪抛下来的大木杠，向浪高水急的河中奋力扑去……

已经靠岸的人死命地往回扯着四十多丈长的井绳，两个人在泥浪中随水漂流，眼见到了离岸十多丈的地方，浮在木杠子上的张干大已经用尽了最后那点力气，不意间一松手，放脱了一直紧紧抓着的咬儿……

这只是一眨眼间发生的事情。

当张拯恩看到昏迷中的咬儿一起一伏地顺流漂去时，一下子又清醒过来。此刻，他早已把生死置之度外，丢开手里救命用的木杠，奋力游向咬儿。看到此情此景，岸上的人干急没办法，只能沿岸飞跑呼喊，最后在三里外的水缓处，捞起了昏迷不醒的两个人！

…………

张干大坐在石墩上抽着烟，几个老邻居给老汉把事情原原本本学说了一

遍,老汉总算听明白了,更是生气得不得了。看着咬儿满脸委屈的样子,张干大冷冷地吐了一口唾沫,很是不屑地说:"全留马村的男人都忙正事哩,有的人家还要丢下老小上前线,你倒好,横在家里跟自家老娘耍混哩!来世上做男人,你就这点血性?走,到马坊院帮我铡一阵草去……"

说完,他头也不回地先出了门。左邻右舍一看,有老汉一句话,料也出不了啥事儿,便三三两两地跟在屁股后也出了门。

老媒旦一看张干大来劝事儿,也不说做了一案板菜原本要请这个保人吃饭那些事儿,隔着窗户又一次对着儿子叫骂起来:

"你个驴生的这是给谁中命哩?老娘我早就把天上这个烂日头看够了,都活了五十多岁咧,早就活够咧。嗯?你想死,那得等你埋了我这把老骨殖再说!老娘临咽这口气,你驴生的也得给老娘贴陪一口薄板烂棺材!"

14

洽川县党部派哭泉镇公所给东留马送来一个盖着官府大印的纸袋子,上边端端正正地印着"家有壮丁,抗日出征;光宗耀祖,保国卫民"十六个靛蓝的宋体大字。里边还装着一张本邑线戏从军艺人征募表,首行第一个便是四先生的姓名魏仁湘。

不日,陕西抗日民卫军第三团司令部也给留马村送来一沓军令状,督促四先生尽快派人来朝邑给个准信儿,将组织好的从军艺人名单送来,以便发放其家属的抚恤粮和调配其本人的军装。

四先生前后跑了十多天,总算凑齐了一个勉强能出远门的全乎班底。除了本村的,他在郭家坡好不容易说动了三家人。后来,县上来人一个个核对人头儿,郭家坡那个老光棍儿在回答兵役局的问话时,当场犯了癫痫。四先生一看,把这号病秧子带出门去还得有人照顾,只好去沟东的雷庄另找了个相当不错的提手。这个人倒是愿意跟着队伍上去吃粮,以前也靠卖壮丁供自己吸大烟。因了这个坏毛病,在行道上便很不受同行待见,一个人猴在村里也没人请他应事。一听能装那么多麦子,他算是自卖自身入的伙。

东留马愿意去的两家人，加上四先生本人，一次出了三个壮丁。自古至今，国家有难，男儿自当奔赴沙场，说起来都是给村庄长脸的事儿。可是，这毕竟是送人上前线，不说几家出丁的户下，全村人都觉得心里不是个滋味儿。

谁知道，狼咬儿却暗自从郭家坡接回十八颗偶头，又翻出家里他老子攒下的那些旧偶子行头，在自家院子拴齐了三十多挂偶子。

这厮就是这么个脾气。认准了的事儿，他要么不做，要做就做得比人好。一般的家戏，有二十八挂偶子便可勉强耍开，三十几挂偶子便能应付全部戏本。看来，这小子这次还真是准备自立门户了。

说到这一点，洽川县的线户家也只有这厮有单锅另灶的窝子班底。

对于线戏，一个班社要的主要是坐板鼓怀的这个角儿。洽川县境内大小线戏班社有四十多家，狼咬儿在其中绝对是个数得着的戏把式。他左手敲锣，右手打板鼓招呼乐队，眼睛紧盯台前的偶子，嘴里还得说唱。七十部戏本，他几乎能点啥唱啥，没有一丝磕巴。何况，他家这个窝子班是个全乎班底。且不说老娘是个老艺门，膝下儿子蔓货，看似一个糙小子，唱起生来却也非同一般，站在台上提出来的偶子那真是"会吹胡子能瞪眼，能提纱帽把单翅儿闪；提的旦娃像水漂，前后左右会甩骚"。儿媳妇榆钱儿，虽长得人面桃花、杨柳细腰，打小学唱的却是铜锤花脸。其声腔粗犷豪放、气势磅礴，节骨眼上异峰突起，有龙吟虎啸之威，且在行腔和吐字上有她独到的功夫。一双纤细的小手，提溜着靠甲武生"抬桌子，挪靠子，当场脱袍撂帽子"，在线户家也算是一个出了名的好把式。

不过在当下，咬儿要自立门户，最紧要的是得为自家物色一个头牌琴师。这个事儿不但他很着急，村上有个人甚至替他物色好了人选。为了让留在村上的耒耥班不至于散伙，使戏巷靠这个吃饭的那几家人都能被带着出门应事，四先生决意让囊哉过去帮着咬儿支应几天，待他们几个回村后再从长计议。

马坊院张干大的这个儿子囊哉虽腿脚不灵便，打小却在村头四圣庙里跟着先生念过几本古书，肚子里多少还是拾掇了点"一仆不侍二主"的道

理。四先生试探着问他愿不愿跟着咬儿混几天饭去,这货只倔倔地回了一句话说:"我这辈子哪怕不吃这碗饭去编簸箕赶集,也绝不跟着一个反贼去卖主求荣!"

四先生知道囊哉对咬儿并没有成见,小伙子撂这么句硬气的话,都是因为自己这个大哥在中间梗着。

据张干大说,当年他在老家惹上了那场官司一直东躲西藏,等到风声过去偷偷回家后他才知道,自己离家出走好几年,村里人都以为他早被官府抓去砍了头。为这些传言,老娘急出了眼疗,没多久便溘然长逝。为埋葬公公婆婆,媳妇带着他的遗腹子跟人走了宁夏固原。此后多年,他心里一直惦记着报这个家仇,自主掐灭了男人心头那成家立业的念头。直到多年后他重新落脚留马村,不意碰上个挨门讨吃的商南女子,便将就着凑成了一户人家。多年后,他曾去固原找过媳妇嫁的那个人家,这才知道打出生没见过他这个亲爹一面的亲儿子,已在多年前因出天花死在异乡。老婆见前夫为躲家难耽搁了年纪,愿意将后生的这个刚离奶的二儿子送给他带回陕西来顶门立户。

这个长在魏家马坊院的瘫瘫娃,不论是相貌还是脑瓜子都没得说。不过,这孩子打小因为一场高烧,留下个走路不得劲儿的后遗症。别的孩子一岁多就开始走路,他抱回来后双腿却一直软塌塌的不见长肉,靠两只小胳膊拖着身子在炕头乱爬。直到了七八岁,这个瘫瘫娃整天也只能坐在马坊院的门墩上,眼巴巴看着同伴们一蹦一跳地去上学。看到孩子那羡慕的眼神,四先生便每日将这个比自己女儿还小的弟弟背到四圣庙,让他也跟着读了点书。好在这小子脑壳灵光,背书写字还都比同龄的几个好。转眼间,一个毛孩子在落雁滩已经长成了个大小伙子。

不过,这孩子虽腿脚不便,却聪颖好学。十一岁那年,四先生看着自己身边这个弟弟渐渐大了,他先试探了张干大的口气,老汉倒是愿意让娃进村里这个戏班学点谋生的手艺,囊哉便跟着请来的盲琴师开始习胡琴。一个冬天练下来,这厮居然能拉着二股弦子跟着文场溜戏了。开春后,老琴师偶染小恙,不意吃反了药方子很快离世了,耒耜班一下子没了头牌琴师。说来这小子就是吃这碗饭的料,硬是靠着自己琢磨,几个月工夫便把师傅留下的那把葫芦琴玩得如同变戏法，不但成了耒耜班文场的顶梁柱，就是在洽川几十个戏班里，也小有名气。

洽川线戏使用的胡琴，并不似阿宫调或碗碗腔使用的硬弦那么精巧，不但琴杆粗壮，而且壳子硕大，抱在怀里简直像个大葫芦。坊间将线腔叫"线葫芦"，便是从这把琴的形制而来。此类胡琴，双弦各异，一根是特制的绞丝钢线，一根是弹棉花用的牛筋绳。那个大壳子，一般都是选用陈年老葫芦切割，一面加装了桐木硬板。要使其粗笨的大壳子发出足够大的声音，须将逾寸宽的硬竹板弯成重弓子，绷上指头粗的一撮马尾，还得搽足松香使劲儿拉才行。正是因为琴发出的声音粗重而高昂，且双弦能揉出如鲠在喉般诡异多变的婉转之音，坊间称其为"母胡儿"。

又说，操琴瑟历来是当地读书人四门功课之首。然洽川一带的文人只吹笛子或品箫，对唢呐、胡琴这类物件却不屑一顾。一般正道人家，也根本不让子弟去触摸这类乐器。用他们的话说，这玩意儿不是咱们汉家的正道乐器。唢呐和胡琴这类乐器，最容易使当地人想到那些龟兹乐人，以至"龟兹"这个古国名，也渐渐演变成了当地吹鼓手的代名词。只有那些身患残疾的孩子，因无法作务庄稼，万般无奈之下，家里人才会让其从事这个职业。

进了落雁滩，拧绳的绳匠，大多是不便下地干活的瘸子；戏班拉头弦的琴帅，尽是些生活无着的盲人。

自打囊哉接替师傅坐了头把琴师的长板凳，东留马的耒耜班便有了异于其他戏班的两样特色：一是女旦提线，二是明眼人操琴。

一个盲人的耳功再好，虽听得见师傅的言传，毕竟看不见其身教。在外行看来，盲人心静，整天都在琢磨一件事，似乎有操作乐器的优势。他们操琴的时候，粗看虽像模像样，听着也还入耳，其实大多很死板。别说因看不见整个场面，根本不敢大胆提弦叫板；即使十分熟悉的唱段，胡琴在他们手上也拉得拘谨，毫无大气可言。至于现场跟提线唱家眉来眼去地进行情感交流、激越之处恣意发挥，就更谈不上了。

线偶戏讲究的是唱念、提线、敲打三方配合，台前提手稍有差错，坐板鼓怀的唱家只需用鼓槌示意，琴师便会相互提醒跟着鼓点扭转。一个盲

人，对这一切却毫不知情，依然一板一眼地按脑子里的乐谱往下拉，常常会把不大的差错，闹得无法遮掩。当地人若骂谁是个死脑筋，总会有一句狠话跟着："这厮只配戳瞎眼窝去戏班拉胡胡！"

囊哉这孩子虽然腿脚不灵便，却有一双好眼睛。加上这小子打小似乎对音律有着不同寻常的悟性，拉琴自然比起那些盲人技高一筹。无论大小场面，只要坐板鼓怀的狼咬儿嘴角稍有示意，他在这边很快就能心领神会，紧着舞动手里的弓子，并用夸张的身姿带动其他乐师跟着他扭转。即使台上阴云密布，瞬间也能雨过天晴。

再说，戏班出门应事因人手所限，乐班还得有人身兼帮腔、坐唱的职责。这孩子还跟着师傅学了线偶行道中最为独特的"来报子"一角儿。其声腔滑稽，戏词编排得调皮得体；揉着弦索学狗叫，捂着嘴巴学娃哭……由他主唱的捎戏《剜蔓菁》，在线偶戏行几乎可看作后起之秀中的活经典。

至于小伙儿这个绰号"囊哉"，皆因其说话慢条斯理，操琴稳当妥帖，唱腔悠长而得名。久了，村人都喊他这个绰号，反倒忘了他那个"张厚哉"的官名。可是，这个村人都喊熟了的绰号，还远不及四邻八村的戏迷给这厮起的那个"瘫瘫娃"的名号顺口。对于这厮的那份偏爱，绝如戏迷们总结出的"八大得手"："吊腰子骟驴池边的树，撒欢的牛犊狗撵兔；瘫瘫的胡胡解匠的锯，新娶的媳妇洋布裤儿！"

却说，耒耜班箱主和坐板鼓怀的大当家翻脸的消息不胫而走，周围各村那些事头好像商量过一样，最近一些时日已经很少来村里请戏。加之戏班有人要去参军，人都以为耒耜班已经散伙了。少了隔三岔五被请的打搅，村庄一下子安静起来。一些喜欢串门子的人，也都躲在自家很少出门。

已经是大半晌午的光景，四先生骑着他家那头大青骡从二十多里外的郭家坡说事回来，落实了几个愿意跟着队伍吃粮的艺人。这头儿刚拴好骡子，趁着这点闲空把囊哉喊了过来。

还不到饭时，魏王氏就在石桌上给一老一小哥俩各自倒了碗枣儿茶。仁湘喝了一口茶，看似漫无不经心地对端坐着的囊哉开口说："你知道哥喊你过来有啥事儿不?"

囊哉平日说话嘻嘻哈哈,在四先生这个老哥面前却很懂规矩。当哥的问了,他便认真地回答说:"要出门了,你肯定要安顿一下家里。"

四先生一看这厮还算知趣,便打开天窗说起了亮话,明敲明打地对他交代说:"我这就要出远门了,有些事儿也得给你亮亮耳了。东留马这个戏班,老几辈从来都没敢丢过四季庄稼。耒耜班自打你干大和六六伯他们合伙应事,苦累不分,一直到今日。掐着指头算,两家已有三四十年的交情了。唉,凡天下事,合久必分。你咬儿哥这些年跟着我,大小事情还都敬着我这个当哥的,你小子心里肯定也明白。他那头儿日子一直没过好,这也是我亏欠他的地方。做人对得起天地良心那是大面子话,起码得拍拍自己的腔子,睡在炕头能安安然然不去做噩梦哩。这回,咬儿这小子那股子狠劲儿硬是被我逼出来了。我看,这也是个好事。"

囊哉歪着个脖子看也不看四哥一眼,小声插了一句说:"你肯定又要说让我过去给他帮忙那些事儿哩,如果是这号话,就甭开口了,我不去。戏上都唱田横不侍二门自裁洛阳,忠犬不认二主饿死食前,我好赖还是个男人!"

四先生紧盯着囊哉的眼睛,认真地对他说:"你瓜呀!我和咬儿不管好赖,都得把这一世人给村庄做好。你记住,这个世界上就没有你我。你是我,我也是你。就像魏家这副箱,终究也不是我魏仁湘的。爹娘造的家业,不是让后人去死守。你见过东留马哪个人死去带走了自家院子的一片瓦?你说说,我怎么说你一次,你就死犟着顶我一次,嗯?"

看到四先生不再说话,囊哉吊着脸老大不高兴地回嘴说:"你说出口的话,我哪回不是拿纸包着?这回你就是把碌碡说得像鸡毛一样飞上天去,我也不会听半个字。我也是二十大几的人了,还知道点饭香屁臭的道理。跟着这号卖主求荣的人混饭,我宁愿饿死!我不拉胡胡了行吧?你再逼我,我就当着你这当哥的面砸烂这双摸弦索的手,你信不?"

四先生并没发火,一双浓眉紧锁着,紧着就问了一句:"你个狗小子,硬是把你家咬儿哥当作一个反贼了是不?我告诉你,他才是耒耜班的班主。人老几辈那些恩恩怨怨都不叫个事儿。只要天上出太阳,戏巷这些

人的戏总得有人唱下去呢。"

囊哉还是一声不吭。

四先生依然瞪着他，眼里露出一丝忏悔的神情，继续说道："在这个世界上要做一条汉子，就得为此舍命哪。四哥还想松泛地活几天，照看着你这兄弟娶个小媳妇，到时抱小侄娃哪……"

魏王氏端来了菜碟，听到当家的嘴里说出这话，赶紧替男人帮腔道："囊哉你就是个死犟。你四哥这是给你安顿正事呢，你以为是把你从咱这个家往外赶呢？他这一出门，你不跟着咬儿去应事，整天吊着一双手在家等吃闲饭，我可养活不起你这个甩手掌柜的。"

囊哉仍然闷在那儿不端碗，四先生却冷冷地说："嗯，这事儿就这么着吧，家里这副老箱，我也不能全带去。咬儿那脸贵，要是应下事情，你尽管搬过去用，钥匙就在书房笔架上挂着，跟你嫂说一声就行了。唉，上了前线，这些祖宗留下的家当，还不知道能不能带回来。不过，你得记住，咱们这副老箱，你干爷临咽气前那可是留过话：门里若无人承挑这事儿，要交给祠堂处置。为了先人的这句遗言，你四哥这个不会唱一句戏文的人，二十年来跟着耒耜班走遍了山陕两省的沟沟岔岔……你说，还要我咋给你说呢？"

四先生看到囊哉低着头不再说话，顾自吐了一口闷气，口气轻省地说："去，这就去找秋凤把你这猪头剃一剃。醍醐村你冯叔刚捎话来，说他们村那家已经愿意把姑娘许给咱哩。明天你就去相亲，能定就把这事儿定下来。我在家的日子满打满算也就这几天。待秋收我回来，就给你把婚事办了。长大了，也得有点过日子的那股子心劲儿呢。"

囊哉一听四哥又在那儿提说给他娶媳妇的事，红着脸再没吱声。这时，甜寡妇却羞答答地走进了院子。看到一家人正准备吃饭，她站在那儿似有话说，却又支支吾吾地告辞要走。

魏王氏从厨房端出饭来，一看心慧这个稀客还没坐一下扭头就要走，赶紧挽留说："慧儿，坐嘛，都不是外人。"

囊哉知道大人间这几天肯定有话要说，扶起拐子也紧着招呼了一句："四哥，那你们坐。我大刚才叫我去扶铡把呢，给牲口铡点草……"说罢，碗也不端，红着脸一拄拐子出门走了。

15

头天夜里，队伍上派了三辆胶皮大车来留马村接人，随车运来了事先说好的给出丁各家各户的麦子。

一大早，洽川县党部来的邢书记长，亲自到村为几个庄稼戏子送行。四先生和本村两个老唱家，还有沟东的王眯眼、郭家坡两个愿意出门吃粮的壮年男人，被那个警察局长推搡着当众换了一身钉着铜纽扣的军装。时常穿着蓝布衫子教娃娃识字的四先生，转眼间就成了陕西抗日民卫军第三团抗敌剧社的少校队长了。

魏家门下终于出了个老来得官的武秀才，祠堂专门摆了十多桌酒席招待。邢书记长趁着酒兴还即席讲了一通话，把这些庄稼戏子舍家保国的义举大大地表彰了一番。让东留马这些从来不过问世事的庄户孙也大大地长了一把见识。

落雁滩紧靠着黄河，人们早就从那些漂来漂去的船工那儿了解到，日本人去年就扛着快枪打到了河东，已经和阎老西打得不可开交。不过，他们根本不知道这些鬼子兵还开来了装有枪炮的铁甲车。要不是横在家门前的这条四季泛滥的大河，那些鬼子兵早把这些乌龟壳开过河抢粮来了。

不过，这个县上来的邢书记长毕竟是有文化的人，在讲话中还是宽慰大伙儿说，料这些日本人的铁甲车，也不敢轻易蹚那么深的河水过来。落雁滩各家各户还是要好好儿作务庄稼，给自己的队伍多缴粮草。并告诉这些村民一个可靠的消息：二十里外的高明滩底，中央军已经拉来几十门铁轱辘大炮，一溜儿安放在高垲上守着河东。那一门门炮口足有碗口大小的炮筒子，一发火丢过去两个拳头大小的炮药丸子，就是不响也绝对能砸小鬼子那铁车盖一个大窟窿。

不过，这群穷庄户心里多少还是有点忐忑。这些天来，河上飞来飞去的那些红头飞机，若坐在上边的鬼子朝下边看上一眼，肯定会发现滩底

这些大炮和村庄。万一他们扔下一颗大炸弹，炸塌了家家户户的那些老房子，那可怎么住人呢？

那阵子，狼咬儿却没心思去蹭祠堂那顿送行酒，更没兴趣看那不掏钱的大热闹，一大清早便猴在家里拴着自己收罗来的线偶子。直到晌午祠堂敲锣打鼓地把人送出了村，跟着混嘴的那拨儿人散了酒席，他才出门去村外散了散心。

囊哉看到四哥他们要走了，心里很不好受。几个人出村那阵，他抱着自己那把葫芦琴想一个人坐坐，他这头儿出了村，脚下没个目标地乱走了一气，直到远远地看见咬儿一个人在东头沟里游荡，便一声不吭地朝那边走过去。

咬儿闷头坐在土坎坎边想自己的事儿，根本没注意身后有人。直到囊哉把手里的琴重重地放在田埂上，咬儿才抬起头怔怔地看了他一眼，两个人半天都没搭腔。

囊哉是个慢性子，见咬儿并没有一丝热络的意思，慢吞吞地丢了一句话说："瞪啥眼？四哥专意交代过，让我跟着你混几天饭去。要不，我还没这么下贱呢。"囊哉比咬儿年纪小得多，两个人时常在一起应事，混得也没大没小的，出口的话从不打弯儿。

咬儿总算知道这厮是投奔自己来的，嘴角还算有点笑意地故意取笑说："混你个臭脚！我这张嘴还在空里吊着哩，你跟着我喝西北风呀？"

囊哉无意识地抬头望了望天空，又望了望沟外的河滩。蔚蓝的天空中，白晃晃的毒日头正照耀着这片河岸。近处，河水泛着粼粼波光，滩里麦子摆着扬花的穗儿，空气里弥漫着麦子灌浆的气息。远处，隐约传来几声戴胜鸟的叫声。

咬儿不再说话，囊哉坐在那儿给他透话说："四哥出门前让我给你传个话，耒耜班还在村上，戏箱一大半偶子他也留在家里了。出门应事，让你找我拿钥匙……"

咬儿转过脸来，不大相信自己的耳朵似的紧着问了他一句："他真是这么说的？"

囊哉没好气地说："四哥是啥人嘛，你看你一天给人家摆的这尻样儿，要我说，心慧婶瞎了眼才会嫁给你这白眼狼呢！"

咬儿怅怅地吸了一口气，很不以为然地说："你个屁孩儿倒知道个棒槌。人穷志短，马瘦毛长啊。这光景到啥时候都是有钱人的世事，你说是不？他不就是有几个臭钱吗？自己炕头有老婆，还想排场地娶个小老婆给他生儿子……"

囊哉回他话说："人家娶妻生子，关你个屁事？你说说，四哥咋就不该有个传后的儿子？"

咬儿嘴角流露出一丝不易察觉的笑意，恨恨地说："是，他倒是想有儿子，那也得有那个命！你知道不？他要娶的这个女人，人家老爹早就许给他家老丈人王老虎了。翁婿俩争一个女人，你说说这算是咋回事嘛……"

囊哉一听这厮背地里居然说出四哥的这等闲话，很是生气地骂了他一句说："你得是一天没屁放了？你咋知道人家老爷子把心慧许了人？还王老虎……你听谁说的？"

咬儿绷着脸冷冷地回答说："没影儿我能在你面前说这号话？那天晚上你不也去六里堤了？心慧差一点儿被人抬进洞房，俩人扔下戏摊子跑了，闹得咱们半路上受了那一场惊吓……你去问问，村上谁不知道？不信等着瞧吧，好戏还在后头呢！"

囊哉一听这厮把话说得这么恳切，尽管一万个不愿相信，还是觉得咬儿说的这些情节有几分真实。细细想来，那天晚上，或许真是王府抬错了人呢。

他顾自在那儿不住地摇着头，嘴里咕哝了一阵，最终也没说出个所以然来。

咬儿却不再说话，俩人一远一近地看着眼前的庄稼和村庄。

近处，四圣庙前几棵古柏和皂荚，遮掩了半个村子。周边的圪垯梁梁上，长着密密麻麻的土豆苗子。小巷村道，跑着捉对儿嬉闹的鸡鸭狗猫。高门矮户，升腾着袅袅炊烟。巷院的拴马桩上，拴着憨态可掬的牛犊。整个塬畔，满眼的清新。

咬儿看着眼前赏心悦目的景色，突然撂开嗓子唱了起来：

　　天有道布施的适时甘霖，
　　地领情长疯了五谷耕苗。
　　好一处杏花村鸡鸣狗叫，
　　又只见山林下柳绿桃夭。

　　一切都毫无征兆。两人个同时感到脚下的地层深处突然有点抖动，接着，耳朵里便传来"哞儿——"的一声牛嚎！

　　这奇怪的声响并不似从空中传来，活像两个人脚下踩着棉花弓子闹出的震颤直接传进了他们的耳朵，且不是一两声短促的呻吟，而是扯着长音、稍有间断地嚎了好几声。

　　囊哉根本不知道是咋回事，咬儿却吃惊地站起来。他突然想到，刚才那声音莫非就是老辈人传说的那个"地牛"叫了？

　　落雁滩周边一直有个传说：驮着脚下这块土地的是一头力大无比的牛，当它感觉背上踩踏的人口太多、无力承受时，便会奋力嚎起来，这种叫声片刻即停倒还罢了，久嚎不止就会闹出一场山崩地裂的大地震。据《魏氏族谱》记载：嘉靖三十四年（1556年）腊月十二申时，闻地牛吼声自西北而下。鸟兽皆惊，震风解瓦，飞沙镇压，天昏惨，月无光，地仄立，苑树如数扑地，忽西南如万车惊突，又如雷自地出，而垣屋无声皆倒塌。沿河半里，崩出水泉十数眼，地裂成沟，人畜掉下十之有八……

　　咬儿打记事起经历过三次年馑。今年是皇历上的布袋年，难道老天爷又给苍生送年馑来了？

　　听老辈人说，年馑是一个叫旱魃的妖魔造成的，它在人间肆虐过后，给村庄留下一摊破败坛场，这才扬长而去。这尊瘟神时不时会光顾此地，每每带来旱灾，使村院荒芜，很是令当地人心有余悸。年馑到来前，先是冬天里无雪，继而村上的水井慢慢干枯。绞水的人每每小心地从井里提起木桶，倾倒出来的肯定是黄泥汤子。到了开年，必定少雨，塬上越冬的麦苗便开始一层层地死去。

　　听见刚才那一阵牛嚎，咬儿愣在那儿不知所措。等了一阵子，地牛倒是没有再嚎，天穹却传来一阵由远及近的嗡嗡声。两个人同时抬头望去，远远地看见从河东方向飞过来七八架贴着小膏药的日本飞机。

两个人觉得很奇怪，定睛看了好一阵子，一时闹不明白天上怎么会一次飞来这么多的飞机。跟往常不同的是，这些小飞机飞过去，后边还跟来三架他们此前从未见过的大肚子飞机。这些大飞机渐渐地距离头顶近了，闹出的声响更是难听。好像驮了很重的东西，随时都有可能撑破它们那笨拙的大肚子，既而吼叫着往西京方向飞去了。

那些大飞机过去后，给黄河上空留下一片片奇怪的红云。那些云好像在飞，过了河越来越贴近地面，像一片片闪光的瓷片被人抛下天空。离地再近点，这一片片的云居然发出比飞机还难听的声音。

这声音不是很大，钻进人的耳朵却拐着弯儿地嘤嘤，活像一群小鬼在头顶乱叫。

两个人都不由自主地再次仰起头，看着那一团团像高空盘旋的鸟群一样铺天盖地飞到村头的红云。一眨眼工夫，那云头竟打着旋儿降落下来。瞬时，蝗虫像石子儿一样，噼里啪啦密匝匝地落了一地！

这个时候，村里其他人也都跑到村外，奇怪地望着天上一团接一团不断飞来的云，又一起趴下看了看地上那些四处乱蹦的小东西。原来，骤然间从天上掉下来的是长着翅膀的蝗虫！

这些嘴巴像锯了一样锋利的小东西，比当地的小蚂蚱个头要大得多，一着地便蹦跶着咔嚓咔嚓地开始啃咬嘴边能触到的一切东西：场院里的草垛，田地里的庄稼苗子，路边的杂草，树上的叶子。不到一顿饭工夫，村院里的洋槐树被咬碎的树叶眼看着就落了厚厚的一层。接着，那些连牛都不吃的苦皂荚树、千年老槐树上也都爬满了这些蝗虫。前边的还没吃饱，后边的依然不断地飞来。

不知所措的村民，见日本人的飞机刚飞走，天上就这么寸地下了场蝗虫雨，都认定这些害人的虫子是日本人专门捉来撒下给洽川人制造年馑的，无不咬牙切齿地在心头痛骂起来。

住在魏家马坊院的张干大，老家在河南，小时候经历过闹蝗灾的事情。他这头儿赶紧喊叫着让人在场院和田里笼麦草堆，招呼大伙儿用烟火

熏跑这些正在啃噬庄稼的蝗虫。人们这才如梦初醒,赶紧拿起绳子去麦场捆柴火。没一阵工夫,滩底的田里便浓烟滚滚。

烟火并没有熏跑这些蝗虫。

满地快熟的麦棵子一时间被咬掉了脑袋,村巷里的树木已经变得光秃秃了。这些吃撑的饥寒鬼又一齐飞向河沿,用屁股在沙地上刨了小坑开始产卵。末了,又一层一层地干死在河滩……

落雁滩终年指靠的庄稼正是这一季麦子。眼见到手的庄稼转眼间变成一地柴草,急得一村人像热锅上的蚂蚁。好在有些家户的红苕秧苗还没有起棚,老老少少挥镰割倒了没有麦穗的麦棵子,在麦行里补栽了一坡红苕秧苗。可怜的红苕苗晒了几天大太阳,蔫耷耷地干死了一大半。

一连四十多天里,天上没落一滴雨,火辣辣的大太阳挂在当空,连一丝云彩都没有。老天爷这个享受人间烟火的糊涂老汉,就这样又一次给落雁滩送来了年馑这个"礼物"。

16

天气一晃到了白露,老天爷依然没舍施一滴雨水。眼见坡地秋田这一季庄稼已经没了指望,滩底的抢田也被上游不明来由的大水淹成了一片汪洋。一村人都提心吊胆地看着天空,期待此刻能下一场透雨,好歹把坡地上来年的麦子先种上再说。

这会儿谁也不去关心出门唱戏的四先生他们几个月杳无音信的事儿,大家都在考虑各家的小日子遇上这号颗粒无收的年馑咋个往前拖。出丁的那几户人家,倒是眼巴巴地盼着能从河东寄一封家信过来。可是,几个月来,那些骑着骡子的信差一次也没走近过东留马村头。

腊月初九这一天早上,村头走来一个肩膀头子上搭着条褡裢的中年人。这个操着西府口音的过路客,站在村头一直在打问东留马有无一个叫"史先生"的人。

张干大趁着饭时在坡头给牲口搂了一堆麦草,挑着个草笼刚走到村头,趁着歇脚那阵工夫,他狐疑地打量了客人一阵。等他弄清楚客人要找的正是魏仁湘后,赶紧把人领到马坊院安顿下来。

原来,这个外路人是跟着王老虎一起去河东的民卫军同伙。

这个走路一瘸一拐的中年人,一听接待自己的这个老汉是"史先生"家院的老长工,这才一五一十地告诉他:半年前,从朝邑过河去的那支队伍已经全部牺牲在了河东。他这个国军参谋被王团长砍断树根摔下了悬崖,着地时一下子摔晕了,直到当晚夜深人静时他才慢慢苏醒过来。

那时候,高垧上一点声音都没有。他摸了摸身边都是枣刺蒺藜,周边根本没有人走的路。他只好吃力地攀着树枝让自己站起来,这才感到身上到处都疼,挪一步都很艰难。他凭着几天前的记忆慢慢摸到河边,等到天亮,才避过有人烟的村庄开始寻找回乡的路。

初秋的黄河正是汛期,没有一处可以泅渡。洽川这边的守军将为数不多的小民船全部集中起来烧毁了,风陵渡靠近东岸的地方,开始还有鬼子的汽艇耀武扬威地鸣笛游弋,被守军炮击过几次后,听说最后被拖去了汉口。为防止国军向河东输送给养,日本人不但增加了岸哨,还抓民夫沿河修筑了几十里的隔离墙。几十天里,他不时小心地接近河边,却没看见河上漂过一艘船。为了躲避鬼子的抓捕,他躲在越来越寒冷的无人沟里等待时机,直到一天夜里才决定沿河北上。一个多月的时间,他终于走到了韩城龙门水流开阔、河汊很多的那片河滩,趁着夜色摸下河,才捡回一条性命。

这个自称高文都的男人嘴里说出来的事情,张干大一时难以置信,可这一切毕竟真实地发生了。

…………

陕西抗日民卫军这头儿刚过潼关,孙连仲的队伍就接到国军参谋部的密令,说在河东不宜和日寇为争守一城一地而徒耗兵力,而应保留部队精锐在持久的焦土战中用时间来拖垮敌人。那些丢弃在中条山的辎重,全部移交给了这些陕西过来的地方部队。

日本人那阵子已经被进入晋察冀的八路军大部队闹烦了,他们刚从中俄边境调来精锐部队坂田师团,准备参加武汉会战,梦想踏平中条山直取潼关,进而控制西京,从根本上切断中国川康大后方的供给线。国府高层

得知日本的这一企图后，立即命令西北军火速支援潼关，务必御敌于黄河以东。并命令晋西北的八路军主力尽量拖住敌人，为活跃在中条山的各路地方部队争取撤退时机。如果一时无法脱离战场，可就地展开游击战，以期保存这些宝贵的兵力。

陕西这支抗日民卫军，刚过黄河，立足未稳，便陷入腹背受敌的境地。好在这群刀客擅长小股行动，自主将国军教官编制的那些连营重新组建成若干分散的大队。大刀队夜袭，手枪队化装成老百姓摸点，偶尔才联手伏击敌寇。一个月的时间里，他们居然还像模像样地打了几次小胜仗。有的大队，还用上了从日本人手里夺过来的机关枪。

谁知道，这股作战顽强、毫不退却的地方民卫军，居然被日本人错认成了国军为阻击其南下调来的山地主力。于是，日军倾其晋绥地方精锐、调动远征重兵对他们展开了铁桶合围。不到两个月的时间，陕军各路聚集来的两万多人马，一步步被逼到了不到一百平方公里的老爷山一带。

这股自发渡河抗战的地方民卫军，起初根本就没有建立起一条可靠的后方补给线，一些高级军官甚至连集团作战的概念都没有。浩浩荡荡数万人马，随军只带了二十几名只会用膏药治疗枪伤的乡村大夫。西北军战前支援他们的一支医疗队，药箱里也没有多少药物可供使用。开战后又因食物不洁闹得部队里腹泻流行，四天时间，整个部队就因病死去二十余人。六十多场激战，近万名弟兄战死，其中三千多人基本是因为伤口溃烂而亡。

王老虎的陕西抗日民卫军第三团，困守在一个废弃的小山村里。左边是紧挨着黄河的千仞绝壁，右侧是黄大牙的大刀队。十多天里拼死厮杀，全团有一大半人牺牲在这片方圆不足三里的山坳里了。他们据守的这个村子，几乎被鬼子炸成了一片废墟，没有一处能容他们遮身。

整个村子里没有粮草，也无人烟。那些被遗弃的家猫，被炸弹闹出的声响吓破了胆子，钻进山坡上的树林里，渐渐变成了咬人的小兽。

整个部队一直没有后方支援接济，他们手里那些崭新的"汉阳造"，几乎成了百无一用的烧火棍。这些临时征来的庄稼汉哪见过这号阵势——没有子弹，没有食物，没有后方，只有前线。在鬼子的攻势面前，只能举着大刀和当地人丢弃的农具与敌人硬拼。几千名弟兄，没多长时间已经折得不足五百人。

开始，这些一同来的乡党，念着一道出门吃粮的那点情分，每每有人死去，还能挖个浅坑将邻村伙伴草草埋在山坡上，摆起几块石头做个记号。后来，死的人越来越多，只能将尸体拖到悬崖上，再一个个丢进黄河，任凭河水将他们冲回梦里的故土家园。下游的三门峡，几天里几乎被这些无名尸体堵塞了河道。

远在西京的国军西北行辕参谋部十分清楚陕西抗日民卫军过河后三个月间损失很大，命令配属民卫军协助指挥的国军顾问，将尚有两千多人的一团和二团拉上大后山，依托悬崖峭壁，利用原来守军丢弃的坚固阵地相机而动。严令各部不得擅自行动，保存力量，相互支援，以牵制日寇南下。并明确告诉他们，风陵渡已有日寇汽艇游弋，乘船回撤已无可能。只能依托中条山这个天险，守住老爷山阵地，耐心等待，相机脱离战场，这也是挽救整个部队的唯一一条生路。

初秋的一个天气晴朗的清晨，十多架日本飞机用燃烧炸弹轮番轰炸后山阵地，逃出火海的士兵又遭到飞机的反复俯冲射杀。

与此同时，四百多名装备精良的日本山地战突击手，绕过前山阵地，攀缘右侧的悬崖峭壁得手后，立即对守军展开背后袭击。不到一顿饭工夫，后山阵地就易手了。

黄大牙还在和人说话，身后突然飞来一颗子弹，不偏不倚正打在他的脖颈上。这个威震壶梯山的老刀客，伸手摸了一把自己的脖子，待他转过身一看，已经有几十个鬼子兵从后山阵地冲下来，正端着上了刺刀的"三八大盖"朝大刀队的营地搜索而来。

只见这个关中冷娃一把扯下左臂上的袖子，几下缠好了伤口，扯着嗓子大喊一声："弟兄们，死也要死出个人样，都给我抄家伙！"喊完，便挥舞着大刀第一个迎着鬼子明晃晃的刺刀跳出了壕沟……

鬼子兵见一片呐喊声中冲过来上百个手舞大刀的壮汉，一下子都呆在那儿了。

在这片山沟里，他们终于遇上了令他们噩梦连连的冤家对头，一个个

不免双腿打战，也只好站直了身子，号叫着和这些光着膀子的陕西冷娃展开了白刃战！

黄大牙的大刀队只有部分人配备了短枪，每个人肩头却都捎着他们从山上带下来的那把关山大刀。在不短的日子里，他们一直靠着这些冷兵器和鬼子周旋。

此刻，只有铁与铁相互撞击的声响在沟沟坎坎里回响，间或夹杂有男人粗重的喘息声和急促的怒骂声。几番格斗下来，地上倒下了四十多个鬼子，二百多个关中刀客只剩下七八十个还能勉强站立起来。

黄大牙定睛一看，不远处剩余的十几个鬼子端着枪重新组织起了格斗队形。他知道继续和这些训练有素的日本人血拼肯定没好果子吃，于是从腰里掏出小枪，只听得啪啪两声，鬼子的队形里便出现两个小缺口。

几个伏在地上的民卫军伤兵，听见枪声似乎被震醒了，趴在地上扯过鬼子尸体旁的长枪，跪起来一拉大栓，却发现鬼子拼刺刀时全部退了子弹，那枪一个个都是空膛的！

站着的大刀队员，有人腰里有枪，他们这才想起了什么似的掏出枪，来了个齐射，近在咫尺的鬼子纷纷倒地。

占领后山阵地的鬼子小队，见中国人和他们玩起了老命，刚刚派去突袭的一个小队已经被打得七零八落，那些躺在地上还有口气儿的也断无救治的希望，便立即用掷弹筒向位于阵地下方的小山头疯狂投弹。

正在打扫战场的大刀队，瞬间被炮弹爆炸后的青烟淹没了。

黄大牙带领大刀队仓促退回战壕，跟下来的几十个人都已浑身是血。他躺在那儿一口一句"日他姥姥"地叫骂了一气，突然一把抓住身边扶着他的高参谋大吼了一声："你这就下去告诉王老虎，后山丢了。快，越快越好，让他早做打算，撤到村口左手边高垴上去。大刀队在这儿能撑多久撑多久，实在扛不住时，我带弟兄们去那儿找你们……"

站在他身边的高参谋刚想开口说话，只见黄大牙从裤带上吃力地抽出自己最心爱的那把镶着银质女人头的"勃朗宁"，定定地看了一眼，依依不舍地将枪递给跟随他十多年的二当家，语气平静地交代说："老二，这次我把弟兄们带出来，原本想大小挣点功名，也好下山去封妻荫子。看来，这次大哥是……回不去了！你听着，就算只剩你一个，也得回壶梯山替老子重整旗鼓，回来跟这些鬼子算这笔人命账！"

这个名叫高文都的国军参谋，跟着黄大牙啸聚山林多年，也知道老大的脾气。黄大牙说出口的话，从来不允许手下反驳一个字。他只好郑重地接过手枪，安顿身边的人立即抢占了两侧的制高点，防止敌人二次袭击。看到几个队长领人分头去准备临时工事，他这才别过老大，顺着熟悉的山道一路跌跌撞撞向前山跑去。

不一会儿，高文都已经看见不远处王团长他们困守的那个小山村了。

为避免被自己人布置的哨兵开枪误伤，高文都小心翼翼地顺着一片布满荆棘的灌木林摸到村前，慢慢爬上一道土坡，扒开隐身的树枝仔细打量了一阵，却发现村头的一切跟他离开前似乎有点不一样。

村口那条他熟悉的路旁边的一座工事防守方向原本对着山口，这阵子居然对着左边的高垲。一群穿黄军装的鬼子兵正在那儿加固工事，不远处的堑壕边，横躺竖卧的也都是些穿着黄军装的日本人。

他侧着耳朵细听了一阵，不远处的高垲头上，隐约传来一群人的嘶喊声……

此刻，他才明白，鬼子在进攻后山的同时也在前山动手了。王老虎他们因枪弹几乎用尽，无法固守原来依托村庄修筑的工事，已经被逼到左边高垲上去了。

左边这片不大的高垲，高文都几天前亲自带人上去勘察过。正面只有一条山民采药打柴时踩出来的险峻小道，其余三面都是悬崖峭壁。只要上边还有一支步枪能射击，鬼子就休想爬上去。靠河侧的悬崖背后，嶙峋的岩石上长着一些零星的荆条和野榆，虽然地形险峻异常，熟悉的人依然可以借助这些灌木徒手攀缘到山顶那块相对平坦的高垲上去。他记得很清楚，高垲后侧有个深达数丈的山洞。当时，他就多了个心眼，督促黄大牙将一些粮饷在那个天然山洞里存放了一部分。万一阵地失守，剩余的人只要攀上这个高垲，完全可以死守几天。

想到这里，趁着那些日本人还没有发觉，他抄小道直接向高垲摸去。

此刻，在高垲后侧那个滴着水的山洞里，王老虎正满脸血污地躺在石

板上,身上盖着一条脏乎乎的破军毯。他的左肩膀被子弹打穿了骨头,还在不停地渗血,一双眼睛痛苦地紧闭着,长长的头发散乱地铺在一团折叠后当枕头用的衣物上,满脸的白胡茬儿已经多日没有打理。让人几乎不敢相信,眼前这个奄奄一息的老汉就是那个手拄文明棍、鼻架大墨镜、头发任何时候都梳得溜光的王团总。

高文都被人扯上高垲,看到退守人员伤亡也很大,剩余兵力业已不能指望组织大的反击。他默默地坐在那儿,望着一个个熟悉的部下,喘了一阵气。过了一会儿,他才粗略扫视了一下山洞里留下的人,手中拿着枪的只剩下六十几个,一个卫生兵都没带上来。几个年纪大点的随军艺人倒是一个不落地跟着他们撤上来了。

四先生拿着一把树枝替老丈人赶着身边嗡嗡乱飞的苍蝇,顺便打量了下被拽上来的高参谋,并没有发现他带水壶上来,失望地摇了摇头。老爷子糊涂的那阵子,一直在喊口渴。可是环顾四周,连个能盛水的东西都没有。

神志尚清醒的王老虎知道,这个高文都此刻上来,肯定也没啥好消息,躺在那儿有气无力地问道:"高参谋,黄司令的大刀队还有多少人?"

高文都并没有正面回答他的问话,只是口气淡淡地告诉他说:"鬼子利用下边的工事,架设起两个机枪阵地。从装备上看,至少有一个鬼子小队,还有一个皇协军大队。天黑前,他们肯定会发动一次强攻,我们得有所准备才是!"

王老虎知道,刚才他们撤退时,后山阵地传来的那一阵紧似一阵的枪炮声并不妙。鬼子偷袭后山肯定已经得手,黄大牙的大刀队只有不多的人有短枪,根本无法阻挡那些急了眼的鬼子突击队一次又一次的火力攻击。

一种大势已去的悲哀浮上了这个老刀客的眉际,他慢慢地闭上眼睛,却突然奇怪地问了高参谋一句话:"高参谋,如果我没有说错,你就是华亭县那个高文都吧?嗯,你小子真行,放着家里的小日子不过,投奔黄大牙做了这么些年的二当家,又打进西北军蛰伏了这么久,不就是为了有一天来会会我王国麟吗?"

高文都耸了耸那双浓浓的眉毛,并没有立刻回答他的问话。

这个只有他们两个男人才知道底细的事情，从另一个当事者嘴里说出来，眼前这个高文都倒是没有一丝惊异。只是，在这个时候，说这些又有啥用呢？

高文都待了一阵，回话过来说："王司令，没错，我正是二十年前你让人送走的那个小伙子。这么多年，你走到哪儿我都能找到。不是寻仇，也不是报恩，我只是想看看，这个世界上是不是每个恶人最终都会遭到报应。"

王老虎无声地笑了笑，突然神色沮丧地说："是啊，老子落到今天这个境地，或者，这就是你说的报应吧……"

高文都却好像没有听见他的话，继续说道："或者，这就是我们每个人的宿命。连我也没想到，威震壶梯山的黄大牙居然会投奔到你的麾下。不过，自从那天咱们一起走过眼前这条黄河，这段恩怨就已经两清了。我觉得，我已经不恨身边的任何人了，更不用说去找谁寻仇了……"

王老虎依然躺着，吃力地抬起手拢了拢自己纷乱的头发，只冷冷地开口问道："寻啥仇？你寻我要报哪个仇？三年前在西京城和黄大牙见面那次，如果不是刘欣耕提醒，我差点儿认不出你这个二当家居然是华亭街上高半城的二少爷。更没想到，你放着大好的前程不要，居然为个女人上山为匪了。好吧，过去的事儿不说也罢。你说说，眼前咱们该咋办？"

高文都点了点头，这才将自己的想法和盘托出，冷静地对他说："我只想告诉你，后山的人一个都下不来了。大刀队已经伤亡殆尽，黄司令脖子上挂了枪伤，肚子被鬼子的刺刀捅了个口子。他让我告诉你，前山这儿如果守不住，让你带弟兄们撤上这片高垴。如果他们还有人能活着撤下来，就上这儿来找咱们。他还让我捎话给你，如果你还能念一块儿打过鬼子的这份交情，请你看顾他放在三原城念书的三个儿子和二夫人……"

王老虎身子抖动了一下，躺着苦笑了一声。

高文都接着说："这处高垴宽窄不过十余丈，三面是悬崖峭壁，只有前面一处小道可以走人。凭着这个小天险，鬼子即使不放过我们，他们也无可奈何。守住这条小道，一杆步枪就足够了。坚守到天黑，日本人可能就会暂时撤下山去休整，到时我们再相机组织突围。万一无法得手，只要

我们能坚守几天,日本人最后也会自行退去!"

王老虎突然哈哈大笑,很是悲凉地告诉他:"黄大牙这个老浑蛋,我安顿他把军饷发给弟兄们,各自随身携带也方便。他拍着胸脯给我赌誓说把钱全发下去了,搬进山洞的都是子弹。你看看那边几个箱子……这老小子没存一点有用的东西,几箱全是麻纸都没动的银圆,哪有一颗能装枪放响儿的子弹!半天没一口吃喝,看看人都成了啥样子,你还要再扛几天?"

高文都并没有正面回答他的话,却解释说:"我想告诉你,日本人好赖也是人嘛,他们把自己那条狗命看得比咱们金贵,难道会为几个残兵败将,折老本跟我们拼个鱼死网破?"

王老虎又笑了笑,有气无力地说:"怎么说你们这些读书人放的屁比常人都酸臭哪。大刀队在晋城夜闯鬼子大营,砍了人家三十几个人头,其中有一个少佐,那可是他们那个天皇爷爷的亲戚。日本人当时就悬赏一万现大洋,要我和黄大牙的人头。现在知道眼前咬住的正是他们的死对头,这拨儿老鬼子能放过咱们?"

说到这里,他吃力地咳嗽了几声才接着说:"你上来得正好。人嘛,生有时辰死有地,欠下的孽债总得要还。你们都是我带出来的,我就用这把老骨头成全各位兄弟一次。你这就剁下我肩膀头子上这颗人头,拎下山交给日本人,只是得让他们放过我身边仅剩的这几十条人命。留得青山在,不怕没柴烧,我王国麟就是死,好赖也得留个人样!"

高文都好一阵子都没接他的话茬儿,看王团总安静了一些,这才开口说:"日本人想要你的脑袋,他们还没这个资格。我只想告诉你,我们都得活着回去。父愁子妻,子愁父葬,我有七旬老母在堂,你还有个十九岁的儿子寄养在我高门户下……"

王老虎躺着的身子微微怔了一下。

高文都坐在那儿半天没开口,突然抬起头来说:"十九年了,我一直不想让孩子知道这一切。那次咱们在西京见面,儿子就在那里上中学。这小子跟你一个脾性,我真怕他知道了这一切,饶不了你这个亲爹。为解心头之恨,我漂泊山林二十载,这一切都为了啥?上个月,在临汾河边你被鬼子咬住，我完全可以假鬼子之手宰了你……不说了。你我兄弟做人一场，或许这就是世间的恩恩怨怨。眼下，咱们都得活着回去！"

说完这些，这个穿着军装的白面书生，看上去异常平静。

王老虎当然清楚，几个月来，鞍前马后一直守在自己身边的这个中年参谋，有着非同等闲的男儿血性。听对方说完这番话，他才知道自己当年在华亭的那段孽缘居然还在这个世上留下一个儿子！

谁也不知道这个杀人不眨眼的山大王都想了些啥，过了一阵子，躺在那儿的王老虎陡然发出一声低吼，招呼自己身边的人说："寿经，送客！替我把这个满口胡吣的外路人送出山。到了河边你就给老子把他推下去，死与活……都是他的造化！"

这群吃"铁杆庄稼"的刀客，虽然穿着国军的这身军装，骨子里却还是老做派。王老虎那儿话音刚落，一个满脸毛乎乎的大汉，慢慢地提起身边的大刀，咧了咧嘴巴，横横地走到高文都身边。

这个叫马腾云的朝邑汉子，听到头儿喊了自己的谱名，知道老汉铁定让这个人走。只见他走到高参谋身边，仰着下巴指了指洞外，摆出一副公事公办的样子开口说："伙计，走吧。我家老大不要你的小命，倒不是你小子有天大的造化。回家去记着，好好儿照看着给我家侄儿娶个小媳妇。"

谁知还没等这个马腾云动手，坐在那儿纹丝不动的高文都突然一抬手，一个黑洞洞的枪口便指到了对方的额头。

只听这个西府汉子冷冷地说："坐下！王团长身负重伤，我这个有国军委任状的参谋，现在就是这支部队的最高长官。你们哪个敢不听招呼瞎胡整，小心脑袋开瓢！"

这群替天行道的汉子，当然懂得道上的规矩。别说这个黄大牙的二当家眼下是国军的参谋，就算是一介竖子，在危急关头敢跳出来当这个头儿，大伙儿都得唯命是从。再说，老大那意思，并非要置这个白面书生于死地，反倒是有几分托孤之意。

一直没说话的四先生，看到在眼前这个生死攸关的时候，一家人还闹得不亦乐乎，站起来字斟句酌地开腔替自家老爷子打着圆场说："都把

家伙放下吧，啥时候了，还这么有气性地闹内讧。诸葛亮西出祁山，正是用人的时候，挥泪斩马谡那也是没办法的办法呢。都是从河西走出来的生死弟兄，该忍都把自个儿那脾性忍一忍。我觉得高参谋说的也对。等到天黑，咱们趁着山下不备，悄悄溜下这个高垴，用绳索一个个拉着摸到河边去。这处河道水宽泥浅，有几个懂水性的在前边招呼着，其他人可以试探着慢慢蹚水过去。我们时常在河边捞煤，那么大的水都没被淹死。或许，这也是老天留给咱们的唯一一条生路。当前最要紧的事，是得把老爷子先送过河去。一把年纪的人了，拉水掏空了肚子，还带着伤……真是耽搁不得了。古人说，君子报仇，十年不晚。料这群日本人也不会在咱们走后这么几天就乖乖滚回日本去，有力量了咱们再回来嘛。在这里守着一个没吃没喝的山洞，好人也背不住火，更何况还有这么几个带伤的人……死守真不是个长久之计……"

四先生这里话还没说完，洞顶突然传来一阵灰喜鹊喳喳的叫声。那个马腾云一听上边有暗号，提着刀两步就跨了出去，洞子里的人一齐倒吸了一口凉气。未几，马腾云又蹭的一下跳了进来，神色紧张地给高文都报告说："高参谋，啥也别说了，我们这阵都听你的。你说咋办？山下那些日本人抬着汽油桶和机枪上来了！"

高文都厉声问道："机枪呢？"

马腾云吞吞吐吐地回答说："晌午那阵子，鬼子的小钢炮一阵乱响，三挺机枪和十多个弟兄全没了……"

高文都又问："洞里洞外还有多少杆长枪？"

王老虎依然躺着没法起来，狠狠地搭话说："四十几杆'汉阳造'，一杆枪还摊不到三颗子弹。你说说，接下来这仗还咋个打？"

高文都立即安顿说："够了。这样吧，几个老艺人照看好王司令。马腾云带三杆长枪守山洞，剩下的人跟我上高垴。这群狗娘养的还真的愿意送死，老子让他们领教领教我的枪法！"

几个人这头儿刚跳出去攀上高垴，只听洞内传出王老虎狼嚎般的嘶吼："寿经，你给老子补一枪……"

爬上去的人匍匐着接近高垴边缘，隐约看见下边一群穿着黄军装的日本人抬来几架简单捆扎的木质云梯。不远处树枝遮掩下的一块大石头上，左右架了三挺歪把子机枪，枪口直指上下高垧的这条小道。

距离高垧近一点的较为开阔处，单膝跪着三个指手画脚的敌人。不一会儿，一个戴礼帽的二鬼子拿起喇叭，一边挥舞着手里的小白旗，一边直起身子走上小道，操着一口河津话开始朝上边喊：

"喂，上边的人听着，皇军要你们放下武器，交出王老虎和黄大牙那两个罪魁祸首。只要你们把枪炮丢下来，皇军不但放你们回家种地，还奖励你们现大洋。如果有人敢开枪顽抗，皇军就要放火烧山……"

只听高垧上啪的一声枪响，那个佝偻着腰身正在喊话的二鬼子突然打了个趔趄，身子一挺捂着肚子缓缓倒在了地上。

一个大个儿日本指挥官一看高垧上有人开枪，立即单膝跪地，拔出腰里的战刀举着往身前一推，鬼子的几挺机枪立即朝高垧突突突扫射起来。

靠着机枪掩护，几个掷弹兵很快爬出树丛，在平坦处半蹲着身子固定好掷弹筒。霎时，只见一颗颗屁股上冒着白烟的步兵榴弹朝高垧的树丛冰雹般砸了下来。

随着一声声爆炸，高垧上石片和树枝被炸得陡然腾起老高，又纷纷扬扬地落下。漫天飞舞的石片，砸得上边的人几乎抬不起头来。掩在一棵榆树后的三个步枪手，被一颗炮弹爆炸后的气浪掀下了高垧……

高文都抖了抖落在头上的石片和树枝，抽出一杆"三八大盖"架在面前一块不大的石头上，对着周围大喊道："听着，鬼子每开一次炮，我这儿都要清点一次人数。我喊'报数'，每个人只需喊一声'有'，大家也都能知道前后左右哪儿有自己的同伴。注意，报数！"

一声接一声的"有"在高垧上回荡，高参谋在心里仔细地数着，刚才那一阵猛烈的炮击，已经损失了五个弟兄……

鬼子的机枪还在不时地点射，高垧上剩下的人小心地匍匐在地，他们已经找不到一处可以掩护的地方。高文都突然看到崖侧有一个悬空的树杈，前边恰好有一块凸起的石头遮住了对方的视线。只见这个战术参谋慢慢探起身子，向下瞭望了一阵，发现七个鬼子抬着那架用民房拆下的橡条绑扎的云梯，正笨拙地向石坎前的小道上移动。他趁着山下攻击暂停的这

个空当，身手敏捷地骑在了那悬空的树杈上。

听高垴上没有了动静，几个鬼子兵的动作不免大胆起来。当他们直起身子再次搬动那架笨拙的云梯时，两名鬼子重叠的身影，恰到好处地钻进了高文都那杆"三八大盖"的准星护圈，他果断地扣动了扳机。

枪声未落，远处两名鬼子同时丢掉手里的云梯，双手在空中乱舞了几下，一个先倒地，另一个紧接着也东倒西歪地瘫软下去。剩下的鬼子见状慌忙丢下云梯，叽哩呱啦地叫骂着拖着中枪的伙伴退到了树林里。

鬼子吃了暗亏，高垴下的机枪比刚才更加猛烈地扫射了一阵，冰雹一般的枪榴弹又一次落下来。跟上次不同的是，这次炮弹落地后响声沉闷，爆炸后也不像刚才那样使树木打抖石片乱飞。眨眼间，高垴上绿茵茵的草木，全部蹿起了火苗子。那些隐蔽在石头后边的步枪手身上的衣服也都莫名其妙地燃烧起来……

高文都立即向周围大声喊道："白磷弹！不要拍打，脱掉衣服，赶快扔掉，不要扑火，都下洞子，快，快！"

这个接受过德国军事顾问战术训练的参谋，知道眼前的这些日本人已经急眼了。不过，惧于熊熊燃烧的山火，短时间内对方也不会派步兵冒死登垴。趁着这点时间，他再次仔细地观察四周，确信鬼子也只能从正面发起进攻，这才平心静气地等着下边的动静。悬在半空的树杈，虽然让他躲过了不时扑过来的山火，可这点地方，他只能将脸紧紧贴着石头休息一阵。他抽回枪压上了最后三颗子弹，等着鬼子发起新的进攻。

山火肆虐了二十多分钟，几乎烧光了一切能烧的东西。高垴上原本可供藏身的一片嫩绿，瞬时变成了光秃秃的焦土。空气中弥漫着一股人肉烧焦的怪味，熏得人禁不住一阵阵胃液上涌。

高文都知道，这个时候，对方一定也在仔细观察高垴上的动静，自己这个绝好的射击位置千万不能暴露。好在他的枪膛里还有三颗子弹，鬼子要是敢冒死上来，至少还得贴上三条性命！

大火终于过去了，马腾云带着一脸血污爬上高垴，低声呼唤着找到崖边。被烟火熏得头晕目眩的高文都听见上边有人，陡然清醒过来。

马腾云仔细搜寻了一番，并没有看见一个活着的人，他恨恨地骂了一声:"都他妈死光了吗?"

高文都听见马腾云爬到了崖边,压低声音对他说:"老马,你这阵上来没用,我可以坚持一会儿。你告诉王司令,死守不是办法,待到天黑,我建议由你组织其他人员从我身后这个地方跳下去。后晌那阵,我就是从这儿上来的,绕过前边那道沟就能看见一条羊肠小道。下边那片山坡以前肯定住过人,他们去河边取水踩出了一条道。你们这些黄河边长大的泥猴子个个都不怕水,只要到了河边,一定能活着回去。"

马腾云看着脚下十多丈高的山崖,再看看下面那深不见底的深渊。远处,黄河像一匹白格生生的土布在一望无际的盐碱滩铺展开来。再远点,对岸那些在夜里像山火一样跳跃的光亮就是他们的家所在的地方……

想到堂前盼儿归来的老母那殷切的目光,这个倔乎乎的汉子擦了一把快流到脸颊的泪水,对着脚下的高参谋骂骂咧咧地撑了一句说:"放你的狗屁!这么深的山崖,谁敢跳下去?万一抓不住树枝落在石头上,那不得要人命哇!"

谁知就在他跪在高垲上跟下边说话的时候,只觉背后一阵冷风袭来,一把带血的大刀突然架在了他的脖子上。当他慢慢回过头来,这才看见王老虎直挺挺地站在那儿,一双布满血丝的眼睛正瞪着他。

只见老主子叫着他的谱名一字一句地说:"寿经,大哥去意已决。我这把老骨头就丢在这儿,也不烦劳弟兄们来收殓。你这就带人从这儿跳下去,是死是活总比被鬼子抓去值当。剩下几个庄稼戏子,料日本人也不会把他们当成出气筒。你下去,把有气儿的都给我喊上来。"

见自己这个老随从执拗地站在那儿纹丝未动,王老虎又一字一句地叮嘱了他几句说:"记住,朝邑洽川两门老小,我就全托付给你了。只要你们中有一个能活着过河去,大哥也就瞑目了。那几箱银圆,我已经让他们塞在山洞后那个石缝里了。留下这点钱,日后也好给牺牲的弟兄就着这块石头凿一座衣冠冢。告诉我儿子,来年清明节,记着朝河东这边给他老子烧几张纸钱!"

马腾云看了看架在自己脖子上的寒光闪闪的鬼头大刀,无奈地点了点头。老大陡然从他的脖子上取下大刀,眼露凶光,突然高高地举起。马

腾云吃了一惊，不由自主地后退了两步，不意脚下踩空，身子一歪掉下了悬崖……

王老虎吃力地转过身来，使尽全身力气挥动手里的鬼头大刀，只听咔嚓一声，崖边那盘结的大树根被齐茬砍断了。随之，听见咔嚓嚓一阵响，悬空的树杈失去树根的牵扯，也慢慢向崖下倾倒。骑在上边的高文都觉得身下不稳，奋力将手中的长枪掷了出去，顺手扯住那折断的树杈，缓慢地掉下了崖头……

王老虎身后，四先生领着几个庄稼戏子抱着板鼓和胡琴已经摸索着从山洞里爬上来，一个个不知所措地茫然四顾。

当他们的目光停在老爷子那把带血的大刀上时，几双裤管都在不住地颤抖，一个个面如死灰。队伍上发给他们的绑腿布，已经被四先生收集起来打成了一条细细的绳索。

四先生走过去，将手里的绳索交给老爷子，镇定地说："爹，我试过了，结实着哩。我先放你下去，日本人也是冲你来的……"

谁也没有料到，老爷子发疯般地将女婿递到手里的这条绳索看了一眼，唰的一下扔下了悬崖。

只见这个五十八岁的关中老刀客，直直地站起身子，慢慢脱去肩膀上的半边袖子，双手在空中奋力挥舞，目光炯炯地陡然对着下面大声吆喝起来：

"小鬼子，我是你家王大爷！你们不就是想要爷爷肩膀头子上吃饭的家伙吗？你们等着，待爷爷过完这把戏瘾，亲自给你们递过去！"

只见他飞起一脚，甩掉了脚上的马靴，哐啷一声丢下了手里的大刀，顺手从一个戏子怀里抢过一挂"关二爷"，转过身便对着身后大声喊道："仁湘，抄家伙！让这些漂洋过海来的扶桑客也好好儿听听我大宋王朝留下的《两狼山》，你看如何？"

老丈人已经发话开戏，只见四先生慢慢地盘腿坐在那块被大火烧热的石头上，掏出怀里的鼓槌敲出一阵急促的滚板，三个操胡琴的同乡便在一片厮杀般的锣鼓声中锯出一阵刺耳的音符。

原本静谧的高垲上，立时鼓乐喧天，俨然变成了东府秋后的打谷场。

这个大半辈子从来没在人前开口唱过半句戏文的魏仁湘，也不知道哪儿来的勇气，趁着老丈人跳着一双赤脚狂舞手里的偶子的时候，张开他那大嘴，立时就吼起了他家老子揉眼鬼最擅唱的那段涩罐罐腔：

两狼山嗷——
战胡儿天摇地动，
（众：哈，好杀，哈，好战也！）
拼性命和番奴对垒交锋；
我杨门投宋主忠心耿耿，
好男儿为家国不避死生！

一群庄稼戏子唱起了他们最喜爱的线戏，早忘了山下那群觊觎他们的日本人。

王老虎这个年近花甲的老刀客抖着手里的偶子，如痴如狂地和着庄稼戏子们嘶哑的帮腔且歌且舞。陡然，他一把甩掉军装，飞起快步冲向崖边，高举着一双手奋力跳了下去！

定格在空中的那一双庄户人的大手，像归家的游子拥抱他久违的母亲般，恳切执着，义无反顾……

几十个手下，看到老主子以身殉国，飞快地砸坏了各自手里的长枪，在他身后接连跳了下去。

四十一个血性男儿，用这种方式，朝着故土的方向扑向黄河。

高垱上，鼓乐声戛然而止。

一轮落日，渐渐被血色的黄河吞没。

…………

听完中年人的叙说，张干大这才慢慢地向他打问道："那个刘管家，他还活着吧？你怎么没提到这个人？"

中年人慢吞吞地告诉张干大说："我们过河去了才知道，山西当地让鬼子糟践得几乎没一粒收成，路过的许多老村庄只能看见游荡的野狗。河东那么多队伍需要粮草，当地根本无法筹集。过河没几天，王团

长指派刘团附回朝邑组织人搬运粮草。可是，那阵鬼子的汽艇已经在风陵渡河面上游弋，一粒粮食也没运过去。接着，国军大部队在这边也封河了……"

张干大怅然地叹了一口气，自言自语地说："唉！他们一个个都死在了异乡，你就不要再见他们的亲人了。吊影孤魂千里远，摇窗枯竹九秋凉哪！也好，让家里的亲人在盼望的虚空里活几天是几天，多少留点念想也好。你的话这就算是传到了。日后，我张拯恩就是他们的亲人了。有我这把老骨头在，留马村这几户人家就不会饿死人！"

说着，他从怀里慢慢地掏出几个铜板，郑重其事地递给面前的中年人说："日子再艰难，跑路钱还是要给的。那边再有啥信，你就到留马村找我一个人好了。"

中年人接过钱，深深地鞠了一躬，望着那一眼望不到边的盐碱滩，惆怅地给主家留了一句话："或许，他们还有人能活着回来！"

17

秋天，庄稼没一丝起色，错过时令的零星小雨，只打湿了点地皮。苞谷干了花，糜谷刚出地面就打了蔫，洽川县的丁捐却按照季节每样不少地被各保派下来了。贴在魏家祠堂前照壁上的那张黄色榜单，一颗血红大印在烈日照耀下显得格外瘆人。识字不多的村民们都一脸惊愕地围在那儿，打听着那上边的究竟。

陈仓满带着两个掮枪的乡丁，满脸赤红地站在照壁前不时给大家解说着。遇上此类村庄大事，却没有一个祠堂族老出面接待。

说到保长此等村庄人物，虽然沾着点官差的浮名，有点脸面的乡绅却对其敬而远之。能抢着当这号差的人，用当地人的话讲，尽是那种爱占槽头胡踢乱咬想多抢几口草料的忳蹶子货色。可是，官府时常要抽丁、派捐、催粮，村院中应办的这些事情还需要有这么个人来支应。

东村和西村只隔着一条官路，两村合起来不到八十户人家。按照政府"十户一甲，十甲一保"的政策，留马村在哭泉镇被排到"第十一保"，保长一职却一时找不出个合适的人选，便被镇长岳富葵一身兼了。西村这个陈仓满，在保上只是个保队附的角儿。不过，那个岳镇长时常要忙镇上那头儿的事儿，保上的大小事儿，便由着这个陈仓满前后打点。加上这厮也乐此不疲，便被留马村的人称为保长了。

今年麦收只割下一堆麦草，政府免了落雁滩夏收的赋税。立秋前一直没落雨星，秋庄稼基本没有下种。眼见到了白露，却下了一场大雨，坡上长了一地的蒿草，滩底成了一片汪洋。面对即将到来的年馑，大伙儿心底多少还都有点怯惧。能为村上说事儿的四先生跟着队伍去了山西，几个族老蹲在家里商量了半天，一时还真想不出个好办法支走这个陈仓满。

这阵子，陈仓满站在魏家祠堂的高台阶上，正唾沫四溅地给大伙儿宣讲："政府养兵打仗，百姓缴纳赋税，这都是几辈的老规矩了。这个道理我也就不用多说了吧？省府发来的文件，镇上也都照准了。每户缴黄米一斗四升、谷草三百斤、绳索一斤八两，这是铁定的。还有，有壮丁的家户，每口出公差一天抵粮一升三合……"

听保长说到这里，男人堆里开始有人小声议论。一看没人出头说话，陈仓满接着又公事公办地说："当然，东村这边六户'抗属'的丁捐，按照省府政策，这回一概免除。其他家户，按人头扳倒尻子数屁眼，一样儿都不能少哩。你们想想，国家从南到北多大，一下子出去这么多的队伍去打小日本，人要吃粮，马要草料，不摊到咱们下苦的头上，丰图义仓那点粮草够塞牙缝的吗？"

一看大伙儿面面相觑，他又不无卖弄地继续在那儿说："眼下呢，称盐有'潞盐税'，点灯有'煤油税'，吃烟有'卷烟税'，买东西有'印花税'，吃个宴席都有'宴席税'，究竟有多少名目，我这个保长一时半会儿都搞不懂。不过，有一样'奢侈税'鄙人还是听懂了的。啥叫奢侈呢？大概就是干高兴的事儿。有些男人有钱了，喜欢推几把牌九、摇几把碗碗。有些人呢没事干，却喜欢娶个小老婆养在家里生儿子。城里人叫姨太太，咱们乡下叫小房。也就是说，家有两个婆娘的爷们儿，不论贫富，都得给政府一次缴清十块银圆的'奢侈税'！"

狼咬儿心里明白得很，这号上缴粮草的事儿，四先生在村上那阵根本

不用大伙儿操心。祠堂户下几个能人一说话，几个大户先给村上支应着，最后再算账，从来也没误过上边的事儿。眼下这个情况，一村人都在挺命，这个陈仓满居然在那儿信口开河地满口胡咧咧，他站在那儿心头不由得冒出一股无名暗火来。

趁着陈仓满喘气的那点工夫，狼咬儿站在树下不无挑衅地开口问道："满叔，说起来你也是咱们两村的人梢子哩。前年遇旱，去年遭涝，原本指望今年收一季麦子，又叫天上飞来的这些虫子啃得颗粒无收。眼前这天干地燥的样子，秋庄稼还在各家籽种罐罐里搁着哩，你老人家这一开口就是三升五斗的精细安排，你觉得哪个家户还装得出你说的那么多粮食来？"

陈仓满看也不用看，就知道开口说话的是咬儿。他头也不抬地在那儿调侃了一句："咬儿，你说的这号抓着麦衣扬场的空壳壳话是让谁听哩？落雁滩十年九不收倒是不假，可滩底收一季饱十年这点底细人家省府能不清楚？你再在那儿哭穷，这些丁捐也少不了你小子一个大子儿。再说了，前年坡旱倒不假，可滩里一季抢田的收成，光苞谷黑豆就堆得家家无处藏粮，闹得粮行的老鼠养得比猫还大，这事儿你又咋给人家去解说？"

狼咬儿站在那儿并不着急，却很不客气地回了对方一句："赋税征的是当年收成，咱们就说眼下的事儿嘛。前年的粮食早让大伙儿吃下肚子变成大粪上了地，政府总不至于让各家各户铲着茅坑里的干屎去充公粮吧！"

一听从咬儿嘴里说出这号刺耳话来，各家那些男人都陡然绷起了脸。猴在自家门道里不便出面的几个婆娘女子，听到咬儿要铲屎给保上充公粮的话，丢过来一阵咯咯的笑声。

陈仓满当然知道，狼咬儿说出口的话，也正是眼前这些袖着手没吭声的庄稼戏子心里一直在嘀咕的。他站在那儿跟着大伙儿嘿嘿地干笑了几声，装出一副并不见外的样子，接过咬儿的话茬儿说："你小子这话还真说对了。眼下，全国都在搞新生活运动哩，屙屎尿尿这档子事儿还真有一宗'卫生税'要缴。不过，咱们毕竟是乡下嘛，胡拉乱撒找个土坷垃也就把尻渠子蹭了。咱们这个民国政府呢，我看也是叫河东那些个日本人闹得腾不出手脚，眼下还没顾上抓讲卫生的那些碎事儿。明儿个要是上边传话下来开征'放屁税'，我这个保长的细胳膊还真的扭不过人家那粗大腿，咋办哩？肯定也照征不误。抗日救国，匹夫有责，这点道理你小子总该懂！"

从保长嘴里说出来的这些大面子官话不知冲撞了咬儿的哪根筋，只见这厮几乎是吼着回敬了人家一句："哎，我说满叔，您把您那老嘴擦干净点再说话好不好？您说谁放屁哩？既然我们这些种庄稼的奴脸鬼都让您老人家一棍子打到'屁夫'那一档子里边去了，依我看，您老人家要我们去救的这个国它也不是啥正道东西！"

几个掂枪的一听，东村这个臭戏子对陈保长竟如此轻慢，连带着让他们的脸面也没地儿搁。那个串脸胡马上接茬儿问："哎，我说咬儿，你说的是人嘴里吐出来的话吗？你把保长当你家墙上挂的来报子要呢？老汉咋说也是一把年纪的人，让你在自家门前这样奚落合适不？告诉你，你小子这话我听着就是对抗保长！对抗保长呢，也就是消极抗战！妈的，到你家门前大半晌了，半碗凉水都没讨上一口，还叫你这个大人厢骂了个人鬼不是！不缴粮草你小子还有理了是不？实话告诉你，你再敢站在这儿胡说，小心老子把你带到镇公所交差，到时，有你娃儿好看！"

狼咬儿哪是平处卧的主儿。一看西村这个二货居然狗仗人势在那儿多嘴，他并不怵火地提高嗓门转脸问道："得槌，你掂个烧火棍就抗口啦？羞你家先人板板去！你魏爷爷没饭吃，就是到茅房去偷嘴，也不会眼热你娃儿这份当狗腿子的官差！咋，我跟保长叔说句话，马槽里咋伸出你这张驴嘴来？"

这个小名叫"得槌"的小伙儿，在西村那边也不是个省油的灯。一看狼咬儿今日成心和自己过不去，便拉枪栓往前走了两步做出要逮人的样子，身后那个一同来的低个儿小伙儿做作地扯了扯他的衣袖，用下巴指了指陈仓满，示意保长有话说。

一直站在一旁眯着眼冷笑的陈仓满，此刻慢慢地摆了摆手，那个叫得槌的小伙子难得有了台阶，鼻子里哼了一声，乖乖收起手里的家伙待在那儿不再吱声。

只见陈仓满脚没动地儿,依然不温不火地对一群傻了眼的村民开口道:"哭泉镇第十一保户下,大伙儿日子不好过,我陈仓满绝对一百个信。你魏九成的日子,过得那可是比一般人滋润得多哩。不说别的,周边几个县,哪个村的'十三花'席面上的酒盅儿你小子没品咂过?嗯,吃了主家黑漆碟子端上来的那些下口软乎的,褡裢里少不得还揣几块干硬的。谁都晓得,你们线户家的驮驴都不吃晒干的秋面馍馍。你说,这份殷实谁能和东留马的人比?"

看到咬儿再未开腔,他接着自己的话头继续给大家说道:"落雁滩前两年遭遇旱涝灾害,这没一丁点假。可是,你魏九成遇上灾年,依然能一把掏出一摞白花花的银圆从财东手里买走几亩壕地,这件事总不是我大天白日在这儿胡捏的吧?咋啦?这阵子咋在稠人广众面前哭穷呢?往轻里说,你娃儿这是上集盯不准秤星;说重了,你小子这是故意煽动民众抗粮,扰乱地方治安!让你到镇公所去受那憋屈,那真怠慢了你这个大人厢呢。洽川县的大牢,这几天虽说已经人多得要排队,凭着这点脸面,陈某我还是能找个熟人搭话,给你匀间阳面带窗户的号子,哼!"

咬儿一听这话,心头不禁一沉。看来,老娘荒年买地这件事,还真是有点不识时务呢。不说家里花光了老底,还给儿子脖子上套了一副活枷锁。陈仓满那一番不软不硬的话掷地有声,一时还真让他有点张口结舌。不过,在这么多左邻右舍面前这个硬脖子受此奚落还是头一回。只见他两手一拱,做出一副甘愿受死的样子给人家要横说:"喂,陈大裤裆,照你说的也行。我魏九成在你眼里一眨眼就变成了东留马的大财东,这真是个大抬举哇。不过,我这个大财东今日就是有粮不缴,咋啦?本人呢,早想去衙门吃几顿公家的牢饭。咱这就走,免得去迟了人家衙门把门关了!"

站在人后一直没搭腔的老媒旦,一看自己这个㑚儿子老毛病又犯了,赶紧豁开人群冲上前去,对咬儿劈头盖脸地抽了一顿巴掌。一边抽一边做作地喝骂起来:"你个浑蛋,说话一满是驴吃苤蓝满嘴胡拌,你以为你是保长他外爷呀?走,往回走!一村人的事情,跟你有个屁相干……"

陈仓满一看东村这母子俩还真是人才,在稠人广众之下给他惹了这么个红脸,一唱一和这就算没事了。看见咬儿被老媒旦连打带推地就要抽身走人,他望着两个人的背影,大声从嘴角挤出一个字:"慢!"

咬儿被老娘推着刚走了几步,一听保长嘴里吐出这么个刺耳的字来,便甩脱了老娘的手停住脚步,倔强地站在那儿做出一副洗耳恭听的样子。

陈仓满一看,今天在这多人之地不让东村这些臭戏子知道点厉害,两村这次摊下来的粮草肯定是没法上缴了。见咬儿母子俩愣在那儿了,他才慢条斯理地对老媒旦开口说:"老嫂子,您个妇道人家还是别掺和男人家的事儿,我看咬儿兄弟真有话要说。我陈仓满怎么说也是个一保之长,这阵也能把手头的事儿放一放。我们俩呢,一搭儿去镇上把事儿说清楚,再回家不迟!"

老媒旦平日哪受过这个奚落,马上摆出往日那股子无人敢惹的架势厉声喝道:"让我娃去镇公所干啥?他做贼啦,跳墙啦,还是偷看你老婆啦?走就走,我老婆子跟你一搭儿去!"

陈仓满冷笑了一声,冷冷地说:"老嫂子,这不是您提着来报子唱戏,想咋摔打就咋摔打的活路,我看就不劳您老人家去跑这趟冤枉路了。您那一双小脚真的要出门,还得让我给您套辆车子呢。您还是在家里待着,准备准备过筛的粮食吧。东留马第一大户嘛,这点面子我还是肯给的!"

说完,这个陈仓满嘴里喊了一声"走",几个带枪的就围了上来。狼咬儿依然梗着脖子吐了句"走就走",后边跟着的几个保丁好像得胜回朝的将军大大咧咧地出了村。

18

狼咬儿被保丁带出了村子,老媒旦立时急得像热锅上的蚂蚁,颠着一双小脚进了四先生家的马坊院。

张干大那阵已经看见村上的人被带走了,他却一点都不急。一看老媒旦慌慌张张地进了门,他只好放下手里的土车,拍了拍手上的粪土,走过来拿起那把铁锨,一边用瓦片蹭着铁锨刃口,一边慢悠悠地开口对一脸愁

容的老媒旦说:"急啥哩,就这么个破事儿,我就不信,镇上那伙人敢把你儿的头砍了。"

老媒旦在女人堆里虽说也算是个不怕事的人,可自己家遇上这号官司,就一下子失去了往日那天不怕地不怕的气势,站在那儿战战兢兢地说:"好我的老亲家呢,人都被掮枪的拴走了,哪能没事嘛!陈仓满唔是个二杆子货,都敢出手打自家亲舅,东西两村谁不知道他那点底细。九成娃打小就是头倔驴,去年冬里贩猪娃跟陈仓满还有点过节,这一回被闹进去,那还不被人家趁机下手收拾一顿?"

张干大却毫不在意地问:"那你说咋办?这头儿人刚进去,咱跟屁股就追着捞人,姓陈的肯定会趁机抬价。依我说,让这臭小子在里边待一晚也好。一个男人生到这个世上,该受点委屈。再说,姓陈的走时已经把话撂那儿了,他进村就是来催粮草的,又不是寻人打架来的。咱这阵求上门,你家这份,肯定得按眼前这个定额先缴哩。"

一看老媒旦两手垂着,再不似进门时那么着急,张干大这才不无指拨地告诉她说:"你想嘛,镇上这伙人趁着政府这次放话,口气又这么硬,少不了在里边做点手脚。你家的先缴了,到时有了余头,你还能要回来?"

老媒旦一听,事情已经到了这个份上,这个老亲家居然还把账算计得这么精细,接口便说:"缴就缴呗。自古庄稼户都要纳粮呢,官府要银子要粮又不是要人命,这阵子,还说啥仨多俩少呢。"

张干大转过头来,跟着她的话屁股随便打问了一句:"你家还有多少陈粮?"

老媒旦沉默了一阵子,才不好意思地说:"有个狗屁。二三月那阵就借了些,一炕窝着父子两个大饭桶,眼下日子还不知咋往下熬呢。嗯,不行的话,家里还有一点银子,三块五块倒还拿得出来,再多……我就真的没办法了。"

张干大思忖了一阵,慢吞吞地开口说:"你手里那几块银圆,先在屋里放着。东西两村,这年头倒有几家人能拿出银子抵公差嘛,再这么显摆,小心你家招贼哟!"

看老媒旦不再多嘴，他安顿道："这回纳粮没有仁湘的事儿，我在这头儿给你匀点粮食先垫着吧，明年打下了再给他装过来。这事儿就先这么对付着，你这阵就回家烧你的汤去，也甭在左邻右舍面前再喊叫。镇公所又不是县大衙，蹲个冷房子也不会给他夹拶子①上大板，你担心个啥？我已派西头万儿到镇上给熟人打了招呼，料天黑人就能回来……"

　　老媒旦一听，老亲家已经派人为儿子的事儿疏通去了，终于放下了刚才进门时紧悬着的那颗心。她看见张干大还有话说，便关切地问了他一句："早饭那阵，你让囊哉着急忙慌地找我干啥哩？地里撒了点黑豆，一家人那阵都在地里忙着拉耙哩。"

　　张干大也不藏话，半天才慢吞吞地开口对她说："还能有啥事儿，想让你帮个忙。"

　　老媒旦想都没想一下，接口便问："事情紧慢哩？蔓货家媳妇有了身子，这阵还真的离不开左右。你的事情嘛，咋说也得应承……"

　　张干大一看对方给了话，认真地打问了一句说："你这个顺风耳真的一点都不知道？"

　　老媒旦一脸无辜地苦笑了一声，回他的话说："看你说的，我又不是驴，长着那么长的耳朵专门打听四邻八舍的事儿。啥事儿啊？你说，我听着哩。"

　　张干大这才给她透了点风说："心慧……听说也有身子了。仁湘出门那阵还不知道。前天晚上，少夫人才把这事儿给我透了个底……"

　　老媒旦大张着嘴巴呆了半天，小心地打问了一句："仁湘咋是这号货，惹下了事儿，自己一拍屁股走了。这可咋办哩，这可咋办哩？有几个月了？"

　　张干大依然慢吞吞地给她解释说："我估摸，仁湘出门前去老丈人家门前应那场事，可能在回来的路上两个人出的事。那阵子，他倒是跟我商量过继嗣的事情，我让他先缓一缓。心慧一心想跟他成家过日子，这个我也知底。出门前就那么几天时间，为两家买卖地的事儿九成跟你闹得不可

---

① 拶子：旧时夹手指的刑具。

开交,这个时候再让心慧搬过来,一巷两院的弟兄,日后还咋张嘴说话?去了趟朝邑,人家两个人一搭儿回来……就铁了心了。我也一直被蒙在鼓里哩,要是知道得早,咋说也能把事儿闹圆满。他这一出门,不说三年五载,这都好几个月了还没捎封书信回来。你说,让一个寡妇腆着个大肚子,咋遮掩一村人的眼睛?"

老媒旦总算听明白了事情的原委,想了想才开口说:"那咋办?我倒是有个主意,干脆让九成替他四哥把这口黑锅背上算了。只要心慧娶到我那院子,不管生儿生女,东留马的几家祠堂都一样姓魏……"

张干大却摇了摇头,对眼前这个一事当前总是先替自家精打细算的人梢子推心置腹地说:"你倒是说得轻巧。存贤身后就仁湘这么个独子,眼见都四十了,没个后人,这家业留给谁去守?人嘛,活在世上都得给自己框个做人的尺码哩。魏家两代人都对我不薄,我咋说也得把老弟兄的日子当个日子照看吧?眼下,不独是一个寡妇嫁给谁的事儿,心慧肚子里的孩子,我看还得堂堂正正地生在上槐院。过几天,这事儿还就得紧着操办哩。"

老媒旦当然听懂了这个老亲家的话意,惊异地问了一句:"你是说……让九成代仁湘去拜一次花堂?"

张干大点了点头。

老媒旦立刻把脑袋摇得像拨浪鼓一样,一连说了三个不行,却不说为啥不行。

张干大点了一锅烟,冷冷地递话过来说:"咋不行?以前长子行脚出远门,老当家人临咽气轿前没个扶轿的儿媳,弟代兄拜堂成亲的事儿落雁滩又不是没有过!"

老媒旦一听,张干大一口一个弟兄地把九成和仁湘往一块儿凑,老脸上立马泛起一丝不易察觉的红晕。她期期艾艾地一时不好搭话,又不能就这么憋着,半天才给他回了一句说:"就算我不介意,你能把你那犟干儿说动吗?"

张干大轻省地说:"你先给他吹点风,到时我再说。都是一个祠堂门下的弟兄,同辈人里只有他还单身着能应承这号事嘛。不戳破窗户纸,他们还是干弟兄,跟一娘所生有啥两样?就是没有这层亲戚,左邻右舍的这个忙也得帮嘛。存贤临死一再交代我,要我照应好咬儿这个干儿子,你说说,这么多年仁湘做得咋样?这头儿有点忙要帮,你咋就缩脖子?"

老媒旦却依然不肯松口,说:"那仁湘咋就不顾他这个兄弟还是单身,仗着那头儿财大气粗欺男霸女?哼!"

张干大一点都不气恼,在鞋底上磕了磕烟袋,这才慢条斯理地说:"前一段你买地的银子咋来的?仁湘和你这个干娘暗地里唱的这一出戏,你当然比我还要清楚。说他欺男霸女,这话你咋能说得出口!"

老媒旦一听张干大居然说出这等话来,陡然明白了。东留马二三十年前的事情,瞒天瞒地却没能瞒过这个一脸阴沉的外乡人啊。

她陡然想起年轻时的那段岁月,往事渐渐浮现在了眼前。

…………

那一年,老媒旦还是留马村一个刚过门的小媳妇,嫁的正是周边有名的年轻戏把式六六娃。

却说,两年过去了,六六娃这个整天看似乐和的大小伙子,心里却一直压着个铅坨子。原来,跟自己同庚的魏存贤和其他几个同龄伙伴,一个个娃娃都满地跑了,他家娶来的这个小媒旦长得倒也赢人,戏也唱得没得说,娶来两年多了,却一直坐不上胎。然而,就在人们为此事议论不休的那个当口,他家小媳妇的肚子却争气地鼓起来。

谁也没料到,女人未怀足月,孩子便小产了。好在这个小媒旦有一个好身体,没出一年工夫,又有了身孕。

按照村上的老说法,铜铁击打出的声响容易动胎气。为确保肚子里的孩子平安无事,小媒旦那阵子不但自己不再去唱戏,就连家里那头半夜爱叫槽的老骟驴也让男人牵到集上贱卖了。眼见媳妇肚子里的孩子令人心惊胆战地度过了"七死八活"的月份静等临盆,六六娃几乎推掉了一切出村唱戏的事情,守在家里伺候着老婆。不幸的是,这个孩子不但早产,生下来还是个死胎。

接着,几年内这个小媳妇接连坐胎,却一个娃娃也没能养活。为此村上就有了许多闲话。有人说,小媒旦肯定是白虎星,天生是个不坐胎的女人。也有人怀疑六六娃是个不中用的男人。一些甚为出格的话语那更是不

便言说。

六六娃被此事压得几年都在村上抬不起头来。

按照祠堂的规矩，不孝有三，无后为大。为了延续香火，休妻另娶也是顺理成章的事儿。可是，小两口毕竟夫妻一场，不是一句话就能散的。且不说小媒旦长得眉清目秀，对待老人那也是孝顺有加，锅上案上更是一把好手，过日子几乎挑不出一点毛病。一个村庄男人，这辈子能娶这样的妻子，还有啥苛求的呢？

六六娃也算是走南闯北过来的人，他开始还不在意村院中那些人的闲话，私下里和媳妇商量，能生就再生，实在不行就抱养一个。不过，那些闲言碎语不时地钻入耳朵，连他自己也开始心虚起来。直到有一次去山西永济应事回来，小伙子便开始有点迷信了。

原来，河东那边有个普救寺，每年正月十四有一场当地知名的大庙会。临近元宵节这几天，山陕两省的知名戏班都会受邀唱戏飨神。耒耜班虽不算大戏班，在隔河两岸还算有点名望，年年少不了要去掺和这个大热闹。

过大年的那几天，六六娃少不得要给同龄伙伴的娃娃们发些糖果添点压岁钱，看到自己门道里却冷冷清清一直没个点灯笼的后人，心里不免有些难受。出门几天来，这个寻常爱凑热闹的大男人却总是一副心事重重的样子，似乎都懒得和人搭话。其他人都趁着没戏的那点时间去逛大集，顺便给老婆娃娃买点小玩意儿。他一点玩的心思都没有，一个人窝在台子后边，晒着太阳睡他的死猪觉。

话说正午歇场，他窝在台口正眯着眼打盹，不意听到旁边看热闹的一个当地人说，离此地不远的地方有座莺莺塔，塔下一处道观里有个道婆算卦很准，方圆百里的信众都骑着毛驴来求她卜算前程。从来不信这个的六六娃听到这句话，突然冒出个念头，决定去问问这位远地神仙，自家院子里哪块石头搁错了地方。

第二天早上没戏，他专意起了个早，提了十斤清油、三根粗香，准备早早去庙里烧头一炷香。好不容易赶到那座寺庙，这个外地香客才知道自己来得太迟了。整个大殿外已是人山人海，燃着的香烟几乎呛得人喘不过气来。好不容易挤着脑袋上了香，进禅房还得排队等候。

终于轮到他了。谁知道，他这头儿刚迈进房门，只见禅座上端坐着一个黄脸道婆，双眼不睁，头也未抬，将手里的拂尘一甩，便指着他的鼻尖大喝道："何方妖孽，居然敢到三清殿上四处招摇，还不快快跪了！"

六六娃这个蜚声山陕的梨园名角儿，寻常提着线偶在台上倒是给人演过那些过堂问斩的戏，听到道婆这声断喝，居然不由自主地扑通一声朝那硬方砖跪了下去。

只见道婆依然紧闭双目、紧咬牙关，鼻子里像蚊子一般嗡嗡了半个时辰，陡然开口道："你这个青毛狮子怪，不在天宫好好儿修行，偷下凡间，整日着皂靴、穿龙袍，蛊惑万人朝拜，你可知罪吗？"

跪在地上的六六娃一听对方不问便知自己是个穷戏子，顿时脊背冒汗，牙齿打战，战战兢兢地小声回答说："禀告大师，在下乃一庄稼戏子，只是比寻常的叫花子多了这身衣裳。每日里给大伙儿提着偶儿唱戏，也是为混口热饭来果腹，哪敢滋生一丝让百姓朝拜之心？即便手里提溜出来的那些帝王将相，虽身着龙袍马褂，说白了也只是个木偶。为讨主家一口赏赐，牵扯着它们的胳膊腿儿唱几句曲儿，为的亦是警世喻人、劝善行孝，哪敢怀有一丝扰乱朝纲的贼胆儿？还请大师明示……"

听罢伏在地上的这个庄稼戏子一番战战兢兢的告白，道婆嘴里像洽川人吆喝毛驴一般，长长地吁了一声，懒懒地睁开双眼，开始在那儿絮絮叨叨地说起六六娃的前世今生来：

"你这妖孽，前世本是文殊菩萨的坐骑青毛狮子怪，趁大仙去凌霄殿面见玉帝，自己偷下凡间将魂魄附在这个农人之躯上，居然还娶妻成家，你还敢犟嘴吗？"

一听道婆嘴里吐出"青毛狮子怪"这个字眼，六六娃立时想到自家女人连生死胎的事儿，愣在那儿硬是半天没回过神儿来。

他这个老实巴交的庄户人，哪里知道庙祝们在安排香客排队进去听解前，已经将事先向每位香客打问过的那些要求解的夙愿告知了道婆，以便在短时间内给更多的香客化解。道婆只需看看香案上的卦签就知道针对香客的话该咋说了。

　　从未进过道观求神问卜的六六娃，听到道婆说出口的这些话，句句都和自己的心事相合，他终于相信"三尺苍天有神灵"，便一五一十地把自己的家门不幸向道婆和盘托出，恭恭敬敬地等候指点。

　　见面前的香客尚有一丝佛性，道婆命他站起身来，示意他走到身边伸出右掌。看着眼前这个庄户男人粗糙的大手，只见道婆法眼圆睁，对着香客手掌上的那条妻命线仔细端详起来。

　　少顷，她皱着眉头似深思熟虑了一番，这才开口向香客道破天机："你这辈托生为男子之躯，天性贪婪，色胆包天，虽与女子交欢，却缺失了凡间男子的田野之气。皆因你贵为天庭贵族，身后不该有娶妻生子的凡尘俗事发生。你这孽畜，居然还屡动休妻的念头，天庭教化，耳濡目染，即便妖孽，亦应存一丝良善之心……"

　　六六娃一听，眼前这位道婆真是神活仙，赶忙讨教说："敢问大师，我这辈子还有救吗？"

　　道婆依然双目紧闭，告诉他说："贫道虽为出世之人，还是想奉劝你几句。既然贪恋凡间男耕女织，就得面对浮世的困顿烦忧。世间婚姻，不尽如人意者十之八九，哪能家家花好月圆？为人一世，就得继承香火，传宗接代，这才是正道。依照天意，你附身的这个男子身后尚有一子。不过，儿子必定少时多灾，遭遇坎坷，日后成人，也是命运多舛。这都是你这孽畜前生罪业未除，殃及子孙之故。被你糟践的这个凡间女子，虽慈眉善目，却受你的妖气熏染，老境不得善终。听着，为身后这个儿子，你且放下凡心，任女人亲近世间一真性情男子……逾年后，你亦会恢复真身回宫，徒留给世间一片苦难。咿呀，孽畜这就速速退下，省得贫道又动杀心！"

　　那天，六六娃根本不知道自己是如何退出禅房，又是如何走回戏班的。

　　只是自去莺莺塔问过这次卦后，六六娃回到村里便开始听天由命了。不但无心唱戏，就是地里的庄稼也懒得打理。经不住好伙计操眼鬼的多次追问，他这才将道婆让他纵妻"借种"一事如此这般地向他说了。

　　听到此类"神谕"，魏存贤这个贼大胆儿一下子也跟着傻眼了。

不几天，这件事就被小媒旦知道了。这个事事不饶人的小女子，终于知道了自己不生孩子的原委，也没有怪怨自家男人，倒是认真地在心里把这件事好好儿地盘算了一番。她想，既然狠心的老天爷把一对好夫妻往绝路上逼，要活好这一世人，自己就得犯一次错。为了自己和眼前这个家，她决定背着丈夫干一件大事。

一个二十多岁的女子，几次怀孩子被家里好吃好喝地伺候着，奶水争气得不得了。一般女人憋几天就憋回去了，她却憋得胸痛。这次已憋过百天，一对大奶子依然旺得夜夜溢湿被子。想到这里，她给窝在炕头闷闷不乐的六六娃提说道，看看谁家有孩子，抱来让孩子吃吃，这样一直憋着恐怕会憋出毛病呢。

一听媳妇说的是这么个事儿，他想都没想就点了点头。一看男人同意了，小媒旦这才提说起魏存贤那病秧子婆娘刚生下三姑娘，正好缺奶水的事情，搂着男人撒娇说："你不是时常爱逗他家仁湘，还说过想讨他家个女儿为咱招引娃娃吗？再说了，你俩原本就互称亲家要得像亲弟兄，我去他家奶几天娃娃，认下这个干女儿，彼此又多了层近乎。到时候，我奶大的姑娘，还不是跟你亲养的一个样？你看如何？"

在落雁滩一带，一些没娃娃的人家，大多会认一门儿女干亲，主要是为了过节时院子里能有个小人儿嬉闹。据坊间传说，送子娘娘每年七夕都会打开天门，视察一番人间的丁口数量。她只要看见农家院里有个孤零零的孩子，觉得这户人家还需要添丁进口，便会发几个人签下来。那些领养过孩子的人家，女主人陡然开怀的事儿也确实不少。一听媳妇说得头头是道，六六娃想也没想便答应了。从这天后，小媒旦每日进出上槐院为新认的干女儿喂奶，直到有一天自己的月事干净后，她便开始在心里盘算，准备背着自家男人做那件天大的事情。

有了这个想法，小媒旦在心里把村上能看上眼的男人齐齐想了一遍，只有揉眼鬼魏存贤长得慈眉善目，在同辈中还算条英武的汉子。他膝下的儿子仁湘那副乖巧伶俐的模样，她几回在梦里梦到，她想将来自己的儿子活脱脱就是这么个小人儿。

这天晌午，小媒旦奶完干女儿，趁着中午那阵工夫想借用主家的磨

坊给家里磨点面。她盘算过了，这个时辰，男人们大都在家歇响。魏存贤这个人每次从城里回来，不是跟着戏班出门应事，就是在家里帮伙计干农活儿，天生是个闲不住的主儿。每天这阵子，他都会到马坊院这边来转悠一圈儿。

正如小媒旦所料想的，魏存贤那阵刚吃罢午饭，因在那边热得睡不着，便想趁着屋檐下那点阴凉，换换伏天马上要使唤的犁辕，不一阵真的到马坊院这边来了。

磨坊在养牲口的穿廊厦房的最南边，紧挨着磨坊有一间放农具的瓦房。

魏存贤进了院子，跟小媒旦打了声招呼，便搬出一条长凳，摊开工具箱，这头儿刚走上台阶蹲下身子，正在吆驴磨面的小媒旦也不怕麦麸堵了磨眼，故意走上前去和他搭讪。她早就知道了，那个整天吊着副驴脸只知道干活的张干大，一大早就进城去铺子里招呼人熬烟去了，不到天黑回不来。

平日，因为两家男人经常在一起唱戏，小媒旦和这个穿着大衫子的财东亲家之间也没那些人前人后的忌讳。可是，一个女人心里多少天来一直盘算着的那件男女之间要做的事儿，毕竟不是借驴磨面这些小事儿。想到这儿，她站在那儿倒是有点不自在起来。

大中午太阳偏西的这个时辰，家家女人都在锅台上做饭，那些一大早下地业已累得半死的男人，此刻则一个个躺在自家门道里的凉席上，睡得跟死猪一般。此刻的小媒旦，突然被自己心底那个不可示人的想法搅动得有点心神不宁了。她知道，自己身上的月事已经干净了七八天了，按照妇人之间心照不宣的说法，这个时候正是怀娃娃的好茬口。错过这个村，就没这个店了。想到这儿，这个小女人站在那儿不免在心里替自己找了许多借口，终于把心横下来。

她也不知自己哪儿来的那么大胆子，一步向前扯住了眼前这个自己心仪的男人挂在身上的那件湿漉漉的臭汗褡，趁他转过身来不知所措的那一刹那，两只手臂便搂住了对方的腰，将胸脯贴了上去，将脸埋在对方的胸前先哭了一气。

魏存贤根本没想到，大中午的在自家会突然被一个女人死死地抱住，他站在那儿不知道到底发生了啥事儿，只能任由她哽哽咽咽地把脸埋在自己那满是臭汗的胸膛上，诉说一个女人心头的那些苦楚……

听了半天，他这才听出点眉目。一个男人，突然被自己时常开玩笑的亲家扯住衣服哭哭啼啼一直不丢手，期期艾艾地说出要请他这个男人帮忙生娃娃的话语，他吃惊得差点儿晕过去。

此前，他倒是听六六娃说过这事儿。当时他还劝慰他说，那些个跳大神的道婆也是人嘛，还时常挤在台下看咱们的戏呢，能不知道未耜班几个男人家的那点底细？那个道婆编造的那些骗人香油的"神谕"，大可不必当真。

万没想到，他家这个小婆娘却真信了，大天白日的居然扯住自己帮这号大忙。魏存贤还真被这个小女人出格的举动吓坏了，一边对着小媒旦不住地小声求饶，一边试着挣脱那两只缠在他腰间的胳膊，结结巴巴地说："你先把我放开嘛，这事儿得……好好儿说说，我……知道这些事儿，那也得容我好好儿想想嘛。再说，这，这，大天白日的，咱俩咋能闹那号事情嘛……"

小媒旦一看有门儿，将眼前男人的腰搂得更紧了，磨道里戴着鞍眼①的老驴，依然拉着石磨呜呜地走着，根本不关心男女主人忙活的那些事儿。树上的鸟儿依然啾啾低唱，风依然微拂着树叶，马坊院里好像什么也没发生。

终于完事了，小媒旦依然抓着他不放手。魏存贤好不容易挣脱，一边哆哆嗦嗦地提裤子，一边嘟嘟囔囔的似还有话说。小媒旦这头儿也有条不紊地提起裤子放下了裙裾，活像啥事儿也没发生似的给石磨上倒了粮食，转过身抢先丢过来一句："今生今世，你我知道咱俩做过这事儿就行了。明后响，我去西滩拾棉花去哩……你还得来！咱们再补做一回。都已经这样了，一回也就是百回。我就是要活个人样给这个世上看看。只有我肚子里有了孩子，咱俩今世这点情分才能了断！"

---

① 鞍眼：牲口拉磨时遮眼睛的东西。

魏存贤站在一边叹了口粗气，脸红得像个猴屁股，回她的话说："伙计，算了，算了，我看就这一回算了。这我都对不起世上的礼数了，再闹出个孩子，你还叫我今后在村上活人不？"

只见小媒旦蛾眉一挑，厉声说道："我一个弱女子，为做一回人把脸面都搭到南墙上去了，你一个大男人怕啥！说白了，将来你在这世上只是多了一个自己的亲骨肉，且有人替你养着，你这个大男人活在世上岂不是更有劲头了？我只想告诉你，今日走出这个门，你敢把这事儿透露半个字出去，那你就先给我准备一口棺材！"

第二年麦收刚打场，这个小媳妇就争气地为六六娃生下了魏九成这个白胖小子。

19

狼咬儿当夜就被从镇公所放回来了。

老媒旦喊了孙媳妇帮忙拉风箱烧火，自己则忙着擀面下锅，直到儿子喝完最后一口面汤，她安顿榆钱儿在厨房洗涮，喊了家里的两个爷们儿到自己屋子里坐一阵，说她有事要说。

摸黑赶了十几里夜路，一碗热汤面吃过，睡意沉沉的咬儿正想去自己那边屋里睡觉，一听老娘那话好像事儿挺急，只好呵欠连天地跟着进了老娘的屋门。进了门，圪蹴在凳子上给自己卷了一支烟。

蔓货大大咧咧地脱鞋上了家婆的炕头，拉过被子靠舒服了才不耐烦地说："婆，啥事儿白天不能说？没看人刚回来，你也真是……要唠叨就快点，我瞌睡得很呢！"

这厮打小赖在家婆这边炕头，娶了媳妇才被当婆的用烧火棍撵了出去。平日，老媒旦也没把这个孙子当个大人。一听孙子说出那句没要紧的话，她倒是没生气，依然慢吞吞地说："这么早睡觉，你是怕老天爷把夜断了？真是的，你这个大爷倒是几时问过这个家的柴米油盐嘛。你爷爷在世那阵子，这些事儿哪用得着我多嘴哟……"

蔓货当然知道，老太太要说点啥事儿，开口不拉大半天前三皇后五帝的闲话，那就开不了头儿。看老太太那不紧不慢的样子，要她拉扯到正经话题，非得等到鸡打鸣不可。蔓货立马打断了老太太的话头，不耐烦地说："婆，眼下这些事儿跟我爷有啥关系？你看你，说个啥都要拉上我爷，我爷一天到晚在土里都让你吵吵得不得安生！"

老媒旦一看自己还没说几句，孙子倒在那儿先显开了能，便没好气地骂了他一句："你妈的臭脚！你说不怪你爷那老东西倒是怪谁？你看看眼前这个光景，谁家倒是像咱家过得这么紧巴？他要是给你家老子丢个马坊院，我孤老婆子何必跟着儿受这份艰难？"

咬儿瞪了儿子一眼，蔓货才住了口。老媒旦这才慢条斯理地开口说："你也老大不小了，年尾年头就该当爹了，家里有些事儿，我看也应当让你知道些……"

说完这话，她又把脸转向儿子说："后晌那阵子，你干大叫我去马坊院商量了个事儿。你不在身边，我看他急迫得好像这阵等不到那阵似的，就一口替你把事儿应下了。"

咬儿没插嘴，老太太接着说："嗯，说起来也不是啥大事，我就怕你这头犟驴为这事儿又和我闹得不可开交。我先给你说说原委，你听了再作决断。在这个世上，为娘我也是活不了几天的老婆子了，家里这一摊子我也懒得再替你们打理了。"

咬儿一听，人晚上老妈这一开腔嘀咕了半天，好像也并没有啥大事，便有点不高兴地说："你说说你这个人，整天坐到灶火旮旯里像老猫念经，自个儿在那儿盘算这个盘算那个，想起一出是一出。半天也没见你说个正事。有啥事儿你尽管说，我和蔓货又不是外人，用不着那么说半句咽半句，我这不是支棱着耳朵静等着听呢嘛。"

老媒旦一听，自家这个倔儿子还算给了她个台阶，拿出烟袋自个儿装了烟叶，在灯上对了火，不紧不慢地说："我能不急吗？给人应下的事情，明儿人家就要回话哩，你不给个肯字，我咋好又向人家去推辞哩？"

此刻，咬儿才听出老娘那话意来。敢情他这头儿刚迈出家门，老太太又给他揽了个活儿，便有点着急地问："啥事儿？"

老媒旦从嘴里拔出烟袋嘴儿，小声回儿子话说："还不是马坊院你干

大,他给我拐了半天弯儿,原来是想让你替人拜个花堂去……"

当妈的这头儿话音未落,咬儿嘴里便嘶了一声,更加奇怪地问了一句:"替人……拜堂?谁呀?"

老媒旦似乎也有点不情愿地说:"仁湘。"

咬儿下意识地嗯了一声,顺嘴问了一句:"咋这么急迫?等不得他回来吗?"

老媒旦一看儿子听了这话并没有生气,这才一五一十地把事情的底细对他和盘托出,末了,很是同情地加了句:"你想,仁湘在村上也是个有头脸的人呢,闹大了人家一个小寡妇的肚子,让祖上那脸往哪儿搁?这倒好,他一拍屁股吃粮走了,给老汉撂下这么个冷杵,你说咋闹?老汉遇上这号水火事情,还能咋办?你干大说得也对着哩,全村同辈的炕头都有媳妇,数来数去也只有你还单身。"

咬儿一听老娘给自己揽下这么个事情,不说行还是不行,坐在那儿慢吞吞地自言自语起来:"咋会呢?这个心慧也真是的……唉!"停了一小会儿,他才问了老娘一句:"这些,我干大他咋知道的?"

老媒旦没好气地说:"仁湘家那婆娘你能不知道?没有她给男人在炕头上壮胆,仁湘做事会这么没有分寸?心慧这头儿给她透了点风,这女人立马就让你干大找人说事儿。那天,还要我这老婆子去坐媒席那热板凳哩……"

咬儿一听事情已经让老娘揽下了,窝在那儿半天没吭气。蔓货愣在那儿听了半天,总算知道了这件事的来龙去脉,便不知高低地插嘴说:"婆,我张爷老糊涂了,你也糊涂了?前一阵子,两家人为花婶闹了那么多闲话,一村人跟着看足了热闹。反过来,你却给我大顺手揽了这么个喜庆事儿让他去丢人现眼,你掂量着行吗?这号事,就算我大能丢得起这人,你老大一把年纪,这不是让人提溜着当来报子耍嘛!"

咬儿一听儿子又开始在那儿胡咧咧,打断了蔓货的话头,蹲在那儿没有开口。

老媒旦也知道这事儿让儿子为难,坐在那儿对着孙子说:"谁家倒是挂着无事牌嘛。你爷和你罗锅爷好了一辈子,你大这条小命也是你罗锅爷从狼口里夺回来的,全村人谁不知道?再说,这么多年,你仁湘伯给这边前后帮衬的还少吗?人嘛,总不能光惦记着自家屋檐下那几行芝麻。这阵子,他那头儿遇上这号急迫事情,咱不伸手帮他,让谁去帮啊?"

蔓货一听老太太居然没听出自己的话味儿,没好气地顶了家婆一句说:"以前那些事儿是啥事儿?眼前这又是啥事儿?我大能舍下他那张老脸,我还嫌跟着丢人呢!"

咬儿叹了一口气,儿子这番话他好像半句都没听进耳朵,依然问老娘说:"仁湘他们这次出门眼见都俩仨月了,没一个人写信回来,你说说……我干大,他那头儿知道点消息不?"

老媒旦一看儿子终于开了腔,刚想开口,却有点犹豫地看了孙子一眼。

咬儿毫不在意地说:"蔓货又不是吃屎娃娃,怕啥?"

老太太看了看孙子,嘴里只说了半句话:"你干大说,仁湘他们出这趟远门,可能……人都……回不来了哪……"

咬儿忽地抬起头来,怔怔地看了老娘一眼,半信半疑地问:"我干大真说这号话啦?"

老媒旦慢吞吞地回答儿子说:"他说,万一仁湘他们真的回不来,心慧年纪轻轻的总得有个名分。花堂是你替他拜的,将来看事情咋个往前发展,到时心慧想通了跟你合个锅灶过日子,那也不是不可能。唉,这或许就是天意……"

咬儿叹了一口气,心里虽然很不情愿,想了一阵,还是答应了娘老子的安排。他自嘲地说:"事情你都应下了,不这么办还能咋办?那你明天就给人家回个话呗。"

老媒旦平时在家里说话,儿孙们向来都不敢插嘴。难得她这阵还算和风细雨,咬儿趁机试探着和她商量说:"唉,缴了粮草,一冬天全家人这饭可咋做哩?这几天我一直在想,听人说西府那边倒没受这么大的灾,我想带蔓货他们几个出去转转,讨一口是一口。遇上这号天年,一冬天总不能都守在家里等着喝西北风……"

老媒旦一听儿子提说戏班出门的事儿,陡然想起张干大后响那阵捎来的话。看到儿子满脸的苦愁,便不无宽慰地说:"你干大可能听说你想出

门,特意安顿说,河东那边万万去不得。那边到处兵荒马乱的,那些日本人,可不是为看咱们这号破戏来的。上北边去,那些村小人稀的沟里,一路也讨不来几口好饭食。只有往西走,美原和同官那边夏秋都没遭灾,倒是叫河东飞过来的那些红膏药飞机闹得不得安生。听说西京城里的医院和学校都搬到他们那边安顿了,人多得好像天天过庙会似的,让你不妨去那边走走。到时站住阵脚就捎个话回来,让我去搭把手都行。老话说得好,落雨水的地方就饿不死庄稼虫儿。人能吃饱饭,才会闹这号请戏飨神的事儿哪。"

咬儿念叨着"同官"两个字,抬起头来抽了一口烟,讷讷地说:"戏虽好唱,那些人可不是好糊弄的。仁湘带走了几个把式,能出门的全村就剩下这几个老小了。再说你咋去哩?蔓货家媳妇有身孕,家里总得留个人照应。"

老媒旦根本没把儿子的话听进耳朵,突然想到了啥似的刚要开口,抬眼看了看孙子又把嘴闭上了。

咬儿一看老娘神情有点异样,便又多问了一句:"你今晚这是中啥邪啦?有啥你就说嘛,神神秘秘的,像是家里钻了贼似的!"

老媒旦看了蔓货一眼,坐在那儿依然不开口,咬儿这才转过脸招呼儿子说:"去,睡你的觉去!"

蔓货仗着家婆的势,小声回了老子一句说:"你们是杀人呀还是放火呀,我咋就不能听?"说完故意拉了拉身后的被子,让自己靠得更舒服些,看样子并不准备下炕。

老媒旦一看孙子的倔脾气上来了,觉得让他听听也无妨,便小声对家里的这两个男人说:"其实,也没啥。只是……你干大说了,心慧这回咋说也得生个男娃!"

咬儿奇怪地问:"生娃娃又不是上集捉猪娃,那要是生个女娃呢?"

老媒旦咳嗽了一声清了清嗓子,看似有点不情愿,小声地说:"谁说不是哩。不过,看你干大那意思,万一心慧生个丫头片子,而蔓货家这回恰巧生个男娃,到时少不得先给仁湘那边抱过去当回引蛋哩……"

蔓货人小,脑子却转得很快,听家婆半天从嘴里说出这句话,便随口丢过来一句说:"他想得倒美!谁家放着亲生儿子不养,换个别人的娃养着?你也是当婆的人,我的事儿你能做主,问没问榆钱儿到时舍得不?"

老媒旦被戗了几句,自觉没理,叹了一口气,很无奈地对孙子说:"好我的瓜娃呢,你以为婆愿意把自家的亲骨肉送人呀?唉,看看咱们这个家,你爷一辈子倒是给你们父子留下个啥呀?要房没房,要地没地,你父子俩就是把本事用尽,我死了也不指望能住那二寸半的枋材!"

蔓货一听老太太又提起了他那死鬼爷爷,也不管当老子的还在当面,没好气地说:"这事儿关我爷屁事!"

老媒旦倒没生气,依然在那儿说道:"你想嘛,把咱家的后人抱过去,仁湘那么大的日子,将来还不是你们父子俩说了算?再说,一笔写不出两个魏字,一巷两院,孩子就在你们眼皮底下长着哩,有啥舍不得的?你张爷这么一说,我倒是往后多想了想。到时,要么两家都生了男娃,要么心慧生的是女娃咱们生的是男娃,这两种情况,我这个接生婆都有法子让他家的这个后人变成咱家的种!"

咬儿听了半天,突然问了娘老子一句:"村上换娃娃这事儿我也听人说过,落到自己头上,心里还是觉得很不是滋味儿。再说了,你到时咋换人家的娃?"

老媒旦突然莫名其妙地有点愤然地顿了一下,压低嗓门告诉家里窝在炕头上的两个男人说:"到时候,心慧上了炕,还不得请我去接生?娃娃一落草,再想法子……"

咬儿被老娘最后这话吓得几乎怔在那儿了,停了好一阵子他才开口说:"那……要是两家都生了男娃,你费心掉这个包干啥?人的命,天注定。生到穷家寒舍,就去吆牛放羊;生到富家豪宅,就去做少爷念书。到时候如果咱们生的是小子,心慧那边生的是姑娘,我倒是同意把咱家的娃娃送过去。唉,这都是啥事儿嘛。我干大这人也是,东留马的啥事儿都少不了他这个大人厢哟。"

说到这儿咬儿又问了老娘一次说:"我干大真说,仁湘他们……恐怕回不来的话了?"

老媒旦吞吞吐吐地说:"他倒没说得那么肯定,我估摸那些朝邑过去

的人这回是遇上死对头了。你想嘛,上阵打仗又不是出村打架,那伙日本人阎老西都招惹不起,凭着他们那些拳头队还能把人家打赢?再说,出去这大半年,家家都没收到一片纸头,能不让人往瞎处想嘛!"

咬儿怅然地叹了一口气,又卷了一支烟,放在嘴边点着了火,自言自语地说:"我罗锅爷在世那阵,一把掏出那么多银子给祠堂置箱;到了我干大手里,出门唱戏差点儿挨了冤打……唉,仁湘一辈子虽不曾唱过一句戏文,到头来还得把命搭在唱戏上。不说戏子这碗饭得拌着泪花花咽,生在戏子家都是苦命虫儿哇!"

咬儿突然提说起这个话头,他们母子深知个中甘苦。有关东留马戏巷的一切,还得从祠堂的这副戏箱说起。

一挂二尺六的普通偶子,其行头也都是很值钱的男工绣。讲究一点的,就得用钉金绣。武生和刀马旦铠甲上的金绒绣,更是慢工细活。看偶子行头的简朴还是富贵,戏班的档次便一目了然。一挂好的偶子,几可看作提溜它的主人的身价。即便是普通的偶子行头,如果聘请名工刺绣,也需要四十来天的工时。按照落雁滩周边雇短工每天升半麦子的行情,一副讲究的偶子行头,成本多在两石麦子的工价,那可是六亩地一年的收成哩。

当年,罗锅老汉一次置办齐四十八挂偶子的全副戏箱的花费,等同于一年间二百多亩地的收成,能迎娶回五房新媳妇。

其实,罗锅老汉给祠堂留下的这副箱,到了儿子手上还添置过一回。

罗锅的儿子魏存贤那个揉眼鬼,不但爱唱戏,做生意也算得上洽川县首屈一指的大能人。当年,这厮丢下老掌柜留下的饭食铺子,靠着一挂木轮马车,在洽川县率先办了个酒房。这个独门生意,此前的人连听都没听说过。其实,这就是给衙门里送水、在街道上泼尘的官家生意。自打这个人上下打点,端牢这碗官饭,不到几年,魏家的日子就在落雁滩显赫起来。

那些年月,村里的庄户熬冬,家家除晌午有一顿连锅面就蒸馍,早晚两顿都是喝红薯汤饭。魏家的伙计却顿顿吃的都是硬面馍馍,还不时蒸一锅大米焖饭,不但让伙计们一个个端着老碗饱咥,还不忘一碗碗送着让四邻八舍跟着打牙祭。每到年关，魏家从官府领回来的俸禄，亦不是官仓里的陈谷，而是令人眼花的"袁大头"哪。

凭着这个冷门生意，魏存贤很快又添了三挂胶轮马车，进出西京城来回拉脚，做起了能挣大钱的南货生意。那时魏存贤正值壮年，赶着大马车走州过县，见多识广，真可谓吃过磨盘大的锅盔，经见过外边的花花世事。三挂大马车，出村时装载的酱菜，不但在北塬那些缺菜蔬的地方有很好的口碑，就是在西京城也很有名。回来拉的南货，也常常占据着周边四镇八塔庙会大半条街的货摊儿。

一个心高气傲的庄稼后生，凭着这点胆气，一下子变成了神通广大的甩手大掌柜。没几年工夫，他又置买了西村一户没落财东的七十多亩连畔地，新盖了一院马坊，一下子成了方圆百里数得着的大户人家。此间，袁世凯称帝，南人北伐，关中道这片被人遗忘的偏僻之地，世事也渐渐变得乱起来。直到有一年冬天，他家外出挣钱的三匹大骡子带着一辆新式胶皮大车被二军的队伍强借去支差有去无回后，这个人再也无心去风餐露宿，留了县城的一间铺子，回村守着庄稼，安心过起了老儿辈的农家日子。

说到唱戏，魏存贤这个少东家做生意那阵就时常掺和村里的戏班子。其对戏的痴迷程度，甚至不顾及自家那点脸面。那阵子，他已经拿银子在衙门里上下打点给自己捐了个乡议员的官差，整日间穿着一身皂布大衫出入县政府，走在街上也被人主动问候，大小算是有点公干的人物。然而这个手拄文明棍的大乡绅，却一直丢不下戏台上那两根打得山响的枣木桄桄。他不但将老子为祠堂置办的这副箱添到了七十多挂，还能放下自己那老爷身段，时常跟人出村搭班子唱戏，顺便混一碗主家的麦子泡馍馍解解肚子里的小馋虫儿。平心而论，此人一辈子扶危救难、仗义疏财，做人行事并不小气，可就是吃饭过于揉眼的做派很不受人待见。

洽川木偶戏艺人，并不似那些大戏班子的艺人完全靠唱戏吃饭，也不恪守死后不准进祖坟的那些梨园禁忌。但是，他们应事踏进了主家门槛，吃饭依然得恪守不准过主家土地神龛的老习惯，被安顿在门道里圪蹴着对付。客人们吃的是十分讲究的"十三花盖顶"，他们的瘸腿桌子上一个吃

酒的碟子都不会摆。更令他们难以启齿的是，一般客席上，盘子里的馍馍都摞得老高，随时有人及时添加。戏子的席桌上却有专门的跑事人计口发馍。每个人一顿饭三个馍馍，饱或不饱也就是这个数目。

如此说来，戏子家这碗饭食也不是一般人能安然下咽的。像魏存贤这种多少有点身份的人，再回头做这号营生的毕竟是少数。可他一点儿都不觉得如此活人低贱寒碜，却乐享此类偷点灯油蘸冷馍馍的悠闲岁月，俨然是优哉游哉的济公在世，全不把一世名望放在心头。

四邻八村，时常提到的净脸名角儿搡眼鬼，便是这个死去多年的财东老爷魏存贤。

谁都没料到，这个人后来却一句戏都不唱了，缘由说起来其实很简单。

有一日，搡眼鬼揽了一宗去西县庙会唱的大对台，主家在事本上特意点了耒耜班的《罗汉衫》。事先已经说好，第三个晚上，他们的对手是朝邑的皮影戏班，唱的是同一本戏。那天晚上，耒耜班不得不叫齐戏班的老把式出场应对。坐板鼓怀的胡子生是六六娃，对唱的大净脸正是搡眼鬼。两个人唱起这折冤仇戏来，周边的班社还真没有对手。

到了开戏那阵，周边十多个村庄的戏迷都挤在耒耜班台口的油糕摊子前，等着看这两个老把式的戏。轮到搡眼鬼那一句蜚声三沟六塬的涩罐罐净脸拖腔——"羡张千果称得英雄好汉，赛专诸去刺僚一样一般"，立即就获得了个满堂彩，引得戏迷全部拥到耒耜班台口这边来了。庙前几十杆三眼铳子，也为之朝天鸣放了半个时辰。

谁料想就在这个时候，台下看戏的村中长老中有一位前清老道台，却让族长派人前来，叫停了演得正红火的耒耜班这边的戏，并点名喊提线的搡眼鬼出台回话。

按照当地的戏规，主家喊社家中途停戏，一般都是开错了戏或唱走了调。正唱得红火，突然被主家叫停，闹得耒耜班这边还真有点不知所措。

据说，周村这位老道台，是一位饱读诗书的前清状元。此人在京城做过大官，眼下丁忧在家，日日都有当地鸿儒登门探望。不说别的，据说这家来的客人提的点心多得都喂狗哪。只见老先生一捋胡须，看到台前出来应事的搡眼鬼穿着件靛蓝长衫，捯饬得倒像个识文断字的书生，立时火冒三丈,拱手便喝道:"老朽不才,倒是想请教这位先生,'专诸'是何等人物?'刺僚'又是哪方典故?鄙人耳朵有点不好,怎么听你个奴才将这句'赛专诸去刺僚'唱成'赛抓猪去吃了'呢?你们这些庄稼戏子,要是一群真材实料的白丁还算罢了,若专意嘲弄我周村无人,哼,你们好大的胆子!"

应事的揉眼鬼,虽说打小卖蒸馍啥事儿都经历过,却委实是个大字不识的睁眼瞎。寻常除了自己的名字,只认得滩里每年从河南请来的种瓜人用指甲刻在大西瓜上的那些"川、×、⊥、文"(民间计重符号三、四、六、九)。一听主家盘问起这么个自己从来都不曾听说过的典故,一时张口结舌,不知说啥好。

看到揉眼鬼魏存贤那六神无主的样子,老道台还是给了他个台阶,缓了口气接着说道:"好吧,看来你是说不上来吧?那得烦请你们班主出来替你说个明白。你们当中若有人能说清这句戏文里的张道李胡子,这次谢神戏所有花销由鄙人包揽,另外给你们每个师傅打赏一块龙洋。如若没有人能说得清,鄙人倒是想请你们这个耒耙班自今夜起扯下台口这'撂红山陕'的破条幅,吃碗麦子豆腐汤泡馍馍这就走人。至于戏钱,我看就免了吧!"

坐板鼓怀的六六娃一看事情不好,撇下手里敲打的家伙赶紧跑出帐子跪在台口,一声声喊着"老爷宽恩"百般轻贱自己,老道台却死不买账。

那些寻常挤在戏台下看似和善的庄户人,这个时候却一块儿站在那儿起哄说:既然这伙白字先生把好端端的戏文唱成了"抓猪""吃了",就让这位班主当众学几声猪叫也好!

六六娃这个老戏骨,怔怔地看着台下这些起哄的人,又回头看了看手足无措的揉眼鬼,站在那儿一时不知如何是好。他知道,这伙无事生非的人,这阵趁着人多势众,假若有人打一声呼哨,还真敢冲过来砸了戏场子。人离乡贱哪,老老少少十多口子就靠这个手艺吃饭,若真闹出这幅被人砸场子的场面又如何收拾呢?他想到自己大半辈子为讨吃喝受的尽是这些矮人三分的耻辱,立时滚出两行悲怆的眼泪来。只见他恨恨地一跺脚,陡然甩过头去,扯着嗓子朝夜空如杀猪一般吼叫起来……

如是三四回,等那群起哄闹事的人满意后,老道台落座端起了茶碗,

主家才让他们安安生生地继续开戏。

熬过了头遍鸡叫,曲终人散,全班人马还算平安地撤出了周村。为了戏班子日后的声名,且不说赏银的事情了,两天三晚上的戏钱,他们一分都没敢向人家讨要。

回来的路上,揉眼鬼把自己的骡子让给了腿脚困乏的娃娃,自己则拽着驮箱的老骟驴那条秃尾巴,一路打盹一路琢磨。直到走到村头,他那颗大脑袋里也没闹清自己唱了二十多年的"专诸""刺僚"究竟蕴含着啥样的邪门意味。

直到天大亮,一干人才垂头丧气地回到村里。他紧着敲响住在村头四圣庙的老先生的门去讨教。聆听了先生的一番解释,他才闹明白:原来戏里的这个"专诸"是个人名,根本不是"捉猪"的意思;"刺僚"更不是"吃了",而是发生在古代的一个杀人的大事件。具体说来是这位史书上名叫"专诸"的老先人执匕首刺杀了"王僚"。

于是,从这天起,这个庄稼戏子自感再无脸去给人高台教化,从此不再出门唱戏,开始扶着犁拐子老老实实地作务起了庄稼。他倒是没忘记安排儿子魏仁湘丢掉羊鞭,去补习庄稼人不曾打理过的"之乎者也"。他家那副传家的戏箱,也让祠堂暂时交给了靠唱戏养家的六六娃。

可是,六六娃这个蜚声山陕的老戏骨,那晚当众学完猪叫,回来后逢人便再不说话,饭量也一日比一日减少,肚子却一直鼓得老大。直到七七四十九天后病卧床榻,医生才查出老汉"郁火攻心,无药可治"。当天夜里,老汉像杀猪一般大叫了一声,死在了自家炕头。小媒旦一个年轻女人陡然间失了家中的顶梁柱,只好无奈地涎着脸面,全然不顾冒犯禁忌,带着十多岁的儿子出村唱戏,差点儿被人戳断脊梁骨……

20

支应完魏家祠堂代仁湘续娶的繁缛差事,张干大这才给咬儿他们安顿去同官逃荒的事儿。

几个线户家都知道这次男人出的是远门,单棉都得带上。戏巷大都是穷光景，不是这个缺鞋就是那个少袜子，要带的被盖衣服一时备办不齐，各家屋里的婆娘几天来都窝在炕头赶着针线，一来二去又耽误了两天工夫。等咬儿领着这帮人沿着北山根一路走到同官城，已是十八天后的白露。

站在五丈原放眼望去，一条大坡下边就是同官老县城。这座古属散州的靠山小镇，邑小民贫，常住不过万把人口。自打年初国共成立联合政府后，那些此前不敢公开露面的各路人马都大摇大摆地出了山。半年的工夫，这座小镇陡然变成一座车水马龙、人声鼎沸的大埠子。三里长街，行人摩肩接踵；小巷里弄，搭满各种颜色的小窝棚。就连以前逢集作为牲口市的东门外那片乱葬岗，也都拴着数不清的军马。从来没有赶过眼前这么大集的咬儿他们，看到眼前无处插脚的大阵势，一个个不禁有点傻眼了。

原来，为躲避日本人飞机撂的炸弹，设在西京城的西北行辕，已经整个儿搬到了这座靠山小县城。四所省立中学，两所被疏散去了汉中，剩下的两所迁到了这儿。西京城里那些关门歇业的商号，又开始在同官这边挂牌营业了。更令人想不到的是，河东那个阎老西，把一座太原大学也囫囵搬到了关中，藏掖在这个小小的同官县城里。

大多数人都还不大知道，此前，远在北山的延安有个中华苏维埃政府，居然也在坡底下开设了一所抗日军政大学同官学兵集训分校。学校里每个班级人数不等，学生年岁差别也大得离谱。这些学兵中小到十五六岁、老到能当爷的都有；至于甥舅同班、父子同学的事情，在这儿也不稀奇。

驻扎在周至、户县一带的国军各路队伍，也陆陆续续搬到了这处粮草丰足的靠山镇点。那些沿铁路逃到西京来的河南人，听说靠山这边终年风调雨顺，拾点庄稼就饿不死人，于是乎也一股脑儿拥了过来。不说整条街道被帐篷和杂物堵塞得严严实实，就是城外护城河堤下也都挤满了人。在这里，啥东西都成了钱。不但物价贵得离谱，还催生了一个新职业——卖粪。周边那些庄稼人，开始都是自己进城拾粪，后来那些游民占了这个先机，挑着挑子出城送粪。看眼前这熙熙攘攘的阵势，至少有二十万人挤在了这个以前兔子都不拉屎的山窝窝。

更有甚者，从宁夏来的骑兵队伍，每个兵还都配备了两匹牲口——胯下是一匹冲锋陷阵时才派上用场的大儿马，鞍子上还拴着一匹专门驮草料

用的大骡子。加上那些满街行走的驴驮子，闹得整个县城人喧马嘶。一个昔日的穷乡僻壤，如今倒像是个三省通衢了。

天渐渐凉了，塬上的柿叶像一团团燃烧着的麦积子。从北塬上刮下来的秋风，已经有了初冬的寒意。一行人每人手里都提着一双走烂了的布鞋，赤着脚扛着各自的破行囊，一路吆喝着好不容易挤过熙熙攘攘的人流，在羊市街到处打问那家门牌古怪的"不上朝"剃头铺子。

据张干大出门前给咬儿交代，这个"不上朝"剃头铺子的曹师傅是旬邑人，闹这号在人头上耍刀子的活路，在当地已经很有些名望。只要进城打问，没有不知道的。他们两个人以前在北山做过羊皮生意，在道上拜过把子。这么多年虽未谋面，但只要提自己的名字，老朋友绝对会接待照应。

一行人好不容易找到了这家铺子，咬儿便从对方的口音和敦实的个头上估摸，这就是自己干大年轻时贩羊皮认识的曹师傅。

老曹果然是个少见的热心肠，见远路熟人介绍过来的这些戏子，一路辛苦打听找上门来，他也不假意寒暄，连忙喊对面粥铺烧了一锅苞谷糊汤煮洋芋，让带着锅端了过来，好赖也算是个招待。

饿了几天没吃过几口热饭的客人，一个个也顾不上客套，捞起老碗便呼噜呼噜地喝将起来。一锅稀饭，转眼间就见了锅底。眼见天色已暗，主人让徒儿上了门板，就着脚下湿漉漉的地面将就着让出块不大的地方，八九个人解了铺盖凑合着挤了一晚。

第二天天麻麻亮，咬儿出门第一件事就是转着满街找扎台口唱戏的场子。他一路随着牲口人流乱晃荡，不觉出了西街口。城外，四处散落着难民草草搭盖的木板屋。往前走了不到一里地，来到一座土坡前。他手搭凉棚望了望，半坡有几棵粗大的柏树悬着古怪的枝干，透过枝丫隐约可见后边土崖下三两座破败的古老建筑，人要上去，只有前边坡上一条蜿蜒的土路。趁着这阵闲工夫，他决定上坡去看看。大凡有庙的地方就有香客，一般都会立庙会。如果能借住在这里唱上几天，不说挣钱多少，先扎住阵脚糊住口再作打算。

刚刚走到半坡，他突然觉得肚子委实有点饿，人也头晕目眩、胸闷气短，便瞅着路边一个土坎，准备停下脚步将息一阵再走。这头儿一屁股坐下，一个人便在那儿胡思乱想起来。

此前，戏班出村多是主家来人邀请，搭台吃饭都有人照应，来去路程、时间都有数。像这样撂野台子寻饭吃的事情，他活了这大半辈子，也只在小时候跟着老娘在山西那边远路上遇到过为数不多的几回。

歇了一会儿，他觉得两腿不再打战，便硬撑着爬起来，一步步继续往上走。好不容易瞭见了山寺大门，他这才发现，这处清净之地早已经被队伍征用了。眼前这座药王庙门外，两边各设了一处岗亭，一左一右直挺挺地站着两个穿黄军装的军爷。

他停下脚步左右观察了一阵，寺内冷冷清清，没一点香烟飘出院墙。他估摸，寺里可能已不住那些奉佛的和尚了。门口这些站岗的军爷就是让他进去，找不着说事儿的人也是枉然。他只好转身往回走，准备找个当地人再打听打听。就在这个时候，只听身后有人大喝一声："干什么的？站住！"

咬儿知道，喊叫的一定是身后那两个站岗的军爷。他时常出门，在道上和各色人等也打过交道。秀才遇到兵，有理讲不清。闹不好，屁股还得先挨两枪把子。此刻与其停下来，还不如溜之大吉。听到身后有人喊，他不但没有停脚，反倒下意识地加快了脚步。刚才有点不听使唤的双腿，一下子不知咋会有了那么大劲儿，趁着坡路拐过个小弯，干脆撂开大腿顺坡跑了起来。

不一阵，他上气不接下气地跑到刚才歇脚的地方。看看后边并没有人追撵，他这才放下心来，扑通一声在老地方坐了下来。

正午的日头照得黄土一片温热，他靠着土坎下那片平地，在脑子里把出门前后的事情静心捋了一遍。

昨天晚上，他已经不止一次地想过了。这次出门虽有点唐突，可也是没办法的办法。既然出了门，那就得想办法找个落脚的地方。如果这样回去，不说丢人现眼的那些话，只说几家人家里大都等粮食下锅，守在家里就是等死，还不如在外边继续耗着。可是，八九口大活人就这么窝在熟人店里，一天两天倒也罢了，长此以往也不是个办法。不说别的，一路驮箱的老驴，每日间的草料就是个事儿。晚上，街巷里到处是人，把牲口拴在门口，万一被人牵走，到时岂不是给主家添乱……

想到这儿,一个念头突然涌上他的心头。既然已经带人走出了村子,开弓没有回头箭,活人总不能叫尿给憋死。孔老夫子当年在陈国还绝过粮呢,何况自己这个跟叫花子无异的庄稼戏子。想来想去,只有把自家这头驮箱的老驴拉到头牲市上换几个现钱,先打点一下班子的花销,扛过这几天,看能不能有点转机。真的能在当地扎住阵脚挣点钱,回去时再倒换一头口轻的牲口用起来更长远些。

刚才,路过西街口头牲市,他倒是有意和那些经纪搭讪了一阵。这边人少地广,大多又是坡地,那些驾车拉犁的骡马和大牛基本没啥用场,倒是这些省草的小毛驴很受庄户家青睐,行市也还不错。

想到这儿,他一骨碌从土坎下爬起身来,大步流星地往回走,心里只有一个念头——卖驴。

蔓货看到他家老子出门不一阵就急匆匆地赶回来,以为寻下了买家,赶紧迎上前去问:"这就招呼人走吗?"

咬儿也不多说,只问了儿子一句:"驴呢?"蔓货一看老掌柜的神情不似有啥活儿,便又无精打采地说:"急儿牵到后场那边给它拾点草吃,一直拴着,饿得啃人家门板呢。"

咬儿搭眼朝小巷口望去,果然没看见老驴的影子。狠狠地问儿子:"后场里一地马粪,能拾下草吃吗?小心让队伍上那些大马把驴给踢了。你这就去喊他回来,咱们一起,把牲口牵到头牲市上转转去。"

蔓货忙问:"到那儿去有啥事儿?"

咬儿说:"卖驴!"

蔓货也不敢再问老爹一大早肚子里钻了啥邪风,为啥突然打起了卖驴的主意。他没吭气,顺着小巷去了后场。不一会儿,他和急儿把驴牵了回来。

三个人这头儿牵着驴正要走,咬儿突然看到囊哉一步一趔趄地也跟着赶了过来。他突然站住想了想,一跺脚还是跟着蔓货他们朝西街口走了。

头牲市是一片平坦的庄稼地。秋前还长着谷子,收割后庄稼茬子随处可见。那些被主人牵来的毛驴和绵羊,脚上系着绳索,依然随嘴寻着草吃。倒是有几个经纪模样的人眼睛尖,瞭见三个外地客牵来一头老驴,看似都不经意,却一个个磨磨蹭蹭地朝这边走过来了。

只见一个身穿靛蓝棉长袍、头戴白瓢毡帽的长须老者,走近主家的牲口后,他并不和主家打招呼,却一把抓住驴笼头熟练地掰开牲口的嘴,仔细看了阵牙口。见主家已经过来了,慢慢地问了一句:"卖还是搭搭价?"

咬儿一看来的是真买主,随口说:"卖哩。"

老者也不再多说,慢吞吞走过来左手撩起棉袍,将自己那右手伸了进去。咬儿当然不能怠慢,赶紧起身将手伸进了老者的袍下。两人在那儿反复捏了阵价钱,对方却显得很不满意地抽出手来,把头摇得像个拨浪鼓似的说:"一分价钱一分货嘛,别说这驴牙口这么老,就是能架驮子的三岁轻口,在同官这边也没有你那价呀!"

咬儿倒不是在漫天要价,他委实是初来乍到不清楚当地的牲口行市。虽然人家一把还过来的那钱也不算少,他却不想让买主这么快就得了便宜。他只好回话说:"这牲口我还有用,没草料养活了,要不咋能给你还得那么手轻嘛。"

老者听出咬儿的口音,抬起头来看了看三个人的脸色,狐疑地问:"几位是运城过来的客人?"

咬儿这个活络客,回话故意带了河东口音掩饰身份,没想到被对方听出来了。他笑了笑,将错就错地把话给人家回了过去:"老人家好耳功。万荣铺去过吗?我们几个是逃荒投亲来的。"

老者那一双隼一样的眼睛定定地盯着他们。当他看到这几个人脸上多少都流露出一丝不安的神色时,便装作啥也没发生似的又问了一句:"河东那边已经是鬼子的天下,你们是怎么跑出来的?"

咬儿根本没想到买主会问起这些无关牲口的话,张口结舌地一下子怔在那儿了。好在他走南闯北,对毗邻三省的大路都很熟,便胡乱回了对方一句:"风陵渡过不来,往南一点就是陕县,再进山绕卢氏到商洛。那些日本人毕竟人地生疏,还能把咱们当地人的路给堵实了?"

也不知是老者对主家这头老驴没了兴趣,还是咬儿口中这些胡吹冒撂的话让对方不乐意了,老者一声招呼也不打转身走了。

蔓货慢慢走到老子身边,小声问了一句:"老汉刚给搭了个啥价?"

咬儿冷笑着说:"一只绵羊的钱。"

蔓货眨巴着眼睛说:"一只肥羊杀的肉是比咱这老驴少,可羊汤多肥呀。街面上这些经纪,人家心里清楚得很哩。我也不知你咋半路上想出这么个主意,卖了驴,囊哉回去骑啥?"

咬儿带着冷笑说:"驴在这儿的价钱,只要脱得了手,还愁回去换不来一头口轻的?"

村上一同来的那个叫急儿的门下小伙儿,根本无心听班主父子那些生意场上的闲话,正伸着脖子在那儿四处乱瞧。突然,他发现那个买驴的老汉在不远处,正和一个打东边来的年轻人耳语。只见那个戴着礼帽的年轻小伙儿一摆头,身后边两个圪蹴在路边东张西望的壮汉也随之站了起来。三个人并不说话,直接朝他们这边走来了。

急儿发现这几个人有点不怀好意,赶紧打断了咬儿父子的对话,给他们打招呼说:"九叔,有人来了!"

咬儿这头儿还没闹清楚出了啥事儿,三个人已经来到了面前。一个留着络腮胡的壮汉已经抓住了驴笼头,恶狠狠地打量着三个牵驴的主人。

蔓货一看,好像有人要抢牲口,一步上前撕扯住对方的衣领大声喝道:"闹啥,闹啥,你小子这是想闹啥呢?大天白日的想抢劫?"

只见站在旁边那个戴礼帽的头儿示意手下人放了手,阴阳怪气地对着咬儿厉声问道:"乖乖回爷的话,你们是哪儿人,要到哪儿去,这头驴又是从哪儿来的?"

站在一边的咬儿根本没想到,听对方那话,自家驮箱的老驴好像一眨眼就成了偷来的。他觉得,眼前这两个肯定是把持这个地界的混混,对待这些人,你软他就硬,你硬他就夂,便很是不屑地作揖后,接口说:"兄弟,小的是洽川来的戏班班主魏九成。原想借贵地混口热饭,这头儿还没找到雇主,也无暇拜见街面上的弟兄。茶钱嘛,今天本人一文都没带,只能改日奉送。至于这头驴,你问问它,看它认识你不?"

对方一听,面前这三位果然不是善茬儿,冷笑了一声,接口便问:"哟,一转眼又成了当地人了。刚才你小子不还自称山西侉子①吗?老实回

---

① 山西侉子:旧时关中人对山西人的蔑称。

爷的话,你们几个鬼鬼祟祟地牵着头瘸驴在这儿四处晃荡,是不是河东那边过来的探子?"

咬儿一听对方这话有点来头,马上想到这几个人莫不是和那个买驴的老者是一伙强买强卖的地头蛇?他只好压下心头那股子盛气,老老实实地给人家回话说:"伙计,刚才那位老叔过来看牲口,我那也是赶集遇买主随话搭话,还望老弟多多海涵。你看看,这……咋能是探子嘛,你看我们这身扑稀赖害①的穿着打扮,哪点像河东那些阔气的'老西儿'?"

戴礼帽的看了看咬儿,并不理他的话茬儿,突然喝问道:"你说这号大白话是哄鬼呢?你脸上的枪伤是怎么回事?"

狼咬儿一听对方这话,倒是把心一下子放下来了,笑了笑说:"先生如果看过洽川的线戏,就应当知道'狼咬儿'这个人。我这张脸嘛,是小时候遭恶狼咬的!"

戴礼帽的一听,这个面目狰狞的家伙到了这阵还敢变着法儿在这儿骂人,一甩手从长衫下摸出一把"勃朗宁",拿在手里在三个异乡人面前晃了晃,冷冷地说:"都给我听好了,不要动!"

说完,他示意两个喽啰前来,将几个人上上下下搜了个遍。当发现三个人并没有带枪,他这才语气有点和缓地说:"好吧,有劳几位这就跟我到稽查处走一趟。到了那儿,会有人让你们开口说话的。"

站在一旁吓愣了的蔓货一看,这伙人肯定不是奔着他家这头老驴来的,大声吵着说:"那我先得把驴送回去,牲口到这阵还没吃草呢!"

络腮胡一听,这个小伙子居然还想趁机溜掉,哈哈大笑说:"你小子倒会算计,想给老子耍金蝉脱壳?也好嘛,把驴拉上,今晚咱们吃顿驴肉火烧……"

21

高垲上鼓乐喧天地闹将起来的那阵子,准备再次发动强攻的日本人却

---

① 扑稀赖害:衣着不整。

被眼前发生的这一幕闹蒙了。

据守在上边的那些中国民卫军,大大咧咧地唱了一阵他们根本听不懂的戏文,接着又从容地在石头上砸碎了手中的长枪,像起飞的大鸟般一个一个投下山崖。

远处,一道血色残阳正在缓缓坠落。

一队穿着黑衣黑裤打着白裹腿的皇协军,在那个戴眼镜的老鬼子的战刀驱使下,哆哆嗦嗦地最先爬上了高垴。接着,十多个穿着黄色军装的鬼子搀扶着鬼子少佐攀了上来。

这个戴着金丝边眼镜的日本人,慢慢地走到深不见底的崖边,探头往下看了一阵,突然后退了几步,脱下军帽,两脚并拢,向脚下的黄河深深地鞠了一躬,嘴里叽里咕噜说了一通谁也听不懂的鬼话,这才转过身来伸着大拇指对在场的那个皇协军头目说了一句蹩脚的中国话:"呦西,呦西,大大的呦西!视死如归,真正的军人!"

等这个东洋人将搜索的目光投向一棵没了枝叶的山核桃树时,下面几个衣衫褴褛、满脸血污的活人让他微微吃了一惊。

只见那几个穿着灰色军装的随军艺人席地坐着,活像庙里受难的罗汉,漠然地面对着指向他们的枪口。他们没有刀枪,只有胡琴、板鼓和每个人背上捆扎着的一挂挂栩栩如生的吊线木偶。

那个满口镶着金牙的皇协军头目,带着士兵将高垴搜索了一遍,刚走到这边,看到日本少佐正饶有兴致地打量着不远处几个活着的人,他停下脚步仔细地看了一阵,便估摸出眼前这些人的身份。

这个为日本人效劳的中国人,看着几个依然活着的同胞坐在那儿,他当然知道接下来将会发生啥样的事情。按照日本人打扫战场的习惯,缴枪的对手已经失去军人的荣誉,都得处死。眼前这样的场景,这个操着一口东北话的二鬼子,已经历过多次。有一次,日本人在晋城乡下为抓捕一个袭击他们的枪手,冲进一个村庄,搜查无果,便将全村老少七十余口赶进一孔废弃的土窑洞,堆起柴草将他们活活烧死了。

眼下,把这几个手无寸铁的人辛辛苦苦带回去,对于日本人委实没多大用处。这个东北人便凑上前去给少佐出主意说:"太君,他们嘛,估摸是国军的随军戏子。一个个打枪的不会,不如就地突突了?"说着,他比画着做出一个机枪扫射的动作。

只见戴着眼镜的日本人突然转过脸来,怒气冲冲地大声骂道:"八嘎!你的,狗一样的人!艺伎,懂吗?在大日本帝国,他们世代享受俸禄,非常体面,民族瑰宝一样的人,懂吗?"

受到主子劈头盖脸的一顿喝骂,这个名叫王德彪的皇协军大队长却不知自己哪句话说错了,撅着屁股"嗨""嗨"地连连鞠躬。完了,只见他摆摆头,示意自己的部下招呼这些人准备起身,不管怎样先带回去再听候皇军处置。

四先生一看鬼子并没有痛痛快快地杀了他们,便招呼几个腿脚灵便点的搀着几个岁数大的同乡,跟着这拨儿人当晚被押解到了一个镇上,被锁在一间无人居住的黑屋子里待了一夜。这些人也没太难为他们,一路吃喝也还让他们拾掇点残渣。

这支四处扫荡的人马一路向北走了。三天后,他们终于跟着这拨儿人到了石楼境内。

原来,这个地方四先生多年前曾带着村上的戏班子来过。他隐隐约约记得,这座不大的县城东北三十里,有个叫"兴东垣"的村庄,村东有座挺有名气的东岳庙,他们曾经在这儿唱过一回三天两晚上的大庙会。其他的他倒记得不咋真切了,只记得此地人做的荞面抿尖儿很好吃。

跟着这帮人住了十来天后,驻扎在石楼、永和两县的皇协军组成的第十三旅,才将他们正式收编为"战地慰问队",依然交由俘虏他们的这个王德彪大队管理。八个人一起待在一个有炮楼的大院里,被迫换上了皇协军的军装,成了每月领取二十块"准备大洋"①的二鬼子。

一眨眼工夫就是秋天了,河东这边的高粱熟得晚。铺天盖地的青纱帐里,随时可能有当地的枪手打黑枪。日本人根本不敢轻易走出据点,整天龟缩在院子里不等天黑就关了栅栏大门。

整座炮楼里只驻扎着一个鬼子小队,加上机炮班也不过四五十口人。

---

① "准备大洋":抗战时,敌占区"准备银行"发行的纸币。

就这么点日本人，却配有一支三百人的皇协军大队。令四先生他们想不到的是，统管这个据点的那个戴眼镜的野村正男，正是那天饶他们不死的日本少佐。

过了一段时间，他才慢慢闹明白，这些日本人豢养的皇协军，不独有从当地那些地痞无赖中招募的乌合之众，还有从晋绥军和国军中整团、整连投降过来的正规军。这些人来自全国各地，从东三省到两湖两广，甚至到更南边的贵阳，几乎每个省都有。

日本岛国地瘠人稀，为了打赢这场"东亚大圣战"，他们每占领一处地界都会采用招募、诱降等手段收编一些当地人做傀儡。这些皇协军士兵每月领到的薪饷，在当地粮行可以买到二百多斤高粱米或者小米。在山西这片地界，高粱米和小米算是上好的精粮。如果用这些钱购买从南洋运来的橡子面，或是掺和着麸皮的"共荣面"，那还要更多一点。当地那些农家子弟也知道，当汉奸这勾当不是个体面营生，可为了挣钱养家，做此营生居然还得四处打点托人说情呢。

不同的是，驻扎在大葛庄吉家大院据点的这支皇协军大队，却是一支"满洲帝国军"中受过日军训练的精锐。这些山东人的后代，在东三省大多是以吃"铁杆庄稼"为业的响马①。伪满洲国成立后，这些人被收编进了正规队伍。这支原配属日本关东军入关的"铁石部队"，一经进入河北即被国军主力打散，大部分人溃退为匪后又被阎老西收容补充到了自己麾下。没想到，这伙毫无家国情怀的土匪秧子，根本忍受不了晋军一天三顿高粱面饼子的伙食，最终经不住鬼子的百般利诱，大多又反水投靠了日本人。

据这个王德彪吹嘘，他们祖上三代都是耍枪杆子的兵爷。连他自己都说不清楚，这十多年在道上换了多少主子。用他的话说，有奶便是娘，有枪就是王。他时常在点名时给他的士兵们讲，被困在吕梁山上的那些"土八路"，从司令到士兵每人每月只能领到三角晋察冀边区的毛票子。在这边的黑市上，这些钱刚刚能买下一个生鸡蛋。像他们这样跟着皇军吃香喝

---

① 响马：职业土匪的别称。

辣，才不枉活一世人。只要跟着日本人打完这一仗，少不得会发点小财，到时再回家去置几垧地过过小财东的滋润日子才是正道。

四先生他们虽然被迫换上了皇协军军装，每日里有八两高粱米干饭饱肚，一个个心里却不想跟着这些人发洋财。当初他们跟着自己的队伍出门，只想着打一仗就早早回老家去种庄稼，没承想落到寄人篱下端这碗舍饭的地步。他们心里很明白，眼下回家肯定无望，便安安稳稳操起了他们的老行道，吃喝过了给人家唱唱戏打发日子。

据点的房上用的都是从农家院里拆下来的老木头，一入夜房檩缝里便噼里啪啦往下掉臭虫。那玩意儿闻见汗味就循着找被窝，咬得人浑身发烧，根本睡不着觉。他们时常半夜里起来点着艾蒿拧的火要子熏赶臭虫，闹得人睡意全无。为打发难挨的长夜，四先生便坐在土炕上给几个同乡说道些苏武出使漠北被扣，一十九载持节不屈，终成麒麟阁十一功臣之一；李陵浚稽山被俘诈降，虽皇上听信小人谗言将李家满门抄斩，可几千年来受到老百姓纪念的那些老戏文。最后，他总不忘给大家鼓劲儿说，咱们虽是普普通通的庄户人，留在这儿挣这些肮脏银子，总归也不是体面的事儿。鬼子让咱们给他们唱戏，咱就权当练练口，这样也免得回去了口生。山西这边的路，少说我也跑过几十遍。一旦有机会逃脱，咱们还得活着回老家去呢。

几个沦落异乡的乡党，时常听四先生给他们说这些掏心掏肺的宽心话，也慢慢有了活下去的信念。他们在背地里偷偷发愿，一定要好好儿活着回到村里去，并推举四先生做他们的事头，一有机会就一起逃出这个虎狼窝。

却说，眼前这些畜生一般的鬼子兵，活像几天不杀人心里便痒痒似的。不但时常进村杀鸡宰羊祸害百姓，还把军马放到老百姓的庄稼地里糟蹋。那个皇协军大队长"王瘦驴"，并不比那些可恶的日本兵好到哪里去。这个满口镶着金牙的东北人，居然不分昼夜地随时去附近村子里找当地的维持会会长要吃要喝。有一次在赵庄喝完酒，那个张会长没能及时给他找来女人，这个畜生居然趁着酒意和三个手下在人家屋里轮奸了主家那个还没出嫁的小女儿……

转眼到了中秋节这天,这些无所事事的日本人不知又犯了啥病,每个人手里拿着两大把野菊花,直挺挺地跪在院子里又是烧香又是叩头,最后,一个个喝得醉醺醺的,排起队转开圈儿像一群懒汉拿着钐子割麦般手舞足蹈了一阵,接着又像狼一般呜呜咽咽地对着天号叫了半天,有些兵居然号得满脸泪水。那个野村少佐看到自己的士兵思乡心切,便决定当夜在据点让四先生给他的部属唱唱戏,慰安一番。

开早饭那阵,四先生已经发觉据点里的气氛有点异样。唱过饭前军歌,那些皇军官兵每人领到一个不大的"月见团子"①。山西这边地凉,麦子收成不好,只有一些莜麦和荞麦,算是最好的细粮。两三个月来,伙房锅里煮的基本都是用吕梁当地的黄米做的捞饭。偶有改善,也不过是掺点苞谷面的洋芋锅贴。一天两顿,吃得那些鬼子兵个个听见开饭便摇头。一大早给日本兵发饭团,原来是这些日本人要过中秋节。中午饭时,伙房给皇协军熬煮了一锅猪肉炖白菜,还给大小带长的每人赏了一搪瓷缸子白酒。

开饭过后那阵,趁着那拨儿人喝得烂醉,四先生便偷偷招呼了几个自己人,安顿他们把那些贴身小包袱都准备好。他听说晚上还要请邻近据点的日本人来看戏,等散戏之后趁着灯灭人乱、高处的岗哨注意力全集中在大门那边,让大伙儿看他的眼色,各自收拾起自己要带的物件和戏箱,能溜脱就一起翻墙跳出去。他们早就打量好了,据点墙外半里路不到就是一道大深沟,只要几个人神不知鬼不觉地顺沟钻进梢林,鬼子就不敢来追,天明前一定能找到黄河……

晚饭前,一个小队的皇协军在四先生的指拨下,很快搭起了一个还算讲究的戏台子。他却发现,日本人可能是担心外边那些神出鬼没的游击队趁着节日拔据点,不但在炮楼上架上了值班机枪,院墙外还设置了流动岗哨。他原本看好了堆在院子西北角的一垛准备做浮桥用的老房木,到时大伙儿可以踩着跳过墙去。谁知道,那些木头这阵子却被那些皇协军全部搬到了院子中间,一根根放倒做了晚上看戏的临时座位。这个突然的变

---

① "月见团子":日本食品,日本人在中秋节赏月时吃的一种江米团子。

故，一下子让他担忧起来。又一想，到时候说不定那些皇协军又要喊他们帮忙把木头垛回去，正好能让他们接近墙头……只是，据点的一圈院墙很高，跳下去会不会摔伤呢？往常站在木垛子上直起身子便可看清墙外的地形，只要跑出一二百步，黑灯瞎火的鬼子放枪也不一定会伤人。不同以往的是，日本人在墙外专意安排了一支牵着大狼狗的巡夜队，这拨儿人都是二十岁冒头的小伙子，到时候撤回来是迟是早却不好把握。

眼见太阳慢慢落了山，从周边据点赶来的日本人列队进门后，原本整齐的队伍立即被命令解散去解手。趁着这点时间，那些相互认识又不常见面的日本人还互相抱着在那儿拍拍打打了一番。不一会儿，这边集合的哨子就响了。

四先生带着几个人早早坐上了台子准备开戏，一个个都心照不宣地等待下边招呼。只有他们自己心里明白，等待他们的将是一场谁也无法预料结局的奔逃大戏。

此刻，他仍不放心地把几个人齐齐扫了一遍，却蓦然看见那三个整理偶子的外村人一个个腰里都系着鼓鼓囊囊的东西！他马上想到，这几个家伙晚饭那阵整理包袱时不意让人撞见后语无伦次的仓皇样子，疾步上前让他们赶紧把腰里的包袱解下来放到戏箱里去。

正在这个时候，那个满口金牙、脸上留有不少白麻子的王德彪带着马弁进了后台。不迟不早，三个人放包袱的举动被撞了个正着。

王德彪随手提起他们刚才放到戏箱里的小包袱，拿在手里掂了几掂，狐疑地看了几个人一眼。

四先生赶忙站起来热络地招呼说："王队长，您看台子上都乱成啥了，坐，坐！"当他发现对方一直盯着几个人上下打量时，又赶紧遮掩地说："晚上外边来人太多，他们担心好不容易攒的几个饷钱闹丢了，就随身拿到这里存放一阵。如果长官高兴，权当他们孝敬您喝个小酒……"

听到这里，王德彪马上满脸堆笑地说："你们这些臭戏子，走到哪儿都忘不了身上的褡裢子。嗯，你这个四先生嘴倒也会说点人话嘛。不过，我得告诉你，野村那小日本可是个中国通哩，今天这出《上煤山》是鄙人帮他点的戏，何况还有外边来的客人，你们可要卖力唱好哟！日本人

要是一高兴,说不定会放你们半天假,让你小子去县城的窑子里打个小牙祭……"说完,自个儿先坏坏地笑了几声。

四先生领情地说:"王队长尽管放心,人手再不济,也不会让您的大面子搁不住,这是戏行的规矩。"

姓王的显然被这几句受用的话哄高兴了,顺手从马弁手里接过一大坛装着本地糜谷酿的烧刀子土酒,咚一声往戏箱上一蹾,很大气地说:"戏唱好了,睡觉前让弟兄们好好儿抿两口。王某也没啥好东西犒劳你们,闹点私酒这个还能办到。以后哪个酒虫馋了尽管开口,绝对让你们那俩饷钱有个好去处。记住,野村那个小日本一会儿还要给部队训话,那些鸟话你们又听不大懂。我这儿一抬手,你们再敲家伙开戏。让这些东洋人好好儿看看,啥才叫中国戏!"

四先生点了点头,姓王的这才大大咧咧地从台口帐子前走下去。

不一阵子,外边来的日本人被安排在前排木料上列队就座,那些日本军官则坐在三排之后。除王德彪和几个翻译坐在野村身边外,其他皇协军被分成三队,分别被安排在看不见台口的左右两侧和场子最后边。

戏开演前,戴着眼镜、衣着笔挺的野村突然站起身来,紧紧拉着从外据点过来的那个小胡子,先向部属讲了一通日本话。也不知两个日本军官都讲了些啥,说着说着禁不住搂着唱起一首叫《樱花》的日本民歌。台下那些原本坐得笔直的日本兵,被两人的歌声闹得情绪激动,一起和着那呜呜咽咽的歌声不断拍手跺脚,整个戏场鼓噪得如同孝子贤孙们哭灵一般热闹。

两个人在自己的士兵面前,拍完屁股又拍脸地且歌且舞了好一阵子。王德彪一看,这些鬼子已经闹腾得差不多了,这才站起来凑近野村耳语了一阵。

野村点了点头,王德彪举起手向台口的四先生打了个响指。顷刻间,只听得台上一双鼓槌如珠落玉盘般滚动起来。随之,鼓声雷动,万马嘶鸣,一个甩着辫子的黄袍偶子被摔打着提溜出来。

四先生这头儿一声叫板,戏就开了:

> 崇祯王登了基当真倒运，
> 遇灾荒遭水旱又出贼臣。
> 头年上闹蝗虫山陕两省，
> 饿得人无挖抓吃了草根。
> 一升米三两银怨声载道，
> 十三省无寸草秋田不成。
> 苦百姓将黑豆穿线使用，
> 人吃人犬食犬不敢出门。
> 十六年孤才得一年安静，
> 谁知道东洋人打到河东。
> 难道说这世道逆行反转，
> 好河山拱手给倭寇贼头？
> 大中国要亡在孤的御手，
> 何不用白绫了却个残生。

自打跟着队伍开进山西，四先生这个洽川戏班子里少见的财东老爷，再也不似以前那个只吃不做跟着挣份子钱的甩手大掌柜了，不但开口唱戏，且坐板鼓怀，半道上成了个令人稀罕的大把式。

在村上，这个慢条斯理的教书先生跟人说句话都很少大声，谁也不敢相信他一开口便地动山摇，居然完全沿袭了他家老子揉眼鬼那一口涩罐罐腔。就连戏子家那些因怪罪主家饭食不周乱改戏词的瞎毛病，这厮也全盘照搬过来。

这出戏里，崇祯皇帝被逼上煤山自尽，吃屎娃都知道是因为李闯王进京后占了陈圆圆，吴三桂冲冠一怒为红颜引清兵入关，这件事跟东洋人一点关系都没有。再说了，那阵子朝鲜还只是明朝的小小附属国。当年二十万倭寇入侵朝鲜，被四万大明军和一万余当地民军追赶至沿海堡垒中根本不能动弹，哪里会有东洋人占河东这一说！

台下，那些日本人却诧异地看着中国的乡村艺人，用线绳操纵着一个亡国之君一板三眼地讲述着平生的夙愿，不知所云地跟着剧情在那儿

傻乐。

可是,坐在远处的那些皇协军士兵,不一阵子就被戏文带回了铁蹄下的村庄。几个士兵已经满脸泪痕,身边的同伴亦紧绷着一张脸坐在那儿沉默不语。

野村正看得入港,嬉笑着扶了扶眼镜框子,还不住地跟着锣鼓点子拍打自己的双膝。尽管这些艺人用一口方言唱出的戏词,这个斯文的日本人几乎一个字也没听懂,但这出《上煤山》中崇祯皇帝那走投无路的境况,这个日本人还是看出了点名堂。他回过头去,正准备给后边的同僚卖弄一下自己的小学识,却发现有些中国士兵正在那儿抹眼泪,便很不解地向身边的王德彪讨问道:"中国的皇帝,很受你们的国民爱戴吗?"

王德彪根本不知道,正看戏的这个野村怎么会突然问起这么奇怪的问题,赶紧应付道:"不,不不!太君,中国的老百姓嘛,绝不会关心皇宫大内发生的那些跟他们无干的事儿。中国有句老话说得好嘛——'溥天之下,莫非王土',土地、江河、山林那都是皇上家的东西,跟他们一毛钱的关系都没有。谁当皇上,他们都甘做顺民。当然,眼下,他们已经是皇军保护下大大的良民!"

野村依然不解地问:"那么,你的士兵,为什么有人在那儿哭泣?"

王德彪扭着脖子看了看自己的队伍,顿时瞠目结舌,不知说啥好,支支吾吾地回话说:"这个嘛……哦,对了,今儿个这不是过中秋节嘛,他们看到这些家乡戏,肯定有点想家,嗯,肯定是想家!"

野村立时把头摇得像个拨浪鼓,很不满意地说:"不要唱这个涣散军心的戏,换一个高兴的!"

王德彪一听日本人对这出戏不感兴趣了,马上站直身子,几步抢到台口,双手乱摇地冲着坐板鼓怀的四先生大喊道:"停,停!狗日的,你们唱的这是啥戏?换,赶紧换一个!"

台上一听台下让停戏,一个个哪敢怠慢,四先生对着侧帐招呼了一声:"换捎戏——《响棒槌分家》,提来报子,走!"

这头儿说罢,锣鼓家伙就换了调儿。

且说,《响棒槌分家》这出戏,只是一个教化世人的小捎戏。几百年来，山陕两省民间不管哪个戏班都保留着这个有不同版本的折戏。大致剧情说的是一院住着两弟兄"大怪"和"二怪"，弟兄俩都娶了媳妇，妯娌间多有不和，时常吵嘴打架闹分家。谁知道，偏偏遇上个邻居"王妈"是个"响棒槌"①。话说，这个老女人一直盘算着想得到弟兄俩的一座马坊院，便趁机挑拨离间。两弟兄为之打得头破血流，她还在那儿拉偏架。这个时候，两妯娌看出"响棒槌"一会儿打这个，一会儿又拉那个，原来她想等两弟兄分家时拾便宜，便赶紧劝说男人们住手。两弟兄听媳妇讲明原委，恍然大悟，立时住了手。"响棒槌"一看事情被人揭穿，开始还想撒泼耍浑，反被弟兄俩联手饱揍了一顿。

谁知道，这边四先生的锣鼓家伙一响让换捎戏，提线的一时慌乱，依然把《上煤山》中的"周贵妃"提溜出来了。

戏场上闹出这么大的乱子，在当地人看来肯定是个大事。可是，台下那些日本人看见提出来一挂头戴凤冠的大美女，都以为开的是一出新戏。

四先生一看，有人提错了上场的偶子，马上开始救场。只见他叫了一声板，扯着嗓门说唱道："哎呀——爱妃，酷暑难耐，你跑出宫来为的何事？"

提线的这才发现，自己心一慌从架板前提出来的是花旦偶子，干脆将错就错，接腔唱道：

黄河水向东流不分昼夜，
大雁去小燕来各有时节。
红花开白花落花开花谢，
小裙钗不觉得双鬓染雪。

【内白】他王妈耶，你老人家今天这是要嫁人呀还是招婿呀？咋穿得花不棱登的出门放风来咧？

----

① "响棒槌"：方言，指搬弄是非的人。

【旦白】哎呀嘿,本宫咋翻错了箱子,把年轻时撩人耍骚的花花行头穿出来咧,待我赶紧回去换着!

说着,只见彩旦一甩水袖款款退下场去,一身大裳的来报子化装成个老媒婆,掂着杆大烟袋磕磕绊绊地出了台。

【丑旦数板】
我,我,我,
我是邻居他王妈,
今年将将四十八。
裤短还嫌尻子凉,
戳是弄非有拿法。

【白】老身,王刘氏,外号叫个"响棒槌"。刚刚在屋里扫炕哩,忽听得西邻弟兄俩为分家嚷仗哩。嗐,人穷咧,志短咧,上了炕头气喘咧;夜长咧,天晚咧,日子过得不谙活咧。浑身上下都不谙活,偏偏还逢下个老不谙活的好邻家,今日打明日闹,闹得个狗娃子上墙驴跳槽。也真是的,迟早该分的事情,整天价嚷啥哩。待老身去拉个偏架,叫这俩弟兄抢着砖头打一场子。有道是,马行无力皆因瘦,人不风流只为贫;有钱堪出众,无衣懒出门;富从升合起,贫因不盘算。只要把邻家这座马坊院占到咱手上,不愁哀家我日子不发!

四先生临出门从沟东那边请来的大烟鬼,虽算不上是提线老手,一口媒婆戏却唱得还有点老味。台下那些伪军立时被逗得笑声不断,几次加场,次次还都得由他提着这个来报子出来唱一折。

谁知道,戏还在演着,野村这个中国通居然对这个来报子脑门上那极像日本国旗的扮相有点疑问。好在那个王德彪还算懂行,一字一句地解说道,北自黄河,南越长江,所到之处的中国境内,不管是潮戏、沪剧、黄梅调，还是北方梆子二人台，大都是从陕西这些老簧腔演化而来，"丑旦"这个角儿自古打扮都这样。她们头上贴的那是江湖郎中卖的一贴狗皮膏药，绝对没有其他意味。

野村想了想，日本国内的那些歌舞伎，有时也是这副打扮，最后倒也无话可说了。

戏散后，这个日本书生不知哪根神经被触动了，送走外来的客人，居然亲自上台选了十几挂偶子，让这群庄稼戏子一人两挂排着队送到他的宿舍去。接着，他喊人丁零咣啷地在墙上揳了一排钉子，端端地将这些各式偶子在墙壁上挂了一溜儿，自个儿在那儿捻着下巴上的胡子，嘴里"吆西"了好一阵子。趁着看完戏的那点余兴，他坐在茶桌前海阔天空地给四先生他们讲述了一番日本的人形净琉璃那档子历史。

四先生也算是读过几本杂书的庄户秀才，对偶子戏的研究当然要比这个日本书生多。他说野村说道的日本那个"人形净琉璃"，其实"人形"指木偶，"净琉璃"是说唱艺术，"人形"这一称谓应来自中国。

野村听四先生这么一说，更是兴致勃发，大半夜的让人烧茶倒水不亦乐乎。最后他表示，如果有可能，他倒是想将这些中国偶人收集一整套带回日本去，等告老还乡后坐在樱花树下操偶习练，也算人生一乐。

四先生陪着他说完这席话，已经是后半夜了。一行庄稼戏子从野村的宿舍退出来，戏台上的帐了早被那些皇协军拆得七零八落堆了一地。几个牵着狼狗的日本兵，已经开始在院子里巡夜。且不说此刻脱逃已经没有一点可能，就是上茅房解手也得给这些人打声招呼呢。

预谋好的事情只能偃旗息鼓，四先生心里这阵却又担心起挂在野村宿舍墙上的那些家传的偶子来。

22

同一天夜里，在同官城这边，曹师傅前后找熟人通融，才将咬儿他们领出西北行辕稽查队那扇铁门。

已经大半夜了，街上烧干了灯油的路灯大多已经熄灭。偶尔有亮着

的灯盏，扑棱扑棱跳动的灯焰像鬼火般诡秘。整座城绝如一只黑黢黢的怪兽，三步开外便什么也看不见，远处不时传来野狗抢食打架的狂吠。一行人跌跌撞撞好不容易摸到剃头铺子，进门后各自喘定了胸口的那口气，这个时候，蔓货才想起驴还在人家手上。

曹师傅是当地人，毕竟比他们这些外路人更了解本土的一些社情。一看俩小伙子还想折回去找人家要驴，赶紧苦劝说，衙门里那些人既然能放你们出来，人家也能再抓你们进去。同官城的大小事情，只要沾上官差，老总们多少都得捞点洋落①。漫说是一头老驴，就是一个大活人，在警备司令部那院子里说不见也就不见影儿了。这阵去找他们要驴，人家来个白瞪眼，你又能咋着？有道是，秀才遇到兵，有理讲不清。这些稽查队对你们还算好，两包香烟就把你们给放了。寻常，就是队伍上那些横着走的老总在街头见了这些便衣，都得绕着道儿呢。

他这么一说，咬儿只怕儿子找上门去，驴没牵出来倒又把人闹进去。如果那样，就实在划不来了，只好跺跺脚认了这桩舍财免灾的倒霉事儿。

一干人大半天没吃没喝，至半夜三更才被领出来，一看主家没有安排茶饭，只好挤在地铺上睡了。第二天大清早，一个个肚子饿得咕咕响，却不知道第一顿饭在哪儿。这时候，曹师傅进门来却苦着脸告诉他们，他家那婆娘见他又要把家里那点苞谷糁子往粥铺里拿，昨晚就把面盆都藏了。早上这一顿饭，只能让客人忍忍，等到中午一起吃算了。

原来，昨天为找人救他们，曹师傅已经顺便给戏班应了一场戏。主家是坡上八路军队伍里的申教官，他听说来的是东府那边的戏班，看在乡党们没饭吃的份上，硬着头皮答应可以给他们义演一场。说好不给戏钱，只管一顿饭。

一听说中午饭还算有了着落，大家这才松了口气，暂时放下了那颗忐忑不安的心。

眼看天近晌午，一干人前心贴着后背一路磕绊，跟着曹师傅把行头搬到坡上一处大户院落，还算利落地找到了昨天接事的申教官。

---

① 洋落：方言，洋财，指意外得到的财物。

看见申教官那熟悉的面庞，咬儿几乎不敢相信，眼前这个世界大白天还真有闹鬼的事。

原来，面前接待他们的这个申教官，分明是四先生老丈人家那个管家刘欣耕！怎么到了这边，此人又改名了呢？再说，这个人那一口关中话，明显带有浓重的湖北口音，压根就不是东府人。

咬儿时常出门，一双眼睛从来没认错过人。当然，他也不敢在这号人生地不熟的场合和人家贸然相认，两人都佯装不认识寒暄了几句，他便安排人收拾场地开始搭台子。

谁知道，同村几个人也都认出了这个时常到陈仓满家做洋烟生意的南岸人，分别给咬儿递眼色提醒了几次。咬儿嘴里只督促他们干活，并不正面作答。这些庄稼戏子不住地相互挤眉弄眼，只是没人明着吭声罢了。

这头儿他们刚搭好台子，队伍上就吹号开饭了。只看到一摞大屉子，里面比鞋底还长的杠子馍馍正热腾腾地冒着香气，那些老老少少的学兵排着队一个个走上前来，吃多少自个儿在那儿可以随便掰。几大铁锅用荤油烩出来的豆腐菜，炊事兵抬出来往地上一放，每个人都是尽着碗装。一干庄户孙都是第一回见识队伍里的伙食，看到这种山吃海喝的大场面，都想起自家饿着肚子的老小来，早把刚才那个申教官忘在脑后了。

吃过饭，那些学兵洗涮完毕都没走，静等着集合看戏。咬儿他们更撒脱，一个个嘴里还嚼着馍馍，腾出双手，三两下就把帐子支起来了。

唱这号白日间的平场子戏，几乎不费啥事儿。四根棍子往地上一支，撑起三块遮布，偶子上下场都不用加幕条遮盖。文武场面的乐工坐在布幔两厢，锣鼓家伙一响，也就开戏了。

戏散了，咬儿倒是觉得应当见见那个申教官。远路上遇见同乡，看他能不能看在乡党的面子上，让他们晚上搭个台子在这儿再正式地加演一场。如果这阵把人带回去，八九口人的晚饭又到哪儿去寻着落呢？不说稀干，就是喝顿苞谷糊汤，对曹师傅来说也是不小的带累。再说，队伍上这边水大好漂船，想来人家也不在乎晚饭再添他们这几张口。假若人家执意不让他们唱戏，几个人闲着也是闲着，好赖在这边给队伍上当当伙夫打几

天杂,混口饱饭也是个不错的营生呢。

谁知道,他这儿还没想出辙儿,一个传令兵便急匆匆地来到操场这边找到了狼咬儿,传话说申教官让他这就去一趟。

狼咬儿带着急儿跟着那个当兵的进了饭堂,一眼就看见一张大木桌子旁围着几个教官模样的人正在说事儿。那个申教官一看咬儿已经进了门,匆忙安顿了几句就打发身边那些人走了。他这才站起身,热情地伸出手走了过来。

咬儿当然见过这些官场礼仪,赶紧把自己那双糙手在衣服上蹭了几下,一步走上前去,紧紧抓住对方的手很不合规矩地上下狠劲儿甩了几甩。

申教官也不寒暄,示意两人在凳子上坐了,笑嘻嘻地和咬儿搭讪说:"真没想到天下竟然这么小,咱们乡党居然在几百里外的路上见面了。我以前在东府那边做过多年生意,你们村我不知去过多少回了。进了留马村,都是自己人嘛。你这个狼咬儿的戏,我至少看了七八回呢。怎么样?同官这个山旮旯儿比你们那个黄河滩人多吧?"

咬儿赶紧搭着人家的话头回答说:"好太多了,没想到这边山地还能有这么好的收成。你们这么多人开锅做饭,还能动荤腥,老家那边今年庄稼全完了哇!"说到这儿,他小心地压低声音问了主家一句:"如果我没认错,您就是朝邑六里堤那位……刘管家吧?您家老掌柜王老先生是我们村四先生的泰山大人哩,给儿子完婚那晚,您还招待我们几个一起喝了酒,咱们见过面的……还记得不?"

申教官笑而不答,却也没有表示出责怪客人的意思,只是给他挤了一下眼,示意人多眼杂不便回他的话。

咬儿却不识时务地结结巴巴追问了人家一句:"您……不是跟着他们去了河东吗?四先生,哦,不,魏仁湘他们……都还好吧?"

申教官脸上立时没了笑容,沉重地对他们说:"这会儿不方便说这些事儿,以后你们会知道的。对了,你们村那个张拯恩我也很熟识嘛。在你们来同官之前,他专意让人捎了口信,托付我好生照顾你们。昨天,我估摸着你们差不多应该到了,派人去剃头铺子打听了一下。不承想你们会被那些人抓起来。目前这种境况你也看到了，我倒是想知道，你们是准备在这儿停几天呢，还是继续向西走走？"

咬儿在村上早就认识眼前这个人。这个刘管家明里是朝邑大户的二掌柜，暗地里却和西村陈仓满那老小子倒腾些银货和鸦片膏子，来去都不走空路。落雁滩的人都知道，在这条道上混的人，官府里边大都有人替他们打点门路。

咬儿一听眼前这个申教官似有难言之隐，便顺着人家的话头诉说起了戏班眼下的难处。他说："刘管家……哦，申教官，我们几个人咋还敢再往前走嘛。过了陇县就入甘肃界了，那边的人倒是也爱听咱们这边的土戏，不过，人生地不熟，又不知道前路上的收成，这一干人家里都有老小，万一到时把人带不回来咋办？再说了，他们都不愿意再往前走了。我看，就在这儿对付一段时日再说。"

申教官低下眉头想了想说："我倒是有个办法，不知当讲不当讲？"

咬儿一听这个熟人愿意帮忙出主意，赶忙接过人家的话头说："他乡遇故知，这是千年修来的缘分，乡党还有啥话不能说嘛。要不是你恩赐这顿饭，我们几个还不知道咋打发这空肚子呢。"

申教官虽然面有难色，还是咬了咬嘴唇问了咬儿一句话说："既然在远路上碰面了，不出手帮衬也说不过去。我倒是想问问，你知道我们是干啥的不？"

咬儿怔了一下，却没开口。

在村上，他早就听左邻右舍说过，一直盘踞在延安那边的"苏维埃"，眼下也就是这个边区政府，确实是一群共产党人。大前年，政府调兵遣将进北山剿过一阵"匪"，落雁滩各村都按人头摊了匪捐，打的也正是这些人。可眼下，国共已经联手，这些人也就能光明正大地走出北山和国军一起在街头摆着桌子招兵买马了。他再傻，也知道这个申教官目前端的是共产党那边的饭碗。不过，他假装糊涂地摇了摇头。

申教官看到这群客人面面相觑的样子，干脆一字一句地告诉他们说："我们现在是国民革命军第十八集团军，也就是过去的中国工农红军。这个你可能听不大懂，共产党你总该听说过吧？"

　　狼咬儿点了点头,又摇了摇头,忙表示此前倒是听说过,对于事情的细节却不是很清楚。

　　申教官只好接着给他们解释说:"啥叫个'党'呢,也就是一伙人经常在一起聚聚,商量着办些他们要办的事情。这么说吧,国民党其实也是个'党'。只不过他们这个党代表的是官僚地主阶级的利益,共产党才是天下穷苦老百姓的党。孙文先生在世那阵,两党联手一起为国家办了不少好事。后来,老蒋上台了,却和我们打了好多年。从南边撵到北边,欲置我们于死地而后快。不但不承认共产党的合法地位,还在报纸上骂我们是'共匪'。你们好好儿看看,我就是个共产党,鄙人有一点土匪的样子吗?"

　　狼咬儿讪讪地笑了笑,赶紧恭维说:"你哪一点像土匪的样子嘛,出门大衫子,走路骑骡子,褡裢子里装的都是丁零哐啷的'袁大头',阔气得很呢。落雁滩一带,谁不认识你这个朝邑大财东的二掌柜嘛!"

　　申教官也笑了,不无戏谑地和他们打着哈哈说:"穷汉家有时也得耍点穷阔气嘛。我的这些话,你可能一下子不会懂。眼下,日本鬼子打上门来,半壁河山已陷敌手,国共再次联手,带领全国人民打击共同的敌人——小日本。你看看小小的同官城有多少家队伍?要不,咱们咋能见上面呢?"

　　狼咬儿却有点不放心地问:"河东那些日本人也太坏了,早点把他们赶走也是个正经事哩。可你们就这点学兵,让他们掮枪打仗,那也不是两三个月的事儿……"

　　申教官微微一笑,认真地回答说:"星星之火,可以燎原嘛!只要动员起全国的老百姓,共同打击日本鬼子,最后的胜利一定是我们的!我们的大部队已经于去年秋天从紫阳川打过了黄河,眼下,富平的庄里镇还集结了一些后续部队,过几天也准备陆续东渡。正好今晚有一千多学兵要开拔到云阳补充部队,如果你们愿意跟着去那边唱唱戏,我倒是可以给领队的那个教导员说说,带你们一起转回去也好。如果你们愿意跟着队伍去山西,我们也很欢迎。总之,同官这边肯定是无法待了。再说,这里也找不到你们要做的营生啊。"

咬儿一想，既然大伙儿都不愿意再往前走，这边一时也站不住脚，坐吃山空那也得有东西填口，跟着队伍折回去倒也是一条路。到时真的散伙回家，那边至少离家近些。

可是，想到这个申教官将四先生他们带出村至今没有音信的事儿，他心头多少还是有点顾虑。

他低着脑袋想了想，一时还真不好给人家个准话。不答应吧，自己领着这帮叫花子留在同官这边肯定是没法站脚，不说别的，眼下三顿吃喝已经是个事儿；跟着这个申教官一路去吧，又怕到时万一队伍上不放人，让戏班一直跟着他们去河东……村庄上八九个爷们儿，跟着自己这个冤大头一下子变成人家不花钱抓来的壮丁，这跟哭泉镇上那些街绺子骗壮丁卖钱的做派有啥两样？自己这个眼见就要当爷的人，一个大子儿没得，自卖自身不说，还得搭上自家的亲儿子。再说，左邻右舍一下子被他这个糊涂蛋带丢了好几口，回村后被祠堂追问下来，自己就是长一百张嘴也给人说不清。

想到这些不测，他用征询的目光看了看后边跟进来的其他几个乡邻。

这个时候，一直站在门外的传令兵从门口急匆匆地走过来，给申教官敬了个礼，大声报告说："处长，西北行辕刁队长门外求见！"

几个人回头一看，昨天那个"黑礼帽"已经大咧咧地走进了饭堂大门。门外，还站着那几个脸熟的便衣。

申教官赶紧站起来，丢下咬儿他们，满脸热情地走上前去。几个人到了门口，申教官就着门口的几把凳子，做了个邀请对方落座的手势，嘴里很是热情地招呼说："刁队长亲自登门，有失远迎，请坐，请坐！"接着，他又招呼门外来回溜达的几个稽查队员说："几位兄弟也进来坐坐，这儿好歹还有几把凳子招呼大家。通信员，去冲碗茶来……"

几个光着膀子的稽查队员进了门，这个刁队长摆出一副爱搭不理的样子，先扫视了一下这间不大的饭堂，扭头便看见昨天半夜被申教官托人带走的那几个东府人，马上摆出放心的样子对申教官说："兄弟也是无事不登三宝殿哪，有件事我给你们这边通告一下。今天一大早，七十二师那边送来两个山西人，已经招供了，据说是日寇派来的探子！"

申教官装出一副倾听的样子,听说抓住了两个日本探子,马上拱手祝贺说:"好,恭喜刁队长!同官城有你老弟在,那些日伪特务就是插翅也难飞出稽查队的手心。前几天,我们这边也逮到一个伪装的揽羊汉。经审讯基本可以肯定,这是个货真价实的日本密探。这个人脸上贴上了络腮胡子,扮成一个从固原那边过来贩羊毛的大爷,大大咧咧地赶着几只绵羊,准备骗过我们混进城去。结果,哨兵没盘问几句就露出了马脚。如果这几天审讯有新的进展,我会让他们及时给你那边报告……"

刁队长大大咧咧地喝了一口茶,懒洋洋地摆谱说:"哦,对了,昨天我们抓的这几个人,没想到是申兄的客人。当时吧,兄弟也不算是乱抓。同官城不但驻扎着西北行辕的办公机关,还挤着这么多部队,对于这些来路不明的人,宁可错抓,也不能放过。兄弟也是看了你的大面子,才吩咐他们先把人放了……"

咬儿这才明白,昨晚救他们的人原来也是这个申教官。他坐在那儿心里不禁暗想,马坊院的张干大为啥会认识这些人呢?

申教官听了刁队长的话点了点头,又一次站起来对客人表示感谢。

姓刁的接着说:"老弟你是不知道,你们这拨儿人前脚刚出大门,我们上峰后脚就来了电话过问此事。卑职如实报告说,如今大敌当前,我们和八路已经是友军了,'防特反特'这么缜密的事情,两家互有情报协作,他们担保的事儿,能有多大差池?我们局长心里清楚得很,却偷偷告诉我说,军统那群饭桶,不知从哪个环节知道了这件事,说我们稽查队私自放人,有资敌嫌疑。你听听,这伙乌龟王八蛋,还尽抱着前两年的老皇历在那儿瞧呢,尽给老子找些没屁眼的碴儿!兄弟今日过来只想告诉你,这几个臭戏子究竟是不是山西人并不重要,既然有被我们抓过的经历,让他们最好别在同官城招摇了。万一被军统那边重新给提溜出来,再闹出一场大水冲了龙王庙的事儿,到时,你我兄弟都不好开脱是不?"

申教官听到这儿,认真地对面前这个同道解释说:"刁队长尽管放心好了。这几个人,确实是洽川当地有名的戏子。有个熟人前几天捎话过来,让照顾一下他们在这边的吃住。这样吧,这点面子我还是会给刁队长留的,今天就不让他们出军营四处去惹眼,吃过晚饭,我就派人送他们出城去。"

姓刁的一看事情已经谈妥，便拍拍屁股告辞了。

申教官招呼着送客人出了门，又急匆匆走回来很是谨慎地对咬儿说："兄弟，你也都看到了，这个地方眼下真的不好待呢。你们有啥打算？我看，今天晚上只能跟着队伍出城去云阳了。也真是的，这个年月你们咋还指望着出门唱戏混嘴呢？一路上，你们肯定也看到不少西逃的河南难民吧？这些逃荒客沿着铁路一直往西走，只要遇到个沟沟坎坎，挖个土窑洞能歇脚就不走了。西京城那么大的地方，眼下已经满街都是横七竖八躺在地上的难民，睡着睡着就没命了。一大早起来，大街上到处都是无人掩埋的倒卧①。道北那块不毛之地，已经被政府设置成难民营了。唉，昨天《西京晚报》才登了，潼关那边有几百名河南人，扛着铺盖爬上一列军列的车顶，过山洞时一下子被挂下来四十多口……列车停下来，部队开始组织救人，被劝下车顶的那些饥民，不问死难者中有无自己的亲属，反倒哄抢了炊事车上给部队准备的午饭……"

申教官低下头沉思了一阵接着说："铁路沿线各村的村民，看见漫山遍野的逃荒难民，马上就关上了各村村头的城门。眼下这号日子，你们也不想想，谁还有那份闲情请你们进村唱戏哪？"

咬儿听了，觉得这个申教官说的也尽是些实情。看来，同官这边肯定是不能再待了。主家替他们出的这个主意，倒也不是在故意推脱，便附和地点了点头。

蔓货这厮一看老掌柜已经同意带着大伙儿往回走了，只怕父亲把昨天丢驴的事儿忘了，在身后小声提醒了一句："驴都闹丢了，这么远的路，囊哉那腿脚咋好跟着走……"

这话被申教官听到了，他挥了挥手说："这个倒不是大事，个把人徒步行军不方便，完全可以乘车。学兵队还有四十多个女同志，安排有三辆大车替她们运送东西，到时一路可以相互照应嘛。"

主家已经替他们想得这么周到了，几个同村人也明白各自眼前这明摆

---

① 倒卧：尸体。

着的坛场。待在此地人生地不熟的，班主也是两眼一抹黑。与其这样前不着村后不着店地在此地傻待着挨饿，还不如跟着队伍混几天饱饭去自在。于是，七嘴八舌地说了些"走就走"的话，算是表示愿意随班主跟着队伍去云阳那边撞撞运气。

一看天色已经不早了，几个人就开始手忙脚乱地收拾戏箱。申教官一边派人去剃头铺子替他们取那几床烂铺盖，一边安顿晚上多出这几个人的随队事宜。正在这时，院子里突然传来一声枪响。

申教官马上拔出腰里的匣子枪，冲出饭堂大门。他刚到院子，却看见那个刁队长满脸是血，被几个兵反剪着双臂折回来了。

原来，这几个街痞仗着西北行辕工作人员的身份，出门时不但没有出示证件，而且没等负责送人的通信员前去给哨兵解释，那个刁队长居然掏出腰里的小枪指到了值班哨兵的脑门儿上。哨兵一看对方要动粗，马上对空鸣枪示警。

值班哨兵是一个跟着红军长征走过来的江西老表，原本正和其他几个哨兵隔着窗户看热闹，却发现这伙人进了别人的营房还这么嚣张，早就想教训教训这帮痞子。哨兵鸣枪的同时，十多个人一起冲出来，一顿拳脚便缴了他们的枪……

23

四先生他们跟着日本人驻扎的这个坡头村庄，连他这个常走这边路的老班主也闹不清楚究竟归当地哪个县衙管辖。他只依稀记得，位于汾河南岸紧靠大山的这一带，大点的村子里像这样的三进式四合院很多。如果自己没有记错的话，这座典型的山西土老财的大宅院，应该距离当地一个叫沟垴的镇子不远。他家老子在世那阵，时常说起他家那些芒硝正是从这个镇点源源不断地购进再运回河西那边的。

住了一段时间，他才清楚这座清代中期修盖的大宅，加上两侧宽大的跨院，不但安有磨坊和碾坊，前院和后院还分别有两口供人畜饮水用的私井。大院靠东的堞墙外，紧挨着个足有一亩地大小的打麦场。穿过村口的老牌楼进庄之后，靠近麦场入口的地方，有一座正对大宅的三檐跌水仿木额枋砖雕大照壁。在进村的路口，日本人新修了一座七八丈高的砖石结构三层炮楼。为了使生活守备形成一体，宅院、炮楼以及院外那片打麦场都被新砌的一道围墙圈了起来。

站在炮楼的顶层，隔河可以看见西岸朦胧的沟壑。东边和北边曾经是一片连绵起伏的被耕熟了的土地。远远近近时隐时现的大小村庄眼下却少了昔日的炊烟。坡岭间有一条南北走向的古老官道蜿蜒而下，直通山脚下一个大镇点靠南边的那个山口。近处，四周是一片片当地人还没腾出手砍走的高粱，秋风中，那些高粱像捎着红缨枪的兵阵一般带着哨声瑟瑟颤抖。

深秋季节，那些远远近近的乡间小路上，几乎没有人。如果不是遇上这兵荒马乱的年月，这静谧的世外桃源，倒也能让四先生体味一番"狗吠深巷中，鸡鸣桑树颠"的悠闲。

三个多月以来，驻扎在这里的日本人，除协同相邻据点的同伙一起在县域内"扫荡"过几回，回窝后就一直这么闭门不出，守着一个空据点穷散心。四先生领来的这些闲不住的庄稼人，不免从心底可怜起这些日本人来。

沟底那条南北走向的官道，每隔二三里，就修有一个能相互照应的炮楼。这些酷似北方常见的那种古老烽火台的砖石建筑，上边都架设着"三菱重工"生产的现代机枪。守着这样的坚固工事，日本人依然时常被当地一些来路不明的小股队伍闹得寝食不安。外边稍有动静，据点里就慌作一团。

并不是这些日本人胆小，这片沟壑地带，南边正是当地有名的中条山延脉。鬼子打进中原时，那些没来得及撤走的国军趁着山高林密，盘踞在里边时常组织小股部队出来打游击。一直活跃在北边稷王山一带的山西新军也时有光顾，曾经不止一次攻打过这座据点。那些五台山下来的僧兵，小时候个个都拿羊铲揽过羊，甩土块那真是一个比一个手准，据说曾隔墙把手榴弹撂进了日本人的炮楼眼子。至于那些晋绥军、陕西抗日民卫军，加上一些打着各种旗号的土匪，也都曾在这一带和占领者殊死周旋。

　　脚下这座孤零零的据点，每到夜晚稍有风吹草动，日本人便开始噼里啪啦地向外打枪，闹得像大年三十庄户人守岁放炮仗那样热闹。

　　据那个皇协军头目王德彪私下跟他们说，隔着眼前这条黄河，西边正是陕北的延安。占着那处地界的共产党也领起一支抗日的正规队伍，七八月间已经过了黄河，从吕梁山到晋西北，一路把沿途的老百姓都给号召起来了。开始，日本人压根没把这些"土八路"放在眼里，可这伙人真的不得了。他们在平型关打了一场伏击战，一仗打下来让日本人死伤千余人马。前几天，一支来路不明的三四三团据说正是路过的八路部队，一路突袭临汾，游击闻喜，城内三百多名日本人一下子被连锅端了。日本人为此十分气恼，准备立冬后待黄河结冰，在浮冰上搭建木桥去河西捣他们那边的老窝。据点里从各村拆下来的房木，正是准备在浮冰上搭桥用的军用物资。

　　眼见就是霜降，晋城的日本旅团给下边各个据点发布了一项指令，为了构建一个坚固的后方基地，靠河一线的皇军占领区，必须在立冬前利用沟壑地形挖掘"惠民壕"、夯筑"隔离墙"，确保囤积在这里的搭桥木料的安全，同时把那些没吃没喝的"土八路"和当地村庄隔离开来，最终建立起一个连接十多县的联保模范区。

　　大葛庄据点，负责完成足有二十里路长的壕沟，且有七八处需要运土夯筑土墙。如此浩大的工程，当地那些维持会将方圆十多里能拿得动铁锹的男女老少全部集合起来了。

　　早上那阵，从据点前的大路上走过去一队民夫，黑压压的足有四千多人。为防止这些互不熟识的民夫造反，日本人把炮楼里的轻机枪捐出去架在了工地上。一个日本人管理十个皇协军士兵，一个皇协军士兵看守一百名民夫，相互间都是用枪指着传话干活。几天下来，据点不远处就出现许多挖出的深渠和修筑的半截子城墙。只要天一亮，整座炮楼里就不剩几个人了。

　　自打这些日本人来到山西，各个村庄的老百姓每人领了一张草纸片做的"良民证"，出村进村都得拿着这张小纸片以便鬼子查验身份。如果不慎闹丢了，轻则罚钱，重则杀头。按理说，这些守着家门的山民，大都胆小怕事。可是，这个地界的山西人，一个个生性刚烈，动不动就拿着家伙跟日本人干起来。

前一阵子，这个据点就出过人命。一名轮值军曹带着几名日本兵进村去"打伙食"，路过一个村口时无意中发现一个农家院里走出来个小姑娘。小姑娘看到来了一队拿枪的日本人，一闪身又退回了院门。这些日本兵居然放着正事不干，哇里哇啦地跟着人家小姑娘追进了主人家的院门。接下来，谁也不知道院内究竟发生了啥事儿，不一阵子，那个倒霉的军曹就被蹲在院子里劈柴的男主人执着一把砍刀追了出来。据当事者说，那个执刀的汉子，最终被守在门外的皇军开枪打死了。

按说，事情到此就算完了。皇军在占领区有权处置任何一个敢反抗的刁民，就跟农夫去自家地头扯根葱秧子那样简单。谁也没有料到，就这么屁大个事儿，居然惹出皇协军士兵报复日本人的大事件。

没过两天，这个军曹又带着那干人大摇大摆地去这个村催粮。这回，还带了一排皇协军去背粮。谁知道，队伍刚走出据点没多远，一个皇协军士兵借口要去路边小便，走到沟壑处突然回过身来，只听啪的一声，这个家伙居然开枪打死了那个带队来的日本军曹！

那小子也真狠，一枪打中日本人的面额，直到看清楚对方倒地不起，他才跳下沟壑逃走了。后来，日本人从邻村那个维持会会长嘴里才闹清楚，皇军之前在那家农户门外开枪打死的当地男人，正是这个士兵的亲舅舅。家中那个无端遭到祸害的女娃，原来是凶手的亲妹妹。

野村少佐因这起属下皇协军士兵行凶杀死皇军军曹事件，受到晋城上司的严厉训诫，上司命其即刻将凶犯捉拿归案，当众施刑。为了麻痹凶犯，大葛庄据点十多天来再没派人出去催过粮。过了一天，维持会派出去的眼线报回来的消息却令日本人震惊。据说，杀人凶手根本就没回家，已经拖着条大枪上山投八路去了。这个野村终于恼羞成怒，指挥人马进村，一口气砍杀了那个凶手的亲属男女十三口人。日本人的这次报复，虽然闹得附近村民个个心惊胆战，可是，暗地里却有十多个男人干脆丢下老小一起投了八路。

一大清早，据点的大队人马出门那阵，野村特意让四先生留下陪自己

下棋。几天来，他一直闷闷不乐，像霜打的茄子，似乎啥事儿也提不起他的兴趣。四先生原本被安排带着戏班那几个人去工地烧水，几个人已经背着铁锅准备出门了，却被王德彪留了下来。

说到下棋，四先生不独在东留马周边有点名望，在落雁滩一带也算得上好手。因了这点癖好，还曾闹过这么个笑话。

落雁滩东边有个曹村，一个下了大半辈子围棋的老秀才，自谓已得"海昌二妙"真谛，上了点年纪便整天骑着驴在周边转悠着找人下棋。一天，他打听到离家三十里外的东留马有个教书先生对这门闲手艺有研究，专意上门去找四先生切磋。自冬至那天一大早主人让五子开局，直到小年的那天中午，两人惊心动魄地只下了半场棋。小年这天女主人觉得该打发客人回家安安心心过个年了，亲自进书房为二人端来一盆水饺，摆碗碟时她看似无意地顺手捡起一颗黑子，轻轻地放在棋枰上，这才款款出门而去。

这一切，却没瞒过老秀才的眼睛。他怔怔地对着那颗棋子看了足有一个时辰，原来自己的危局因了女主人这颗颇为乖张的"象步飞"落子，居然以四分之一子的优势反败为胜。老先生也是明白人，看来，这些天的饭食招待已令女主人厌烦，人家这是明摆着要撵他走了。于是，老汉放下筷子，灰头土脸地骑驴走了。谁又能知道，回到家后，他骑来来回回下棋的那头老骟驴，拴上槽后不嚼草料，天黑那阵一蹬腿死了。在洽川县的三沟六塬，从此就有了"臭棋羞死驴"这个典故。

却说，四先生自打被抓到大葛庄，下雨天闲来无事，曾和自己请来的那个大烟鬼窝在炕头下过一阵盲棋。不料被这个野村知道了，他便郑重其事地邀请这个乡村教书先生下了两盘棋。当时野村已经有所察觉，对方根本就没把他这个臭棋篓子当碟菜。事后，他翻着棋谱琢磨了好一段时间，才决定找四先生再好好儿切磋一回。

这头儿，两人坐在炮楼顶上各自刚落下三颗棋子，野村却心烦意乱地站起身来，依着堞口远眺秋风萧瑟的旷野，漫无边际地看了好一阵子，口中不觉吟出一首词：

　　　　岸草平沙。吴王故苑，柳袅烟斜。雨后寒轻，风前香软，春在梨花。　行人一棹天涯。酒醒处、残阳乱鸦。门外秋千，墙头红粉，深院谁家？

　　这首宋人留下的《柳梢青》，因其词风绮丽清婉，备受文人雅士喜爱。野村吟罢转过身来，用异样的眼光打量着眼前的四先生。原以为对方至少会有点诧异。那边坐在凳子上的四先生却依然眼帘低垂，没有接腔。

　　野村这个自诩"阿倍仲麻吕第二"的中国通，其实只能勉强讲几句蹩脚的中文。不过，对于"乌鹭""手谈"这些雕虫小技，倒是有点研究。在内心深处，这个京都大学东亚历史系毕业的高才生，压根儿瞧不起身边这些中国人，唯独对这个四先生的为人和谈吐，多少还有点另眼相看。

　　四先生低着头坐在那儿漫无边际地想着自己的心事，一直没开口。野村慢慢地走过来，故作关切地问："魏，你的，最近为什么看见我，很不高兴？"

　　四先生这才如梦初醒，木然地看了野村一眼，顾自在那儿小声吟诵道：

　　　　十里青山远，潮平路带沙。数声啼鸟怨年华。又是凄凉时候，在天涯。　白露收残月，清风散晓霞。绿杨堤畔问荷花：记得年时沽酒，那人家？

　　野村停下脚步，仔细听着，虽没完全听懂吟诵者的心思，却揣摩出这首词应当还是自己熟读的那个安陆进士之作。这位北宋时的古人虽最终遁入空门，然其传世之作却无一言及僧理，留存下来的绝句亦非世俗诗僧可比。

　　四先生吟诵完了，野村慢条斯理地走过来，脱去手套附和地拍了拍巴掌。他看对方依然没有开口的意思，突然问了一句说："魏，你说说，中国宋朝那么强大，最后为什么会被金兵所灭？"

　　四先生抬起头看了看眼前这个日本书生，若有所思地回答道："先生

提出的这个问题,倒是很有趣。你可以看看不远处湿地里的那片芦荡,夏天它是绿的,生机勃发;深秋它就慢慢枯萎,给人一种死去的感觉。到了来年春天,还是眼前这片土地,却会又一次变成翠绿一片。春夏秋冬,往复枯荣,你说它是亡还是兴?正如先生所言,清兵入主中原这片具有高度农耕文明的土地,后来还闹出个康乾盛世,你说它究竟是游牧文明还是农耕文明?"

野村冷笑了一声,毫不在意对方隐喻的说法,有点强词夺理地诘问道:"清代统治者,原系塞外民族,既无受命之德,又无功于中国,乘朱明之衰运,暴力劫夺,伪定一时,机变百出,巧操天下,才成就了今天其在大东亚共荣圈的一席之位。今天贵国之汉族与我大和民族同种、同文、同伦,有偕荣之谊,无与仇之情也。魏先生是否认同,如果中日亲善,联手圣战,吾等之使命便是在救中国?"

四先生站起身来,指着不远处工地上那些蝼蚁般背着土筐劳作的人,开口便问他道:"嗯,先生说的或许有道理。不过,你看看那边推着独轮车的老人,还有怀里抱着孩子、背上背着土筐的妇女,他们像羔羊一样驯良,甘心受人役使,他们究竟是你们心目中的那些中原汉人,还是一群种了庄稼的满人?"

野村根本没想到自己最喜爱的棋友会开口问到这个问题,仓促地回答他说:"嗯,嗯。不过,人都需要活着……"

四先生紧接着问他道:"活着,对于一个人来说,真的那么重要吗?"

野村看了看院子里飞起的那群叽叽喳喳的麻雀,连自己也说不清楚怎么突然从嘴里冒出这么一句毫不搭界的话:"蝼蚁尚且偷生,何况人乎?"

四先生点了点头,说道:"我想问先生,如果中国人在三百年前或一百年前,将战船开进日本列岛,日出之国的治民会不会也像眼前这些人,对占领者展示出这种无奈的温顺呢?"

野村冷笑道:"可是,眼前的情势是你们手无寸铁,一切抵抗都将是徒劳。日本皇军铁蹄所至,势如摧枯拉朽;蒋的民国政府和陕北的共产党,居然驱赶老百姓,面对拥有飞机大炮和航空母舰的大日本帝国作无谓的抵抗，这样就能救中国吗？"

野村回头见四先生眉头紧锁，以为自己的反击让对方哑口无言了，依然嘲笑着说："中国军人，在皇军攻势面前居然整连整团地不战而降，更不用说，一个皇军士兵，一路押解一二百名中国俘虏，居然无一人中途逃跑！魏，你不认为从军人身上可以看到民族的奴性吗？"

四先生突然抬起头来，声调明显比刚才高了许多，问道："可是，先生不是也遇到一群中国老百姓自发组织的民卫军浴血奋战，最终集体跳崖，这一切，你不也亲眼看到了吗？"

野村脸上似乎有了点崇敬的神情，马上又摆出一副不屑的表情，慢吞吞地回答说："是的，魏。我尊敬那些在强敌面前敢于反抗，为民族存亡视死如归的军人。当然，也尊敬你这个脑子十分清醒的知识分子。不过，中国这样的人太少了。欧美列强，一直把亚洲排斥于文明世界之外。我们大日本帝国进入贵国的大东亚圣战，正是为了把你们从列强的魔爪中解救出来。三百多年来，咱们北方这个共同的老邻居，从你们手里划走多少土地？如今，德国人兵临城下，欧洲自顾不暇，苏联这股红祸将被彻底荡涤。将来，我们大和民族在亚洲的勇敢担当以及对人类文明社会的贡献，必将在这个星球备受瞩目！"

两人站在炮楼顶，彼此还在言来语去地争论着。突然，左边沟墕上传来几声枪响。接着，据点大院外不远处的机枪也突突突地怪叫起来。

据点里留守的几个日本士兵，听到远处传来的枪声，马上号叫着冲上了炮楼。

野村站起来，不慌不忙地举起脖子上挂的望远镜，朝枪响的地方瞭望了一阵。

沟墕不远处，似乎有七八个持枪便衣，一边回身射击，一边朝前面那片剪过高粱穗的青纱帐撤退。正在运土的民夫，趁着那阵枪声，一哄丢下独轮车、土筐四散而逃……

野村放下望远镜，嘴里恶狠狠地骂了一句："八嘎！"立即让身边的旗令兵向那些准备追击的部属发出指令，让部队立即撤回据点。

四先生赶紧从凳子上站起身，走到炮楼边透过堞口远远地瞭望了一

阵。他看见，一队日本士兵这阵正举着柴把子像当地人放火烧山一样，从几处不同的地方点燃了那片青纱帐……瞬间，那些稠密的高粱秆子腾起了一片铺天盖地的烈焰。

午后的朔风里，冒着浓烟的烈焰顷刻间吞没了整片干枯的庄稼。刚刚钻进去躲避枪弹的妇孺老幼，一个个又浑身带着火跑了出来，甚至可以看见，他们不住地拍打着孩子身上的火苗。不久，不知是中了弹还是被浓烟呛晕了，几个人跟跟跄跄地走到了地边，又东倒西歪地倒了下去。日本步枪手不时向逃命的人群扫射，逃出火海的人又被子弹赶进了火海……

不一阵，枪声终于停了。那些活着的民夫大多已跑得无影无踪，无力逃脱的又非死即伤。远远可以看见，日本人带着一队皇协军，将周围的沟壑和土坎仔细搜索了一遍。此刻，另一拨儿皇协军连拖带拉地架着三个满脸血污的人撤了回来，不一阵子就进了据点的大门。

野村这头儿刚走下炮楼，一个军曹跑过来向他敬了个礼，哇里哇啦地向他报告了刚才工地上发生的枪战。

后边押人进来的王德彪，一进据点那道栅栏门，便大呼小叫地让医务官前去查看三个人的伤势。

王德彪脱了手套走过去，对野村敬了个礼，不无表功地补充说："太君，这几个混在民夫中的土八路，狡猾狡猾的！他们假装抢瓢喝水，开始推搡了一阵，接着就厮打起来，招惹得那些干活的民夫纷纷围过来看热闹。谁知道，就是这个疤癞头，趁着混乱，暗中慢慢接近皇军的机枪，突然飞身跳上土墩准备夺枪！他的几个同伙见状，也立即跳了过去。两个把守机枪的皇协军发现有人夺枪，便和这几个暴徒厮打在一起，闹得我们当时也不好使枪。倒是几名皇军见机行事，果断开枪。虽然两名皇协军士兵被枪弹误伤，这几个人总算被打倒在地。谁知道，居然还有一拨儿暴徒埋伏在不远处开枪策应。听到枪声，我们远处的人很快冲过来，这些土八路一看行动失手，顺着沟坡一溜烟全颠了……"

野村听完后并没开口，瞪着眼看了看面前三个满脸血污的人，冷冷地挥了挥手。

几个日本兵用刺枪指着第一排的皇协军士兵，命令他们从库房拿来几把军锹，又从墙角处扛来三根粗木杠子，日本兵在地上画了三个圆圈，便命令他们掘坑栽桩。

一眨眼工夫，三个当地人便被死死地绑在了木杠子上。野村一声令下，几名日本兵牵出三条甩动着血红舌头的青色狼犬。

这些从日本运来的军犬，既有着德国牧羊犬那样强壮的体格，也兼备日本黄狼凶残暴戾的本性。与其说它们是人工驯养出来的犬，不如说是一群被圈养得有点发疯的狼。这些只听得懂日语指令的食人恶魔一被牵出来，看见木杠子上绑着的中国人，便两眼血红地咆哮着往前猛扑。

正中木杠子上绑的那个壮硕的疤瘌头，龇牙咧嘴地支棱着一条被打伤骨头的腿站在那儿，依然摆出一副桀骜不驯的样子。野村挥了挥手，示意王德彪前去审问。

王德彪向前走了几步，露出一嘴金牙嘿嘿冷笑了几声，慢条斯理地开口问道："伙计，皇军问，你是哪个队伍的？好好儿说了，饶你一条命。不说，这三条狼犬已经好几天没闻到人肉味儿了。怎么样伙计，开口吧？"

疤瘌头从容地笑了笑，倒是顺从地开了口，只是低声吼道："你这个认贼作父的汉奸，跟日本人手里牵的这些畜生又有啥两样？如果你还知道自己是中国人，请给你的主子回个话，这就给老子补一枪！"

王德彪讨了个没趣，阴沉着脸走过来。他太了解这些"土八路"了，此刻说再多的话也没用。于是，他凑近野村的耳朵开口说："太君，这个土八路说他甘愿受死！"

疤瘌头一听王德彪翻译给鬼子的这番话，却不愿意了，大声吼着说："放屁！老子站不更名坐不改姓，跟那些臭八路从不来往。告诉你家日本主子，爷爷我就是你们要找的韩老五！"

王德彪一听，面前这个疤瘌头居然是那个赶集路上骑着自行车一路打死过七个日本人的韩老五，下意识地摸了摸腰里的驳壳枪，讨好地对野村补充说："太君，没错，此人可能就是那个韩老五！"

野村当然听得懂几句汉语，脸上马上露出一丝不易察觉的阴笑，一对眼镜片后边的三角眼发出了幽幽的凶光。只见他咬牙切齿地从那撮仁丹胡

下的厚嘴唇里挤出几个字:"韩老五嘛,吆西!大大地痛快!你真的是韩老五?"

谁知道,被绑在左边木杠子上的瘦子,一看面前的这个日本人死死地盯着疤癞头,哈哈大笑了一气,大咧咧地对中间木杠子上绑的同伙笑骂道:"你个石杵鬼畜①,死到临头还敢冒用我的名号,败坏老子的名声。好吧,只让你狗小子过过嘴瘾!"

王德彪一听,不待野村发话,便快步走到右边那个一直没开口的小个子身边,色厉内荏地压低声音吼道:"我给你小子一个活命的机会,说,他俩谁是韩老五?"

小个子耷拉着眼皮抬起头来,脸上的伤口还在渗血,小声回答说:"你问我,让你爷我又去问哪个?不过,你要是能让那个戴二饼眼镜的小鬼子,当着这么些人的面叫我韩老五声爷爷,这事儿倒可以商量!"

野村站在那儿听懂了这个中国人的话,嘴里怪叫了一声,那几个日本兵手里的狼犬立即被放脱了绳子,直扑三人而去……

一直站在队伍后边瑟瑟发抖的四先生,看见日本人居然放开狼犬咬人,他跟跟跄跄地扑过来,挥舞着双手不管不顾地对野村喊叫着说:"野村先生,野村先生,你说过……要尊重,尊重……"

野村回过头来看了看满脸惊恐的四先生,似乎一下子想起了什么,很不情愿地挥了挥手。三个日本兵得到指令,慢吞吞地前去拉嘴里依然撕咬着人肉的狼犬。几个人用了很大气力才把狼犬一只只拖了过来。

狼犬扑过去在疤癞头身上撕咬时,这个铁打的汉子一声都没吭。他看到被鬼子兵拉走的那条狼犬口里居然还叼着从自己肚子上撕扯下来的肉,站在那儿三两口吞了下去,一条猩红的大舌头还意犹未尽地舔着满口的人血……这个山西汉子突然从嗓子眼里吼出一声:"小日本,我日你家祖宗八代!"

野村当然听得懂对方骂出口的这句脏话,依然不卑不亢地伸出大拇指说:"吆西,挺好,我尊重你这条汉子!"

---

① 石杵鬼畜:吕梁话,没出息的东西。

说着，这个貌似仁慈、身板羸弱的日本书生，慢慢地拔出腰带上的军刀，脱下左手上的白手套在刀刃上来回擦拭了一番，突然几步抢上前举起了手中的军刀，只听唰的一声，原来那个布满疤癞的大脑袋立时没了踪影，空中瞬时喷射出一道血雾……

野村拔出的那把军刀在阳光下发出闪闪寒光的那一瞬间，四先生一下子被惊呆了。他举起双手，似乎要去向对方第二次求情，嘴里却不住地胡言乱语起来，紧咬着嘴巴断断续续地只吐出最后一个"尊重"，便直挺挺地倒下去了……

24

咬儿领着一班人跟着队伍走了两天两夜，总算赶到了云阳镇。眼前这个不小的镇子，街道上却稀稀拉拉没几个人。只有土墙上留下的石灰标语，在昏黄的阳光下显得很刺眼。

带队的张连长派人前去打听了一阵子，终于知道大部队一大早已经向东开拔了。等了好一阵子，驻扎在后街一处废寺里的留守处才派人过来接应他们。来人告诉他们说，这一切都是电报闹出的误会，这边收到电报说他们昨天一大早就来镇上会合，谁知道来得这么晚。接着又告诉他们说，大部队刚刚走了大半晌时间，只要他们吃过饭赶紧上路，或许半路就能撵上。

张连长立即安顿炊事员趁着队伍宿营马上支锅煮饭，几个卫生兵已经开始给脚上打了水泡的人用马尾穿泡烫脚。前后忙乱了一阵，他这才得空把咬儿叫到一旁，说了些带着一群女兵行军不便，让各位老乡跟着受累了的客气话。又特意把留守处那个人喊过来，让他想办法给几个一路上跟着回乡的老乡匀点干粮。

咬儿一看队伍上已经有点撵他们走的意思了，缠着人家一直在说软话，总之是不想分手自谋生路。张连长一看咬儿那意思是真的不想走，便开诚布公地告诉他说，队伍吃过饭得赶上大部队一起去韩城，到了紫川渡口肯定要过河。即使跟到那儿，也不一定让他们上船。这里已经进了东府

地界，离家也不远了。再说，几个老乡这么跟着队伍急行军也不方便，只能在此分手，各自想办法各回各家去。

咬儿一看闹出这号半道上丢了饭碗的事情，赶紧把几个时常搭班子的老相好叫到大车旁商量了一阵。几个人也看到，一路愈往回走，满地的荒芜愈令人心寒。这阵回家去，地里没啥活儿可做不说，一个大男人蹲在家里猫冬，至少还得增添一张吃饭的口。已经走了出村混饭这一步，能给家里省一口粮食那也是赚的。再说，这些八路军队伍里的人还不错。于是，大伙儿七嘴八舌地让咬儿去讲情，想跟着队伍去山西混一段再说。

咬儿转身又去找张连长求情，说他刚才都问过了，自己领的这帮人都愿意继续跟着队伍去紫川。

张连长回身扫了一眼这伙非老即小的当地老乡，很是为难地给咬儿解释说，自己带的这支学兵队过去之后，很快就会补充到作战部队中去，根本顾不上照顾他们。过了河就是枪子儿乱飞的战场，哪会有人悠闲地坐在戏台下听他们唱戏嘛。不过，遇到这些甩不脱的庄稼戏子，他多少还是有点心软，挠了挠头说，旅部倒是有个宣传队，那些人也只是刷刷标语喊喊话啥的，根本没听说要养一个戏班子。

咬儿一听对方的话语有点松动，赶紧拍着胸脯跟人家保证说，不唱戏也行，队伍上总得需要人打柴、挑水、烧火、做饭，让他们打打杂当伙夫也行。这些乡邻他都知根知底，别的不敢说，下苦干活儿绝对个个是把好手。再说，待在这前不着村后不着店的生地方，他就是想打发他们回去，这些人也不一定会乖乖走人。

最后，张连长才说，其他人倒可以考虑，拉胡琴的那个瘫瘫娃万万不能带到大部队那边去添麻烦。这事儿咬儿早就考虑过了，只好跟人家商量说，自己还带着儿子，父子俩一起跟着队伍吃粮去也不合适，至少得留一个回家去照顾老小。至于那个瘫瘫娃，这件事由他来安排。先让他们跟着队伍的大车一起去洽川的甘井镇，那边离家近，路也熟，然后他再想办法安顿儿子一路把瘫瘫娃照看着送回村子。

听了咬儿的安排，张连长总算点了头。咬儿这才理直气壮地赶紧招呼自己人去拿碗，跟着那些学兵排队去领饭。每人补充了一碗苞谷稀饭，那口行军锅已经底朝天了。不一会儿,在一阵集合号声中,这支人困马乏的队伍,跟着一个当地向导又起身了。

第二天一大早,队伍进了洽川地界。蔓货扶着囊哉在甘井镇前边一个叫白家河的山村下了马车,咬儿特意把两人送到一个叫郎侯的村边,分别前只给儿子留了一句话:家里的大小事一定要多听听马坊院张爷的主意,让他安心待在村里好生照顾家里,等过了大年开春落雨地里活路稠了,他们再想办法回来。

老子跟着队伍继续向东走了,蔓货背着囊哉顺着金水沟往南走。太阳下他们的影子在正北方的那个时辰,两人跌跌撞撞地走了十多里坡路,终于到了一个叫北永宁的村子,找到父亲交代的那家熟人,借了辆独轮车便推着囊哉往家走。

这头儿一进村,蔓货正赶上媳妇生娃娃这件喜庆事。几天前家里闹出的那阵大热闹,他这个甩手二掌柜却一点都不知道。

原来,咬儿父子二人离开家这段日子,老媒旦掐着指头把孙媳月事的日子算了好多遍,算来算去孩子最晚也会在霜降前后落草。眼看已经迟了整整十三天,孙媳的肚子还没一丝动静,她这个老接生婆也不免有点急迫起来。

老理儿说得好,瓜熟蒂自落,水到渠天成。不过,女人生孩子毕竟不是那些能等待的事儿。按照她大半辈子的接生经验,如果过月不生,肚子里的孩子也会一天天见长。本来年轻女子生头胎盆骨就不易开合,若再遇上肚子里的胎儿长得过大,分娩时对母子俩都不好。于是,老媒旦决定按照老法程给孙媳催生。

这天后晌,她关好自家大门,让膘着大肚子的榆钱儿双手各提半桶水在院子里活了半晌筋,直到累得小媳妇实在迈不动脚步,她这才端了一盆熬煮了冬苋菜和糙米的催生汤过来。

这盆汤最娇贵的东西,倒不是米罐里藏下来的那点陈仓黄米,而是那些冬苋菜。一个秋天几乎没落几点雨星,往年村边阳坡多得扯着喂羊的冬苋菜倒成了稀罕物。加上天年不顺,许多家户早早开始挖野菜夹杂着吃以省口粮,近处滩里的野菜早被人挖光了。老媒旦十多天里跑了不少冤

枉路,总算晾了点够熬三顿的干苋菜。第一回用药,她还特意多抓了一小把。不过,那盆只有点盐遮味的菜汤,喝得榆钱儿那张小脸不一阵就有点发灰,她苦着脸说死活也喝不下去了。老太太依然阴沉着脸不说那句应允的话,榆钱儿哪敢推辞,总算把那盆汤一口口咽下去了。亏得有这盆催生汤,到了半夜,榆钱儿这边就有了动静……

这个老稳婆对自家孙媳生孩子的日子之所以这么关心,是因为她心里一直有个不好给人说破的担忧。

自打咬儿代仁湘拜过花堂,眼见已经过了五六个月。搬过去住在上槐院的甜寡妇,估摸这阵也该生了。老媒旦和魏王氏暗地里估算,心慧的日子要晚几天,好在自家孙媳这边早些,两人的日子相隔也没多少天,刚好能遮住众人耳目。不过,女人生娃娃这事儿,就算是老天爷掐算的日子那也没个准信儿。这边头胎过月不生,那边二胎未足月仍有可能意外早产,到时少不了会多些遮盖上的忙乱。

可喜的是,她那孙媳的肚子真是争气,总算抢先一步且顺顺利利地给她生了个带把儿的重孙。

蔓货和囊哉回村那天后晌,媳妇坐到炕上刚满七天。他这头儿一进门,避过老太太偷偷进小房看了媳妇一眼。榆钱儿趁机告诉男人说,炕头上这小毛头太可爱了,她偷偷解开襁褓看了不知多少遍,不但长着小雀雀,吃起奶来也很有劲头呢……可是,老太太一直给她交代,无论谁来看望都让她说自己生的是个小丫头。

蔓货早就知道两家人商量好的事儿,支支吾吾也没给媳妇说出个所以然来,转身就出去了。

落雁滩一带村庄都有个老规矩,有女人坐月子的院门,村上的爷们儿都得尽量回避。即便是孩子的亲爹,一月之内亦不可随意进出月房。按照村上的老说法,男人在外栉风沐雨,难免沾染些山野不净的邪祟,接触孩子容易引发小儿夜哭之症;再则,那段时日月房内免不了放置些带有恶露的衣物,不慎"撞红"会损伤男人的阳神。因了这些传下来的老讲究,即便娘家来人"看三""看七"那两天,也不会轻易触摸襁褓中的婴儿,只是礼节性地进月房说话,打个照面即去客房就座,以免惊了孩子的奶水惹出主家的闲话。

这一切繁缛的村院规矩，被老媒旦趁机渲染得淋漓尽致，以至她家院子里的这点事儿在那几天被遮盖得严严实实。不过，上槐院魏家几天来却依然没有动静。

老媒旦此前已经和魏王氏私下里讲好了，这也是马坊院张干大的主意，两家人要趁着两家生孩子成全一次家门大事。其实，也就是想法儿让上槐院那边有个传后的儿子。不过，老太太还真是有点急迫，趸巷这头儿已经生了，似这样耽搁三天五日倒还罢了，万一拖上十天半月，榆钱儿奶着自己的亲生儿子，慢慢有了那种撕扯不开的母子情分，到时不愿意让抱走孩子可咋办？再说，等到看满月那天，娃他姥姥进门来第一件事就是要当众解开襁褓给外孙换衣服，为的是顺便看看小家伙两腿间那个小雀雀哟。

蔓货这头儿一到家，老太太心里虽是喜忧参半，却还顾不上担忧儿子跟着队伍去河东的事儿，一会儿工夫便往四先生家跑一趟，不住地打探那边院里的动静。

晌午饭时，她这头儿刚到家伺候孙媳吃了饭，又魂不守舍地准备出门，张干大却阴沉着脸进了院门。

自打那次两人坐在一起商量过让咬儿代兄拜堂的事儿后，这个男人在马坊院当场说了那席话，老媒旦一直感觉这个住在魏家马坊院的老男人怎么看都是一副阴恻恻的样子。两人见了面，她也不似以前那么随意了，甚或在巷道还有点有意回避。见老汉闷着头进了家门，她又不得不假装客气地招呼着。

蔓货正在后院劈柴，听见老太太在前院里喊他，丢了斧头赶紧过来了。一看是马坊院的张爷进了门，赶紧赔着笑脸叫了声爷，把老汉请到屋里。张干大坐了，瓮声瓮气地问了蔓货一句："天都麻子脸了，抡着斧子劈柴不怕斧头脱了把儿伤了手脚？"蔓货憨憨地笑了笑，拍着手上的木屑赶紧敷衍道："就那点碎活儿，没啥了，明天再收拾也不碍事。您坐，我端水去……"

张干大进了咬儿家这道门槛，蔓货这个孙子当然不敢怠慢。他赶紧去

做饭屋端了个竹皮暖水罐子,转身进门倒了茶水。老爷子活像不大放心似的问了他一句说:"你大他们怎么不跟着一起回来?人家队伍上硬要留呢还是咋的?"

蔓货刚进村就先去马坊院见过老爷子了,他和囊哉把该说的一切也都给老爷子说了。这才隔了半晌,老汉又不放心地找上门来,开口问得又这么恳切,蔓货赶紧老实回话说:"人家哪会硬留嘛。村里那几个人一路都在叨叨,说大冬天回到家也没啥活路,跟着队伍过河去浪十天半月,好歹把自己的一张嘴糊了,等开春落雨了再回来也不迟。我大那人你能不知道?半辈子没闹成个啥事儿,一张老脸还贵气得要命。这回领人出门没扎住脚不说,还把家里那头驴给闹丢咧,你想,他能觍着张脸进村嘛!"

张干大嗯了一声,很不以为然地说:"驴丢了,又不是偷人把裤子闹丢了,这有啥丢脸的?队伍上人家过去是摆阵打仗的,他当是带着戏班逛庙会哩?一个个想得倒轻巧,队伍上的饭碗就这么好端?再说,人家能让他们想来就来想走就走吗?"

老媒旦一听从老亲家嘴里说出这话来,很生气地帮了一句腔说:"也真是的,你说说,咱家养的这货也一把年纪的人了,咋做出这么糊涂的决断呢?要是眼热人家那份口粮,之前跟着朝邑那些人一起去多风光,再说,人家当时好赖还给各家装十三石麦子呢。"

张干大一听,这人命关天的,老媒旦却还在那儿扒拉自己的小算盘,幽幽地插话说:"十三石麦子能闹啥?这就是你一辈子的惦记。你这阵去丰图义仓看看,那一排大砖窑里还能扫出一升粮食吗!"

老媒旦一听自己这话说得让对方有点不高兴,坐在炕棱上再也没吭气。蔓货却不知高低地问:"爷,那么多粮食呢,一下子就让队伍上拉光啦?"

老爷子喝了一口水,取出烟袋自己点了火,慢悠悠地开口说:"你倒知道个屁!年前要是再不下一场好雪留点底墒,开春就是遇上适时的雨水,坡上那干了一季的地也插不进耩子呢。不过只要开春有场好雨,滩里的后季苞谷这个大头儿或许能逮住,那就饿不死人了。"

老媒旦插话说:"看这天干地燥的样子,到时家家把籽种都吃光了,地里可种啥呀!"

张干大却不以为然地说:"仁湘那边仓里留存的籽种也不多,倒还够全村滩底下种用。要是秋里再漫滩,那点籽种也就丢了。落雁滩一旦绝秋,东府的粮价肯定一天一个跟头。那个时候,西京城就得饿死一层人……"

老媒旦这阵子却顾不上听这些,她不由得担心起儿子的死活来,突然问了老亲家一句:"他干大,你说队伍上会不会让九成他们掮枪上阵去打仗?"

张干大磕了磕烟袋,嘴里嘟囔着回了她一句说:"我哪能知道?看他那吃舍饭的样子还能端枪?端着大老碗吃捞面还差不多。嗯?你咋问起这号话来?"

老媒旦说:"这咋能叫人不担心嘛!自打他爷儿俩出门后,我一夜一夜都没法合眼哪!唉,老蒋那阵子抓壮丁还抓不齐人头哩,你这笨厎干儿子倒好,自己寻上门去了……"

张干大没好气地撑了她一句:"你看你都说了些啥!咬儿跟的是八路军的队伍,要去也是他自个儿愿意去的,你啥时听过他们进村派丁了?"

老媒旦这回倒听得清楚,没好气地说:"不管是谁家的队伍,都是掂着枪跟日本人干仗哩,难道人家养着他们是去给日本兵唱戏不成?"

张干大却冷冷地说:"眼前这兵荒马乱的日子,他就是留在村上,又能躲得了啥?或许,咬儿这回还真走对路了,对这小子也是个好事。"

老媒旦依然在那儿忧心忡忡地紧锁眉头,一听老东西说儿子被人拐着去当兵是件好事,便急了,一急便失了矜持,嗔怒地回了他一句:"啥叫好事?你说你这当老子的说的这叫啥话嘛!上前线能有啥好事?人家那些当兵的大都是小伙子,打不过撒腿跑了,他们几个老胳膊老腿的万一落在后头,岂不是会被日本人捉了去剥皮煮肉?"

张干大却不满地瞪了她一眼,开口道:"真是妇人之见。我也不知道这些话你都是咋想出来的,你以为打仗都是躲飞机跑反?狠劲儿跑就能保命吗?"

　　老媒旦不再插嘴，张干大这才慢悠悠地开口说："他们是被请去给人唱戏哩，又不是去开枪放炮哩，大概队伍上也不会让这些人去打头阵。你整天担心这担心那，咋不把事情往宽处想一想呢？"说到这儿，他顿了顿接着说："你看吧，到时候鬼子被打跑了，魏家一门出了两个大功臣，那是多大的荣耀，你咋不想想这些事儿？"

　　老亲家今日一开口，老媒旦就觉得跟往常有点不一样，屁大一阵工夫居然又从他那张木讷的嘴里吐出"功臣"这两个字来，马上忍不住插嘴道："咋能是两个？你得是说还有仁湘哩？"张干大半天没接她的话茬儿，她有点不屑地自找台阶在那儿解嘲说："啥功臣不功臣的，跟着人家混几天干饭，又不是'一杆梨花枪，杀得起尘埃'，倒是能挣下啥狗屁功劳？"

　　张干大一听这话，笑了笑说："这你咋就不懂了，杨排风一个烧火丫头，跟着杨家将不也挣过大功劳吗？"

　　老媒旦马上有点喜不自禁，照老亲家的话说，自己这个犟种儿子这回瞎狗吃屎还算是走对了路，马上高兴地说："有这等好事，你咋不早给九成说？要是前边让你干儿跟着王老虎他们去打头阵，好赖还能落那么些粮食。你呀，硬是揣着明白装糊涂，白白让我落了个人财两空。"

　　张干大苦笑了一声，这头儿刚要说话，魏王氏却颠着一双小脚匆匆地进了门。

　　她一看老爷子居然还稳如泰山地坐在那儿和人拉闲话，这个平日轻声细语的内当家急匆匆地开口说："大，您老人家真是牵着老虎看戏，心大得都掂不出个事情紧慢。我叫您来喊人呢，您倒一屁股蹲下去拉开了闲话，刚才那阵真能把人急死……"

　　张干大这才想起喊人的事儿，忙说："呃，你看看我这记性。你咋跑出来了，家里这阵咋能离人嘛！"说着自己倒着急地站起身来。

　　魏王氏叹了一口气，气定神闲地回话说："唉，这阵急啥，没事了。心慧自己扶着门框喊我过去，那阵我的手还在面盆里呢。谁知道她发作得太快了，我紧着洗罢手把她扶进门，一把干草还没抱过来人就开始生了。好在她那髋骨大，又赶上是二胎，顺利得很……"

一听自己耽搁了大事，张干大立即起身走了。

老媒旦这个老稳婆当然知道，女人生娃娃这事儿来不得半点马虎。一听心慧已经生了，她倒是一点都没紧张。听到魏王氏站在那儿无意间的那声叹气，她便估摸到了八成。看到她就要抬脚走人，老太太似乎并不在意地对着魏王氏的背身问了一句："仁湘家的，你还没说……是男娃女娃？"

魏王氏站住脚撩起裙裾擦了擦眼角，并没有回答老媒旦的问话。

老媒旦看到魏王氏脸上那不悦的样子也不再多问，便把话顺着她的背身递了过去，冷冷地说："干妈这人你应当知道，在村上给人说过的话，那就是欠下的账。你这就回去给娃把衣服拾掇一下，我看，天一黑你就把娃给我抱过来吧。好在蔓货媳妇提早准备的那些小衣裤都是女娃穿的。你以为我把说好的事儿忘啦？嗯，一直记着呢……"

魏王氏点了点头刚要迈步，突然回头倚着门框问了干妈一句："这事儿前头毕竟是两家人嘴上的约定，祠堂那边也不知道底细。你看，要不要……私下里让我干大给祠堂打声招呼？"

老媒旦吊着副老脸反问道："魏家门里的事情，要他一个外姓人说啥哩？这号事，该缜密还得缜密，多一个人就多一副耳目呢。再说，驴槽里咋用得着他这张马嘴？哼，他不就是魏家门里雇来扛活儿的一个老伙计嘛！"

魏王氏一听老太太说得这么肯定，只狠狠地点了一下头，一步三摇地颠着一双小脚出了门。

25

咬儿他们过了河，跟着队伍翻山越岭走了不少路，最后一溜烟钻进了太行山。

进入山西地界的第一天起，他们这拨儿人一路走，一路打，不到七天连续冲了八次敌阵。这伙跟着队伍的庄稼戏子渐渐没了开初的那些惊惧，让他们感到不解的是，打了这么多仗，根本没见到日本鬼子的大股人马，

遇到的都是些皇协军。

一开始他们还懵懵懂懂地以为这些被八路称为"皇协军"的队伍大约就是日本人了，闹了半天还都是些中国人。在这几十天里，他们这支队伍三天两头都在和这些人打，却没能抓回一个活着的日本人，好让他们这些好奇的庄户人见识一回"鬼子"的模样。

眼见还有几天就要过大年了，他们猴在这片荒僻的山村好不容易安宁了三天。万没想到，隐藏着兵马的这个地界很快被鬼子的飞机发现了。日本人才不管中国人过不过年的这些事儿，立即举兵进山"扫荡"来了。山里山外的大小路径都被鬼子围得严严实实。不大的山沟里，别说征集粮草，有时连口水都没地方去找。按照上边的吩咐，为打破敌人的铁桶合围，大股人马只能分头行动，各自为战。

咬儿他们跟随的这支分队，就这样在不长的时间里几经分合，最后才得到"晋中挺进队第三支队"的正式番号。在一个村头的场院里听上级宣布完命令，当天夜里，他们就趁着夜色出了山。

看着天上闪烁的星斗，队伍一直朝没有人烟的西南方向走。夜色里，咬儿隐约觉得刚走过的这个地界，以前似乎带着戏班来过。天色微明，前边的队伍要去"拔点"，为后边过境的部队打开通路。他们这支收容队，被命令在一处废弃的村落停了下来。

四十多个男女蹲在半山坡上一处荒废窑洞的场院里，趁着小憩的那阵工夫，咬儿掐指算了算，这个新到的白天应当是农历正月的第三天了。

从场院通往沟下的那条路，从人踩马踏过的路面情况看，这个住户零散的小山村，不久前肯定驻扎过不少人马。不多的民居院落的土墙上，还留着许多"将鬼子赶出去"之类的石灰标语。

只怕烟火引起近处敌人的注意，他们没敢支锅煮饭，一群人三三两两地窝在窑洞前边的土坎下等待前边队伍的消息。大半晌过去，五里外才传来炒豆般的枪声。一听前边的战斗已经打响，几个士兵这才走出窑洞捡柴支锅。在队伍结束战斗前，他们得煮一锅稠饭，犒劳返回接应他们的人。

正在这个时候，一个放哨的士兵趿拉着一双掉底的鞋噼里啪啦地跑下土坎，神色紧张地给负责断后的那个张连长报告说，前边山路上有一个猎户模样的当地人，用扁担挑着两只野鸡走上来了，看样子是要经过这片村子。

张连长说看看去，两人又一次飞快地跑到土坎上去了。不一阵子，两人押着一个穿戴齐整的小老头儿进了窑洞的场院。看见抓来个可疑的人，窑洞里的人正要出去看热闹，张连长怕外边站这么多人目标太大，挥了挥手让大家继续在原地坐着不要随便移动。

原来，这个小老头儿是从前边"拔点"部队正在攻打的鬼子据点里出来寻找八路的"信差"。据他说，自己一大早就出门了，一路沿着山沟赶路，预计晚上能赶到前边的烧弓岭。没想到，却在这里遇到了救苦救难的"八路菩萨"。

只见这个干瘦的小老头儿哆哆嗦嗦地从怀里掏出一张字迹工整的麻纸大信封，恭恭敬敬地递给了张连长。

信上写着：

八路五支队未名将军阁下勋鉴：
　　腊月二十六日，皇军在榆武公路与贵军遭遇，丢失山炮一门，闻悉该炮现存于贵部。此炮乃天皇陛下亲赐吉田旅团长的护身神炮，将军视此炮为最高荣誉，如其命也。贵将军如能奉还，皇军将满足阁下提出的一切条件！
　　此奉
大安

　　　　　　　　　　　　驻大葛庄据点野村正男即日亲笔

张连长打开信笺看了看，这才交给一个识字的战士让他给大家念念。一群男女听后面面相觑地交换了一番眼色，突然一齐哈哈大笑起来。

原来，前几天兄弟部队在烧弓岭那边不意和一股搜山的鬼子相遇。强敌面前勇者胜，三个连队对付一个鬼子小队，稀里哗啦攻击一阵，鬼子撂下十多具尸体仓皇而去。打扫战场时，他们竟然从路边秸秆地里搜出一门

精致的山炮。无意中缴获鬼子一门山炮的喜讯,不几天就传遍了整个晋中和晋西北。这么说来,这门炮肯定是面前这些日本人闹丢的武器。

张连长在那儿沉思了片刻,心里还是忍不住好一阵笑。这些日本人也真傻得可爱,两军阵前被对方缴了大炮,居然还能觍着脸登门讨要。

张连长故意笑呵呵地问了老头儿一句:"老乡,我们要是不答应,你回去怎么交差呢?"

老头儿喏喏地赶紧回话说:"其实,大葛庄据点的这些鬼子没有啥大炮,他们可能是帮晋城那边的同伙找哩。出门前,那个野村队长倒是捎话了,说万一贵方不答应,他们上司还有个提议:双方约个时间在城下再打一仗,这门洋炮永归赢家,对方不再讨要……"

看来,这门阵前闹丢的山炮,在鬼子眼里还真是一件宝贝哩。想到大葛庄鬼子据点这阵可能已经被端了,张连长也不为难这个送信的老头儿,郑重地告诉他说:"老乡,谢谢你冒着危险替他们送这封信,何苦来?唉,山西的老百姓真是让这些杀人不眨眼的鬼子害苦了哇!你这就回去吧,信送到我这儿就算完事了,也不用害怕回去没法交差。回去后你就会知道,大葛庄的鬼子炮楼,这阵已经被我们的油桶大炮轰上天了。回去顺便告诉乡亲们,小鬼子的日子不长了……"

送信的老头儿木然地发了一阵愣,听说村前那座炮楼在他走后的半晌已经被八路的大炮轰塌了,突然转身拿起他那靠在窑洞墙壁上的扁担,三两下解下两挂线偶子提过来着急地说:"你们可能不知道,那炮楼所在的据点里边还住着被鬼子抓来的一个戏班子哩,我们村上人还看过他们提着线偶子演戏呢。听说是几个被抓来的老艺门,他们可都是庄稼人哪……"

张连长接过那两挂画着黑红脸儿的木偶,这才想起刚才哨兵报告来人挑着两只"野鸡"的那些话。他仔细看了看老乡递过来的东西,倒没觉得这些当地人唱戏用的偶子有啥新奇的地方。他突然想起跟着收容队的几个庄稼戏子也用这样的偶子,便对窑洞外正晒着暖暖捉虱子的狼咬儿大喊了一声:"魏队长,你进来看看,老乡拿来的这两挂偶子给你们拿去有用没?"

咬儿慢吞吞地走过来,将那偶子接到手里只看了一眼,他几乎不敢相信,这个世界真有白天闹鬼的事儿!

他抬起头来,怔怔地看着面前这个小老头儿,半天没说出一句话。

刚才这个当地人被带上院前那道小坡时,咬儿倒是看见来人扁担上挂的东西像戏班的偶子。他还暗自想了想,河东这边的同行,咋能这么糟践自家吃饭的家当。线偶这么一路挑着走,到了戏场再让人去理那些缠绕的提线得多费事呢。这也只是当时他脑子里无意间闪现的念头,还没来得及去看个究竟,这个当地人就被带进了窑洞。

当他从张连长手里接过这两挂偶子时,一眼就认出这是自己村上戏箱里的东西,十分诧异地转过头来,战战兢兢地问那个当地人:"咋回事,这东西咋会在你手上,它们的主人呢?快说,你这是从哪里闹来的?"

原来,这个河东老乡拿来的偶子,正是祠堂那些被四先生带出村去的戏箱里的物件。这两挂演《大西厢》的头牌偶子,在咬儿手里不知提溜过多少回了。就连偶子身上那些新拴的线绳,也都是用老娘和儿媳亲手纺的棉线,又经他打蜡合成新绳后一根根换上的啊!每一个头饰、每一朵刺绣簪花,都浸满了提过它们的主人那咸咸的汗滴呢……

此刻,他最想知道:四先生他们出村带走的这些偶子,是怎么落到鬼子手上的,那些曾经朝夕相处的左邻右舍,他们现在又在哪里?

送信的老头儿一看这个满脸疤癞的老八路,两只眼睛瞪得像一对铜铃铛,直勾勾地盯着他,赶紧回话说:"不不,是……那个野村队长……让我把这个拿上给你们当信物。他还说,也可以用据点里那几个民间艺人来换……"

咬儿刚才在窑洞外边,根本没听到这个老乡说据点里还有老百姓的那些话,紧着问了一句:"换啥?"

老头儿吓得双腿不住地打哆嗦,说话也不住地上牙打着下牙,回话说:"他们……那门大炮……"

咬儿更不知道大炮的事儿了,十分疑惑地接着问了句:"啥大炮,他们人在哪儿?"

这个老头儿看起来是叫穿军装的人给吓坏了,一看面前这个八路面目狰狞的样子,扑通一声跪在地上磕起头来,嘴里不住地求饶说:"八路长

官饶命!是鬼子让我这么说的……你们的人……就关在那道沟梁后面的据点里,叫,叫大葛庄……"

咬儿不再说话。他根本闹不明白,四先生他们怎么落在了鬼子手里,他怔怔地看着手里熟悉的偶子,居然没忍住掉下一串热泪来。

张连长抢过那偶子看了看,又转过脸看了看狼咬儿,很奇怪地问:"魏队长,你认识这些偶子?"咬儿讷讷地告诉他说:"岂止是认识,这是我们祠堂的东西。这么多年,我不知摆弄过它们多少次了。这些偶子是去年村上跟着民卫军走的那几个人带出去的……咋会呢?村里人都以为他们死了哪!"

张连长更加不解。

咬儿也无心跟一个外路人说自己村上的这些破事儿,支支吾吾地说:"他们也是跟着队伍到山西来的。去年夏天,天气刚热起来那阵,朝邑滩那边有人要过河打鬼子,村上有几个人眼热人家那份麦子,就跟着朝邑滩那些粮子走了。"

张连长一听"粮子"两个字,根本不知道这是关中当地人对刀客的称呼,接着又问了他一句:"你知道他们跟的是哪支部队吗?"

咬儿想了想说:"朝邑那边的团练,团长是四先生他那老丈人,大家都叫他'王老虎'……"

张连长哦了一声,又问他:"嗯,是不是那支自发渡河抗日的陕西民卫军?对,他们过河后,应当归卫立煌将军的战区管辖。这支地方部队很顽强呢,被鬼子冲散后,还有一部分退守中条山至今仍在坚持战斗,简报上时常有他们的消息。"

说着,他看了看手里的偶子,随手又交给狼咬儿,不无安抚地说:"这两挂偶子,你先收着。一会儿和前边的部队会合后,我再帮你仔细打听打听,看看这中间到底是怎么回事。"

几个人正说着,哨兵突然高兴地冲进窑洞,大喊大叫地嚷嚷道:"连长,柱子他们接应我们来了,前边鬼子的据点肯定被拔掉了!"

张连长这头儿一出窑洞,几十个人一股脑儿跑上土坎向坡下瞭望。几个女兵也挥舞着手里的饭勺凑热闹般地乱喊:"赶紧领饭,一会儿还得行军,各班都把饭盆子收过来……"

不一阵子,从坡下拐弯处气喘吁吁地爬上来六个人,每人还都背着不少东西。

那个叫柱子的排长,跑步前来给张连长敬礼,然后正儿八经地报告说:"报告连长,接应分队按时归队,一个不少!"

张连长还过礼,拍着他的肩膀说:"这么多'汉阳造'哇?咋没闹儿杆'三八大盖'回来?"

柱子一边从肩膀头子上卸枪,一边大咧咧地说:"还有三挺'歪把子'呢,都被他们掂跑了。这九杆步枪是上级特意拨给咱们的,还有几个日本造的地瓜手榴弹。这回,咱们收容队也有真家伙了!"

说到这儿,柱子突然仰起头四处看了看,终于发现排在队伍后边正蹲在地上从布袋里翻碗的狼咬儿,便大声喊起来。

"老魏叔,你过来,快瞧瞧我给你们带啥宝贝来了!"

咬儿手里拿着个老碗慢吞吞地走过来,发现地上放着两个洋人用的硬皮箱。他木讷地看了看地上的东西,却懒得动手。柱子发现自己辛辛苦苦背回来的东西却无人理睬,便不无炫耀地蹲下身三两下打开了皮箱。

哇,原来是两箱码得整整齐齐的线偶子!

咬儿慢慢地俯下身子,几乎没怎么看那些偶子,很快抬起头来,他这阵已经不似刚才那么惊讶,却急迫地向柱子打问道:"这些偶子的主人,你都见了吗?"

柱子虽然感觉有点奇怪,还是顺口回答说:"我见他们干啥?再说,哪有那工夫。好几个人呢,可能最后都被放回家了吧。有两个倒是想跟着队伍走,不知最后走了没有……"

咬儿有点着急地问:"他们还剩几个人?"

柱子更加奇怪地说:"我哪顾得上数嘛,好像五六个吧。这些卖国求荣的二鬼子,有些比你年龄还大呢。你问这些干啥?莫非你们这个行道的人隔省都相互认识?"

没等咬儿回话,柱子在那儿一拍脑袋似乎明白过来了,很是激动地说:"哦,我咋忘了这茬儿,老魏叔不是也缺人手唱戏嘛,带一两个回

来，咱们这儿正好能派上用场。"

说到这儿，柱子又说道了一句："唉，当时乱哄哄的都在捡战利品，谁会想那么多嘛。我倒是有点想不通，鬼子怎么也养了这么些当地的民间艺人，真是怪事！"

咬儿一听，跟着柱子的话屁股紧着问道："年龄大的那个人，是不是长得白白净净、说话斯斯文文……嗯，个头看起来还挺高？"

柱子发现咬儿一直在追问这些没屁眼的事儿，便没好气地回了句："肚子饿得咕咕叫，不扯了。走，走，打饭打饭。吃完饭，咱们要尽快通过大葛庄直奔前边山口，绕过鬼子驻扎的县城还要走许多路呢，我没空和你扯筋！"

大伙儿端起碗开始吃饭，咬儿还是不放心地蹲在柱子身边问了一些对方感觉十分无趣的话。当他最终得知那个被放走的高个子班主留着满脸胡须时，又有点疑惑起来。

落雁滩十里八村都有个穷讲究，一个男人没有得孙之前，一般是不会留胡子摆阔的。如果前边部队解救的那个当地班主是魏仁湘，这厮膝下无子无孙，怎么会留一脸胡子摆那个大谱呢？当然，如果这个人不是他，这些偶子又怎么会在这些同行的手里呢？

这个人到底是谁？四先生他们又去哪儿了呢？

26

夏日的黄河，变宽的河水浩浩汤汤地自北而来，到了落雁滩这边，却像变成了湖泊。水面波光粼粼，每一刻都变幻着旋涡。被洪水漫过的沙滩，布满一汪汪的小水塘子。不知经过了多少年，也不知还要经过多少年，这片星罗棋布的小水塘，随着季节交替，除了略微消瘦一阵子，很快又充盈起来，几乎没有太多的变化。

寒来暑往，适时光顾这里的阳光很温柔，也很灿烂。在沙滩上觅食的小鸟，是那样神情淡定，心无旁骛。清凌凌的池水，一如既往地袒露在那婀娜多姿的沙丘之间，恬静得如同独处香闺的处子，不卑不亢，落落大方。

正午时分，东西两村的女人们都会来到水塘边，夸张地挥舞着手里的棒槌，在石头上咣当咣当地捶洗衣服。晾晒在河滩上的床单被面，在微风中轻轻荡起，让寂静的河滩瞬间有了村舍的温馨。

水塘里的水被正午的烈日晒热了，一些男人也会拉出槽头的牛在不远处给牲口冲凉。

陈仓满这个老光棍儿，自从死了老婆，一些原本该女人做的事情，自然也就落到了他身上。趁着正午天热，他站在刚刚没过肚脐眼的水里，一边揉洗着刚褪下屁股的那件脏乎乎的粗布短裤，一边看着衣服拧出的水滴在水面打起的小涟漪，嘴里正荒腔走板地唱着落雁滩光棍儿们都会的那几句酸曲儿："儿呀儿呀你慢慢游，千万莫要碰石头；不是为父心肠狠，只因你妈她不收留……"

这小曲儿隐约传过去招来附近几个正在洗衣服的女人一阵嘲笑。他抬头看了看，这才慢慢地将短裤在水下穿好，一步一步朝河滩走去。

这个时候，他无意中看见东村的甜寡妇端着一盆衣服来到这片水塘的对岸，她已经款款放下手里的衣盆，在水边支起搓衣板准备洗衣服。

隔塘看见东村这个令男人眼馋的女子蹲在那儿的那份恬静，这个男人像是想起了什么，抬起头远远近近看了看河滩上这片曾经属于他家的绿油油的苞谷苗，如今却成了水塘对面这个女人夫家的田产。想到这儿，他心底还真有股说不出的憋屈。

陈仓满无趣地停下脚步，站在水里四顾了一阵，又撩着水洗起头来。那些不堪回首的过往，就像小时候跟大人赶集时看到的万花筒里旋转的画片一般浮上了他的脑际。

说起来，那已是三十年前的事了。

那一年，陈仓满刚刚九岁，正是男孩子悉知家事的年纪。当时，留马村老陈家那日子在方圆几十里还算是有点名望的小财东。他家坡上有七十多亩种麦子和棉花的绵土地，一季夏收，就有四十多石金灿灿的麦子入囤。全家老小十多口，饭桌上四季都不缺一屉子暄腾腾的麦面馍馍。滩底近二百亩枣林围拢的抢田，每年开春都会请两个河南客点种西瓜。不说

本地沙壤西瓜在省城有着很好的口碑，就是近途那些拉运时蔬的辚辚车马，都让主家难以打发。到了秋季，收到大场里的花生大枣、甘草麻黄、黑白芝麻、葵花籽大豆以及其他一些杂七杂八的土产，早早就被大商号收购了。那些挑着担子零打碎敲的脚户客，即使找上门来，主家也懒得去理会。

可是，这一切在几年间便灰飞烟灭了。

陈家是落雁滩最早种罂粟的人家，也是当地因这一孽障作物倒灶最快的大户。每到伏天，陈家大滩成百亩的"大炮花"一齐开放，远远看去，像一片粉红的花海，那些专等主家割烟膏的陇东烟客，此时会成群结队地来到哭泉镇街头。这些最终被熬制成"土"的害人东西，也即时招来了各路绺子和那些官府稽查。土匪进村绑票、官差查禁勒索，家家银柜攒下的烟土，多数都打发了这些人的腰包。再后来，名目繁多的捐税摊派，一日紧似一日的税款追缴，陈家大片的田地就这么一次次被分割出去换了紧用的银钱。眼看着老几辈积攒的东西付诸东流，一炕躺倒的三个老弟兄，却架着四杆烟枪不歇口地吞云吐雾。多出的那杆烟枪，完全是给客人准备的，以免来客打搅主人抽烟。直到不菲的家产全部吸进了弟兄三人的烟葫芦。为了那一口救命的洋烟，老二自卖自身当壮丁命丧汉口，老三债务缠身、穷困潦倒最终投河自尽，命大的老大一日抽完最后一口烟后挺尸炕头，三妯娌树倒猢狲散般先后改嫁。这个陈仓满只好由祠堂出面官养，才为老陈家门下留下这根独苗。

那时候，东村魏家的日子却正红火。落雁滩出产的棉花、花生、芒硝，都被魏存贤的"泰源永"收购，运往西京和北塬。东西两村那些遗老遗少，免不了时常把魏陈两家的荣枯当成故事挂在嘴上教训子孙。

当时，陈仓满不足十岁，曾指着四先生这个小玩伴说过一句"三十年河东，三十年河西，你家买走的地我会从你小子手里原样赎回来"的狠话。可是，三十年的河东，依然是那个太阳冒花花的河东；三十年的河西，照旧是日薄西山的河西。陈仓满成年后，先在铁码头那边混事，大小有了点人样后也倒腾了些外财。可是，这点钱却抵不住自己那寅吃卯粮的做派，日子仍然过得捉襟见肘。要不是有道上几个朋友接济，两个儿子都差点儿打了光棍儿。

在村庄上，男人们的一切话题都是因为相互比对引发的。陈仓满的同龄发小也有几个，可大小事他偏偏爱跟四先生较劲。魏家这边多少年来虽也没多大铺排，魏仁湘却守着老家底苦挣苦挨，再加上马坊院张干大在后头指拨，日子过得还算能遮住大户人家那点颜面。无论是几个女儿出嫁，还是自己继嗣再娶，那气派在东西两村依然无人能比。这一切，正好撞着了陈仓满心里最不舒服的那块痒痒肉。

前两年，自打老婆躺在了炕头上，屋里少了女人打点，饭食也不那么及时，这个陈仓满便信马由缰。骑着头老骡子四下里逛会，有点钱就下馆子邀朋呼友大吃二喝，手头没挖抓了，便仗着保长那点威势在东西两村寻点吃饭的由头。长夜难挨，遇上男人炕头上需要排解的那点紧火事儿，这个没成色的货就变着法儿把嫁在同村的小妻妹喊来在柴屋里凑一番紧。明里是被喊来给当姐的招呼饭食，暗地里却被这个老姐夫抚弄得乐不思蜀。为了这件事，老实巴交的小连襟曾打到了他家门上。直到去年春里，他那病恹恹的老婆终于咽了气，小妻妹再不似以往那样能时时到这边来接续两人间那份温存。于是，这个正值盛年的男人，便不得不时时在心里盘算给自己炕头添人这个事儿。

同在一个村庄，一同长大的四先生，长房魏王氏虽徐娘半老，犹尚多情；后娶的甜寡妇，长得更是出众。这种时时被左邻右舍比对的日子，不免让陈仓满这个大人厢行走在人前面红耳赤。

前几天，陈仓满听说政府已经在西京城周遭搞起了"新生活"运动，像魏仁湘这种娶了二房的老财东，都把小老婆偷偷送回了乡下。如果这消息是真的，魏仁湘和这个后娶女人到时免不了得一刀两断。想到这儿，他不免就动了点心思。魏家在落雁滩虽不似百年老财东那般殷实，却也算得上是个大户。何况，这个女人也真有能耐，一进门就给魏家生了个大胖小子。日后，谁能将这个女人搂揽到手，也就控制了魏家的这笔田产。待到这个小屁孩儿长大成人，那也是二十年后的事情了……

几天来，陈仓满一直在想这个顺茬的事儿，对村上这个小女人也便多了些关注，以至最近一段时间，一钻进自己那冷冰冰的被窝，这女人的一

笑一颦便浮现在眼前。

魏仁湘带着戏班上了前线，除了六里堤爬回来个叫马腾云的刀客，还疯疯癫癫说不清句人话，其他人依然没有一丝音信。不过，这个刀客陈仓满很熟悉，两人此前还有过不小的交情。大前年，为了给手头闹几个零花儿，他暗地里跟朝邑那边混江湖的刘欣耕在省军统局闹了个差补名额，时常去寺前镇瘸子裁缝那儿请领点活动津贴，发现这个马腾云和瘸子之间也互有走动。事后他还想过，这个人会不会是大哥派在自己身边的眼线，后来，这个人被老大带着去了山西，他心里这才踏实下来。

水塘边，女人们的嬉笑声不时钻进陈仓满的耳朵，他却一直盘算着自己的那点心思。

老大带着这群莽汉不顾生死去挣那份虚妄的功名，不说值不值当，这一去肯定是凶多吉少。他多次在报纸上看到，陕西民卫军和鬼子兵殊死搏斗，一拨儿接一拨儿地补充，却没见前线有人打道回府。难道这些人真的像岳镇长说的那样，被鬼子的铁甲车追得满山乱窜？抑或他们前仆后继地和那些人玩命，最后都填了日本人的枪眼，已没有人能活着回到河西老家了吗？

每每想到这儿，他心里不禁有点激动，如果真是那样，凭着自己在老大跟前这点脸面，到时候替大哥打点一下女婿这边的日子，倒成了顺情的事儿。

可是，一想到进了仁湘家大门，魏王氏那让人捉摸不透的表情，还有这个甜寡妇那不迎不拒的脸色，他这个大男人还真没想出接触这两个女人的办法。

站在水里，他想到了自己几天来揣在心里的有关这个女人的方方面面，包括应当思考的那些大事，还有那些令人难以启齿的男人对女人身体的联想。可是，遇到两人说话的天赐良机，他却又不知该咋个开口。

他装出一副若无其事的样子，一步步绕着浅处走到了离甜寡妇不远的那丛蒲苇前，顺手抽了根嫩茎剔着牙，没话找话地给对方打了声招呼说："喂，光宗家的，南岸子你大这一段没来看自家外孙呀？"

甜寡妇知道西村这个陈仓满和她娘家老子年轻那阵挺熟络，虽然平时她和这个老男人很少见面，路途偶遇搭话也说不上热络，但对方有来言，她也得给个去语，便头也没抬地随嘴答应了一声："没有哩，有人捎话说老人身体有点不爽利，过了这几天我倒是想去看看呢。"

听对方语气里少了往日那份厌恶，陈仓满叹了一口气，紧着递过去一句话，看似无心地说："嗯，我前一阵子倒是听说六里堤从河东跑回来个人，是跟仁湘他们一搭儿出门去的……你没让人打听一下，村上跟出去的那几个人，在那边都好着呢吗？"

河东有人逃命回来的事儿甜寡妇早就听说了，当时马坊院张干大就派人去打听过。回来的这个人是王姐家那个老家院，跟着老爷子背枪很多年了。只是摔坏了腰，躺在炕头嘴里一直说不出句清楚话来。犯糊涂那阵子，嘴里一直念叨说队伍里的人全跳崖死了；脑子清醒过来，又改口说那些人丢下他去了更远的地方。至于留马村跟去的那个戏班子的去向，他一直说队伍上要打仗，就让他们留在当地自个儿给人唱戏挣钱去了。

陈仓满突然提起的这件事虽不新鲜，却勾起了甜寡妇那满肚子的心事。只要是有关前线的消息，无论真假，这个小女人都愿意打听个仔细。

她将盆里的衣服一件件在水里漂湿了，一边用砸碎的干皂荚在盆子里揉出泡沫，一件件地浸着衣裳，一边隔水丢过一句关切的话："满叔，你说，他们……啥时才能打完这仗回家来呢？"

陈仓满下意识地看了看河东那片在烈日下跳动的山影，嘴角流露出一丝让人不易察觉的笑意，不时撩弄着膝下的水，慢吞吞地回了她一句："日本人能来咱这儿，总是有他们的事由呢，怕一时半刻还不想走哩。靠着咱们这些土包子手里的那几杆烧火棍，还想打过人家的飞机大炮？嘿，嘿，能不能活着回来，还得看他们的造化！"

甜寡妇听到这句无趣的回话，一边抢着手里的棒槌，一边怔怔地看着河东。

陈仓满觉得，村里这些女人一定不知道扛着大枪和对方玩命的那份胜算有多渺茫。接着，他看似随意却是斟酌再三地站在那儿又开口说道："我跟你娘家老子做了多年生意，有些话还是想给你透个底儿。前线的事儿，就不是咱们坐在自家院子里能想得到的，遇事还是多替自己想想……"

　　看到她手里的棒槌停了下来，陈仓满才慢悠悠地接着说："你年龄小，那时还没嫁过来呢。当年，国民二军在乳罗山和镇嵩军遭遇的那次，双方立时都打红了眼，大炮隔沟都能把炮子儿丢过来。隔了十几里地，留马村都能听见那爆豆似的枪炮声。直到第二天，枪声总算稀稀拉拉停了，队伍上那些活着的人这才进村拉夫去帮他们埋人。唉，此前谁倒是见过打仗死人那惨象嘛，去的人回来后几天都吃不下饭。十八坪那个坎坎底下，啊呀呀，到处都是浑身血窟窿的人，庄稼地都让血染成了一片红色。开始，去的人还有力气抬，后来就只好套着牛绑了死人的双脚在地里拉，拖到地边，就着那些壕沟随便往下一扔……唉，真是古来征战几人回啊！"

　　甜寡妇怔在那儿想了一会儿，很不以为然地回话说："四先生他们都是唱戏的艺人，一个个又不会放枪，队伍上哪能让他们上阵打仗呢？"

　　陈仓满也不再讲究那点矜持，反问她说："跟着队伍去打仗，你以为是领着他们去赶集看热闹啊？你也不想想，队伍一路和日本人打，能把他们放在后边等着打完再回来接应？先不说自家人被人家打散的那些话，就是这边把对岸的人打散了，那也得跟着队伍冲过去跑一阵子对不？"

　　甜寡妇低着头在那儿想了想，不无担心地自个儿在那儿说道了一句："他们几个年纪那么大了，各人还背着戏箱，跟人咋跑得动哟……"

　　陈仓满一听眼前这女人总算是被他说害怕了，忙亲近地对她说道："要不是我认识你娘家老子，这话我都不该跟你说。四先生他们去河东前，平民县那边有三千人先他们一步过河去了，一个都没回来！这不是我在这儿说闲话，你们妇人家不会看报，《西京日报》那上边每天都在说这号死人的事儿哩。日本人的飞机炸西京城，撂下的那炸弹比一根房檩都粗，一颗落到地上炸开去，一条街震塌了半边铺子，树上、电线杆子上都挂满了肠子肚子……唉，这些鬼子真造孽哩！让我说，你现在还添了个娃娃，还是多长点心才是哩……"

　　甜寡妇被对方这番话说得很是不自在，她活像是要驱赶心头的不快似的，手里的棒槌抡得更起劲儿了，对着石头上的衣服咣当咣当地捶打起来。

　　陈仓满抬起头，望着远处的庄稼继续在那儿说道："世上这些事儿哟，谁倒是说得清嘛。你可能都不知道眼前这片地为啥叫陈家大滩，说了也是个闲话，这片地是我家祖辈传下来的。听村里人说，陈家红火的那些年头，这上边一季的罂粟有四千块现大洋的收成呢。唉，我爷爷那倒灶鬼先抽了大烟，几个儿子也都喜好这孽障玩意儿。仁湘他老子那年商号的生意挺好，说是跑南货，其实暗地里还是倒腾鸦片烟。唉，这个糟践人的东西，能让人倾家荡产，也能让人一夜暴富。眼下，它还静静地待在这儿，它的主人却早换了……"

甜寡妇陡然抬起头来，隔水死死地盯着眼前这个村庄男人，不解地摇了摇头。

陈仓满根本没看对方的脸色，更加放肆地说："你总算给魏家生了个儿子，倒是个有功之臣呢。可年纪轻轻的就得……唉，不说了，不说了。人这一辈子，啥叫个命？这就是命。守着这些身外之物，到头来哪样又是你的呢？"

看到甜寡妇再不搭话，他又推心置腹地说："我这不是还担着政府这个官差嘛，有些时事肯定比村上一般人知道的要多。要不是看你娘家老子的这个面子，有些事儿我都不会对你说。前一阵，听到个风声，我倒是和你娘家老子在哭泉街坐在馆子里说过。西京城那边已经开始进行婚姻登记了。仁湘是随军艺人，镇上眼下倒是没人说他的这个事儿。可这是和尚头上的虱了，总归是遮掩不住人的眼目。眼下，前方吃紧，各县都在征兵。不够十六岁的娃娃都被拉去了，一个村挨门挨户每家都有在外当兵吃粮的。有些村这几年闹得一半男人都去当了兵，唉，死的死、残的残，以前那些照顾今年也统统没了。你们女人家哪能知道，陕西省一年送到前线的壮丁有多少，说出来真是吓人，一年九万二哩！今年咱们洽川这边就得追加到七百人。你说说，还让公家日后咋来照顾这些'征属'？"

甜寡妇被他嘴里说的这些不中听的话闹得很不舒服，她胡乱地在水里抖了抖衣服，也不管对方嘴里吐出的那些"蒸熟"的事儿，只想尽快离开这儿。

陈仓满对今天和这个女人不期而遇的最终结果，还算满意。看到对方已端起衣盆，他装作突然有事要走的样子，慢吞吞地走上岸。临离开倒是

没忘记给对方留了一句人情话说:"一个村上住着,难保谁不会用着谁。你那儿有事就跟我说,能帮上的忙,那肯定得帮哩。"

甜寡妇顾自在那儿收拾衣服,理都没理他一句。

27

已经进入深秋,滩里的苞谷刚掰回棒子,一地的苞谷秆还在那儿长着,风已经飕飕有了凉意。

四先生带着几个衣衫褴褛的庄稼戏子走回村,他先去父母坟上磕了头,一把火将裹着几件旧军装的包袱在坟前烧了个精光,这才进了戏巷。

一路上遇到的几个左邻右舍,谁都没认出迎面走来的这个长须飘飘、蓬头垢面的叫花子,正是去年跟着队伍出门去的四先生魏仁湘。

晌午,魏王氏正准备去厨房做饭,她端着一盆苞谷糁子这头儿刚走出偏房门槛,突然看见院门外走进来一个邋里邋遢的叫花子。不待对方开口,她便抓了把糁子走上前去,想把来人打发走。

可她站在那儿仔细一看,面前这个男人手里既没拎装馍馍的布袋,也没拿打狗的枣杆子。再看,又觉得这个人以前好像在哪里见过。等她腾出手揉了揉眼睛,仔仔细细地把来人打量了一阵——天哪,眼前的叫花子却是自家那死鬼男人!

魏王氏这头儿一惊,手里的盆嘭的一声掉在了地上。她不管不顾地颠着一双小脚紧着扑过去,抱住自家男人便放声大哭起来。

…………

原来,在深秋的一个早上,大葛庄据点遭到中国军队的第一次大规模围攻。

早上,天还不亮,野村得到上峰的电话通告,说八路军的大队人马已经占领了据点外西南方向的一处高地。几乎就在这个日本人放下电话的同时,炮楼顶的哨兵就向他报告说,有两股佩有"八路"臂章的军队,正顺着大路跑步行军,向大葛庄方向奔来。

野村放下手里的牙刷，急匆匆地登上炮楼顶，举起手里的望远镜观察了一阵，发现两股人马已经分别在据点的西南和正东两翼集结起来，足有一个加强排的兵力，他们很快选了一处平坦地面开始作业，似在固定两个黑乎乎的汽油桶一样的东西。这么奇怪的"武器"，野村以前还真没见过。根据往常的经验，这些小股部队攻打据点，一般都采用以火力牵制敌人掩护小股分队抱着炸药包轮番轰炸的笨办法。今天，眼前这伙"土八路"怎么会大模大样地摆出一副强攻的架势却又半天没一点动静呢？

天色渐渐亮起来，太阳透过云霭钻出了地平线。远近的山色由红变白，大大小小的沟壑已纤毫毕现。按照常规，中国军队最擅长的夜袭的最好时机已经过去，对手此时却没有一丝佯攻的迹象。

野村立即感到脊背阵阵发凉。他想，莫非这次八路的大股部队要过境？抑或是这些先头部队要在那些行动迟缓的山炮分队到来之前抢占先机？他几乎不敢再往下想了。上峰已经多次提醒，八路军的兵工厂已将缴获的皇军的山炮卸去轮子，改为人扛马驮，送到了野战部队。十多天前，这些中国军队曾用制式火炮轰击过晋城周边的据点。想到这里，野村一边准备将自己的分析上报晋城，一边命令机炮排紧急上炮楼，加强火力固守。

可是，野村拿起电话，这头儿刚摇通，还没讲两句话就断线了。身边的通信兵马上拿起随身携带的电话摇了一阵，慢慢抬起头报告说，外边的电话线刚刚被掐断了。

野村攥紧双拳狠狠地砸向堞墙，然后命令王德彪立即派人护送电话兵出去查线，并组织全体皇协军迅速出动，占领院外西南方向那处八路盘踞的高地。野村强调，无论如何也要确保据点和晋城旅团通信畅通，同时趁敌人立足未稳，打他们个措手不及。如果哪个敢临阵退却，小心皇军背后的机枪！

就在野村下达指令的时候，只见晨曦中西南方向那块土坡上有一团火光闪过，接着，一个黑乎乎的东西像乌鸦一般飞过墙来。没等野村举起望远镜，只听扑通一声，一个捆扎得十分结实的炸药包落在了炮楼石墙下，炸药包上那根导火索正哧哧地冒着白烟。

野村一声令下，身边的那群日本兵立即匍匐在地。过了好一阵子，丢过来的那个炸药包却没有发出那声轰然巨响。

野村慢慢爬起来，盯着那个落在炮楼不远处熄了火的炸药包，心里不住地嘀咕，这伙神出鬼没的"土八路"一夜间究竟发明了啥新型发射装置，怎么不用人力却能把这么重的东西送到二百多米之外呢？好在这些土炸药包他不止一次地领教过，其威力根本无法和上好的军用炸药包比。如果换成TNT炸药包，这么大个儿，不说近在咫尺的炮楼会被炸塌，不远处那些土木结构的营房，顷刻间也会被夷为平地。

谁也没想到，刚刚退出炮楼组织起队伍的王德彪，看到一个东西飞过墙来，突然横眉怒目，飞快地拔出腰里的匣子枪，只听啪啪两声枪响，站在他旁边的那两个日本通信兵应声倒地。

这个东北汉子站在当院，冲着刚刚集合起来的队伍，陡然振臂吼道："弟兄们，做中国人的时候到了，都给老子掉转枪口，杀鬼子呀！"

那些寻常看似邋里邋遢的皇协军士兵，一个个唰唰地抽出长枪，飞快地四下里分散开来，各自找到隐身的木垛、断墙，便对着日本人的炮楼放起了枪。顷刻间，占据了院子四角工事的皇协军用长短枪一齐向鬼子守着的炮楼开起了火。

皇协军这头儿一开火，站在炮楼顶的野村开始还有点不明所以。当他看到从院子里射出的密集弹雨直指炮楼时，这个日本人立即明白自己麾下的这拨儿中国人临阵倒戈，他几乎歇斯底里地大骂了一句："浑蛋！"

趁着院外的八路还没有对据点展开攻击，他立即指挥炮楼底层护院的轻重机枪朝皇协军占据的工事疯狂扫射起来。

天还没亮那阵，四先生他们几个被据点内紧急集合的哨声惊醒，他们那阵别说去领早饭了，连解手都没顾上，便被推搡着躲进了大院西北角那座老财东看场躲乱的老土堡。

据点内突然响起激烈的枪声，他以为是外边的八路军冲进来了，心里立即生出一股莫名的快意。这也是他第一次看到日本人这么紧张。他蹲在墙角，心里暗自估摸，外边包围据点的这支队伍，可能并不是那些散兵游勇组成的游击队。他希望这些杀人不眨眼的日本人，这次真的遇到了克星。院子里枪声大作，这个窝在黑黢黢的土堡里躲命的庄户孙，此刻居然还能镇定地想起老家滩底那片熟透的秋庄稼来。

这时，两个站在炮楼顶的日军投掷兵接到命令，开始居高临下地朝皇协军占据的工事一个接一个地投掷小手雷。

王德彪队长据守的那排房的房顶上，连续落下几颗凌空爆炸的小手雷。随着一声声爆炸，顿时从盖着青瓦的房顶上噼里啪啦掉下一堆被炸碎的瓦片，房子里的人一个个被落下的土灰呛得喘不过气来。

院子里，鬼子的九二式重机枪近距离射击的摧毁力极强，子弹出膛后像风一般带着哨音飞来，修据点时用的那些从当地农家院搬来的相当厚实的老榆木门，一下便被拦腰打断凌空飞了起来。包着青砖的胡基墙在密集子弹的连续射击下，不一阵子就被打穿一个大洞。

日本人的第一拨儿扫射过后，王德彪身边一下子倒下去十多个弟兄。他见院外的八路军还没冲过来，自己的二百多个弟兄挤在这么狭小的院子里靠硬拼一时并不能奏效，为尽量保住弟兄们的命，这个东北麻脸汉子对着被子弹打飞窗棂的窗户洞大喊："快，跳墙头出去，投八路，杀鬼子呀！"

随后，他拿起身边的一杆长枪，从窗口飞身跳了出去。

只见这个莽汉就地打了一个滚，避开了迎面飞来的弹雨，接着几步跨过院子，推开土堡那扇熟悉的窗户，纵身跳了进去。

突然蹦进来一个满脸是血的壮汉，吓得土堡里的那几个女人哇哇大叫起来。

守在土堡里的四名皇协军一看头儿被鬼子逼到了这里，那个班长战战兢兢地问是不是要撤，王德彪将手里的德国"大镜面"在空里狠劲儿挥舞了一下，恶狠狠地说："往哪儿撤？让外边的八路冲进来炸开炮楼，咱们大小还能捞点功劳！快，把机枪交给我，你这就带俩弟兄跳窗出去打开大门。记住，日后咱们弟兄就靠这点脸面在八路那儿混了，都给老子有点眼色，小心鬼子狗急跳墙冲出炮楼先收拾咱们……"

说着，他把自己手里的长枪递过去，顺势拉过班长怀里抱着的那挺机枪，转过身大喝了一声："还磨蹭啥呢？我这儿机枪一响，你们就给老子

出去……"

…………

正午的马坊院，老枣树枝头那些叽叽喳喳的麻雀停止了往日的嘈杂，天蓝得没有一丝云彩。

四先生说到这儿，怔怔地望着瓦蓝瓦蓝的天空，好像在寻觅啥，半天都没说话。过了一会儿，他才对坐在自己对面吧嗒吧嗒抽烟的张干大开口说："……就这样，外边八路军的第二个炸药包抛过来，端端地落在了炮楼顶上。只听一声巨响，日本人守着的炮楼被炸飞了堞墙，一下子好像矮下去大半截。"

张干大慢吞吞地问："这些东北人，他们会不会原本就是八路的内应？"

四先生摇了摇头说："他们哪能是八路军嘛。自古睚眦必报，何况积怨已久。那些日本人，平时根本没把这帮皇协军当人看。吃饭要让日本人先打，蹲厕所也得给进来的日本人让位置，更别说进村扫荡、外出运粮那些事儿，都得让他们走在前头……"

张干大不解地问："那边，早早就有八路了？"

四先生摇了摇头，告诉老爷子说："八路的游击队还没过来那阵，当地和日本人作对的队伍就多得很，那真是五花八门，啥人都有。我们刚被带到那儿时，日本人还会安排我们拉个柴火啥的，平时我们都不敢轻易出门。出入据点的大小路面，白天还好，夜里随时会有人在路口埋地雷，铁的、瓷的，还有些是石头凿的。有些威力大的制式地雷，原本就是日本人自己埋的。只要被当地那些人发现了，他们就给挖出来，只需挪个地方，据点里的人一出门就会挨炸。连日本人自己也闹不清楚，为啥时常踩的还都是他们自己的'铁西瓜'。有一次，鬼子的汽车运输队要过境，特意从晋城派来些工兵排雷，头一天就炸死一个专家。为此这个野村气急败坏地在那儿乱跳，硬是用枪逼着那个王队长派兵把受伤的日本人抬出来。结果，抬人的又跟着挨了炸。日本人也不说看看还有啥法儿可想，硬是用枪逼着皇协军一个班的人继续蹚着地雷去抬人。那些小伙子明知道这是送死，谁也没有办法。结果，没走出半条巷远近，不知哪个踩响了一颗连环雷，当场又炸死了三个……"

张干大听到这儿便不再说话，四先生却叹了一口气，继续在那儿说道："你是不知道，这些少教化的岛国人也太恶心了。每过半个来月，就会从晋城那边开来辆大汽车送粮饷，每次还捎着拉回几个女人来'慰安'那些守据点的日本人。"

张干大奇怪地问："慰安啥？难道还要几个女人来做饭？"

四先生很不屑地给他解释说："做啥饭嘛，就是一伙男人排着队和那些女人一个个轮番做炕头上那事儿哩。唉，那些可怜的女人，一下汽车有时连饭也顾不上吃一口，手里抓着冷饭团子就被安排躺在一间大房子的门板上，那些日本兵居然排着队、唱着歌在屋子外等候。里边的人还没出来，外边的就在门口跺着脚喊叫督促。说这些你或许都不相信，那些皇协军在日本人那儿得到的一项奖赏，居然是被允许观看日本兵对女人做那些猪狗不如的事情……"

"那些女人都是从日本运过来的？"

"不全是。"

"没有一个是当地女人？"

"咋能没有呢。这群两条腿畜生，时常变着法儿在当地村庄抓些年轻女人。这些女人被糟蹋之后，还要村上维持会拿钱来赎。有个年轻女人被关在据点十多天都不让回家，大白天还让她光着身子在院子里转圈儿给他们取乐……"

"这群畜生！"

"不，不，我看还不如畜生。如果不是亲眼所见，听人学说这些令人恶心的事，搁谁都不会相信。这些皇协军好赖也是中国人，早就对这些鬼子窝了一肚子气。出事前的几天，我就发现这伙人神神秘秘地凑在一起商量着啥事儿，估摸他们是想投靠当地一撮时常来骚扰的土匪上山去。没过两天，就发生了八路来端炮楼的事情。"

"那些个东北人最后都投八路了？"

"嗯。近三百人，被鬼子打死了一百多。那个惨啊，院子里外到处是尸首。那个王队长死得更惨，在院外第二次甩过来的炸药包爆炸后，趁

着炮楼上的人被震蒙的那阵,这个东北汉子一个人扛着机枪跳出土堡,将枪口对准一层炮楼的枪眼,还没来得及开火,他就被里面的鬼子打成了血葫芦……"

"咋回事,里边的日本人没伤着还是咋的?"

"哪能啊。那座炮楼最上边用的是夯了石灰土的平顶子,下雨都不渗一点水。就算有力气大的把炸弹扔上去,也不会伤着里边的人。平时,岗楼上边也不架机枪。有事时,几个长枪打得好的鬼子兵才被派上去。只有第二层火器配得很扎实,两挺重机枪都在这一层架着哩。炸药包炸塌了上半边,里边多数人还都安然无恙。"

"那咋办?八路肯定也冲不进来嘛!"

"是啊,此刻别说冲进院子,隔墙对面那道斜坡,他们一时也冲不过来呢。那个王队长有个生死弟兄,一看鬼子的机枪还没停,端着机枪塞进炮楼的枪眼里放了一排子弹!谁知道,鬼子在里边又用木桩把他的枪顶了出来。机枪被堵了枪管,一下子炸了膛……"

"手榴弹呢?里边那么点地方,一个手榴弹塞进去,不就完了嘛!"

张干大说出"手榴弹"这三个字来,自觉有点失口,掏出烟袋掩饰地在那儿装起了烟叶。

四先生也觉得有点奇怪,老爷子这个大门不出的老庄户,咋比自己这个在队伍上吃过几天饭的人懂得还多?他抬起头看了老爷子一眼,继续对他说:"日本人也鬼着呢,那些皇协军鞍前马后为他们卖命,别说配发这些新火器了,就是长枪,发给他们的也尽是些东北兵工厂仿制的'汉阳造'。有时会配给他们两挺老旧的捷克机枪,威力跟日本人手里的'歪把子'根本不能比,开起火来,两家人打的也不是一号子弹,他们手里哪有人家那金贵的手榴弹嘛。"

两人都不说话,闷着头坐了一会儿,张干大这才无话找话地问了他一句:"对你挺好的那个日本军官,最后也死啦?"

四先生讷讷地说:"死啦,自己用刀把自己戳了。"

张干大不解地摇了摇头。四先生依然慢悠悠地说:"皇协军塞住了炮楼低处的枪眼,鬼子就在二层往下丢那些地瓜手雷,一时间大院里又被折腾得乌烟瘴气。这个时候，高坡上的八路大部队来了，才用重机枪压制住了炮楼里的鬼子。那些敢死队抱着炸药包二次冲进院子，先后抛出几个炸药包，只有一个将炮楼南边的石墙炸出一个豁口，人能进去。那些皇协军，起事前肯定商量过对付鬼子炮楼的办法，趁着里边的鬼子乱作一团，他们点着几床浸了汽油的被子，冒死扔进炮楼。守着一层的鬼子大多被炸死，活着的也被浸了汽油的被子烧得吱哇乱喊。就这样，居然有三个满脸血污的日本人端着枪从那豁口钻出来。我亲眼看见，他们就那样挺身往前走，直到被院里院外飞来的枪弹一个个打倒在地上……"

四先生顿了一下，不无惆怅地说："后来，那些八路军从炮楼里拖出几具尸首，我看见那个穿黄呢料军装的野村也在那儿躺着。"

听完这一切，张干大幽幽地叹了一口气。

三天来，他一直没问自己这个干儿子是怎么被日本人抓去的，更不想问他那老丈人是咋个死的，这一切他都从那个进村报信的西府人口里知道了。

面对这个九死一生的村庄后生，张干大这阵却突然想起当年第一次见到那个王老虎时的情景。

发生在这个院子里的那些往事，在他的脑海里清晰得就像是昨天刚刚发生过的一样。

28

那一年，东留马一个老脚户的大小子四先生，成了方圆几十里第一个进城读书的洋学生。不说魏存贤这个亲老子出门赶集满脸光荣，魏家祠堂的人也都跟着沾了天光。却说，这厮进了学校，虽然成绩优异，半道上却开始有点不务正业，偷偷和同班念书的一个叫周淑桂的学姐好上了。

论长相，家里定亲在先的小媳妇秀丽端庄，而他自主结识的这位小相好却也笑靥如花，正是女娃娃赢人的年纪，只是那举手投足间多了些书卷气。

面对貌美的同窗，这个色胆包天的家伙免不了暗生情愫。不久的日

子，两人就搅和得不成体统。家里喊他回来娶亲那天，这厮不但拒绝接亲，还哭哭啼啼地以死抵抗。结果，来吃喜酒的他三舅实在看不过眼，抄起院子里的一根柴火棍子，撵得这厮满院子躲打，才将事情勉强弹压下来。这厮那阵子虽然心里极不情愿，一路却再未滋事，总算按时按点把新娘子给家里接回来了。可是，拜堂那阵他又死犟着不愿在祖宗牌位前叩头。一直站在后边的他三舅，在地上蹾了蹾手里的棍子，这小子膝盖马上软和下来。好端端的家门喜事，硬是让这个新郎官闹得很是晦气，让亲老子在满院亲戚邻里面前有点挂不住脸面。

成亲不几天，应付完那些回门接送的礼俗，四先生依然提着书箱念书去了。一离家门，他却一连三个月都没回家。学校里那些"新生活"运动，居然蛊惑得这个毛小子不知天高地厚地跟家里争起婚姻自由来。好不容易挨到放假，这厮一进家门便一味猴在小房看他那些破书卷。待到天一擦黑，他宁愿窝在马坊院酱菜缸边听张干大闲谝五胡十六国的那些烂事，也不愿陪着新媳妇坐在热炕头说说过日子的情话。

这一切，开初还都瞒着家中二老。

婚后媳妇回娘家小住，被老娘问起养儿育女之事，女儿家居然不顾初嫁的那点羞涩，当着娘老子的面啼哭了一番。经不住大人再三盘问，魏王氏这才把女婿娃不谙男女大礼之事的枝枝蔓蔓满盘子满碗地一气儿端给了老娘。为娘的一听这号话，十分诧异，不想天下居然有此等怪事，料想其中必有蹊跷。她苦思良久，终不得法，便将此事告知夫君定夺。王团总一介武夫，开始还不觉其中有啥猫腻，经屋里人如此这般一番耳语，才感到怒火中烧，头发直竖。于是，选了个天气好的日子，亲自带了十多个马弁，分乘几辆轿车，一路浩浩荡荡地找上女婿家门兴师问罪来了。

四先生年纪虽小，却天生猴精。他早已料到自己闹出的这一连串事情，总会有东窗事发的一天。寻常躲在学校里，却也早早有了防备。这天，他下课后正要回宿舍取碗打饭，蓦然看见家里的那匹黄骟骡子拴在学校门外的老桧树上，旁边还站着东张西望的张干大。这时，学校已经敲铃领饭，老汉眨巴着一双迎风流泪的烂眼，正不住地跺着脚朝校园内张望。

四先生看到这幅情景不禁暗想，还有十多天才放假，家中却早早派人来接他回家，肯定是他在学校里的事情传到他家老子耳朵眼子里了。这厮一看大事不好，手脚麻利地跑到教室后边窗户下，赶着紧儿将此重要情况向刚刚下课准备回家吃饭的那位周学姐通报了一番。

一对男女学生，遇到此等水火事情难免惊慌失措，哪还顾得上考虑后果。女学生只怕这厮真的会被封建家庭抓回去剥皮，决定陪心上人一起出逃。于是，两人溜出学校。眼见天色已暗，还没寻出个合适地方藏身。还是那位周学姐主意多，跟他商量说，不如去后街爬墙去她家后院先躲一晚再说。忙乱之中，四先生这个鬼灵精也不说这个主意合不合适，点了点头就算答应了。

趁着黄昏街巷人少，周学姐扶他翻墙进去后，这厮才知道，城里人家的别墅比乡下财东的四合院要大得多。那晚他就在后花园一棵山楂树下的花圃里猫了起来。夜里只听街上的更夫敲着梆子已打过了一更，睡在闺房的周学姐只怕饿坏了心上人，蹑手蹑脚地走下绣楼溜到山楂树下，这厮已被凉风吹得不住地打喷嚏。周学姐立时心疼得不得了，不管不顾地扯着他去了她的闺房。

有道是，窈窕淑女，怀春少年。两个年轻人寻常耳鬓厮磨尚闹得无法割舍，更何况是同卧一榻，干柴碰见烈火，难免会闹出点情理之外的邪性事儿来。

夜半时分，俩人闲话说到瞌睡，便打着脚头躺下。开初那阵子尚好，各睡各的相安无事。未几，一个摸摸索索，一个寻寻觅觅，渐渐从被筒里钻到了一头。

却不料想，此等明火执仗的花事，第二天便把周公馆搅得鸡飞狗跳。

次日一大清早，周学姐那位穿着旗袍的娘老子早早起床梳洗完毕，听女儿噔噔地踩着皮鞋下了绣楼去厨房吃早点，便上楼去替女儿收拾被盖，待她无心地一拉那床缎花被，却见下边窝着个蔫头耷脑的白面书生！这女人先被活活吓了个半死，再看女儿床上狼藉一片，新换的西洋床单上似有点点殷红……这个年轻母亲立时感觉天旋地转。

家门出了这样的丑事，搁谁也不会善罢甘休。然而，这个知书达理的女人毕竟是城里人。她一没惊动家院，二没大哭大闹，一把拽起这个男学

生,领到自己的卧室,这才让其说出个中情由。事已至此,四先生却出奇地镇定,如此这般说了些两人相爱已久,昨晚家里来人要领他回去,两人一时六神无主,这才做出跳墙翻窗的丢人事儿。听罢原委,女人此刻也顾不上检讨自己寻常教女不严的过失,更不能把人送去见官,只好将少年送出了公馆大门。

眼见这个男学生扬长而去,她才放下了一颗悬着的心,立即快步返回卧室,哭哭啼啼缠住男人死活不让其去办公,并将家中夜里发生的事从头至尾给丈夫细学了一遍。

官老爷家出了这等事情,几个在衙门的贴己幕僚立马被召集到周公馆。最终,这些师爷还算想出了个周全办法,托人紧急央来东街的一个很有名望的说嘴子,怀里揣着一个拴了红绳的铜酒壶,第二天便来到东留马村,正式向魏家提说这段生米业已做成熟饭的倒贴姻亲。

谁能知道,此时在魏家的大房里正端端正正坐着从朝邑滩过来找亲家算帐的王老虎。

这边是吹胡子瞪眼的老亲家,那边是满脸堆笑的大红媒。遇到这个棘手的情况,家主魏存贤急得如同热锅上的蚂蚁。且不说他给客人说话颠三倒四闹出不少失仪的笑话,单是一上午来回沟通,两条腿都跑肿了,下台阶时,双腿不慎打了个趔趄,一头栽倒在地,结结实实摔了个大马趴。

这头儿,家里的伙计张干大赶紧把人架到炕头上灌了几口热水,这才慢慢缓了口气。趁主家躺着一时爬不起来,祠堂族老左右圆场。两摊子客人虽然看见主家摔伤了身子骨,各自依然黑着脸没有息事宁人的意思。

有道是,临事急迫,自有神麻。周府央来提亲的这个说嘴子大媒毕竟脑子活泛,几杯热茶下肚,业已闹清楚自己对面坐着吃茶的壮汉,原本是小伙子名正言顺的老岳丈,也知道了魏家相公已经迎娶在先的事实。此刻,人家老丈人找上门来算账,正是因了女婿在学校寻花问柳的事儿已经烂包了。这个还算知趣的媒人立马找了个借口溜出了魏家大院,骑着毛驴一溜烟回到城里,如此这般给老爷奏了一本。

且说在县大衙当差的官老爷,好赖懂点先来后到的简单道理,碰见这号赔了夫人又折兵的吃亏事情,也只能打掉门牙往肚子里咽。自家女儿再掉价，那也是当地官老爷的金枝玉叶。既然人家公子迎娶在先，自家女儿绝不可能去给一个土财主的公子做二房。遂压下此事不提。

却说，王老虎这头儿却一时放不下这件事情。尽管对方是洽川县有头有脸的官员，却也给足了他面子，让他全盘赢了这场先入为主的大官司。可他依然不依不饶，扬言要了结此事，除非魏家父子当着留马村老少爷们儿的面当街给他家女儿叩头谢罪。祠堂这头儿请人出面说和，这个满脸胡茬儿的刀客硬是一点都不通融，居然将亲家端上桌的酒饭摔在了当院，闹得半村人不得安宁。

一直在小房坐着垂泪听动静的魏王氏，知道自己父亲那坏脾气已经上来了。这个时候，如果自己再不出面，老爷子说不定会拔出腰里的"一响崩"在村里惹出场人命官司。想到这儿，这小女子便款款走出自家小房，面对着满院的生熟面孔，给一脚蹬在板凳上耍威风的父亲慢慢跪下，开口先道了一声"万福"，轻启樱口说："不孝女魏王氏跪迎父亲高堂——"

王老虎一看爱女当着夫家那么多人下跪，更是火冒三丈，恶声恶气地喝了一声："倩倩娃你起来，怕啥呢？漫说这小小的留马村，就是洽川县太爷的大堂，老子今天也能一把火烧了它！"

只见魏王氏头也不抬，跪在那儿轻声细语地继续规劝父亲道："我的亲爹爹，您的女婿年少懵懂，做事难免不顾前后，女儿既嫁与他为妻，也有帮衬之责。您今日果然要使我公公、丈夫颜面扫地，日后女儿在村院可如何做人？"

王老虎一听，自己寄人篱下的乖女儿为顾全家门颜面，居然忍着羞辱胳膊肘往外拐了，更是气冲斗牛，扯起嗓门大吼道："我王国麟家的金枝玉叶，当初许配给你们这狗一样的人家也算是瞎了眼！哼，我娃且起来，划不着给这门人家搅稀稠，大不了跟大回朝邑老家，王家的家产从此也有我娃一份，怕啥！"

魏王氏依然长跪不起，据理力争道："好我的亲爹爹呀，一个女子，既嫁随夫，夫死随子。您即便浑身都是理儿，真正闹到老爷大堂上，撂下的事还不是要女儿一人应承？您一气之下将女儿领回娘家，日后女儿又如

何有脸面改嫁他门？将来孩儿为父母送过百年，谁又替您的亲生女儿收殓这把枯骨？"

女儿一番入情入理的规劝，当爹的当然能明白，口气立马软下来。他心里当然知道，此事再在人家家里闹下去，自己脸上也未必能增添半丝光彩。毕竟女儿已是魏家门下的媳妇，自己的这只大木桶明显已经在人家井里下着哩。只要女儿能咽下这口气，当爹的也没道理这么不依不饶地难为老亲家。于是，他恨恨地吐了口闷气，饭也不吃一口，带着一干人打道回府了。

事情就这么搁下了。

魏存贤这个时时处处在村庄很顾及脸面的大人厢，这头儿站起身来，目送凶神恶煞般的亲家出了西城门，顿时觉得天旋地转，又一次一头栽倒在地……

前后两天时间，魏家大院门前的拴马桩上轮流拴过无数高骡大马，村道原先只行铁轮大车的地面，居然印满那些个包铜轿车元宝般的辙印。全村父老却不以此为村院荣耀，路过魏家门前都不愿停步，只怕沾了晦气。

在村院中平白受到如此羞辱，魏存贤往日走路那高仰着的头，一下耷拉下来。他整天窝在炕头不出门，嘴里一直反复念叨着："老子英武一世，赶车不看窝子，唱戏不瞧戏本，真个是好汉死在儿女手哇！"

打此事以后，魏存贤这个把面子看得比命还贵的人，就一直病恹恹的，再也没能恢复过来。接着，几年下来，儿媳给他连生三个孙女，他嘴上没说啥，却无心打理生意，关停了城里的铺面，又回村种起了庄稼。直到那年夏至，他不知因啥招惹了道上的事儿，被人暗地里讹了不少银子。自此，整日郁郁寡欢，躺在炕头再也没下来。勉强熬到麦子搭镰，吃了口当年的新麦子泡馍馍，硬是没能迈过甲子年的凶险大坎，丢下一地庄稼去阎王爷那儿拉长工去了。

这个人的病肯定是气头上得的，这一点倒不假。有人说，揉眼鬼这货在城里做事太招摇，被黑白两道算计了钱财，一时气不过；还有人说，他跟着戏班子受了那场羞辱，大小也是个事引子；多数人却更愿意相信，老汉是把自己长出息的儿子多年前那事儿搁在了心头，加上后来儿媳连生女娃,委实是被活活气死的。

家里没了顶梁柱,原本身体很好的魏夫人没多久跟着也得了个紧症。前一天,她还张罗着让张干大割肉沽酒,预备着为男人烧三天后的百日纸。鸡上架那阵子,人还好端端地招呼全家喝汤,她一宗一宗地安排完院里的大小事务,不一阵便觉心血上涌,喉咙里陡然长出一块核桃大小的肉疙瘩。

女东家毫无征兆地紧咬牙关跌倒在炕头,一家人马上乱了场。张干大一路跑着请来西村药铺里的老先生,刺喉放血好一阵折腾,当时还算让病人缓过了心口那口气。老先生看了一辈子病,当然知道这号紧症的凶猛,见病人已经苏醒,只无奈地留了一句"看病不能医命"的话。临走先生特意安顿说,只有熬到子时不再犯病,方有救。谁又知道,半个时辰不到,老夫人白喉又发,只听病人长叹一声,再也没能换上那口气来,便撒手人寰了。

四先生年少失怙,独子传家;少夫人奶着娃娃,根本无力打理偌大的家业;一个七十多岁的家婆,不理家事已多年,每日间只知道坐在院里朝着太阳晒暖暖。曾经热热闹闹的魏家大院,一下子冷清了许多。祠堂族老权衡再三,最终还是忍痛让族内这一高才生弃学回家料理家事。

四先生顶着纸盆埋葬了老爹,接着又送走百般疼爱自己的母亲,经历过家中死人这点害怕,心里多少算是明白了"玉人有意天无意,金玉良姻几个成"这句至理名言的深邃之意。亦收起心,不再贪恋那"花前月下常相会,撮土为香山海盟"的校园邂逅,安下心和魏王氏过起了平凡日子。

二十年间,他家炕头一气儿多出了七朵金花。

然而,一个沦落在打麦场上的白面书生,看着眼前寻常的日出日落,依然和普通庄稼戏子有着截然不同的感喟。此人时常对着郁郁葱葱的沟壑,大声吟哦自写的一段诗文:

石榴裙香,谁对樽中思量?
青酒红人面,痴汉泪成霜。
憔悴人儿,魂归何方?
浮生苦短,一醉方长……

29

落雁滩开春得了三场好雨,坡上的麦子都开始拔节了。时令一眨眼过了芒种,滩里的庄稼在去年秋里漫过大水后疯长。苞谷吐了缨,高粱红了脸,黑豆的蔓子扯得足有二尺长。人们早忘记了去年夏至那场年馑,看着眼前丰收在望的庄稼,忐忑不安地等待着秋收。河对岸的战事对这些普通庄户来说,只是些无关紧要的小事情。

早前跟着四先生出门的那一拨儿人,除去一个郭家坡的二道提手在撤离战场途中被流弹打死了,还有沟东那个烟鬼跟着八路的队伍走了,其他人都活着回到了村庄。跟着咬儿走的另一拨儿人依然杳无音信,那几户有人跟着出门去的人家,看着满滩要收割的庄稼,时不时就想起家里能撑住大活路的男人来。

一眨眼到了秋天,当年的秋庄稼也成了。地里有了庄稼,光景也过得快了。转眼间一秋一冬就这么过去了。

第二年春天,心慧又有了身子。还吊着奶水的儿子夜里饿得时常哭闹,她还懵懂地以为孩子哪儿不舒服。直到有一天,她觉得浑身瘫软,茶饭不思,仁湘请先生切了脉,她这才知道自己又怀上了。

蔓货的媳妇榆钱儿背地里听说这件事后,只怕自己那宝贝儿子被断了奶饿肚子,心里像着了火一般找到心慧商量说,儿子娃饭量大,似这样下去咋得了?好在咪咪已开始吃点馍馍米汤了,自己的奶水反正旺得吃不完,不如她每日里帮着给这边匀几口奶。

心慧把两人商量好的这个主意给魏王氏说了,这个内当家却觉得这样虽能济一时之紧,但还得有个长远打算。她嘴上虽没说,心里肯定能想到不能让亲生母子间搅和太多,久了难免滋生一些难舍的情分那些事儿。最后,魏王氏倒是想了个好主意。小子娃口粗些,不如给家里买只奶羊让娃换换口味。她还给心慧定心说,榆钱儿虽说年轻奶水好,那边女儿也都能扶着炕墙走了,可是正是娃娃添饭的时候,哪个都不能委屈了肚子。

于是,这个内当家当天就四处打听,张罗着牵一只奶羊回来让娃试试。有了这个打算,张干大打听到西村有一家奶山羊刚下了羔,他也不问价钱，后响就过去把大羊带羔儿牵进了马坊院。老汉先试着让老婆挤了一碗羊奶煎了，当晚小家伙喝了再也没哭闹，一觉睡到了大天亮。

虽说解决了儿子饿饭的问题，榆钱儿几天来依然往这边跑得很勤快，抱起自家儿子时的那份超乎寻常的热络，心慧一直看在眼里，多少也有些女人家的嫉妒。趁着这个劲儿，便把自己心头一直搁着的担心给四先生说了。

四先生去朝邑老丈人家看活路回来，刚在书房里坐定，心慧便抱着儿子过来了。这个被全家人喊作"羊生"的小家伙，一直跟着大妈魏王氏睡觉，平常也只跟她一个人亲。自打四先生从河东回来，几个月来这个当老子的把娃惯出了一身的毛病。只要看到这个胡子拉碴的四先生进了门，扬起小手就闹着要爹抱抱。

看见宝贝儿子张着小手要他抱，四先生一下子忘记了老丈人家那些悲戚，放下手里刚拿起的毛笔，接了孩子便没屁股没脸地亲一阵，逗得小家伙咯咯大笑。

心慧看着四哥在那儿逗孩子，原本笑吟吟的脸上突然流露出一丝不易察觉的忧伤。她站在那儿掩饰地收拾着桌上的茶杯，小心地递了一句看似无意的话过来。

她轻声细语地说："榆钱儿后响又抱着咪咪来串门子了。打进门到出门，一直抱着她家羊生，那份亲近真让人觉得还是亲生骨肉连着心哪。"

四先生却很随便地支应说："那又咋了？这对兄妹就有这个命，一出生便有两对爹娘心牵着，其他娃娃哪有这样的福分？"

心慧轻轻叹了一口气，故意绕了个弯子，小心地递话说："这回，不知我这肚子里会不会是个小子，要是那样，羊生将来可咋办？"

四先生若无其事地回应了她一句说："啥咋办？两个儿子就多啦？一只羊也是放，一滩羊也是放，正好有个小弟弟让大的领着玩，这个院子那该多热闹！"

心慧却多心地问了他一句："万一榆钱儿再生个丫头，咪咪在那头儿岂不是成了多余？"

四先生抬起头来问她："那你说咋办？娃娃养得都认你这个妈了，还

能再换回去？"

心慧知道四哥这也是句没走心的话，并没生气，只是提醒他说："那要是蔓货家这回再生个姑娘，到时候他们家就不想要回自己的亲生儿子？"

四先生嘴里嘶了一声，没好气地回了她一句说："你要是再生个丫头，羊生送过去那咋成？这不是八字还没一撇的事儿嘛，整天就操这些闲心。那边要是生个儿子，这不是正好嘛！"

心慧不服气地顶了他一句说："我咋就生不出个儿子？甜娃都八九岁了，那是你生的？"话一出口，自己倒先在那儿偷偷笑了。

这几天，心慧有事没事就说道儿子的事，倒让四先生觉得有点蹊跷。他这头儿刚要坐下说话，抱在怀里的小家伙却不悦意了，尖叫着用小手指着门外，要他抱出去转转。

他赶紧抱着孩子在屋里转了个圈儿，嘴里哄着说天黑院子里有老猫。小家伙已经能听懂人话了，小嘴里嚷嚷着执意要出门。四先生还在和心慧说话，并没把小家伙的要求当回事，孩子便哇的一声在他怀里哭起来。

魏王氏正在厨房收拾，听见心肝宝贝在这头儿哭闹，不一阵便甩着两只湿手进来了。进了门，她也不问东西，接了孩子拍打着便要出门。四先生却冲着她的背身丢了一句话过去，问她道："黑天黑地的，你这阵子一个人还忙活啥呢……"

魏王氏知道男人可能有话要说，一边逗着孩子，一边就着榻边慢慢坐了。小家伙被魏王氏抱过去便不闹了，三个人就这么干坐了一阵。

四先生这才不紧不慢地问她说："干妈那头儿这几天你去过吗？"

魏王氏寻常口紧，两条巷的女人大多愿意把些女人窝里的事儿说给她听。一听男人问起这个话来，她仔细琢磨了一阵，才回话说："嗯，后响那阵她来马坊院这边送药锅，我去给牲口送水碰到了，俩人也就顺便一起坐了坐。"

四先生又问了她一句："她没扯着跟你说啥话吧？"

魏王氏很奇怪地反问了他一句说："女人家整天待在一起，倒有啥正经话要说？她提说了一阵地里的庄稼，又唠起九成的事儿，说她最近一夜一夜睡不着觉，头疼起来就像脑瓢子里长了虫子。哦，对了，你去六里堤问没问家里，老爷子他们这俩月有啥音信吗？"

四先生回村这么长时间，一直没给家里人说老爷子他们跳崖的那一串事儿，只编谎说老爷子随大部队移防去了汉口，留下他们这一小部分人被鬼子冲散了，他才被抓去据点受了大半年磨难。每每见他说起这件事时那魂不守舍的神情，魏王氏便觉察出这里边一定有事，只怕自家男人瞒着自己，她还找张干大问了几回。老汉只好跟着隐瞒说，队伍能拉到汉口就绝对没事。黄河到长江还隔着老远呢，日本人的胳膊再长也伸不了那么远。

一听老婆又问起这件令他锥心的事情，他只淡淡地应了声没有，却岔开她的话头又问："嗯，老太太在你跟前流露过想把羊生换回去的意思吗？"

魏王氏不明白男人出了一天门咋又提说起这个话题来。她很是不耐烦地唠叨说："老太太是个啥人你能不知道？她咋会好端端地提说这样的闲话？当初两家说好的事儿，她能那么干脆地答应，你以为她真是菩萨娘娘发慈悲了？你也不想想，这头儿要是没有老爷子留下的坡道上那近百亩的绵土地和这一院庄基，还有滩里成片的枣树林子跟堰好的那好几顷抢田，当初她会答应得那么痛快吗？你要是不信，这阵试着把羊生抱过去，看她会不会接！"

四先生哦了一声，不住地点着头说："这倒也是。一巷两院，离着就这几步路，她啥事儿想不明白嘛。"说着，他看了一直闷头没说话的心慧一眼。

心慧自打进了这个家门，不说和魏王氏没有声高声低过，在四哥面前也从来不说一句多余的话。她也清楚，一个屋檐下住着两个女人，男人本来就有许多不便言说的难处。无论哪个有一点不悦意，都可能会冲撞到另一个。为了减少这些纠葛，每每过节给两家大人拿的大小礼品，她都让姐姐一手准备。即便到了夜晚，她也从来不会主动去书房打搅，倒是多次在枕边安顿四哥不要冷落了长房那边。自己一个无依无靠的寡妇，后半生能得到自己可心男人的悉心照应，今生就足够了。那些争宠夺爱的些小，她

压根就没想过，更不会为一些鸡毛蒜皮的事儿搅起无谓的家庭风波。

她见四哥说完话有意看了自己一眼，也不回避魏王氏，便把自己几天来的想法说了。她说："这话我们姐俩都没说过，今儿个只是给四哥提个醒。也好，咱仨当面把这个事儿说开，省得眼下的一些不周，到时让家门跟着丢脸。要说干妈那头儿，她当初愿意把羊生抱过来，肯定有她的账算哩。甜娃有光宗的门户院子，将来娶亲修盖也不会占用这边的一砖一瓦，这个老太太心里肯定清楚得很。我倒是有点担心，一年半载的要是这个院子里再添丁进口，不管人家咋想，咱得提前把这些事儿考虑好……"

四先生点了点头说："嗯，你把自个儿心里想的一下说完，让我听听。"

心慧也不推辞，便把心里一直怀着的那点担心和盘托出："你们也都看到了，羊生是个很机灵的孩子，这么大点，大人都哄骗不了他。谁也说不准，日后咱们自己养的一定会这么伶俐。等我们年龄都大了，家里的事儿肯定得交给这个老大。到那个时候，自己的亲儿子倒要处处受当哥的额外苛刻。就算是分锅另灶，自古长门不离正院，况且马坊院还住着囊哉一家……"

心慧在那儿说道儿子的事儿，魏王氏根本没上心去听，女人家心里的那点小盘算，她还是知道的。可是当心慧提到囊哉娃时，她却下意识地叹了一口气。只有她知道，男人近日对囊哉的事儿倒是真有点担心了。最近在哭泉镇那边趸摸了一家，女方派人打听了一番，对小伙子的腿脚很不满意，前几天人家已经回绝了。

去年，四先生临出门时给这个苦命的兄弟定了一门亲，原本说过年前后就能迎娶进门。不意秋后遇上一场蝗灾，落雁滩不少村庄的穷家小户，趁着那阵还没把人饿倒，带着一家老小一哄四下里逃命去了。

这伙人原本是些居无定所的客户，搭着草庵子住在滩底，靠夏秋两季捡庄稼为生。天年稍有不顺，他们就会像候鸟一样携家带口地离开这儿了。来年风调雨顺，又会有一拨儿住下来。跟囊哉定亲的那户人家，原本是安徽的老客户。老汉膝下有一女二男，为了长久落脚，才把大姑娘许给了当地人家。当时，说好的聘礼是十五石麦子。因了那阵四先生急着跟队伍出门，只给媒人留话说，得空就给人家把粮食送去。这号动了媒妁的姻亲，两家人算是说定了。那户人家倒不食言，举家远赴宁夏投亲前，倒是想把女儿给这边送过来。可当时囊哉跟着咬儿去了同官，张干大以此为借口没敢答应。媒人蹲在马坊院和他说了半天：只要这边一次送清麦子，不用摆酒拜堂，等天年顺了，有了孩子，到时一起摆酒也不迟。再说，那边几家亲戚已经定好了出走的日子，走的又是远路，一天都不能耽搁。三天之内如果见不到这边的麦子，这门亲事就算男方悔婚。当初的那些赠礼衣裳、待亲打搅的一切花销，日后不但不能索还，女方另许旁门，这边祠堂门下也不得插手干预。

面对当时那场突如其来的荒灾，张干大不愿将主家出丁挣来的麦子让人拉去给自己儿子换媳妇。这桩婚事就这么悄无声息地黄了。等魏王氏知道这个事儿后，派人再去说合，那家人已经带着女子远走固原。四先生回村后，又托了几个出门的毡匠一路从西吉打听到固原，却一直没找到那户人家。

四先生在那儿正想着囊哉的婚事，对于心慧刚才说的羊生的事儿，他低着头半天都没吭声。

魏王氏却接过话头说："心慧说的也有道理，人心隔肚皮，咱也不能不防。不过，这些话得等干妈那头儿先开口哩。且不说咱们会不会如愿有个亲生的，那头儿万一连着几个都不是儿了娃，这还真是个事儿呢。提说起这些话倒也好，却不必那么担心。甜娃不是还在这边嘛，兼祧二门的事儿也不是不行。至于干妈那人，我觉得咱们都款款把心放在肚里为好，免得无事生非。不信你们等着看吧，这件事到最后一点是非都不会有！"

四先生点了点头，不知是赞同心慧的担心还是相信魏王氏的推断。在他看来，这个莫须有的事儿，也不是什么火烧眉毛的要紧事儿，便附和道："你们的想法也不多余，都有各自的道理。这个事儿，咱们也就是关着门说说。只要那头儿不把这个风放出去，料想不会出啥岔子。"

心慧却插话说："就算干妈那头儿不提这个事儿，我心里却一直结着个疙瘩，想起来就不舒服。"

四先生问："咋啦？是不是她在你面前说啥了？"

心慧垂着眼帘,本不想再说。一听四哥非让她把心底的话说出来,便喏喏地开口说:"那天,我去榆钱儿那边看姑娘。自家女儿小脸脏兮兮的扬着小手要我抱,当时我就有点心酸。榆钱儿一准没好好儿管娃娃,让娃脖子前后长满了痱子。干妈那天看起来也是耍笑地说了一句话,可让人听了很不是滋味儿。"

魏王氏惊讶地瞪大眼睛,问道:"她真的露了口风?"

心慧一听姐姐听错了话意,赶忙摆着手说:"不,不是你说的这个事儿。小咪咪原本应当叫我一声妈,眼下却得叫我'花婆'。干妈还故意逗着咪咪让娃当面叫我一声。小东西也真乖巧,努着小嘴还真叫了。你们说说,以后娃大了,见了四哥你叫声干爷,听着让人舒服不?"

四先生一听,她转了这么大个圈子,原来说的是这事儿,便笑了笑说:"世上这个辈分算个啥嘛!一个刚生下的毛头娃娃,过继在谁家就得循着谁家的辈份,大一辈小一辈那都是老天的旨意。"

魏王氏一听只是个无关紧要的耍笑,便不再吭气,抱着孩子去了她那边。

心慧说起这个事情,说到底还是做母亲的那份舐犊之情在驱使。她并不是担心女儿在那边吃喝上会受苛刻,只是想让自己的娇娇女依偎在自己身边。她当然知道,将来女儿长大出了阁,肯定会认她这个亲娘。到那时再暗地里改口,谁又能出面干涉?魏王氏这一走,她也不好再说啥,抬脚刚要出门,四先生却喊住了她。

心慧倒了茶水又款款坐下,四先生才内疚地说:"让你搬到这边来住,真委屈你了。在山西那阵,我回得来回不来都不好说,心里别的都能放下,只是担心你一个人带着孩子日后可咋办才好。万没想到,你还怀了……"

心慧羞红了脸揶揄地说:"谁知道四哥硬是个当老丈人的命呢,我这争气的肚子,又给你添了个姑娘……"

四先生无声地笑了笑说:"唉,总算捡了条命回来。这几天,我一直在心里盘算一件事,想把耒耗班拉起来。死了的人死了,咱们活着的还得活下去,这戏还得有人唱呢。"

心慧却不无担忧地说:"箱都失散了,再说,咬儿带走了四五个好把式,眼下哪还拉得起一个全乎班子嘛。"

四先生喝了一口水说:"这倒不是个事儿,家里还剩下三十多挂偶子。过几天再请师傅来置办一些,几十挂偶子也不费啥事儿。我不是还带回来三个人嘛,还有干妈一家三口和你哩,带上几个小辈出村摔打摔打慢慢也就能抵事了。你不知道,我在山西那边都顶着角儿唱了几十场戏了。"

心慧惊诧地瞪大眼睛问:"你真的……能坐板鼓怀唱那些大本戏?"

四先生低着头说:"嗯,啥事儿都是逼出来的。老爷子喊着要听我这个老女婿唱几句,我咋能不唱嘛。唉,我给自己立过誓,这辈子就是守着戏箱也绝不开口给人唱一句戏文。细想想,自个儿争这口闲气又为啥来?魏家祠堂门下也有不唱戏的人家,不见得门楣就有多么高;多数家户几辈儿都得靠此为生,日子也不见得就低人多少。这些偶子,不过是祖宗给子孙们留下的一点念想。人这一辈子,死了活了,哭了笑了,我爹不是也唱了一辈子戏嘛。日后出村应事,你想唱两句只管跟着去。咱家虽不缺那顿酒饭,却不能把祖宗留下的这份世业搞丢了。家里这副箱,至少在咱这辈手上还得有人侍弄它。不但不能失散,还要添置!"

心慧一听四哥又要花钱置箱,小心地问他说:"听人说,爷爷当初为置办这副箱,把积攒了一辈子的置地的钱都化在了这上面,一次添四十八挂偶子的工钱,也不老少呢。"

四先生笑着说:"人哪,就得活一股心劲儿哩。那阵子我才几岁,爷爷佝偻着腰身推着独轮车赶戏场去卖甑糕,还时常带着我这个甩不脱的小尾巴。那情景我记得很真切,到了戏场,他老人家每次都会涎着脸去主家席棚给我讨一个夹着酥肉的白面蒸馍。看着我一口口吃馍馍,他总会问一句香不,我说香,他就告诉我,想每天吃白馍馍就好好儿跟人学戏去。家里这副戏箱,就是他留给子孙的一副米面家当啊。他哪能想到,轮到他那争气的儿子当家,不靠唱戏混嘴,还一下子盘下了洽川县半条街的铺子哪!"

心慧从来没从四哥嘴里听说过这些事儿,便好奇地问他说:"咱家生

意那么好,老掌柜咋半道上又回村给人唱戏了呢?"

四先生收起脸上的笑意,无奈地说:"一个在官府没有靠山的庄稼户,赚到手的那些钱,他们哪能让你拿回家盖房置地过日子?"

心慧很不解地看着四先生。

他喝了一口茶水,噗的一声又吐了出来。心慧赶紧给他倒掉杯子里的残茶,又添了新水。四先生这才把家族那点不便言说的过往告诉了自家女人。

"村里人都说,咱家老掌柜那几挂马车让二军抓去支差了,闹出那个有借无还的事儿伤了字号元气。其实,跟那件事一分钱的关系都没有。你想想,咱家"泰源永"在洽川县那生意能赔不起几挂马车?这号话若有人当街说出来,肯定十个人有九个会捂着嘴笑。我听老爷子亲口讲,在早年,十八娃起事反朝兵败,辫子军开始四处镇压。洽川这边惦记咱家生意的人趁机向官府告发了老掌柜,说他安排在铁炉分店的一个照看生意的伙计是那些人安插的乱党,多年来一直私自把酱菜卖给北山的那些人……"

心慧惊讶地问:"啥叫乱党?那阵子咋时兴闹这个?这党那党,眼下咋一下闹出这么多党?再说,卖酱菜犯啥法嘛?"

四先生低声告诉她说:"你哪懂这些嘛,那时候,山上有盐禁,把那么多酱菜运到山上去,政府那还禁个啥嘛。事发后,那边铺子里的这个人再也没露过面,有人说他跟那些起事的人去了商洛,也有人说他被辫子军乱刀砍死在了许庙山上。当时十里八村埋的那些人,哪个有全尸嘛!唉,这件事说起来跟咱家柜上一点关系都没有,结果一场官司打下来,老爷子硬是输了全部家当。当时,洽川知县是个安徽人,早就打了咱家东街那一溜儿铺子的主意,一根绳把老掌柜绑进了县大衙,没有一堆银子哪能轻易把人给放出来。祠堂连夜托人卖光了铺子,将银子全部送到了官府……"

心慧却不合时宜地说:"我咋听人说,老爷子去世前的一年,无事就聚集些远道来的人在马坊院抹花花牌,把家里的银子全输光了……"

四先生嗯了一声,不无解释地告诉她说:"那些人都不是平处卧的角色,我估摸,老掌柜后来那些事儿,跟马坊院咱干大这人脱不了干系……"

心慧还想再问，四先生摆了摆手说："这些事儿，老爷子在我十多岁时就跟我说了不下十遍。一个庄户，任你有天大的本事，也斗不过官府一个看门的衙役。老掌柜当年花了那么大心思供我去念书，本指望儿子能出人头地打拼个一官半职。吃过那回官司后，他却死心了。到头来，我这个不争气的忤逆子却出息成了个村学的教书先生，把日子过得八岸子都顾不住将①，就差挑着书箱出门混饭吃了。"

两个人就这么坐了一小会儿，心慧却叹了一口气，不知突然想到了啥事儿，坐在那儿低着头不再说话。四先生看见她肩膀一动一动的似在抽泣，便不无安抚地说："又咋了？哦，昨晚你告诉我的陈仓满说的那些话，那也不是空穴来风。不过，城里人的事儿，跟咱们乡下人能有啥关系嘛。我又不是那些当官的，还得顾及头上的乌纱帽，谁还能把一个种地的怎么样？你也别一天净想这些没影儿的事儿，过好咱们的小日子才是正道哩……"

这阵子，魏王氏哄睡了儿子，出门倒水时在台阶前喊了一句，督促心慧赶紧端汤。心慧这才想起四哥远路回来还没吃晚饭，便手脚麻利地出门去，反身端来了洗手的脸盆。

四先生这头儿刚把手伸进脸盆，隐约听见院子里有急促的脚步声传来，不一会儿蔓货火急火燎地推门进来了。

这厮双腿刚迈进门槛，很不合时宜地拉住四先生的手，语无伦次地哭着说："干大，急儿他们刚才回村了……说我大的脚被石头硌伤了，眼下肿得连腿都抬不起来……被他们丢在商洛那边一个猎户家，你得赶紧想办法派几个人抬人去哩！"

四先生怔怔地看了蔓货一阵，等他明白对方那番话的意思后，不紧不慢地丢给他一句说："你这么着急忙慌的干啥哩，先回去给肚子垫点东西，让媳妇准备些上路的馍馍。哦，你这就去看看，急儿还能骑得动驴吗？秦岭七十二峪，进南山有那么多山口，好歹得有个人带路嘛。你先回去，我这就招呼祠堂几个人来合计一下，要出门那也得等到天明嘛……"

---

① 八岸子都顾不住将：借用棋语，形容情势严峻，随时威胁到老将的生存。

张连长双手举起望远镜对着前山瞭望了一阵,这才向身后摇了摇手,招呼伏在灌木丛里的咬儿他们出来。等到几个人走到近前,他指着不远处的那个山口说:"魏队长,咱们就在这儿分手吧。翻过这座山,三十里不到就能走出去。到了卢氏那边,你们顺着山沟一直往西走,三天就能到商南地界。记住,鬼子兔子尾巴长不了,我们一定会再见面的。兄弟的老家在岐山益店沙王村,如果有机会,请捎个口信告诉我家大哥,就说我在这边一切都好……时间不早了,你们快走吧。"

咬儿看着张连长那身破得已经看不清颜色的军装,心头不禁一酸,握着他的手哽咽地说:"老张,我知道……我们几个这回给队伍添大麻烦了。兄弟这一走,咱们收容队就剩你们几个人了。山高路远,你又带着他们到哪儿去找大部队哩?"

张连长拍了拍他的肩膀笑道:"好兄弟,你放心好了。这一带山头,咱们来来去去走了十七八天了,每一棵树都认识咱们这些钻山猴儿了。眼下就是鬼子再来一个旅团,拉着搂麦的铁耙子把这一带山区反复搂三遍,也休想抓住我们。兄弟们也不要太难过,这次精简队伍决定让你们走,是上级的专门指示,没有其他原因,主要是为了减少一些无谓的牺牲。你们几位老同志年龄委实大了点,不能参加战斗,每天还得跟着穿梭成百里的山路,正常行军已经是个难事儿。如果有一天,咱们还能见面,我欢迎你们再回咱们老部队来!"

咬儿放开了和连长紧握着的一双手,却怎么也迈不开双腿,半天才窸窸窣窣地从内衣口袋里翻出几张晋察冀边区的毛票子,双手颤抖着递到张连长面前说:"这些钱我拿回去也买不来一斤米面,你把这点意思收下。等日子松泛点了,在集上给同志们称点油麻花……哪怕是一人一口,也算是咱们一起做战友这么些日子的一点情谊。"

几个庄稼戏子一看咬儿给了钱,也赶紧从各自口袋里掏出那些过河后就没用处的票子,一起递到了张连长面前。

这个岐山人郑重地收下这些钱,看了看左右,指着一个战士让他从肩上卸下一杆步枪递了过来,很感动地说:"好兄弟,你们的心意,我替组织上收下了。你们把这个带上,夜里走山路用得着。"

咬儿一看张连长要让他们捎一杆大枪回去,心里一紧张,脸上立时似有汗珠要往下淌,连忙摆手说:"不不!连长,拿着这个东西,路上万一碰见鬼子……到时有口都说不清呢。再说,部队上问起来咋办?走山路有啥怕的,我们一起有这么多伴儿哩!"

张连长却拉下脸来,严肃地说:"你也知道,最近咱们缴获的武器都是崭新的好家伙,一些用不着的老家伙都送给根据地的民兵了。这杆长征路上带过来的老套筒,膛线都快磨平了,打个山猪嘛倒是还用得着。鬼子这阵在卢氏那边没有驻扎大部队,他们也还顾不上大举剿山。这一路上,最多碰见些国军的队伍,怎么说那都是自己人。要是真遇见鬼子,你们这一身军装又哄得了哪个?这一片大山也还有豹子出没呢,前路上你们还要过秦岭,我在镇坪那边打过几年游击,别说走夜路了,白天还碰见过大老虎进村叼老百姓的牛犊子呢。这三枚子弹也拿上吧,路上防身用……"

跟着咬儿一起出来的那个叫急儿的小伙儿,见九叔一双怯懦的眼睛在示意他,就慢吞吞地走上前去把枪接了。

他们跟队伍继续往前走了二里多地,终于要分手了。

咬儿他们慢慢走下沟坡,张连长还在向他们挥手。看着眼前黑黢黢的大山,一群庄稼戏子轮换着扛着戏箱,顺着那荒无人烟的羊肠小道走,不一会儿就隐没在没膝的荒草之中了。

山里的太阳落得早。东边崖头上那一抹夕照还有一竿子多高,老驿道已经灰蒙蒙的看不清来路了。几个人两大晌也不知走了多少里路,最后路过的那几户人家,已经被他们远远地丢在了身后。

一行人拐上一道高粱梁,站定身子向身后远远望去,暮色中,隐约还能分辨出他们早上和部队分手时的那个垭口。隔空望去,两座山头相隔不到二十里路,可绕着沟沟峁峁一路转圈,他们的一双脚少说已经走出了五十里。

咬儿对这边的路很熟,他知道要去卢氏就得过河,再往南就是灵宝地界。他掂了掂褡裢,里边还有五块高粱饼子。他在心里盘算过了,不到万

不得已，绝不能动身上这点救命吃食。沿着黄河一路走，到了向东去的大转弯处是三门峡，去卢氏还有二百多里路要走。按照戏子家平常赶路的速度，虽说一天能走一百三十多里，可照眼下这几个黄皮寡瘦的人的速度，没有四天时间怎么也到不了商南。像他们这样一路不敢靠村的走法，这几块饼子能不能支撑到过河还是个事儿。

刚绕过一道山梁，趁着后边几个人还没有赶到跟前，咬儿狠了狠心从褡裢里掏出一块饼子，决定招呼大伙儿坐下来开始吃一天来的第二顿饭。

这是今天早上收容队最后一次给每个人发的干粮。昨天晚上宿营的时候，张连长他们用弓弩射死一只拦路的豪猪。几十个人围着篝火，烤着那点野味，分着吃了十七天来第一次有油水的饭。担心天亮后做饭升起的烟柱暴露他们的行踪，三更时分，炊事班的那个老伙夫就开始收集各班的粮袋子，用仅有的十多斤杂和面，打了三张半生不熟的硬面饼子。

咬儿打量着手里那块黑乎乎的饼子，慢吞吞地将它分成五等份。不一会儿，后边的人陆续都赶上来了，他将饼子一一递到大伙儿手里，最后手心还留了点馍馍渣儿，他伸出舌头舔了舔。几个人虽然饿得两眼直冒火星子，可看着手里那块像石头一样硬的饼子，却一个个翻着白眼，根本无法下咽。

咬儿刚坐下，又站起身来，手搭凉棚看见不远处有几棵茂密的大树，很有把握地对坐在身边的急儿说："前边那片石缝里肯定有水，舀一些端过来给大家喝……记住，慢慢喝一点就行了，不能一气儿猛灌，小心喝坏你小子的肺！"

急儿一路像个勤务兵一般不离咬儿的左右，屁股刚落下，又赶紧站起来，懒洋洋地从背上卸下那个被烟火熏得黑不溜秋的钢盔，提着一双烂鞋准备去找水。

只见他提了提裤子，又扎了扎腰带，临走时倒是没忘记端起那杆步枪。走到距离这边不远的一个路口，这厮煞有介事地用枪拨开路边的树枝，远近看了一阵，这才慢吞吞地钻进灌木林。

深秋河道里的水不能生着喝，这是他们在跟着队伍的一年里学到的防病知识。山西这个地界到处是战场，有村庄的地方就有枪声，住人的山沟常会有人和病畜的死尸无人掩埋，那些充满瘴气的林间苦水归入溪流后，往往喝一口就会要了人命。一路上，他们找到不多的几处有水的地方，为安全起见，咬儿会亲自选能喝的水，大伙儿再轮番动手挖出一汪水洼，等渗出的泥水变得澄清些，再一个个趴在地上轮流解渴。

几个人坐在那儿无事可做，挤在一起脱下脚上掉底的烂鞋用绳子打着结。看到前路山连着山，不免长吁短叹了一阵。谁知道，刚离开一小会儿，急儿就用钢盔端着水飞跑过来了。

一路泼洒，到了几个人跟前钢盔里已经没多少水了。急儿却气喘吁吁地连声说："九叔，坏菜了，坏菜了，那边肯定有人！"

几个人一听说前路上有人，只怕遇上断路的，马上从地上爬起来，都直勾勾地盯着咬儿。

咬儿听急儿这么一嚷嚷，立马觉得头发都竖起来了。尽管自个儿先被吓得心都要从嘴里蹦出来了，还是强装镇定地小声责备说："咋啦，咋啦，你是尿尿叫自家的牛儿吓着啦？咋连个话都不会说了？啥人？几个人？"

急儿一看自己的一句话吓坏了大家，更加着急地用手指着不远处的一块巨石说："我哪看见人了嘛……那块巨石下边，有一处挖出的小水泉子，边上还有盆儿放过的印子。那边向阳的坡上，还有一块巴掌大的地种着红薯……"说着，他从怀里取出一窝小得可怜的红薯让大家看了看。

咬儿长长地出了一口气，皱着眉头在心里想了一阵。

山区春霜晚秋霜早，一般很少有山民栽种红薯这个怕霜的作物，有这玩意儿的地方肯定是距离山外不远了。他转过身才发现，那几个人一听说有人，也不赶紧收拾地上的戏箱，都直直地站在那儿四处张望，一个个活像随时准备丢掉行李撒腿逃命似的。

咬儿用眼睛示意其他人都原地趴下，自个儿先捂着胸口平复了一下还在剧烈跳动的心脏。好一阵子才朝急儿招了招手，两人又朝那块有大树遮掩的巨石战战兢兢地摸了过去。

急儿说得没错，路边这处看似没有人烟的荒坡下，靠着巨石往上看，

那些石缝中的草窝子确实有人蹲过。巨石下一汪砌了沙围的清水泉子边上,几垄红薯蔓子里居然还顺着土坎垂下来一个大南瓜。

急儿这个贼大胆儿看了看巨石后面那几棵大树,肯定地说:"九叔,巨石后边肯定有人住着哩,要不你待在这儿瞭哨,我上去看看?"

咬儿摆了摆手,尽量压低声音说:"有啥看的?招出个大狗汪汪叫唤,惹那些咸淡事儿闹啥?谁知道后山还住有多少人家,万一惊动了他们,你这是寻着去挨打呀?"

急儿抖了一下手里的枪,底气十足地说:"怕啥!从天不明那阵走到这阵,大伙儿一气儿走了整整一天了。找个地方烧锅热水洗洗歇一夜,明天也好赶路嘛。再往前走,谁知道还会不会碰到人家。再说,你这人也太小心了,这鸟不拉屎的鬼地方哪会有鬼子嘛。真的撞见个把活人,肯定都是些山外逃难过来的老百姓。咱们几个老糙爷们儿,人家还能强留下给自家儿子当媳妇去?"

咬儿想了想,示意急儿把枪递给他,安顿道:"要上咱俩一起上去,我在高处占领个地形掩护你!万一有人,说话和蔼些,就说咱们借路讨点水喝,不要和人家多纠缠……"

说完,俩人蹑手蹑脚地扯着石缝间的树枝,踩着山里人留下的脚窝,一步一步爬了上去。好不容易爬到了高处,俩人停住脚步,仔细搜寻着周围有无人住过的痕迹。蓦然发现,巨石背面几棵大树下的山崖上,凿了一排橡眼,楔进橡眼的石桩上盖着一溜儿参差不齐的石板。

跟着队伍这么多日子,他们倒是学到了不少东西。两人站住脚跟很缜密地观察了一阵,发现石板下居然隐藏着一孔显然是老先人靠着石崖手工凿出的石窟。

石门两边,镌刻着一副描过锅黑的大字对联:

> 山神有路知客到,
> 只求烟火结因缘。

原来,这是一座当地人早年修凿的山神庙。俩人往近前走了几步,透过黑乎乎的石门道，隐约看见神龛上的山神爷早已不知去向。

看到这座空荡荡的庙，咬儿心里不禁一阵大喜，刚才紧张的心情一下子放松下来了。他想，天色也不早了，要是把一干人领到这个能遮风挡雨的庙里住一宿，岂不是个瞌睡碰见枕头的大好事？于是，他扯住正准备低头进洞的急儿说："别急！先跺跺脚，丢个东西进去听听声响，吓唬吓唬里边的獾子啥的，别扑棱棱蹦出来个东西吓人一跳！"

急儿想也没想，顺手从脚下捡起一块馍馍大小的石头，试探着丢进去。只听咣的一声，好像打中了里边的一个大铁器。

没等俩人明白过来，只听得哎呀一声，石窟内传出一声凄厉的尖叫，接着，从门洞里呜呜嗷嗷跑出一个女人！

两个人根本没想到，刚才鸦雀无声的石窟里会突然跑出个大活人，咬儿被惊得两腿一软，下意识地往后退了一步，双脚不慎踩到了石坎低处的软土，差点儿顺势倒下去。好在身后有个枯树干，人虽没掉下石坎，右脚却被卡在了石缝里，在身子失重的那一瞬间被狠狠地扭了一下，一股钻心的痛闹得他抱着树干才勉强支撑起身子。

急儿年纪不大，贼胆儿却不小，尽管刚刚被石窟里跑出来的女人惊得一个屁蹲儿坐在地上，居然还能端起枪。

那女人一出洞，看见地上蹲着的小伙儿手里端着杆拉了大栓的长枪，哪敢再跑，一下子停在那儿了，双手捂着脸瑟瑟发抖。

咬儿紧盯着石窟，见里边再无声响，这才回过头打量起身边这个奇怪的女人来。

这女人看起来年纪并不大，剪着一头短发，穿着打扮还算整洁。令他诧异的是，这女人居然穿着件城里女人才穿的纺绸旗袍，一双大脚上蹬的是军靴！

咬儿这阵子也顾不上细究这个女人究竟是上香的知客还是避难的乡民，结结巴巴地扯着嗓子对她厉声喝道："你，你躲在这儿干啥？里边还有没有人？"

急儿一听咬儿已经开口了，哆嗦着从地上爬起来，刚站起来一个趔趄又差点儿摔倒。他疑神疑鬼地四下里乱瞅了一阵，这才把枪口重新对

准眼前的女人，色厉内荏地帮腔道："你家男人呢，嗯？里边还有没有人？说！"

女子转过脸来看到小伙儿手里的枪一直对着自己，再看看面前这个问话的年长兵爷那张长着疤癞的脸，两条腿吓得不住地发抖，双手捂着脸愣在那儿不知如何是好。

不过，咬儿的这声断喝，女人好像听懂了他那一口陕西话，赶紧摆了摆手，接着又不住地摇头。也不知道她是回答石窟里没人，还是她家压根就没男人。

见眼前这女人被吓得不轻，石窟内一时半会儿再没动静，急儿定了定神，继续盘问道："咋不吭气哩，哑巴啦？我就不信里边就你一个女人，鬼才相信呢！说，你家男人藏哪儿去了？"

女人还是不说话，嘴里支支吾吾，双手胡乱打着手势。

一看眼前这个女人八成是个哑巴，急儿长长地吐了一口气，顺嘴嘟囔了一句："怪事，其他人呢……"

刚才，咬儿心里还在嘀咕，这些住在大山里的人家，娶来的婆娘大多是些山外嫁不出门的女人，不是傻子便是瘸子，这穷乡僻壤咋会跑出这么个清丽女人来？当他得知面前这女人八成是个哑巴时，终于放下心来。

咬儿看着面前这女人那一对滴溜乱转的大眼睛，估摸这女人脑子倒还清爽，这才气定神闲地对急儿不无指责地说："你能把个哑巴问答应吗？去，进去看看！"

急儿尽管刚才被吓了个半死，还是壮着胆子端起枪在石窟门口站住脚。趁着透进石窟的那点亮光，他把脑袋伸进石门仔细看了一番，发觉这个不大的石窟里边除了几尊菩萨塑像，上上下下确实没人影。不过，这厮依然不放心地对着里边吼了一阵子："里边有人吗？我都看见了，赶快出来！再不出来，老子就放枪了……"

如是喊了三五遍，石窟内依然没动静，急儿这才慢慢钻进去，端着枪在里边转了一圈儿。未几，他一只手里提着口带系儿的深铁锅一只手里提了个面袋子钻出来，一出门槛便咣的一声把铁锅扔在了地上。

站在门外的哑巴女人被眼前这个毛手毛脚的兵爷的粗鲁举动吓得又是一哆嗦。

急儿四下看了看，确定周围确实没啥动静，顺手从面袋子里抓了一把黑乎乎的东西，放在嘴里尝了尝，咂巴着嘴对咬儿说："九叔，再没啥东西好拿了，里边就这点柿皮炒面。呸！遇着了一家穷鬼。"

咬儿小心地打量了一番四周，又回过头来看了看眼前这个年轻女人。他想，即便这女人的家人夜里不回来，他们几个男人在这儿借宿肯定也不妥。于是，他也不管人家听得懂听不懂他那满口的关中土话，还算和蔼地对女人说："老乡，我们呢也不是啥坏人，是打北边过来的八路军。嗯，八路懂不？也就是说，我们是一支天下穷人自己的队伍。我们这支队伍一不抢女人，二不祸害老百姓，过河来是专门打鬼子的。"

那女人不住地乱点头，然后羞怯地低下头看着刚被兵爷提出来的炒面口袋并不吱声。咬儿不无解释地对哑巴女人说："喂，你家这点粮食，先借我们用用。钱呢，俺手头一个大子儿也没有。日后碰见我们的大部队，你把这事儿跟他们说说，让他们报答你家的这份恩情吧。"

说完这话，他觉得给一个哑巴说这些屁话也没多大用处，转过身对急儿低低地吼了一声："走，还站在那儿鳖瞅蛋哪？"

急儿不知好端端的咋招了九叔的这声呵斥，一看咬儿已经撂开大步朝来路走了，跟在屁股后手忙脚乱地离开了这片是非之地。

两人刚转过弯儿找到刚才下来的那条小路，活像偷了人一般加快了脚步，一个跟着一个爬上那块石头，沿着石缝溜回河滩。一看后边并没有人追撵，一老一少马上撒开腿小跑起来。经过水泉那处地方时，急儿倒是没忘了顺手摘走人家地边垂下来的那颗大南瓜。

两人连滚带爬地回到了刚才歇脚的老地方，一屁股蹲下去长长地喘了一口气，咬儿却突然狐疑地站起身来，侧着耳朵仔细听着四周的动静。

原来，刚才他俩走的时候，地上原本捆扎得好好儿的戏箱似乎被人打开过，行李也被翻得乱七八糟。急儿一路拿着的那个用来盛水的破钢盔，居然被人踢到路边。留在这儿守候的几个人，一眨眼工夫都不知去向。

他心里咯噔一下，不过，倒还找了理由自我安慰了一番：这几个胆小

鬼肯定是搭伙找背僻的地方解手去了，要么就是肚子饥饿，跑到崖边摘点拐枣啥的充饥去了，肯定不会走远。再说，这个时辰狼虫还没出来，就算来上一头大豹子，也不会把几个人一下子全叼走的。

不过，咬儿还是觉得有点不对劲儿，他站起身来对着沟坎和树丛试探着喊了几声。他竖着耳朵等了一阵，周围并没有人回应。

急儿这个饥寒鬼却不管这些事儿，一屁股坐下来便饥不择食地往他那张大嘴里填了一大把干炒面。据来的这点炒面委实太干，他鼓着嘴巴想凑合咽下去，却被噎得翻着白眼半天说不出话来。

咬儿这头儿一阵喊叫，急儿被惊出一个饱嗝，他伸着脖子四下里乱瞅了一阵，总算吃力地咽下口里的东西，腾出嘴巴提醒咬儿说："九叔，这几个厌包会不会丢下咱俩跑啦？"

咬儿心里正在狐疑，又被急儿这句毫无根由的提醒惊了一下，随口低声骂了他一句："放你妈的狗屁！他们又不是老鹰插了翅膀，一屁时辰能飞过山去？再说，一个个老胳膊老腿，他们能往哪儿跑？款款坐一会儿再等等看……"

叔侄俩坐在那儿一把炒面一口水地又吃了一气，缓过了刚才那股饿劲儿，咬儿顺手收拾着被翻得乱七八糟的戏箱。这时候，他陡然发现，戏箱里自己一直藏掖得很好的那个小闹钟不翼而飞了！

这个精巧的小玩意儿是他在战场上顺手捡来的战利品，一直藏着没有给连长上缴。一看他那宝贝被人翻走了，他这才往坏处想了想，难道他们真的往前边走了？还是让刚才那家埋伏在这边的一伙人给抓走了？

想到这儿，他几乎不敢往下想了，突然站起身来，走到丢在脚下的行李跟前，重新捆扎好两个箱子，顺手提起一个往肩膀上一搭，指着另一个对急儿低低地吼了一声："快起来，咱们走！"

急儿瘫在那儿懒得动身，手里正在玩那个洋铁皮做的日本纸烟盒子。听见咬儿的这声断喝，他不情愿地站起身子，一边懒洋洋地去提箱子，一边咕哝着："九叔，咋这么急迫，咱们不等他们啦？他们几个又不认得路，万一丢了咋办？"

咬儿没好气地说："还等个屁，一个个肯定是懒得背这些重东西，丢下咱们往前边颠了。赶紧起身,咱俩这就顺路撵他们去……"

急儿还在那儿磨磨蹭蹭地不想走,这头儿刚把钢盔扣在戏箱上扎好,就在他低头拿枪的那个当口,只听身后大树上有人大喝一声:"二位请留步!"

咬儿刚抬起脚,突然被身后的这声断喝惊得浑身一哆嗦,脑子里瞬间一片空白。在这紧急关头,他倒是没乱阵脚。如此看来,刚才自己担心的一切都有了答案。他一动也不敢动,更不敢扭头去看,活像老鼠被大猫施了定身法,定在那儿了。

急儿正弯着腰准备去捡地上的步枪,听到身后似有人声,依然大咧咧地提了枪站直了身子。接着又不放心地左顾右盼了一番,怀疑是不是自己听错了,依然无事一般,准备抬脚走路。

这时候,那声音又冷冷地传过来:"小伙子,把枪放下,往前走两步!"

急儿这小子脑子寻常就挺灵光,这次真真切切听见身后有生人在吼叫,那话语他也听得一清二楚,心里明白人家喊的正是他,便乖乖放下手里的步枪,腿脚僵硬地往前挪了两三步,跟咬儿一排齐齐地在路边站定。

在身后那棵大树上藏身的人并没有下来,声音显然比刚才缓和了一点,依然厉声喝道:"都不许动,本山头只劫财,不伤人命!"

叔侄俩这阵才明白过来,他们不在的那阵,几个同乡人落在这伙劫道的强人手上了。

不过,咬儿这阵子脑子倒是一点都没乱。他想,这些人再坏也坏不到哪儿去,毕竟都是中国人嘛。只要不被那些汉奸抓去,最后落到鬼子手上就还有救。想到这儿他立马松了一口气。

这个时候,只见前面树丛里鱼贯钻出三个山民装束的蒙面人,手里都提着把短枪,步履轻盈地朝他们走来。

咬儿慢慢回过头去,见后边山道上也站着两个彪形大汉,每人手里都提着一把德国"大镜面"匣子枪。

刚才那个哑巴女人,此刻好像变了一个人,手里拿着一把小手枪,步态轻盈地指点着那几个被捆得像煮熟的粽子一样的庄稼戏子,从刚才他们

经过的山道上走过来。

这时候,咬儿身后那棵并不高大的栗子树上,一个黑衣人像猿猴一般敏捷地跳下树杈,将两把崭新的"王八盒子"①插在腰间,拍了拍手走过来,像牲口集上那些经纪看牲口牙口似的围着两人仔仔细细地看了一遍,对着急儿先开口盘问道:"小兄弟,你们真是借道的八路?"

咬儿赶紧抢着回话说:"好汉饶命,我们真是八路……"

对方顿时被咬儿那一副可怜相逗乐了,嘿嘿笑了笑说:"还没问你呢!八路军的队伍里怎么还有你们这样的孬种?你老实说,你们是不是鬼子派来的探子?"

一听对方的口气,得知这拨儿人也是打鬼子的队伍。咬儿马上拍着胸脯敞亮地告诉对方说:"我们是八路军三三四团收容队的,这还能有假?"

"哦,就算你们是土八路,你们不在北边打鬼子,这是要到哪儿去?"

"回……家。"

"回哪个家?"

"这个,这个,回……陕西老家……"

"想过河去?怕不是临阵脱逃吧?"

咬儿这下更加肯定是碰到自己人了,回话也就顺畅了很多。他放下抱着脑袋的双手,慢慢转正了身子,仔细给对方解释说:"看你老兄说的,哪能呢。我们根据地那边让鬼子围困得太厉害了,人都分散下去带着小股部队和鬼子周旋,十多天一家人都难得碰面呢。我们演剧队的这些人,你也看到了,老的老、小的小,跟着大部队整天赶山也不方便,被上级精简了,让各自回老家种地去哩。"

"那怎么还带着武器,这也是他们让带的?"对方似乎有点不信任地追问了一句。

"这这,啧,这玩意儿不是我们要带的……这阵还真是有嘴都说不清

---

① "王八盒子":蔑称,日式手枪。

哩。我们那个张连长，他担心这片山上有老虎呢。我当时就说，带着这玩意儿迟早是个祸害，准备出山后就找地方把它扔掉……"咬儿嘴里忙不迭地给人家解释道。

黑衣人一听这话，突然哈哈大笑起来，改用陕西话问了一句说："老汉叔，河东的雀儿都被枪声吓得飞到河西孵蛋去咧，你还捎着杆大枪满山打老虎呢。你老实说，你们到底是干吗的？"

咬儿一听这个黑衣人一口地道的蓝田话，心情明显又放松了许多，赶忙亲热地说："乡党，实话给你说了也好。我们几个人呢，是河对岸一个村的庄稼戏子。滩里两料没一点收成，原本想着跟八路来这边混几口饭吃，唉，再别提这一年跟着这些人受的那份活人罪了！你是不知道，先不说山西这边的粮食做出来的那些饭食让人无法下咽，吃顿玉茭子面饼子就算是改善伙食了，一天到晚还被鬼子追得团团转。白日子弹在头顶上飞，夜里只能和衣打个盹儿。满身的虱子咬得人走路都得挠痒痒，哪里睡过一晚囫囵觉嘛。这不，公家好不容易把我们几个给遣散了，让各自回家种庄稼去。你也知道，北边这阵子根本过不了河，我们几个准备先去三门峡那边探探路，到时再想想办法。只要能混过河去，再取道商南往西走两天，出山就到了华州地界，那边就有熟人了……"

这个约莫三十岁的黑衣人无声地笑了笑说："好我的老汉叔哩，看来你这辈子还真没学会给人撒谎摆屁哪。那我也实话告诉你们吧，我们是国军谍报队的。要不是刚才听了你叔侄俩在石窟那边的对话，这阵子你们哪一个都不会活着走出这片山头，信不？"

咬儿看了看几个被捆得结结实实跪在那儿的同乡，一个个龇牙咧嘴实在是受不住了，小心地给人家商量说："兄弟，你看，是不是先把几个乡党身上的绳子……给解开，让人喘口气？"

黑衣人摆了摆手招呼手下人说："把他们都放开吧。看来都是自己人，按老规矩办，在河这边遇见陕西乡党，一人发一个'孙文头'做盘缠。"

那个站在不远处的女子一听头儿已经放话，款款走过来，从口袋里取出几块银圆，将钱一一发到他们手里。

几个庄稼戏子立时面面相觑,觉得眨眼工夫遇到的咋尽是这么些蹊跷事儿。看着放在各人手里的那块银圆,想着他们在戏里时常给人唱的,一个个都在心里各自怀疑,这钱会不会就是传说中被撕票前的"上路钱"……

几个人接又不敢接,不接又怕惹事儿,最后一个个只好乖乖接了,却攥在手心没敢往自家口袋里放。

只见那女子走到急儿面前,恼恨地瞪了他一眼,没好气地调侃说:"哼,小伙子,姑奶奶要是知道你刚才丢进来的不是手榴弹,你小子那阵要是敢贸然踏进石窟一步,你这小命当场就没了!还玩枪呢,我跳出石窟那阵,你那端枪的右手食指还在扳机护圈外边扣着呢,你以为老娘真害怕了?姑奶奶这把枪就在靴子里边上着膛呢!"

说完,她又不无讥讽地加了一句说:"瞅啥呢?不独你们宽待俘虏,我们这位张组长可是研究你们这伙土八路的专家呢……"

看到几个人接到那块银圆都怔在那儿了,那个张组长笑了笑,替咬儿出主意说:"老汉叔,我看你们也不是坏人。这样吧,我张某好人做到底,今晚顺便带你们过河去。对面就是国军设在港口镇的炮兵阵地,这边会通过电台告诉他们你们过河的时间。也免得那边开火,让你们把命丢在自己人手里……"

咬儿简直不敢相信自己的耳朵,十分感激地说:"好人哪!兄弟,这可让我咋谢你哩!可……这儿哪有船?再说,正是秋汛,河里的水急得很,这么多人挤个牛皮筏子,黑灯瞎火的,万一翻了他们几个都不会水呀!"

张组长淡淡地说:"牛皮筏子?有那玩意儿倒好了。至于这个嘛,就不用你操心了。你们拿走了干粮,我们也得过河去运点补给嘛。"

咬儿赶紧示意急儿把炒面袋子还给人家。急儿这阵子倒是手脚利索,马上把炒面袋子双手给人家递了过去。

张组长却大度地摆了摆手说:"这点干粮你们还是拿着路上吃吧。当然喽,我张某的银圆也不是让你们白拿的。你们箱子里那个德国小闹钟,我看就相抵充公吧。一个土包子,把这号洋玩意儿拿回去,知道指针上这些洋码子横着看还是竖着看？"

说完这些，张组长这才亲切地拍了拍咬儿的肩膀说："老汉叔，不是贤侄说你们，你们这群饭桶，简直是白白跟着八路吃了这么长时间的军粮。你想过没有，就算你们冒死走到三门峡那边，一个个穿着这身破军装咋能混得过去呢？不说鬼子靠河修筑的那一溜儿长墙连只麻雀都飞不过去，就算你们能爬过电网，鬼子一旦发现有人靠河就会开火，这不是明摆着白白去送死嘛。再说了，就算你们能游过河心，国军那边的狙击步枪哪能放过你们？"

咬儿一时惊得张大了嘴巴，半天都没合拢。

只见这个救苦救难的陕西乡党盯着地上那杆"汉阳造"，商量着对他说："啥话都不说了，你们这杆破枪也留下给兄弟做个纪念吧，这个拨火棍好歹比我们身上的短枪射程远点。话又说回来，你就算把这玩意儿带到对岸，一路上只会给你们惹出更大的麻烦……"

急儿立即殷勤地捡起地上那杆枪，用袖子擦了擦，傻笑着递到人家手里。

咬儿听对方提到小闹钟，十分大方地说："兄弟说的都是啥话嘛，除了戏箱里的这些线偶子，老哥啥都不珍惜。刚才，发现箱子被人翻过，我还以为是碰上吃道上庄稼的绿林好汉了呢……"

几个国军跟着哈哈大笑了一阵子，咬儿赶紧招呼儿个人收拾东西。谁知道他这头儿刚抬腿，不意右脚吃了力，一个趔趄差点儿没摔倒。

这个时候，他才想起，刚才眼前这女子走出石窟那阵，自己的右脚被卡在石缝里扭伤了。就这一小会儿工夫，脚踝已经肿得老高了。

31

河东那边打得不可开交，并没有影响河西这边庄稼的收成。除了麻雀比往年多，入秋后雨少得反常，家家户户顺顺当当把滩里的庄稼碾打成了颗子入了囤。缴过比历年还要重的各类税，东留马家家户户依然有余粮可粜。哭泉镇的粮市上，一街两行栽的布袋里，大多是落雁滩运上来的苞谷

和蚕豆。那些来自西京城和三原一带的粮食贩子,走了一拨儿,又来了一拨儿,闹得这个不大的镇点上好像天天都有庙会一样。

趁着粮价好,张干大将主家去年的陈麦子倒出来几石,套着大车去了趟镇上。

他这头儿车刚停稳,碰巧遇见陇东过来的一个熟人。他也不啰嗦,对方也好说话,两人三槌两梆子就成交、点钱了。倒换了粮食口袋,他也无心逛会,刚想赶车趁早往回走的时候,一同上会来做经纪的陈仓满不知从哪儿冒出来,絮絮叨叨地说让他捎个脚回去。

原来,陈仓满赶了个早市得了个大便宜,掏了一点小钱给自家买了头老母猪。他还要在市上忙活一阵生意,就先把猪赶到后街的一户熟人那儿圈起来了。知道张干大有空车回家,便一路找过来。只见他急匆匆地安顿,让张干大等一小会儿,他这就去把猪赶过来。

张干大也不着急回家,掏出布袋里的干馍馍蹲在饭摊子跟前要了一碗面汤,趁空填了填肚子。眼见太阳已经西斜,陈仓满这才赶着头肚皮松松垮垮的大母猪,像戏里那个苏武牧羊一般,三步一停、两步一歇,不慌不忙地从后街那边走过来。

两人将猪赶上大车,挡好了后挡板。老母猪因时常被主人赶着出门配猪娃,上车后亦无须捆扎,只要车一动,就能安安生生上路了。

一路上,陈仓满无话找话地跟张干大拉了些男人关心的家常,拉着拉着就提到了刘欣耕这个人。自打陈仓满从刘欣耕嘴里知道,住在魏家马坊院里的这个张拯恩和自己拜过把子的大哥王老虎早有私交,便对住在村上的这个外路人有了些莫名的亲近。寻常倒是想和这个人交往交往。可是这个人口紧得很,几次能搭上的话茬儿,都被对方巧妙地支开了。

深秋多雨,泥泞的乡村土路经大太阳晒过,变得更加坑洼不平。随着路面那点颠簸,车厢上的老母猪被摇晃得呼呼大睡,陈仓满这才放下心来,试探着问坐在车辕上的张干大说:"张相,你是在啥地方认识南岸子那个刘管家的?"

张干大知道对方整天揣在肚里的那点心思,淡淡地随话赶话说:"老刘嘛,你们不是时常一搭儿共事嘛,搅和的还都是些黑货白货(大烟和银子），他咋能没给你说过我俩那点过往？"

陈仓满讪讪地笑了一声说："我问你呢，你倒把我俩扯到一起了。我倒是听他说，你老小子还跟着他染过一回'红案'，是不？"

一听村上这个人精问了这句话，张干大坐在车辕上先哈哈大笑了一阵，才慢条斯理地回他话说："那都是啥年月的事儿了嘛，照你这么说，我张拯恩放着那么红火的饭碗不端，反倒归隐了，窝在东留马这个干梁梁上给人拉长工混这碗舍饭？"

陈仓满听他回答得这么轻省，很不以为然地回话说："你个老厌，这辈子也是把砍头当风吹帽哩，红火个屁。自古乱朝就得遭砍头，这点厉害谁不知道？不过，那个时候，老刘这小子倒是心热得不行呢。我估摸，他跟着那些人肯定没少得洋落。有一次，这厮不知通着这条道上的哪个气眼，居然把一个说客带到王老虎的大堂上，想让老大带着队伍跟那伙人上高棠山去打游击。要不是几个弟兄前后说情，老大那次差点儿砍了这厮的脑袋。我那阵在铁码头那边摆了个卦摊儿，他年轻时那点糗事咋能瞒过我嘛。"

张干大笑嘻嘻地说："是，是，老刘这个人哪像咱们，人家才是有大志向的人哩。想当年，我在北山收皮货，这小子可没少从我手里赚银子哩。光是上好的豹子皮，就拿走过不下二十张。当时，那玩意儿到处都缺货嘛。拿到西京铺子，哪一家少说也给他十块八块的哩。唉，做生意嘛，各算各的账、各挣各的钱呗。你可能也知道，我俩还是一起结拜过的弟兄呢！"说到这儿，他不无伤感地叹了口气接着说："人哪，千万不敢有钱哟，这么多年，这娃儿在朝邑滩混发达了，早把我这个老大哥忘到脑后去咧。"

陈仓满嘿嘿一笑，依然试探着问他说："哪能呢，前年他不是还和你做过一宗大生意吗？就是他让我到马坊院喊你来我家的那次……你忘啦？"

张干大却没正面回答他，很是气恼地说："他手头被人逼得紧火，求我给他蹚蹚路子。唉，只要有钱赚，这小子杀人放火的事儿都敢干呢。你可能不知道，他手头经管的那些黑货，他却是一口不抽。做这号生意，还

就得有他这男人的硬脏腑呢。"

陈仓满一听这话，立马把嘴撇得像个豁口的老碗，很不屑地说："你倒是知道个锤子，他咋能不抽？每次到我家做客，坐下来都得紧着抽一阵子。这小子那瘾还大得很呢，一连能抽俩泡儿……"

张干大却慢悠悠地笑着说："你尝过他随身带的私货？能比过咱们那些滩货吗？"

陈仓满想了想，嘴里嘶嘶地倒吸了几口气，狐疑地问："他倒是说过，咱们的滩货不咋地道，他带的才是上等货。我闻过他那膏子，味儿还真不错，倒是没尝过。你说说，他抽的究竟是啥玩意儿？"

张干大笑而不语，最后还是给对方交了实底说："这个人哪，巷子深得很呢。别说大烟了，就是一口老酒，你见他动过吗？再说，他要是敢抽这个，我就敢废了他这个小兄弟！当年，我们五弟兄结拜那阵就定了规矩，这辈子不抽大烟、不打牌、不做糊涂人。"

陈仓满恍然大悟，一拍脑袋说："天上九头鸟，地上湖北佬。这小子办事硬是鬼得很，生意道上来回都不走干路。他那次从你那儿拿走的那些货，你以为真的是送给南边的药厂去造药了吗？嘿，全让这厮倒腾到马家军那儿去了，一次换过来四十匹河曲马。他安顿我把这些牲口替他倒腾给北山那边，回来他妈的只给了我二十块银圆的跑路钱。你说说，这小子一把挣了多少银子？喊，给我的那几块银圆，还不够打点道上的朋友喝茶呢！"

张干大一听这事儿，哑然失笑，他说："你不说，我也知道你们两个那些烧茅炼丹的事儿。话又说回来，兄弟一场，那点银子揣到谁口袋里还不是一样使唤嘛！那次你俩贩马的事儿他倒是给我露过一点口风，他说是你介绍的道儿，让你多得几个也是应当的。后来，你小子咋敢把马匹卖给黄龙山？"

说到这儿，他故意顿了顿又接着说："嗐，房是招牌地是累，银钱才是个催命鬼。人哪，这辈子挣多少钱是个够？箱底放两个，口袋里揣两个，能过过小日子就行了。他是个外路人，提着脑袋的事儿都敢胡整。咱们可都有家有舍的，咽了这口活人气，总是要埋在这片坡头呢。"

陈仓满知道和这个守口如瓶的男人扯这些话最终也是白耽误工夫。一听对方最后这话意，他倒是真有点不自在起来。听对方再不开腔，他试探着说："这小子何止是挣钱哟。我咋听说，前几年魏家马坊院的酱菜货车，不等到西京，半路就上了塬？这小子胃口大着呢。"说完，他装作无意地扫了张干大几眼。

张干大嘴角微微露出点笑意，并没搭他的话茬儿。

车走了好一阵子，陈仓满又无话找话地提说起刚才保上给他安顿的一件小事来。

原来，近日他去县上参加了个会，邢书记长在会上透风说，日本人眼下已经打到了南洋那边，还顺手炸了珍珠港，惹得老美也急眼了。美国佬不但帮着老蒋用飞机运来了枪炮弹药，中国远征军也配合着英军打到了缅甸。看来，这些鬼子的气数也快尽了。关中这个大后方，目下还得腾出手脚扩充兵员、加大赋税支援前方。对那些国难当头做汉奸的人，马上得一笔笔清算家财，以扩充国库去养兵。

当时，他就想到了东村的这个魏仁湘。这个人起初跟着他家老岳丈过河去打鬼子倒不假，后来投了鬼子做了皇协军却是不得已。想到这儿，他欲言又止地自个儿踅摸了一阵，装出一副与己无干的样子说："唉，还过啥日子哩，保上这些闲事都把人烦够咧。不知你听说没有，你那个少东家这一次可能有点麻烦……"

张干大眉头动了动，却半天没吭气。

四先生和咬儿回到村上，这拨儿庄稼戏子上前线差点儿丢命的事儿，十里八村也只是当热闹听听。眼见这事儿已经过去一两年了，庄户家早淡忘了。可是，前几天又有人开始叨叨这些事儿。坐在车上的陈仓满这么一提说，张干大看似不上心地吆喝着牲口，心头却不禁一悸。

陈仓满见这个外路人并没接自己的话茬儿，故意拉着长腔搭讪道："按说呢，仁湘家开始还算得上是个'抗属'家庭哩，他本人嘛，当时可是穿着国军的黄衣裳走出村的。镇上有几个人居然说他是汉奸，真他妈磨道里寻驴蹄印，这不是给人家生事嘛！"

张干大终于知道村上这股邪风是从哪儿吹出来的了。他慢悠悠地说：

"村上这些人哪,当初哪个愿意为糊口卖那个命去?这阵子说风凉话,倒是不嫌自个儿牙疼。"

陈仓满马上接了他的话茬儿说:"也是,不过,毕竟他们几家人都拿了公家那么多粮食呢。"

张干大知道这厮的话意。趁着县上这次绥靖社会运动抓汉奸,村上这个人厮又开始扒拉自家那把小算盘了。动动仁湘这个财东户,即使到头来本人屁事儿没有,这个陈仓满一样能从中落点好处。为了探清对方的底细,他故意没好气地说:"其他家户就不说了,仁湘的囤里当时就缺那点粮?说破天去,他也是抗敌救国去的嘛!现在都眼红那点麦子啦,当初他们都干啥去了?"

陈仓满故意拉着调子说:"谁说不是哩,上前线毕竟是个卖命的事儿。倒霉的是他们这拨儿人一上阵就被日本人活捉了,偏偏还当了一年皇协军……"

张干大很生气地撑了他一句说:"碰上那号阵仗,拿枪的手里都没了子弹跳了崖,你让几个胆小怕事的臭戏子咋整?和鬼子拼?他们拼得过那么多人吗?"

陈仓满却懒洋洋地回过来一句不阴不阳的话,很不以为然地说:"跳了崖倒好了,公家好赖还能给他们送块匾啥的,也省得活着回来让人指脊梁骨!"

张干大一听居然从这厮嘴里说出此等没人味儿的话来,吁的一声喊停了牲口,十分生气地说:"你这是说人话还是放狗屁呢?你说说,你遇到这事儿会咋办?哼,我看你老小子颠得比兔子都快。当皇协军咋啦?不就是给人唱了几天破戏嘛,他是杀人还是放火啦?"

陈仓满一看这个住在财东家马坊院的老长工对自家主子这么忠心,虽多少有点意外,倒也没真动气,赶紧搪塞说:"哎呀呀,你老哥这是要和我打架?走,让头牯走嘛。"

张干大喊了一声,车又一次动起来。陈仓满故意无话找话地在那儿说道:"我估摸,镇上倒不想把他这个白面书生咋样。岳镇长那人你也知道,不就是好一口儿嘛。县上派的兵捐每样他都得如数上缴,当镇长那点薪水咋能养活一大家子嘛。我觉着吧，落雁滩家家眼下也不缺那点粮食，人家镇上既然能提说起这事儿，让这几家把领的人家那十三石麦子原数儿交上去，我看他还咋张口。"

张干大这回没吭气儿，坐在车辕上顾自点着烟锅，饱饱地吸了一口。

陈仓满一看自己这句话还算是镇住了对方，这才小心地告诉他说："实不相瞒，岳镇长刚才把我喊去，人家已经把话说破了。我一听，这不是给我陈仓满头上搁事嘛。留马村东西两村抬头不见低头见，仁湘好赖还教咱娃娃念过几天书哩。我给姓岳的撂了个话，这号事又不是刀响吃面那么简单，我这头儿回去和几家先通通气再说。你也知道，咱要是直接回绝人家，闹得姓岳的没脸面，到时候事情也不好了断。"

张干大抽了一口烟，恨恨地吐了口唾沫说："唉，老蒋这个气数我看是快尽了哇。不说他身边那些有钱的奴脸鬼，一个个中饱私囊大发国难财，恨不得把金銮殿抱回他家去做马坊院！就是你们下边这些毛猴猴芝麻官，哪个不靠搜刮地皮过日子？你说说，洽川县这些大大小小的政府官员、联保主任，有哪个不贪？古人说，君子爱财，取之有道。你们这些绅五绅六的，能搂官的搂官，能搂钱的搂钱，实在没啥搂的就搂老百姓的性命，已经贪婪得挂不住公家人的那副脸面了哇！"

说完这些，他才换了个口气说："老陈，你是干啥吃的我也清楚，刘欣耕跟你啥关系，这也是明摆着的。兄弟的兄弟，就是连襟兄弟嘛。做男人，干大事就得有点大气量呢。仁湘咋说也还是你家大哥的女婿吧？"

陈仓满一看对方总算给自己摊牌了，马上摆出一副可怜相苦楚着脸说："好我的张哥啊，谁说不是呢。保上人家要这么干，我这不是先跟你商量嘛。再说了，仁湘那日子在东村也就那个样儿呗，还招摇地娶了个二房，这么阔绰的事儿落雁滩谁不知道？姓岳的那老厮也是个见钱眼开的主儿，哪能不惦记东留马他这个老财东？事情已经明晃晃地搁在这儿了，那你说这事儿让兄弟咋对付？"

张干大连想也没想，很是不屑地说："发国难财呀！碰见你们这些人，只能舍财免灾呗，还能咋办？这样吧，仁湘的十三石麦子可以退，姓

岳的那儿让他开个口。至于兄弟你的打点费用，花多少到时你找我说个数儿，我替仁湘打理。"

陈仓满立即像狗被踩了尾巴似的，十分激动地嚷嚷道："你打点我做啥？这这……这都是哪儿跟哪儿的事儿嘛。让你老哥这么一说，这档子事儿好像是我陈仓满想谋财害命似的。好狗还护三邻呢，我陈仓满好赖还是个立着尿尿的大男人嘛！既然你老哥把话赶到这茬儿上了，老弟也就实话实说了，我还能不能再当这个狗屁村官，眼下还悬着呢！"

张干大觉得这件事其中必有蹊跷，依然平静地问了一句："咋啦，已经有人眼红你这个肥缺了？"

陈仓满这阵也顾不上计较对方那话里的意味了，老老实实地回对方的话说："那几个外村的能能，这不是时常寻我的马脚嘛，好几回了，几个坏厮联名给上边告我的屌状，姓岳的能不知道？他巴不得手头有个事儿，趁机拿着鸡毛当令箭，还不是想从中盘剥点受用。他刚才把我叫去，我还以为又是些吃吃喝喝的事儿，谁知道，这老小子却绷着脸坐在那儿给我丢了一句拿不动的话，说这次年终遴选，可能得让我下来……"

张干大坐在车辕上，晃晃悠悠地随着车子俯仰，大半天都没接茬儿。陈仓满却压不住火儿，冲着车上起身撒尿的老母猪恨恨地蹬了一脚，接着就骂骂咧咧起来："这不是明着在老子面前'吃卡要'吗？上个月，他老爹过寿，我一把送了五块银圆；还没挨到月底，他家大闺女又给孩子办满月，我给拿去一把七钱重的银锁锁。就这样，见了我还鼻子不是鼻子眼不是眼，吃酒席把我和那些街痞混混安排到一桌。事后我才知道，他给几个保长说我这人太吝啬，我的那份大礼是礼单上最少的。唉，说句实在话，当初我要不是听了刘欣耕那小子的话，非要占着这个茅坑留个混饭的头脸，老子还看不上这个吊毛官呢！"

张干大嘴角一咧，故意岔着话题奚落他说："你和姓刘的倒是有啥见不得人的事儿，还得留着个头脸？当个保长难道还有人暗地里给你发薪水？"

话一出口，张干大似乎觉得自己这话问得有点不妥，顿了顿才宽慰对方地说："姓岳的能找你多大麻烦嘛，就你那点德行谁不知道，不就是在别人手里接了个河南女人，放在铁炉那边养了几天，觉得腻了这才倒了手，倒是让自家婆娘抓得满脸血痂……"他招呼了声牲口，才接着说了留在嘴里的那半句话："你那点鸡鸣狗盗，这也叫事儿？"

陈仓满把头摇得像个拨浪鼓，毫不计较地说："唉，好我的老哥呢，咱那老婆你也知道，死前给老子在炕头躺了好几年，还他妈是个大醋罐子。你哪知道嘛，要真的是你老哥说的这些破事儿，就由着他们告去！你是不知道其中底细，他们说我给北山那伙人倒贩过烟土……你看看！"

张干大并没接他的话茬儿，陈仓满这才接着自己的话头说："私贩烟土在落雁滩虽说不是个事儿，可在西京城的行辕里，那可是收监砍头的买卖哩。再说，北山那些人都是啥来路？不是共产党就是山绺子，要是和这些人挂上线，那还不得给千刀万剐了？唉，要是任由这几个龟尿胡整下去，将来我陈仓满还不成了案板上的老鳖？就是乖乖候着不伸脖子，也得整天受这些人敲打！"

张干大一听，这厮多次在自己面前提说起烟土这话，知道对方对两人曾经过手的一些事儿一直不放心，低着头嗯了一声，慢吞吞地说："前年那点事儿吧，你尽管放心好了。要不是我在县上打点，你小子那次就进去了。还有，这么多年，你也一直给澄城县那边发滩里的酱菜，盐卤可是官禁呢。你也知道，这些东西最终都去了啥地方……"

陈仓满一听从对方嘴里吐出"酱菜"两个字，立时慌了神，着急地说："这还不是那个刘欣耕嘛，兄弟只是中间赚几个小钱，这件事根本不赖我嘛！"

张干大一听自己这话力道已经够了，又开始安抚他说："你急啥嘛，这事儿我咋能不知道。我和姓刘的好赖兄弟一场，这事儿我不出手帮衬，还能等他给我这当哥的下话吗？唉，我这个人你也知道，日子穷得叮当响，好赖身边还认识几个朋友。你小子记住，你咋样对待世人，世人就会咋样对待你，这个世界就没有一马平川的道儿哟。"

陈仓满一听，自己这点老底对方居然这么清楚，不无掩饰地说："是，是，老哥这个恩情老弟一直在心里记着呢。"说完，这才岔开话题扯了几句闲话："你说老刘这个湖北佬，时常做这号买卖，咋就从来没蹲

过局子?"

张干大只淡淡地回了他一句说:"有些东西,说它是个事儿吧,它就是个事儿;说它不是事儿,它就是个屁。就说这个烟土,有人沾上它就得倾家荡产、妻离子散,还得贴上自己的小命;医生却能用它救人,得到的还都是福报呢。"

两个人一路拉呱,眼见大车已经离村不远了,陈仓满才神神道道地给对方丢了一句很不着边的话:"我明天还得去朝邑那边了断个生意上的事儿,少东家那边……嗯,你还是让他多留点心,镇上那拨儿人你也知道。不过,我可得给你说清,这事儿中间我真的没搅和。"

张干大也懒得再和这个人狗扯羊皮,嘴里嗯了一声,接着又叹了一口气,恨恨地朝牲口的屁股加了一鞭子。

32

村上的人刚吃罢早饭摞下饭碗,打哭泉镇来了几个捎枪的保丁,进了村也不打问,径直进了魏仁湘的家门。

四先生那阵在坡上耩地刚回家歇晌,正坐在院子里和张干大端起茶碗说家常,突然打门外来了几个凶神恶煞。当得知来人的来由后,他啥也没和人家说,让屋里人取了件衫子在院子里换上,拍拍屁股就跟着这些人走了。

保上无缘无故进村抓人,抓的还是四先生,几条巷的人立时聚到戏巷这边来打探消息。原来是之前那些跟着王老虎出门吃粮的人家,当初领过公家十三石麦子,现在保上又要这些家户统统把麦子还回去。一听是这么个事儿,那些出丁的人家便有点坐不住了。不过,村民们还是有点糊涂,让缴粮就说缴粮的事儿,为啥平白无故拿枪抓人?

咬儿昨天领着一干人出村应事去了,晌午主家门前还有一场飨亲的捎戏要应付,等收拾完台子回来已经是后半晌了。趁着那些问事的人还没从地里赶回来这点空当,老媒旦赶紧给儿子把这事儿从头至尾学说了一遍。

咬儿听了也很纳闷，前几天在巷院里才有人议论这事儿，保上咋这么快就进村抓人呢？再说，领粮食的其他几户都没事，咋偏偏抓仁湘一个？虽说他们后来跟着八路走的这几户没领人家那麦子，按理说也不必那么胆战心惊，可咬儿还是闷闷不乐地扒拉了几口饭，喊儿子和儿媳妇闩了门，这才坐到老娘炕头上，有些事儿想细细和老太太商量商量。

老媒旦刚煨了炕，一看天还不老黑儿子就关门闭户坐在自己屋里的炕上，一直支支吾吾东拉西扯地和她说话，心里便觉得有点蹊跷。她最清楚自己这个儿子的脾性，平日里别说主动到她屋里来，就是她想和他唠一阵嗑，每每都活像拿着棍子叫狗一般，半天都叫不到跟前。

这阵子，咬儿往老娘炕上那堆靠着炕墙叠放整齐的被盖上一靠，半天也不说话，老太太更加奇怪起来。

门外有人在重重地敲门环，老媒旦这头儿刚想下炕，儿子却给老娘摆了摆手，示意让她不要理睬。

老媒旦终于忍不住了，小声责备说："肯定是秋凤他们来了，后晌儿家人就急得这一阵等不到那一阵。大伙儿心里都搁着事儿呢，进屋来说说话你怕啥？再说，你又不是保长，他们能把你生吞了不成？"

咬儿却很不耐烦地告诉老太太说："这阵子放一院人，挤在一搭儿嘀咕半天能抵啥用？那么多人吵吵嚷嚷地问这问那，让人家保上知道了，咱家议是要揭旗造反还是举兵起事呀？别管，敲一阵她就不敲了……"

老媒旦倒是没执意去开门，只是觉得儿子回来听了她说的那番话，好像一直都不高兴，便小心地问道："你今日咋一进门就神秘兮兮的？咋啦，是没把门户给人应好还是咋的？"

咬儿摇了摇头，摸出口袋里的纸绺儿，慢吞吞地就着炕墙放了烟叶荷包，不紧不慢地卷开了烟卷。

老太太一看儿子没搭话，不由得又多问了一句："自打从队伍上回来，你就像换了个人似的……你们几个，在队伍上犯啥事儿了？"

咬儿刚抽了一口烟，被老娘这句莫名其妙的担忧呛得好一阵咳嗽，缓过劲儿来没好气地撑了老太太一句说："咳咳，能犯啥事儿？瞧你整天操的都是啥心嘛！八路那是一支啥队伍你能不知道？每人也就一双鞋，还都

在自个儿脚上蹬着,一个个穷得翻遍口袋也找不出个大子儿来。你说说跟着这些人混饭能犯多大事儿?我早就给你说了,我们几个回来是人家精简人哩,又不是做了贼自个儿偷跑回来的……真是!"

听着院外没了动静,老媒旦也不计较儿子的这顿抢白,顿了顿不无宽心地说:"没事那就好嘛,你跟我急啥哩。再说,你们这一拨儿又没装公家那麦子,我咋看你一听保上逮人,好像就有啥心事哩……"

咬儿挪到炕沿脱了鞋子又坐回来,这才小心地向老娘打问说:"这几天,榆钱儿给你说啥没?"

老媒旦一听儿子这语气,先松了一口气。她想起,榆钱儿后晌倒是在她这个一家之主跟前说了个事儿。儿子这一打问,她马上觉察到,此前孙媳在儿子面前一定也提说过那些话,便没好气地说:"哼,这个小贱蹄子,她给你把那事儿说破口啦?"

咬儿叹了一口气,怅然若失地接过老太太的话茬儿说:"你也别那么多心好不好?咱家的事儿,不是蔓货和媳妇想得多,有些事儿我也不止一次地想过。唉,咱家到蔓货这辈,整整是四代单传了。榆钱儿前几天在我面前试探的那些话,有女人家的小心眼儿,也有舍不下的儿女亲情,这个我都知道。可眼下,心慧那边又添了个女儿,大的已经满院跑了。咱这回添的也是女儿,蔓货和媳妇看见自家的亲生儿子养在别人家里,能不动那些心思吗?小两口背地里咋商量的我也不知道,蔓货倒是还没开口,指派媳妇算是先给我这当爹的递了个口风。我担心,只怕有一日这小子会为这件事跟上槐院那边闹起来,到那时咱们当大人的脸面恐怕都挂不住。我倒是想着,趁着娃娃们都小,找个人说说,把咱们的娃抱回来算了……"

老媒旦一听儿子在这么大的事情上犯糊涂,很不情愿地说:"在村上当大男人,你耳根子咋就这么软?我一个妇道人家,在留马村说话那也是一个唾沫星子落地就是一颗铁钉子。当初咱要是不图个啥,也不会走这条路。我也不知道,你这个大男人好端端的咋又想到这个事儿了。榆钱儿今年二十还不满,女人家不到四十还都可劲儿生哩,走不出东西两村,舅舅比外甥小的事儿还少吗?小两口的话我才不会去说,你要是在这件事上再跟着俩小杂种犯浑，那你就先准备好过事的粮食把我埋了，再过你们一家亲亲热热的日子！"

咬儿知道老娘那点心思，见她说完话并没有太生气，慢慢对她解释道："你先不要着急嘛，我都这把年纪了，咋能掂不清这事儿的轻重嘛！既然咱娘儿俩拉起这事儿了，我倒是想和你好好儿合计合计……"

老媒旦一看儿子那副郑重其事的样子，觉得他可能真的有话要说，便不冷不热地给了他一句："你说嘛，这家里尽是你的儿子、儿媳妇、孙子，有啥事儿你还用得着跟我这个老婆子商量嘛！"

咬儿知道老娘这就算让了他一步了，小心翼翼地压低声音说："你可能不知道，儿子前年出的那趟门，跟的那是共产党的队伍……"

老媒旦依然气呼呼地搭理了儿子一句说："咋？他们不就是八路军吗？"

咬儿知道跟老娘说外边发生的这些事，一时半刻也说不清，就算能说清楚老太太也不一定懂。他把声音压得更低，且一字一句地告诉老娘说："共产党知道不？他们是一路人！老百姓咋懂人家那些门道嘛，共产党和八路军原本是一家！"

老媒旦奇怪地怔在那儿，半天再没说话。

咬儿趁机给老娘透底说："他们那些人，都是从北山钻出来的那股子拿枪的共产党。在西府那边驻扎过，这头儿一闹联合政府，他们就算合法了。后来，国军给他们让出一条路，他们就过河开到山西那边了。这些人那做派，我算是亲眼见识过了，发动群众打鬼子，那真是……不得了哩！"

老媒旦怔怔地看着儿子，好像被吓住了似的并没开口。咬儿这才慢吞吞地给老娘解释说："在河东，日本人占着的县城和镇点，那叫'敌占区'；有八路军活动的村子都叫'解放区'。解放啥呢？解放穷人呗。只要你家是穷人，那就对他们的路子了。说多了你也听不懂，这些共产党绝对是替穷人说话的人，跟国民党不一样的地方就在这儿呢。他们只要到了一个村子，便给老百姓宣讲他们的那些革命道理，每次总能动员不少人跟着他们参军。还有，他们还彻底解放妇女哩。那些剪了短发的女八路，一

进村就忙着教各家婆娘女子识字、打枪，风风火火地跟着男人一起开会，有些当地女人还当了'妇救会'的干部，领着一群穷佃户和财东家闹'减租减息'。财东老爷一看这些女人进了门，哪个敢不听她们的话？都得把地契拿出来让人家过目，有的干脆把出租的地乖乖送给了村里那些没地可种的老长工了……"

咬儿看老娘在那儿听得认真，接着话头说："在解放区那边，还真是另一重天呢。只要明里暗里跟日本人有点瓜葛的人家，都被划成了汉奸。作恶多端的就是钻到城里，被逮住了照样会戴高帽子游街，拉到村头砰的一声就枪决了。他们撂在乡下的地，当场就被当地的农会没收分给穷人了……仁湘他们这回，肯定是沾了汉奸这条了，根本就不是那点麦子的事儿！"

老媒旦虽然不懂外边的大世事，却也不同于那些大门不出二门不迈的村庄妇女。听儿子这么一说，她那眉头立即就蹙成了个疙瘩，不无担心地讨问儿子："'汉奸'是个啥罪名？日本人又没到咱们这儿来。再说，你干大那个人你又不是不知道，在洽川县里找个熟人，还不能把他那宝贝干儿子给捞出来？"

咬儿下意识地看了看老娘，又看了看窗外，慢慢站起来贴着关得严严实实的窗户听了听外边的声息，坐下来欲言又止地看着老娘，继而，低下头似乎在那儿斟酌了一阵子，又像刚才那样闷着头不再开口说话。

老媒旦叹了口气，自个儿在那儿又说道起来："你干大这个人，唉，老汉一辈子也命苦哟。年轻那阵，他和你家老掌柜常打搅儿，后来为人命逃到北山，遇着你存贤干大被人绑票，才被招到马坊院落下脚来。那时候，他都三十大几的人了，也不知在哪儿给自己找了这么个外地婆娘。这么多年，碰上你们这些不争气的后人，也真委屈了魏家这个大恩人……"

咬儿干咳了一声，像终于决定了什么似的坐端了身子，凑近老娘的鼻子尖莫名其妙地问了一句："你还记得六里堤那个刘管家不？"

老太太肯定地点了一下头。

咬儿更加小声地说："他肯定是个共产党。就是他给那些人搭了话，我们几个才跟着人家队伍过河的。这个人压根就不姓刘，在那边他又姓申了，他们都叫他申教官哩。"

老太太怔了一下，接着问儿子："这话，你给马坊院你干大说过吗？老汉以前和这个人常打搅儿，让老汉日后防着点才好……"

咬儿不屑地笑了笑，郑重其事地对老娘交底说："好我的老先人哩，我敢说，老爷子心里明白得跟挂了一盏灯似的，他肯定跟这些人也不咋清爽。你想想，他这么些年一直窝在东留马，你看他是那平处卧的主儿？"

"你别胡说！你咋能知道人家私底下的这些事儿？"

"前两年，我在马坊院看见过那个刘欣耕找他……哦，不不，那个姓申的！"

"这有啥？你干大一辈子吃的就是和人打搅儿的经纪饭，他们的来往，说的还不都是男人家赚钱的那点买卖嘛。"

"我看他们都不是一般的买卖人。俩人那年给北边的人贩卖过几十匹军马，这事儿，还搅和着西村的陈仓满哩……"

"满满？这号走路都拎不起裤腰的人厢，人家共产党咋能看上这号货色？"

咬儿嘴里喷喷了几声，给老娘揭底说："陈仓满那精明猴儿，他才不会提着脑袋跟人闹这号事去呢。不过，钱眼儿里有火呢，这个人一辈子赚的都是做这号玩命生意的钱。贩马这件事，还是马坊院我干大一手揽的。你忘啦，那晚，老汉安顿我骑着仁湘的大青骡子去了趟澄城县……当时，他让我给你撒谎说，红石崖山料场那边有几根大木料想买回来解板，让我去看看行情。其实，我去时衣服夹层里缝着一封信哪！"

一听这话，老媒旦第一次在儿子面前表现出一副六神无主的样子，既着急又愤恨地说："你咋不早跟我说呢！你说你放着戏不好好儿唱，跟人家一起搅和这些杀头的事儿干啥？这可咋办哩，这可咋办哩……"

咬儿自若地在那儿笑了笑，无事一般安慰老娘说："你放心好了，我干大能把我卖了不成？这些话，我也没给别人说过。你记住，千万不要在我干大那儿说破口，这事儿反正过去很多年了，官府又没人过问。"

儿子这番云里雾里的话，老媒旦听得脑门顷刻间沁出了细密的汗珠。咬儿一看老娘这个从来不怕事儿的人，听到男人间的这些事儿，居然被吓

成这个样子，窃笑不止。老媒旦却用颤抖的声音问儿子说："你个冤家，咋今晚才想起给我说这些？"

咬儿也顾不上再给老娘卖关子了，认真地说："好我的老先人呢，留马村这个地方，看起来不显山不露水，那是因为咱们被外边的大世事这面大鼓蒙在里边了。我在根据地那边跟着他们待了这么些日子，心里多少也能悟出点道道嘛。得民心的皇上最后才能得天下，将来的社会，一定是咱穷人的社会。我估摸，这些共产党迟早要成事哩。你想想，我们一个支队过河去时才七百多人，打了十五天仗，一路不知死了多少，转了一大圈儿，人数居然变成了一千多！队伍折返到闻喜不到仨月，一下子又扩充到了一万多人。我就闹不清，报名参加八路的人咋就那么多，当地那些爷们儿，宁愿当不挣粮的八路军，也不愿跟着阎老西的晋绥军去吃饷，你说这事儿奇怪不？"

老媒旦还是第一次听自己这个说话办事儿近憨憨的儿子学说外边的大世事。她半张着嘴巴呆在那儿，实在想不通世界上怎么还会有这样的队伍。

咬儿接着自己的话头开导老娘说："在八路那里，人家讲的都是解放天下穷苦人的大道理，根本就不是张家长李家短的那些零碎话。长官和当兵的一样，吃饭都是一人一个粗粮饼子，每月领的饷钱也一样多，那些兵打起仗来哪有不拼命的道理？那个邬教导员经常给我们说，做人就得识字，识字才能明理。等赶跑了鬼子，普天下的穷苦人都会被解放，建立一个新国家，让大伙儿当家做主。到那个时候，肯定要先没收地主的地，匀给穷庄户来种。你说说，若果真有那么一天，穷家富舍都一个样，这阵咱们让自家娃娃长在上槐院那头，将来又有啥好处哩？"

老媒旦听到这里，总算明白了一点点，便开口问儿子说："仁湘总是财东家嘛，保上这个主事的国民党又不是打富济贫的八路军，咋还派人绑他这个有钱人呢？"

咬儿闭着眼睛想了想，自己一时半会儿也闹不清里边的道道，不过还是语气肯定地对老娘说："这个嘛，那是另一码事。咱先不要管人家是死是活，还是先替自个儿好好儿想想。戏词里不是也唱嘛：'树大招风风撼树，人为名高名丧人。'羊生是咱门里的亲骨肉，放在这户人家，现在看日子是比咱们好过些，将来呢？再说了，眼下他家都这么惹眼，到了被共产党分田的那阵子会怎样？你想想到那时按丁口分田，咱们总不能改口说这孩子是蔓货的亲儿子吧？你想过这些事吗？"

老媒旦毕竟是老媒旦，一听儿子绕了这么大半天圈子，原来是和自家儿子串通一气，想把送出去的孩子抱回来。她低着头想了一会儿，这才开口说："你家老掌柜临咽气的时候留给我一句话：不管遇到啥事儿，都得先听听马坊院你干大的主意。你和仁湘都是老汉坐在主桌前受过三拜六磕的干儿子，两家换孩子这事儿前后还都压着老汉的手哩。照你说，老汉也是共产党，他能不知道这里边的利害？咋能不辨好赖把你们弟兄们的事儿放在一起胡搅和？"

咬儿知道老娘这话那意思，不阴不阳地接着问了老娘一句说："我倒是想问你哩，一直也没开这个口。你知道我存贤干大当年是咋丢了城里的那一溜儿铺子的吗？一个甩手大掌柜，白手起家，生意闹得一门红火，到头来却空着两手回到东留马，他就这么认厌？村上人都说，老汉本来染的是'红案'，要不是铺子那些银子吃劲儿，老汉那回早就没命了。仁湘的为人你能不知道？我干大死时能不给亲儿子安顿？唉，不说了。谁倒是能知道留马村家家屋檐下几十年间都遮掩着些啥事儿，儿子只想对你说，这些事儿也就咱母子俩说说，出门去一点风声都不敢露！"

老媒旦点了点头，不无安顿地对儿子说："上槐院那边刚出了那事儿，人被逮去还不知死活，咱们就紧着去说羊生和咪咪俩孩子这事儿，于情于理都不地道。你说的这些话我也信，可那得等到何年何月？再说，眼下他们在河东正忙活着和日本人拼命，哪还顾得上过河来分大户人家那点不长庄稼的盐碱地嘛。等仁湘这头儿的事儿平顺下来，咱再开口提说这事儿，也还得和你干大好好儿合计一番。你贸然去开那口，万一闹出祠堂插手说话，到时倒落个偷鸡不成蚀把米，岂不是让人跟着看笑话？再说，这二年风调雨顺，家里还得趸摸着给你炕头寻个人哩。唉，左邻右舍看似鸡毛大的纠葛，都事关在村院做人的大节，为这事儿把你这个大男人的牌子闹倒了，你哪还有脸面在村里活人？"

　　看着儿子并没搭她那话的意思，老媒旦又推心置腹地给咬儿说："你记住老娘这句话，人活这辈子，没有百年的阳寿，却有千年的邻居哩。在村子里做人办事，不独是自己这辈子的修行，多少还都得为儿女长点前后眼呢。你死了，儿孙总还要在东留马活人哩。做长辈的闹出的龌龊，娃娃们都得跟着一辈子丢人现眼。将来就算他们把你画在祠堂的爷婆轴子上，你咋配消受子孙那一炷香哟！"

　　咬儿想了一阵点了点头。他也想得通，这个时候再给仁湘那边添事儿，祠堂那边谁也不会去惹这个白眼。他坐在那儿再不说话，算是默认了老娘的安顿。可是，他还是没忍住，给老娘说了一句连他自己也不相信的闲话。

　　他倚在被子上靠舒服了，这才神神道道地对老娘开口说："前几天，马坊院我干大喊我去帮他扶了阵铡把，两人坐着抽了会儿烟，他当时问了我一句话，差点儿把我逗笑了！"

　　老媒旦杏眼一睁，摆出一副倾听的样子，儿子却不再开口。她这才佯装生气地追问道："咋啦？他在你面前说心慧那边的事儿啦？"

　　咬儿一听老娘又提说起这个话头，很不以为然地回了她一句说："哪能呢。人家好端端地过日子，也不知道你整天从哪儿打听来的消息，一阵风一阵雨的。"一看老娘不再打岔，他这才嘻嘻哈哈地接着说："仁湘和心慧，这件事也没闹好。不过，就算政府不准庄户人家娶二房，那也是以后的事儿。眼下，这些人家都有孩子了，保上总不能派人硬生生来拆人家的热炕头！"

　　老太太委实想不出老亲家嘴里能说出啥话来，让自己这个闲心不操的儿子感到好笑，紧着问了他一句："老汉说啥了？你看看你有一句没一句的，真是三棍子都赶不出一个屁来！"

　　咬儿自个儿在那儿苦笑了一阵，大半天才从嘴里吐出一句话："他问我，让仁湘当十一保的保长，合适不！"

　　老媒旦这回听得真真切切，怔在那儿想听听儿子还有啥话要说。

　　咬儿却转过脸来问了老娘一句："你说说，这老汉放着手里的酱菜缸不好好儿侍弄，一天到晚心里咋尽掂量这些没屁眼的事儿呢？咱先不说哭泉镇那是啥地方，十一保几个村窝着那么多能猴猴，一个个都是一根指头会剥葱的主儿，谁不眼热保长这个肥缺？让仁湘这号货色去支那驴差，亏他也想得出来！"

老媒旦一听这个话，立马瞪大了眼，对着炕墙上那张破旧的年画呆看了一阵，嘴里讷讷地说："噫嘻，谁知道嘛，这个糟老头儿他又想成啥精呀……"

33

留马村随军艺人战场"结伙投敌"的案子传到镇上没几天，很快惊动了陕西第八行署。村里人开始也只是听见点外村人传的闲话，没出三天，戏巷的三名涉案人员就被哭泉镇公所逮走了。不日，又被押解到洽川县收监。魏仁湘作为主犯，单独被提到大荔城去过堂。

据村上那些在城里通气眼的人说，张干大出门托了一圈儿的朋友，人家都回话说管不了。四先生这案子，已经不是追缴粮饷的那类小事儿。洽川县上报第八行署后，已被认定为"投敌做奸"，县治内已经无权过问。

政府和日本人打了这么多年，落雁滩这些种庄稼的老百姓根本没把这件事当成各家锅台边的事儿。且不说满腔热血报效国家的那些话了，就是那些征召人员很多未到集结地就开始寻机脱逃。一大半的人快则三两天、慢则一年半载都能跑回家来。为了稳定军心杀一儆百，政府勒令各大区县，对于战场投敌、临阵脱逃的涉案人员，务必迅速抓捕归案，按照战时法令公开宣判。在这次服役情况调查中，对于涉案人员必要时可以先斩后奏，以儆效尤。

留马村东西两村，几天里陆续被政府抓走了五个人，除去两个靠卖壮丁抽大烟的二流子，其余都是戏巷跟着四先生出门吃过粮的线户艺人。四先生这头儿被带出村子，陈仓满也跟着躲了起来。村上出了人命官司，找保长的人肯定多。这个最喜欢跟着邻居看这号热闹的大人厢，却给儿子交代说，他去南岸子忙点生意上的事儿，三五天里肯定回不来。

谁能料到，他这阵却端端地坐在朝邑的专员公署会议室，列席省府来

人对七名死囚的罪行审查。

省府军管区动员司令部来了一位处长，同来的还有西京城《群众日报》的一名女记者。

这阵子，坐在主席座上的高处长，从口袋里取出一叠薄薄的纸拿在手里掂了掂，啪的一声摔在桌子上，黑着脸对那位白白胖胖的侯专员说："昨天省府开完布置会已经半晌午了，我们几个人也顾不上准备，喊了车马就赶过来了。连夜看了你们整理的材料，我可是几乎一整宿都没有合眼哪。"

侯专员赶紧欠了欠身子，抱歉地说："高处长一行来到我们东府这穷乡僻壤，茶饭粗糙，生活简陋，还请多多包涵……"

高处长也不寒暄，盯着桌子上那一叠纸，突然对在座人员提高嗓门说："万万没想到，你们报上来的七名死囚名单中，居然有两个和鄙人在同一支部队打过鬼子！"

侯专员浑身一激灵，看似无意地把这个省府来的高处长打量了一番。

只听高处长更加慷慨激昂地说："首先，平民县上报的这个马腾云，当时因拒绝当俘虏跳了崖被摔断骨头瘫在炕头，现在居然被你们当成逃兵抓起来，我倒是有点纳闷呢。这个人，以前是个作恶多端的码头混混这一点不假，可他跟着王老虎的陕西抗日民卫军做了大刀队长后，在河东一口气砍过三个日本兵的人头，这些你们都知道吗？我在这里只想告诉诸位，鄙人当时正是常备军动员司令部派到这支民卫军部队中的参谋。那天傍晚，我也跟他们一起跳了崖。还有，洽川县上报的这个魏仁湘，如果我没有说错，此人还应当有个外号叫'四先生'吧？一个四十多岁的庄稼戏子，跟着自己的老岳父上了前线，九死一生才回到故土，你们怎么说他最后投敌了？"

侯专员马上把目光转向洽川县的代表陈仓满，语气冷漠地问："洽川县上报的这个人究竟是咋回事？"

陈仓满站起来欠了欠身子，接着又自主坐下。这个念过几天新学的老庄户，看到在座的尽是些穿制服的公家人，说起话来也就收起了他村头村脑的那些猥琐。

只听他干咳了几声，这才有城府地开口说："承蒙各位担待，在下是洽川县哭泉镇保队附陈仓满。高处长所问留马村随军艺人集体投敌这件事，材料上写得很清楚。实不相瞒，确实有这些事儿。据跟他们一起回来的人说，那一仗确实打得很惨烈。鬼子兵掮着机关枪眼见攻到了他们固守的山头，那些当兵的都把枪摔掉跳沟跑了，剩下几个年纪大些的戏子腿脚不快，最后被日本人逮了活口。据说这些人被鬼子带走后没挨啥打，还好吃好喝地被收留了。由这个魏仁湘做头儿，换了皇协军的衣服，跟着鬼子整整吃了一年多军饷。后来，碰到八路攻打据点，他们才被放回来。这件事前后有多人画供，我本人完全可以担保，所陈事实绝无一丝差错。"

高处长不屑地看了看眼前这个穿着一身皱巴巴皂布衫子、长着一副三角眼的老头儿，冷冷地问道："哼，跳沟跑了？十多丈高的高垱，你敢跳吗？一百多丈高的河崖，你见过没？你听好了，你们这个魏仁湘投敌事实不清，所陈情节有待核实。这条命必须留下，等待省府复查。一个人头，一经砍下来，你们谁能给人家摁回去？还有，平民县这个和我一起被王团长逼下山崖的大刀队长马腾云，就不用看你们这些道听途说的材料了，我高文都就可以做证。不说别的，你们想想，一个摔断骨头的人，拖着两条残腿，他是咋样一路乞讨着爬过黄河的？要知道，鬼子在占领区开展新秩序运动，太原城大街小巷的那些痴聋傻哑的流浪人员，都被日本人趁着夜色拖出城去活埋在那些乱坟堆了……这个人，不但不能收监，平民县还要予以抚恤！"

说着，这个高处长大笔一挥，将那张"临阵脱逃人犯马腾云罪行录"挑出来，认真地画了一个大大的"×"，看也不看就放到了一边。接着，这个行伍出身的汉子说出一句掷地有声的话："将士们在前方流血，决不能再让他们的亲人在故土流泪！"

陈仓满一听从高处长嘴里说出这样的话，心不免腾腾地跳起来。看来，遇上今天这个省府来的"包相爷"，自己在家精心策划的这如意算盘眼见就要落空了。此刻，他想的是，这个魏仁湘是死是活倒不要紧，岳镇长和县上一连串他打点过的人，事后必定会跟着这桩"诬告抗战功臣"案

受牵连。

想到这儿,他再也坐不住了,自主地站起身来,不经允许便解释说:"高处长,洽川县这个魏仁湘,不独是个教书先生,在村院中原本就是一霸呢。他家老子在世那阵,魏家操持官家生意,赚了些不干净的银子,几年间在留马村就成了暴发户。他家老子仗着在官府捐了个参议,霸人田产,占人妻子,啥事儿都做得出来。最可恶的是,这个人一直霸占着一同唱戏的同村伙计六六娃的老婆,两人还光明正大地生了个儿子……这些事情,你去留马村打问打问,看看谁不知道。"

高处长马上挥手打断了他,没好气地说:"他家老子那点恶行跟他本人当兵抗日有啥关联?"

陈仓满却没落座,看到高处长嘴里的话停了,接着自己的话头继续说:"到了这个魏仁湘手上,凭着家里那副破戏箱,领着一帮戏子走南闯北大吃二喝;以唱戏之名,行作奸之实,在村里坏得那也是有点名望哩。此人原本有一房老婆,生养了七个女儿,还大张旗鼓地霸占了本家年轻的守寡弟媳给自己做二房。大伙儿说说,如今是新社会,这个人居然还敢明目张胆地娶两房老婆,可以想象,此人惯常在村庄的那做派已经猖狂到了何等地步!"

趁着他说话喘气的这点机会,高处长又一次打断了他,问道:"这位先生,今天坐在这儿,我高某是代表省府兵役局来审查第八行署上报叛变投敌罪犯公务的执行官,并不关心地方上这些鸡毛蒜皮的事儿。如果你没有新的举证,我的意见是,这个人可以暂行释放!"

陈仓满一看眼前这个省府来的执行官,压根就不知道下边的池水深浅,皮笑肉不笑地继续开口说:"当然,你是上边来的长官,想来材料上写的你也看清楚了。鄙人和这个魏仁湘同村居住,这些事儿肯定有充足的人证物证。此人投敌后,与敌为友,沆瀣一气,不但丧失人格,还时常陪着一个日本军官下棋喝酒、吟诗作乐,整天跟在这个小鬼子的屁股后面不离左右,走路都有人在后边给他捎板凳。这些细节,都是跟他们一起回来的人在村上给人吹嘴说的,难道还会有假?你们说,好好儿的一个中国人,居然能和杀人放火的日本人做朋友,这算不算投敌?"

坐在一侧的那个烫着卷发的女记者，刚才听到从高处长嘴里吐出"四先生"这几个字，心里不免咯噔了一下。当她又从这个做证的乡巴佬嘴里听到"魏仁湘"这三个字时，再也忍不住了。

只见这个穿着摩登的女郎站起身来，向高处长点了点头，接着自我介绍说："诸位，我是《群众日报》驻西京特派记者。对于刚才二位提到的这个叫'四先生'的男人，我有两个问题不明白。第一，这个人已经这么大年纪，为啥还要去从军打仗？是地方派丁轮到他家，还是他本人顶替亲戚去当兵吃粮？而且，翁婿一起上战场的事儿，好像当时《西京日报》有过一篇轰动全国的报道。后来，这个人又因为什么叛国投敌？第二，他既然有合法妻室，怎么村上还容他迎娶小妾？我们的地方政府，对于这样的事儿怎么无人过问？这其中有太多的蹊跷。如果方便，我现在倒是想见见人犯本人……"

高处长挥了挥手，示意女记者坐下。他继续不慌不忙地给在座的介绍道："这位周淑桂女士是省府参议，也是一个资深的舆情专家。这次我们特意邀请她来，正是省府重视民情舆情的民主举措。对于这起投敌叛国案件的人犯，周女士如果需要当面采访，我会让行署这边安排。"

说到这儿，他突然把脸转向陈仓满，语气严厉地问道："刚才这位陈保长说到人犯和日本军官下棋喝酒的情节，我倒是觉得这罪证很有趣。不过，我想讨教这位陈先生，既然你们对一个教书先生在鬼子营垒的言行了解得这么详细，并以此认定此人甘愿做鬼子的鹰犬，材料上为啥没有此人出卖同胞、枪杀抗日军民的那些字句？这些，我倒是想听到新的补充，如果方便的话，你可否在这儿详细谈谈？"

陈仓满显然听出了对方的话意，貌似谦恭地站起来欠了欠身子，十分自若地说："鄙人虽是个乡里人，不过时常还能看到些内部消息。前年秋天，晋中当地被鬼子抓来修筑工事的六十多名老百姓，被鬼子纵火烧死了，还有十多个人被当场砍了头。这个'大葛庄血案'正是这个魏仁湘所在据点的一个叫野村的日本少佐一手操纵的。后来，这个据点的皇协军闹事，又有一百多人死在这个鬼子的机枪之下。洽川县上报的这个魏仁湘，当时被八路解救后居然毫发未损被放回了村。我问你，八路是干啥吃的？

为啥偏偏要放这个人？按照高处长的意思，这些买通共匪蒙混过关的事儿，我陈某还得亲自过河向日本人打问不成？"

听到这个乡巴佬嘴里突然冒出"内部消息"这几个字，高处长看似无意地扫了这个人一眼，嘴里嗯了一声，坐在那儿再没有发火。只有他这个在军统局担任过少将的人才知道，能接触到这类情报的都是军统关中组的工作人员。

鉴于两人刚才的话头有点僵硬，高处长此时口气稍微和缓地给对方挥了挥手说："嗯，你可以坐下说话。如果真是你了解的这样，这个案子那更得谨慎对待才是。我们这儿虽然不是法庭，但也不能枉杀无辜。当然了，更不能放过一个卖国投敌的汉奸。下边，针对其他县的人犯材料，如果还有新的补充，请各位继续陈述。"

主持调查听讯的侯专员，这阵还真是有点为难起来。在抓捕汉奸这件大事上，自己辖下的几个县刚辛辛苦苦闹出点动静，原本想得到省府的表彰，却被这位执行官劈头盖脸地猛批一顿，他的头上不免冒出点点汗珠。这个时候，他突然有了一个连自己都觉得可笑的想法。

多年以前，一股鬼子曾经打进陕北府谷县境内，半晌工夫，便被杜聿明大军打回山西。自那之后，陕西这片国土鬼子再没踏进来一步。这阵子，要他在远离前线的关中腹地抓几个汉奸出来，还真是个令人头疼的事儿。

他漫不经心地胡思乱想着，不时招呼着属县代表继续接受执行官的调查问话。想到自己认认真真闹出的这场功亏一篑的案件听讯，他侧过脸正去想给高处长解释一下的当口，邻座那个省上来的周记者却拿起皮包离开了会场。

…………

在一间不大的厢房里，四五个保丁押着一个满脸胡茬儿的男人一步步挪到桌子前的凳子上坐了。

女记者将这个男人细细打量了一番，希冀在他那瘦削的脸上寻找到一点当年熟悉的影子。当她看到对方那双依然清澈的大眼睛时，心头不禁一怔，一种久违的情感像醇厚的甜酒般充满了她的全身。

万没想到，当这个男人抬起头来，几乎没有思考，便惊异地问了面前的女记者一句："淑桂姐，咋会是你？你是咋找到这个地方来的？"

只见女记者不失矜持地微微一笑，红着脸说："今天是妙音诞辰日，可能是菩萨派我来看你的吧。昨天一大早，我就有预感，内心慌乱啥也干不成。不久，省府来人要报社马上派一个人跟随调查组到朝邑这边来听讯。一般这种东跑西颠的事儿，我这样的资深记者就不参与了。可是冥冥之中自有天意，我居然默默地收拾好行李，鬼使神差般地上了他们那辆破马车……"

四先生一脸不解地摇了摇头，马上收起脸上惊诧的表情，接着她的话茬儿说："天地真小啊，自打那年你为心慧送嫁妆来东留马，这一晃又是十载光阴。我也能想到，你今日不可能是专意为我来的，两人却在这个地方相见了，这或许就是天缘吧。"

几个保丁站在那儿面面相觑地打量着这位省城来的女记者，又奇怪地看着四先生，心里不住地嘀咕，这俩人怎么看都像是老相识。他们哪知道，被人犯直呼"淑桂姐"的这个女记者，正是这个乡下男人少年时的初恋周学姐。连当事人也没想到，时隔多年之后，两人居然以这样的方式在此地重逢。

在眼前这样的场合，两人都顾不上叙说那些过往的离愁。

周记者示意身边的保丁给人犯倒了碗水，接着问面前的四先生说："两年前吧，我无意中在报纸上看到你的名字。当时，以为是同名同姓闹出的误会。后来，我又多次在西京各大报纸上看到有关陕西抗日民卫军的报道，我估摸那个抗敌剧社的队长正是你魏仁湘。当时，我心中一直有个疑团，是啥让你这个四十多岁的汉子，陡然有了那股子以身报国的冲动呢？"

四先生喝了一大口水，抹了一把毛乎乎的下巴，苦笑着摇了摇头说："报国？当时谁能想那么多嘛！征集令下来后，家里的许多事儿都没顾上安顿，稀里糊涂就跟着队伍走了。我那老岳父玩了一辈子枪把子，满以为他麾下的那些庄稼兵上了阵个个能以一当十，结果大摇大摆地带着队伍过河去不到三个月，几千人马就死伤了大半。后来，剩下的不到五百人被逼

上了绝路,回来的也就我们几个……他要是知道和鬼子的仗不好打,绝对不会连累他的女婿一同去送死的。"

看得出来,女记者眼睛里透露出一丝失望,她继续问道:"后来,你怎么又做了皇协军?"

四先生叹了一口气,很无奈地告诉面前的老同学说:"当时那个情况,你说有啥办法?队伍上的人一个接着一个跳了崖,我们几个手里没一颗子弹,当时觉得横竖都是个死了。那阵子,我只是舍不得背上的那几十挂宝贝偶子啊。后来,亏得遇见那个戴眼镜的日本人。这个人不知咋的看上了我们几个背上捆扎的偶子,可能是觉得好玩吧,他一挥手,我们几个人才没有被当场砍头……"

周记者看他不再说话,便淡淡地问了一句:"他们怎么能杀俘虏呢?"

四先生低着头,心有余悸地对她说:"你们哪知道,日本人打仗誓死不做俘虏,在战场上也最瞧不起放下枪投降的敌人。每次打扫战场,只要是举手投降的人,不管有伤无伤都一个不留。或许这就是命不该绝吧,我们几个手里也没枪,就这么活下来了……"

周记者听到这儿,依然不解地追问:"你,一个读书人,怎么就能低下头甘心跟着日本人做皇协军呢?当时你咋就没想想河西的父老乡亲,到时他们会怎么看你呢?"

四先生怔怔地望着窗外几只叽叽喳喳抢食的麻雀,两行清泪唰地淌了下来。只见他慢慢地背过身去擤了一把鼻涕,气哼哼地回话说:"按照你们的想法,应当咋办?去死?也跟着他们跳崖?还是让日本人当场砍下脑袋,多少留下点你们认为的浩然正气?再或者赤手空拳去夺鬼子手里的枪和他们拼命?"

周记者听出来了,对方听了自己的话有点动气,于是小心解释道:"不,我不是这个意思。怎么说呢,这件事还真是不合常理,让人觉得怪怪的……"

四先生也平息了刚才心中的那股怒气,有一句没一句地给她解释说:"有啥奇怪的?你也可以想想,要拼命,那也得有力气和人家去拼是不?那些日本兵一个个看着个头儿不大,可都是二十啷当岁的小伙子,就算我们几个有力气从他们手里夺下枪,那也得会放吧?老爷子的大刀队刚过去那阵,一些人肩膀头上都没枪扛,提着大刀片子趁着月黑风高的晚上才敢偷偷出动。大半年的时间,几个老大不小的庄稼戏子,跟着他们饥一顿饱一顿的,一个个走路都打晃晃,哪有力气去和人家拼命嘛。"

周记者低着头想了想,可能是记者的职业习惯使然,她竟很不合时宜地又问了他一句说:"这么说来,你们根本就没有试图反抗的思想动机!难怪有人说,你们这些人当初参军都是贪图人家的那些粮食……"

听了这句话,四先生比刚才更加愤慨地吼了她一句说:"你先看我魏仁湘是不是缺那点粮食的人家!如果真是那样,倒也死而无憾。在西京城里,这些粮食或许可以让那些拿着瓦盆买米的小市民两眼发红。你去落雁滩看看,去年一秋的抢田家家收进囤多少苞谷,那些北边赶场来的秋客,不说他们打短能挣多少粮食,就说一个跟着来做饭的妇女,二十天在庄稼地里能拾回多少粮食,这些你知道吗?"

周记者很不解地摇了摇头,说道:"那……你们到底是为了啥呢?"

四先生蹾了蹾桌子上的水碗,那个保丁马上接了去邻屋倒水。他舔了舔干燥的嘴唇,异常平静地说:"没有皇上几十年了,眼前这个民国的大小官员,从上到下都学着给老百姓摆皇上的谱儿。不说别的,这次省府要下边抓汉奸,县上就得给凑数;轮到保上这头儿,那也得送个把人应付差事。此前,土匪出山绑票,还会摸清人质的家财多少,大多还只要钱不要人命嘛。哼,眼下这些横行村里的保长,视苍生如草芥,有了这个贪赃枉法的由头,他们能不欢呼雀跃?即便我落到今天这一步,依然不信天下没有个说理的地方。那些在热炕头上抱着大烟葫芦过安宁日子的人,这阵子倒给我这个在阎王殿走过一遭的人来说教咋个做人,眼前这个世事是不是有点莫名其妙?"

说到这儿,这个教书匠似乎意识到在一个女人面前说这些话也没多大用处,这才用轻省的口吻说:"我知道你还有其他事儿,就不耽误你的工夫了。要死要活,那是老天的造化。感谢上苍,让咱俩今生还能见面。当

然,还有这一碗白开水……"

两个曾经让彼此魂牵梦萦的人,见面后不多的几句话,让周淑桂觉得,自己的这个老同学虽身陷囹圄,却还不知道自己性命堪虞的底细。她这阵似乎忘了自己的身份,试探着提醒对方说:"你也不要把我的职业想得那么下作。不弄清楚被采访者的内心所想,我是不会写一个字的。另外,你要明白,我现在是唯一能替你说话的人。对于你的这个案子,我倒是想问一句,这么多年,你在村里是不是得罪过什么人?"

四先生抬起头似在思考,既而回话说:"你去过留马村,也站在坡头看见过那一片盐碱滩。一个落魄书生,几十年间日出而作日落而归,没有一个人能和他坐着说一句他愿意应答的话。每天面对着同一个太阳,还有滩里的四季庄稼,以及手里的农具、案头的笔墨,我从来没把围绕在身边的这些事儿和自己的人生去联系。你想想,一个人来到这个世界,不过匆匆几十个春秋,为了这些带不走的身外之物,值得和左邻右舍去争多论少吗?我魏仁湘活了这四十多年,战战兢兢,如临深渊,如履薄冰,不说从没做过一件昧良心的事儿,就是那些伤人的话都不曾对人说过一句。走遍落雁滩的大小村子,伤借钱人的脸、夺讨吃人的碗,这点些小也是会被人唾弃的哪!"

周淑桂默默地点了点头,紧接着又问他说:"那么,你们家或者宗族内,甚至说你本身,有无什么值钱的东西一直被人惦记?"

"戏箱?"四先生脱口而出,然后又在那儿摇了摇头,自嘲地说:"不会吧!在东留马的戏巷那算是个宝贝疙瘩,在外面的人眼里可能都一文不值哩。"

见对方听到这话后那不可思议的样子,他又解释道:"在东留马,线户家对偶子的那份敬意,寻常人根本无法理解。在山西那阵子,日本人将它们挂在房间当玩物,桌子上却恭恭敬敬地架着一把他们祖传的战刀。看着一溜儿像是被逼着上吊的偶人,再看看那把曾沾满人血的东洋战刀,那阵子我就想,眼下的中国人,咋就和自己手里提溜的这些偶子一模一样哪!"

说完这些,他眯着眼睛似在回忆某件事情,周淑桂突然问了他一句:"我还想问问与你有关的另一件事,你是不是在村上还娶过一房小妾？"

听到她突然提到"小妾"两个字，四先生怔了一下，羞惭地看了她一眼，低下头告诉她说："是的，这是我这辈子明知不妥却仍放任自己犯下的错，可这……真的是我的错吗？再说，这跟别人有啥关系？"

周淑桂幽怨地看着眼前这个深藏在自己少女梦中的村庄男人，一字一句地问他道："你真的娶了妾？为什么？"

四先生坦坦荡荡地应道："不为啥，或许，这就是天造地设呗。"

"天造地设？"

"是的。事后我也想过，这一切怎么可能呢？可是，为了家族的脸面，我一步一步就这么做了……"

"当时，村上谁还打过心慧的主意？"

"九成。"

周记者看着投进窗户的阳光中飘舞的灰尘，显然有点妒恨地说："你呀，一个读书明理有家室的大男人，咋就真做了这么个伤天害理的事儿？再说，一个屋檐下，你真的会同时爱着两个女人吗？"

四先生苦笑了一声，慢慢地抬起头来，用无奈的目光看着这个曾经教会自己"爱情"这个字眼的女子，在那儿怔了一会儿，懊悔地告诉她说："不说这些也罢。你这个生活在西京城的大小姐，哪会知道村庄里那些柴米油盐的事儿呢。在这个世界上，对被父母之命绑在一起的少男少女，如果能做到相敬如宾，这分明是心怀芥蒂；还要求每日里举案齐眉，这简直就是让他们相互杀戮！你想想，恩爱夫妻间能这样吗？你当然也知道，一个大户人家膝下没有男丁顶门立户意味着啥。为了能有个儿子，我养了七个丫头。唉，我这辈子，已活得连自己也不认识自己了……"

周淑桂用一双乌溜溜的眼睛看着他，似在品味对方那番话里的每一个字，半天才怨恨地说："我今天专程来见你，与其说是来救你，毋宁说是来救赎我那曾经迷茫的灵魂。在这个世界上，各人造就的罪业，还得自己去偿还。我只能给你透露一点，你的无罪判决，最终还得以村上那个人主动撤诉为前提。我建议，你现在就向省府执行官陈述清楚自己和这个男人之间的恩怨情仇，这或许才是为自己讨一条命的路……"

四先生被她这句话惊得猛然从凳子上站起来，他低着头想了想才问道："讨命？问谁？"

她犹豫了一下，只好告诉他说："陈仓满……"

34

哭泉镇清冷的大街上，一大早来了一拨儿打着裹腿带着短枪的绺子客，三两下便把镇公所给端了。

前些年，活动在壶梯山一带的各路响马，倒是时常来落雁滩吃大户。自打八路军大摇大摆地走出山门去河东打日本，那些打着各样旗号吃"铁杆庄稼"的土匪亦随之销声匿迹。人们甚至忘记了距离落雁滩百十里地的北山上曾经盘踞过这些人。

这天，镇长岳富葵连襟的老娘仙逝了，他为了行门户，鸡叫头遍就坐着轿车出了镇公所。等这些人摸进来，镇公所就只剩一个捐枪的保丁值岗。这伙人没逮住拿事的人，对着镇公所那块木牌啪啪地放了几枪，这才怏怏不乐地撤出东门，骑着从镇公所抢来的三辆自行车，一路吱扭吱扭地向落雁滩赶来。一干人不一阵子就赶到了留马村。

这阵子，陈仓满正跷着二郎腿坐在自家院子的一把太师椅上，嘴里荒腔走板地哼着酸曲儿。他专意请了个挑担转村的剃头匠，想趁着响午院子里的这点太阳给自己剃剃头。

匠人已经替他把头发用热水洗好打了洋胰子，刚刚举起手中磨得飞快的剃刀，慢条斯理地架起他那副值钱的银腿老花镜，对着太阳眯起一双昏黄的眼睛看着剃刀锋口。

突然，踢门进来几个打着裹腿的不速之客，个个手里握着一把大张着机头的匣子枪。

陈仓满脸上糊满了皂沫子，听见有人进了门，却看不见这伙人的那一副打扮，嘴里气哼哼地问了一句："谁？踢里倒腾的这是闹啥哩！"

剃头师傅抬头透过镜片只看了来人一眼，心里不禁暗叫了一声苦："我的个神呀！"

这个常走荒山野岭给人剃头修面的礼客,这半辈子亲眼经见过的人事也不少。来人踢门进院往那儿一站,从那身打扮上他已经多少看出了来者的身份。不过,他依然强装镇定地继续自己手头的活儿。然而,遇到这些带枪的山客进门索命,此刻再有定力的人心里也不免有点忐忑。

只见他对着来人礼貌地点了点头,手里的家什却失了常性,一个长刀下去,顺着陈仓满那平常梳理得十分讲究的倭瓜脑袋正当间端溜溜开了一道深槽。

陈仓满被头发上的皂沫子闹得两眼难睁,依然隐约感觉到师傅这回的刀法似乎与以往迥然不同,伸手只一摸,便气急败坏地骂出了声:"你个老尿,急着给你先人烧纸去呀?老子吩咐你修剪一下,你咋中间一下犁出个大槽来,谁要你刮光头了?"

老师傅也不说话,将剃刀背往嘴里一噙,顺手从自己肩膀头子上拉下那条黑乎乎的羊肚子手巾,没鼻子没眼地在主家脸上只一抹,轻轻地拍了拍手里的人头,像拣西瓜的老农双手将胸前的脑袋抱住往后一扭,让他直直地对准了那几个站在院子里的山客。

陈仓满揉了揉双眼,慢吞吞地睁开,当他终于看清面前几个陌生人的那身打扮,嘴角一股口水不由自主地流了下来,只讷讷地吐出一句不连贯的话:"呃,三舅爷,爷呀,都来啦……"

那个站在他面前的三舅爷一看主家那狼狈样儿,忍不住嘿嘿一笑,双手一拱,只冷冷地开口道:"嗯哪,陈保长,别来无恙!"

剃头师傅一看眼前客人那眼睛里冒出黄蜡蜡的凶光,也不管主家因何事招惹了这些刀客,顾自一把将手巾甩在肩膀上,挑起担子就要走人。

三舅爷一看自己这头儿刚进门,院子里居然有人想趁机开溜,摆了摆手让师傅放下担子,却对着陈仓满开口道:"姓岳的腿倒挺长,有些事儿呢,我看给你陈保长说说也行。"

陈仓满傻傻地点了点头,慌忙站起身,打着手势让客人进屋去坐坐。来人还是像刚才那样摆了摆手,示意他款款坐在那儿。陈仓满一屁股又坐下来,木然地将两只手放在自己的膝盖上,摆出一副洗耳恭听的样子。

原来,来人是在壶梯山替黄大牙守山的那拨儿小弟兄。眼前这个三舅

爷，因了他家二堂姐嫁给了黄大牙在家务农的大哥，两家沾了这点亲戚，加上这个人当年在铁码头又是绺子里的三当家，于是在山上就有了"三舅爷"这个绰号。

坊间风传，此人早年在老家那边背过人命，逃到北山下的澄城后，常年在县西河那边以钻煤窑背煤为生。后来，这个三舅爷又带着那群背夫杀了赖工钱的窑主，带了几个拜把子兄弟上山投了黄大牙。因了他在北山一带有很好的人缘，陈仓满和他还真没少打交道。不说别的，落雁滩这边每每碰到有人被绑票的咬手事儿，还都得托人去澄城县那边先问问这个三舅爷，然后才能商量银子数目。

只见这个三舅爷做作地叹了口气，便开门见山地对主家说："陈保长也是个明白人，我看咱们还是长话短说吧。美国佬这不是开始搭手打日本了嘛，老蒋这老狗又有点沉不住气了。不但在南边缴了人家新四军的枪，惹出那么一场大民怨；在咱们这边呢，还下令封死了关中通延安的山道。兄弟这回领的是八路的脚钱，专意下山来告知沿路的各位三老四少，希望你们不要拿着鸡毛当令箭，无事给自己找事。应一如既往以民族大义为重，维持商道畅通。小鬼子兔子尾巴长不了，老蒋这个倒霉鬼真的要吃这份独食，山上那些人能答应吗？你们这些地头蛇，在这个关头哪个要是再敢'东倒吃羊头，西倒啃猪头'①，到头来也绝不会有啥好果子吃！"

听罢这番话，陈仓满这才战战兢兢地接口说："这个嘛，岳镇长倒是开会安顿过。老伙计你也知道，眼下乡保这一疙瘩，上头发话是一码事，各家生意又是另一码事。岳富葵在韩城那边街面上也有自己的铺面哩，运往北边的酱菜粮食都还没有断货。只是……近来这几个月，北山大宗的烟土下不来，这边的粮食和盐也上不去，都是红石崖驻扎的国军设了卡，真的不关落雁滩这边的事……"

只见这个三舅爷冷冷地开口说："看来陈保长也是明白人。如果我没有说错，几年前你跟着个姓刘的参加了国民党的军统关中组，每月请领着

---

① "东倒吃羊头，西倒啃猪头"：俚语，大意是做墙头草。

日清月结的俸禄，这难道也是那点盐的事情吗？"

陈仓满一听这话，斜眼看了看身边的剃头匠，又看了看自己面前的这尊凶神恶煞，低眉顺眼地垂下头没敢吭声。

客人用下巴指了指剃头匠，却对着陈仓满不温不火地安顿说："别看眼下闹得欢，小心日后拉清单。你，这就安顿这位师傅替兄弟跑一截路，去东村那边把那个外路人张拯恩给我喊过来。要是敢半路溜号，小心你们肩膀头子上这个吃饭的家伙搬家！"

剃头匠一看客人的眼色，立马手忙脚乱地又要收拾挑子出门。三舅爷却嘻嘻哈哈地说："老伙计，东西你先放这儿嘛，我这头儿完事了，你还得接着做你的生意。这个猪头你给人家只收拾了半截，就这么撂着让陈保长咋出门呢？"

看着剃头匠放下挑子屁颠屁颠地出了门，这个凶神恶煞才瞪着眼向前走了一小步，恶狠狠地问陈仓满："你家老大这头儿刚去河东，生不见人死不见骨头，你就派人戳他的老窝。你这个不忠不孝、薄情寡义之人！你说，他家大女婿是不是你一手告上去的？"

陈仓满怔怔地看着来人，一脸无辜地小声说："这都是岳镇长的主意。县上要镇上报人员清单，当时只想把魏九成凑个数报上去，县上那边审了半天最后也没审出啥，这才中途换了人，这咋能是兄弟造的孽嘛！"

三舅爷一听这件事另有隐情，奇怪地问道："魏九成？这个人是哪个村的？"

陈仓满一看自己这张破嘴无意中又给自己揽了个事儿，只好硬着头皮一五一十地给对方解释说："这个人嘛，也是这个村上的一个臭戏子。他原本是领着几个人出门唱戏混嘴去的，半道上跟着八路走了。后来，这几个戏子八成是吃不了人家队伍上的那份苦头，又偷跑回来了。听说，几个人还拐回人家的一杆大枪，到了河边碰见国军的人马，让人家把枪给留下了。岳镇长把这件事报上去后，县党部的那拨儿人却说，不管啥年代，带枪向国军投诚的人，咋说也算是弃暗投明人员。这号事根本够不上汉奸，就是把人抓了，大道理上也说不过去。魏仁湘他们这一拨儿人，跟的虽然也是正规的国军，后来他们却被鬼子活捉了，他领着那几个人还做了……

一年皇协军……"

三舅爷瞪着眼睛反问道:"你们这个破村子真他妈是池浅王八多,居然还有这事儿。这个魏九成,真的带着八路的枪反水投了国军?"

陈仓满惊恐地点了点头。

客人立即有点生气地说:"嗯,这事儿过后咱们再说。这阵子,你小子也别给老子支招儿。你呢,还得再辛苦一趟。你们村那个魏仁湘是咋个进去的,还得仰仗你这个人厢的大面子,原款儿把人放回来。这件事兄弟是受人之托,也只能原样给你传个话。在这个人身上要是闹出一点闪失,小心路面上有人替我削了你小子的左耳朵!"

陈仓满当然知道这些刀客的路面规矩,一脸苦楚地解释说:"好我的三舅爷呢,魏仁湘这是铁案,要我一个小小的保队附去和那些人说话,恐怕不抵事……"

三舅爷冷笑了一声,毫不通融地对这个地头蛇斩钉截铁地说:"关中道上的各路兄弟,谁不认识你陈仓满嘛。当初经你的手能把人送进去,也就能原款儿把他捞出来。你应当也知道,王老虎是我家大哥的拜把子弟兄,他家女婿跟着老人家东讨西杀打了一场鬼子回来,却遭人如此陷害,我们弟兄咋能坐视不管?还有,你老弟可能不知道,魏仁湘的亲老子,几十年前已经在山上一个庙里给他家这个独子缴过命价了!"

说到这儿,这个绺子客神秘地凑近主家的耳朵,故意小声说:"你知道不,只要你们村这个人梢子遇上点三灾两难,武帝山献殿的那个大铁钟就咣咣地响。要不然呢,我们咋能知道你看上了人家的小老婆、背后下黑手的那点腌臜,还这么寸地找到你的门上来了?"

几个一起来的刀客见自家头儿把话说得这么恳切,都不由自主地怪笑起来。

这个时候,被支派去喊人的剃头匠满头大汗地进了门,后边跟着头上缠了条羊肚子手巾的张干大。

老汉一路肯定知道了来人的身份,脸上却没有一丝怯惧。进门来他也不和客人打声招呼,顾自往主家的台阶上一坐,掏出随身带的烟袋抽了起来。

刚才还盛气凌人的三舅爷待张干大坐定点着了烟锅，这才很谦恭地作了个揖说："张爷别来无恙，小的在这里先给您请大安！"

陈仓满一看，刚才还对自己吹胡子瞪眼的三舅爷，见了村上这个老长工，立即像换了个人似的毕恭毕敬，惊讶得半张着嘴，却没敢吭声。

张干大磕了磕烟袋，拱了拱手算是打了招呼，这才淡定地开口回客人话说："年轻那阵，周边三县的大小集市，哪个不认得我这个老脚户嘛。这位先生见面如此客气，肯定有啥话要打问。我老汉从来都是无功不受禄，有何事还请明言。都是忙人，我这阵正在清牲口圈呢……"

客人也不再卖关子，依然十分谦恭地开口说："如果我没有记错，咱们兄弟在宜君城见过那一面后，一转眼已经十多年了哇。这次兄弟下山来只想告诉您，黄司令去河东前托付给看家兄弟们一件小事，无论谁留下来，都得找到并告诉您，当年他安顿您抱走的那个瘫瘫娃，并不是他的亲生儿子。孩子的亲爹叫梁书奎，这个人您肯定听说过，他当时是凤凰山游击大队司令，后来跟谢子长一块儿在三边起事参加了红军。再后来，这个人跟着牺盟会去了山西，临走前把孩子托付给了我家大哥。这次，黄司令跟着王司令去河东打鬼子，临走前又把这事儿安顿给兄弟，要我将孩子全须全尾地带回凤凰山……"

张干大一听是这件事，很不解地问他道："孩子那身子骨你肯定也知晓底细，为啥非让娃这个时候回山里去受那份苛刻？"

三舅爷面有难色地告诉他说："实话告诉你老哥也好，孩子的亲爹前几年已经无常了。南岸子的红军到达陕北后，组建了一支西路军西渡黄河，在甘肃高台县被当地马家军包围，这个人守城中枪，还被那些人砍下头颅，悬挂在城门上……黄司令他们没出门那阵，已经知道了这个消息。当时他就想把孩子接回去，亲自交给梁司令老家的兄弟，好赖也给梁家留个后……"

张干大却狐疑地问他说："照你说，这个姓梁的是……共产党？"

客人只好如实告诉他说："牺盟会早就在山西那边打了几年鬼子了，共产党在陕南也一直没绝迹。姓梁的身上那些事情，谁倒是能闹清楚嘛。既然我家大哥给兄弟留下这个托付，您看，要不要趁着这次顺路让我把孩

子接走？"

张干大低头叹了口气。他想，这些留守山门的兄弟，肯定知道了姓黄的带走的那拨儿人再也回不来了的底细。这伙人对主子依然如此忠诚，这让他有点感动。再说自己养了十多年的这个瘫痪娃，当初并不独受姓黄的一人托付。至于他为啥带着孩子选择了落雁滩，这个三舅爷恐怕这辈子都不会弄清楚。

张干大低着头想了半天，才慢慢抬起头和对方商量说："受人之托，忠人之事，这是咱们道上人都知道的规矩。黄司令当初把娃娃托付给我，倒也留下一句话。他说，孩子父母知道孩子腿脚不好，跟着他们栉风沐雨，最终肯定保不住这条小命。当时，两家人把话说得很清楚，他们认准了我这个老诚的皮货匠，让娃跟着我姓，并无日后讨还之说。孩子的亲生父亲家门绝后，老黄半道上想成人之好，也是个仁义之举。你看这样行不行，孩子嘛，从今天起就算是梁家门里的人了。只是，你们还是不要带他走出落雁滩。眼下这兵荒马乱的，在这儿孩子好赖还有我这个养父挡风遮雨。将息一两年给娃娶妻成家，再让他回祖祠继嗣，也算我张拯恩今生做的一件人事儿嘛……"

还没等三舅爷搭话，这拨儿人中留在村头瞭哨的那个突然进了门，贴在他耳旁小声说了一句："舅爷，哭泉那边路上来了一拨儿掂着吹火筒①的人马，有六七十人，颠不？"

三舅爷不慌不忙地从腰里拔出那把锯了准星的德国"大镜面"，看也不看就对着院子里枣树上喳喳乱叫的喜鹊啪啪打了个连发，只听吧嗒一声，掉下一只被打开花的灰喜鹊。

他不慌不忙地将枪插回腰间，对手下人说："有啥慌的？让他们在村外等一阵，咱们说完话再走！"说完，这才对张干大和陈仓满作了一个揖，镇定自若地说："敲锣卖糖，各干一行。张爷所言极是，这件事就依您老的安排先放一放吧。二位好自为之，兄弟还得赶路，就此告辞！"

说着，一干人提着枪顺着大门鱼贯而出。

---

① 吹火筒：络子黑话，指长枪。

陈仓满一看这群瘟神出了院门，这才慢慢举起一双僵硬了半天的手，摸了摸自己乱七八糟的头发，站在那儿半天没说出话来。

张干大拍了拍屁股，站起身来对吓得脸色铁青的剃头匠努了努嘴说："你在那儿看啥呢？还不赶紧加点炭烧盆水，先给主家把头收拾停当……"

35

洽川城里，四先生陪着两个死囚犯接受堂绑后，被装上木笼牛车插着亡命牌游了四条大街。最后停在城隍庙前，只等着午时三刻开刀问斩。这个时候，坐在监斩台子上的县党部书记却接到第八行署"刀下留人"的命令，这个教书先生就这样被留下一条老命。

祠堂派人把四先生抬回村时，整个人瘦得只剩下一把骨头，调养了半个月光景，刚能挂着拐杖出门溜达，县上却派人给魏家祠堂送来一块写着"抗战功臣"的大匾，本人还一并被补缺成了县参议员。四邻八村的人还没从这个跷蹊事儿中回过神儿来，这个人又一个跟头被官家扶上了哭泉镇第十一保保长的宝座。

这天正午，太阳还没照过台阶。魏家祠堂门前端端地摆了一张娃娃们上课用的小条桌，旁边还放了几张条凳。不一阵工夫，西村那边的人已经三三两两被镇上那几个掮枪的吆喝过来了。

一直跟着陈仓满在保上吃粮的小伙子刘得槌，此刻正提着一面大锣在东村的戏巷边敲边吆喝着："上山剿匪——锵；下河修堤——锵锵！"

不一阵子，戴礼帽的镇长岳富葵被人簇拥着走出四先生家的大门。后边，一个小伙子搀扶着身体尚未完全复原的四先生向祠堂走来。遇上这号出风头的事情，一直少不了咋咋呼呼的陈仓满，这次他却一直没有露面。

原来，几个月前陈仓满带着一帮兵痞进山断路，截了七八个山里人，然后把这些人当逃兵卖到了铁炉镇那边抵了壮丁的数目，大大地赚了一笔银子。这拨儿人尝到了做这号人头买卖的甜头，胆子越来越大。最后一

次,他带着这些兵爷公然闯进一个山旮旯小村里去抓人,反被一群拿着鸟铳的山里人追了十多里地,落在后边的陈仓满还被打断了一条腿。这人被抬回来后,为平息民怨,被县政府撤了第十一保保队附的职衔。不过,这号替政府办兵的事儿,上边肯定也不会大张旗鼓地追究严办,乡里人更不知其中底细。兵役局鉴于下一步乡镇征召兵丁的任务更大,对这件事也未立案追究,算是不了了之了。

镇长岳富葵一直兼任哭泉镇第十一保保长的职务,历年买卖丁口捞了不少好处。要不是他在县上打点有人出面罩着,跟着陈仓满这事儿说不定也得吃一场官司。这次虽被卸了兼职,镇长的位子总算保住了。为了整肃征召中的腐败,县政府这次换届,各乡镇也不敢再任用那些只会捞银子的混混来支撑村保这一级的人事。四先生作为哭泉镇唯一一个会下追补的县参议员,十一保保长这个空缺让他来填便成了顺理成章的事情。

一行人在祠堂前那一溜儿桌子后边按座次坐了,岳镇长看了看左右,这才站起身来,卸下礼帽点了点头,台下的人立马肃静下来。只见他慢吞吞地从怀里取出一张盖着大印的委任令,用手弹了几下,庄严地对台下开口说道:"各位到会的乡民,各位乡贤同志:富葵不才,在此特代表洽川县县长周鸿先生宣念一份委任令——"

委任令

兹委任魏仁湘为本县第四区哭泉镇第十一保保长,张拯恩为副保长。

此令

洽川县县长周鸿(印)
中华民国三十三年九月十八日

岳富葵读完手里的委任令,抬起头来自个儿在那儿拍了几声巴掌。结果,台下没有一个乡民懂得他从县上学来的这个文明规矩,以为镇长是在向台下喊人,一齐转身往身后看了看,又不解地回过头来看着台上。镇长尴尬地落座后，掩饰地干咳了几声，这才操着山东口音，很是洪亮地对台下各村来的保长和乡民们训话：

"在座的各位父老，各位乡贤，在下要说的还是咱们那句老话，管、教、养、卫，这是各保的天职；兵、夫、粮、款，也是咱们都要操心经办的大事。有人说了，美国佬这次搭手开战，日本人的日子肯定长不了了。不过呢，外盗易挡，家贼难防，联保自卫这件事，却是不敢放松哩。大伙儿想想，共产党在河东那边已经闹得人强马壮，万一被阎老西和日本人撵回河西的话，延安那个小山沟咋搁得下嘛。再说，北山距离洽川也就两百多里的路程，那可是共产党的老窝，他们要发兵过来靠谁来挡呢？政府已经在十八坎一带修筑了炮楼和城墙，大伙儿说说这是为啥来？鬼子还没打完，省府已经给各县下达'防共反共'的机密公文，其间的粮草打点，哪一项都要村保一级落实办理。咱们落雁滩虽然没有整编民团可供调遣，这个兵夫粮款的事儿，我看'一年两征'的老规矩已经多少有点靠不住了，眼下得随调随征。接下来，肯定还得追加兵役。大伙儿想想，跟日本人打了这么些年仗，陕西一千二百万人口，国府在册的兵役人数是一百五十万。也就是说，除了女人，咱们这个远离交战前线的世外桃源，每五个人里至少就有一个当过兵！"

台下的村民开始有人交头接耳。

岳镇长指着大槐树下几个外村的保长接着说："你们几个也别在那儿跟着孝子哭恓惶。一句话，羊毛出在羊身上，这点道理你们总该懂吧？人头又不是猪的奶头，那得一个个给人家数着交手哩。政府已经出台文件，凡年龄在十五周岁以上三十七周岁以下的男性国民，都在这次应征的范围内。有些丁口少的县份，最大年龄私下里已经放宽到了四十二周岁。前几年，咱们十一保有我这个冤大头罩着，并不是出丁最多的。这回，我真是没办法了。"

说到这儿，他话题一转，打着官腔说："我镇留马村的魏仁湘先生眼下是蜚声全县的知名乡绅。国难当头，不惑之年他跟随岳父以身报国；荣归故里后还未将息，又不负众望担当服务乡梓之重任。岳某作为哭泉镇镇长，为魏家祠堂出此贤才栋梁深感光荣！大家都清楚，当保长这个营生政

府并不发一分钱的俸禄。作为一名社会贤达,凭的只是报效乡梓的赤子之心。下边呢,我就不多说了,还是请魏保长给大家讲讲话。"

四先生此刻正怔怔地看着祠堂的檐角,一听姓岳的要自己在稠人广众之下开口说几句话,如梦初醒般站起身来,向左邻右舍欠着身子拱手作了个揖,低着头在那儿思量了一阵子,才慢条斯理地开了口:

"前几天,我被人五花大绑送上了法场,差点儿被砍了头。侥幸捡回这条老命,这阵还没缓过神儿来,咋突然又成了县参议员?这究竟是阎王爷看错了生死簿,还是小鬼儿拉错了人?连我也闹不清楚。这几天,我躺在病榻上,倒是把自己这些年遇到的生生死死想了一遍,却记起家父临终前的那句嘱托。二十多年了,那情景我记得清楚得跟昨天发生的一样。他老人家在榻前拉着我的手说,魏家祖祖辈辈靠的是耕读传家。爱唱戏,你就跟着大家凑凑热闹,千万莫要和乡亲们争吃出门唱戏这碗舍饭;魏家自古没出过大官,更不要削尖脑袋进官场去挣那些不干净的银子使唤。想了这么些年,我才懂了。尸禄素餐,揽权纳贿,酒食征逐,丰取刻与,大小衙门里的营生,哪一宗不是在败坏祖宗几千年留下的伦理纲常?可是,我跟着戏班去了趟河东,面对鬼子的屠刀机枪,老岳父大喝一声"开戏",我破了自己给自己立的规矩,今天,又被逼迫着不得不破家父给我立的规矩了……"

大伙儿看着脸色蜡黄的四先生,不知道这个教书先生接着还会说出啥样的话来。

四先生吃力地咳嗽了一阵,慢慢地又开口说:"我这阵又想起两个人来,一个是我的岳父大人,老爷子咋说也是一个人厢啊。他为使中国不被灭种,年近花甲走上战场,老爷子这辈子图了个啥呢?还有一个日本人,是个满腹经纶的秀才,当着我的面像杀猪一般砍下了一个中国人的头颅。做了一辈子教书匠,我那阵子才知道,那些来自一个弹丸之地的岛国的日本人,怎么敢在我泱泱华夏大地上如此肆无忌惮,堂堂中国,四万万人口,真是国不知有民,民不知有国哇!"

看着乡民面面相觑,这个白面书生提高嗓门接着自己的话说:"戏,我魏仁湘唱过一回了,今生今世我魏仁湘门下子孙不会再唱一句戏了。老先人留下的这副戏箱，从今天起就是魏家祠堂的官产。老几辈人扯着嗓子唱这个祭天敬神、歌舞升平的戏文，究竟是唱顺了天年，还是唱红了各家炕头的小日子？这个不说也罢。不过呢，县上送上门来的这个虚名参议员，我却乐意来当。至少，我比你们清楚些：魏仁湘不当这个官，自会有人拿着钱去买着当。与其让一些给天下苍生添乱的人去祸腾，还不如我自己替大伙儿受这个苦累。官府这次安排修堤排洪，做好了就是利国利民的好事；做不好，又成了风过地皮干的劳民伤财之举。大伙儿算算，让滩底那些十年九不收的地每年都逮住一季收成，那得收多少粮食？就算是这捐那捐，咱们粮囤里也得有东西给官府往出捐吧？修堤这件事，自古没人去做，修好了落雁滩也没谁能背走，咱们做做又怕啥呢？上边说要各乡镇成立互助组，政府相应出点资，我看这事儿咱们可以做。庄稼人离开土地，子孙们靠啥活命？滩下有地的，这次按照地亩均摊工费，有钱的出钱，有力的出力，我看这事儿能成……"

说到这儿，他才把头转向岳富葵，征询道："让我干大张拯恩当差，这件事恐怕有点不合适。大伙儿都知道嘛，他根本不是本地人。再说，父子俩合主几个村庄的大事，其他村就没个把人厢啦？"

岳镇长连忙解释说："县里这次提前换届，我这个镇长都不知上边是咋搞的。县上这个委任令一下来，开始我还以为党部把人名搞错了，后来雷秘书长把我喊到县政府亲口解释说，'张拯恩'绝对就是东留马的这个人。他还专意告诉我底细说，这是专区那边的意见。上边当然也知道，搞了这么多年地方自治，各州各县乡镇保甲这块的人事任命难免良莠不齐，致使各地滋生诸多民怨。特别是眼下防共情势这么紧迫，乡镇这一块决不能被亲共分子操纵掌握。张拯恩这个人是特意安插，这件事恐怕不好推辞哩。"

四先生却挥了挥手，很不以为然地说："民国县长的一纸委任令，又不是皇帝的圣旨，留马村这些乡巴佬一个个看似愚昧，也不是十足的傻瓜。说白了，这回镇上让我魏仁湘当这个保长，无非是魏家还有那么点家当，我魏仁湘也不是掂起铺盖卷就能走人的跑户。我心里明白得很，从省上到县里，这伙挂着文明棍的衮衮诸公，哪个又真有一丝忧国忧民之心？

张拯恩房无一间、地无一垄，在东留马只是魏家的一个老长工，你们这么安排，无非是想看我这个大人厢的笑话嘛！再说，他本人已经给我回过话了，说他年纪大了，正想着离开落雁滩回老家给儿子娶房媳妇去颐养天年哩。如果县上难以收回成命，让老汉当几天保长也成，我就得点空闲去教娃娃们念几天书算了！"

岳富葵一听，一件高兴的事儿，倒让这个酸腐书生闹得自己下不了台，赶紧接过话头说："仁兄息怒，请容老弟多说一句。张拯恩辞任一事，在下一定如实禀告。无论县上最后如何决定，哭泉镇这块完全可以按您的意思办。眼下，您还得替乡亲们挑起这副担子呢。"

四先生叹了一口气，语气舒缓地说："现在讲究乡民自治了，一些事儿我看也能在这个场合跟大伙儿唠唠。刚才岳镇长提到年内二次征兵这事儿，我倒是思摸过了。不说东村，魏家祠堂两门户下既有人口七百一十九口，减去妇孺，在册男性是三百八十三名。按照今年征兵的新规矩，十五周岁以上三十七周岁以下的，东村是九十六人。其中在外担任公务的七人，学生六人，工厂工匠四人，独子十三人，这些人都是明文免征；剩余的六十六人中，三十五周岁到三十七周岁这个年龄段，不能下地干重活的几近一半，剩下的男丁满打满算还不足五十口。省上应当知道，打十三四岁就扛着镢头干农活的农民，三十七八这一档子年岁的男人又有几个能算是壮丁？不说远话，留马村三十七八岁当爷的目下有三个人，把有孙子的人当成壮丁列册充数，只有我们这个民国政府才做得出来嘛！"

岳镇长讪讪地笑了笑，并没有答腔。

四先生却依然大咧咧地说："话又说回来，当兵打仗毕竟不是赶集看戏，去了总得掂得动人家那杆大枪吧？一些眼睛不好、耳朵听不见、体弱到不能出远门的，少说也有十多个，剩下的还有九人在队伍上至今没回来，四个年轻后生跟随八路去了山西……大伙儿可以掰指头算算，留马村还有几个人能吃得上人家这份军粮？"

接着，他掰着指头继续对着姓岳的和乡邻们说："不说远话，最近五六年间，东留马足有二百号男人先后做壮丁，随队伍当挑夫、喂军马、修工事、赶大车，东西两村有三十九人被迫换上各色军装当过兵，二十一人至今杳无音信！你说说，叫老百姓在村上还咋个去种庄稼呢？抗日救亡，匹夫有责，这话一点都没错。我在河东亲眼见过日本人烧杀抢掠，比没出过门的人更明白有国才有家这点道理。只是实在闹不明白，国家每年征召近千万人，就算一半代马输卒，剩下的至少可以组成五百万人的新军队伍哇！这么多人去从军报国，又有多少人投敌做了伪军？政府上上下下这么多人睁着眼睛算瞎账，大小事儿都赖在救国这笔账上，似这样一年征兵数次，还能给村庄留下多少青壮？眼下，税赋不断加码，村上青壮锐减，如此弱民政策，又让农户拿啥东西去上缴官府？"

岳富葵一听东留马这个教书先生的话已经有点出格，便打着哈哈插话说："仁湘兄果然学识广博，满腹经纶哪！以岳某之见，这些话咱们关着门说说可以，一些事儿呢，也只可意会不可言传。下边，我看还是说说镇上对靠河四保修堤这件事的安排。"

接着，他见大伙儿不再交头接耳，四先生也没有再搭话的意思，才清了清嗓子说："这次增收税赋修堤保田，省政府的公文已经到了，滩田户每亩可放贷七元钱。这点钱嘛，听起来不少，按照南边四大镇点粮行最近的价码，几近两斗苞谷了。不过呢，作为庄户人都应当知道，修堤这件事委实是个利益千秋万世的福业。落雁滩堤下多一季收成，各家各户到手的可就不止这个数目喽。这点贷款呢，暂时先记在各家户头上，政府三年不收利息。话又说回来，修堤就得动土，动土就得用人，全镇各村的劳力都可以来干活。不过目下这笔钱还是纸上的烧饼，事后才能由镇政府统一派人去省府请领呢……"

四先生听到人群里又有人在小声嘟囔，就给镇长帮腔说："大家都在心里把账算一算，抢田十年九不收，这是老天爷定的法程。如果滩下年年都有收成，那得多收多少粮食？至于政府放的这点款，我看也是老汉胡子上的饭馉馇，根本止不住肚子里的饥。村上这头儿初步议定，有地的家户一亩出工一百个，或请人变工，或掏钱雇工，明年春汛前就得把堤基垫起来。村上那些滩下没地的家户，当然也得有事做。鄙人愿意将名下二百亩滩地上交村上充公田。这些地，暂时先登记在魏家祠堂名下，再分给佃户

去经管……"

一听四先生这个大人厢在大庭广众之下说出这等话来,台阶下边的人都面面相觑,瞪大了眼睛。

四先生依然十分轻省地说:"你们都别大眼瞪小眼,这点豆腐账,伸十个指头都算得过来。老几辈,都说'靠滩吃滩',我倒是想问问大伙儿,留马村的大家小户谁靠这些盐碱滩发过家?这么撂着也是撂着,能让它年年长出庄稼又何乐而不为?当年,我家老掌柜并没有想置这么多滩田来经营,倒是经不住我爷在后边念叨,为了家门的那点名望,一狠心盘了下来。这么多年过去,我这个不孝子经管这些地,基本是种一半撂一半,哪有力气精耕细作嘛!年年种,不一定年年有收成,丢下的籽种都够个小户养家糊口了。碰上歉收年,为了把庄稼从水里捞上来,又有多少净颗子付给了塬上的那些雇工?交出这二百亩,我名下还有一百多亩要伺候。有了大堤导水,不说每年都有收成,就是隔年轮耕,一百亩地的收种也会要了我们父子俩的老命哩。靠天吃饭,别说三百亩,就是三千亩撂在那儿还是个白撂!"

说到这儿,他故意大声提醒说:"我也想过了,这些公田佃种,也不能人人有份。滩里没地或地亩很少的家户,修堤出工每够一百个划拨一亩;出丁当兵的家户,不管地多地少,我都送地十亩!"

岳富葵虽然对东留马的这个四先生久有耳闻,但一听他在大庭广众之下说出此等话来,张大嘴巴半天都没合拢。要知道,这可是二百亩沙壤地哟。在落雁滩,即使是这些十年九不收的盐碱滩,当地那些财东也是祖祖辈辈一点点盘下来的。为了提醒东留马的这个大人厢,他偷偷扯了一下四先生的袖子,嘴里不合时宜地问了一句:"仁湘老弟,这个事儿可是当着这么多乡邻还有各保保长的面哟,你说的这话能作数吗?"

四先生撩起袍子慢慢地站起来,冷冷地丢了一句:"君子一言既出,纵使金玉不移。你这就派人跟我去拿地契,托人写个东西给大伙儿念念!"

说着,他示意台下那个小伙儿扶他回家。就在四先生走下台阶的那一刻,有人看见蹲在树下的张干大已经先于少东家离开了会场。

岳富葵怔怔地坐在那儿，半天都没说出一句话来。

这个时候，拄着双拐的陈仓满从路西那边走来。只见他缓慢移动着拐，远远看到岳富葵一行已经走下台阶，隔着老远便急不可耐地大着声哀求道："岳镇长，你先不要走嘛，我陈仓满有话要说！你给留马村的老老少少说清楚，我这不是打家劫舍给自己留下的伤，这也是为大伙儿去买壮丁充数挨了人的冤打……"

岳富葵转过身来，不热不冷地回了他一句说："你好好儿在家将养身子嘛，这儿哪有你的事儿。说那么多废话，还让大伙儿给你送块匾不成？"

他也不顾及两人间以往那些交情，说完，不等陈仓满走近，便转身拂袖而去。

36

黄河滩初冬的冷风，比塬上更凛冽。立冬这天，布满阴霾的天空中已经飘着稀疏的雪花。魏家祠堂那口放舍饭时才用得着的大铁锅，也被抬到了村外的打麦场支了起来。那些请来帮工的三亲四戚、受雇挣粮的塬上村壮，每到开饭时便聚在打麦场。留马村东西两村的男女老幼，除了过大年闹社火时，从来没有这么热闹地凑在一起过。

狼咬儿滩下没地，历年都捎带着种四先生的三十亩滩边地凑热闹。全村人都下了滩，他们一家人却闲着无事可做。这个人脸皮薄，根本没打算给人帮工去佃种祠堂的那点地。张干大却找上门来，劝说他去给仁湘那边帮几天工，到时他搭话让仁湘免一季佃租。老汉嘴里说出的话，咬儿还是听的。即便看不上免的那点地租，一个大男人在村院中的脸面总还得顾及。磨蹭了一天，他便和蔓货一起上堤帮工去了。

不到十天工夫，滩里几里路长的土堤已经慢慢高出地面。最初的土方在近处，那些运土的独轮车在上堤的土坡上碾轧出很深的车辙，人踏车轧，越来越不好走。四先生安顿蔓货牵着家里的那头大犍牛给上堤的大车挂坡，张干大和咬儿套了槽上的大牲口拉着大石碌子上堤去碾轧路面。半

个月过后,落雁滩那片白花花的盐碱滩上已经出现一条蜿蜒的灰色堤影。

这天晚上,父子俩帮张干大铡完草,老汉打发蔓货先回去睡觉,留下咬儿似有话说。

咬儿已经困得不住地打呵欠,一看老爷子闷在那儿又开始吧嗒吧嗒地抽自己的烟,他也不敢说困,出门撒了一泡尿,进门后又乖乖地在草墩子上坐下来。

张干大抽了一锅子,磕了磕烟锅,突然问了这个干儿子一句说:"从山西回来,你小子是不是给你家老娘丢过一句凉话?"

咬儿挠了一阵脑袋,莫名其妙地回话说:"我母子俩能有啥私密话嘛,你听谁说的?"

张干大瞪了他一眼,笑眯眯地看着咬儿,也不隐瞒,开口便直戳戳地问他道:"你说,我这个干老子可能是共产党?"

一听从老汉嘴里吐出这号话来,咬儿一拍脑袋,嘿嘿傻笑了一阵,这才小心地掀起牲口圈门上的草帘子,将头伸出去屏心静气地听了一阵,外边万籁俱寂,只有槽头牲口嚼草料传出的咯嘣咯嘣的声音。咬儿这才小心翼翼地坐回来,小声回了张干大一句说:"嗯,这是我猜的。说句实话,您举手投足间多少还真有点像共产党哩。"

尽管咬儿平时见了自家这个干老子有点发怵,提说起这号男人间当玩笑听的话题,却一点都不磕巴。

只见老爷子抿了抿嘴郑重地告诉他说:"你小子眼力真行呢,我就是个共产党。"

听老爷子从嘴里吐出这句话来,咬儿大大地吃了一惊。他下意识地站起来,不小心将屁股下的草墩子带倒后滚到一旁。当他意识到自己的失态想再次慢慢坐下来时,屁股一闪,人便重重坐在了地上。

看着咬儿那副狼狈相,老爷子平静地笑了笑说:"咋啦?看见牛头马面啦?"

咬儿扶起草墩子坐稳了,这才僵笑着回老爷子的话说:"哪能呢,您,您真是那个共……党?"

张干大没正面回答他的话,却认真地开口说:"嗯,从今黑起,咱们父子间就再也没有一件藏着掖着的事儿了。我今天为啥要在你当面戳破这层窗户纸，是觉得这话已经到说破的时候了。你也看到了，日本人的气数就要尽了，这是秃子头上的虱子明摆着的事儿。眼看着八路军的队伍不断壮大，老蒋绝对不会坐视不理。政府这次征兵，你以为他们是要去打日本？多年前，日本人两次在陕北渡河，他们都没有这么紧张。最近，你看东府这边屯集了多少军队，上北山去的西药、棉花全都被封了，接下来他们会干啥？"

咬儿木然地摇了摇头。

张干大恨恨地说："跟北边开打呗！你看吧，落雁滩这块南北要道再也不会这么太平了。"

咬儿这才小心地问他说："要打仗，他们两家使足劲儿打去，这跟咱种庄稼的有啥关系？"

老爷子瞪了他一眼，郑重地说："共产党是给天下老百姓谋事呢，那么多老百姓都跟着他们走，你说跟你有没有关系？你要是不跟共产党走，那就得跟着老蒋去当炮灰，到时刀架到脖子上了，你总得跟着走！"

咬儿低着头琢磨了一阵，还是不解地问老爷子："这个，你要离开落雁滩，去北边吗？"

张干大却摇了摇头说："我老了，跑不了远路了。这么多年，我一直在想，应当领着你这个干儿子走一条阳关大道哪。"

咬儿战战兢兢地问："您，这个，得是让我……也跟着您参加共产党？"

老爷子马上一脸严肃地回答说："你跟了八路一年多，多多少少也接触了点共产党的章程，你觉得那些人咋样？做一世男人，过好自己的小日子算啥？你说说，咱们父子窝在这山旮旯，一辈又一辈咬着牙关受这些罪何苦来？这个世上，穷人为啥这么多？一年年租种着大户家的地，还得如数交租子。那些大大小小的老财又为啥那么富？身不摇、膀不晃，吃的麦面馍馍咋比你家的还白？谁来给你主持这个公道呢？我告诉你，只有跟着共产党闹革命才能翻身求解放。外边都闹得天翻地覆了，你咋还能坐在河边看涨水呢？"

咬儿愣了愣，半天才小心地问老爷子说："就咱父子俩赤手空拳的……这个命到底咋个革法？"

老爷子斩钉截铁地说："咋能是咱俩嘛，天底下闹革命的人多得很哩，当然还有人支派咱们哩。如果你愿意加入，那就得听从组织安排，暗地里做些事。到时候，也就是跑跑腿传传话啥的，你以为是让你捎着大枪去上阵杀敌呀？只是，组织上的事儿只能咱俩知道，千万不能给家里任何人说破口。你先说愿不愿意干吧？"

咬儿沉思了一阵，问老爷子说："这个，这个事儿嘛……仁湘，他是不是已经入了你的这个伙？"

张干大摇了摇头说："这件事跟旁人一点干系都没有，你也不要自个儿在那儿猜东猜西。还有，你妈是个婆婆嘴，这事儿万万不能给她露一点口风！"

咬儿想了一阵，又问道："我就闹不清，你有吃有喝的，咋也把自己看成穷人，跟着外边这些没家没舍的闹起这个革命来了？"

张干大脸上的表情慢慢冷峻起来，他喝了一口水，这才慢慢给咬儿说道起来。

"二十多年前，仁湘那时也就十六七岁的样子。你存贤干大那时候在城里的生意正大着哩。村里人都以为这是他一户的家当，根本不知道这生意是'十八娃'的物业。他一个洒扫街道的庄稼娃，那阵已经是'十八娃'在洽川县的二当家了。而我一个举目无亲的人，当时在县府谋了一份官差。一来二去，我俩就结拜了兄弟。'十八娃'明里是替天行道的刀客，暗地里却替'兴中会'做事儿哩。国民党是咋得势的？'十八娃'后来咋又和他们闹翻了脸？唉，这些事儿连我也说不清楚。后来，我赶着大车风里来雨里去，见识了世上的不平事，看多了世上的可怜人，更是压不住满肚子的火。虽说没了皇上，可这些骑在百姓头上的民国大老爷，跟旧时那些作威作福的封建统治者又有啥区别呢？这个时候，我遇到了共产党，这次我是铁了心要跟着他们做事儿……"

说到这儿，他停了一阵，才又接着说："仁湘是独子顶门，他爹和我有个生死约定，等仁湘能自立门户那天，不管我是走是留，都不要让他这个儿子掺和这些事儿。再说，共产党也不是啥人都能加入的。这件事咱爷儿俩各自明白就行了，你也不要私底下去乱打听。若愿意跟着我干，我做你的介绍人，今黑举着拳头立个誓，咱爷儿俩就算把这事儿说定了……"

咬儿低着头想了一会儿，说道："我都这把年纪了，老妈还得靠人养活，人家要我吗？再说，我大半辈子看见个蚂蚁都绕着走，万一跟着你们犯了事儿牵扯到一家老小，临了，命没革成，再半道上闹丢了自个儿的命，连累儿孙……您觉得这事儿到底划得来不？"

张干大磕了磕手里的烟锅点了点头，这才顺着咬儿的话头说："是啊，我当年参加革命那阵也这么想过。你可能也听说过，我爹就是被这些人杀的，铺子里的那床被子都被血染成了红的……当时，我躲在山里多年不敢回家。那时候，一个血气方刚的小伙子，只想着把杀父的血仇报了，就是死了也心甘。后来，组织让我起完誓，安排人跟我谈话说，一个人的家仇，放大了说就是普天下穷苦人的仇。不管皇帝老子还是地主老财，都是咱穷人的死对头。只有把他们全部打翻在地，穷人才能彻底获得解放。听了这些道理，我就不怕死了，也不愿死了，这不都活过来了嘛。"

看到咬儿没搭他的话茬儿，他又语重心长地说："你是我的干儿子，我这个老子能领着你去跳火坑吗？古时候，樊哙在村里不过是个杀狗的，跟着刘邦起事后不也封了舞阳侯吗？你现在早早加入组织，为打卜咱穷人的江山暗地里出力，到时候岂不就成了大功臣？"

咬儿这头儿刚想开口再打探点虚实，张干大听到院子里有窸窸窣窣的声音，突然站起身，三步并作两步跨到门口隔着草帘子侧耳听了一阵，突然高声对外边说道："谁？进来嘛！"

草帘子一动，蔓货进来了。这厮见自家老子还在马坊院这边闲聊，赶紧对老爷子说："张爷，急儿家的牛这阵要生犊子了，他让我喊你去帮忙给看看……"

张干大一听原来是这么个事儿，慢慢坐回草墩挥了挥手让蔓货坐下，这才冷淡地问："嗯，牛这阵是卧着还是站着？"

蔓货挠着脑袋支吾了半天，才不好意思地说："我刚去那阵卧着，这

阵又站起来了。屁股后边吊着个大水泡子哞哞地吼，声大得吓人哩……"

张干大摆了摆手说："那就不急，还得两三个时辰。"看蔓货坐在那儿并没有要走的意思，他这才慢吞吞地问了一句："你和村上这个急儿整天黏在一起，说那些砍头的屁话顶啥用呢？"

蔓货一听老爷子砖头似的给自己撂过这句话来，脸腾的一下红了，赶紧回话说："都是急儿那货胡说哩，我又没决意跟着他闹那号事儿去。"

张干大却慢吞吞地又问了他一句："嗯，如果急儿说的那些事儿是真的，眼下有人接应你们去北岸投八路军，你真的愿意丢下媳妇娃娃一起去？"

蔓货整天和急儿那二愣子混在一起，窝在热炕上没少听那家伙说和自家老子上前线的奇闻异事，一听干爷问得这么恳切，只好点了点头说："嗯，我倒是想去外边浪几天哩。"

狼咬儿一听老爷子嘴里冷不丁冒出这句话来，正不知咋个去搭腔，儿子却大大咧咧地在那儿傻笑着答应了。于是，他强装威严地嗯了一声，却没说话。

张干大还要说话，却听见院子里又有人向马坊院这边走来。张干大不动声色，他已经远远地听出是仁湘的脚步声。

四先生进了门，一看咬儿父子俩坐在马坊院和张干大拉闲话，他也不吭气，顺着铡墩落了屁股。

咬儿对这个四哥虽心里一直不满意，见了面倒也还能问个吃喝。一看四哥坐下来，他原想站起来走人，又一想老爷子刚才给自己说的那些半截子话，便没急着起身。

蔓货根本不知道事情的轻重，正想听听干爷接下来还有啥话要说。等干老子在铡墩上坐了，他这才觉得有点不合适，便转着圈儿想再找个可坐的东西，见侧墙上挂着一溜儿骡马驾车用的生皮套包，便殷勤地取了一个递过去，招呼四先生说："干大，铡墩上坐着凉，这个软和……"

四先生头也不抬地回了他一句："套包那么娇贵的家当，咋能乱坐……"

蔓货碰了一鼻子灰，只好讪讪地吐了吐舌头，乖乖地将套包原款儿挂在了侧墙上。

几个大男人都干巴巴坐着不开腔，张干大这才问了四先生一句："都这个时辰了，你忙了一天还过来闹啥？"

四先生却闷闷不乐地冲着干老子吐出一句文绉绉的话来："'默默尸位混素餐，岂敢骑鹤望扬州'呀……"

张干大一听从少东家嘴里吐出这句话来，先哑然一笑，才顺嘴问了他一句："看别人哭丧挺热闹，轮到你挂那个哭丧棒时就知道那玩意儿也累人哩。嗯，今日镇上又给各保安顿事儿了？"

四先生也不遮掩，慢吞吞地吐了一口气说："还能少得了吗？给各保的壮丁名册下来了。留马村七个，有蔓货、急儿，还有西村陈仓满家的老二……"

咬儿一听壮丁名册上有自己儿子的名字，也不计较平日两人间的那点隔阂，紧着问了一句："蔓货是独子，上面能不知道？"

四先生却没好气地说："独子？我不是独子吗？不也被点名上了回前线……"说完，他才对蔓货说："你小子正好在这儿，我看还是防着点，要不然去塬上亲戚家躲躲，避避风头，过了年再回来。"

张干大坐在草墩上闷闷地抽了一阵烟，慢吞吞地问了四先生一句："天明你不是安顿他和急儿驮绳索去吗？堤上活路这么忙，一下子跑出去七八个壮劳力，堤上还咋安排？"

四先生叹了一口气，这才回他的话说："镇上那笔款子，我看也是纸上的烧饼。开始说好先给每户放三块钱，后来县上克扣了两块，到大伙儿手里就只剩一块了。昨天岳富葵跟我商量说，这一块钱还得留在镇上支配。唉，眼下就算把说好的钱全放下来，连一斗苞谷都买不来了。你说说，我们这些个政府官员啊，层层都在盘剥，见了钱都不要自个儿那张脸了，真是要酿成倾覆江山的大人祸了呀！"

张干大早就料到镇上这拨儿人靠不住，曾不止一次地提醒过干儿子，要办事还得靠村上自己想办法。见四先生一脸的无奈，他只好附和说："有啥法子哩，这没灾没荒的，手上的钱冷不丁咋就不经用了哪！"

四先生苦着脸讷讷地回了一句："堤上这活儿不能停啊！前凸村的人

明儿个就不来上工了，一溜长堤上留下的低洼豁口，明年开春凌汛一来，冰凌夹着汛水顺着这个口子冲过来，十几个村子赔上一冬的苦工就前功尽弃了！"

张干大打问了一句："那你有啥办法？"

四先生咬着牙关，气恨地说："明天我还得去镇上和岳富葵好好儿说说，这样撂挑子咋行？其他村如果也跟着打退堂鼓，咱们还得接手替他们垫堤。不说吃亏占便宜那些事儿，人手就是个问题，留马村哪来那么多劳力？年前年后也就这两三个月的空闲，所有人啥事儿都搁下去垫堤都不一定赶得完。县上水利部门勘察了几处要压草袋子的地方，镇上虽然答应给调拨一些，但主要还得靠自己在家里编，人手在哪儿呢？"

张干大点了点头，琢磨了半天才开口说："县上调拨我看也是一句空话。岭上国军修工事拉了那么多草席子，还不是在一只羊身上薅毛？我琢磨，塬上冬闲人多，出几个钱让他们去滩里打些芦苇。打一百斤换给一斤苞谷，放在堤面用辊子来回轧一轧，组织妇孺编成草席压堤也行呢。芦苇是水里长的东西，耐水泡，压堤一样抵事。"

两人还在说着堤上的事儿，急儿却火急火燎地跑进了马坊院，一进黑乎乎的院子就扯着嗓子大喊："张爷，张爷，你在吗？"

张干大掀开帘子接应了一声："咋啦，这么急，破浆啦？"

急儿紧张地说："快，快，牛娃嘴都出来啦，我妈说赶紧让你过去哩！"

张干大站起身，缠好头上的帕子，跟着急儿掀起帘子就要出门，突然转过身给四先生丢了一句话："驮绳索的事，我看还是过几天再安顿人去吧。我翻了皇历，明天天气不好，两宜坡那边有雨哩。这个阴冷季节，人和牲口遭淋都经受不住。一路兵荒马乱的，放人出村还得斟酌一下。你们再坐坐，走时把灯碗调小一点。"

说完，老汉从槽下小砖洞里翻出一只拴了绳的烂鞋底子，提溜着出了门。

37

　　魏王氏和心慧一心经管一双小儿女，家里的日子就这么一天天过着。万没想到自家男人死里逃生回到村子，没过几天安稳日子，先被公家关进大牢，接着又被县上选上了参议员，不久又被镇上那伙人扶着当了保长。这些意想不到的事情，扎着堆儿摊到自家男人头上，让她感到眼前这个花花世界活像万花筒般令人目不暇接。更令她不解的是，自家炕头的这个酸秀才，远非她想的那样安分，这多少让她心里有些说不清的不悦。

　　她生养的老五出阁后，六丫头也去省城念了卫校，最小的老七则考上了朝邑的中学。省城和镇上有几个亲戚关照，上学的俩女子的事儿她倒是不用操心。膝下这个小羊生已经会照着书本念几个字了，小丫头也能满院追着哥哥玩耍了。放假回来，俩姐姐都把羊生和八妹当成宝贝蛋。可是，一家人和美的日子，却在昨天男人去县上开会回来之后，让她这个内当家感到有点坐卧不宁了。

　　原来，县党部书记在县里亲自约谈了魏仁湘，如今他已经是洽川县的大名人了，家里却公开养着一妻一妾，行署已经有人对此颇有微词。晚上回到家，四先生将这事儿一五一十地给魏王氏说了。谁知道，她还没想好怎么和心慧说，心慧却好像已经知道了。午饭那阵，她还不动声色地擀面做饭，等一家人吃毕洗涮完，她就喊了平时要好的几个姐妹，拿着扫帚去了光宗那边的老院子。

　　见此，魏王氏心里便犯了点疑惑。昨晚，男人跟她说完这事儿就歇在书房，一大早又骑着骡子去了镇上。这点间隔，男人也没工夫给心慧把这个担忧说破嘛。再说了，女人家心小，哪禁得住这样的话头哩，万一气头上闹出个三长两短，这可咋办？想到这儿，她放下手里的针线活，抱了小八丫头掩了门，急匆匆地赶到戏巷去看个究竟。

　　刚刚转过戏巷西头，她却看见陈仓满像个病狗一般走出了光宗家的老院子。

　　陈仓满这大半年一直在家养病，走起路来依然一瘸一拐。可这个人在村里确实有点闲不住，依然像当保队附那阵一样，走东家串西家，时时在

人前碍眼。张干大坚辞那个保队附，镇上将事情上报给了县政府，上边一直也没个下文。岳富葵禁不住此人三天两头找上门来喊冤，便送了个顺水人情，让他先支撑起这个角儿。在陈仓满看来，自己这个官身算是又一次保住了，至少在众人面前挽回了点脸面。趁着全村人上堤干活，他也装模作样地背着手不时去堤上看看热闹，要不就在村里打个转儿，一天到晚都装出很忙活的样子。

魏王氏进了心慧原来在戏巷的老院子，发现久无人住的院子刚刚被打扫过。她进门这阵，几个帮忙的姐妹都已经各自回家了。

听见动静，心慧便从住人的那间房里走出来。见魏王氏抱着丫头进了门，她赶紧走上前去不冷不热地接过孩子，嘴里责怪道："姐，这么凉的天，你把娃抱过来也不怕着风？"

魏王氏淡淡地说："没事，巷道里一点风都没有。"说完这句话，她才反问心慧："好端端的你咋想起喊人来收拾这边院子呢？"

说话间，两人进了屋。心慧放下怀里的小家伙，顺便把炕洞挡板挡上了。她随口说："这么久不住人，炕头柜上落了一层厚灰。夏天让干大打扫了那次之后，好长时间都没再拾掇，收拾起来活儿还不少呢。"

小丫头一看心慧用拨火叉在那儿拨火挺好玩，小嘴里喊着要妈妈抱。魏王氏拗不过小东西在怀里不住地挣扎，只好蹲下放了手。这才叹了口气，假装无心地问了心慧一句："陈仓满刚才来过？"

心慧点了点头。

她紧着又问："这个人厢又跑来干啥？莫不是……家里有啥事儿？娘家咱爸这段身子好着呢吗？"

在魏王氏面前，心慧也不掩饰娘家那些事儿，幽幽地回她话说："唉，老爷子也真是的，锅上灶上，哪怕没吃没喝，都要抽那口要命的烟哩。难怪几个兄弟都跟他过不到一搭儿，只好让他自个儿做着吃。逢下这号老当家人，搁谁也成全不好世上的孝道。陈仓满刚捎话来，说老爷子想让我回去住几天，替他把过年的铺盖洗一下，再看着置办几件老衣……过了这两天，有空让干大送我回娘家住几天也好。"

魏王氏一听原来是这么个事儿，长长地出了一口气。

小家伙举着拨火叉跑到院子里，在刚扫过的地面上学着哥哥的样子，拿着叉蹒跚着画了几个并不很圆的圆圈，喊叫着让大妈和妈妈来看。心慧看见小女儿那副憨态，却不由得泪眼蒙眬起来。

魏王氏见此情形，知道自己在家那阵的胡思乱想并不是多心，看来心慧已经知道家里遇到的那件事了。她看见炕洞在倒烟，打开挡板俯下身子对着里边吹了一阵，炕洞里没燃完的柴火又一次腾起了火苗。

心慧抱回孩子，怅然地看着屋顶，半天才开口说："我早就料到这一天会来。我不怨天不怨地，这就是一个女人的命。当初我自己选的路，我认……"

魏王氏只好安慰她说："你早早知道这事儿也好，这也不是能遮盖的事儿。你四哥回来跟我说了，一下子还真让人接受不了哩。咱们姐妹一场，不说没红过脸，至少是没破过口。可眼下这是政府的新规定，不是咱们寻常百姓能做主的。我也想了，先搬过来住着遮遮旁人的耳目，拉长日子还不是一样有人照应？你进了东留马，一个甜娃顶起了两个门户，更别说膝下还有羊生，魏家真应当对你感激不尽哩。"

心慧慢慢抬起头，迎着魏王氏的目光认真地对这个自己敬重的大姐掏着心窝子说："姐，心慧不及你想得宽。活了这半辈子人，自个儿的命还挖抓不住呢，哪像你金枝玉叶，念过书识得字，事事为家里想得这么周到。你也别给我说那些宽慰的话，我搬过来还真不是个坏事哩。甜娃已经九岁了，几年时间就长成小伙子了。以后的日子，我至少还有这个儿子照应哩。四哥现在当了人家那差，不说人前面后得顾及点面子，既然有人拿这个说事儿，还不是盯着魏家有这份家业？人嘛，这一辈子总不能只想自个儿……"

魏王氏一看，这个和自己同家过日子的妹子把话说得这么敞亮，也不再掩饰，说道："也好，锅灶分开了，大日子还是一家嘛，啥事儿也不用你多操心。不过，一个女人家，我还是有点不放心……"

心慧点了点头说："嗯，刚才，陈仓满就来看热闹，说了些不咸不淡的话。你放心，我自己心里有杆秤呢，这些事儿慢慢就过去了。"

魏王氏紧着追问了一句："这个人厢，他又说啥了？"

心慧迟疑了一下，还是告诉魏王氏说："前几天，他去南边走亲戚，见了我娘家大。老汉眼下没人管，一个人做饭吃。你想想，一顿生一顿熟的，哪能那么自在嘛。他给我出主意说，把老爷子接到留马村这边来，让我顺便伺候着，倒也是个大好事……"

魏王氏嗯了一声，不无安顿地说："这个大人厢，倒会见缝下蛆。让出嫁女子把娘家老子接到夫家来赡养，这是他一个外人该管的事情？魏家也不是添不起一张口的日子，更何况还是老亲家。他也不想想，让女子接走老掌柜，人家几个儿子在村里咋做人？能出这个瞎主意，还不是为他日后进出这个门槛寻个方便？走，咱们先回去烧汤。屋里这些琐碎，留到明天再收拾不迟。你把丫头抱回去，我去榆钱儿那边接羊生去。"

两人正准备出门，陈仓满却像个病狗一样，手里夹着根卷烟进了门。

魏王氏一看这个男人又踅摸来了，虽没有好脸色却依然停在当院跟客人搭讪说："满叔，这么凉的天，不在屋里守着炉子喝茶，出来游啥呢？仁湘不在，你老人家有啥急事儿尽管说，我看你一阵子都来过两次了！"

陈仓满做人行事早就练就了一副厚脸皮，听了魏王氏的这句不热不冷的话，他奸笑了一声，这才慢吞吞地回了句过来："我也不找谁，后响没啥正经事儿一个人在巷里浪哩。路过光宗这边看大门开着，就顺便进来看看。唉，说远了光宗他妈是我表姨三服里的姊妹；说近了二夫人娘家老子在铁码头做经纪那阵子，挨着我的卦摊儿，俩人真没少喝茶。那阵年轻啊，居然成了忘年交。如今他年纪大了，不管哪一回来东留马，还都惦记着到我屋里坐坐呢。他前天还捎话托付，让我得空照应一下自家这个苦命的女儿 我咋好不理不睬？"

魏王氏一看他要走，趁着对方转过身刚要抬脚的当口，开口说道："这个院子里的事儿，有几个男人操心打理，也用不着这么多老亲戚事事关心。你和我家老父亲虽有那份交情，有些话我却不能不说。我娘家兄弟前一阵子问过我，你在哭泉镇使过一张兑票，那上边咋签着我家父亲的名字？"

陈仓满根本没想到，这个内当家此时会突然提说起这张兑票的事儿，站在那儿怔了一下，冷冷一笑，狡黠地说："兑票的这个事儿，我当时不但经手了，看得还比别个仔细些呢。有些话我也不好明说。我倒想问问你，这票子魏家当时总不是经我的手花出去的吧？这事儿且不说救人一命那些冠冕堂皇的送情话，只说当时有人用枪逼着就想要我这条老命受的那号恓惶，让我给谁学说去……"

魏王氏觉得面前这个男人或许不知道，这张兑票是自她嫁到东留马这么多年父母仅有的一次接济，一直压在自己的箱底。在自家男人被人陷害送到行署的那阵子，她让张干大拿去赎人，最后居然出现在这个人手里！尽管她也知道，这个人厢在外边干的那些事儿，心里却一直搁着个疑团。她这阵也顾不上和这个人纠缠那些过往，一个女人的直觉告诉她，魏家门里门外遇到的大小事儿，都跟西村这个姓陈的脱不了干系。

想到这儿，她不温不火地说："魏家这回舍地修堤，你也没闲着。一下子雇来那么多亲戚，仁湘多少还有点意外呢。既然你还记得老爷子的那点恩德，我这里先谢了。"说到这儿，她望了望天际，自言自语道："老掌柜再也回不来了，你们都还想着法儿瞒哄我。唉，树倒猢狲散，墙倒众人推。有些想看的热闹都还没出厢。好在王家还有后人，魏家这头儿也还不需要别人操那么些闲心！"

听了女主人这几句话，陈仓满还想替自己辩解几句，只见四先生捎了把铁锨进了门。

魏王氏马上问了当家的一句："你去镇上咋这么快就回来啦，吃饭了吗？"

四先生怏怏地回了一句："路要四蹄儿走哩，又不是让人两条腿走。嗯，路过寺前村时吃了碗油泼面……"

他看了看院子里站着的陈仓满，立马说道："你咋在这儿串门子呢？我一进村就顺道去了你门上，哪知道你却在这儿。你这就去安顿些人，国军的队伍已经到了哭泉镇，要在咱留马村驻扎一个营，明天人家就要开过来呢。"

一听突然有队伍要进村，几个人顿时面面相觑。陈仓满有点奇怪地问："一营人？这么多人村里咋住得下嘛！"

四先生放下肩膀上的铁锨，这才说道："人家带了帐篷，几个打麦

场正好能派上用场。营部的人多些,我看住人做饭就在魏家祠堂算了。西村那边看能不能驻扎个炮队,那些玩意儿淋不得雨哩。另外,十户出一张大案板,五户出一口锅,在村西老陵那边找个地方,让他们自己开伙去……"

陈仓满顾自摇了摇头,奇怪地问:"这也没啥动静嘛,咋一下子来这么多队伍,难道鬼子又要过河啦?"

四先生没好气地回了他一句:"你问我,我问谁去?落雁滩这儿号称四十里河宽,鬼子真要过来,也不可能在稀泥里行船,你说说,他们咋个过来?"

陈仓满疑惑地说:"莫不是……北边出事了?哦,我早上起来上后院那阵,倒是听见天上有飞机嗡嗡地响,以为是河东过来的,又没瞅着个影。"

四先生苦笑了一声,接着他的话头说:"我早上刚进镇东门,牲口还没拴好就听一群人说,国军的人马这头儿刚到,天上的大飞机就撂下来许多东西。那些士兵一会儿就搬回来几大车锅盔,一个个比磨盘都大哩!"

陈仓满却顾不上听他说飞机撂锅盔的事儿,只着急地又问了一句:"政府真的要动手呀?不会吧……他们咋会这么快就动手呢?"

四先生却没理他那话茬儿,不无安顿地说:"那些事儿,用不着你我操心。一会儿,还得安顿各巷多栽几个木桩子,那几个拴马石咋够呢?队伍上的那些骡马都不戴笼嘴,别啃光了树皮惹得大伙儿埋怨。还有,煮饭的柴火也让几个祠堂多备办些。镇上说得倒轻省,还指望队伍上那些人掏钱去买,唉!这些人进了村,不把场里喂牛的麦积子烧光就算好了,你看着吧!"

陈仓满点了点头,看四先生不再安顿,他也不敢多逗留,慌手慌脚地出了门。

心慧怀里抱着女儿站在台阶那边,一直也没插话。小家伙看见大人在那儿说话自己受了冷落,便嚷嚷着要爹来抱。四先生赶紧放了手里的铁锨,蹲下身子双手抱起迎面跑过来的女儿,他脸上陡然增添了一丝悲戚。看到这一切,心慧转过身看了魏王氏一眼,拿了铁锨挎着竹笼先于他们出了门。

四先生仔细看了看院子四周，这才对当家的不无指点地说："嗯，收拾一下好多了。心慧……她是不是知道了？我刚才在路上还在想，她如果搬过来住，你和羊生也搬过来陪她住一段，等这些队伍走了再说。好久不住人了，冷锅冷灶的，杂七杂八的也得打理些日子哩。"

魏王氏却没接他这个话茬儿，不无担心地说："村上一下子住了这么多队伍，那还不得安排各家去烧火擀面呀，一群婆娘女子跟那些当兵的整天搅和着，倒像啥样子嘛……"

四先生却不在乎地说："那倒不会，国军的正规部队又不是那些目无王法的土匪。再说，他们那些炊事兵手脚利索得很呢，哪用得着你们掺和。人家运来的都是大米洋面，各家那些石磨子都用不着哩。不过，一下子多了四五百口人，还有那些驮炮拉车的骡马，几个井坊绞水倒也是个麻烦哩。我也问了，山南海北的这些兵爷也不大讲究，不行就让他们下滩去拉水吃！"

说到这儿，他才不无担忧地又问了女人一句："心慧咋知道这事儿的？"

魏王氏半天才回话说："心慧哪会是那种大木头人嘛！你也别多心，这事儿接下来我还得慢慢和她细说。唉，这都是女儿家的命。她才二十九岁，一卜子搬出来，心里哪能搁下前头的那些日子嘛！不过，她自己搬出来了，这还好说点，你在祠堂那边也好张嘴说话。事后，咱们少不得要给人家娘家写个东西，至少把县上那些人的嘴巴封住。似这样下去，总归不是个事儿。我还在想，日后还真得给她对付个好人家哩。"

四先生苦着脸，仰头看了看天上那片浮云，对着天空苦叹了一声："唉，我这个大男人，给这个世上造了一回孽呀！"

魏王氏慢慢从他怀里接过女儿，招呼说："走，回家吧。人的命，天注定。人哪，谁能知道几时托生几时死哩，都得把世上的事儿经历一番……"说着，两人一前一后出了门。

魏王氏已经出了门，四先生突然转过身来，对女人说了个事儿："我刚在马坊院拴好牲口回到屋里，咬儿跟屁股进了门，啥话也没说，往地下

放了一个皮箱子。"

魏王氏停下脚步惊讶地看了看男人。四先生背过身一边拉门环,一边轻声告诉她说:"我还真猜对了,他把我在河东遗失的那些偶子一样不少地背回来了!"

魏王氏呆呆地看了看男人,抱着孩子站在那儿惊异地问了一句:"那些偶子……咋会落在他的手里?"

四先生那张平时绷着的脸上少见地有了点笑意,冷冷地说:"我早就知道这些偶子没有丢。他们刚回来那阵子,急儿小伙儿给村上人私下里透过话,说咬儿在八路那儿得了几十挂好偶子。这小子眼尖得很,当时已经认出那是祠堂的东西。山西那边工匠刻的那些偶子我也见过,一个个尖嘴猴腮的,哪有咱们这边的工匠好嘛。回来后,他们去西县应事,唱了几出将家戏,一气儿提出来十三挂黑白脸儿偶子,戏台下当时就有戏迷看出来了,这都是我带出去的那拨儿偶子。真没想到,他这么沉得住气,没给我透露过半个字……"

魏王氏说:"人家那是从别人手里接的,又不是在祠堂借的,又咋舍得把东西送过来?不偷不抢,落了这么值钱的家当,咱干妈那人你又不是不知道。"

四先生神色凝重地对女人说:"你想想,我在众人之地已经声明家门今后再也不唱这破戏了,他还要这么遮遮掩掩去撬啥虚名呢?我也想了,日后就把这副戏箱交给咬儿,或许这就是天意。世上的东西,谁也带不走一针一线,东留马这个戏总得有人唱哩。"

魏王氏苦着脸说:"这是爷爷置下的老家业,让你这个败家子一句话就送了人,这么大的事儿,总得有个说法吧?"

四先生对着女人却似在规劝自己说:"是啊,这副箱曾经是魏家半个家当哩。老掌柜临咽气那阵,就有心把它交给祠堂打理。当时我也不知咋想的,总觉得这些偶子一个个都寄托着这门男丁的那份拳拳之心。这大半辈子,跟着戏班风里来雨里去,谁能知道我魏仁湘的这份心呢?咬儿他们,但凡日子有一分奈何,哪个愿意吃世上的这份下眼食哩?"

魏王氏苦笑了一声,搭着男人的话茬儿说:"为了男人那点面子,地你送了人，戏箱也准备送人，有朝一日，我看你连我都敢送人……"

四先生扑哧一声笑了，冷冷地说："我倒是愿意把自己送出去，可谁要我这条老命嘛！"

38

落雁滩各村驻扎着这些队伍，来来去去像农忙前的牲口集市一般热闹，村头巷尾到处弥漫着一股马尿味儿。麦场上堆积了很多帆布盖着的草料，祠堂屋檐下垒了不少军火箱子，看来这些人眼下还没有一丝开拔的意思。

堤上的活儿撂了一大摊子，村上人整天看这号热闹，四先生这个大保长可有点沉不住气了。

队伍进村前，祠堂准备派人驮绳索的事儿被耽搁了几天。一村老少跟着看够了队伍上给马吹号出操的稀罕，这才发觉眨眼间十多天就这么晃荡过去了。冬天昼短夜长，离过年已经没有几个好日头可耽搁了。丢下堤上摆着的活儿，过罢大年如果遇上早春，凌汛漫了堤外大滩，取土都没处去挖了。眼见车马绳索已经没几根能使唤了，四先生这才催各巷派人去驮绳索。

蔓货厮跟着两个手脚轻快的小伙儿，还有三四个在堤上丁不动重活的二茬老汉，一搭儿起了个早，吃过榆钱儿下的大锅腊八面，便赶着几头牲口出了村。

落雁滩去柳池镇有两条路，去时空驮子可走瓷片沟，能少一成的路途耽搁。回来牲口驮子重，沟路陡，容易滚坡，就得多走三十里官道。

这次他们赶的是"年把儿"集，去时虽是空驮，一路也得赶着点。到集上最早也得到后半响了，散集前还得盘好货，再安顿人和牲口住店将息一夜，第二天再往回赶。按照驮骡一天的行程，这点路两天打个往返倒也绰绰有余。因了回程不但牲口负重，中途还要给牲口加料，再加上赶驮子的人还有几个跟不上趟儿的老汉，以及路途中牲口掉掌、人崴脚那些意外，即使四更天起身赶路，天黑前能不能进村也没十分的把握。

蔓货时常背着戏箱出门，走的都是两头儿不见天的夜路。方圆百里，他闭着眼睛也能摸清那些大小路面。天方亮这阵子，他带着驮队已经赶到了两宜镇。这厮财大气粗地领着一干人钻进羊肉馆子，吆喝着安顿每人一老碗水盆羊肉，外加两个大烧馍，吃饱喝足一提裆裢子又开始赶路。

柳池镇的苘麻大绳和沙苑这边的甘草都是东府有名的土特产。不独在关中道上销路好，大宗货物每年大多过河走了汉口。河东那边不歇气地和日本人打了这些年的仗，政府封河后，这边种麻的农户就都在沤坑里改种了莲菜。

当蔓货他们赶到柳池镇时已经快散集了。看到这个昔日享有盛名的"龙王庙"交易会萧条的样子，一个个都傻眼了。不说那些饭摊子收得早，四家绳铺也只有一家开着门。原本一街两行的农具地摊儿，也没几个顾客问津。

一行人打听到那家开门营业的绳铺，蔓货便领着人一路找到这家店，心里不免又凉了半截。只见前堂空落落的没见一个招呼人的伙计，只坐着一个戴花镜的老者，正专心致志地修一台坏了的留声机。

蔓货抬头瞄了一眼门额上"永顺当"那字号，小心地走上前去，还算谦恭地开口打问了一句："老叔，请问柜上还有货吗？"

面前这位账房先生模样的老者透过眼镜片朝这边看了一眼，慢吞吞地回了客人一句说："哦，还有点现货，不知掌柜的是这就出柜装驮子还是放货过夜？能匀一晚上工夫的话，柜上也可以从容备货……"

蔓货毕竟年轻，根本没有生意人的那份沉着。再说，昨晚出门前张爷嘱托过，在这边大小字号起货，只需提说他的名字，一般都不会受难为。一听这家柜上有货，便快人快语地督促说："直接扎驮子离店，明天还要赶回去哩。"说完，才又跟店家商量了一句说："哦，咱先看看货，至于价钱嘛，都好商量……"

老者听到客人后半句话，扶起眼镜打量了蔓货一眼，才朝里边招呼了一声，又冲身后招了招手，示意客人跟他去后院看货。

急儿把牲口缰绳交给别人，跟着蔓货一同进了铺子后院的库房。

这座三进式老院子，进了后院还有个通往旁院的小门。两人随店家刚进了旁院，一眼就看见堆放绳索的大房边虎蹲着两个不咋像店伙计的壮汉。

只一眼，蔓货就觉得其中一个挺面熟，一时又想不起在哪儿见过。不过，这阵他也没那闲工夫在这儿搭讪熟人，低头摸了摸那些封好的货包子，又顺便看了看主家专意打开的货物成色，抬起头刚想向主家打问价钱，只见刚才那两个壮汉中的高个子已经站到自己面前，几乎和他脸对脸了才笑吟吟地问了他一句："你是留马村的魏子欣？"

蔓货随之一怔，下意识地瞟了一眼站在身后的急儿。

主动搭话的高个子多少有点诧异，觉得自己可能把人名张冠李戴了，不过，依然不紧不慢地改口问道："哦，要么，你是那个魏子恒？"

蔓货一听，在这个场合居然有人叫出自己的谱名，连忙抬起双手冲着高个子打了个揖，谦恭地问道："请问大哥尊姓大名？"

只见壮汉笑嘻嘻地回了个揖说："如果小老弟听过道上'三舅爷'这个名号的话，鄙人正是。"

蔓货大吃了一惊，仔细把壮汉那端端正正的国字脸上下打量了一番，真不知道自己在哪儿和这个人打过搅儿，一双糙手搓来搓去，一时不知放到啥地方好。

在落雁滩一带，只要小孩哭闹不止，大人都会用"三舅爷来了"这句话吓唬孩子。蔓货心里暗想，今日见面，此公便自报家门，自己肯定有啥事儿得罪了这些人。尽管他强装镇定，还是声音颤抖地搭讪说："嗯嗯，听过，听过。百闻不如一见，果然英雄气概。幸会！幸会！"

蔓货这斯挎着褡裢子跟着自家老子走州过县吃过十多年的百家饭，这番恭维话还算说得干净利落。

三舅爷一看面前这俩小屁孩听到自己的名号居然还能这么从容地应接，便笑吟吟地说："既然是熟人，咱们兄弟还是长话短叙。今天能在这儿遇见二位，也是往生修来的缘分。我这次出门，一不拜佛，二不上香，是特意赶远路来超度你们两个的。待会儿你把驮子安顿好了，让他们吃回去。你和这个魏子欣，今天就跟着我们赶一阵子夜路，我领你们去一个要去的地方……"

蔓货好生奇怪,自己活了这二十多年,赶脚行路和人斗嘴的事儿或许有过,跟这些道上人却没一点瓜葛。这个三舅爷一开口就说要领他去一个"要去"的地方,心里一时还真有点胆怯。

事已至此,蔓货脑子反倒出奇地清醒,认真地点了点头反问对方说:"对不起,如果大哥没有把话带错,一定是把人认错了。我们几个为祠堂出门赶这趟驮子,明天就得回去哩。再说,兄弟家里从未托付过人,也没交代要送我这个有媳妇有娃的人到哪座庙里去超度。"

这个自称三舅爷的壮汉,一看对方那茫然的样子,便不再掩饰,说道:"嗯,看来你俩还真是不知道底细,兄弟不妨告诉你们。你和这个魏子欣前几天被哭泉镇写进了壮丁名册,有人连夜拿着银子为你俩蹚了条路子。你们知道,鄙人吃的正是拿人钱财替人消灾的这碗饭,并不是你们在炕头上讲的那救苦救难的活菩萨转世。如果真没点影儿,我今天为啥能在这儿等到你俩?还有,门外一同来的那几个人,我为啥不带他们一起走呢?你小子肩膀上扛的这颗脑袋如果不是个猪头,应该能想清楚这里边的曲直,不知二位听明白了没有?"

蔓货一听,这个三舅爷说的头头是道,马上想起前几天在马坊院和干爷他们说的那些闲话,心里不禁咯噔一下,难道为了逃避做壮丁,老爷子已经暗地里给自己找了条进山躲避的路子?

不过,他依然有点不放心地给对方解释说:"这么大的事儿,我俩咋说也得回家和爹娘商量一下嘛。这样不明不白地跟你们天南地北地走了,稀里糊涂的还不知要到啥地方去……这个,至少也得容同路来的给家里捎个平安才是!"

三舅爷冷冷一笑,直截了当地告诉他说:"嘿嘿,回家商量?只怕不等你小子赶着驮子回到落雁滩,洽川县的批文就发到留马村了。实不相瞒,这次征的壮丁,三天后会在新民县集合,受训三十天后将补充到西北军中向宝鸡那边开拔。只要被关进壮丁集训营那个鬼地方,怕你娃儿长三条腿都走不脱!"

站在一旁的急儿,倒是把这些话听得一清二楚。他在山西那边跟着八路端过几天枪,一听这个人要他们两个大活人跟他们走,自个儿先在那儿估摸了一阵。他想，如果真有人安排他们躲壮丁这还好说，若这个三舅爷是卖人头的绺子客可如何是好？见蔓货不再和来人搭话，他趁机插嘴问："哦，你说的这些话，听起来也不是没有道理。可……不知你……今黑要领我俩去啥地方？"

三舅爷听这个年龄大点的小伙儿开口问了这话，不动声色地回他话说："要送你们到哪儿去，咱们上路后再慢慢唠不迟。只是我得告诉你们，走也得走，不走也得走。我这是领了赏钱的买卖，绝对不能坏了道上的规矩。不过，鄙人倒是有办法让他们回去告诉你们祠堂，说你俩在路上不巧碰上了刀客拉壮丁，被人换了烟钱。至于各自要给家里捎啥话，也不用我在这里给你们指教吧？"

蔓货总算听明白了，这时候他倒是镇定些了，假装在那儿沉思，却不时偷偷瞟急儿几眼。

急儿年岁大点，装出一副啥也没有听懂的样子，回过头热络地给三舅爷回话说："也好，让我好生想想，一会儿再回你的话。"

三舅爷点了点头，看俩人还算识相，大咧咧地一甩袖子转身走了。刚才迎他们进门的那位老者，赶紧毕恭毕敬地将俩壮汉迎进了茶房。

急儿见那个凶神恶煞般的三舅爷进了茶房，这才凑近蔓货小声问了一句："伙计，咋办？"

蔓货冷冷地说："该死尿朝天！"他一只手按着自己突突直跳的心脏，却依然做作地呵斥急儿："屁话多得很，喊他们这就进来装货！"

急儿便不再问，不一会儿，几个同乡三三两两地进了门，开始动手帮店家出货。不过，刚进门的这几个人似乎察觉到蔓货神色有点不对头，都以为他是因为和店家说价闹得有些不高兴，谁也不会在这个茬口上开口，都一声不吭地各自忙活着往外捎货。

趁着人多眼杂，蔓货看似不经意地走到急儿身边，嘴里又试探着小声问了一句："伙计，咱趁乱跑吧？"

急儿翻着白眼瞄了瞄店家茶房的窗玻璃，压低声音瓮声瓮气地回了他一句说："你把屎吃多了？你看到他腰里插的那两把匣子枪没？咱两条腿，能跑过人家那枪子儿？"

蔓货一下子又有点六神无主了，战战兢兢地说："那……咱，真的跟他走呀？"

急儿有点无奈地说："屁话！不听他的，你说这阵还有啥法子？"

蔓货突然想起了个事儿，反问了急儿一句："你说，这事儿会不会是我干爷那老东西暗地里撺掇人干的？"

急儿淡淡地说："嗯，我觉得是……"

"有几成？"蔓货趁机问。

"八成。"急儿肯定地回答。

"那，走还是不走？"

"我想跟他走……"

"去哪儿？"

"北岸子……"

蔓货怔怔地看了看北边那隐约可见的山岚，觉得眼前发生的这一切简直就像在做梦。想起平日里窝在马坊院干爷的热炕上和急儿吹的那些山海经，一眨眼都成了真事儿，他这阵心里有点害怕的同时，居然还有点莫名其妙地心驰神往。

正在这个时候，那个带他们出货的老账房掀起门帘走出了房门，毕恭毕敬地站在台阶下恭候三舅爷出来，又一路招呼着送二人出了店门。确信他们已经走远，老汉突然转过身来提着袍裾紧走了几步，走到货垛子这边便给蔓货摆了摆手，示意他有话说。

没等蔓货走到侧门，老汉便一步抢上前来抱歉地开了口："你看今日这事儿闹的……你们倒是啥时候得罪了这么些人嘛！你们进门那阵，这俩人也刚刚进店，咋就这么寸呢？"

见蔓货解腰里的缠袋，老爷子以为他要开钱，连连摆手说："货款你就先不用给了，日后啥时候有了啥时结。你们村那个张拯恩在这边时常有些业务往来，完了我找他一起算。再说了，东留马的人又不是走户，好了……你们快离开这儿吧。鄙号是小生意，实在招惹不起这些吃'铁杆庄稼'的哩，你们快点离开这儿才是正事……"

蔓货这次出门根本没带钱，出门时祠堂已经说了，在这边不管是哪个店，只要看上货打个欠条放下就行了。在人家店里遇到这等事儿，他当然也不好怪罪店家，勒了勒腰带便双手抱拳谢了店家，回头对急儿摆了一下头说："走，先招呼人住店吃饭，牲口也得歇脚加料呢。"

一行人连问带打听，找到镇南头一里路外一个叫埝桥的村子。这个村靠着路边土坎箍了几孔土窑洞，开了一家大车马店，在方圆百里还算有些名望。几个人把驮子招呼进店，钻进那一溜儿被油烟熏得黑黢黢的土窑洞里安顿好牲口。蔓货此刻已没心思带着人招摇着下馆子去了，招呼店家在土灶上给每个人下了两大碗饪面，外加两个大烧馍。填饱肚子后，等伙计娃提来一大木桶烫脚的热水，天已经擦黑了。

塬上的夜来得快，刚才还晚霞满天，鸡上架没半袋烟工夫就满天星斗了。其他不知情的人，都脱了衣服蹬展被子准备睡觉，蔓货和急儿却心照不宣地一前一后走出了窑洞。

两人绕着店外的沟壑转了一圈，看似在散心，却下意识地把周围的地形细细地看了一遍。一路走着两人都没开口，各自也都能揣摩出对方的心思。不过，面对即将到来的事情，两个人谁也没有一丝逃跑的念想，却又都说不清楚各自心里有几种滋味儿在搅和。

蔓货想，如果横下心跟着这些没根底的人远走他乡，谁又能知晓前路是崖是沟？不跟他们走吧，回去还不得走被抓去吃粮的这一条路？想到干爷时常说的，那些梁山好汉过的都是大碗喝酒大秤分金的阔气日子，他倒是愿意去北山混上一年半载，将来回落雁滩那才叫风光呢。

急儿却不这么想。这厮从山西回来后的这两年，十里八村都被那些来来去去的队伍闹得兵荒马乱，戏也没法唱，钱也没地儿挣，一个小光棍儿冷锅冷灶的日子让他过得真有点颇烦了。几个兄长都有各自红红火火的日子，撂下这个二十大几的兄弟连提亲的事儿都没人张罗。近一段时间，他心里不止一次地盘算过再次出门吃粮这件事。镇上这回派了他的丁，几个哥嫂面上好像急得火上房，其实巴不得早早把他赶出去好让他们眼净几天。后响三舅爷撂下的那番话，他不但不担心，反倒是暗自有些庆幸，自己终于遇到了再次离家出走的好机会。

两人正走着，蔓货也不知急儿在想啥，他突然停下脚步招呼急儿说：

"都这阵了,他们咋还没影儿呢?"

急儿毕竟比他年龄大,至少吃过队伍上的大锅饭。一听蔓货那话,很镇定地对他说:"路上还不清净,哪有这个时辰断路抢人的?走,先回去睡一觉,管他呢,是福不是祸,是祸躲不过。"

说着,两人穿过场院正要进窑,却看到从路口端端地拐进来两个牵着骡子的客人。

蔓货眼尖,一下子认出前边那个人正是后响在柜上说话的那个三舅爷。他紧着在后边用胳膊肘儿捅了急儿一下,悄声提醒他:"我的爷呀,他们真来了……"

两个人几乎同时进了窑洞,还没等转过身来,一个手里提着枪的蒙面人跟屁股挑开谷草门帘跟了进来。

窑洞土炕前俩老汉还在泡脚,一看风风火火地闯进来两个人,这头儿刚抬起头,两个黑洞洞的枪口已经对准了老汉的脑门。老汉吓得一起身,不小心蹬翻了木盆,洗脚水立即洒了一地。

只听蒙面人冷冷地转着枪把儿说:"都不要动!明人不做暗事,鄙人是壶梯山下来的三舅爷,今日接你们中间的两个人上山去了结个事儿。"说着,用枪一指蔓货,又厉声对急儿喝道:"过来,将他的两只手给老子绑起来!"

急儿一听让他绑人,苦于手里没有绳子,站在那儿不知所措地四下里乱瞅,蒙面人提醒了他一句:"笨尿货,抽下自个儿的裤带,把裤腰用嘴嘀上!"

急儿醒悟了似的哦了一声,乖乖地抽下自己那根裤带,将蔓货的两只手牢牢地绑在了一起。

蒙面人制伏了两个人,这才开口说:"兄弟,你们给家里留点话吧,这一去,十天半月怕是回不来呢。"

蔓货看了看坐在地上的那个留着山羊胡的老汉,几乎带着哭腔说:"忙叔,回去给我婆传个话,让她好好儿照看榆钱儿,还有娃娃,让榆钱儿不要急着改嫁,我去去……很快,可能就会放回来……"

他似乎还想说啥,蒙面人厉声喝道:"真他妈是个没出息的货色!

大炮一响，黄金万两。只要打下榆林城，一人一个女学生，还怕找不着老婆？"

说着，蒙面人用下巴示意急儿，督促地吼了一句："你呢？快点，别给老子磨磨蹭蹭瞎耽误工夫。"

急儿着急地用手指了指自己的嘴巴，示意噙着裤腰他实在不好开口回话。三舅爷笑了笑，让他换手提了裤子。

腾出嘴巴后，急儿站在那儿结巴了老半天，才喏喏地说了一句："我……没爹没娘的，也没话让他们几个捎。牪叔，我打牌借你的那点钱，等我回来给你老人家还行不？"

蒙面人一听，有点急躁地督促说："屁话多得很，你俩这就出去，乖乖在门口待着！"

急儿提着裤子先出了窑门，被绑了手的蔓货也乖乖地跟了出去。蒙面人好像还不放心，一步跨上大炕，揭起两床臭烘烘的脏被子，看见被子下两个脱得光溜溜的小屁股缩在那儿，两根小鸡鸡还没长出几根绒毛儿，他用枪口扒拉了几下之后，嘿嘿地笑了笑说："妈的，多好的壮丁秧子。等再长两年，找舅爷教教你们玩枪这活儿！"

说着，只听窑外传来一声刺耳的口哨声，蒙面人转过脸指了指炕上地下几个傻愣着的人说："款款睡你们的觉，夜里出门尿尿说句话，小心枪子儿不长眼睛！"

几个人哪敢出声，眼睁睁看着来人将蔓货和急儿带出了店，很快消失在漆黑的夜幕里。

39

腊月二十三一大清早，家家端了刚出锅的糖瓜送罢灶王爷，老媒旦却拿了一把细火绳大呼小叫地来到四先生家的门上。看老太太那副要死要活的样子，立时招来大半巷的人看热闹。

咬儿绞完水刚到家，得知老娘又去人家门上浑闹，不一会儿便把人搀了回来。

原来，蔓货和急儿给村上驮绳半道上被土匪拉了丁，祠堂这边派人四处打听准备救人，却几天没有下文。据跟着驮子回来的忙姓老汉给祠堂学说，那个抓人的土匪头目他见过了，肯定不是道上那个行侠仗义的三舅爷。经他这么一说，这拨儿人必定是另一伙绺子。于是，祠堂原本准备出钱上山疏通的事情，便搁了下来。

陈仓满这个多事精为了讨好老媒旦，骑着骡子专意去设在大荔城的壮丁集训队打听了一番。结果，不说人家那盖着朱红官印的壮丁名册上压根就没这两个人，还让他把一群兵秧子一一过目，委实没看见村上的这两个年轻人。照陈仓满那话说，眼下，他也闹不清洽川那边道上是哪一股绺子在吃路面，但可以肯定这些人绝对是卖人头的壮丁贩子。如果真是碰上土匪拉票那倒好了，过不了几天，肯定会有人给祠堂送赎票来。

开始那两天，老媒旦像是被人捉走猪娃的老母猪一般，在巷道里见个人便扯着衣服给人家哭诉大半天，闹得左邻右舍陪着掉了不少泪星子。四五天后，老太太已经有点魔怔了，一个人跑到哭泉镇，蹲在镇公所大门外哭了整整一晚上。咬儿只怕老娘这样不歇气地哭闹，最后哭坏了身子骨。他把人关在家里，请来镇上的医生给切了脉，吃了几服安神药，病情却不见好转。闹得他实在没办法，这才想起请会占卜的张干大给掐算了一番。

张干大年轻那阵在官府当差时读过几本闲书，时常出村给牲口铲蹄钉掌，有时捎带着也给人算卦，在周边还算有点小名望。

老汉坐在马坊院的枣树下，根据俩人出走的时辰，按着指头掐算了一阵，两卦拇指都恰好落在了"大安"那个骨节上了。他取出柜子里那本缺了页的《三命通会》，最后兑出的两句卦语分别是"岁带正马""互换贵禄"。经他精心推算，俩人那阵子正在北斗七星第二星方位所对的地面端端地站着，依然面带红光，肯定还活得好好儿的。只不过两个卦各自还都有点小小的坎坷，从卦象来看，事主半年内还是不宜近水栖身。人生百年，有些坎儿实则是天意呢。

有道是，卦不敢算尽，畏天道无常。留马村靠沟面河，正应了二人半年里不宜回村的卦。有了这个吉卦，老媒旦才算安安生生在家里躺了几天。

不管咋说,村上两个活蹦乱跳的大男人总归是出了趟门再没回来。老媒旦一心认定自家孙子充了壮丁数目,是村上先把名字报给了镇上,才让那些兵贩子惦记上了。村上派人驮绳,偏偏又派了她家孙子,这都是遭了人的暗算。缓过劲儿来后,老太太又从炕头爬起来,一天三趟赖在仁湘门上死活要人。

女人家一旦犯起浑来,说出口的那些话,让谁听都觉得毫无道理,有些话甚至就是在胡说八道。她骂四先生"狼心狗肺"这话倒还说得过去,咋说她还有干妈这张老脸在那儿撑着,言语轻重倒也不打紧。骂着骂着,她却骂出人家早就谋算着想让她这一门人"断子绝孙"这号没来由的话来。在村庄上,一些看似无心的话语,却会让那些爱搬弄是非的人听出点弦外之音来。

当天夜里,送走了瞧病的老先生,咬儿一边熬药,一边规劝躺在炕头不住叹气的老娘说:"你整天去仁湘门上这样和人家浑闹,叫我说一点理儿都不占哩。镇上那些人还能不知道留马村有几个人头?派壮丁这事儿,又不是村上让谁去就能随便充数的。再说,出事前仁湘从镇上领事回来,我和蔓货正在马坊院那边和我干大闲聊,他这头儿进了门就把镇上派壮丁的事儿给我敲开说了,说名册上有蔓货的名字,事前事后又没咱藏着掖着,再说了,村上派人驮绳那也是我干大定的日子,咋能都赖到人家头上?"

一听儿子这个时候居然还在那儿替旁人说话,老媒旦十分生气地说:"他是保长,我不朝他要人朝谁要去?"

看见老娘依然在那儿生闷气,咬儿也有点埋怨地说:"好嘛,好嘛,有劲儿你就天天闹去。人都得要讲个理儿,三天两头闹到人家门上寻死觅活的,还叫人家咋过年嘛!你咋不说那些一起去的人一回来,仁湘就找到马坊院我干大,说不管花多少钱都要把人寻回来,那份急迫我都是亲眼看到的嘛。照你说,是他暗地里一手安排镇上半路抓人,可两个人眼下都不在朝邑滩,这又咋说?"

老媒旦一听,自己这个儿子根本就没把家里这个天大的事情和窝在

自己心头的那些担忧连在一起,欲言又止,最终还是丢给儿子一句八竿子打不着的话:"好我的瓜娃呀,人害人在暗处行事哩,你哪知道世事的险恶嘛……"

咬儿抬起头看了老娘一眼,冷冷地回了她一句说:"你呀,一天尽说些没头尾的话,左邻右舍的,谁倒是趁那点闲空不好好儿谋划自家的日子,整天窝在炕头算计着害人哩。在村上,仁湘整天摆出那副臭架子,我也不咋待见。可要是有人说他做人有啥麻达①,我都不相信哩。"

老媒旦慢慢地支起身子,把身后的被子扶起来靠着坐了,莫名其妙地开口说:"你个冤家,还要我咋给你往明里说?我也是有今日没明日的人了,养下你这个石芯子货,让我咋咽得下这口气哩!"

老太太一辈子就是这号脾性,在气头上说出的话,那更是能药死老鼠。看老娘一开口又是那副要死要活的样子,他真是懒得开口再和她说这些事儿。

尽管已经过去几年,咬儿为家里置地那宗事儿打心眼里对老娘心存芥蒂,只是一直不好吐出口。此后,家里大大小小的事儿他也就很少和老娘商量了。俗话说,不睁眼的天爷糊涂的爹娘,这都是世上没办法的事儿。想起那些令他这个大男人伤透心的往事,他就满肚子的委屈。

那一年,媳妇摔坏了腰卧床不起,他涎着脸借遍了四邻八舍,最后连一服药都抓不回来了。老娘箱底压着那么些银圆,居然都没给儿子吐口。直到开春,他心一横把能拉耩子的骡子换成了瘸腿驴,一家人为种那点坡地受了多年恓惶,老娘也没给他这个当儿子的漏一丝风。心慧还没搬去上槐院时,他蛮有心劲儿地想把这个女人搂揽到自己炕头,毕竟这也是一个男人对自己后半生的安顿。在这么大的事儿上,老太太依然不动声色。直到买地那阵子,她却一把从箱底拿出那么一堆银圆,当时他这个做儿子的心里还真不是滋味儿。

从此,他也是平生第一次对自己的生身老娘由心底生出一层异样的隔膜。日子就这么一天天过着,心慧搬出仁湘那边院子的这段时间,他心里

---

① 麻达:方言,缺陷、问题。

倒是又有了点念想。刚才老太太似乎有话要说，莫非她真的要第二次拿出她压在箱底的那点银子资助困顿中的儿子吗？

咬儿熄了火盆里的火，等药锅里退了浮沫，他小心地倒了碗药端到炕头，这才试探着开口说："妈，咱娘儿俩这半辈子，吃过东留马有些人从来没吃过的海菜席面，也受过十多天找不到主家、窝在人家打麦场苦熬冬夜的那号岁月。不过，咱这穷家当究竟有个几七几八，我总以为我这个大男人都知根知底。唉，话头赶到这儿了，还真叫我这个当儿子的不好开口呢。从那阵子起，我才觉得'爹有娘有不如自己有'这句老话说得真是没错。"

说到这儿，他卷了根烟接着说："当时，你有置地这个想法，事前至少也得给我这个儿子交个底吧？你想想，这么重要的事儿，中人保人请了好几个，我这个村庄上的大男人却一无所知……这事儿，你叫儿子日后还咋在人面前说话？时至今日，我咋也想不通，你从哪儿一下子闹来那么多银圆。"

老媒旦听了儿子这话，两行老泪不禁滑落下来。她顾白唏嘘了一阵，撩起衣襟擦了擦眼睛，目光呆滞地接了儿子的话说："好我的娃呀，你家老掌柜是咋死的你也知道。自打我进了你们魏家这个门，就知道他有那个病症。唉，这号病是他打小唱戏落下的哪。年轻那阵，你上边有八个哥哥姐姐为啥都没养成？是因为他那病症没有得娃娃的命。有了你，这个家才像个家。谁知道，临了他还是死在了那要命的老病根上……"

咬儿当然知道，老爷子打年轻时就患有疝气。因了那次在西县应事唱错了戏文，让主家箍在台上学了一回猪叫，回来后不久，老掌柜那病就越来越重，直到咽气两眼都是圆睁着的。这个情景，他这个当儿子的哪会轻易忘记呢？母子间正说这个话茬儿，老娘却突然提起老爷子的病，他真不知道这跟家里买地有啥关系。

小时候，咬儿摸过父亲肚皮上的那个大气蛋，却不知道老爷子裤裆命根子上也长着一个这样的东西。男人得的这号病症，因为羞于开口，才一天天被延误了。回想起来，父亲在四十岁时走路就已经很吃力了，从同龄叔辈跟老爷子开的那些玩笑话里，他才知道父亲一生跟着这个病受的那份

无以言表的折磨是多么痛苦。

既然老爷子没有得娃娃的命，自己咋偏偏活下来了呢？再说，这跟老娘那些没来由的银子又有啥牵扯呢？

咬儿见药快凉了，走到炕头端起碗督促老娘赶紧喝了，免得又得搭火热一遍。

只见老媒旦浅浅地抿了一口，突然将药碗咣的一声摔出屋门，直起身来并不看儿子一眼，两眼直勾勾地对着窗户看了半天，才讷讷地开口对儿子说："为娘这辈子即便有千错万错，也得趁着还有这口气，把搁在心里的这块石头给你拎清。不然，有一日，我真的摔上一跤把这口气咽了，留下自家的亲生儿被人卖了还不知底细，那时候，我才真是死不瞑目呢……"

老太太这一反常举动，真把咬儿吓了一大跳。等他明白老太太这并不是故意给他难堪，才口气平缓地说："嗯，有话你好好儿说嘛，锅台上那几个碗都快叫你给摔光了，我这不是听着呢嘛。"

老媒旦又禁不住流着眼泪长吁短叹地说："只要我娃不怪娘，轿前还能哭一声，我这一辈子也就心甘了……"

咬儿听老娘说出这句悲戚的话，心一下子软下来了。他挨着炕沿坐了，依然莫明其妙地问老娘说："你今天这是咋了？尽说些八竿子打不着的话。有啥事儿咱母子俩不能说嘛，你这就说，我不怪你。"

老媒旦却直接问了儿子一句："你真的以为我这辈子能藏那么多的私房钱？"

咬儿摇了摇头，却小心地反问道："那钱，我也觉得不是咱家能藏得下的，那……你说，是从哪儿闹来的？"

老媒旦被儿子这话逼得没法拐弯儿，只好对儿子说："那是……上槐院仁湘夜里偷偷给我送过来的。他原想把那片地长租给咱家，又怕遮不住旁人的耳目。后来才给我打点好那些银子，让咱光明正大地从他手里买……"

咬儿愣了半天，更加奇怪地问："你慢点，我咋越听越糊涂了？他为啥要送给咱家那么多地？嗯，就算春香姐是你奶大的干女儿，他也不能拿祖业来偿还这份情吧？"

老媒旦撩着衣襟抽泣了半天，躲躲闪闪地告诉儿子一句这辈子最难以启齿的话："好我的傻儿子哩，上槐院魏家的这份大祖业，也有你的一半哩……"

咬儿这次听得清清楚楚，却几乎被老娘这话给惊呆了。他站起身在屋里走了一大圈儿，语无伦次地问道："我？这咋会呢？妈，你是不是气得开始说胡话哩？我咋听着你这话……我会是他的……亲兄弟吗？"

老媒旦点了点头，低着头在那儿想了想，终于鼓足勇气给儿子说了那句藏了半辈子的话："这辈子，我和你家老子都不愿意给人说破这事儿，你原本是……我和你存贤干大……两家养的……亲儿子啊！"

咬儿直勾勾地看了母亲一眼，低下头反复念叨了几个"不会"，突然抬起头来紧着问了老娘一句："我都四十多了，这些话村里咋没有一个人在我面前说过呢？这……这到底是咋回事？"

话已出口，老媒旦突然觉得这些话原本不该由她这个当娘的说出口，更怕儿子一时接受不了，赶紧拐了个弯儿改口说："早先咱们两家人那些事儿，你哪能知道嘛。你总该记得，你干大打小爱你爱到不顾情面的那些事儿吧……不说别的了，羊生刚落草，我给脖子上挂的那块银锁牌，就是上槐院你干大在你这孽障满百天时亲手挂在你脖子上的连心锁啊……"

看到儿子并没有往歪处想，她这才嘘了一口气，赶忙掩饰说："那阵子，你家老掌柜和你干大两个男人，一辈子处得比一般亲弟兄都好。从没为出门唱戏分钱红过一次脸，也没有为邻里间的琐事高声说过一句话。咱家的四季米面，也都靠他偷偷接济哩。咱家日子那般穷苦，他一个在城里开着铺子、穿着大衫子出入县府的人，从来都没下眼看过你家老掌柜这个结拜兄弟。看着咱们这边冷冷清清多年没孩子，他俩就偷偷约好了，要是你干妈再添个孩子，不管是儿是女都抱给咱家来养。就这样，那年你干妈生下你，落草的当天夜里就被你家老掌柜抱到这边院里了……"

咬儿憋着气听了老半天，事情原来是这个样子。他蹲在地上怅怅地吐了一口闷气，不以为然地说："村院上这号事多了，这倒有啥奇怪的？我也隐隐约约记得，小时候，我干大时常带我去赶集，买了红糖锅盔一定看

着让我当面吃完……"

老媒旦苦笑了一声，很不情愿地说："可惜，他没能看到你这个儿子成家立业。咽气前，他一定给仁湘那边留过话了，要不这厮咋会良心发现，把那点破地送给你嘛。他送来的银圆个个都带着绿锈，我估摸上槐院埋下的银子一定不老少！"

咬儿还没从发生在自己身上的这些稀奇古怪的事儿里缓过神儿，一听老娘又提说起人家院子里的银子，十分不解地问："既然仁湘能把地送给这边，说明他早就知道我是他的亲生兄弟这回事了，你咋还一直对他不满意？"

老媒旦叹了一口气，这才把窝在肚里多年的心思吐给了儿子说："你真是个没脑子的东西哇！你家老掌柜教你的第一本戏《玄武门》是咋唱的？李世民又是咋个当上那个万人之上的皇上的？不杀了碍眼的亲哥亲弟，他黑了能睡得着觉吗？"

老媒旦说个事儿，一般都离不了她唱了一辈子的老戏。咬儿却不以为然地说："我以前压根就不知道这回事，不也一样活了四十岁的人？就是眼下知道了又咋样？一巷两院各过各的日子，我又碍他啥眼了？"

老媒旦着急地问了儿子一句："好娃呀，心各有心，心各有见。换了你，能不担心自己的这份家业被人惦记？不说蔓货这个魏家的嫡孙在那儿戳着，榆钱儿的年纪也还小，再生几个出来保不齐就拣个带把儿的儿子娃！还有你这个大男人，心慧前几年被他掳到炕头，这阵又被休出家门，你说说他啥事儿做不出来？万一你和心慧最后能成一家，他日后担心的事儿多着呢。上次他能送你那点地，也是为塞你干大那边的嘴哩，你以为他愿意把白花花的银子白送给你？"

咬儿更加不理解了，嘴里不禁倒吸了一口凉气，傻呆呆地追问了老娘一句："看你今黑说的话，咋神神道道让人越听越糊涂，魏家这些事儿又跟我干大有啥牵扯？"

老媒旦往前倾了倾身子，只好把马坊院这个外姓男人和上槐院的那些枝枝蔓蔓给儿子细说了一遍，最后依然不无担忧地说："且不说心慧的这个甜娃，眼下祠堂已准了兼祧两门；你干大住在马坊院为啥一直不走哩，还不是给自家那瘫瘫儿子谋算魏家这点家财呢！"

咬儿自打那晚和张干大说破了那层男人间才敢吐口的话，这个外姓人住在留马村一直不走的那点底细，他倒是比任何人都要清楚些。老娘说老汉图谋东家那点家产，搁在之前他或许会相信，可眼下他不会相信半个字儿。他在老爷子面前已经举着拳头盟过誓了，这事儿绝不会给任何人学说一个字出去。这阵子，他当然不会为了驳老娘的这些歪理，把老爷子窝在马坊院撺掇他这个干儿子闹革命的事儿抖搂出来。

听老娘说出自己的身世，咬儿刚开始还真有点吃惊。不过，这个村庄男人早就接受了自己眼下的生存现状，也没心思打听那些与己无干的银子，内心很快又恢复了往日的平静。他时常想，世上的事儿，哪会辣子一行茄子一行分得那么清楚，稀里糊涂过着这辈子也就过去了。此前，自己的亲孙孙每次被儿媳抱过来，见了他这个爷爷都要乖巧地喊一声"二大"，他当时心里确实有过不小的别扭。今晚老娘说破了这个天大的家族秘密，自己当真是上槐院过继到这边的一脉人丁，这倒令他坦然了。

老娘提到心慧的事儿，他已经死去多年的那份心思不免又动起来。不管咋说，自己也是四十冒头的人了，眼下还有老娘给浆洗缝补，将来老娘入了土，自己还能指靠蔓货这个没出息的后人去伺候吃喝吗？想到这儿，他觉得这辈子活成今天这个样儿，还真有点于心不甘。

老媪旦知道自己的儿子在想啥，见他闷着头不吭气，便不无宽慰地对他说："心慧也是个苦命人哪。头个男人落了无常，原本跟着仁湘好赖有了个归宿，一气儿又给人家生了俩赔钱的丫头片子，临了还得守活寡。唉，蔓货他们没出门那阵子，我暗暗去打听了一下，上槐院你大嫂的意思倒是磊落。既然政府不让普通庄户蓄小了，一年半载等心慧缓过这个劲儿来，让你嫂子再亲口去说合，看她能不能答应跟你搭伙另过。我已经给人家说了，只要心慧愿意，咱们这边啥都不挑。人哪，这辈子三十不发，到底不发；四十不富，到底不富。你也不要心气太高，活到这把年纪，也该给自个儿掂量一下后路哩……"

咬儿都没听清老娘嚷嚷了些啥话，就责怪她说："你也太心急了点嘛，还不知道人家心慧揣的是啥心思哩。那天，她到家里来看咪咪，以前

见面好赖还搭个腔,那天她却像没看见一样出门去了。咱先不说这些,世上的事儿,不是咱们一厢情愿就能办成的。"

老媒旦气哼哼地说:"她心高得还想咋?一个女人家,眼见都三十了,她还有那份挑拣的心思吗?你个大木头哪知晓女人的那点心思嘛。她为啥不理你?还不是心里惦记着你这个人哩。那要是跟往常一样那么热络,倒是她眼角压根就没搁你这个大活宝哩。这事儿你不用瞎操心,有我这条老命在这儿横着,难道他魏仁湘还敢把人家一个清白寡妇卖到北山换银子去?"

咬儿叹了一口气,转身去了自己的房子。老媒旦只怕自己前边那话让儿子一时想到歪处去,佯装要去后院净手,站在儿子窗户下踮着脚听了好一阵子。

40

过罢大年,日子刚刚熬出正月十五,一场比往年要早的春汛漫到了落雁滩。十多个村子修筑的新堤居然挡住了最初到来的那股裹挟着大块冰凌的汛水。直到第二拨儿小冰块一次次撂上堤岸,眼见那些房子大小的浮冰三两天就要越堤了。一夜黄风吹过,天气一下子暖和起来。连续十多天的大太阳,已经使堤外那些层叠的冰碴儿全部消融了,随汛水乌泱泱一路东去,不几天日子,水线就慢慢离开了大堤退回了主河道。

早春的太阳慢慢毒起来了,堤内大片的滩地被晒出了白花花的春碱。因了冬天修堤取土挖出的水沟渗走了地表的浓碱水,今年沙地的白斑灾害反倒比往年减轻了许多。趁着化冰过后的墒情,滩里有地的人家,已经早早开始插犁春耕了。在夏初那场及时的大雨过后,滩底的苞谷一下子蹿起了一人多高,一片接着一片开始吐出了粉的、白的顶花,远远近近的河滩一夜间变成了郁郁葱葱的青纱帐。

这一滩秋后将变得更扎眼的好庄稼,不独让收种它的主人担忧自家的粮囤大小,也让那些过路的吃粮人打起了它的主意。

这天一大早,陈仓满这个经纪行道的门儿清,赶着驴驮子走西县赶集去了。按照往年这个季节的行情，夏收前北边的牲口价都好，促成一宗生意能赚平常两宗的钱。这个季节，各村那些牲口经纪绝对不会在家里睡懒觉。

陈仓满这头儿刚进城，却在文庙前面的土场子上看见狼咬儿领着村里的戏班在那儿扎台子唱戏，他赶紧拉了一下自己头上的毡帽，拐进寺后街在一家车马店先安顿了牲口，坐在饭摊子上吃了一碗猪油麦子泡馍馍。

对面就是有名的仓颉祠，陈仓满一边扒拉着碗里的饭，一边瞄着前边三三两两在附近徘徊的人。他注意到，有几个人并无意去大街上赶集，却在小巷道口转悠了一阵然后一个个消失了。

突然，有一个扎着裤腿的山里人闪进了旁边的一家小院。他这才放下饭碗，假装无意地抬头看了看头顶的太阳，起身后又特意打量了一下前后，假装闲逛走近了那道挂着"鞋铺"幌子的小门，一转身溜了进去。

进了院子，在一棵老丁香树下，安静地坐着位头顶蓝花帕子的老妇人。陈仓满这头儿一迈进院门，那女人连看也不看便对着上房门咕咕地大声招呼起了正在院子里啄米的几只母鸡，靠近上房的北厢房窗户的撑板也慢慢被放了下来。

陈仓满看到这个熟悉的信号，也顾不上和院子里的女人打招呼，提了提裤腰，三步并作两步跨上北厢房的砖石台阶，一撩竹帘子便闪进了房门。

从大太阳下的院子里走到房子里，半天他才看见黑乎乎的炕棱上蹲着一个留着络腮胡的汉子，刚才进门的那几个人都各自或蹲或坐地等候那个人发话。

陈仓满还顾不上过多地打量身边那几个人的模样，壮汉就紧着开口说："好，各位都到了，我这里就不多耽搁。我是关中地委特派员赵义夫，你们时常联络的赵部长正是鄙人。我随工作队刚打山西那边回来，早上在洛川参加完会议，省委和东府地委负责同志当面指示，参会人员要尽快将这次会议的有关工作内容传达给各组负责同志，我们才特意安排了这次非常会议。"

地上蹲着的几个人，都全神贯注地听着炕上的人演讲，生怕错漏半个

字儿。炕头上的壮汉顿了一下,竖着耳朵听了听院子里的动静,又压低声音继续讲道:

"第一,国际国内形势已经开始朝着有利于我们革命事业的方向飞速变化,同时也触动了反动派的敏感神经。大家知道,西北军已经掉转枪口,做好了进攻延安的一切准备。预计最迟在秋后,关中地面将大量囤积粮草。各区县支部,要打消一切'联合政府'的幻想,发动内线外线,争取一切力量壮大组织!

"第二,只有搞好秋收,才能藏粮于民,为我军大部队进入冬季后的迂回作战做好粮食保障。

"第三,充分发动当地群众,宣传我党的革命主张,尽可能地扩大在群众中的影响,为中央开辟关中核心根据地做好群众工作。并教育党员,革命不会一蹴而就,要做好长期艰苦工作的思想准备,防止反动派掀起新的反共高潮,也要做好迎接血雨腥风的准备。

"第四,自今日会议之后,各个联络点此前的一切联络手段全部作废,地委将另行设立联络方式和情报传送渠道……"

短短七八分钟的碰头会很快结束了,坐在炕头的赵部长不点名地补充了几项各区县具体的工作措施,地上的来客一个个也心知肚明,各自默默地在心里记录着。当他说了一声散会,门外紧接着就传来那个老太太唤鸡的声音。

被召集来的几个乡巴佬打扮的人神色凝重地依次走到炕桌前,从那位"赵部长"手里接过写有各自联络暗号的字条,拿在手里认真地看了,又当着他的面将字条吃下肚子,然后一声招呼也不打便分头出了房门。

陈仓满懵懵懂懂地站在那儿,瞭了这个依然蹲在炕头的壮汉一眼,低下头又愣在那儿想了想。他一点都没弄明白,面前这个从没见过面的赵义夫讲的那些狗屁不通的话,跟道上兄弟临行前给他传话来澄城县找钱的事儿有啥关联。

当他看到前边的人一个接着一个走出门时,依然莫名其妙地在那儿独自傻想:今天自己究竟是进错了门户,还是受了别人的捉弄呢?再看看眼前打搅儿的这伙人的前身背影,怎么跟原来那些熟面孔不是一路人呢?那么，他们一个个究竟都是干啥的？他越想越害怕，又不住地在心里给自己壮着胆儿。他想，管他究竟出了啥差错，既然到了这个地界，应完这点面子上的事儿，先混出这道门槛再说。

眼见站在他前边的人一个个都走光了，陈仓满这才学着别人的样儿，尽量低着脑袋踟蹰地走近炕沿，一双眼睛也尽量不和炕上那道犀利的目光对接。然而，就在他颤抖着双手伸向炕桌拿字条的时候，那壮汉却轻轻拍了一下他的手背。

陈仓满心头猛地一惊，吓得差点儿喊出声来。

当他抬起头来看到对方那眼神时，这才发现对方对他好像并没有敌意，只是用眼神示意他稍等一会儿。他知趣地退到墙根又一次站在那儿把头低了下去，脑子里却开始翻腾接下来的一切可能，准备着应对眼前出现的这个新的意外。不过，他心里依然有点小疑惑，刚才紧盯着自己的那双眼睛，怎么看都觉得在哪儿见过！

后边几个人都领命出了屋子，炕头上的"赵部长"这才哈哈一笑说："陈谝子，你抬头看看我是谁！"

听到有人这么称呼自己，陈仓满感觉对方绝对是个熟人。他慢慢抬起头，仔细看了看炕上这个留着络腮胡的壮汉，终于从脸庞上看出这个人像自己多年没见面的结拜弟兄刘欣耕！

只见"赵部长"跳下炕头，用手在自己脸上一抹，刚才那些密实的胡须转眼就被揭下来了。陈仓满忐忑不安地把对面这张面孔仔细看了一遍，这才长长地嘘了一口气，仍心有余悸地对他说："老三，你他妈今儿这是唱的哪一出？真能把兄弟吓尿裤子！"

刘欣耕却笑嘻嘻地回他话说："这不是想见见你嘛！几年不见，没想到你小子混得这么风光，还穿着件大衫子。咋样，日子过得还不错吧？"

陈仓满嘴里在那儿念叨着"老三"两个字，却半天没说出半句话来。

刘欣耕笑吟吟地从口袋里掏出一包香烟，抽出一根几乎递到了他的鼻子前，陈仓满这才如梦初醒，他双手接过香烟，好奇地问："你这湖北佬，咋又成了共……党了？"

刘欣耕在那儿抽了口烟，严肃地告诉他说："这么多年了，你我兄弟其实一直都在为党工作，只是我没有机会给你说明我们各自的身份嘛。你忘啦？六年前你办的那些马匹，还有你从骑兵七十二师为组织采购的那一架电台，它一直担负着省委和延安那边的联络任务。这么多年，你为党做出了很大贡献呢，上级也十分重视你我二人在军统内的谍报工作，一直让我相机发展你正式加入组织呢！"

听了结拜兄弟说出的这些话，这个满头高粱花子的牲口经纪这才明白过来，眼前这个老三早就把自己卖给了他的"组织"。这么些年，自己为共产党做了这么多事情……他越想越害怕，小声替自己洗白说："当时你让我参加军统，只说每月能领那份薪水，并没说还要我做这些个掉脑袋的买卖嘛！这些年，你跑得没一点踪影，开始那点钱还有地方请领，眼下都不知道找谁去要呢。再说，我真的没给他们做啥事儿，真的！这……我这一下子又让你闹成了北边的人，你叫兄弟日后咋在道上做人哩！"

刘欣耕一下子变了脸色，很不高兴地问他："这阵子你才想起自己这张老脸面了？老大的女婿差点儿死在行署大牢这事儿，你虽也知道岳富葵谋财害命的那些底细，却是你先看上人家那个小寡妇，仗着自己军统谍报员的身份，多次要挟洽川那些人跟着落井下石，这不是事儿吗？去年，你伙同地方民团名义上贩卖壮丁，暗地里祸害百姓，这些你都忘啦？"

陈仓满吃惊地连连摇头，辩解道："这些事儿，跟你们有啥关系，我又没坏道上的规矩……"

刘欣耕笑了笑，一字一句地告诉他说："我不妨告诉你，共产党能在民众中潜藏生存，一直发展壮大到今天，就因为老百姓是共产党的衣食父母，这个你该懂吧？你横行乡里祸害百姓的这些恶行，咋能不关我们的事儿？"

接着，刘欣耕不无敲打地说："这些事儿看起来虽是些小节，也能看出一个人的德行。后来，我让人找过你一次，你倒是能亲力亲为，最后把事儿办得很妥当，亲自跑到行署把人给放了。你可能到现在还纳闷：这个人跟我们到底有啥关系？我可以告诉你，你们村这个魏仁湘，他老子是我党早期的地下工作者。我们留世的亲人被人陷害，你说我们该不该管？

好在你知错能改，权且算将功折罪。这么多年，我之所以没有告诉你自己这个特殊身份，主要是组织需要对每一个人进行长期的考验。在洽川县境内，打入军统的只剩下你我两个人了，组织很重视你这个宝贵的双面身份。在革命到了大转折时期的形势面前，让我告诉你该何去何从，请你斟酌，最好给自己的后半生留一条光明大道。"

陈仓满这才算听明白了，原来自己以前在道上做的那些见不得人的事儿，一宗一件都在这个老三手里攥着呢。更要命的是，这些事儿还都和北山那些人有着千丝万缕的联系。想到这儿，他在心里琢磨了一阵，才算想清楚了。他想，既然这个刘欣耕能脚踩两只船，提着脑袋跟着共产党干这杀人放火的勾当，自己一个老光棍儿又怕个屁哪！人为财死，鸟为食亡，不管为谁做事，还不是一样为脑袋上的这张嘴不吃亏嘛！将来万一事情闹烂包了，大不了砍头坐牢，脑袋掉了不过留碗大个疤！

刘欣耕见陈仓满站在那儿鸡啄米般不住地点头，便开门见山地给他安排工作说："老蒋这个人两面三刀，反共之心一直没死，趁着美国人拿下冲绳列岛，已经腾出手脚悄悄搞起了原来的那套小动作。西府屯兵，东府调防，西北军将息了一年多不再出关，这点凶险谁看不出来？为了迎接我军大部队挺进关中，组织上这次特别成立中共关中挺进组，指定由我来负责开展这项工作。为加强洽川情报人员配备，这次我不但要拉你一把，还准备在你身边安放一个女助手，你觉得咋样？"

陈仓满的脑袋寻常听这些官话虽不咋灵光，这次还算是听明白了一大半意思。他想，老三居然要给自己身边塞个女人，便很不情愿地瞪着眼睛看了看对方，嘴里咕哝了几句。

刘欣耕接着对他解释说："这个女人将来公开身份就是你老婆，却不是送给你让生养娃娃的小媳妇。她原来是坞圫镇一个大财东的偏房，也正好应了你四处找老婆的光棍儿身份嘛。组织上这次决定，让你担任洽川组的组长，给你身边安排这个助手也没有其他用意，只是为了便于伪装，你们两人各自都有分管的工作，不知你听明白没有。"

见陈仓满不说话，刘欣耕接着很认真地提醒他说："记住，虽然你们是名义上的夫妻，对于一些不该打探的机密，一定得管住你这张乌鸦嘴。

这么做也是为了避免一方被捕连累到另一方的人身安全，给革命事业造成不必要的牺牲！"

陈仓满一听，一眨眼工夫，这个老三又把这个女人给他安排成了一个不能搂着睡觉的"老婆"，更加为难地苦愁着脸说："组织给派'老婆'这个事儿，我看就省了吧。再说，如果有一天我真想找个老婆了，这个人守在家里算啥事儿嘛。我听你安顿就行了，利利落落一个人多省心。再说，一个老光棍儿赶个集捡个大活人回家，不说左邻右舍的那些耳目遮掩不过去，我那俩儿媳还不把她给撕了！"

刘欣耕见对方依然不乐意带人回去，更为严肃地告诉他说："这是组织的决定，更是对你的信任，同时也考虑到你们相互监督。再说，她掌握的那些密写程序，你这个大老粗一时也闹不明白。你完全可以放心，这个人在东府乡村潜伏多年，对当地民俗都很熟悉，窝在留马村陪你这个乡巴佬过日子，外人绝对一点破绽都看不出来。她以前的那个老男人身份也很干净，本来在兰州那边做生意，后来暴病死在夏河铺子上，才被家族运回老家安葬。她被组织精心换了身份，冒称老汉的外室，并以无法在远地生活为由迁回老家寡居至今。只是，这回，你小子却要落个拐走良家妇女的恶名了……"

说完这些，老三笑了笑说："嗯，就这样吧，时间也不早了，你的搭档就在院子里，你这就去牵牲口过来，你们一起回落雁滩过小日子吧。记住，你的潜伏号是○○四，随后我会派人相机和你联络……"

说完这些，刘欣耕拿起炕上的礼帽往自己头上一扣，也不跟他打一声招呼，转身就出了房门。

陈仓满踮着脚透过窗户看了看，发现姓刘的一转身去了后院，以为他是去解手，一个人在屋子里闷闷不乐地傻等了一阵。大半天也不见人返回来，这才疑神疑鬼地迈出门槛，站在台阶上朝四周看了一下。

院子里那个喂鸡的老太太正巧转过脸来，冲着陈仓满淡淡一笑。

看见女人那笑盈盈的样子，陈仓满简直有点不相信自己的眼睛。院子里的这个女人哪是啥老太太嘛，从露在帕子外的这张桃红菊白的脸模子看，活脱脱是一个风韵犹存的半老徐娘哇。对方不时投过来的那一缕缕风情万种的目光，陈仓满装作没看见，却有意转过身，上下打量了那女人几回。他想，若老三安顿这么个女人给自己，他倒是乐意带着在村上风光几天。

那女人见这个男人已经准备走了，麻利地闪进另一间屋子，很快拿出个蓝花布包袱走到他近前，低眉顺眼地招呼了一声："叔，还瞅啥哩？大表哥刚才打后门走了，咱也赶紧离开这儿吧……"

陈仓满这才知道老三已经先溜了，自己要带的人就是眼前这个女人。

他只好去店里牵了驴，忧心忡忡地准备沿原路返回。一直等在院门口的女人见陈仓满走近了，她也不说闲话，身手敏捷地攀上驮子，神情自若地放下了头上的帕子。陈仓满看人坐稳了，这才吆喝一声牲口，两个人活像一对回娘家的父女，晃晃悠悠地上了大街。

话说，两个人还没走出寺后街口，突然警笛大作，街边那些小商贩被惊得提着筐笼四下里躲避。紧接着，从南边冲过来一队全副武装的军警，擦着两人的身直奔仓颉祠那边去了。

陈仓满站住脚回头看了一眼，根本不知道这群急得奔丧似的黑狗子今日为啥这么忙活，不料对面疾步走过来两个穿着灯笼裤的便衣。走在前边的一个麻脸鬼，横着膀子刚走到毛驴旁边，不由分说一把抓住陈仓满的脖子，像集上看牲口牙口的经纪一般，上上下下打量了一番却没说话。另一个戴着礼帽满脸横肉的家伙，居然伸手从女人的人腿一溜儿摸下来，顺势捏了捏驴鞍子上搭的那一对小脚，诡秘地笑了笑，接着一甩手，两人便扬长而去了。

陈仓满刚才被麻脸鬼那么一抓，闹得两眼冒金星，只觉得天旋地转，人家抬脚走了，他还莫名其妙地站在那儿发愣。当他想到，自己刚才居然能眼睁睁地看着那个满脸横肉的家伙伸出一双脏手趁机摸了自己驮子上这个女人的那一对三寸金莲，一股怒火便涌上脑门。他马上勒住牲口缰绳，红脖子涨脸地站在那儿，看那样子就要破口大骂了。

在西县这边的大街小巷，陈仓满说不上能呼风唤雨，至少还没被人这么羞辱过。他正想冲着那汉子的背影破口，只听驴背上的女人小声督促说："叔，你这阵还敢找事儿呀？快走，刚才那个联络点肯定被

端了……"

就在这个当口,一个瘸着条腿、蓬头垢面的乞丐不识时务地走到驮子面前,根本没看主人的脸色,伸出手上那只脏兮兮的柳条笸篮只顾可怜巴巴地乞讨,这头儿刚说出"大叔大娘可怜可怜",陈仓满一脚就踢飞了乞丐手里的东西,骂道:"你他妈眼叫鸡屎给胶住了?看清我是你陈爷爷!"

41

在落雁滩,一个小伙子一旦闪过了三十这个坎儿,在家族里几乎就是一件天大的事情了。囊哉的婚事几年来一直没个结果,四先生一想起这件事就有点坐立不安。他出门那年,张干大自作主张回绝了儿子那门敲定的亲事,这几年再也没碰到一家合茬的。开始,这边对提说来的女子多多少少还都有点挑拣,近两年已经不敢有一丝弹嫌了。只要人不痴不瓜,家道长相一概不提,依然没有媒人主动上门说亲。四先生托人跑遍周边各县,央媒的脚钱都够送一回聘礼了,这个事情依然没个着落。

在留马村,一个人有无德行,全在四邻口碑。陈仓满这个人,尽管行事做人不受待见,有时却也还能顾及自己在村上的那点脸面。他和张干大一直有搅儿,骑着骡子走州过县这半辈子,在周边路也走得宽些。看到张干大四先生父子俩为此事真的犯了难,他偷偷出了趟村,当晚,便郑重其事地提说来羌白的一户殷实人家。

据他说,姑娘长得倒是白白净净,过小日子也绝对没啥挑剔,只是家里大人当初眼放得太高,不知不觉把女儿给耽搁大了。一个女娃娃到二十二这个年龄还未定亲,也就不在乎聘礼的一大俩小,这事儿铁定能成。陈仓满和这家人很熟,多少还知道些底细。要说多多少少有点弹嫌,也就是姑娘长得有点胖。最后定亲的这家,也正是因了这个事儿提出退亲的。

四先生听媒人说了这么个小毛病,根本没敢推辞,骑着骡子在羌白镇上专意打听了几天,趁着和人谈生意,倒把姑娘粗略看了几眼。虽说没看出多大的缺点，却对这事儿多少还是有点不放心。

第二天，姑娘家开的水盆羊肉馆天不亮就开张了。四先生早早出了旅店，准备趁早吃碗热乎饭，然后赶路回去。他这头儿一进羊肉馆，便看见那姑娘正坐在一张客桌前，面前的碟子里一摞放了六个一尺多长的"鞋底"烧饼。他暗自估摸，这么一打烧饼一个女娃绝对吃不下，说不定还有其他跑堂的要一块儿来吃。自己何不趁这个机会，在近处观察一下姑娘的言谈举止？于是，他选了邻近的一张桌子，顺嘴吹了吹桌子上的馍馍渣儿，坐下来大声给自己叫了饭。

原本正在吃饭的姑娘一看有客进门，屁股也不抬隔着桌子便粗喉咙大嗓门地问了句："肥瘦？几个馍？"接着，便给里边站汤锅的师傅传了单子。待里边师傅抓好肉，姑娘这才不情愿地站起身，扭着胖乎乎的身子端过来，咚的一声放下，又转身坐在那儿大吃起来。

姑娘站起身走动那阵，四先生趁机看了个清楚。这女子那身材何止是胖，两只有橡条那么粗的胳膊，加上两瓣小磨盘般阔大的屁股蛋子，也委实有点撑眼。她那几乎看不见脖颈的上半身，将一件团花衣衫撑在身上，臃肿得像大夏天穿了一件大棉衣。他这头儿心事重重地掰着饼子一口半口地用饭，半个饼子还没吃下肚，只见那姑娘接连起身给自个儿夹肉添汤，烧饼摞子已经矮了一半。不一阵子，六个烧饼已经只剩一只空碟子了。

四先生几乎被姑娘的饭量卟傻眼了。留马村东西两村，合起来也不算是小村，还真没听说过有这么能吃的屋里人。不过，他那阵心里却不住地安慰自己，女人家能吃饭也不一定是个坏事。似姑娘这个四棱子块头，不吃那么多饭也委实支撑不起那么大个身板哩。不过，自家兄弟那矮小身材，配这个姑娘虽然有点不搭，娶这么个女人进门支撑日子，正好替了囊哉那不灵便的腿脚。再不济，凭着女子这身膘，将来生十个八个娃娃，奶水肯定旺。再说，落雁滩啥都缺，唯独不缺人吃的这点粮食。

四先生回来跟老爷子商量了一番，觉得事情还能往前走一步，决定最近就让囊哉去南岸子相回亲去。只要他能看上姑娘那长相，再动媒人说过礼的那些事儿。

也不知道囊哉抽啥风，这回死活不愿去相亲。张干大以为娃可能听

了点村院中的传言，嫌人家姑娘长相不好，气得提着棍子要打这厮。他居然不避不躲，梗着脖子说出他这辈子不要媳妇这号混账话，扬言谁看上的谁去娶。老汉暗自想，前几次媒人进门，这厮提茶倒水显得那么殷勤，最近一段日子，提起这事儿，儿子似不再那么上心。他想，这里边一定有啥文章。

自打心慧搬回戏巷，囊哉这个大大咧咧的货似乎变得心细起来。昨天赶集，特意给娃娃买了两串糖葫芦，还屁颠屁颠地送了过去。这边忙着准备和他说亲事，他倒窝在戏巷混了一顿饭才折回来。

想到这一切，张干大倒是把事情往歪处想了想，自己这个没成色儿子，该不会惦记着心慧吧？

囊哉只比心慧小两岁多，他心中却很敬重这个小嫂。无论人前面后，来言去语都很有分寸。不过，俩人因年岁相当，在家院里也免不了会开点叔嫂之间的玩笑。眼下，儿子的这些举动，却让张干大不得不认真对待家门的这件事了。他想，心慧咋说也是嫁过两回的女人，长相品行再端正，身后毕竟拽着大小三个娃娃。想到儿子可能要自作主张走这条路，他心里还真不是个滋味儿。

在这个世界上，一个人且不说五岳为轻的那些大话，经手的事儿总得让自己躺在炕头能睡得着觉哩。村上的人都认为这个儿子是他找回来的亲骨肉，他心里却比谁都清楚。如果是自己亲生的，依着自己这家道和孩子的身板，他都肯一跺脚认了这宗惹人耻笑的事儿。可是，孩子如果将来知道了自己的身世，会不会埋怨他这个义父呢？

这几天，他翻来覆去地在心里掂量，自己收养的这个儿子也不小了，应该把身世告诉孩子了。前路咋个走，一个年近三十的男人，该有自己的打算了。

昨天，四先生和张干大说道了半天，想借他的面子把戏箱给咬儿交过去，可是咬儿梗着脖子硬是不愿意接手。他想了想，咬儿只是拉不下自己那张脸，真闹得那么正儿八经也没啥意思。他便把戏箱搬到了马坊院，让囊哉先经管几天，以后慢慢再说。

开春死了那匹老马，又出槽了一头老牛。吃草的头牲少了，张干大却觉得身体大不如从前了。田头地角那些活儿，原来根本不怵，这二年却时时感到有点力不从心。囊哉虽腿脚不便，干不了推土那样的重活儿，却还能替他做一些打点车马挽具的小活儿。看到儿子吃过早饭无事可做，他便安顿他和自己一起接车上的套绳。

囊哉那双拉胡琴的手很巧，坐在那儿剁开有断头的套绳，又用剪刀刮着断茬的绳头。老爷子刚推了土垫完牲口圈，趁机坐在儿子对面抽起烟来。囊哉已经看出老汉那满脸的心思，也不主动搭话，顾自干着手里的活计。

张干大四下里看了看，见院子里没啥动静，这才瓮声瓮气地开口对儿子说："你也不小了，咱爷儿俩还真没像这样坐下来好好儿说说大人之间的话呢……"

囊哉嗯了一声，还是没抬头。

张干大知道儿子就是这么个脾性，这就算是接了他的话了。他叹了一口气，满肚子的话却不知道从何说起，便试探着问了儿子一句："这么多年，你听没听过村上人提说咱们父子俩的一些闲话？"

囊哉抬起头飞快地看了老子一眼，又低下去忙手里的活计。只是老子这句没头没脑的话让他吃了一惊，他觉得不开口不好，开口又不知道老爷子问这话的缘由，嘴里支吾了一阵，却没说出一句话来。不过，看得出来，小伙子手里的活计慢下来了。

老爷子也不再卖关子，一字一句地对儿子说："我一直想把一肚子的话给你交代了，又一直不知咋个开口。今儿个，我就把这话挑明了——你，原本不是我的亲生儿子。"

囊哉一听老爷子终于为这个事儿破了口，连忙制止道："大，咱不说这个好不好？这么些年了，我倒是几次想问你这件事呢。这几年，我也想通了。你，还有我妈，咱们好好儿做咱们的一家人，随旁人咋说，你一样还是我的亲老子！"

张干大点了点头，却接着儿子的话头儿说："嗯，今生咱爷儿俩做这一场父子，那真是前世修来的缘分。但有些事儿，我觉得还是应当给你说清楚……"

囊哉看了看这个养了自己二十多年的老男人，埋下头再不说话。张干大点了一锅烟，这才慢悠悠地把埋在肚子里多年的话说了出来。

"你亲大是山西人，听说祖上还是当地有名望的老财东哩。他年轻时，家里送他去上海念书，他在那儿参加了共产党。我俩认识那阵，他已经回到了华州，在东街开了一家山货铺子，当时，手里还打点着宝鸡那边的生意。要说清楚的是，铺子里有一个叫梁书奎的人，时常帮你家打理这边的生意。一来二去，我和姓梁的就熟了。有一次，他给我说了一件事，说东家想派人去湖北把留在老家的孩子接过来。我趁着手头在汉口有点生意，就随嘴把这事儿给应下了。半年后，我在汉口那边找到了收养你的那家人。当时，你已经三岁了。依着你亲老子那个身份，根本不可能把你带在身边养活，姓梁的就想办法把你交给澄城县的一个熟人照看。不久，你妈疯疯癫癫地从汉口找到落雁滩，非要我把你抱回来让她带回湖北去。"

老爷子停了一阵，接着又说："我和姓梁的商量了半天，这才又从澄城黄家洼把你接回了留马村，先把你们母子俩留下住了一段时间。你妈那阵正犯病，整日抱着你吃饭睡觉都不离身，天天盘算着带你回老家去。唉，那么远的路程，一个女人家抱着个孩子咋回得去嘛！后来，仁湘这小子动了点歪主意，试探着想趁机把你妈留下来。经不住他来来回回地劝说，你妈也就同意留在咱们留马村了……咱们一家人，就是这么东拼西凑起来的。村上的人只知道你是我前边老婆留下的孩子，却不知道你妈是咋个被我留下来的。"

囊哉前些年倒是听村里人说过这些闲话，听老爷子这么一说，才明白过来，原来是母亲带着自己改门另嫁了。便气哼哼地问了老爷子一句："你说的那个人……好端端的咋半道上不认我妈了？"

张干大苦着脸说："唉，说起来话长了，这咋能是你爹的过错嘛！你妈也不是你的亲妈，她是你姑姑的大女儿，按理你应当叫她一声大表姐的……"

囊哉听了老爷子的这句话，简直不敢相信自己的耳朵，着急地问："那，我亲妈呢？"

老爷子只好将实情一五一十地给儿子抖落出来。他只怕惊着儿子，叹了一口气才开口说:"我也是听姓梁的说过,你亲妈是汉口纱厂送到上海去学新机器的女工。你家亲老子当时也在上海,两人是在工厂结的亲。那一年,上海纱厂的工人闹罢工被军阀镇压了,你父亲当时参加了工人纠察队,被那些人盯上了。为了躲避军警搜捕,组织上安排他离开上海,装扮成商人在华州开起了山货铺子。你现在的这个妈,原本是你姑姑的大女儿,她和你妈当时在一个纱厂做工,你是她打小抱着学会走路的。当时,她们跟着人群上街游行,外国巡捕站在楼顶突然向学生和工人开枪,当场打死不少人。枪声一响,人群一下子乱了,你妈被混乱的人群踩倒在地,背回工棚时就只剩一丝游气了……看着口吐鲜血的舅母,你表姐当时就吓晕了。她醒过来后,紧紧地抱着你,任谁说也不放手。就这样,工友们才想尽办法把她和你送回了汉口姑姑的老家……"

囊哉默默地点了点头,随嘴问了老爷子一句:"我倒是想知道,你说的我那个亲爹……他长啥样子?"

老爷子慢吞吞地告诉他说:"你父亲姓朱,大高个子白净脸,人长得很气派哩。开始,我和他还有些生意上的来往,此后的十多年,就再也没见过他。后来,听姓梁的说他把铺子盘给别人,一个人去山西了。临走时,他原本说好要来看看你的,我等了好长时间,最后,你们父子还是没见着面。不过,我觉得他一定还活着!前些年,姓梁的跟着西路军去了甘肃。唉,他们一个个哪知道,这走的是一条绝路哟。几万人西去那阵,还带着被服厂、演剧队、造币厂,一年后只回来了不到一百人。听说,姓梁的死在了一个叫高台的地方,至今都不知骨殖埋在哪儿。你记住,你亲爹的名字叫朱天佑……"

囊哉低着头半天没说话,见老爷子也闷着头坐在那儿不开腔,他主动打破沉闷说:"大,我知道你今天在儿子面前为啥要说这些话。我也老大不小了,你和我妈的这份恩情,儿子这辈子都记着哩。只是……儿子这个身板,想替你干点活都凑不上紧,有时候心里还真不是个滋味儿……"

说到这儿,他第一次当着老爷子的面说出了自己对今后日子的想法。他说:"四哥时常跟我说,留马村的戏还得有人唱。这回他把戏箱交给咬儿,也是想让我跟着有口饭吃……这些事儿我也想过了,老辈人有老辈

人的活法,我这身板也只能待在留马村拉着胡琴唱唱戏,这辈子也没啥想头,将来能照应你和我妈就是最大的心愿了。至少,不能再让你们替我操这么多心了。成家的事儿,我倒是有个主意,还没顾上跟你和我妈商量……"

儿子提起这个话茬儿,张干大趁机堵住儿子的口说:"不说也罢,你心里那点小九九我早看出来了。唉,心慧还没搬到你四哥这边那阵子,我倒是也替你想过这个事儿。那时候,你那婚事还不急迫,这样做又怕你心里不乐意。再说,我这个当老子的也觉得不可心哩。后来,你四哥就托人给你定下了南岸子那个对象。谁又能想到,村上突然遇了那么大个天荒。那家人出门前,倒是催着咱们装麦子接人哩。那阵子,你四哥跟着队伍刚出门……唉,那些麦子,都是他顶壮丁挣下的,我咋忍心拿着他的命价去给自己儿子换媳妇呢?说这些一点用都没有了,只要你不怪怨爹就行了。"

囊哉听老爷子说得心酸,赶紧附和说:"这事儿我咋能不知道嘛,谁倒是怪你了?遇上那么怕人的天年,别说那是四哥家的粮食,就是咱家有那么多麦子也不敢全部出仓嘛。"

张干大却接着自己的话茬儿继续说道:"你想走这条路,也没啥大错。可你也不想想,事情能不能按照你想的来呢?心慧那点心思你能不知道?依我看,她那心一直还在上槐院。人嘛,一日夫妻还有百日恩呢。何况,他们还有两个亲生骨肉,世上这号男女间的情事咋会说断就断嘛。眼下,看起来是扎了两个锅灶,地亩丁捐还都在上槐院这边。政府不许纳妾了,却没说不准养自家娃娃……"

囊哉点了点头,这才回老爷子的话说:"四哥的为人我知道,让小嫂改嫁,远了他也不放心。临了,他还是想着在近处能有人照看小嫂那边的日子。这事儿又不是火上房的事儿,等着慢慢来呗。一个嫁过两回的女人,我还叫过她几年嫂子,要是眼下提酒央媒说这事儿,在村上肯定会惹人耻笑。这些,我也想到了,以后爱笑让他们笑去,笑够了他们就不笑了。对她这个人,我打心底里没有一丝嫌弃。想来,到时候请人挑开说这事儿,她也不会有多大的挑剔。人心都是焐热的,不怕她三年五年不动心。再说了，这事儿我不箍人家，也不想让你们大人去掺和。她到时要是真的嫁给别人，那我也就死心了……"

老爷子放下手里的绳头，顾自点了一锅烟，突然问儿子："你想等三年五年，还是十年八年？"

囊哉以为老爷子是在试探自己的心思，直截了当地回了老子一句："我不知道，哪怕为这事儿一辈子不成家，那也是我自找的。"

老爷子半天没吭声，磕了磕烟袋这才冷冷地问儿子："你想过咬儿那边吗？"

囊哉几乎没有思索就点了点头说："想过。"

老爷子叹了口气，提醒他说："嗯，想过就好。到时候弟兄三人围着一个女人，你说说在村庄上你们一个个都咋活人？你大小也是个男人了，遇事咋只想着自己！你咋不想想你那四处奔命的亲老子，还有我这个苦命老汉，将来在地底下见了面，他会咋个怪怨我这个老哥哩？"

囊哉听到老爷子嘴里说出这话，马上有点生气地说："我的事儿跟那人有啥关系？就算他是我的亲老子，给一个疯外甥女丢下一个瘫儿子，自个儿天南海北地走了，这样的亲老子没有倒好。不管他将来闹得多么风光，我都不会认他这个亲爹。这辈子，我只孝敬你和我妈！"

张干大惊讶地瞪着眼睛，气哼哼地说："浑蛋！你这是跟谁学的这么和大人说话？他这辈子，东躲西藏连自个儿的命都保不住，你想想这都是为了啥？"

囊哉不服气地说："为了啥？为了他自个儿活人活得排场呗！"

老爷子一摔手里的绳头子，大声呵斥道："你这个不孝子！今天我掏心窝子说给你也好，我张拯恩也是个共产党，这辈子背井离乡，为的就是让你们这些当儿子的能活命、有饭吃、有衣穿，这才放着自家的清闲日子不过，心甘情愿为穷人翻身解放卖自家这条老命。做这号人，心里就得装着天下！好吧，既然你小子一直揣着这么个心思，我也代你家亲老子给你露个底儿，你和心慧这件事，日后不要再打你那些歪主意。明天给我乖乖相亲去，年底款款把媳妇给老子娶进门！咋啦，翅膀硬啦，有本事跟老子分庭抗礼啦？哼，啥事儿还都由着你了？真是反了天了……"

囊哉一听自家这个老实巴交的老爷子一转眼居然成了一个共产党,吃惊地呆坐在那儿半天没说上一句话来。

42

滩底的苞谷开始吐缨的那几天,从西京回来的驮子队带回来一个天大的好消息,日本鬼子投降了!据说,西京城罢市三天唱大戏,老孙家羊肉馆子吃饭都不要钱了,让人排队尽情饱咥。

这么大的事儿,留马村的人却好像也没太把它当个事儿。一大清早,天上一轮日头红堂堂地照着,河里却开始涨水。早饭那阵还离堤有半里多地,放下饭碗大水便越过了堤面,眼睁睁看着长成的庄稼全泡在了一片汪洋之中。

四先生站在堤上,看到远远近近被大水蚀出的几个豁口还在往堤内灌水,无助地叹了口气。没了这一季的庄稼,各家各户一冬一春的劳作打了水漂不说,秋季要付雇工的粮食靠着坡上的那点收成,三年都偿还不清。

夏初那阵,看着堤内那长势喜人的庄稼,他跑前跑后和各村祠堂商量,让各家先不要急着打那点夏场,把麦捆子垛起来压上老麦秸防雨,腾出人手赶紧上堤加固堤堰。滩里的这一季庄稼抵得上坡上三年的收成,无论如何都得保住。开年春汛不大,保不齐秋洪会倒灌。可是,镇上那阵子四处派丁,各村那些在册的老少男人刚放下镰刀,就都跑进山躲了,哪还有人顾得上滩里的庄稼。

看着在一片汪洋里飘摇的庄稼,四先生站在那儿也不知自己在想啥。眼见都大半晌了,陈仓满这个甩手掌柜却挑了个粪笼走到了近前。

这个村上的人梢子,自打冬天那阵赶集带回来个小女人,好多日子守着炕头不出门,左邻右舍很少再见他像以前那样在巷道里闲转悠。这个时候,他居然上堤来,还装模作样地挑着个粪笼。

四先生看也没看身边的陈仓满,随嘴搭讪道:"咋,跑到河上捞柴火来了?啧,我这阵要是能有你这兴致该有多好……"

陈仓满阴着脸苦笑了一声说:"你这大人厢,挖苦人也不看个时候。

你站在这儿看西湖景哩？村里这阵都反了天了，我咋待得住嘛！"

四先生奇怪地转过脸来，陈仓满这才一屁股蹲下来讷讷地说："前儿个去镇上，我以为姓岳的在那儿胡说八道哩，根本没当回事。谁知道，驻扎在镇上的那个刘团附这阵带着大车进村了……"

四先生神色诧异地问："他们进村干啥来了？"

陈仓满也不卖关子，低声说："镇上要拆咱们的城门楼子和四圣庙，这事儿我以为你知道呢……"

四先生奇怪地问了他一句说："我知道啥？他们为啥急着要来拆庙？"

陈仓满遮遮掩掩地说："队伍上在十八坎修工事要用木料哩，县里分派下的数目，镇上给各村都打过招呼了，你是装糊涂吧？"

四先生却说了一句："日本人都溜回东洋老家了，修这么坚固的工事又做啥用？"

"让各乡保拆墙防匪，这个你也不知道吗？"

"拆城墙？这又咋个能防匪？"

"你想想，那些土八路万一趁乱出山，占领了修有城堡的民村，国军到时攻打起来该有多麻烦？"

"真是庸人自扰！八路在山西那边被他们挤对得站不住脚跟，眼下都到察河以北去了，咋能跑到咱这儿来？四圣庙那是明代修的，跟四镇八塔都上了县志，那是说拆就能拆的物件吗？"

"你这个教书匠呀，延安的兵马都过洛川了，你说他们离落雁滩还有多远？从南京到北京，已经乱哄哄的没一处消停地儿了，他们哪还管你这些能拆不能拆的事儿呢！"

"这么说，他们真的来啦？"

陈仓满这才提醒他说："你要是不信，这就去四圣庙那边看看去。三辆大马车，拉来的捐枪的至少能坐三桌子酒席。我刚出门准备到你那儿坐坐，看见那些虎狼兵踢开各家大门，进去一家家搜木料，只好折回去挑了个粪笼躲出村。我看你也避一避，那些当兵的正四处找村上拿事的人哩，这阵回去别叫逮个正着……"

四先生前天没去镇上开会，有陈仓满这个爱在人前显摆的保队附支

差，他倒也能省点心。谁知道，这厮却稀里糊涂给他领回来这么个事情。这阵子，他也顾不上说滩里庄稼被淹的事儿了，更顾不上问他到底咋个答应人家的，很是生气地说："这些人哪，圣人的庙堂都敢拆，让大伙儿以后到哪里给神爷烧香去嘛！下一回，保不齐都要拆祠堂、挖大陵了。你说，眼下这都变成啥世道了？礼崩乐坏，瓦釜雷鸣；高岸为谷，深谷为陵。你等着瞧吧，春秋乱世马上就要在咱们这辈眼前显现了哇，天谴，真是天谴啊……"

看着村上这个人厢那无可奈何的酸腐样子，陈仓满在身后忍不住嘿嘿地笑了。

谁知道，四先生却好像根本没听见一样，恨恨地吐了一口唾沫，提起袍裾大步流星地朝村里走了。

村子里，一群老老少少已经被那些捎枪的大兵吆喝到了四圣庙院的大桧树下。大殿前的砖石台阶上，端端地站着一个穿着黄军装的长官。他脚踩一双大马靴，手里拿着马鞭这阵正不时地敲打着自己的脚尖。看他那样子，面对眼前这座高大的庙堂和庙前那几株粗壮的老桧树，还真有点无从下手呢。

四先生走进庙院，村民们一下子都松了口气。只见他走到那个兵爷面前，还算客气地招呼说："这位长官，鄙人魏仁湘，不知您大驾光临，真是有失远迎！请您和弟兄们到寒舍喝口茶水，有事坐下说好不？"

这个长官模样的兵爷正要为进村受到的冷落发火，一看来了个穿大衫子的秀才，操着一口河间腔很不乐意地回话说："去去，你算哪根葱！你们保长呢？让他出来说话。"

四先生依然谦恭地拱了拱手说："鄙人正是……"

兵爷这才上上下下把四先生重新打量了一番，怪腔怪调地问他说："那个瘦猴儿呢？他在镇上答应得好好儿的，老子这一进村，大半天也不见个鬼影子。嗯，你是保长？我那天咋没见你这个穿大衫子的保长呢？好吧，那就会会呗。"

说着，兵爷把头一摆，身边一个长着一张娃娃脸的传令兵马上把手里的大壳帽递了过来。他这一抬脚，那个小兵紧跟着就随他一起向村巷这边走来。

魏王氏那阵正坐在院子里的石桌前教羊生识字，看见男人领了两个当兵的进了院子，连忙放下手里的泥笔，拉着孩子进厨房端水去了。

四先生领着兵爷在客房刚坐定，陈仓满便急匆匆地进了院子。

这个长官模样的兵爷溜达着看了看主家客房的摆设，不住地点着头说："落雁滩的财东果然他妈的比驴多，大家小户还都住着这么宽敞的大瓦房……"

当客人看到客房中堂上挂着的前朝追封城隍的那块大匾时，见下边端端地挂着一个瘦脸老汉身着官服的轴相，转过身好奇地问了主家一句："我说老伙计，看来你祖上也有在前朝做过大官的人。"

四先生一边摆放茶具，一边谦恭地说："哪里哪里，请坐请坐。鄙人祖辈唱戏糊口，哪来做官一说哟。看长官您相貌堂堂气宇轩昂，想必一定出身于簪缨世胄。"

兵爷听到主人这句文绉绉的恭维话，立马乐开了花，接口说："老弟真是好眼力，说到出身这点破事儿，刘某祖上确实世袭了一顶盔缨帽子。京城南厂胡同'小刀刘'这个人知道不？那正是俺们祠堂门下的十六爷。慈禧老佛爷身边的李大总管就是俺们河间那疙瘩的人，知道不？嘿嘿，他老人家裆里那活儿就是我家十六爷亲手给做的哟。在我们那儿，一般人哪能随便入刀子匠这行嘛！那可都是顶呱呱的六品顶戴！知道不？"

四先生一听，这个河间人祖上操的这等糊口的事儿也太令人恶心了，居然还值得这厮一通话里连问三次"知道不"。不过，他还是堆着笑脸附和道："刘长官实在太谦逊了，贵府世袭的这个六品顶戴，那真是非同寻常。纵使那些钦点的状元都比不上。这门手艺，自古都是宫闱绝技，说不定您祖上有人在大内伺候过皇上和娘娘哩……"

这家伙一听，心想今天总算在这破山沟里遇到知音了，刚想开口附和一番，突然看见那个在镇上和他说事儿的瘦猴儿老汉，这阵活像个奴才站在门外不住地向这边点头哈腰。

此刻，这个河间人也顾不上给主人吹嘘自己祖上那破手艺的精湛了，陡然对着陈仓满喝骂道："你个老东西，整天到处晃荡啥？老子带着队伍

进村这么久了,一直没见狗大个人出面接待,你他妈故意晾着老子,让老子难堪是不?你给老子喊的拆木头的人呢?"

陈仓满赶紧小心翼翼地走进客房,回客人的话说:"刘长官,您看这事儿闹的,失敬失敬!岳镇长此前没说你们今日要来嘛,我刚听说您老人家亲自下乡催公差,这不就赶紧放下活计出门迎驾了嘛。您老人家也是有福,一大早我去镇上割了点肉……真是贵客临门,满巷院的喜庆。我看今天您就不要急着回去了,兄弟在村上给弟兄们安顿个便饭……"

四先生这阵才明白过来,这个陈仓满那张大嘴确实在镇上给村里闹出这么个事儿。恰在此时,魏王氏送水进来了,他赶紧拿出珍藏的"碎银子"沏了水递过来,不无商量地说:"刘长官,您这趟鞍马劳顿,那也是军务在身,兄弟就不多说。您先用茶,咱们慢慢唠。"

刘长官喝了一口茶,翻着白眼品了一番,一拍大腿夸赞道:"嗯,茶马古道上当银两使唤的老树普洱,果然名不虚传呀,好茶!"说着,一抬腿就将那大马靴搭在了四先生书桌前的圈椅扶手上,依然对着陈仓满骂道:"老子他妈的在前方打鬼子,身上被子弹钻了俩大窟窿为啥来?轮到坐飞机进城接收敌产那号肥差,上面的都他妈派了自己的亲信嫡系。不说那些工厂机器大金条了,最不济裹个城里的小娘们儿,让老子快活几天也行哇。狗日的,谁知道把老子连夜发配到你们这兔子不拉屎的荒山野岭来受这份苛刻!岳富葵这个老屄包,真他妈一句三个谎;还有你这个陈猴子,滑得像条老泥鳅。你说说,今天这事儿咋收场?"

四先生一听客人这番话,趁机接过话头儿说:"还请刘长官息怒,您这趟辛苦我是知道的。既然军务在身,这回绝对不能让您白跑。不过,依我说,村上这座庙矗在那儿看着是那么回事,拆下来委实也没有几根糟木头。再说,庙里还供奉着洺川县的老城隍。县上一时也顾不上修大庙,若真拆了,各路神仙还真没地方供放。再说,庙宇比不得城墙,不挑个日子就这么动手拆,只怕会惹怒神灵。还有那几棵老桧树,那可是唐代栽下的千年古树。老先人留下的这些古物,一般都有凶煞护佑,恐怕也没人敢前去下锯子。我倒是想,看能不能收集一些上好板材,把祖宗的这些东西换下来。这样一来,既不耽误您经办公家的差事,又省了弟兄们动手拆庙招惹那些灾祸。咋个回旋这事儿，还请刘长官您回去多多美言。至于打点的费用，我这儿也会酌情报答。"

客人一听，这个村庄上的酸秀才倒是比那些地方官场的流光锤懂事理，刚要搭腔，只见四先生打开书桌抽屉，取出一个精致的小木匣，看也不看便给客人推了过去。这个家传宝，原本是老岳丈送给长外孙的满月纪念。半年前，为疏通蔓货独子免征的事儿，他早早给姓岳的准备了这个物件。今天遇上这个急迫，正好用上了。

刘长官假装无心地打开了小木匣瞧了瞧，里面原来是一只黄灿灿的缠丝和田玉镯。客人对着亮光看了看成色，嘴角马上露出一丝笑意，闪着两颗金牙笑吟吟地说："嗯，倒真是个好物件。刘某却之不恭，那就谢了啊！"

说着，他示意身边一直站着的传令兵将礼物收了，依然坐在那儿晃着腿自嘲地说："人活一口食儿，树活一层皮儿。拆庙的事儿就先这么着吧。再说，遇到保长这个热心朋友，不这么着还能咋着？不过，听说你们这个村是个戏窝子，趁着开饭的点，是不是喊几个戏子来助助兴，也让弟兄们乐和乐和？"

陈仓满站在那儿，眼睁睁看着姓刘的将那手镯收了，自己这辈子都没上手的宝贝就这么被外路人讹去了，正惋惜地站在那儿半天都没闭上嘴巴。突然又听到这个刘长官想看偶子戏，没等四先生搭腔，他抢着说："哎呀，不就是看个破戏嘛，到了留马村，想看戏这事儿跟木匠搭碑宇子一样简单。"

话一出口，他猛然想起狼咬儿一大早带着人出村唱戏去了，这阵肯定回不来。想到这儿，他抠着嘴角支吾了一阵，才怯懦地给人家回话说："不过……刘长官，那几个会唱戏的老把式今儿个都出门了。留下的人嘛，还真没几个会闹这玩意儿的……"

刘长官眉毛一耸，蛮横地说："老子这里就不是事儿？今天要不是看你们这个教书先生会说话，通匪这个罪名你小子肯定跑不了！你以为老子想看你们那破戏？一干弟兄跟着跑了半天冤枉路，不用你们花钱，想穷乐和一下，这是从你小子口袋里掏银子吗？刘某路上答应他们的事儿，到

你这儿就变了，让老子的面子往哪儿放？小子，你要是觉得这个买卖不合算，那就慰劳弟兄们在留马村过个夜！"

陈仓满看了看四先生，很为难地对他说："这这，唉！好，我这就去王善庄看咬儿那边能不能匀一两个人回来凑个紧，你在村里照看着搭个台子，一会儿我就让人把酒饭抬到四圣庙那边……也真是的，不就是唱折小戏嘛，咋好扫刘长官的雅兴呢……"

四先生一听这家伙想溜，安顿他说："派个腿长的去嘛。那一截路说近也不是很近，你那腿脚跑个来回得等到啥时？台子倒不用搭了，大白天的戏，庙台那么大的地方还要不开吗？你当紧的事儿是再去催一下饭食，我陪着刘长官喝喝茶。都这个时辰了，咋好让客人饿着肚子看戏！"

陈仓满一看没法推脱，只好点点头退了出去。这头儿一出上槐院，一路朝戏巷去了。

镇上纵兵进民村拆庙这事儿，陈仓满还真没想到。岳富葵这回可能真被队伍上的这帮人逼上墙了。

原来，陈仓满那天进镇公所领事，等一路气喘吁吁地找到开会的那个大屋子时，岳镇长已经在那儿叨叨了好一阵子。他进去靠着那把太师椅，听着听着就呼呼地睡着了。会议结束后，镇上让各村表态，等岳富葵问到留马村到底咋办时，陈仓满当着队伍上来人的面倒是要了个横，气呼呼地说，留马村又不是木材厂，哪来那么多木料等政府来征缴？爱咋样咋样，不行你们就派人来拆四圣庙。没想到，姓岳的居然一退六二五，给他来了个下马威，真让队伍开到村上来了。

刚才他见了刘长官说的那些客套话，也不尽是撒谎。昨晚闲来无事，他邀人去邻村打了几圈牌。正好遇上主家后晌宰了头有病的老母猪，几个人放下牌围着汤锅先大吃二喝了一顿。散了场，他特意称了七八斤熟食回来，吊在红苕窖里准备明天给自己过个生日。看到四先生气呼呼地往回走，他也知道今天这事儿肯定躲不过了，赶紧溜回家把猪肉从窖里吊上来，安顿女人喊两个邻居赶紧造饭，自己这才急急忙忙跑到上槐院这边来接应自己惹出的这一档子事儿。

安排好酒饭，陈仓满又为寻人唱戏这事儿犯了愁。真是的，你说这些丘八咋又想起要看这号破戏呢？如果是镇上那些保安队来骚扰，还好对付。这伙外地来的兵爷，个个都是没上笼嘴的炝蹶子货色，惹怒他们，还真敢一把火把村子烧了走人！他这阵也不指望派人去找咬儿给他匀人回来救急了。自打那年两人闹翻后，咬儿被他闹到哭泉镇蹲了那一夜凉房子，日后两人在巷道碰面都不打招呼，更别说这阵人家正忙着给人唱戏，就是在屋里闲待着也不一定会帮他支应这个门户。还有那个老媒旦，大半年里为孙子被绑走多次寻上门跟四先生闹得势不两立，肯定也不会打发儿子和孙媳妇为保上凑这号紧。剩下几个能唱的，没出门的倒是还有个甜寡妇。不过，这女人刚刚搬出上槐院，这会儿怎么好意思跟前夫去同台唱戏？再说，四先生从来都没在巷院中当着众人唱过一句戏文，更何况他已经说过，这辈子再也不会掺和唱戏这个行当了。

想到这儿，陈仓满只好涎着脸去秋凤门上喊她给庙院简单布置个场子，随便在戏巷喊了几个能要猴子的戏徒儿，先凑合着闹出点响。至于接下来这戏咋个唱，他也想了，戏巷这些人，谁也不会在这个时候给四先生这个老班主撂挑子。好在这些兵爷对当地戏文大都是猴看星星不懂个稀稠，只要安安生生吃罢饭，把这干人打发出村也就算完事了。

正如陈仓满所料，戏巷里在家的那拨儿庄稼戏子，看见有人在庙院布置场子，不用招呼都放下手里的活计主动帮着忙活起来。线户家就有这点好，即便两家人刚才还在为地畔子抢着镢头打架，只要听见锣鼓家伙响，天大的事情都能先放下。

甜寡妇知道咬儿他们出门去了，村上剩下的人手非老即小，根本撑不起一台戏。遇到这类棘手事儿，四哥这边肯定急得火上房了。她偷偷喊了榆钱儿一起赶到庙院，几个人交头接耳地对了一阵戏，等到四张酒桌上了菜，台子上的锣鼓家伙就响起来了。

四先生陪着刘长官喝了一阵茶，听到村头锣鼓响了，这才赶到庙院这边。尽管他心里有底，还是到帐后扫了一眼到场的人手，安排秋凤提着偶子先唱一折《燕青卖线》，再让心慧加一折《庙遇》。安顿好台上，他这头儿刚要下去招呼客人，心慧却小声提醒他说："谁来坐板鼓怀呢？"

这个时候，四先生也顾不了那么多了，让正在练手的小家伙挪了板

凳，一撩衫子自己坐了下来。

队伍上的人一下坐满了四桌，陈仓满陪着刘长官坐在主桌席上，看见凉菜已经齐了，便开始劝酒。台上的浪子燕青被提出来翻了几个跟头，咿咿呀呀开唱了，刚才那些紧迫也随之松弛下来。

台下的酒桌上，那一群兵爷儿盅黄酒灌下去，一个个已有点失态。刘长官经不住几个部下轮番劝酒，解开军装就和一个连长模样的小头目斗起酒来。他一连赢了几次，看到对手又端起一碗酒，他也端了陪酒，这头儿刚放到嘴边，却发现戏台上那简单遮挡着的帐子后边，提偶子的居然是两个年轻妇女，马上叫停了戏，非让提偶子的人站到帐子前边给他们表演。

坐在台脚敲板鼓的四先生马上察觉出这个刘长官此刻似乎不怀好意，站起来对着酒桌这边拱了拱手，很谦恭地对他解释说："刘长官，提线这是个浑身使劲儿的力气活儿，向来都是人在帐后架板上提线，这也是为了遮掩操偶人不雅的姿势。让她们站在众人面前提着偶子扭来扭去，只怕一时都不会唱了呢。您看，是不是……"

刘长官还没开口，陪在他身边的副官却咣的一声将酒碗往桌子上一摔，狐假虎威地大声喝道："喂，俺们又不是让她们当众脱裤子，有啥不能看的啊？马上把帐子撤了，老子今天还就想倒骑毛驴遛遛弯儿，咋啦？"

一群兵爷马上跟着哈哈大笑起来，捞起酒碗咚咚地敲着桌子起哄。四先生这阵比谁都清楚，这个时候他若再开口，这些当兵的说不定会把桌子上的碗碟甩到台子上去。他沉着脸扬了扬鼓槌，示意帐后的人把偶子提到帐前来。

在乡邻们惊愕的目光下，四先生就那么木呆呆地站着。一个教书先生，在自家门前被人这样作践，尽管心里十分愤怒，却也不得不咽下这口闷气。只见他终于坐回凳子上，陡然举起鼓槌，紧着敲了一个滚板招呼起了乐队。

戏，依然接着前半场开演了。

浪子燕青在东府小戏里，多半是装扮武丑出厢的。偶戏丑行里也唯有这个武丑的戏份动作复杂多变，操偶的即使是个壮汉，提着几斤重的偶子脱衣、钻凳、撂帽子，半场下来也会大汗淋漓。寻常提这对偶子的是狼咬儿父子，这回由秋风吃力地顶着这个角儿，眼见小衣已经湿漉漉地贴在身上了，直到甜寡妇提着偷鸡贼时迁出场，两个偶人在暗夜中相互打杀了一阵，剧情看起来愈发紧张，操偶的两个人才缓过了刚才那一口气。

台下这些带着枪炮看戏的兵都敢把皇帝拉下马，欣赏老祖宗留下来的这些高台教化却有点不知所云。没一阵工夫，便一个个东张西望地没一丝兴趣了。

此刻，喝得酩酊大醉的刘长官也觉得台上这号戏不咋入味，醉醺醺地用马鞭敲了敲桌子，又一次喊叫着让停下来。这个河间人可能看惯了那些二人台酸曲儿，点名要台上的女艺人给他的弟兄们唱一曲《十八摸》提提神儿。

陈仓满虽然被村上安排陪着这些瘟神吃酒，在酒桌上吃得却没有往日那般尽兴，每回端起杯子都是陪客人浅浅地一抿，喝到这阵他那头脑还算清醒。当他听到这个姓刘的大天白日的要村上的戏班当着老老少少的面唱这号骚戏时，只怕这个兵爷真的不懂村庄规矩，赶紧站起来给客人拱了拱手，笑着劝道："刘长官，您老人家也是在村里长大的人，这号戏当着老老少少的面咋唱得出口嘛！再说，当地真没有您老人家点的这出戏，您看，是不是换一个？"

刘长官一听，自己当着这么多弟兄的面说出口的话居然没搁住，立时酒劲儿大发，看也不看直接朝陈仓满那长脸抡了一马鞭。

陈仓满这个走南闯北的牲口经纪，在落雁滩周边大小也是个角儿。他根本没想到面前这个两条腿畜生敢当众打人，唰的一声从怀里摸出个蓝本本对着姓刘的扬了扬，这才恶声恶气地开口说："你好大的胆子，也不看看你陈爷我是谁！"

这个在西京城驻扎过的刘长官，当然没少见这些拿着各类本本的人。但在这个小山沟里受到这个猥琐老头儿的当面奚落，这阵哪会买这个账。尽管他一眼就看清楚了对方拿出来的东西是军统局的通行证，脸上依然冷冷地笑着回话说："你小子就算是天王老子，再多一句嘴，老子也敢揍你，知道不？"

说着,他用马鞭一指台上的甜寡妇对陈仓满说:"你看清楚了,就让这个俏娘们儿伺候老子这一折。唱好了,刘爷这儿有赏;唱不好,你就陪着刘爷去一趟哭泉镇!"

那个副官一看头儿发了话,便招呼手下一帮弟兄说:"去,把那些傻站着看戏的老乡统统给老子赶出庙院去!"一帮兵提起长枪就开始推搡着驱赶看戏的村民。

看这群两脚畜生一个个不可一世的样子,显然是非要在这个村庄要一次横不可了。不过,刘长官看到陈仓满刚才亮出的那个蓝本本后,便慢慢地坐在凳子上,很不自然地放下手里的鞭子,然后居然还冲着陈仓满友好地点了点头,示意他也坐下。

台下看戏的村民,虽然个个都是斗大的字识不了两担笼的主儿,但在这个场合也不希冀跟着这些大兵听那些只有他们窝在土窑里才能听的炕头戏。可在这些蛮蛮动粗糟践本村人的时候,一些人反倒不走了,甚至还摆出要起哄闹事儿的架势。

那些当兵的见几个老汉居然敢闹事,抡起枪托就打倒了两个。村上那些毛头小子根本不怕事大,抓住对方的长枪便扭打起来……

四先生活了大半辈子,经见的事儿多了,看见那些虎狼兵抡起枪托推倒了牝姓老汉,几个小家伙已经和当兵的扭打在一起了,他心里十分清楚,这个时候,他这个保长要是再不说话,接下来要发生的就不是唱戏和看戏这点小事儿了。

只见他忽地从凳子上站直了身子,对着似乎还要动粗的刘长官大声说道:"刘长官,鄙人也当过几天国军少校,但还是愿意给同僚留这个面子。洽川偶子班自古没有坤角出厢,不说《十八摸》这出戏鄙人没听说过,就是有这一折,女人们也绝不会学唱。这样,既然刘长官好这一口儿,鄙人就舍下这张老脸,给您老人家唱一出《害娃娃》,把您出口的这句话搁住。不过,台上台下不能留一个女人,这是我们戏行的规矩。不知刘长官意下如何?"

一只脚蹬在凳子上的刘长官原本还想发威,一看保长那双愤怒的眼睛,觉得在人家村头再闹下去也没啥好处。他也想到了,如果这群乡巴佬抡起锄头跟他们玩命,自己这拨儿弟兄还真难以抵挡。对方既然给了自己一个台阶,还是见好就收为妥。他扬扬自得地点了点头,大声叫了一声"好"。

四先生一步步走上台阶,接过心慧手里的来报子,摆了摆头示意台上的女人统统走开。直到心慧她们走下台阶,一个个快步离开了庙院,他这边才一甩手将偶子抡上了大庙房檐,大吼了一声,扯起嗓子比画着唱了起来……

这是一段难登大雅之堂的炕头戏。

这个饱读诗书的教书匠,对着磕过千百遍头的四圣庙,大张着他那从未唱过坤角戏的大口,还强装乐意拿捏着嗓子给这些军爷唱起来:

> 女娃十七八,
> 一心想婆家;
> 身子不大苗条条,
> 小腰刚尺八。
> 前面梳鬏髻,
> 后边吊帕帕;
> 两耳又坠生金环,
> 珊瑚玉兰兰。
> 柳呀柳叶子眉,
> 杏呀杏核核眼;
> 樱桃小口口,
> 拿上胭脂点。
> 红呀红绸儿袄,
> 绿呀绿绸儿裤;
> 八幅罗裙裙,
> 露出小金莲……

台下那些兵爷,一会儿便把刚才撒野的事儿忘在脑后了。看到这个村

庄男人那副羞愧样子，居然手舞足蹈地喝起彩来。

谁知就在一群兵爷乐不可支的当口，却见台上这个正在唱戏的老书生越唱越没劲儿，直到轻轻地叹了口气，便自主住了嘴。

台下这群兵爷开始为受到这种轻慢不满地窃窃私语，继而又大声吼叫着让他滚下去。此时这个穿着长衫的男人抬起头，嘴角已经沁出了鲜血。只见他冲着台下呸的一声，吐出一截自己咬掉的舌尖……

这些寻常杀人不眨眼的刽子手，瞬间被眼前这个书生闹出的血淋淋的场面惊呆了！

43

一支番号为"西野"的八路军部队，没费多大劲儿就连克数镇，直逼宝鸡。但随着马家军向东驰援，西京守军也迅速支援扶风、眉县，八路军因腹背受敌，又退到洛川这边来了。

原来守备黄河的国军大炮队，一路开上了十八坎防线，北边的壶梯山炮台也全换成了美国大炮，防备八路军增援部队组织第二次进攻。

落雁滩这块清静之地，一夜间又变得不清静了。全村青壮都被赶上附近的大路去筑路，妇孺也抬着箩筐送炭渣。村头那些堆积了几十年的破砖烂瓦，一夜间被一车车送上新修的通往国军守备阵地的土路去垫路基；几个村的城门和门前的拴马桩，也都被征去搭了公路上的桥洞子。

出人意料的是，半年前因驮绳被土匪半路抓走的蔓货，这天夜里却偷偷溜回了东留马。一家人围着这个跳墙进门的二愣子，既惊又怕地说了半夜的话。

据这厮说，驮绳返程的那天夜里，他和急儿委实是被马坊院张爷派的人偷偷带走的。当天晚上他们去了红石崖，跟十多个投奔革命的青年住在一起，第二天便被黄南支队派人护送到了洛川。现在他们参加的这支攻打宝鸡的"西野"部队，已经是正规的人民解放军了。他所属的纵队在凤翔被马家军打散了，他胳膊上受了枪伤，大部队撤退时不幸落下来。他趴在死人堆里躲过了敌人的枪口，等到天黑钻进一片苞谷地蹲了一夜。第二天，趁着当地村庄的老百姓出工埋人，他混在人群里偷偷溜到村边的一户人家，买了两件旧衣服，这才一路摸回来⋯⋯

咬儿一看儿子身上那伤挺厉害，趁着天黑赶紧去西村老药房讨了几贴膏药回来。一路他已作好打算，这几天让儿子白天躲在红苕窖里养伤，夜里再出来去房子里睡觉，熬过这阵再说。谁知道，这货和媳妇一个炕头只睡了半个晚上，不等天明就背着一家人翻墙走了。

早晨，家家开大门那阵，咬儿在小两口窗户下轻轻敲了敲，想喊儿子赶紧起来下窖去躲躲。那会儿榆钱儿睡得正酣，终于被公公那敲打窗户的声音吵醒了，她一摸身边，却发现炕头上早没了蔓货。

一家人紧关着大门，着急忙慌地把后院寻了个遍，才知道这厮丢下一家老小，趁黎明那阵路上人少，又跑去闹他的革命去了。

咬儿当着老娘的面生气地问儿媳，这砍头的给家里留下啥话没？榆钱儿支支吾吾地告诉公公说，俩人半年没见，一整夜都在说话，根本没睡着。他肯定是鸡叫那阵子趁着她开始犯迷糊时偷偷溜下炕跑走的。蔓货夜里倒是给她留了句枕边话，说贴了那膏药伤已经不咋疼了。过几天，他还要去北山那边找大部队去，跟着那些人打遍全中国，直到活捉一个叫"蒋该死"的人！

老媪旦半夜听到宝贝孙子回家了，一家人围着说了阵话。看着儿子给孙子贴了膏药，这才回到自己房里睡了大半年来的第一个安稳觉。天大亮了，一听自家这个毛鬼神孙子半夜又偷偷跑去找队伍了，老太太坐在院子里干号了一阵，又直挺挺地躺在了自家炕头长吁短叹起来。

蔓货不辞而别闹得全家老少心里都不痛快，榆钱儿早饭也做晚了。一家人这头儿刚端起碗，镇上就来了一群保安。这些人进村后掮着枪把留马村的破砖窑、狗屎壕，能藏人的犄角旮旯齐齐搜了一遍，这才径直去趄巷把咬儿连推带搡地带到镇上去了。

据陈仓满给巷院中围着看热闹的人说，他刚从那些熟人嘴里打听清楚，"西野"这支队伍原本是留在北山那边的八路军。眼下，鬼子投降了，政府想让这些人解甲归田，专门立了山禁，闹得山上没吃没喝，这些人咽不下这口气，这才打出山来了。昨天，焚书台村那边跑回来个被打散

的八路,一大早就被镇上抓了。洽川县通知镇上,让各保这几天都留意以往那些不好好儿种地跑出去吃粮的人。不管是老是少、带不带枪,也不问是跟着哪支队伍出去的,回村后都得去镇上登记。尽管陈仓满没明说村上两个年轻人不明不白被人拉壮丁的事儿,大伙儿也都明白蔓货这回给他家老子招惹的是啥事儿。

四先生躺在床上,半个月以来一直没出门。一大早村上突然出了这么个水火事儿,连个出面应付的人都没有。再说,即使他能支撑着出门,那个口疮还没好利落,到了镇上也没法和人说话。

家里出了事儿,这回老太太却不再去找当保长的干儿子浑闹,居然跑到马坊院老亲家的门上哀哀地大哭了一番。谁知张干大偏偏一大早出门去了。大半天她才在亲家母的好言相劝下,跌跌撞撞地回了家。不过,老太太这回的出格举动,多多少少让人觉察出了点异样。

其实,张干大这阵已经坐在哭泉镇岳富葵房子里的椅子上了。

岳富葵镇长比前一段富态多了,不说下巴上多出一块横肉,单是两只眼泡就高了许多。这会儿,两人都有点面色不悦地坐着,谁也没说话。不一阵子,咬儿就被保安队带着进了镇公所的大门。

原来,咬儿昨晚去西村讨药,顺路去上槐院敲开了马坊院的门,咬儿站在门外把蔓货回村这事儿和张干大草草说了几句。一大早,蔓货又突然不辞而别,咬儿第一个想到的还是张干大。事先听到风声的老汉知道这号事情的紧迫,二话不说,骑着腿脚很快的大青骡子就出了村。等他急急忙忙赶到镇上,岳富葵已经把保安队派走了。

这阵子,岳富葵也不似刚才那么矜持,先让人把咬儿喊过来。咬儿慢吞吞地走进镇长的办公室,一眼就看见自家干老子在里边坐着,他长长地出了一口气,二话不说,大咧咧地找了凳子自个儿坐了。

岳富葵看着咬儿那副歪脖子瞪眼的样子,居然扑哧一声笑了,说道:"你还不服气咋的?养个破儿子不好好儿管教,有人告他投了共产党,你以为我这儿不知道?"

张干大马上替干儿撑了镇长一句:"你老伙计说这号话给谁亮耳哩?我那孙子是个啥货色,我咋能不知道?自打俩娃被拉了票,祠堂派人四处打听，至今也没个音信。谁说他投了那些人？这号没根底的话你也信？他家老子跟着八路混了几天这倒不假，那饭碗既然那么好端，他还跑回来务这庄稼闹啥？咱先不说人家将来找不找他娃儿那点后账，眼下镇上有事无事就把他当个来报子一样提来提去，你说这谁受得了？"

岳富葵并不理东留马这个江湖老油子，却点了点头对着咬儿说："看看，你小子面子多大，镇上的人这还没到你家门口，你干老子就寻到我这儿来了。咋啦，你觉得冤啦？民不告官不究，坊间偏偏有这么个风声，我这个镇长也得做做样子嘛。你今日能进我这个门，咱就算有这回事了。县上卡得这么紧，不给上边做个样儿，我这个镇长咋个往下当？"

张干大赶紧接着镇长已经松口的话，只怕人家会变卦似的笑着督促咬儿说："你叔这回算是开恩了，还坐在凳子上等开席呀？赶紧回去，你妈这阵子不知在村上又咋个混闹呢。我有骡子哩，到家给你干妈说一声，天黑前我一定赶回去……"

咬儿依然气哼哼的一声招呼也不打，起身后噔噔地出门走了。张干大见干儿那驴脾气又犯了，尴尬地苦笑了一声，这才对姓岳的说："你看看这世事，乱哄哄的到啥时是个头儿嘛。今儿个你来了，明儿个他去了，光是这些咸淡事儿都够人忙活一阵子，你这镇长我看日后也不好当哩。"

岳富葵知道留马村这个张干大那点底细。为打点那些来来去去的人事，这么多年他也没少从这个人手里接银票。不管大小事儿，两人多少还都给对方留点老情分。听老相识说起这号话茬儿，他倒是愿意和老汉多坐一会儿。

看到院子里没人了，他这才小心地向老汉讨教："伙计，你说，老蒋这回发兵剿共，到底有多大胜算？"

张干大嘴角露出一丝不易察觉的嘲笑，这才压低声音对这个是非鬼开口说："项羽自封西楚霸王，谋兵运势推翻了秦朝的铁桶江山，可谓一个大英雄了。最后，他得到一角江山了吗？"

岳富葵紧着问了一句："咦，你说这是为啥？"

张干大慢悠悠地说："屠城分封，劫掠民财，气数不长！"

岳富葵瞪着一双眼睛又问："何以见得？"

张干大拿出烟袋点着火,慢悠悠地对他说:"当年百万大军为啥一枪不发就丢了东三省?这个人心里有他的小算盘哩,哪管国家的存与亡嘛。紧要关头,如果没有八路军在后方打游击牵制敌人,他那些虾兵蟹将能支撑多久?眼前,这个人的脑袋肯定又得热一阵子,先给身边那些人封官许愿,这跟分封有啥不同?紧着就把嫡系部队派到几大城市到处抢占工厂,这不是劫掠民财是干啥?往前走,他少不得要挑起内战祸国殃民,把几万万人送上战场自相残杀,这又跟屠城有啥两样?"

岳富葵嘴里轻轻嗯了一声,很不放心地问:"哎,伙计,我一直想不通,都说共产党无恶不作,咋会有那么多人跟着他们卖命呢?"

张干大哈哈大笑了几声,吓了对方一跳。他赶紧站起来把头伸出门外看了看,转过身来说:"你别听县上那些人胡咧咧,自古不患寡而患不均,国人用命换来的江山,他想独吞,不这么胡说八道抹黑别人,如何遮盖住自个儿那副独夫民贼的嘴脸?"

岳富葵点了点头,还是有点不放心地说:"像我这号当镇长的人,将来哪天会不会被他们捉了去,不问东西就给割了头?"

张干大收起笑意,严肃地对他说:"两军交战,不杀降将,说不定你将来还能混个县长当呢!"

听了这话,岳富葵只是苦笑。昨天后晌,他刚想锁门回家吃饭,有人送来一封请帖,里边夹着一张字条,上边写着"前路可抉择,做事留后路"十个大字。他看完很快就把字条烧了,这才回家去吃饭。他一路想着"前路"这俩字,到家才琢磨出来,这绝非一般绺子威胁仇家的话。做了一夜噩梦,醒来后,他死活回忆不起捎信人究竟是哪个村的。今天,这个张干大一进门,看到他那双阴郁的眼睛,昨晚那个送信人的轮廓突然浮现在岳富葵面前。一听老汉是为狼咬儿父子的事儿来的,两人说了一会儿话,他委实不知道,这个外路人在东留马居然有这么深的根基。

岳富葵当然知道老汉在落雁滩的为人,趁着两人有这点机缘还能一块儿坐坐,便想倒倒肚子里的苦水,于是试探着问他说:"张相,伙计听人说,你以前可能替……那边干过事儿?"

张干大笑了笑,揶揄地反问道:"你说的那边是哪边?北京还是南京？"

岳富葵几乎被这个老滑头逗笑了，一板一眼地说："你在落雁滩这些年，虽说云里雾里闹过几个小钱，要不是有我岳富葵罩着，有几宗事儿还真能挂上'通共'这个罪名，你倒是能哄得了谁？我常想，你老哥在道上混得这么熟络，过一过自家小日子多滋润，咋一直愿意跟着东留马的这个财东，给人当牛做马呢？"

这个住在东家马坊院的外乡人，喝了一口水这才慢条斯理地开口说："古人讲'亲亲仁也，敬长义也'。人这辈子，总得有自个儿做人的规矩哩。你说的没错，当年，仁湘家老子和我都是同盟会的弟兄。吃着人家那碗饭，后来就被闹得家破人亡。我爹是个逃难来的铁匠，被人害死在铺子无人敢收殓；后来，老娘也病死在了破庙……这个人，他不怕给自己惹事儿，送棺材买墓地，三年后我偷偷到坟上烧纸，却见墓前那块石碑上写着我这个不孝子的大名。你说说，有人替你给父母大人送终，这得是多大的恩德？对待我这个穷兄弟，他从来没分过你我，一般都是开口借一个，出手给两个。这么仁义的人，你说我该不该报答？"

说到这儿，他又神色凝重地说："可惜天妒英才，临死前，他只好把一家老少交代给我，搁了你会推托吗？魏仁湘这个书生，受不得一丁点苛刻，前一段就差点儿寻了短见……我这个干老子，唉，真的没替老哥照顾好这个家呀！"

岳富葵又问他说："魏仁湘去年弄的那个私田公佃，事后有人说可能是你这个老管家的主意。我就想，你一个做事慎重的人，咋会让东家做出这么个惊天动地的事儿？要知道，这可是北边那些人才会做的哟……"

张干大笑了笑说："自古至今，不独我们这些人有仁义之心，古书上这类教化人的故事还真不少哩。冯谖买义的故经你肯定听过吧？孟尝君让冯谖回薛地去收账，他却将手里那些穷人的借据一把火给烧了。回来主子问他都买了些啥稀罕，他居然回答说：'我看您啥都不缺，就是缺点义！'这听起来像个笑话，要不是孟尝君在齐国被罢相要回薛地，受到当地人百里相迎的礼遇，你说他会恨这个冯谖到啥时候？可惜，我做不了冯谖，魏仁湘也不是孟尝君。"

　　说到这儿,他才不无解释地说:"当时,仁湘说要给祠堂捐田修堤,我没阻拦倒是真的。集周村之力都不一定能做好这个事儿,一介书生倾家荡产要去撞这个墙,咋说也是流芳后世的善行。可是,你刚才也说了,闹出闪失的话,这个怜悯苍生的大义之举就是倾家荡产啊!仁湘那个脾气你又不是不知道,他已经在众人面前说出口了,我又咋能去阻拦?你现在回过头看一看,堤不是大家没心思修,只是不知道当时有些人究竟是为百姓过光景着想,还是想借这个由头从里边捞点银子。不说别的,大伙儿自个儿贷来的那点钱,县上一把留了多少?到了镇上只剩下区区一块钱了,你还要统一支用。搁在去年秋里,这些钱好赖还能买几斗苞谷,眼下全拿出来,在哭泉镇连个烧饼都买不下了,可农户却得按一块一个银圆的本金去偿还。唉,难怪大伙儿把你们叫'刮民党'哩!"

　　岳富葵没想到自己随口说的这个闲话,却惹得客人这么不高兴,唉声叹气地岔开话题遮遮掩掩地问了他一句:"咱不说这些小事儿好不好?兄弟倒是想知道,那些人究竟有啥能耐,咋能招来那么多人跟着他们起事?你看看现在闹得人心惶惶,他们究竟成得了气候不?"

　　张干大觉得趁这个机会给这厮开开窍也行,便慢条斯理地开口说:"天下穷人恁多,跟着他们就能吃饱饭。你要是个穷人,能不眼热?"

　　岳富葵讪讪地说:"我看,他们打土豪分田地这点主张就不咋样,把富人全打翻在地,让天下人都愿意当穷光蛋,又有啥好处?"

　　张干大却回了他一句:"穷人有了自己的地,打多少粮都往自家粮囤里倒,家家户户都会过上好日子,哪会像你说的就那么安心穷下去嘛!"

　　"哦,就算你说得对。那依你看来,我这个光景……算不算是穷人?"

　　"嘿,跟老蒋比,你是个穷光蛋;跟我比,你说说咱俩谁的小日子过得滋润?"

　　岳富葵嘿嘿地笑了一阵子,这才小心翼翼地问他说:"国军有四百万正规军,八路就那点人马,老蒋要真动起怒来,那还不跟鸭子吃菠菜一样,一嘴过去给平铲了……"

　　张干大反问道:"戏上唱的你没听过吗?徐达三千精兵,元大都两万守军,最后哪个赢了?再说,外患刚除,内忧又起,政府忙着接收,下边的毛毛兵都想回家守着老婆孩子过个安宁日子，谁愿意替他同室操戈自相残杀去？"

岳富葵捻着下巴痦子上的几根长毛，嗯了一声，压低声音讨问对方说："照你说，这仗……北边真的要打？"

张干大却摇着头告诉他说："他们哪有那么大胜算。不过，如果有人要挑事，兔子急了还咬人哩……"

岳富葵惊异地瞪大了一双牛眼，却没插嘴。

张干大说："国家跟国家间的事儿，跟咱们隔墙邻居间是一样的。你穷得揭不开锅，他怕招惹惦记；你日子比他好过，他又恨得睡不着觉。美国人给了老蒋这么多军火，让他当烧火棍用呀？只有让你们亲弟兄三天两头打得不可开交，把中国给搅乱了，他们才能跟着捞好处哩。唉，这事儿跟秃子头上的虱子一样明摆着，谁看不出来……"

岳富葵信服地点了点头，却撂了句事不关己的话说："咱俩窝在这儿说这一通大话，也是矮子看戏听人家瞎掰哩。咱平头百姓，还是莫管这些事儿为好。不管谁当皇上，咱都得纳粮上贡。铁炉那边的粮价，这才几天工夫，一斤苞谷都疯涨到七万元了，就这样还是有价无市。一个烧饼都十万元了，将来这仗要是打起来，这么多队伍吃啥？他们总不能喝西北风去吧？"

张干大不易察觉地笑了笑说："丰图义仓那些官粮肯定吃不了几天。可你想想，东府这片，像你们这些土财主家家粮囤那些陈粮，这下子岂不是都成了白花花的银子？你就等着发财吧……"

岳富葵像是被蜂蜇了一下似的嘴里嘶了好一阵子，没好气地问他说："粮食得从地里往出长哩，又不像他们开着机器印票子那么便当。让那些过路客把地面上的存粮吃光了，老百姓家家户户咋熬得到明年夏收？这些人跟蝗虫一样啃光地面飞走了，总不能让咱们扶老携幼跟着他们去外地蹭年去吧？"

张干大觉得两人的话说得差不多了，并不关心镇长他家咋个过年的事儿，顺手端起杯子喝了口冷茶，站起来拱了拱手给主家告辞说："天不早了，老骡子腿脚慢，我还得赶回去呢。你这回又给了老哥这个大脸面，来

得匆忙也没啥好带的……"

说着,他从怀里掏出用晒干的猪尿脬皮缠裹着的核桃大的一块老土,郑重地给主家往桌子上一放,淡淡地说:"不成敬意,有心后补吧。"

岳富葵连忙起身留饭,张干大还是执拗地拿起放在八仙桌上的草帽,出门牵骡子走了。

44

夜路上牲口趁槽,大青骡又是一匹周村有名的走骡,但张干大还是紧赶慢赶,天黑了好一阵子才摸回了村。

他溜下牲口背牵着骡子走到马坊院门口,这头儿换了左手牵着牲口,习惯性地伸出右手准备摸出那把大钥匙开环锁,却摸着两股上下紧绷着的绳子。他心里不免有点诧异,顺着绳子再摸摸门框,想看看究竟是哪个捣蛋鬼给门上拴了这么重的东西,却摸到一个披头散发的女人……

这个客居东家马坊院的外乡人,一个人走夜路碰见狼虫挡道都不心怯,却被自己门上的这个场景惊得内心陡然一阵惊慌。他手忙脚乱地将人放下来,飞快地解下勒在脖子上的绳子,又俯下身子用手摸了摸,这才发现躺在地上的人脸已经冰冷……

黑暗中,他无法看清那张苍白的脸,却感觉这个人是趸巷的老亲家!

骡马这些高脚牲口夜里眼睛比人灵敏,见主人在那儿摸摸索索打开了大门,在门道里直挺挺地放下个人来,它原本刨着蹄子急着上槽,也不敢往前抬蹄子了。

张干大放下死人,先喘了口气,总算平复了刚才涌上心口的那些慌乱,顺手放倒挂在门道墙上的枣条榶,把人放上去慢慢移到门道里边摆放停当后,这才把缰绳往骡子背上一搭,让牲口自己去上槽。他疾步进了院子,隔着窗安顿囊哉去招呼一下牲口,转身出门便一路小跑着去喊四先生。

四先生那阵还在书房,见老爷子进门后只丢了句让他赶紧去马坊院的半截子话,又急匆匆地出了门。他哪敢迟疑,披了上衣几乎跟屁股就进了马坊院这边的大门。

进了门道,他一眼就看见枣条檩上直挺挺地躺着踅巷的干妈。早他一步进门的干老子正沉着脸收拾刚刚点亮的马灯。老爷子见四先生推门进来了,起身闭了门这才慢慢地抬起头,小声对他说:"刚在门上吊着……"

看到这么个场面,四先生也被惊得倒吸了一口凉气。老爷子这头儿一搭腔,他才像想起了啥似的慢慢移到近前,蹲下身子掰开死者的眼皮看了看瞳孔,无奈地摇了摇头。他知道,人已经没救了。四先生口疮还没好利索,站起身来含糊不清地替老爷子出主意说:"得去……先喊……九成。"

咬儿从镇上走回村那阵,天已经黑透了。进了家门,见老娘屋里黑乎乎的没点灯,想着昨天夜里儿子折腾出的那份打搅,一大早自己又被镇上带走,老太太难得还能消停地早早睡了,心里反倒有点轻松。他也懒得进去打搅,先回屋给自己倒了一碗水。

儿媳妇榆钱儿娃这几天身体不爽利,听见大门响了,赶紧过来问了声安,便去厨房烧火下面。不一阵子,面好了,儿媳妇正想给他端过去,咬儿却自己进了厨房。他也不说话,端起老碗蹲在门槛上呼噜呼噜吃起来。一大碗浆水面,几下就被扒拉下了肚。他抹了一把嘴,把碗一放,这才觉得两眼发困,准备早点关门睡觉。当他走到院门口时,张干大却不迟不早进了门。

咬儿这头儿刚要开口,只见老汉摆了摆手走到他跟前,狠劲儿地抓了一把他的肩膀,示意找他有事,嘴里冷冷地吐了一个字:"走!"

这爷俩自打多了那层"组织"关系,咬儿对老爷子的一切吩咐都不多问,转身便跟着他出了门。两人疾步走到祠堂门前那片僻静处,老汉这才停住脚步转过身来对咬儿说:"有个事儿,你听完要给我挺住!"

咬儿跟着老爷子停下脚步,一听从对方嘴里吐出这句事关重大的话,在那儿愣了好半天,他大喘了几口气平息了一阵子,才点了点头说:"好,我知道。"

两人走到拐向上槐院的踅巷时,张干大这才告诉他说:"你妈……人不在了,在马坊院那边搁着。你这阵再着急也没用,仁湘正在那儿照看着

哩。见了老太太，要坚强点，黑更半夜的莫要闹出一点声响。这事儿出得太跷蹊了，咱还得商量个妥帖的办法……"

咬儿总算听清楚了张干大的话，突然感到天旋地转，脚下一时也站不稳了。他慢慢地蹲在地上，根本想不到自己出门半天，家里居然出了这样的事儿。要是老爷子不说，他还以为老娘这会儿在自家炕头睡着了呢！

这阵他也顾不上听老爷子是否还有啥交代，突然站起来一把推开身边站着的张干大，抬脚就朝马坊院跑去了。

…………

夜已经深了，村巷里一点声音都没有。在咬儿家大门紧闭的院子里，马坊院的干妈和榆钱儿已经给老媒旦换好了寿衣，三个男人将死者慢慢移到了草草铺就的灵床上。

榆钱儿拿起婆婆经常挂在腰上的那串钥匙，打开炕头的箱子取出老太太早就收拾好的包袱，给公公和四伯一一散了孝布。看到公公拿着孝布不知所措的样子，她走过去先替他打了一圈孝子头结，然后帮他绕着头缠扎了一番，留了截布头搭在身后。魏王氏不声不响地接了四先生手里的孝布，依样儿为他上了头。孝子上罢头，该烧纸了。四先生和囊哉在两侧刚跪下，咬儿这才在正当中跟着跪了。

张干大见两个女人在那儿忙活完了，招着指头对换了孝服的三个男人说："我算了一下，老太太离世的时辰冲煞，纸得等到子时以后再烧。我先替老太太超度一下。"

张干妈和榆钱儿一听超度死者要女人回避，忙放下手里的东西出门走了。此时囊哉还傻愣愣地在那儿站着，只见老爷子刚闭了眼睛，却开口说："囊哉你先把孝布卸了，回去给牲口添点草料，等会儿你干妈下炕棱时我再让人叫你……"

囊哉默默地站起身卸了孝布，这头儿刚出了灵堂，老爷子马上睁开眼对两个跪在地上准备点纸的孝子说："你俩先起来，这两天有你们跪的时候哩。等过了子时，再惊动左邻右舍。明天派人说门户那些琐碎事儿，我看也都得跟上……"

跪着准备烧纸的两个大孝子，只好爬起来，在灵床前的谷草上坐了。

老爷子给两人详细交代说:"你俩听着,有些事儿,咱爷儿仁得先把丑话说到当面,免得事后各自心里再结疙瘩。"

四先生见老爷子有话要说,抬起头看到老爷子的一双眼睛正对着他,老爷子说道:"你可能还不知道,蔓货投了八路,昨天晚上还偷回了一趟家。进门这么一咋呼,闹得老太太知道了我在中间牵线的那点底细。一大早,九成又被镇上抓了去……这些事儿,搁在一个女人身上她咋受得了哟。我清楚得很,九成肯定还没顾上给老妈解释哩。就是有那工夫,他也不敢把底细给她吐清楚。"

说完这些,他这才低下头喃喃地说:"老嫂子寻短见,这都是冲着我来的。在九成面前我认这个事儿,这次埋人不要你贴赔一分钱。棺材我给老亲家置办口好的,粮食在仁湘那边装。事情已经到了这一步,咱们安安生生先把人埋了,回头再窝在屋里打捶闹仗也不迟。不管咋说,这是一条人命哪。如果老太太的这个死因传出去,我们父子仁都得跟着坐牢呢!单单蔓货跟了共产党这一条,不说仁湘这个保长脱不了干系,九成这个亲老子跟我这个牵线人也都得跟着吃官司!"

四先生一直没说话,听干大把事儿全揽在自己身上,这才捶着自己的胸膛说:"不,是我。我知道,干妈错怪也好,都是我的错。她咋能怪你?我是保长!西院那边,门太高,她上次来闹,捎着板凳,最终也没够着上边挂绳的门框……"

张干大摆了摆手,示意他不要说话。却压低声音继续对两人说:"事情已经发生了,不管她想找谁拼这条老命,都是比屁淡的事儿了。眼前是她这一死,给活人设了个过不去的坎儿。我倒是想,趁着今晚给你们俩大男人当面交代一句根底话。九成你若信我这个干老子,就把我这话记住:你和仁湘,是一个爹生的亲弟兄!"

他说完这话,见咬儿并没有那么激动,这才又慢吞吞地说:"这事儿仁湘知道得早些,我也看到了,这些年他处处帮衬着筵巷这边。九成你这浑小子,有时候还真有点错怪你四哥这人了。等咱眼前这事儿过去了,我再慢慢给你细说这里边的事情,这阵也不是拉家常的时候。你家亲老子临死时嘱托过,让找机会给你俩把这话说破。既然话已出口,从今往后,你

们就要有亲弟兄的样子。不管别人咋说，自己心里要有杆秤。人这辈子，能做一世弟兄，这是上天的安排。这份手足情分，什么也代替不了……"

弟兄两个都没说话，老爷子这才不无担忧地说："你们看着吧，眼前这个世事要大变样哩。共产党的政策就是让劳苦大众有饭吃。你们这对亲弟兄，上槐院里的是个财东，堾巷里的是个穷汉，将来要相互照应的事儿多着呢。只要我老汉能活到需要我说话的那一天，这些还都能说清楚。万一半道把这口气咽了，至少得把这话给你们留下。咬儿你要照顾好这个书呆子大哥，他没有你存贤干大刚强啊！东家在世那阵，家里日子那么好，他依然怀着一颗怜悯天下苍生的心参加了共产党。他虽然病死了，他为穷人做的那些事儿却不能跟着我这个知情人埋到土里去。那阵子为资助革命，他暗地里把家里的银圆全倒腾给组织做了盘费。直到最后卖光了铺子，才谎称土匪绑票遮人耳目……这事儿，当时只有我们三个人清楚。唉，另一个人是蔓货的亲老子……三个生死弟兄，一个死了，一个生死不明，剩下我这个活着的，不把这些话留下，我就更对不起东留马魏家这一门的后人了……"

四先生早就清楚这事儿了，趁着老爷子停嘴的空儿，他顺着老爷子的话提醒说："咬儿当八路那一年，把枪丢了。到时候，八路成事了，还能绕过这件事？蔓货，唉，这孩子……"

张干大却说："我担心的也正是你们弟兄间这些个曲里拐弯的事儿。好在咬儿那是队伍上闹精简，村上还有其他人跟着一起回来了。倒是你这个保长，我原打算私下把这些事儿慢慢给你说说。趁着兵荒马乱，替那边做点事儿，也多少给你老子挣点面子。谁能知道，为蔓货这点事儿，你干妈稀里糊涂吊死在自家干儿的门上了！你说说，这事儿要是传出去，将来你这个保长就是长一百张嘴也给人说不清。眼下，咱们父子先把这些事儿捏严实，对外就说你干妈夜里得了个紧症，半夜来不及请大夫，最后老在了自家炕头。事情已经到了这一步，也只有这样才能瞒过大伙儿的耳目……"

老爷子说完这些，咬儿接着瓮声瓮气地说："今日这事儿，我咋能怨你俩嘛。事情就按你说的安排，出殡那天就让四哥端纸盆吧，把他洗刷干净，我没啥说的……"

张干大却摇了摇头说："这个纸盆还得你来端，他端不成礼数。你这么一让，肯定又惹得满城风雨。我刚也算过了，后天就是个好日子。先让你妈入土为安，其他事儿咱以后慢慢再说。唉，我这个老嫂子呀，精明了一辈子，老来咋就这么浑呢！时辰差不多了，你这就把两院的弟兄都喊过来，烧罢纸就得紧着给亲戚说事儿哩……"

四先生却开口征询道："这事儿，要不要心慧戴孝？"

张干大低着头斟酌了一阵说："不了，她做过魏家门里的媳妇，眼下已经出了门，还是不要惊动她了。按照咬儿这边门下四服内的远近，在轿前让她顶着光宗按远房侄媳妇祭奠一下就行了。该行的礼数都得循规办理哩。这事儿我去给心慧说，不用你们操心。"

天刚亮，村里人都知道歪巷出了抬埋人的大事，那些左邻右舍无须招呼便都过来帮忙了。对于老太太好端端的突然过世的事儿，男人们大都没开口。一群婆娘女子一边准备蒸馍馍的酵面，一边淘洗过事要磨的麦子，却叽叽喳喳地议论不休。

秋凤说她昨天后晌还陪着老太太说了一阵话，当时看着人还好好儿的。只是老太太面色有点呆滞，还说她心烧想吃一碗凉粉。当时她根本不晓得那阵人已经有了病兆，再说那阵子又到哪儿去寻凉粉嘛。她当时还给榆钱儿说，家里还有点红苕粉，让明大一搭儿到屋里做几个凉粉坨坨拿过来……谁知道一夜人就老在炕头了。要晓得心烧就能要了命，那会儿让自家男人叫个大夫给瞧瞧，再紧着做一碗凉粉，说不定还能把人命留住哩……

秋凤的男人寻常跟着咬儿唱戏，两家还算要好。这阵人家家里死了人，自家老婆在那儿尽说些主家不爱听的闲话，男人便狠狠地瞪了秋凤一眼，招呼她回家去看看，叮嘱那几个掮椽搭棚的人别把屋檐上的瓦给戳下来。秋凤举着一双面手说她正忙着，反倒喊他回去照看一下，还说出来顺手把门锁了，小心羊羔子趁着没人跑出门让邻居的狗咬了。

正在这个时候，陈仓满却一步一趔趄地进门来了。他二话不说，拉住正在安顿执事买菜的四先生，两人拉拉扯扯走到墙角，只说了两句悄

悄话。

四先生突然变了脸色,他也不给这边打招呼,抬脚就出了门。在巷道里,两人明显加快了脚步。陈仓满个儿小,几乎是小跑着跟着向西村那边去了。

原来,陈仓满在外边领回来的那个女人,早上起来舀水做饭时,不小心一头栽进自家水瓮淹死了……

四先生进了门,人已被陈仓满捞上来放在厨房的方砖地上了。他细细看了,人肯定是呛水死的,身边扔着的两只鞋子却没见一点水迹。

陈仓满出门喊人的这阵工夫,二儿媳无意中发现后娘躺在这边厨房的地上,着急慌忙地出门去喊公公,已经招了一院子看热闹的人。不一会儿,进门的人就七手八脚把人抬到炕上去了。

东村那边明天要抬埋人,多数青壮都去那边帮忙去了,这边又出了这么个事情,四先生还真有点为难起来。

陈仓满看保长站在那儿半天也没说啥,这才慢慢地走上前来问道:"你来了,这就算保上来人了,你看要不要给镇上报一下,让他们派人来给验个尸?咋说这也是人命关天的事儿……"

四先生想到干妈昨晚刚出的那事儿,这边又跟着嘈杂地闹到镇上去报案,两件事肯定会被周村拉扯到一起议论。想到老爷子昨晚给他兄弟俩说的那番话,他才对陈仓满说:"保上,我知道就行了。兵荒马乱的,一个女人家,镇上谁还顾得上管……"

不过,话是这么说,四先生还是隐约觉得,西村一大早突然出的这件蹊跷事儿,并不像陈仓满自己说的那么简单。

前一段时间,村上曾风传过这对半路夫妻的一些闲话。好像这女子当初对嫁的这个糟男人并不满意,炕头上很不待见这个猥琐汉。据说,这厮还被婆娘抓破过脸。

四先生刚才进厨房特意看了看,厨房那口小半截埋在砖地下的水缸里至少还有大半缸水呢。按常理推测,这女人身材高挑,手脚利索,即便是水少到缸底,她也不需要把腰身探得那么深,使那么大劲儿去舀水;而且,一双绣花鞋居然落在缸外,何来失足掉到缸底之说呢?想到这儿,他至少可以肯定，这个男人对此事有所隐瞒。他也看见了，刚才邻居抬人时这女子身子都邦邦硬了，根本不像一大早死去的……

陈仓满却没有发现四先生脸上流露出的疑惑，一看保长已经在人前替他把事情揽了，便安顿儿子招呼几个门下近亲去找阴阳先生，这就商量勾穴打墓的事儿。说完，倒没忘记招呼保长进屋去坐坐。

四先生那边搁着一摊子事儿，根本无心再耽搁。他正要打个招呼出门，打东村那边跑来一个气喘吁吁的小家伙，一进门看见四先生便大声喊道："四伯，来了一群骑马的人要找马坊院我张爷，囊哉叔跑不快，让我前头先给你报个信，让你快点回那边……"

四先生一听事情这么急迫，跟主家连声招呼也不打，一撩袍裾转身就出了门。

45

去年，陈仓满带着个来路不明的女人回到留马村，东西两村的男人倒是跟着看了几天新鲜。老夫少妻炕头那点破事儿，一直是村庄爷们儿最爱说道的话题。谁知道，这个猥琐老汉，对付炕头上的女人倒是有些手段。几个月里，除不时赶着家里那头老骟驴驮着新妇招摇着去赶会跟集，还真的再没闹出大伙儿所期盼的那号炕头上的热闹。

不过，没过多少日子，有人发现了这厮脖子上被自家女人抓出的印痕。据陈仓满那二儿媳亲口给人说，她家公公这个老败家子，不知从哪儿花钱给她买回来个"碎妈"，整天窝在自个儿屋里一不纺花二不做鞋，一天头上抹的香油省下倒能炒一碟菜吃。且不说扫院洗衣做饭那些事儿，天不黑就把老汉困在炕头，絮絮叨叨，也不知有多少狗屁话要说道！最后，这儿媳妇还给人扬摆①说，其实老汉也挺可怜的，白应了搂着花媳妇睡觉这个虚名，这半年可能压根就没沾过那女人的身……

这话传到村里男人们的耳朵里，这一段很快就被演绎成那小女子夜夜

---

① 扬摆：宣扬别人的缺点错误。

逼迫这个老爬灰在炕头上行一回敦伦之礼,把老东西整得实在吃不消了。有人甚至添油加醋地说,他一大清早亲眼看见老汉出来倒尿盆,走路都东倒西歪瞌睡得不成样子……

陈仓满在男人堆里听到这些话,当面只哈哈一笑,装出一副十分惬意的样子。回到自家院子,他心里却时时窝着一股无名暗火。

其实,藏在西村这个农户小院里的这件事,还真的瞒过了不少人的耳目。

带着这个小女子进了留马村,陈仓满也曾暗暗高兴了一阵。这些年,在道上他得过东西得过钱,还真没闹过白捡个清白女子带回家给自己当老婆这号事。领回家的这个小女人不但长得人见人爱,做的饭食也精细。看着整天在自己身边晃荡的小美人,他也曾不止一次地想过,再高贵的女人也有一颗凡人之心哩,整天和一个爷们儿黏在一个炕头上,哪有棉花见火不着的事儿?

最初那些天,两人并不熟悉。白天穿衣吃饭,天黑脱鞋上炕,还真有点相敬如宾的意思。日子久了,两人间难免就有了寻常男女之间的那些眉来眼去。

有一天,陈仓满打牌回来,女人正关着屋门在里边洗澡。他先轻轻地敲了一阵,可里边大半天都没动静,他气呼呼地吼了一声,里边依然没人应声。陈仓满只好在台阶上转了一阵,等着里边给他开门。这一切都叫对面台阶上的二儿媳看在眼里。在村庄上,一个男人的脸面都是自家屋檐下的女人给的,当时的情景还真让他这个心高气傲的男人很没有脸面。

进了门,当他看到一地水迹,这才明白女人家关着门原来是在洗涮,心里原本激起的那股不悦反倒变成了懊悔。夜里,两人往常都是打脚头睡的。看到女人给他铺好的新洗棉被,他似乎得到了某种不便言语的暗示,脱衣服也不关灯,嬉皮笑脸地把自己的枕头挪了过来。那阵子,他倒是没敢撒野,只不过是想趁着那点热络,跟炕头这女子解释一下刚才闹出的那点误会。他甚至想,说不定因为这点小误会彼此间还能磨合出点意外的惊喜来。他这头儿刚把枕头放下,撅着屁股大咧咧地想从这边钻进被筒,先缓和一下两人间的那份尴尬。只见已经躺在自个儿被筒的小女子忽地坐起来，手脚麻利地从枕头下摸出一把小手枪，咔嚓一声上了膛，径直指向他的鼻尖！

陈仓满吓得光着膀子坐起来，只听这女子像发怒的母狮子般低声吼道："老实点！我与你只有工作关系，不是给你配发的老婆！我一忍再忍，你反倒得寸进尺了。从今往后，再这样死皮赖脸地图谋不轨，小心老娘不客气！"

他根本不知道，这小女人包袱里还带了这么个吓人的东西！看着黑洞洞的枪口对着自己，他真担心对方不小心扣下那小小的扳机。

自打受了这次惊吓，两三个月来他牌也不打了，集也不赶了，天一擦黑就乖乖蜷缩在炕角那块属于自己的地方，提心吊胆地睡个和衣觉。大白天，只要双脚一迈进自家门槛，不管自己心里高兴不高兴，都得小心翼翼地堆起笑脸，点头哈腰地听人家支派。对方稍有一点不悦意，他就千方百计地逗她开心。直到后来，他哪怕出门谝会儿闲话，家里这女人都会盘问再三。想到日后要一直这么提心吊胆地过日子，他真想给老三捎话过去，请"组织"赶快把这个女人领回去。可是，自打去年秋里两人见过那次面后，他再也没见过"组织"上派人来接头。他只好按照老三的吩咐，偷偷做着一份连他自己都不知道能派上啥用场的"地下工作"。

四天前的一个大清早，陈仓满背着人提了个粪笼去四圣庙院那边转悠，顺着东墙根蹲下身了，假装捡瓦片蹭拾粪叉上的锈，一只手却悄悄揭开放在前殿天井水道口内的那块砖，取出一张麻纸字条悄悄掖在腰带里，这才快步回到家。他打开一看，发现上级这次交代的任务跟往常有点不同，并不是看完销毁那么撇脱。字条里还夹裹着一张不知从哪儿撕扯下来的地图，要他将落雁滩十八坎国军阵地上的大小炮楼一一标在地图上，第二天按时放回原处……

十八坎那些连着村头大路的炮楼，当地人闭着眼睛都能找到。陈仓满整天在周村来回溜达，哪个路口能走车马、哪条小路是个死胡同他也都一清二楚。不过，他那双鸡爪子打麻将洗牌倒挺巧，要他往地图上画圈确实是大姑娘坐轿头一遭。他心想，不行就让家里那女人帮个忙，可是那字条上并没指示这张地图两人可以传看！

　　回到家里,他把粪笼放下,一个人钻到茅房刚打开那张地图横竖看了一遍,正揣摩那些曲里拐弯的线条究竟是路是河的时候,自己屋里那女人却毫不避讳地走进来,没等他弄明白伸手就把他手里的东西夺走了。

　　陈仓满知道事关重大,都没顾上提裤子就站了起来。那女子一转身飞快地拿着东西出了茅房,进了屋门。

　　等他火急火燎地一头钻进屋子,随手将门重重地关上再回头看时,已经不知她将那地图藏到哪儿去了。

　　陈仓满马上沉下脸说:"这个东西,按纪律不该让你看,快把它还给我!"

　　女人从鼻子里发出一声冷笑,咬牙切齿地说:"给你根鸡毛你还真把它当令箭了!我问你,共产党给了你啥好处,值得你这么死心塌地地为他们卖命?"

　　陈仓满一听从这女人嘴里说出这等话,奇怪地问:"你……你不是跟他们一伙的吗?"

　　这女子往炕棱上一坐,气哼哼地说:"算你说对了。我今天可以告诉你,我是军统局专门打进共产党内部清理门户的。你这个败类,吃着碗里的看着锅里的,还真跟着姓刘的走了。你说,这张地图是从哪儿得到的?"

　　陈仓满没有想到,这个和自己同床共枕半年多的小女子居然是军统派来的人。

　　他这个铁码头有名的老刀客,这半辈子经历的事儿多了去了,却一次也没碰上过这号戏上才演的"案中案"。他那脑袋一转,很快明白了自己的处境。这阵跑出去逃命,料定对方也不会开枪,可那一定是最坏的打算。话又说回来,即便出了这道门槛,又往哪儿跑呢?当年,他被刘欣耕稀里糊涂领到西京城那座小公馆,当时南京军统局还没成立,那儿只是其特务处设在关中的一个工作小组。他俩在一个小屋里被人领着起过誓,第一条就是背叛小组杀无赦。在集训现场,他也亲眼看见一个女特务因在外和男人怀了孩子,被组长拖去公馆墙角枪毙,然后扔进了一口枯井。那个时候,他也曾想过退出这个随时可能丢命的小组。可是老三却给他打气说，他们加入小组只是逢场作戏，趁着这棵大树做做弟兄们自己的事儿，何乐而不为？后来，抗战这么多年，这些人都跑到山东和东北那边的敌占区去了，他以为人家早把他这个没领过几次津贴的毛猴子给忘了，窝在落雁滩照吃照喝，依然过着自家逍遥自在的小日子。

当他看到眼前这个端庄秀丽的女人那双眼睛时，马上就明白了"出门混，迟早要还"那点破道理。看来，这些人并没有忘记他这个在铁码头上混日子的牲口经纪。他很明白，今日就算自己能逃出这扇门，出不了三天也会神不知鬼不觉地死在一个山沟里。既然对方给他摊开说了这件事，看来今生注定是逃不过这一劫了。与其躲躲闪闪，还不如听天由命。

这女人一看陈仓满蔫乎乎地站在那儿，抿了抿嘴从枕头下摸出那张地图，说："你现在老老实实说，你真心愿意半道跟共产党做这个不挣钱的地下交通？"

陈仓满马上乖巧地回答说："我哪知道这些事情的底细嘛。当初参加国民党，也是姓刘的拉着我去的。那次带你回来之前，我还不知道这是咋回事呢。你也知道，我是在道上跟着弟兄们混饭吃的，他说让干啥我就干啥……"

女人笑了笑说："那我问你，这张地图是从哪儿得来的？以前还有啥事儿瞒着我？"

陈仓满木讷地说："还是老地方……以前，他倒是说过你受我管制，有些事儿可以不跟你说。其实，一个屋檐下过了这么多天，我啥事儿也没瞒过你。"

女人嘴角带着笑意，又取出一张字条示意他接过去看看。

陈仓满拖着两条腿前去接了，打开仔细看了看，前天他拿回来的这张字条上明明写着"完成出色特予嘉奖"的蓝色字迹，咋一夜间变成"陈可挽救留人任命"八个粉白色暗字了呢？

不过，生死关头，他这阵子脑子转得比平常要快得多。看了看那张字条上的字，他故作惊讶地问："这字后边咋还有字哩？"说完傻愣愣地窝在那儿不再开腔。

其实，这回这厮心里明白得很。他想，自从带着这个女人来到落雁

滩，自己虽然不知道那些字条背后都密写着啥鬼名堂，可是他却知道，这个平常很少去邻居家串门的女子，有几个夜晚曾独自出去转悠过。看来，眼前的一切并不像老三说的那样，自己好像一直被罩在这个女人布下的天罗地网里。老三可能也不知道这女人是混进他们内部的一条毒蛇。

只有陈仓满自个儿知道，取字条有两个固定地点。第一个，是他在集上碰见一个贩猪娃的小贩主动搭讪，两人对上暗号后偷偷约定好，地点一直固定在四圣庙，遇雨天才会改在陈氏祠堂。不久后的一天，他禁不住屋里这个女人非要给自己打一副银镯子的纠缠，招来了那个进村打银活的银匠，还让客人在自己家过了一夜。那天晚上，因为家里住着生人，他倒是大半夜都没睡踏实。夜半更深那阵，他刚有点迷糊，忽然听见炕头下似乎有人窃窃私语。他一个激灵醒过来，不动声色地仔细听了一阵，这才分辨清楚，那个说话带着河南口音的年轻银匠，不知啥时从客房钻到自己的卧室里来了。女人也不知几时偷偷溜下了炕，跟银匠悄悄交谈了一阵，那男人又不声不响地掩门出去了。第二天一大早，女人才告诉他说，组织上现在又开辟了一条新的联络线，让他给银匠在村外指认一处地方，以便日后交换情报。他想了半天，这才装作给客人指路，带银匠走到东村魏家祠堂老坟园那棵老柿树前，用眼神指了指上边那个小鸟筑过窝的小树洞……

这么说来，这个女人进村后不久，上面已经指派她为军统开辟了另一条自己掌握的联络线了。

这大半年里，由于他的粗心，一次次被这女子在炕头上套走那些只应他知道的秘密，他甚至把村上那个张拯恩以前干过共产党的事儿也曾告诉过这个女人，这些肯定都被她一次次用密写字条传递给了西京城。还有，那些被送走的字条都被这个女人用药水处理过，他拿在手里却根本不知道里边写了什么。只知道这些字条天擦黑时放好后，天不明就会不翼而飞。有一次，他去柿树洞放东西晚了一个时辰，就在他小心翼翼地摸到那棵树下时，突然听见不远处大路边的麦地里有马喷鼻的声音……

想到这儿，他真有点不寒而栗了，脑门上已经渗出了细密的汗珠。

这个屁股上都长着眼睛的精明人业已明白，自打跟着那个倒霉的老三刘欣耕混事，自己就一步步成了两头受气的风箱里的一只老鼠。且不说眼前女人这个坎儿咋个迈过去,单是此前自己给老三送过去的那些假情报,就一定给"组织"捅了不少娄子。那边如果最终知道这一切都是由于他的粗心大意造成的,也绝不会饶恕他……

女人已经观察到,一直跟自己睡一个炕头的这个猥琐男人直愣愣地站在那儿不再说话,她慢慢地把屁股移到炕棱上坐了,这才慢条斯理地启发他说:"关中小组很认可你半年来所做的工作,已经通令擢升你为东府分站少校副主任,协助我这个中校主任工作。历年工作经费合黄金十七两,已经替你存在香港的渣打银行。少校同志,你能得到局长的信任并捡回这条老命,真应当好好儿感谢我谢桂兰哟!"

陈仓满不住地点着头,一双眼睛却贼溜溜地不时用余光乱瞅,那张寻常能得像八哥一样的嘴巴却再也没能说出一句完整话来。

话分两头,这个被陈仓满带进村来一直被左邻右舍称呼为"贠秀娥"的乡下土财主家的小老婆,一转眼又成了军统中校主任"谢桂兰"。她气定神闲地拿出那张地图,看也不看便说:"刘欣耕这小子果然厉害,这么早就跟我们杠上了。哼,他们真是癞蛤蟆想吃天鹅肉,好大的胃口!你知道不知道,这份地图有什么用场?"

陈仓满虽然没回答她,心里却也一清二楚。

只见这女人绷起那张白里透红的俏脸儿,咬着牙齿恶狠狠地说:"这次八路在西府吃了个人败仗,看来这些人还梦想着二次出山!你这阵是不是心里特高兴,等他们来也顺便'解放'一下你这个穷光蛋?"

陈仓满支支吾吾地替自己辩白道:"哪会呢,我又不是村上那伙穷棒子……"

面前这个女人也不再和他斗嘴,认真地对他说:"我告诉你,要死要活,只需我动一下小指头!我这儿带着几粒药丸,别说要你一条小命,拿一粒丢进水井足可以毒死一村人。现在摆在你面前的只有一条路——为党国建功立业,才能赦免你背叛的罪过!"

陈仓满马上哈着腰忙不迭地说:"小的有眼不识金镶玉,一定悔改,一定悔改……"

女人一看眼前这个厌包已是满头汗珠,这才给他交底说:"为了让

你取得共产党组织的信任,此前经由我们送出的密写情报,一部分是真实的。局长手谕指示,要求继续麻痹对方,尽最大可能套取更多情报,为党国的万世基业恪尽职守。你嘛,经过我这么些日子的观察,人倒还算老实。正如你提供的内情,刘欣耕这个湖北佬压根就不叫'赵义夫',在八路那边还曾用过'申万文'这个化名,曾混进阎老西的部队去搞军运。这个老狐狸,早年和我们打过不少交道。哼,你等着瞧吧,过不了几天,他和他布下的网就会被我谢桂兰一手捣毁!你这个少校副主任,就等着加官晋爵吧。"

说到这儿,这个女人一双眼睛盯着陈仓满,一字一句地对他说:"今天你多留心巷院的动静,那个银匠会进村来,我要接那只断了的银镯子……"

坐在桌子前用手抱着脑袋的陈仓满,这才慢吞吞地抬起头,用一种无可奈何的口气说:"唉,我这辈子真是活得都不知道自己是谁了。好吧,我听你的。人为财死,鸟为食亡。但也得让我把丑话说到前面:让我给谁卖命都行,人生自古谁无死嘛!只是……刚才你说的那些金条……它总不会是上峰给咱俩画在纸上的烧饼吧?"

见这个乡巴佬为那点金子动了心,坐在炕棱上的女人马上松了一口气,紧绷着粉脸儿嘲笑地说:"你以为,党国会让你我窝在这个落雁滩一辈子?告诉你,只要除掉眼前这些延及关中的赤党,中华民族统一复兴的宏业很快就会实现。到那个时候,世界大同,四海升平,我们这些地下英雄就可以脱下这身破军装,尽情去世界各地观光了。那点黄金算得了什么?你这个乡巴佬或许还能在夏威夷拥有一套别墅,带上漂亮的女人去海边溜达呢!"

那些遥远的美好憧憬,陈仓满一个字都没听进耳朵。他看到眼前这个女人对自己已经有所信任,便尽量洗刷说:"你刚才说的那个姓刘的……我俩早年结拜过,当年,是他带我进的军统,那时倒也想好好儿做点事儿,谁知道他半道又成了共产党,这个……我真的一点都不知道。那天去他那儿带你回来,我俩在屋子里说的那些话,你肯定也听见了些。我陈仓满在铁码头那也是有点身份的人,不说别的,进了落雁滩谁不认识我陈谝子！眼下鬼子被赶跑了，遇上这号太平，我放着清福不享，咋能跟这个没根底的湖北佬再去折腾哩？既然你大人不计小人过，给我留下这条命……唉，不说了，日后你说咋办就咋办！"

女人满意地点了点头，继而莞尔一笑，完全恢复了往日那副贤淑的模样。她一边收拾着炕头换下来的衣服，嘴上却羞答答地说："这么些日子，我也有不好的地方……整天就这么人不人鬼不鬼地跟着你这老汉窝在这个破院里，想起这些心里就一阵阵憋闷起来。既然已经是同志，以后进门也不用这么拘谨，好像我是个吃人的母老虎，闹得你那二儿媳都看不过眼了……只要你对我忠心耿耿，男女那点破事儿又算什么，说不定有一天你还真的会遇到点意外惊喜呢。唉，等国家大局安定下来，我还得去美国留学，做我的建筑工程师。"

要是在往常，屋里这个女人说出这番多少有点暗示性的话语，陈仓满绝对会跟老狗听见喊吃屎一般满口应承。这阵子他却完全没了这个心思，依然闷着头在想自己如何脱身的事儿。在道上混了大半辈子，当年他心甘情愿加入军统，说穿了也就图蹭点碎银子，万没想到，这一宗宗事儿都连着人命。眼前这女子已经指派自己对弟兄们动手，几十个人就要命丧黄泉。他暗暗咬了咬牙，决定赶紧把这事儿告诉老三！

他忐忑不安地等到吃晌午饭，巷道里果然传来银匠招揽生意的吆喝。他假称老婆的银镯子断了，故意当着众人的面问了匠人，不一会儿，便将银匠带进了自家院子。

一直在家里候着的女人看见男人把客人领进了门，隔着门帘把一只包着白布的银镯子递给银匠。陈仓满暗中注意到，银匠接过来，飞快地取出镯子，却装作无意地将那块白布揣进了口袋，这才敲打着镯子出门去了。

隔了一阵，陈仓满特意转着巷去找银匠取錾好的镯子，那家伙早挑着担子跑得没影了。

回到家里，女人正在炕桌上假装描画绣花的纸样，只见她一笔一画写好一张看不见痕迹的字条，连同那张地图交给陈仓满，让他天黑前放回四圣庙。

好不容易熬到了天黑，陈仓满挑了个粪笼去老地方转悠了一会儿。趁

着四下无人,他掏出那些东西三两下撕碎后,故意扔在一堆狗屎旁,只在放情报的砖头下压了一根老鸡毛。

接下来的两天,陈仓满真是如坐针毡。按照约定的日子,今天一大早就应当收到北边的回信。那边如果再没有回音,屋里的女人肯定会对他产生怀疑。于是,他去了联络点把手伸进水道,小心地揭开那块砖头,终于摸出一张让他望眼欲穿的字条。他趁着无人,装作在庙后拉屎,蹲下身子把那字条展开看了。天哪,上边却端端地写着"老娘病重遵医抓药"八个大字……

他知道,那边是要他赶快脱身,逃走之前相机除掉这个女人。

此前,在这个点取回的字条不用跟家里的女人说,他自主销毁即可。眼下,自己被这个毒蛇一样的女子缠上了身,即使要逃命,也不能让她看出破绽。于是,他还是决定把这字条拿回去。他一路思摸,眼见快到家门口了,总算想到一个办法。

进了门,他看到女人正在给自己舀饭,便大咧咧地走上前去扯了扯她屁股后边的围裙,趁她转过身来的机会很快把字条塞到了她手里,装作十分镇定,淡淡地说:"姓刘的安顿,要我明天去哭泉镇面见一个人,可能有更重大的事儿要亲口交代。我一路想了,到时你也一块儿去赶个集,顺便散散心。过日子就要有个过日子的样子,我一直想给你扯块花布做件衣裳呢。唉,住在这个破山村里,也真是委屈了你这城里长大的金枝玉叶……"

女人看了看字条,顺手扔进了灶膛,转过脸来对着男人浅浅一笑。

当天夜里,陈仓满躺在炕头长吁短叹,半夜都没睡安稳。不一会儿,他听见女人转过身子,似在摸摸索索地扯着他的被窝。紧接着,一只戴着玉镯的手便慢慢地伸了过来……

第二天一大早,陈仓满根本无心回味昨天夜里那场不期而遇的风花雪月,吃罢早饭找了个借口就跑到东村去了。一路上他都在心里反复掂量这两天发生的这些事儿。吃响午饭那阵,他忐忑地回到家里,女人已经在案板上擀出一大张面。按照往日的习惯,他坐在灶膛前正准备拉风箱烧火,脑子里却突然冒出一个不可思议的念头,让他这个老刀客不禁心里一悸。

家里这个女人今日特意换了一条毛蓝洋布裤子,这时正拿着小水盆探在水缸里舀水,她那凸凹有致的身子几乎大半都伸进了大大的水缸,剩下两瓣圆鼓鼓的屁股对着灶台这边……

连他也不知道自己脑子里咋会出现这么一个念头:此刻如果有人前去,在后边捉着女人那两瓣大屁股,只需用一点气力,这女子顷刻就会掉进缸里去……那个时候,别说一个女人无法逃脱,即便是个男人也只能束手就擒!

两个人围着矮饭桌吃着饭,女人脸上依然是往常那副恬静的神情。陈仓满呆呆地看着女人那只圆嘟嘟的小手,回想着刚才脑子里闪过的场景,有一口没一口地在那儿挑着碗里的面条。往常三两口就下肚的酸汤浆水面,他半天也没吃下去半碗。

女人以为男人那双眼睛直勾勾地盯着她的手,是回味起了昨晚的事儿,便满脸绯红地抬手用筷子敲了一下他的头。没想到这一下像房顶陡然掉下来一只老鼠一般吓得陈仓满噌的一声站了起来,差点儿将手里的饭碗丢在地上。男人这个大惊失色的反常举动,逗得女人扑哧一声笑了。

到了后晌,陈仓满特意看了看自家水缸,出门去井坊排了一阵队,准备绞一担水,谁知道眼见轮到他了,这个人又心事重重地转身回家去了。不一会儿,肩膀上又捐着把锄头卜沟挖柴去了。

直到女人进厨房准备晚饭的时候,这个殷勤的男人才回到家。他放下肩膀头子上的湿柴捆,拍打着手特意瞄了一眼对面儿媳妇那边的厨房门。他知道,儿子这几天一直在邻村做木匠活儿,家里这个小蹄子那阵可能去邻居家串门还没回来,他这才无事一般进了自家厨房帮忙。

不一阵子,厨房里边就传来男人粗重的喘气声和水缸盖摔下地面的声响……

46

洽川县警察局来了四名骑警,一进东留马就闯到了上槐院马坊院门

口。留下一个人牵着牲口堵着门,另外三个人提着警棍疾步闯进院子去逮人。不料,这伙人却扑了个空,便反身到跫巷来搜捕。

只见那个戴眼镜的大个子警长下马问了一个老汉,顺着他手指的方向看到了站在那儿招呼人搭灵棚的张干大,二话不说走上前去将老汉双臂一绑,另一个矮胖子马上过来帮忙,三两下便将老汉提上了马。

搭灵棚的几个年轻人一时愣在那儿不知发生了啥事儿,看见穿制服的人不明不白地要带走村上的一个大活人,这才扑上前去拦住马头不让他们走。骑在马上的那个警长利索地从马鞍子上抽出一支长枪,砰的一声朝天放了一枪,又用枪指着几个拦马的人冷冷地说:"都闪开,红案!"

不知根底的村众一听,心想马坊院这个干瘦老汉咋会干这号掉脑袋的事儿?马上面面相觑地愣在那儿了。就在他们交头接耳在那儿议论的那点工夫,这些人已经大摇大摆地把人带出了西城门。

四先生从西村一路小跑赶回跫巷,搭灵棚的人已经乱了场。听到巷道里的枪声连忙从院子里跑出来的狼咬儿,听说骑警带走了自家干老子,一边卸掉头上的孝布,一边四处找人,看到四哥已经从西村赶回来了,急急地丢给他一句话说:"四哥,干大叫人闹走了,这儿你招呼着,我得去看看这是咋回事!"

说着,咬儿飞快地跑进马坊院,从槽头牵出那匹大青骡子,迅速给骡子鞴了鞍子,顺手拿了把笨镰就出了院门。没等大伙儿弄清这厮要去干啥,他就跨上骡子,把牲口打得飞跑起来出了村。

张干大养的这匹大青骡性子很烈,正是发力的年纪,隔槽养着还咬得其他牲口不得安宁。一般人别说牵着去套车拉犁了,能不能牵出槽来都是个事儿。咬儿因常帮干大去马坊院铡草拌料,一来二去就被大青骡当成了半个主人。即使拴在门外的石桩上,见咬儿路过都会抿着耳朵哕儿哕儿地对着这个熟人叫唤几声。只要是张干大或咬儿去牵,不用拉缰绳它就会乖乖地听任其吆喝。

出了村子,咬儿骑着牲口一路朝西,撵到了狼窝沟那一片地方,远远地看见前边有几匹马跑着。

只有他心里明白老爷子犯的是啥事儿。既然这些人能进村抓人,一定是那边走漏了风声。如果不在路上想点办法，人一旦被带进看守所，再想办法就迟了。这阵，他也没想那么多，一心只想着先把人劫下马来再说。

咬儿手里提着一把顺手抄起的砍柴镰刀，远远地看见牲口背上的老爷子，用镰把儿狠劲儿抽了牲口一下。大青骡可着劲儿一气儿跑了二里多地，接着屁股上又重重地挨了一家伙，多少有点被激怒了，使劲儿尥了个蹶子，打着响鼻塌下腰身，又一次发力飞快地沿着大路跑起来。

前头几个人也不时地观察身后的动静，远远看见沿官道跑来一匹受惊的牲口，只怕胯下的马也跟着受惊，赶紧勒住坐骑想为后边横冲直撞而来的牲口让出一半路来。他们这几匹马，已经走了二十多里的路程，趁着主人扯起缰绳，便停住脚在原地打起了转儿。

眼见离前面的人越来越近，咬儿已经看清楚骑在第二匹牲口上的两个人。大青骡力道正猛，看见前边有人挡着去路，不但没有放缓的势头，竟准备绕过前路斜插着谷子地冲过去。咬儿因为当时走得太急促，忘了给牲口戴嚼子。看到疯癫的大青骡子已经不大受控制，咬儿嘴里不断地招呼着牲口，紧紧扯着缰绳，可一切都太迟了。

眼看大青骡和那匹马就要撞在一起了，前边的骑手拉着马赶快让路，才算给发疯的牲口留出一条刚能容身的路。咬儿看得真切，就在两头牲口擦身而过的一瞬间，他本想抬脚将那个和老爷子骑一匹马的戴眼镜的人蹬下马去，却偏偏蹬在了马屁股上，反倒差点儿把自己弹下来！

那匹马也跟着就受了惊，一尥蹶子将背上的两个人一起掀了下来。话说当时张干大正骑在牲口的后鞍上，当他看见后边冲上来的是骑着自家那匹大青骡子的咬儿时，原以为牲口真的受惊了。又一想，这个愣头青一定是冒死来救他来的，心里也就有数了。见咬儿飞起一脚直冲骑在前面的警长而来，他立刻明白是咋回事了。在两人落马的一瞬间，他顺势抓住鞍子一跳，落地后几乎没停脚，顺着沟口那条小路紧跑了几步，一纵身便跳下土坎，开始连滚带爬地向沟底方向逃命！

警长虽然落了马，另外一个骑在白马上的骑警，见人犯已经趁乱跳下土坎，前面没几步远就是一条冲下沟坡的羊肠小道，当即对着人犯举起枪来……

咬儿一看那个骑警举起长枪开始瞄准，大骂一声，便挥舞着手里的笨镰甩了过去……

咬儿甩出去的镰刀，几乎带着呼哨擦着对面马镫上的那双皮靴，直冲举枪骑警的头颅飞去，就在此时，枪响了。

…………

几天时间里，四先生葬埋了趸巷的干妈，只隔了一天，又亲手收殓了被骑警开枪打死在沟坡上的张干大。人一经入土，他穿着一身孝服，拉着一辆插有"千古奇冤"灵幡的车一大早就长跪在洽川县政府大门前。

那阵子正是县政府上班的时候，这个口口声声说自己是洽川城隍亲孙子的知名乡绅，根本不听那些人的劝说，非得要县长亲自出门搀扶他才肯起来。

原来，咬儿因半道劫夺政府下令捉拿的要犯，致使犯人在逃脱途中被当场击毙，作为共谋被关进了泰山庙的临时看守所。东留马魏家祠堂七八个老者，在大太阳下陪四先生跪了大半天，吃中午饭那阵，被警察局当成暴民闹事被强行送出城。四先生那个县参议员身份这个时候还真派上了点用场，没有县长发话，那些警察还真不敢把他像那些平头百姓一样推推搡搡拖到城外去。

一直挨到后半晌，新到的皮县长为保全自己那点亲民的名声，实在拗不过这个教书匠那不依不饶的顽劲儿，只好亲自出门将他搀扶到屋里。四先生喝了杯水缓过了那口气，却非要先去见见关押了两天三夜的狼咬儿。县长也懒得和他计较，派人和看守所沟通了一阵，便让人把他领过去了。

洽川泰山庙建于明洪武年间，出了老城北门有一道高出城墙根地面好几丈的土坎，上边有一处红墙青瓦的院落。古柏掩映下殿宇巍峨耸立，这里原本是一处儒道佛三家共处的修行之地。在清朝那阵，这里依然香雾缭绕，给人以超然世外之感。其间楹联匾额，皆为名家手迹；大道小径，至今还留着那些奇花异草。到了民国时期，此处却被改成了关押百姓的监狱。

进了院子，原来道人栖住的那些旁院，眼下都已经被政府改成了单间牢房。四先生在来人的带领下，在靠墙的一个没有窗户的木炭房里，终于见到了自己的亲兄弟。

那天在路上,咬儿可能就挨了那些人的毒打,被关进来后,那些审讯肯定也没断。他的一只眼睛已经肿起老高,小时候被狼咬过的那张原本就不咋好看的脸,这阵子被这些刽子手折磨得像一块烂柿饼……

看到四哥这么快就疏通了官府,到这个地方来看自己,咬儿一激动,还没开口说话就先流下了泪水。

四先生拍了咬儿一下,开口就问了他一句:"咋,他们打你啦?"

咬儿点了点头,赶紧问:"咱干大没事吧?"

四先生没有正面回答他,只淡淡地说:"昨天埋的。你……给他们认啦?"

咬儿知道四哥这句话是啥意思,咬着牙说:"我认啥?他们整夜都陪着我熬鹰,不歇气地追问我是不是在山西参加了共产党,我咬死一句话——只跟着他们唱过几天戏。今早过堂,他们还谎称老爷子都认了……干大真的没救过来?"

四先生又一次肯定地点了点头。

咬儿气呼呼地喘了一阵气,这才安顿说:"四哥,今日在这儿见了你,我也就心安了。老爷子前一段让我把戏箱搬过去,我还跟你憋着气。前几天,我才把东西挪到跫巷。看来,这戏今辈儿我也唱不成了,我这肋条上的骨头,哪一块儿都疼,说句话都费力。你回去……还是把戏箱搬回去交给祠堂处置吧。还有一个事儿,陈仓满这个老龟孙一直欠着咱干大一笔钱,有事你就尽管托他去跑路!这些人这回如果真的要我的命,兄弟只有一个心愿,就是不想被他们枪毙!"

四先生气恼地说:"说这话干啥!有我在,咱家好赖还出得起这点赎银……"

咬儿却认真地说:"哥,九成这半条命是白捡的。先遭狼伤,后又差点儿葬身黄汤,两个恩人,都没能报答。我死后在地下还得面见他们,把在世上欠下的这些情都偿还一下。我这张脸打小就已经不成样子,临死前再被这些人用枪打个稀烂,见了咱爹,他还认得出我这个小儿子吗?"

四先生气哼哼地丢给他一句话:"你,还死不了!"

看到县长恩准的接见时间已到,那个小头目走过来轻声提醒四先生说,探视时间到了,皮县长已经在外边给他安顿了饭,让他们这就把车赶到东街"仙必居"去。

四先生站起身,从褡裢子里拿出一包银圆,给站岗的看守一人两块散了,剩了四块交给咬儿说:"要吃啥,就喊他们给买点。哥好赖还是县参议员,谁要是敢在这儿虐待我兄弟,事后我饶不了他!把钱拿上,在这里边也不要亏欠自己的肚子。"

说着,一提袍裾头也不回地起身走了。

出了泰山庙,四先生坐在车上反复地想,他安顿岳富葵疏通县上这边的事儿一定有了眉目。刚才那个跑腿的传话说皮县长请吃饭,他心里就估摸了个八九不离十,咬儿这条命看起来还有救。

不过,自家兄弟刚才说的那句陈仓满欠着老爷子一笔钱,这显然是话里有话。这大半年里,在马坊院他不止一次地碰见过陈仓满和老爷子喝茶,他进门后两人就换了话题。难道咬儿那意思是说,事情到了紧要处,这个人还能跟老爷子那条道上的通上气儿?

想到这儿,他不禁有点不寒而栗。

县上的人带走老爷子的那阵子,陈仓满这个村庄混混家里还搁着一个刚断气的女人,他居然放下这么大的事儿,给儿子半句话也没安顿就出门溜了。直到昨天那边抬埋人,入殓时间过了大半个时辰,也没见这个一家之主闪面。陈氏祠堂那些大管事寻常和他关系都不错,一个个却都闹不明白,这个人究竟为了啥事儿这么不顾自己的老颜面。

这个时候,四先生才暗暗地思摸,这个混混可能也是替共产党跑路的。那么,他家那个花钱买来做老婆的年轻女人,为啥夜里突然淹死在水缸,陈仓满又为什么第二天才发丧……这些蹊跷事儿,又跟老爷子突然被抓走有啥关联?

不一阵子,车子就停在了饭馆门口。四先生走进一间阔大的包间,和主客一一拱手打招呼,这才看见岳富葵已经端端地坐在皮县长右手边那把主人才坐的椅子上。

皮县长是省城派下来的接收大员,一头二八分的头发梳得一丝不苟。

他看见四先生进门后，站起身来拱着手热情地邀请客人坐了，这才举起酒杯说："久闻仁湘兄乃本县城隍爷的嫡系孙子，今日又亲耳聆听先生之恢宏大论，能屈身赏光，老弟深感荣幸之至。这样，咱们今天不谈事儿，只给仁湘兄冲冲这身晦气，如何？"

四先生刚落座，看县长端起酒杯，又站起来拱手说道："兄弟重孝在身，三天埋了两个亲人，恕不能陪县长痛饮……"说着，端起一杯酒举过头，转身便洒在身后的地面，这才拜倒在地朝着皮县长号啕大哭起来。

皮县长哪敢受一个乡绅这么重的大礼，赶紧过来扶起四先生，嘴里忙不迭地说："仁湘兄有话尽管说，现在是民国，我也是国家的勤务员嘛。好了，咱们有话好说！"

四先生站起身来，掏出手帕揩了揩眼泪拱手说："我的义父张拯恩是同盟会会员，跟着孙文先生闹革命把老爹的命都搭上了。县警察局来灵前抓人，我这个当儿子的都不知道因了何事，义父被抓后竟被骑警半路开枪打死了。我的弟弟为搭救义父，居然被皂白不分地投进大牢关了两天三夜，这真是天下奇冤哪！还请青天大老爷明断……"

四先生舌头受过大伤，一激动难免口齿不清。岳富葵站起来忙给县长解释说："县长有所不知，魏保长舌头受过伤，卑职……可否替乡党代言几句？"

皮县长点了点头，客气地招呼四先生坐了，这才对岳富葵说："岳镇长但说无妨，但说无妨。"

岳富葵没有落座，依然毕恭毕敬地站在那儿开口说："张拯恩是落雁滩知名的义士，十里八村谁不认识这个阴阳先生嘛。不管谁来问这事儿，我岳富葵都可担保。这个人死了，有些说不清的事儿，后边咱们慢慢再说也行。至于本镇乡民魏九成，确实是老汉的干儿子。小伙子儿时是老城隍从狼口里抢回来的娃娃，长大点又被拯恩老汉从黄河里救过一回。在东留马，这三家人处得就像一家人，这个情况十一保的人都知道。魏仁湘不但是城隍之后，还是省城褒奖过的抗战英雄，又是县参议员；更不用说，此人有贤德，能服人，在村庄上的那份声誉了得。如今其亲人受害，跟您喊冤这也是万般无奈呀！"

岳富葵话头儿一落，皮县长皱了皱眉头接口说："我可以明确告诉你们，张拯恩是共产党地下组织要犯，省府连夜指示洽川警察局进村抓捕，对此本县没有一点辩驳的余地。他本人拒捕殒命，我这里也只能如实上报备案。至于这个魏九成嘛，知恩图报虽是义举，可手执凶器袭警，这是不是有点出格？如果纯粹是这么个事儿，我这里就可以放人回家。不过，从警察局报来的卷宗来看，此人曾投靠过八路，后来又潜回村里。你们说，八路是干什么的？只要这事儿能坐实，那他无疑就是共产党！"

四先生又慢慢站起身来，说话显然要比刚才斯文很多："我这个县参议员，跟着民卫军出村那阵扛着国军少校的牌牌，至今还当着十一保的挂名保长，不也还没加入国民党吗？魏九成虽说跟着八路上前线打过鬼子，但凭此就能认定他是共产党吗？再说，国民党、共产党还不都是中国人，为啥你们非把对方当罪犯，他们是喝人血的獠牙厉鬼吗？"

岳富葵一看眼前这个年轻的县长并没生气，这才小心地替四先生帮腔说："县长宽恩，此事我也能说清一二。留马村随军艺人跟着各路队伍总共出去了两拨儿人，一拨儿跟着朝邑民卫军，一拨儿跟着八路。这个魏九成半道上居然从八路那儿偷跑回来，据说还带了一杆枪，半道上已经主动交给了国军。说这个人是共产党，我一点都不信。从队伍上偷跑这宗罪，如果被逮回去，那就够他小子喝一壶的，交枪那又是多大的罪过？再说，这些人回来后，在村里安分守己地种庄稼，也没见闹出个啥动乱，卑职愿为乡党担保……"

皮县长坐在那儿点了点头，歪着脑袋想了想才开口说："嗯，你们说的这些个情况，皮某会充分考虑的。不过，放人可以，万一省府追究下来，我找你们谁要人去？"

四先生郑重地说："他是我的兄弟，我拿我的家业担保！"

县长立即把头摇得像个拨浪鼓，一连说了几个"不行"，这才对客人郑重地说："抗战胜利了，眼下国家正在筹备召开国民大会，省厅已把魏老兄上报为国民大会代表候选人。陕西省才几个代表嘛，你来担保很不合适。对了，县府这次吸收民主人士议员集体入党一事，我已经让他们替你办了。还有，仁湘兄捐献家产充当公田的义举，已经被洽川县党部当作教育党员的典型事迹来学习，还准备派人给你们家祠堂送一块大匾哩。"

听到县长嘴里说出这等话，四先生羞愧地低着头说："皮县长，我真的不配做你们的这个代表。仁湘大半辈子克勤克俭安分守己，到了这个年龄也担不起这个差事了。只要这回您能高抬贵手放了我兄弟，让我搬出家园去流浪乞讨都行！"

年轻的县长一听，这个乡下教书匠真是迂执得可爱，他那双鹰一样的眼睛死死盯着四先生，笑着问道："仁湘兄，你我虽是一介书生，除了过好自己的小日子，还得为祖宗留下的这片江山多多思量才是……"

四先生再没说话，起身对着县长作了一个揖，又深深地鞠了一个躬，一言不发地站起身，头也不回地出门去了……

47

咬儿被放回村子后，身体半年都没恢复好。警察局那些人先给他灌辣椒水，然后踩着让他吐出来，如是三番，把他的肺都呛坏了。他回村养了好长一段日子，说话时仍咳嗽不已，戏肯定是唱不成了。住在戏巷的甜寡妇跟趸巷离得近，榆钱儿有事回娘家或赶个集，便时常把公公的饭食托付给花婶，咬儿却一直没过去吃过。女人家都是些好奇的鸟儿，遇事非得把事情的端底闹个明白才甘心。

这天，榆钱儿给娘家老爹送过冬的棉裤去了，甜寡妇做了一锅萝卜豆腐连锅面，特意端了一老碗送到趸巷，进了门才发现咬儿睡在炕头还没起来。

一个三十多岁的女人也顾不上村上那些俗套，咚的一声把碗放在炕头上，顺便拉了一把椅子坐了，催促咬儿把袄披上赶紧趁热吃，她还要把碗顺便带回去。

咬儿被闹得没办法，只好坐在那儿呼噜呼噜地吃面。看他那样子，吃那面倒不是因为这阵肚子饿了，活像想早早吃完把人打发走了事。

甜寡妇看他在那儿吃得很香，这才冷不丁地问了他一句："九成哥，我咋觉着你把妹子当成前世的仇人了？"

咬儿停住嘴抿了一下筷子,慢吞吞地回了她一句:"你说的尽是些屁话,咋成仇人了?"

她紧着追问:"这都一两年了,你见了我连眼皮都不抬一下,对面遇见仰着头就像没看见,我啥事儿惹着你了?"

咬儿仰着脖子喝了碗底的汤,这才咂吧了一下嘴揶揄地说:"这辈子,我还没学会低头走路呢。"说着,又剧烈地咳嗽了一阵子。

甜寡妇扑哧一声笑了,这才叹了一口气说:"葚巷咱妈这一走,榆钱儿人家还有他们自己的小日子,你一个人这个样子,可咋个往下过活哩……"

咬儿一看对方似有话要拉,觉得孤男寡女窝在屋檐下扯这些家常很不合适,便督促她说:"你赶紧回去吃饭,娃娃们恐怕都散学了……"

甜寡妇却像没听见似的接着说:"我知道我伤过你的心,那时候,我就是一心想嫁给四哥。没想到,这事儿为了他,也害了他,这或许就是一个人的命。时至今日,原本想守着留马村后半辈子就这么混下去,可四哥住在上槐院那边,还是时时丢心不下戏巷这边,我就想把自己嫁出去!"

咬儿嗯了一声,说:"几个娃娃哩,你就忍心丢下他们走?"

甜寡妇又叹了一口气。自打搬出上槐院这一年多来,这个女人只要和人搭话,一直就这么不时地叹气。一个三十多点的女人,不说脸上没了以前的那点水灵,穿衣也不像以前那么讲究了,整个人显得老了很多。老媒旦没死之前,还时常去戏巷院里和她唠唠家常。当时,老太太曾有心让她搬到葚巷和自己儿子搭伙过日子。可是,她当时并没有再嫁人的打算,只给老太太丢了一句,说自己不想离开戏巷这个家。老媒旦却以为她是嫌弃葚巷这边老老少少一起吃住不便,居然替儿子满口答应说,让咬儿搬到戏巷照看也行呢。可是,那段日子,任谁在自己耳边说起这话题,她都装作没听见。谁知道,老太太居然就这么突然地走了。

这一年多的日子里,这个女子又一次回到了从前那种心如死灰的状态。虽说她跟前还有大儿子陪伴,上槐院两个小的也不时过来打搅,让她对这个世界还有所留恋。可是,自打马坊院张干大遭遇横祸,囊哉那身板根本没法帮她上井绞水，四哥也一把年纪了，每日里不但要招呼槽上的牲口，还得惦记这边的一切。两人似这样藕断丝连地搅和着，一股负罪感时时涌上她的心头。

前一阵子，囊哉曾经背着人给她这个小嫂暗示过，他愿意帮忙照管几个侄儿侄女成人，让她不用担心以后的日子。她心里却明白，这个苦命的兄弟是个从没成过亲的小伙儿，自己却嫁过两个男人，又带着三个孩子，又咋能接受这个情分？虽说女儿家大男人三两岁这在落雁滩算不上稀罕，真的让这个弟弟给四哥拉帮套，日后自己是否还有心劲儿给这个可怜的弟弟生个孩子，以成全一个男人生儿育女的夙愿呢？如果不能，那对自己这个苦命的弟弟也太不公平了！于是，她狠心掐灭了内心深处那点虚弱的火焰。虽然她心心念念想着的依然是魏仁湘这个住在她心底的男人，可为了让这个男人对自己了无牵挂，她把这一切也看开了。这几天，连她自己都觉得奇怪，怎么都甩不脱心头时不时出现的那个恼人念头，她想嫁给村上这个佝偻着走路、三步两歇咳嗽不止的狼咬儿，让两个人的心都有个寄放的地方……

咬儿知道她今天提起这个话题的意思，慢吞吞地拿过炕墙上的烟叶笸篮卷了一根烟。他刚吸了一口，便被她一把夺走摔在地上，还狠劲儿地踩了两脚。

咬儿不急不恼，依然慢吞吞地说："我一直没把你当过外人，也信你对我的一片诚心。今日碰到这个话茬儿，我倒想问问你，四哥是我的亲哥……这事儿你知道不？"

咬儿突然在她面前说起这个话题，甜寡妇不禁一愣，却没立即回答他。其实，这个在村庄里流传的闲话，这个女子比谁知道得都早。那年她还没搬到上槐院去跟四先生过日子，老媒旦为了让她对以后的日子放心，曾偷偷告诉她说，咬儿是歪巷六六娃借了揉眼鬼的种生养的魏家骨血，这事儿两家大人好像还有一纸文书，将来会将上槐院一半的家产分给歪巷。这件事她起初并不相信，后来，两家人买卖地，老媒旦果然拿出一裹兜银圆，她才相信这一切都是真的，却从来没在四先生面前透露过半个字。

今天在这个场合，咬儿却突然说出这个秘密，她真有点吃惊。为

了探清对方的用意，她装作不经意地开口问："这个事儿，你为啥要告诉我？"

咬儿并没有回答她，而是在那儿继续说着他还没说完的话："你不知道，趸巷这边父母一共生养过八个儿女，却没养活一个。上槐院我那亲老子和趸巷我大年轻时十分要好，看见好伙计膝下一直没个儿女，俩人就商量好，只要我一生下来就抱给趸巷去养。那阵子趸巷咱妈刚折了孩子，在上槐院奶着春香姐……两家人瞒天过海的这事儿，瞒过了全村人，要不是咱妈告诉我，连我都不相信这是真的。"

甜寡妇神情紧张地听他说完这话，这才放心地吐了一口气。看来老太太死前并没有给儿子吐露实情，只是绕着弯子交代了事情的因果。她淡淡地应付对方说："我从来没听村里人说起过这事儿，也不知咱妈给你留下这些话有啥用意。让我说，穷家富院还不都是过各家日子嘛！"

咬儿摇了摇头说："你搬出上槐院后，老太太也给我提说过这个事儿。嗐，世上弟娶兄嫂的事儿委实不少，那多是当哥的不在了，为了家门骨肉不至离散的无奈之举。眼下四哥人还在，你们还有两个娃娃……你想想，当初你们能走到一搭儿，进门做小你都愿意，这得需要多大的勇气哩。后来分开，也是没办法的事儿。人嘛，总不能整天惦记着自己院子里的小日子，时时处处也得想想别人的难处；更别说乘人之危，做出些世人所不齿的事儿了……"

甜寡妇知道咬儿这就算是把话给了，还是有点不死心地说："我知道，你这辈子是看不起我这个妹子了。干妈这一走，我倒是想过，她说的一些话也对着呢。自作孽，不可活，这或许就是我的命！"

咬儿见自己这话惹出了乱子，赶紧安慰说："你不要生气，听我把话说完嘛。你看看我现在这个样子，地里活儿干不了不说，出门唱戏都使不上劲儿了。再说，蔓货丢在家里的媳妇娃娃总得有人照看，一大家子人，进不来分文，该花销的却一样不少。你说，咱们再搬到一起，自己给自己造孽不说，还得糟害别人，这合适吗？唉，过一段日子，等身体好点了，我看能不能动弹着给四哥照看一下头牲，好赖也有个事做。还有，马坊院干大扔下的那母子俩……这些，你也清楚。"

甜寡妇叹了一口气，说："照你这么说，咱们都活不下去了？我过来，多少能给你搭个手嘛。我跟四哥说过这事儿了，他说只要咱俩愿意，他没啥说的……还有，他想让你把羊生换回来……"

咬儿却没好气地问："羊娃在膝下把你叫了这么多年妈，换回来再改口叫婆，你觉得合适吗？再说，四哥这么大年纪了，我看就让娃在上槐院长着吧。唉，眼前这个人世啊，有牙没锅盔有锅盔又缺牙的事儿多了，咱们就这样各自往下活呗……"

话是这么说了，咬儿心里还有个大事儿，这阵却不能给心慧表白。

张干大死后，组织在落雁滩的这条联络线立即被掐断了。咬儿捡了半条命回来，想到老爷子的那些叮咛，他决心把这条线重新替组织接起来。在被抬回村的当夜，趁着夜半无人，他避过儿媳拄着拐杖去了自己往常取情报的第一情报点，还真的取回一张过时的字条。依照他的推断，在老爷子出事的那天晚上，上级给这边发来了这张指令。他在屋子里展开那张字条看了上边的内容，当时真的大吃一惊。这消息如果提前一天收到，老爷子完全有机会脱身，根本不会毫无戒备地被抓个正着！

陈仓满新建的这处机要情报点，是属于新成立的中共关中挺进组直接管理的备用联络点。咬儿这个情报员第一次送出那张无用的地图，这个点就出了事。老爷子接到紧急警报，立即想到陈仓满身边这个女人可能是军统安插的人。当天夜晚，咬儿骑着骡子走了十多里，将警报送到了距离哭泉镇二三里的陈村皮匠铺子。按照约定，三天后即可收到回音。哪里知道，那女子通过银匠送出的情报至少比他这边要早两天。第三天早上，骑警就进了村……过了这么多天，咬儿从时常取情报的旧砖窑砖缝里抠出的这张字条上也画着一根鸡毛。一般情况下，来往情报从来不会用这种方式传递消息。连咬儿这个新手都看明白了，上边一定是发现了啥非常情况，这是明确告知老爷子让他速速撤离！

咬儿回到村里，才知道陈仓满那个婆娘居然毫无征兆地在那天清早掉到缸里淹死了。更可怕的是，这个大人厢居然放下家里的死人不管，自己撒腿跑了。他脑子里马上有了疑问，难道这个陈仓满就是情报上时常提到的那个"〇〇四"？想到这里，他壮着胆子去四圣庙那个第二情报点看了

看。那块砖倒是还在,却发现蜘蛛已经在水道口上结了网……

咬儿当然知道做地下联络工作的纪律,平时不可随意与联络人见面,在这个非常时刻更不能主动去找和自己接头的人,只能冷静等待。他躺在床上将息了十多天,终于有个探病来的"远房亲戚"给他捎话说"外婆家有信儿了"。第二天,他硬撑着去了趟陈村,以给自己抓药的名义,终于和上边联系上了。

想到生死路上这些没底儿的事情,这个庄稼戏子只好跟炕前自己心仪的这个女人说:"心慧,我只想告诉你,咱干大这么多年干的确实是共产党的事儿。我这个干儿子,这些年跟着他也听了不少做人的道理,老汉这些事儿我比你们都清楚。唉,跟着共产党替穷人闹翻身,闹不好就得丢自个儿的命呢。他们要是知道我也是替那边做事儿的人,我哪会活着回来嘛。日后,我也不想再连累其他人,就我这条贱命,天塌地陷也会一个人往前走,你要理解我……"

甜寡妇抬起头,瞪着眼睛不解地问他说:"你爷俩一天神神秘秘暗地里干的这些事情,倒是图啥来?再说,穷人咋个去翻身哩?村里人都说,那些人来了就要把财东家的家财散给大伙儿,吃光捣净了不知又想啥法儿。这跟土匪明抢有啥两样?你想,人家祖祖辈辈积攒的那点家财,一个个穷横穷横地闯进人家屋里去抢,这哪会是好人做的事嘛!东留马就四哥日子强些,你得是准备趁着这些人的威势去跟四哥闹事分家当呀?"

咬儿摆了摆手,有点生气地说:"他们倒懂个屁!共产党打土豪,那也是打那些欺男霸女的歪人哩,又不是见个富汉撸倒就打哩;分田地,不过是把大户种不过来的地匀给大伙儿去种,多打粮食让全村人都能吃饱饭。你说这有啥不好?四哥不是也把自个儿的滩地交给祠堂,自愿充了公田吗?再说,分啥家?他跟我分院另过的两家人,几十年都没在一个锅里搅稀稠,我咋个能瞪着白眼去分他的家当?"

甜寡妇这才放心地吐了一口气说:"我就说嘛,世上哪有这号事哩。只要让大伙儿都能过上好光景,我倒觉得人家这个主意也不赖哩。"

咬儿点了点头,松了一口气说:"对嘛,这才是一句人话嘛!你好赖认识几个字读得懂书,咋能跟着那些人胡咧咧?不过,你今日过来了也好，我这几天一个人窝在家里倒是想过，有个事儿还真没个合适的人。我这儿还想物色个帮手，你愿不愿意时常过来给我凑点紧？"

甜寡妇眉毛一挑，惊讶地问："我能帮你啥忙？"

咬儿压低声音说："有时候，我这身子骨不方便，你替我赶个集跑跑腿，反正活路也不重……"

甜寡妇马上吃了一惊，小声问道："你想让我跟着你闹干大丢手撂下的那些事儿？"

咬儿神色凝重地说："你也不要问得那么清楚，就算是这么个事儿，你先说，能不能守住这个口风？"

甜寡妇点了点头，咬儿这才认真地开导她说："你守着光宗那点地，说破天去也是个穷人。到时候，应当跟我一样是个'贫农'。穷人的事儿就得'贫农'去做，其他人跟咱也不一心哩！"

甜寡妇马上问："啥叫个'贫农'？我才不做这个哩。这穷日子我早过够了，我想过富裕日子！"

咬儿马上给她解释说："这只是个说法，又不是让你一直当穷人。当了贫农，你才能进农会。到那时候，村上成立变耕队、收割队，男人干车上的重活儿，女人干田头地角的小活儿，开犁时有牲口的帮着大伙儿一起犁地，肯定都能过上富裕日子，不会把你一家人撂下。"

甜寡妇一听，村上那些人时常把北边那些人说得让人害怕，原来他们还有这么好的主张，便试探地问咬儿："照你说，咱们都是贫农了，那四哥是啥？"

咬儿翻着眼睛想了想说："地主……"

甜寡妇从来没听过有钱人还有这么个新鲜名字，因为这关系着她心里一直放不下的四哥，她忙接着问："地主？地都分给大伙儿了，他咋还叫地主？"

"这个就不好说了，他咋说肯定也成不了贫农。"

"他能跟咱们一样搭伙种地分粮不？"

"咋不能？不搭伙种地，他还能扔下庄稼去当城里人？"

"城里那些没地的人咋办？"

"肯定也得公私合营，不能一家家都开个小铺子。譬如哭泉那么大的镇点，一条街道把铺子合起来，门面都拉通盖大。卖绳子的专门卖绳子，卖饭食的专门卖饭食，挣下钱缴过房租大伙儿均分，再也不用争论那些个你多我少了。就算是街上那些碍眼的讨饭客，将来都得收拢起来分配他们打扫街道清茅房，总归是人人都得工作，人人都吃饭！"

"啥叫工作？"

"我也说不清，大概就是人人都得靠劳动吃饭。当镇长那叫工作，当鞋匠也是工作，清茅房更是工作了。总之那是一个人人讲卫生、不用土坷垃擦尻子的文明社会。到那时候，甜娃和羊生他们都得念书去，念完了就得参加工作。当工人就去工厂做工，当科学家就去搞研究……"

"唱戏算不算工作？"

"当然算了！"

"那丢在家里的地咋办？留给不唱戏的去种吗？"

"你想得倒美！家家都有地，谁替你种？干公的人到时就不分地了，让安心干公哩。"

"那我进城唱戏去！"

"好嘛，那就算干公了呢。"

说到这儿，甜寡妇高兴地说："好，我听你的，替你跑这号腿我愿意。"

咬儿这才认真地问她："你能替组织保守秘密不？"

她问："谁是组织？"

咬儿说："我！"

她想了想，肯定地说："要是你，我还信得过。"

咬儿这才严肃地问："铡刀架到脖子上，你都不能背叛组织，你能有这号脏腑？"

甜寡妇却不以为然地反问咬儿："谁没事干会问起这些事儿？"

咬儿想了想说："譬如陈仓满……"

甜寡妇气哼哼地吐了一口唾沫，不屑地说："呸！我唾他一脸，看他再敢多事儿！"

咬儿觉得自己的眼力还不错，经过这些天的观察，发现这个人倒是挺合适。他低头想了想说："这样，咱们得起个誓！"

甜寡妇嘎嘎地笑了，揶揄地说："闹那些吃屎娃娃的拉钩上吊笑死人了！我给你说，谁要是把咱俩这事儿先说出去，天打五雷轰不得好死，这该行了吧？"

咬儿想了想，最后算是通融说："行。不过，从今天起，你就是组织的人了，到家里来放自然些。有事我会悄悄告诉你，没事也不要多问。我一个大男人家不好大天白日到你那儿去，村上这些讲究你也知道。"

两个人正说道着，榆钱儿带着小的已经从娘家回来了，隔着窗户喊了一声："大，你吃饭没？咪咪还在上槐院放着哩，我接娃去……"

咬儿咳嗽了一阵，隔窗对儿媳说："你花婶送了饭，我刚吃过了。顺便给你四伯说一下，我觉得这几天好点了，如果他放心，明天我就搬过去替他照顾几天头牯。嗐，一个大活人，总不能就这样整天窝在炕头等吃等喝……"

榆钱儿嘴里应了一声，出门前却小声咕哝："也不看自个儿那把年纪，还整天操心人家的日子……"

48

冬天很快就过去了，落雁滩迎来一个少见的暖春。谷雨这天前夜，大约刚过丑时，落雁滩春雷滚滚，窝在炕头的庄户人都睡得很死，单等着老天降下这场好雨好马上插犁。天大明了，大伙儿才知道半夜传来的隆隆声是十八坎那边放大炮的声响。

吃早饭这阵子，村头已经开始过队伍了。

"西野"的一支部队从旬邑那边出山，一路绕过西京城，打北边山根东进，再顺着金水河谷南下，对戒备森严的十八坎工事发起猛烈进攻，利用金水河谷，堵住了洛河以北的国军人马。

队伍一直向南走着，步兵过去，又开始过炮车。红马队骑一色的红马，配红缨红鞭，黑马队却是白缨白鞭，白马队又是红缨红鞭。爱牲口的

庄户人，看着那些拉着大炮的高骡子大马，都袖着手不愿离去。

这个时候，从后边马车上跳下来两个戴着军帽、双肩背着铺盖卷的男人。大伙儿瞪得眼球差点儿从眼眶里掉出来，一眼就认出，前边这个人正是那威震渭北的绺子客——三舅爷，后边紧跟着逃出村庄三个多月的陈仓满！

陈仓满戴了顶红五星帽子，身上挎着一把二八盒子枪，出息得真像个人物，一路频频和门口站着看热闹的乡邻打着招呼。一群乡巴佬目送着俩人过了官道，清清楚楚地看着陈仓满领着那个军人进了他的家门。

这两个人动作真快。第二天，十一保几个村庄的人，被召集起来在留马村四圣庙院里开了个全体村民大会，魏家祠堂的大门上挂上了一块"留马村人民政府"的木牌。

大会上，工作队高队长讲完话之后，大家这才知道，这个同时担任着落雁滩区长的高文都以前曾来过留马村。他一进村子放下铺盖就找到马坊院去看望他在这儿的老熟人。当他知道老汉不久前已经被国民党反动军警枪杀的消息后，很生气地对陪在他身边的陈仓满说："蒋该死欠下的这笔血债，一定要这个卖国贼加倍偿还！"

原来，此人正是跟着王老虎打过黄河，后来跳崖捡回一条命的那个国军参谋。这个人曾找到留马村，在村头巧遇的正是马坊院的这个老长工。工作队这次随大军挺进关中，任用了关中挺进组的全部潜伏人员。在县委领受任务时，县委书记刘欣耕反复提到的那位在胜利曙光来临前牺牲在敌人枪口下的革命先烈张拯恩，原来和他惦念的这个张干大是同一个人。

当天夜晚，这位高区长亲自坐镇留马村人民政府，主持了第一场群众大会，向全体村民布置了近期配合东府解放区加紧生产、努力支前的工作任务。

狼咬儿这个跟随张拯恩为党工作的"老革命"，在会议上被宣布为留马村人民政府的村主任，协助他做过革命工作的甜寡妇一同被吸收为村里的妇女代表。同时，根据地下组织名册，两人被正式登记为中国共产党党员。囊哉这个靠拉胡胡唱戏生活的瘫瘫娃，因了革命烈属的身份被指定为留马村贫协代表。

陈仓满这个老刀客，因其参加革命的时间比狼咬儿还要早些，并亲手处死了混入党的地下组织的军统特务，立了大功，被中共洽川县委任命为铁炉镇人民政府的镇长了。这个时候大伙儿才知道，这厮赶集领回家的那个漂亮老婆原来是个国民党特务。

可是，三天来的世事变迁，这群庄稼汉不但对高区长口中出现的一些生涩词语不甚理解，而且对四先生这个敌伪保长被工作队指定成大伙儿要斗争的人物，也都感到困惑。听说，同样是敌伪人员的岳富葵，因为带着三十几个人在镇上起义过了，不但没有被斗争，还协助人民政府一起主持工作。这些住在村庄上的保长，因为无枪可缴，便没被写上起义的名册。

眼下，人民政府当办的第一件事情，是挨门挨户地比对一番，在十一保的几个村找出一个地主来。四先生作为留马村的大户，被理所当然地挂了这个名头。这次，全村都得按照各家日子的好赖，划分出一个叫"成分"的东西。按照一个家庭占有所在村庄土地的比例，以及三年内有无雇用长工这一条，魏仁湘这个教书先生当地主无疑是够格的。虽然张干大死了，但他一直住在马坊院替魏家打理庄稼，这也是铁板钉钉的事儿。再则，他家上缴滩底二百多亩地后，剩余地亩加上坡地依然超过了一百二十亩。在落雁滩一带，穷苦人家大都只有二三十亩土地，他家地亩虽不是最多的，但也算得上是个知名大户。

高区长决定先找四先生，给这个老相识宣讲一番党的土改政策。开罢大会，他在陈仓满家吃过饭，便来到上槐院。刚进门，就看见那个熟悉的身影正在院子里烧东西。

高文都前去看了看，以为这个教书匠在主动焚烧藏在家里的地契。结果，他仔细瞅了瞅，居然都是一笔笔誊抄工整的老戏本。

两个人拉扯了几句离开山西后各自的情况，高区长这才好奇地问他说："老魏，你为啥要把这些戏本烧了？"

四先生却淡淡地对客人说："戏唱完了，留下这些东西也没多大用处。圣人尚有过失，我们这些凡夫俗子岂能完美无缺？这些戏文，都是这片土地上发生的事儿，被后人一笔笔记下来唱到今天，真的害人不浅哩。

我这算是替先人藏拙也罢，送还这片土地原有的本真也罢，眼前这个世界，再也不需要这些简单的戏本去描述了……"

高区长也不管他的那些话是说给谁听的，望着火盆里的那一堆纸灰，自个儿先在石凳上坐下，这才开口说："我们的政策你这个读书人也懂，这次将你家初步定为地主成分，也是没办法的事情。至于你担任过敌伪保长这一条，我在干部会上已经否了。当时，张拯恩同志为安排我党地下工作内线，才扶持你当上了十一保的这个保长，一切都是为了掌握地方基层政权，为迎接解放做好准备工作。再则，你不算敌伪人员这一条，刘欣耕书记临走前也专门交代过。至于你做国民党军官那事儿，我就更清楚了，也不是这次重点盘查的内容。唯有你家的这个地亩，无论如何也搪塞不过去哩。"

四先生这才坐到石凳上，恭恭敬敬地给对方倒了一杯水，慢吞吞地回话说："我知道。让老百姓诉苦，起码要找个出气筒嘛，总不能让人哭天怨地去。我同意把这些地交出任由村上处置，历年借据一笔勾销。"

高文都点了点头，很为难地说："在农村，土地革命毕竟是一场暴风骤雨，受了几千年剥削的穷苦民众，肯定会有些过火的行动，希望你能理解，不要和他们对抗。过了最初这一阵子，待村民们的阶级觉悟提高后，开始埋头劳动，将生产有序开展起来，我看也就过去了。凭着你这个进步乡绅的特殊身份，还有你父亲过去资助革命的功绩，将来县上吸纳你做政协代表的可能性很大。我作为落雁滩地区的区长，也会力促此事。不过，我的意思是，你最好能在斗争大会上表一表自己的态度，给自己找一条重新做人的路嘛……"

四先生茫然地看了看院子里那棵石榴树上吐出的新芽，很干脆地说："照你的话说，我这半辈子没做过一天人了？'清风岂能刮动我，明月何曾不照人'，这是那些老古董说的。你的话意我也懂，让我魏仁湘替国民党这个腐朽政府鸣冤叫屈，这绝对不可能；当然，反过来，让我稀里糊涂地追随共产党，一样不可能！你们说要让全体人民过上贫富均等的公允日子，到现在我还没看到。要真有这么一天，我编一出戏，亲自上台唱给你听都成！"

高区长哈哈地笑了，开导这个乡巴佬说："咱们北边那个苏联，已经初步建立起了社会主义社会。他们的农民都是集体农庄的社员，集体劳动，按劳分配；耕地不用牛，点灯不用油……总之，这一天距离咱们并不遥远。等百万大军打过长江去，解放了全中国，我们每个村庄也都能过上那样的日子。到了那一天，咱们两个再说这个也不迟嘛！不过，斗争大会你要有思想准备哟，那也不过是形势需要，针对的是一个阶级，又不是你个人……"

这个时候，咬儿这个村主任却怏怏不乐地进了门。他一看高区长在那儿和四哥说话，又想退出去。高文都却招呼说："魏九成同志，来，你来得正好。有些事儿，咱们一起商量一下。"

咬儿走过来屁股刚坐定，便气哼哼地说："陈仓满刚才跟我吵了几句，我看我还是不当这个村主任好。一个村庄上抬头不见低头见，这样下去，对谁都不好。"

高文都惊愕地问："为啥事儿？"

咬儿说："还不是你安排的斗争大会嘛。我说，区长都说魏仁湘是民主人士，他家老爷子好赖还是共产党员，咋能白菜萝卜一锅煮？他说，张拯恩死了，凭嘴说的那些陈事儿组织还没最终确认。还说，我这个人对敌斗争关键时刻就拉稀，不但中途脱离革命，还……给国民党缴过枪！"

高区长好奇地问："真有这事儿？"

咬儿没好气地说："部队送给我们一杆老枪嘛。那杆老套筒，打出去的子弹都拐着弯儿飞，当时张连长说让我们带着防身用。你说说，那个时候把一杆长枪掮回村，让我交给谁去？"

高区长一听是这么个小事儿，便开导咬儿说："你参加八路中途回村这个问题，我不是代表县委已经在区干部会上讲清楚了吗？都是一起工作的同志，为一两句话就这么计较，今后咋能做好工作？"

咬儿依然气呼呼地说："他要是单说这句话倒不打紧，有些事儿，也不是他这样的村庄混混胡说八道就能算数的。只是，在让谁上台去控诉的这个事儿上，他执意让囊哉代表贫下中农去发言，还说这个人选最合适。我说，斗争对象是他的四哥，让兄弟发言，这……这不是把人当猴耍嘛！

他居然说，要不然就让我这个村主任上。这个老驴日的为了让我彻底与四哥划清阶级界限，竟说我四哥是地主婆亲生的，是正宗的地主崽子；说恶霸地主魏存贤强占家中奶妈才生下我魏九成……你听，这是人说的话吗？我当时就抽了这畜生一个大耳光！"

高区长一听两个新干部还没工作就打起架来，挠着头不知所措地说："哎呀，你们这些农村干部，一点识大体顾大局的意识都没有！当时，我让你和周心慧同志一起给他汇报汇报工作，她这个妇女代表是啥态度？"

咬儿更是没好气地说："一个女人家，当着我这个男人的面被他数叨的那些话更是不堪入耳。开始那阵，还没说开斗争会这件事，他先在那儿唠了大半天槽帮，说让我俩要注意生活作风，不要时常在一块儿嘀嘀咕咕！周心慧做过我的小嫂，这在留马村谁不知道？他这话一出口，人家没听完就摔门走了！"

听到这儿，一旁一直没开腔的四先生气哼哼地接过咬儿的话对高区长说："我看，就让这个人来控诉我吧！"

高区长猛地一怔。

四先生这才慢慢地给他解释说："他家那七十亩抢田，确实是我父亲从他家那大烟鬼老子手里盘过来的。他曾经放言，一定会盘回去，对于这个事儿，这个人肯定会记恨一辈子。修堤那阵子，他掏粮食雇工一下子就盘了二十多亩。可惜，这些地如今又换了主人，他小子就是有天大的本事，这辈子也盘不回去了！"

高区长看了看四先生，他根本不关心这些庄户孙拉扯的这些无谓的事儿，听到咬儿刚提到的村上这个贫协代表张囊哉，他突然想起什么似的对面前这俩弟兄说："对了，我可以告诉你们，张拯恩带在身边的这个儿子，他其实是个烈士遗孤！"

看到他面前的俩弟兄并没有一丝吃惊的表示，他依然认真地对他们解释说："他还有一个义父姓梁，亲生父亲叫朱天佑。他那个梁姓义父是中央派到鄂豫皖去的老干部，可惜最后因执行张国焘这个大叛徒的逃跑主义路线牺牲了，不过，作为一名坚定的共产党员，他还是够格的！听说他曾担任西路军军需处处长，临死身上却没穿一件囫囵军装……至于他的亲生父亲，目前组织还没有公布下落。不管怎么说，像囊哉同志这样的烈士后代，我们还是要大胆任用的。这些事情，你们知道就行了。到时候我们还要征求他个人的意见。至于出村去上学、工作这些事儿，待以后再说吧。住在村庄上的这一段时间，你这个村主任对他的一切都要负责！"

咬儿莫名其妙地看着区长，冷冷地问了他一句说："他在村上活得好好儿的，让我负啥责？"

高区长恨恨地瞪了他一眼说："在工作队还没有进村前，陈镇长就和我交谈过留马村的干部配备。据我们了解，这小伙儿整天帮着村上一个地主的小老婆照看日子，政治觉悟还有待提高。在任用他的这个问题上，我们还有分歧……"

咬儿这才笑了笑说："高区长，一些话咱俩也说不清，以后你就明白了。留马村出来的人，如同糜子地里有谷子，谷子地里有糜子，咋能那么分明？陈仓满这个老刀客摇身一变成了一个老革命，那年人家镇上登记'三青团'，他一个老汉不也凑过热闹吗？他说的那个地主小老婆，就是周心慧同志。一个女人家，当初嫁给谁，那都是上天注定的事，跟她做人行事有啥关系？照这么说，她跟着我送情报的那些事都不作数吗？"

高区长依然严肃地说："同志啊，人民解放军很快就会打过长江去，一个崭新的新中国即将成立，到那个时候，解放区会需要大量干部。像囊哉同志这样的年轻人，将来不可能把他放在村里当干部，我们还得为他的将来考虑嘛。他父亲的这个问题，我看最好也不要说破，就让他跟着张拯恩这个养父姓张，我觉得这对他的将来会好些……"

咬儿小心地问高区长说："如果囊哉真的要娶周心慧……区上到时会不会批准？"

高区长淡淡地说："根据党的政策，那是要讲阶级成分的。如果他真的要娶一个身份复杂的女人，除非他心甘情愿留在这片土地上做一辈子农民……"

四先生和咬儿一听姓高的这话，都呆在那儿了。

老天爷让陈仓满这个村庄混混真正遇上了好光景。旧社会他是保队附，新社会又做了镇长，整日间美滋滋地挎着匣子枪在镇上招摇，吃了东家摊子上的䴢面，又喝西家的鸡蛋醪糟。他那件从队伍上混来的黄色军装已经汗渍斑斑，依然舍不得换下。然而，这天天刚擦黑，这厮却骑着自行车火急火燎地偷偷溜回了村。

原来，"西野"部队攻下西京后，留下一部人马接着去攻打汉中，大部队则一路西去。新解放区的大多数农民，对于人民政府的主张尚处于懵懂之中，那些妄图复辟的社会渣滓又开始蠢蠢欲动。原来统治这片土地的军统关中组，在解放军过境后，居然死灰复燃。这帮人不但炸堤放火，还时常组织那些死硬分子四处打黑枪。这天一大早，那个经常去留马村的银匠，居然堂而皇之地找到陈仓满，没说几句话，在大方桌上丢下一个信封，便一步三摇地扬长而去了。

陈仓满根本没有想到，这个时候还有人惦记他的那些陈年旧事。他看到对方大摇大摆地走出镇政府大门，这才想到挂在墙上的那把匣子枪。好在四下无人，他蹑手蹑脚地将信封塞进炕头被窝，故意走出房门煞有介事地转了半圈。一看院子里除了那个时常淘茅厕的老汉再无人影，他便故意掩着鼻子快走了几步钻进房子，趁机轻轻地关了门。

这个时候，他才有点后怕，胆战心惊地拆开那封信。谁知道，掏出来的却是一张委任状。里边还有一页叠着的信笺，似乎还包着个铁疙瘩，沉甸甸的有点令人吃惊。他小心翼翼地打开，一颗明晃晃的子弹啪的一声掉在了地上！

这个贼大胆儿此刻还算沉着，他轻轻地捡起那颗子弹，用旧信封包裹起来放进衣兜，再慢慢打开信笺，仔细看了看上面不多的文字，便顺手拿起那张委任状和信揉在一起填进了炕洞，然后哆哆嗦嗦地划着火柴，眼看着纸团化成灰烬，这才打开房门进了后院，将那颗子弹丢进了茅厕……

陈仓满当然知道"出门混，迟早要还"这句话蕴含的浅显道理。他从容地做完这一切，这才把萦绕在心头的那团乱麻一般的思绪理了一番。

信前边那句"因情报准确"这一条，让自己捡拾了这份"金石之功"。与其说这些人故意将张拯恩之死这件大事安在他头上并给予嘉奖是将错就错，不如说是这些人对他起了杀心，想利用这起惊动渭北的大血案继续将他牢牢捆绑住！至于"特予嘉奖，擢升中校"的犒劳，完全可以看作一个吃不到嘴里的大烧饼。如果不是个大傻瓜，谁都能看出来，老蒋的气数已尽。解放军过境，各县都留了不少带枪的工作队开展工作；国军一路退过长江，根本无暇后顾，这个民国眼见就要天塌地陷了。他根本不相信，几个潜伏下来的毛猴子会那么上心地来留马村打他这个小人物的黑枪！

不过，曾经睡在自家土炕上的那个女特务，实实在在是死在自己家里的。这件事，那边肯定不会善罢甘休。思前想后，他终于想明白，跟着共产党走是光明大道，替这些人卖命就只剩死路一条了。要保住日后的安稳，就得和自己操持了大半辈子的那些营生一刀两断。只是，这封信最后的那句话，却令他不禁心头一震："东府共产党地下潜伏人员已尽数浮出水面任职地方。据悉，其最大谍枭至今尚未露面，依然据守第二战线秘密指挥余孽，配合共产党发动'清特反特'运动，望各位同志殚精竭虑，各自为战，报效党国，再建殊勋……"

陈仓满一路都在想，日后要端共产党这碗饭，若有人揭出自己两面三刀的这些老底，别说稳稳当当做人家这个镇长了，被推上刑场砍脑袋都有可能！只有借军统这拨儿人之手，将东府这片知根知底的地下党全部灭口，才能保全自己……张拯恩死了，狼咬儿以地下党员的身份公开当上了留马村的村主任，谁又会是那个从未露面的"谍枭"呢？

陈仓满知道，狼咬儿这个半道上掺和进来的交通员，两年多也在外边认识了不少道上的人。回村去跟这厮拉拉呱，说不定能找出那个至今未曾露面的"谍枭"的一点蛛丝马迹。哭泉镇地处泾渭洛三河交汇的地界，刘欣耕负责的关中挺进组的老巢就在这儿，信中提到的那个从未露面的"谍枭"一定就潜伏在附近。想到这儿，陈仓满不禁一阵脊背发凉，一个最令他害怕的场景浮上了脑际——暗夜后院的树梢上，那一双洞察秋毫的夜猫子眼睛……这个在铁码头混迹了大半生的老江湖，似乎一下子明白了，他

思忖再三,决定再和这个世界赌一把!

留马村热闹了两个月,村上的气氛也慢慢冷却下来了。揉眼鬼魏存贤早年资助革命的事儿公开后,其葬在留马村的灵柩被迁到县烈士陵园安葬。四先生也因张干大安插他担任过第十一保保长,虽没有为大军南下做出大功绩,但此人乡行很好,被村上定为开明地主,还免去了一切诸如上大会接受批判之类的琐碎。他提上书箱住进四圣庙,又操持起了教娃娃念书的老本行。马坊院被正式分在了囊哉母子名下,黄骠马分给了狼咬儿和甜寡妇两家,给囊哉母子留下了那头老牛。每日间,甜寡妇少不得过来铡草拌料打打下手,上槽出圈还得咬儿一步不落地操心。

陈仓满天黑回村后,进了家门冰锅冷灶的没法下脚,便游荡到马坊院来了。进了马坊院,却没看见个人影。陈仓满刚想抬脚走人,却发现张拯恩留在这个村上的外地老婆提着柴笼进了门。

却说这个外地女人,冬夏头上都顶着一方靛蓝帕子,寻常见人很少搭腔。加上她不会纺花织布做针线,更少了和村上女人们的来往,全村老少很少提起这个人。这阵子,她看见院子里有人,便少有地抬起头来,冷冷地看着站在那儿东张西望的陈仓满。

陈仓满那阵时常跟张干大打搅儿,倒是在马坊院吃过几次饭,此刻看到女主人那奇怪的目光,他讪讪地说道:"村主任不在这边?我……也没啥大事儿,你忙,你忙……"说着抬脚就要出门。谁知道,身后的女人却喊了他一声"满满!"

陈仓满转过身来,女主人并不着急地说:"你眼下是个大忙人了,难得进马坊院这边来坐坐,我倒有个事儿,一直想跟你聊一聊。"

陈仓满摆出一副很不情愿的样子在门道里站住了脚。他想,跟一个老寡妇倒有啥可聊的?不过,碍于张拯恩那张脸面,他还得收起自己那副很不耐烦的神情,慢吞吞地走了回来。

女主人吹了吹石凳上的土灰,自己慢慢坐下来。陈仓满把自己那把从不离身的德国匣子枪轻轻往怀里一拽,慢条斯理地在对面坐了,这才拿出口袋里的纸烟盒抽出一支点了火,悠闲地抽了一口。

看见他坐稳当了,女人慢悠悠地开口说:"张拯恩死了,你却滋润地做了人民政府的大镇长！一个人做的事情，能瞒天过海，可骗不了自己的良心！"说到这里，她突然很生气地大声问了对方一句："你说，你为啥要害死我男人？"

陈仓满被女人口中这句毫无来由的话惊得差点儿站起来。不过他很快又镇静下来，故作惊讶地辩解说："嫂子，你这话从何说起呢？我是县委书记刘欣耕亲自发展的交通员，虽然跟张老哥不在一个线上，可都是为党搞地下工作，他牺牲那天我跑到冯原去了，你咋能把这事儿搁到我头上？"

女人紧着问他："你为啥要跑？"

陈仓满讷讷地说："还不是我家那条人命嘛！"

"那女人真是你害死的？"

"这……当时不拾掇这个女人，我都没法活命呢！"

"你真的把她摁死在自家水缸里了？"

"是，这个我都给组织说清楚了……"

"你这个人面兽心的畜生，咋能对同床共枕的女人下得了这般黑手！"

"她真的是……军统！"

女人突然从牙缝里挤出几个字来："睁开你的狗眼好好儿看看，老娘我是啥'统'！"

陈仓满下意识地摸了摸怀里装着家伙的木匣子，冷冷地笑了一声，还算自若地回过一句诡异的话来："莫非你……也是军统那条道上的人？"

女主人朗声反问道："你想不想知道，今天指使给你送信的人是谁？"

陈仓满一想，早上送信的那个银匠，跟自己屋里那女人早就有来往，如果军统那边真的要寻仇，今天早上自己就挨黑枪了！他突然奇怪地看着对方，心想，这个女人是咋知道这一切的呢？不过，不管面前这个女人是哪条道上的，至少不是个善茬儿。好在自己手里有家伙，料她一个妇道人家也不敢跟自己一个大男人动粗。眼下，咋个稳住面前这个女人才是正事。只见他一转脸，突然笑嘻嘻地说："兄弟虽不才，可还是知道点饭香屁臭的道理。既然嫂子把话说明了，我也不妨实话告诉你，你家男人那一

档子事儿，正是我……告诉我家炕头那女人的，让她密报军统关中组。兄弟刚才说的那全是假话，我真的没有杀害我老婆，那是她自己舀水跌下水瓮的……真的……还望嫂子明察，日后还老弟一个公道……"

说着，这厮忽然一撩衣襟站了起来，笨拙地要去掏枪。却只见女主人拔下头上的银簪子，轻轻拨动机关，一根银针端端地射进他的右眼！

陈仓满哇地吼叫了一声，连忙用手去捂眼，接着，跳着双脚喊爹叫娘地在那儿转着圈儿哭号，女主人却不慌不忙地站起身来，对着面前这个村庄男人狠狠地丢下一句话：

"为我的老伴儿，也为死在你家的那个年轻女子，你这个两面三刀的人就不配活在这个世上！"

当天夜里，陈仓满就死了。

尾声

解放了，天亮了。留马村要抬神，落雁滩十几个村子沸腾了。一直放在村上的城隍老爷，要回洽川行宫去安享太平。在这个吉庆的日子里，魏家祠堂和陈家祠堂过年才会使用的两面大鼓被抬了出来。

戏巷对垒的两家锣鼓队，这时已经开始排锣。一开始那整齐舒缓的声响，慢慢变成了急促的挑衅。等到上鼓时，鼓手蹲着马步一脚蹬在鼓上，提锣的壮汉则轮番跳上鼓面。一时间锣鼓齐响，声震寰宇。两队鼓手背鼓追逐，高举火把，火焰熊熊，场面格外壮观。这种用锣鼓交错击打出来的混响，一直在黄河滩这片天空中回荡，如天雷炸裂，如春雨潇潇，好像随时都可能让这方土地上的生灵不得安宁。

香烟缭绕中，城隍爷的塑像身披补服，被一群庄户孙簇拥着慢慢抬了出来。两家锣鼓又响起来，各村赶来凑兴的社火队各自打开场子，一路护送着慢慢走出村子。

突然，从远处的崖畔传来一阵小孩唱戏的回音。再听，那声音似从轿里传出，一直断断续续不绝于耳，抬轿的人都怀疑是城隍爷显灵了。

他们只得放下轿子，这才发现轿内替城隍爷抱净水瓶的净水童子魏羊生双目紧闭，躺在城隍爷脚下似在做梦，嘴里却嘤嘤地唱着，那一声声比他妈的嗓音还软糯的童声几乎惊呆了轿外的所有人：

  姓桃居住桃花村，
  茅屋草舍在桃林。
  桃夭虚度访春汛，
  谁向桃园来问津？

  一曲终了，羊生突然睁开双眼，对着轿帘外边跪着的四先生和狼咬儿大声喊："你们都是罪人！我不去埕巷，我要住在上槐院当地主的孙子，我要唱戏……"

  跪在地上的四先生嘴里说了一句："爷，您说，我听着哩！"

  城隍爷说："你们都会死的，留马村也会死的，只有黄河不会死……"

  城隍爷不再说话，笑吟吟地抱着净水瓶走下轿，扬起柳条开始向坡上的庄稼地泼洒甘霖。一群庄户孙，跟着他老人家从自己播种的庄稼地向滩底漫无边际地走去……

  这个景象，直到三十年后又出现过一次。

  这个叫魏羊生的偶戏传人，对着祖陵大唱了三天老戏，远远近近的戏迷们，把快要长熟的庄稼踏成了一片平地。